jojo moyes

Ultima scrisoare de dragoste

Traducere din limba engleză și note
DANIELA TRUȚIA

LITERA®

The Last Letter from Your Lover
Jojo Moyes

LITERA®
Editura Litera
O.P. 53; C.P. 212, sector 4, București, România
tel.: 021 319 63 93; 0752 101 777

Ne puteți vizita pe
www.litera.ro

Ultima scrisoare de dragoste
Jojo Moyes

Editor: Vidrașcu și fiii
Redactor: Andreea Năstase
Corector: Emilia Achim
Copertă: Flori Zahiu
Tehnoredactare și prepress: Bogdan Coscaru

Seria de ficțiune a Editurii Litera este coordonată
de Cristina Vidrașcu Sturza.

Descrierea CIP a Bibliotecii Naționale a României
MOYES, JOJO
Ultima scrisoare de dragoste / Jojo Moyes;
trad.: Daniela Truția – București: Litera, 2016
ISBN 978-606-33-0455-2

I. Truția, Daniela (trad.)

821.111(73)-31=135.1

Pentru Charles, de la al cărui simplu mesaj a pornit totul

La mulţi ani! În pachet e cadoul meu de ziua ta, sper să-ţi placă...

Azi mă gândesc la tine în mod deosebit... fiindcă am ajuns la concluzia că, deşi te iubesc, nu sunt îndrăgostită de tine. Nu simt că tu ai fi pentru mine un dar de la Dumnezeu. În orice caz, sper să-ţi facă plăcere cadoul şi să ai parte de o zi minunată. Vorbim mai târziu X

Scrisoare de la o femeie către un bărbat

Prolog

Ellie Haworth îşi zăreşte prietenii prin mulţime şi-şi croieşte drum spre bar. Îşi trânteşte poşeta la picioare şi-şi pune telefonul pe masă, în faţa lor. Ei sunt deja ameţiţi bine – se cunoaşte după glasurile lor ascuţite, după cum gesticulează în fel şi chip, după râsetele nestăpânite, după sticlele goale din mijlocul mesei.

– Ai întârziat.

Nicky îi arată ceasul, ameninţând-o cu degetul.

– Lasă-mă să ghicesc. „Am avut de terminat un articol."

– E vorba de un interviu cu o soţie de parlamentar, victimă a unor abuzuri. Îmi pare rău. Era pentru ediţia de mâine, explică ea, aşezându-se pe scaunul liber şi umplându-şi paharul cu ce mai rămăsese într-o sticlă.

Își împinge telefonul peste masă.

– OK. Iată tema de discuție în astă-seară: acest supărător „Vbim mai târziu“.

– Vbim mai târziu?

– Semn că s-a încheiat discuția. Asta ce înseamnă: mâine ori mai târziu în cursul zilei? Sau e un teribilism nesuferit de adolescent, de fapt lipsit de orice semnificație?

Nicky studiază atent afișajul luminos.

– Aici văd „Vbim mai târziu“ urmat de un X. Ca un fel de „Noapte bună“. Eu aș zice că înseamnă „mâine“.

– Categoric „mâine“, intervine și Corinne. „Vbim mai târziu“ înseamnă întotdeauna „mâine“.

Tace o clipă.

– Ar putea însemna chiar poimâine.

– E foarte neutru.

– Neutru?

– Așa îi spui poștașului.

– Poștașului i-ai trimite o sărutare?

Nicky zâmbește larg.

– Se prea poate. Arată trăsnet.

Corinne studiază mesajul.

– Cred că nu-i așa. Ar putea însemna că pur și simplu se grăbea să se ocupe de altceva.

– Mda. De pildă, să se ocupe de nevastă-sa.

Ellie îl săgetează pe Douglas cu o privire care nu promite nimic bun.

– Ce e? exclamă el. De altfel, nu credeți că ați depășit simpla interpretare a unui SMS?

Ellie dă de dușcă vinul din pahar, apoi se apleacă peste masă.

– OK. Dacă tot aveți de gând să-mi țineți o predică, simt nevoia să mai beau ceva.

– Dacă ești suficient de intimă cu un tip încât să faci sex în biroul lui, atunci cred că i-ai putea cere să fie mai explicit, atunci când vă întâlniți la o cafea.

– Cum sună restul mesajului? Și spune-mi, te rog, că nu pomenește nimic de sex în biroul lui.

Ellie privește atent afișajul, rulând mesajele.

– „Mă sună de acasă, probleme. Săpt viitoare sunt la Dublin, nu ştiu precis programul. Vbim mai târziu, X."

– Îşi păstrează deschise toate opţiunile, opinează Douglas.

– Afară de cazul când... mă rog... chiar nu-şi ştie programul.

– Atunci ar fi trebuit să spună „Te sun din Dublin". Sau chiar „Te iau cu mine la Dublin".

– O ia şi pe soţia lui?

– N-o ia niciodată. E o călătorie de afaceri.

– Poate ia pe altcineva, murmură Douglas cu buzele muiate în bere.

Nicky clatină din cap cu un aer gânditor.

– Doamne, nu era mai simplă viaţa când cineva îţi dădea un telefon şi discuta cu tine prin viu grai? Măcar aşa puteai ghici un refuz din tonul vocii.

– Sigur! pufneşte dispreţuitor Corinne. Şi stăteai acasă ore întregi, lipit de telefon, aşteptând să sune.

– Oho, câte nopţi am petrecut...

– Verificând dacă telefonul avea ton...

– ... şi pe urmă trântind receptorul în furcă, de teamă să nu mă sune taman în clipa aia.

Ellie îi aude râzând şi dincolo de veselia lor recunoaşte adevărul, deşi o părticică din ea tot mai aşteaptă să se lumineze brusc afişajul, anunţându-i un apel. Un apel care, dată fiind ora şi faptul că acasă sunt „probleme", nu are cum să vină.

Douglas o conduce acasă. E singurul din grupul lor de patru care locuieşte cu iubita, dar Lena e un nume important în PR, domeniul tehnologic, şi adesea rămâne la birou până la zece, unsprezece seara. N-o deranjează că el iese în oraş cu vechii lui prieteni – l-a însoţit de câteva ori, dar pentru ea e greu să răzbată dincolo de zidul unor glume şi aluzii consacrate într-un deceniu şi jumătate de prietenie, aşa că de cele mai multe ori îl lasă să vină singur.

– Şi ce mai zici, flăcăule? îl îmboldeşte Ellie, în timp ce amândoi ocolesc un cărucior de supermarket abandonat pe trotuar. N-ai suflat nici un cuvânt despre tine toată seara. Sau poate mi-a scăpat mie.

– N-am mare lucru de spus, răspunde el şovăielnic.

Îşi îndeasă mâinile în buzunare.

– De fapt, ar fi ceva. Ăă... Lena vrea să avem un copil.

Ellie ridică privirea către el.

– Uau!

– Şi eu vreau, se grăbeşte el să adauge. De multă vreme tot vorbim despre asta şi dacă tot am ajuns la concluzia că niciodată n-o să fie momentul potrivit, putem la fel de bine să-l avem acum.

– Eşti un romantic incorigibil.

– Nu ştiu... de fapt... chiar îmi surâde ideea. Lena o să-şi păstreze slujba, iar eu o să stau acasă să mă ocup de copil. Vezi bine, asta dacă toate merg aşa cum trebuie şi...

Ellie se străduieşte să-şi păstreze un ton neutru.

– Şi tu asta vrei?

– Mda. Oricum, îmi detest meseria. O detest de ani de zile. Ea câştigă o avere. Mă gândesc că o să fie drăguţ să mă plimb de colo-colo cu un copil cât este ziua de lungă.

– Să fii părinte înseamnă ceva mai mult decât să te plimbi de colo-colo... începe ea.

– Ştiu. Atenţie... acolo, pe trotuar.

O ajută cu blândeţe să ocolească mizeria de pe trotuar.

– Dar sunt pregătit. Nu-i neapărat nevoie să ies la o băută în fiecare seară. Vreau să fac următorul pas. Asta nu înseamnă că n-am să mai merg cu voi, dar uneori zău că mă întreb dacă n-ar trebui... ştii tu... să ne maturizăm cu toţii cât de cât.

– Oh, nu! îl strânge de braţ Ellie. Acum ai căzut în butoiul cu melancolie.

– Păi, eu nu am aceleaşi sentimente faţă de slujba mea ca tine. Pentru tine totul e OK, nu?

– Aproape tot, admite ea.

Continuă să parcurgă în tăcere câteva străzi, ascultând sirenele îndepărtate, bufniturile portierelor de maşină şi zvonurile înăbuşite al oraşului. Ellie iubeşte aceste clipe ale serii, încărcate de prietenie, temporar eliberate de incertitudinile care marchează tot restul vieţii ei. A petrecut o seară plăcută la local, iar acum se îndreaptă spre apartamentul ei confortabil. E sănătoasă. Are un card plin de posibilităţi încă neexploatate, şi-a făcut planuri pentru sfârşitul de săptămână și e singura din grupul lor de prieteni căreia nu i-a apărut până acum nici măcar un fir de păr alb. Viața e frumoasă.

– Te gândești la ea vreodată? întreabă Douglas.

– La cine?

– La soția lui John. Crezi că ea și-a dat seama?

Simpla aducere în discuție a acelei femei face ca fericirea lui Ellie să se evapore.

– Nu știu. În locul ei, eu sigur mi-aș fi dat seama, adaugă ea, văzând că Douglas nu spune nimic. John zice că soția lui se ocupă mai mult de copii decât de el. Uneori chiar mă gândesc că pe undeva poate se bucură că nu mai trebuie să se preocupe de el. Adică să se preocupe să-l facă fericit.

– *Așa* ți-ai dori tu să fie.

– Poate. Dar sinceră să fiu, răspunsul e nu. Nu mă gândesc la ea și nu mă simt vinovată. Și asta fiindcă cred că alta ar fi fost situația dacă ei doi ar fi fost fericiți sau... mă rog... dacă ar fi avut o relație adevărată.

– Voi, femeile, aveți o concepție foarte greșită despre bărbați.

– Crezi că John e fericit cu ea? întreabă Ellie, privindu-l cu atenție.

– Habar n-am dacă e fericit sau nu. Pur și simplu nu cred că trebuie neapărat să aibă probleme în căsnicie ca să se culce cu tine.

Atmosfera dintre ei s-a schimbat puțin și, sesizând cumva acest lucru, Ellie se desprinde de brațul lui și-și potrivește eșarfa în jurul gâtului.

– Crezi că sunt o femeie rea. Sau că el e rău.

Vorbele au fost rostite. Faptul că au venit tocmai din partea lui Douglas, cel mai puțin înclinat spre critică dintre prietenii ei, o ustură.

– Nu cred pe nimeni rău. Pur și simplu mă gândesc la Lena și la ce-ar însemna pentru ea să-mi nască un copil, iar apoi eu să-mi fac de cap cu alta pentru că ea alege să reverse asupra copilului grija care eu consider că mi se cuvine mie...

– Prin urmare *chiar* crezi că e un om rău.

Douglas clatină din cap.

– Eu doar...

Se întrerupe și-și ridică privirea către cerul întunecat înainte de a-și formula răspunsul.

– Cred că ar trebui să fii prudentă, Ellie. Toate încercările tale de a ghici ce-i în mintea lui, ce vrea nu-s decât bazaconii. Îți pierzi vremea degeaba. În viziunea mea, lucrurile sunt, de regulă, cât se poate de simple. Cuiva îi place de tine, ție îți place de cineva, se înfiripează o relație și cam atât.

– Frumoasă e lumea în care trăiești tu, Douglas. Păcat că nu seamănă cu cea reală.

– OK, hai să schimbăm subiectul. Nu-i unul prea potrivit după ce-am băut amândoi câteva pahare.

– Nu.

Vocea ei se înăsprește.

– *In vino veritas* și așa mai departe. Nu face nimic. Acum măcar îți știu părerea. De aici încolo mă descurc și singură. Salut-o pe Lena din partea mea.

Parcurge în fugă ultimele două străzi care o despart de casă, fără a mai întoarce capul către vechiul ei prieten, lăsat în urmă.

*

Redacția ziarului *Nation* e împachetată, cutie cu cutie, spre a fi mutată în noul sediu, cu fațada ca o fortăreață, situat pe cheiul reamenajat și sclipitor din estul Londrei. Săptămână după săptămână, vechiul sediu s-a golit treptat: unde înainte se înălțau munți de comunicate de presă, acum lumina necruțătoare a neonului dezvăluie dosare și decupaje puse pe categorii, birouri goale și porțiuni strălucitoare de suprafețe laminate, unde cu gândul nu gândeai. Asemenea unor descoperiri arheologice, au fost scoase la iveală articole amintind de subiecte vechi, drapele datând de la aniversări regale, căști metalice zgâriate rămase din războaie de demult și diplome înrămate, date uitării de ani de zile. Peste tot se văd grămezi de cabluri, bucăți de mochetă scoase de la locul lor și găuri mari căscate în tavan, motiv de perindare a unor experți în sănătate și siguranță cu maniere afectate, precum și a nenumărate persoane înarmate cu câte o mapă. Secțiunile Publicitate, Anunțuri și Sport s-au și instalat în Compass Quay. Suplimentul de sâmbătă, precum și secțiunile Afaceri și Finanțe personale se pregătesc să se mute în următoarele săptămâni. Apoi urmează secțiunea Editoriale, unde lucrează Ellie, ultima fiind cea de Știri, conform unui plan bine pus la punct, ca un tur de prestidigitaţie, astfel încât ziarul de sâmbătă se va tipări în vechea clădire din Turner Street, iar cel de luni va apărea, ca prin farmec, la noul sediu.

Clădirea care a adăpostit ziarul vreme de aproape o sută de ani a devenit necorespunzătoare – într-o exprimare dezagreabilă. Conform conducerii, vechiul sediu nu mai reflectă caracterul dinamic şi organizat al modului contemporan de a culege ştirile. Are prea multe cotloane, după cum remarcă agasaţi ziariştii, smulşi de la locul lor asemenea unor moluşte agăţate cu încăpăţânare de chila găurită a unui vas.

– Ar trebui să sărbătorim, declară Melissa, şefa secţiunii Editoriale, în biroul golit aproape complet al redactorului-şef.

Poartă o rochie de mătase de culoarea vinului. Pe Ellie ar fi arătat precum cămaşa de noapte a bunicii, dar pe Melissa arată exact aşa cum trebuie: îndrăzneaţă şi foarte la modă.

– Mutarea? întreabă Ellie, aruncând o privire spre mobilul aflat alături şi pus pe silenţios.

În jurul ei, ceilalţi ziarişti de la Editoriale aşteaptă în tăcere, cu blocnotesurile pe genunchi.

– Da. Acum vreo două seri am stat de vorbă cu unul dintre bibliotecari. Zice că sunt o groază de dosare vechi, la care nu s-a mai uitat nimeni de ani de zile. Vreau la rubrica pentru femei ceva de acum cincizeci de ani. Cum s-au schimbat atitudinile, moda, preocupările femeilor. Studii de caz, vechiul şi noul puse alături.

Melissa deschide un dosar, din care scoate câteva pagini fotocopiate, format A3. Vorbeşte cu dezinvoltura şi încrederea cuiva obişnuit să fie ascultat.

– Citez, de pildă, din paginile cu sfaturi pentru cititori: „Oare ce trebuie să fac ca să-mi conving nevasta să se îmbrace mai elegant şi să devină mai atrăgătoare? Am un venit de 1 500 lire pe an şi sunt la început de carieră în domeniul organizării vânzărilor. Primesc adesea invitaţii de la clienţi, dar în ultimele săptămâni am fost nevoit să mă eschivez din pricina nevestei-mii, care, vă spun sincer, arată ca dracu'."

În încăpere se aud râsete înfundate.

– „Am încercat s-o iau cu binişorul şi s-o fac să înţeleagă, dar ea zice că puţin îi pasă de modă, de bijuterii sau de machiaj. Zău aşa, nu arată ca nevasta unui om de succes, ori eu exact aşa o vreau."

John îi spusese cândva lui Ellie că, după ce veniseră pe lume copiii, pe soţia lui n-o mai interesase cum arată. Dar la fel de brusc schimbase subiectul şi nu mai deschisese niciodată discuţia pe această temă, ca şi cum dezvăluirea i s-ar fi părut o trădare şi mai mare decât faptul că se culca cu altă femeie. Pe Ellie o deranjase acea vagă atitudine de gentleman, deşi pe undeva îl admirase tocmai pentru acest lucru.

Dar remarca i se înfipsese în minte. Şi-o imaginase pe soţia lui: neglijentă, într-o cămaşă de noapte pătată, cu un copil în braţe şi criticându-l pe el pentru cine ştie ce neajuns închipuit. Ar fi vrut să-i spună că ea nu se va purta nicicând aşa.

– Întrebările ar putea fi adresate rubricii de sfaturi din zilele noastre, opinează Phillip, redactorul suplimentului de sâmbătă, aplecându-se să studieze celelalte pagini fotocopiate.

– Nu ştiu dacă-i nevoie. Ascultaţi aici răspunsul: „Poate că soţiei dvs. nu i-a trecut niciodată prin minte că şi ea trebuie să participe la crearea imaginii dvs. Poate îşi spune – dacă chiar o preocupă problema – că e măritată, în siguranţă, fericită, prin urmare de ce şi-ar bate capul?"

– Ah! exclamă Derek. Profunda tihnă a unui pat dublu!

– „S-a constatat că o astfel de schimbare apare uimitor de rapid atât la tinerele îndrăgostite, cât şi la femeile care trec prin viaţă la adăpostul comod al unei căsnicii de durată. La început sunt elegante şi strălucitoare, luptând eroic să-şi păstreze silueta, atente la vestimentaţie şi la parfumuri. Dar de cum vine un alt bărbat care le zice «Te iubesc», fetele acelea proaspete ca nişte flori ajung să se transforme în nişte şleampete. Şleampete fericite."

Încăperea se umple de chicoteli politicoase, semn că replica a fost savurată.

– Voi ce alegeţi, fetelor? Să vă luptaţi eroic pentru siluetă sau să deveniţi nişte şleampete fericite?

– Parcă am văzut de curând şi un film pe tema asta, spune Derek.

Îşi dă seama că râsetele s-au potolit şi zâmbetul i se topeşte.

– Se pot scoate multe din astfel de materiale, continuă Melissa, făcând semn spre dosar. Ellie, te poţi documenta un pic azi după-amiază? Vezi ce mai poţi găsi. Ne interesează chestii de acum patruzeci, cincizeci de ani. O sută de ani e mult prea mult. Redactorul-şef ţine neapărat să punem în evidenţă mutarea în aşa fel încât să ne tragem cititorii după noi.

– Vrei să caut prin arhivă?

– E vreo problemă?

„Nu, dacă îţi place să zăboveşti în subsoluri întunecate, pline de hârţoage mucegăite, peste care domnesc funcţionari anacronici cu mentalitate stalinistă, care parcă n-au mai văzut lumina zilei de treizeci de ani."

– Absolut nici una, răspunde ea binevoitoare. Sunt sigură că am să găsesc ceva.

– Dacă vrei, mai ia-ţi nişte ajutoare. Am auzit că sunt vreo câteva persoane disponibile la secţiunea Modă.

Lui Ellie îi scapă satisfacţia răutăcioasă de pe chipul şefei ei la gândul de a-i trimite pe ciracii incompetenţi ai Annei Wintour[1] în subsolurile ziarului. Este preocupată de propria-i problemă: „La dracu'! În subsol n-am semnal la mobil".

– Apropo, Ellie, unde-ai fost azi-dimineaţă?

– Poftim?

– Azi-dimineaţă. Voiam să rescrii articolul despre copiii rămași orfani. Ei bine? Se pare că nimeni nu știa unde ai fost.

– Am fost plecată pentru un interviu.

– Cu cine?

Un specialist în limbajul trupului, își spuse Ellie, ar fi identificat fără greș că zâmbetul neutru al Melissei era mai curând un rânjet.

– Cu un avocat. Cineva dispus să ofere informaţii confidenţiale. Speram să pot scoate de la el ceva privind discriminarea sexuală în camerele Parlamentului.

Răspunsul îi scapă înainte de a-și da seama ce spune.

– Discriminarea sexuală în City[2]. Nu mi se pare a fi o noutate. Ai grijă ca mâine să fii la timp la birou. Interviurile la plesneală le faci în timpul tău liber. S-a înţeles?

– Da.

---

[1] Redactor-şef al revistei americane *Vogue*, de origine britanică

[2] Centrul istoric și financiar al Londrei, ale cărui limite au rămas aproape neschimbate încă din Evul Mediu

– Bine. Vreau un articol pe pagină dublă pentru prima ediţie din Compass Quay. Ceva gen *plus ça change*[1].

Notează în grabă ceva în agenda cu coperte de piele neagră.

– Preocupări, reclame, probleme... Adu-mi câteva pagini mai spre seară, să vedem ce-ai găsit.

– E în regulă.

Ellie iese din birou în urma celorlalţi, cu cel mai cuceritor şi mai dedicat zâmbet din lume.

Petrec ziua de azi în echivalentul modern al purgatoriului, scrie ea în e-mail, oprindu-se să bea o gură de vin. *Arhiva ziarului. Ar trebui să-ţi pară bine că tu doar inventezi.*

El i-a trimis mesaj de pe Hotmail. Numele lui de utilizator e „Mânuitorul de condei" – o glumă de-a lor. Ellie îşi strânge picioarele sub ea pe scaun şi aşteaptă, îndemnând în gând computerul să-i anunţe sosirea unui mesaj de răspuns de la el.

Eşti o păgână fără seamăn. Eu ador arhivele, îi afişează monitorul. *Adu-mi aminte ca la prima întâlnire fierbinte să te duc la Biblioteca Jurnalistică Britanică.*

Ellie zâmbeşte cu gura până la urechi.

Văd că te pricepi să faci o fată să se simtă bine.

Îmi dau toată silinţa.

Unicul bibliotecar în carne şi oase mi-a pus în braţe un teanc gros de hârţoage disparate. Nu-i cea mai plăcută lectură înainte de culcare.

De teamă să nu pară sarcastică, adaugă la urmă un *smiley* zâmbitor, apoi se înjură în gând, amintindu-şi un eseu despre *smileys,* scris cândva de el pentru *Revista literară,* în ideea că simbolurile respective reprezintă tot ce-i mai rău în comunicarea modernă.

A fost un smiley ironic, adaugă ea şi-şi pune pumnul în gură.

Aşteaptă. Sună telefonul.

Ecranul încremeneşte.

Telefonul? Soţia lui? El era într-o cameră de hotel din Dublin. Cu fereastra spre râu, aşa îi spusese. *Ţi-ar plăcea grozav.* Ce-ar fi trebuit

---

[1] Aluzie la zicala franţuzească *Plus ça change, plus c'est la même chose,* cu referire la faptul că istoria se repetă

ea să-i răspundă? *Atunci ia-mă cu tine data viitoare?* Prea imperativ. *Nu mă îndoiesc.* Sună aproape sarcastic. *Da*, răspunsese într-un târziu, cu un suspin prelung şi neauzit.

E numai vina ei, aşa îi spun prietenii. Şi – lucru rar – nu-i poate contrazice.

Îl cunoscuse la un festival de carte din Suffolk, unde fusese trimisă să ia un interviu autorului de romane poliţiste care câştigase o avere după ce renunţase la mai multe oferte literare. Se numea John Armour, iar eroul lui, Dan Hobson, era un amalgam aproape caricatural de trăsături masculine de modă veche. Ellie luase interviul la dejun, aşteptându-se ca autorul să apere cu înverşunare acel gen literar, poate criticând cumva industria cărţii – întotdeauna i se păruse plicticos să intervieveze scriitori. Se aşteptase la un individ burtos, între două vârste, cu trupul flasc după ani întregi de stat la masa de scris. Însă bărbatul înalt şi bronzat care se ridicase ca să-i strângă mâna era zvelt şi pistruiat, amintind de un fermier sud-african, călit de anotimpuri. Era amuzant, încântător, autocritic şi prevenitor. Schimbase cursul interviului, punându-i lui Ellie întrebări despre ea însăşi, apoi îi expusese teoriile lui despre originea limbajului, precizând cum, în opinia lui, comunicarea tindea să devină ceva primejdios de lânced şi urât.

Când fusese adusă cafeaua, Ellie îşi dăduse seama că nu pusese pixul pe hârtie vreme de aproape patruzeci de minute.

– Şi totuşi, nu-ţi place deloc cum sună? întrebase ea în timp ce ieşeau din restaurant, îndreptându-se spre festivalul literar.

Era aproape de sfârşitul anului, şi soarele de iarnă coborâse în spatele clădirilor joase de pe strada principală, care se cufunda treptat în tăcere. Băuse cam mult şi ajunsese în punctul în care gura i-o lua pe dinainte fără jenă, până să aibă răgazul de-a analiza ce spune. Nu voise să plece de la restaurant.

– Care anume?

– Spaniola. Mai ales italiana. Sunt sigură că de asta îmi place opera italiană şi detest opera germană. Din pricina sunetelor dure şi guturale.

El căzuse pe gânduri şi tăcerea lui o stânjenise. Începuse să se bâlbâie:

– Știu că-i extrem de demodat, dar mie îmi place Puccini. Îmi place tensiunea emoţională din operele lui. Îmi place acel *r* rulat, îmi plac cuvintele sacadate...

Auzindu-se cât de ridicol și pretențios vorbea, tăcuse.

El se oprise în pragul unei case, privise scurt în urma lor pe stradă, apoi se întorsese către ea.

– Mie nu-mi place opera.

Rostise cuvintele privind-o drept în ochi. Ca și cum i-ar fi lansat o provocare. Ea simţise in junghi adânc undeva în stomac. „Oh, Doamne!" își spusese.

– Ellie, rostise el, după ce rămăseseră pe loc aproape un minut.

Era prima oară când îi spunea pe nume.

– Ellie, trebuie să iau ceva de la hotel înainte să mă înapoiez la festival. Vrei să vii cu mine?

Nici nu apucase să închidă ușa dormitorului că se repeziseră unul la altul, cu trupurile lipite, sărutându-se cu lăcomie, strângându-se în braţe, în timp ce mâinile lor nerăbdătoare și înnebunite se străduiau să-i scape de haine.

Ulterior ea își analizase adesea comportamentul de atunci, minunându-se ca de o aberaţie privită de la distanţă. Revăzuse scena cu ochii minţii în sute de ocazii, lipsind-o de semnificaţie, de emoţia covârșitoare din acel moment, păstrând doar detaliile. Lenjeria ei nepotrivită, de fiecare zi, zăcând aruncată peste o masă de călcat. Chicotelile lor nebunești pe podea și apoi sub pătura sintetică de hotel cu model în pătrăţele. El, vesel și indecent de fermecător, înapoind cheia la recepţie târziu după-amiaza.

O sunase peste două zile, când șocul și euforia acelei zile începeau să facă treptat loc unui sentiment de dezamăgire.

– Știi că sunt însurat, îi spusese el. Ai citit extrasele din presă despre mine.

„Am căutat pe Google toate referirile recente la tine", îi răspunsese ea în gând.

– Niciodată nu mi-am... înșelat soţia. Nici acum nu înţeleg cum s-a întâmplat.

– Tarta aperitiv a fost de vină, a glumit ea, schiţând o grimasă.

– Ai un anumit efect asupra mea, Ellie Haworth. În ultimele două zile n-am scris nici măcar un singur cuvânt.

A tăcut o clipă.

– Mă faci să uit ce vreau să spun.

„Atunci sunt pierdută“, își spusese ea, fiindcă din clipa în care îi simțise trupul lipit de al ei și gura apăsând-o pe a ei, înțelesese – în ciuda a tot ce le spusese prietenilor ei despre bărbații căsătoriți, în ciuda principiilor ei de o viață – că nu avea nevoie decât de o aluzie infimă la cele petrecute ca să capituleze.

Un an mai târziu încă nu încercase să pună capăt relației.

El revine pe internet după aproape patruzeci și cinci de minute. Între timp ea s-a ridicat de la calculator, și-a pregătit ceva de băut, s-a învârtit fără rost prin casă, și-a studiat tenul în oglinda de la baie, apoi a adunat de prin casă șosete desperecheate și le-a azvârlit în coșul de rufe. Aude un *clinc*, semn ca a primit un mesaj și se repede să se așeze pe scaun.

Iartă-mă. N-am știut că durează atât de mult. Sper să putem vorbi mâine.

Fără convorbiri pe mobil, așa-i spusese. Facturile de telefon mobil erau detaliate.

Ești în camera de hotel? tastează ea în grabă. *Te-aș putea suna în cameră.*

Conversațiile propriu-zise erau un lux, o ocazie rară. Doamne, nu voia decât să-i audă glasul.

Trebuie să plec la un dineu, frumoaso. Îmi pare rău, e deja târziu. Vorbim mai încolo, X.

Și dispare.

Ea rămâne cu ochii țintă la monitorul pe care nu mai apare nici un mesaj. Probabil că în clipa asta el străbate cu pași mari holul hotelului, zâmbind încântător personalului de la recepție, și se suie în mașina pe care i-au pus-o la dispoziție organizatorii festivalului. Astă-seară la dineu va improviza un discurs inteligent și spiritual, după care va adopta obișnuita atitudine amuzată și vag melancolică față de toți cei care vor avea norocul să stea la masa lui. El va fi acolo, trăindu-și viața din plin, în timp ce ea pare să-și fi setat pentru totdeauna viața pe „așteptare“.

Ce mama dracului făcea?

– Ce mama dracului fac? se întreabă Ellie cu voce tare, apăsând cu putere butonul de închidere.

Își strigă frustrarea spre tavanul dormitorului, apoi se prăbușește pe patul imens și gol. Nu-și poate deschide sufletul față de prieteni: au suportat prea multe astfel de conversații, iar Ellie poate ghici de pe acum răspunsul lor – *singurul* răspuns posibil. Vorbele lui Doug o duruseră. Dar și ea i-ar fi spus oricăruia dintre ei exact același lucru.

Se așază pe canapea și deschide televizorul cu telecomanda. Într-un târziu, aruncă o privire spre maldărul de ziare de alături și le trage pe genunchi, blestemând-o în gând pe Melissa. Un teanc amestecat, din câte îi spusese bibliotecarul, decupaje nedatate, neîncadrate într-o categorie anume. „N-am timp să trec prin toate. De multe ori depozităm teancuri ca ăsta." Era singurul bibliotecar sub cincizeci de ani de la arhivă. Se întrebă în treacăt de ce nu-l remarcase până atunci.

– Vezi dacă dai de ceva util, se aplecase spre ea bibliotecarul, cu un aer conspirativ. Aruncă tot ce nu-ți face trebuință, dar să nu-i spui șefului. Suntem într-un moment în care nu ne permitem să verificăm și ultima hârtiuță.

Curând Ellie înțelege și motivul: câteva recenzii teatrale, o listă de pasageri pentru o croazieră, câteva meniuri de la dineurile aniversare ale ziarului. Le răsfoiește pe toate, aruncând din când în când câte o privire spre televizor. Puține șanse s-o intereseze pe Melissa.

Acum frunzărește un dosar ferfenițit cu ceva ce pare a fi un teanc de fișe medicale. Toate cu boli de plămâni, remarcă ea cu un aer absent. Ceva legat de minerit. E pe punctul de a arunca tot teancul la coșul de gunoi când privirea îi e atrasă de un colț albastru-deschis. Îl apucă între degetul mare și arătător și trage din teanc un plic cu adresa scrisă de mână. Plicul a fost deschis, iar scrisoarea dinăuntru e datată 4 octombrie 1960.

Marea și singura mea iubire,

Să știi că am vorbit serios. Am ajuns la concluzia că singurul mod de a ieși din impas este ca unul dintre noi să ia o hotărâre curajoasă.

Eu nu am aceeași forță ca tine. Când te-am cunoscut mi-am închipuit că ești o făptură fragilă, pe care trebuia s-o protejez.

Acum îmi dau seama că m-am înşelat în privinţa noastră. Forţa îţi aparţine ţie, tu poţi îndura să trăieşti cu o iubire ca aceasta şi cu gândul că nu vom avea niciodată dreptul la ea.

Îţi cer să nu mă judeci pentru slăbiciunea mea. Singurul mod în care pot face faţă e să trăiesc într-un loc în care să nu te mai întâlnesc niciodată şi să nu mă mai chinuie în veci gândul de a te vedea cu el. Trebuie să fiu undeva unde realitatea crudă să te scoată din gândurile mele clipă de clipă, oră de oră. Ori asta nu se poate întâmpla aici.

Am să accept postul. Vineri la 19.15 voi fi pe peronul 4 din gara Paddington şi nimic în lume nu-mi va aduce mai multă fericire decât dacă ai găsi curajul să mă urmezi.

Dacă n-ai să vii, voi şti că, indiferent cât am ţine unul la altul, nu e îndeajuns. N-am să te acuz, iubirea mea. Ştiu că ultimele săptămâni au fost extrem de grele pentru tine şi simt acut tensiunea pe care ai îndurat-o. Detest gândul că eu ţi-aş putea provoca atâta nefericire.

Am să aştept pe peron începând de la şapte fără un sfert. Nu uita că inima şi speranţele mele sunt în mâinile tale.

Cu dragoste,

B.

Ellie reciteşte scrisoarea şi, în mod inexplicabil, ochii i se umplu de lacrimi. Nu-şi poate desprinde privirea de literele mari, cu înflorituri. Caracterul urgent al mesajului o şochează acum, la peste patruzeci de ani de când fusese scris. Răsuceşte în mâini plicul, studiindu-l în căutarea unor indicii. La destinatar figurează Căsuţa poştală nr. 13, Londra. Poate fi vorba de un bărbat sau de o femeie. „Ce-ai făcut, Căsuţă poştală nr. 13?“ întreabă ea în gând.

După câteva minute se ridică, pune cu grijă scrisoarea la loc în plic şi se apropie de calculator. Deschide folderul de mail şi apasă Refresh. Nimic în afară de mesajul primit la 19.45.

Trebuie să plec la un dineu, frumoaso. Îmi pare rău, e deja târziu. Vorbim mai încolo, X.

PARTEA ÎNTÂI

Singurul mod în care pot face față e să trăiesc într-un loc în care să nu te mai întâlnesc niciodată și să nu mă mai chinuie în veci gândul de a te vedea cu el. Trebuie să fiu undeva unde realitatea crudă să te scoată din gândurile mele clipă de clipă, oră de oră. Ori asta nu se poate întâmpla aici.

Am să accept postul. Vineri la 19.15 voi fi pe peronul 4 din gara Paddington și nimic în lume nu-mi va aduce mai multă fericire decât dacă ai găsi curajul să mă urmezi.

Scrisoare de la un bărbat către o femeie

Capitolul 1

1960

– Se trezeşte.

Se auzi un foşnet, hârşâitul unui scaun tras pe pardoseală, apoi clinchetul sec al unor inele de perdea ciocnite între ele. Murmurul a două voci.

– Îl chem pe doctorul Hargreaves.

Urmă un scurt moment de tăcere, timp în care ea deveni treptat conştientă de un alt fel de zgomote – glasuri înăbuşite şi îndepărtate, o maşină trecând. Avea senzaţia ciudată că toate acestea sunt undeva mai jos de ea. Rămase culcată, absorbind zgomotele, lăsându-le să prindă formă, îngăduindu-i minţii să se joace de-a v-aţi ascunselea, pe măsură ce identifica fiecare sunet.

În acelaşi moment începu să conştientizeze şi durerea. Îşi croia drum de jos în sus, insidioasă, pas cu pas: întâi braţul, o senzaţie ascuţită de arsură între cot şi umăr, apoi capul: o durere surdă, necruţătoare. O durea tot corpul, la fel cum o duruse când...

Când ce...?

– Vine în câteva secunde. A zis să tragem jaluzelele.

Îşi simţea gura uscată. Îşi lipi buzele şi înghiţi cu greutate. Voia să ceară puţină apă, dar nu-i veneau în minte cuvintele. Întredeschise ochii. În faţa ei se mişcau două siluete neclare. Ori de câte ori credea că ghicise cine erau, contururile se mişcau din nou. Albastre. Erau albastre.

– Ştiţi cine a venit adineauri la parter, nu?

Unul dintre glasuri se preschimbă în şoaptă.

– Iubita lui Eddie Cochrane[1]. Cea care a supravieţuit accidentului de maşină. A scris cântece pentru el. Mai degrabă în memoria lui.

– Pun pariu că n-o să fie aşa de bună cum a fost el.

– Toată dimineaţa s-au învârtit ziariştii pe lângă ea. Directoarea e la capătul răbdărilor.

Nu înţelegea ce spun. Durerea de cap o invadase valuri-valuri, bubuitoare, din ce în ce mai puternică, mai intensă, până când tot ce mai reuşise să facă fusese să închidă iarăşi ochii şi s-o aştepte să dispară. Apoi ceva alb o copleşi ca un val. Răsuflă tăcut, aproape cu recunoştinţă, şi se cufundă din nou în îmbrăţişarea albă.

– Te-ai trezit, draga mea? Ai un musafir.

Ceva apăru deasupra ei o fracţiune de secundă, o fantasmă care se mişcă rapid întâi într-o parte, apoi în cealaltă. Îi veni brusc în minte ceasul de mână şi felul în care sticla lui reflecta lumina soarelui pe tavanul camerei de joacă, plimbând-o în sus şi în jos şi făcându-l pe căţeluşul ei să latre.

Albastrul revenise. Îl văzu mişcându-se, îi auzi şi foşnetul. Apoi simţi o mână pe încheietură şi durerea o săgetă, smulgându-i un ţipăt ascuţit.

– Mai încet pe partea aceea, soră, se auzi un glas dojenitor. A simţit atingerea.

– Îmi pare foarte rău, doctore Hargreaves.

– Braţul va mai trebui operat. L-am prins în câteva locuri, dar încă nu-i cum trebuie.

O umbră întunecată se apleca spre picioarele ei. Ar fi vrut ca umbra să prindă contur, dar, la fel ca siluetele albastre, se încăpăţâna să rămână vagă, aşa că până la urmă renunţă şi închise ochii.

– Poţi rămâne lângă ea, dacă vrei. Vorbeşte-i. O să te audă.

– Cum sunt... celelalte răni?

[1] Cântăreţ american de rock (1938–1960), mort la 22 de ani într-un accident de maşină

– Mă tem că vor rămâne nişte cicatrici. Mai ales acolo, pe braţ. A primit o lovitură zdravănă la cap, aşa că s-ar putea să dureze puţin până când îşi va reveni complet. Însă dat fiind că a fost un accident grav, s-ar putea spune că a avut mare noroc.

Urmară câteva clipe de tăcere.

– Da.

Cineva pusese lângă ea un bol cu fructe. Deschise din nou ochii şi privirea i se oprise asupra fructierei, lăsând-o să prindă formă şi culoare. Apoi coborâse privirea, fericită o clipă că-şi putuse da seama ce anume se găsea acolo. Struguri, îşi spuse. Şi repetă, rostogolind în minte cuvântul mut: *struguri*. I se părea important, ca şi cum ar fi ancorat-o în această nouă realitate.

Apoi, la fel de rapid precum veniseră, siluetele dispărură, înghiţite de umbra albastră şi întunecată care se aşezase lângă ea. Când se trase mai aproape, ea simţi în nări un vag miros de tutun. Glasul începu să vorbească, timid, poate chiar puţin stânjenit.

– Jennifer? Jennifer? Mă auzi?

Cuvintele fuseseră rostite foarte tare. Şi, în mod ciudat, i se părea că-i tulbură tihna.

– Jenny, draga mea, eu sunt.

Se întrebă dacă i se va mai da voie să vadă din nou strugurii. I se părea necesar să-i vadă: vineţii, reali. Ceva cunoscut.

– Sunteţi sigur că mă aude?

– Absolut, dar pentru moment s-ar putea s-o obosească prea mult dacă vorbeşte.

Se auziră câteva murmure pe care nu reuşi să le desluşească. Sau poate pur şi simplu renunţase să mai încerce. Nimic nu părea să fie clar.

– Poţi... să...? şopti ea.

– Dar nu are leziuni cerebrale? În urma accidentului? Sunteţi siguri că nu vor fi... permanente?

– După cum v-am spus, a primit o lovitură puternică la cap, dar din punct de vedere medical nu au existat indicii alarmante.

Foşnet de hârtii.

– Nici fractură. Nici edem cerebral. Dar astfel de șocuri sunt întotdeauna oarecum imprevizibile, iar pacienții sunt afectați de la caz la caz. Prin urmare, va trebui să fiți puțin...

– Vă rog...

Glasul ei era un murmur abia auzit.

– Doctore Hargreaves! Cred că încearcă să vorbească.

– ... Vreau să văd...

Un chip se apropie de ea, desprinzându-se din umbre.

– Da?

– ... Vreau să văd...

„Strugurii", imploră ea în gând. „Nu vreau decât să văd iarăși strugurii."

– Vrea să-și vadă soțul!

Odată cu acest anunț triumfător, sora sări în picioare.

– Cred că vrea să-și vadă soțul.

Urmă o pauză, apoi cineva se aplecă deasupra ei.

– Sunt aici, iubito. Totul e... totul e în regulă.

Silueta se retrase și ea auzi o bătaie de palmă pe spatele cuiva.

– Ei, ați văzut? Deja începe să-și revină. Toate la timpul lor, așa-i?

Din nou o voce de bărbat.

– Soră! Mergi și spune-i sorei-șefe să pregătească ceva de mâncare pentru diseară. Nimic prea consistent. Ceva ușor și simplu de înghițit... Și dacă tot te duci, poate ne aduci și câte un ceai.

Auzi zgomot de pași, voci joase care continuau să discute lângă ea. Și un ultim gând înainte ca lumina s-o învăluie din nou: „*Soțul meu*?"

Mai târziu, când îi spuseră câtă vreme rămăsese în spital, nu-i veni să creadă. Timpul se fragmentase, devenise greu de perceput, venea și pleca în grupuri haotice de ore. Acum era marți, ora micului dejun. Deodată se făcea miercuri, ora prânzului. Pare-se că dormise timp de optsprezece ore – asta i se spusese cumva dezaprobator, ca și cum ar fi fost o impolitețe să fie absentă atâta vreme. Pe urmă se făcea vineri. Din nou.

Uneori când se trezea era întuneric și-și împingea puțin capul în perna apretată, ca să poată urmări mișcările liniștitoare ale sorei din tura de noapte. Pașii înăbușiți ai asistentelor încălțate cu pantofi cu talpă moale, umblând încoace și încolo. Când și când, murmur de conversaţie între o asistentă şi un pacient. Asistentele îi spuseseră că, dacă voia, seara se putea uita la televizor. Soţul ei plătea pentru îngrijiri suplimentare – aşa că putea cere aproape orice dorea. Întotdeauna răspundea „nu, mulţumesc"; era îndeajuns de confuză după năvala tulburătoare de informaţii şi fără trăncăneala nesfârşită a televizorului din colţ.

Pe măsură ce perioadele de trezie se lungeau şi deveneau tot mai frecvente, începu să se familiarizeze cu chipurile celorlalte femei din mica secţie de spital. Femeia mai în vârstă din rezerva din dreapta, al cărei păr negru ca smoala era perfect lipit de cap într-un aranjament prins cu fixativ: trăsăturile ei păreau încremenite într-un amestec de vagă dezamăgire şi surpriză. Din câte se părea, în tinereţe jucase într-un film şi catadicsea să povestească fiecărei asistente despre asta. Avea o voce autoritară şi puţini vizitatori. Mai era şi tânăra durdulie din rezerva din faţă, care plângea tăcut în primele ore ale dimineţii. O altă femeie vârstnică şi vioaie – să fi fost bonă? – îi aducea nişte copii mici în vizită în fiecare seară, timp de vreo oră. Cei doi băieţei se căţărau pe pat, agăţându-se de femeia cea tânără, până când bona le spunea să se dea jos, „să n-o lovească pe mama".

Asistentele îi spuseseră cum le chema pe celelalte femei şi uneori cum le chema pe ele, dar ea nu-şi amintea numele. Bănuia că asistentele erau dezamăgite.

„Soţul dumneavoastră", cum îl numeau toate, venea aproape în fiecare seară. Purta un costum bine croit, de serj bleumarin sau gri, o săruta grăbit pe obraz şi de obicei se aşeza la picioarele patului. Făcea o conversaţie de rutină, cu un aer grijuliu, întrebând-o cum era mâncarea, dacă voia să-i mai trimită ceva. Alteori pur şi simplu citea ziarul.

Era un bărbat frumos, poate cu vreo zece ani mai în vârstă decât ea, cu o frunte înaltă, vulturească, ochi cu pleoape pe jumătate lăsate şi privire gravă. Undeva în străfundurile fiinţei, ştia că el trebuie să fie ceea ce spunea că este şi că erau căsătoriţi, dar nu putea pricepe cum de nu-i trezea nici un sentiment, dat fiind că în mod evident toată lumea se aştepta la o altfel de reacţie. Uneori, când el se uita în altă parte, ea îl ţintuia cu privirea, aşteptând o tresărire familiară, care să-i spună că era vorba de cineva apropiat. Alteori când se trezea, îl găsea şezând acolo, privind-o pe deasupra ziarului, de parcă şi el ar fi trăit o senzaţie asemănătoare.

Doctorul Hargreaves, medicul curant, venea în fiecare zi, îi verifica fişa, o întreba dacă ştia ce zi era, ce oră şi cum o cheamă. Acum deja răspundea corect la toate. Ba chiar reuşea să-i spună că prim-ministrul se numea MacMillan şi că ea avea douăzeci şi şase de ani. Avea însă de furcă cu titlurile din ziare, cu evenimentele petrecute înainte ca ea să ajungă în spital.

– Vine şi vremea asta, spunea doctorul, bătând-o uşor pe mână. Nu te forţa, fii cuminte!

Venea şi mama ei, care-i aducea mici daruri, săpun, un şampon bun, reviste, de parcă toţi ar fi vrut s-o îndemne să devină ceva pe aproape de ceea ce fusese odată.

– Am fost atât de îngrijoraţi, Jenny, draga mea, îi spunea mama, punându-şi mâna răcoroasă pe fruntea ei.

Era o senzaţie plăcută. Nu familiară, dar plăcută. Uneori voia să spună ceva, apoi se mulţumea să murmure:

– Nu trebuie să te obosesc cu întrebări. O să fie totul ca înainte. Aşa zic doctorii. Prin urmare, nu trebuie să-ţi faci griji.

Ar fi vrut să-i răspundă că nu-şi făcea griji. Sub micul ei clopot de sticlă era multă linişte. Se simţea doar uşor întristată că nu putea fi aşa cum se părea că toţi se aşteptau să fie. În acest punct gândurile ei deveneau mult prea confuze şi invariabil adormea din nou.

În cele din urmă îi spuseră că va pleca acasă, într-o dimineaţă atât de rece încât fuioarele de fum pluteau în albastrul sclipitor al cerului de iarnă de deasupra capitalei ca o pădure cu ramuri firave. Între timp reuşise să se plimbe din când în când prin rezervă, să facă schimb de reviste cu celelalte paciente, care stăteau la taclale cu asistentele sau uneori, dacă aveau chef, ascultau radioul. Mai fusese operată o dată la braţ, care se vindeca frumos – aşa i se spusese –, deşi cicatricea lungă şi roşie din locul unde i se introdusese tija o făcea să se crispeze, aşa că încerca s-o ascundă sub mâneca lungă. I se făcuse şi examenul oftalmologic, auzul i se ameliora. Pielea se vindecase de nenumăratele zgârieturi produse de cioburi. Vânătăile păliseră, iar coasta şi clavicula, care suferiseră fracturi, se prinseseră la loc suficient de bine ca să poată sta în diferite poziţii fără să simtă dureri.

Practic, din câte pretindeau toţi, arăta „ca înainte", de parcă tot repetându-i acest lucru ar fi ajutat-o să-şi aducă aminte cum fusese. Între timp, mama ei petrecea ore întregi scotocind printre fotografii alb-negru, ca s-o poată readuce pe Jennifer la viaţa ei de atunci.

Află că era măritată de patru ani. Nu avea copii – din tonul scăzut al mamei ghicise că acest lucru era cumva un motiv de dezamăgire pentru toată lumea. Locuia într-o casă elegantă dintr-o zonă simandicoasă a Londrei, avea menajeră şi şofer, şi multe tinere ar fi dat orice pe lume să se bucure măcar de jumătate din câte avea ea. Soţul ei, un important om de afaceri în domeniul minier, era adeseori plecat, deşi îi era atât de devotat încât amânase mai multe *voiaje importante* după ce avusese loc accidentul. Din respectul pe care i-l arăta personalul medical, deduse că el era într-adevăr o persoană de vază, prin urmare şi ea se putea aştepta la un anumit respect – deşi i se părea ceva lipsit de sens.

Nimeni nu-i spusese mare lucru despre cum ajunsese aici, deşi o dată reuşise să se uite pe furiş la însemnările doctorului şi aflase că fusese victima unui accident de maşină. În singura ocazie când o rugase insistent pe maică-sa să-i spună ce se întâmplase, ea se înroşise la faţă şi, punându-şi mâna dolofană pe mâna lui Jennifer, o îndemnase să „nu se gândească prea mult la asta. Draga mea, totul a fost... absolut îngrozitor". Ochii i se umpluseră de lacrimi şi, nevrând s-o supere, Jennifer nu mai adusese vorba despre accident.

O fată vorbăreaţă, cu o coamă de păr roşcat şi strălucitor, veni din altă secţie a spitalului ca s-o tundă şi s-o coafeze. Fata îi spuse că în felul acesta se va simţi cu mult mai bine. Jennifer pierduse ceva păr la ceafă – îi fusese tuns ca să poată fi cusută rana – şi fata o anunţă că se pricepea de minune să camufleze astfel de cicatrici.

Peste vreun ceas şi ceva îi întinse triumfătoare lui Jennifer oglinda. Jennifer rămase cu ochii la faţa care o ţintuia cu privirea din oglindă. Chiar frumuşică, îşi zise ea, cu o satisfacţie uşor absentă. Un chip cam palid, cu urme de vânătăi, dar plăcut. „Chipul meu", se corectă ea.

– Aveţi ceva cosmetice? o întrebă fata. V-aş putea machia eu, dacă încă vă mai doare braţul. Puţin ruj vă va lumina la faţă, doamnă. Ruj şi puţin fond de ten.

Jennifer nu-şi lua ochii de la chipul din oglindă.

– Crezi că ar fi cazul?

– Oh, da. O femeie frumoasă ca dumneavoastră! Vă pot aplica un machiaj abia vizibil... dar care vă va lumina obrazul. Numai o clipă, mă duc la parter să-mi aduc trusa. Am nişte nuanţe superbe aduse de la Paris şi un ruj Charles de la Ritz care o să vă vină de minune.

– Ia te uită ce grozav arăţi! E plăcut să vezi o femeie machiată. Se vede că ai reuşit să depăşeşti momentul, i se adresă doctorul Hargreaves ceva mai târziu, când veni la vizita medicală. Cred că aştepţi cu nerăbdare să pleci acasă, aşa-i?

– Da, sigur, răspunse ea politicos.

Nu ştia cum să-i dea de înţeles că ea habar nu avea ce înseamnă acasă.

Doctorul o privi atent o clipă, poate analizându-i impresia de nesiguranţă. Apoi se aşeză pe marginea patului şi-i puse o mână pe umăr.

– Înţeleg că totul ţi se pare cumva derutant, că poate nu ţi-ai venit în fire pe deplin, dar să nu-ţi faci prea multe griji dacă multe lucruri rămân încă neclare. După un traumatism la cap se întâmplă frecvent să apară o amnezie. Ai o familie care îţi dă tot sprijinul şi sunt convins că atunci când vei fi înconjurată de lucruri cunoscute, când îţi vei relua vechile obiceiuri, îţi vei revedea prietenii, vei merge iarăşi la cumpărături şi aşa mai departe, vei vedea cum memoria revine la normal.

Ea încuviinţă din cap, ascultătoare. Înţelesese repede că toţi păreau mai fericiţi dacă reacţiona aşa.

– Ei bine, aş vrea să revii peste vreo săptămână, să văd cum ţi se vindecă braţul. Vei avea nevoie de ceva fizioterapie ca să-l poţi recupera pe deplin. Dar principalul lucru este să te odihneşti şi să nu-ţi baţi capul cu nimic. M-ai înţeles?

Medicul deja se pregătea să plece. Ce i-ar mai fi putut ea spune?

Soţul veni s-o ia cu puţin înainte de ora ceaiului. Asistentele se aliniaseră în holul de recepţie de la parter ca să-şi ia rămas-bun, toate imaculate în halatele lor apretate. Încă se simțea ciudat de slăbită și de nesigură pe picioare și îi era recunoscătoare bărbatului de lângă ea pentru brațul pe care i-l oferea drept sprijin.

– Vă mulțumesc pentru îngrijirea pe care i-ați acordat-o soției mele. V-aș ruga să trimiteți factura la biroul meu, se adresă el sorei-șefe.

– Ne-a făcut plăcere, răspunse aceasta, dând mâna cu el și zâmbind larg spre Jennifer. E minunat s-o vedem din nou pe picioare. Arătați grozav, doamnă Stirling.

– Mă simt... mult mai bine. Mulțumesc.

Purta un pardesiu lung de cașmir și o tocă asortată. El dorise să-i fie aduse trei seturi de haine diferite. Ea le alesese pe cele mai discrete: nu voia să atragă atenția.

Doctorul Hargreaves scoase capul dintr-un birou, făcându-i să ridice privirea.

– Secretara mea spune că afară sunt câțiva reporteri veniți s-o vadă pe iubita lui Cochrane. Poate preferați să plecați pe ușa din spate, ca să evitați orice zarvă.

– Ar fi mai bine. Vă deranjează dacă vă rog să-mi trimiteți șoferul să mă aștepte acolo?

După săptămâni întregi petrecute la căldura din rezerva spitalului, aerul rece de afară îi tăie respirația. Se strădui să țină pasul cu bărbatul de lângă ea, răsuflând scurt și întretăiat, până ajunse pe bancheta din spate a unui automobil mare și negru, cufundându-se în pernele uriașe de piele, iar portiera se închise cu un pocnet de mașină scumpă. Mașina demară și se pierdu în traficul Londrei, cu motorul torcând abia auzit.

Privi afară pe geam, la reporterii abia vizibili pe treptele intrării principale a spitalului și la fotografii înfofoliți, care schimbau lentile la aparatele de fotografiat. În depărtare, străzile din centrul Londrei erau pline de trecători grăbiți, cu gulerele ridicate ca să-i apere de vânt, și de bărbați cu pălăriile trase pe frunte.

– Cine e iubita lui Cochrane? întrebă ea, întorcându-se spre bărbatul de alături.

El tocmai îi șoptea ceva șoferului.

– Cine?

– Iubita lui Cochrane. Doctorul Hargreaves vorbea despre ea.

– Cred că a fost iubita unui cântăreţ foarte cunoscut. Au avut un accident de maşină chiar înainte să...

– Toată lumea vorbea despre ea. Asistentele de la spital.

El părea să-şi fi pierdut interesul.

– O las pe doamna Stirling acasă şi, după ce se instalează, merg la birou, îi spuse el şoferului.

– Ce s-a întâmplat cu cântăreţul? insistă ea.

– Cu cine?

– Cu Cochrane. Cântăreţul.

Soţul ei o privi ca şi cum ar fi cumpănit ceva în minte.

– A murit, răspunse el.

Apoi îşi îndreptă din nou atenţia către şofer.

Jennifer urcă încet treptele casei de stuc alb şi, când ajunse în capul scării, uşa se deschise ca prin farmec. Şoferul îi aşeză cu grijă valiza în hol, apoi se retrase. Soţul, care venea în urma ei, făcu semn din cap unei femei care aşteptase în hol, evident ca să-i întâmpine. Îmbrăcată în fustă şi jachetă bleumarin, femeia părea să aibă vreo şaizeci de ani, iar părul ei de culoare închisă era strâns într-un coc sever.

– Bine aţi venit acasă, doamnă, spuse ea, întinzându-i mâna.

Avea un zâmbet deschis şi vorbea engleza cu un puternic accent străin.

– Ne pare tare bine că v-aţi însănătoşit.

– Mulţumesc, răspunse Jennifer.

Ar fi vrut să i se adreseze pe nume, dar se jena s-o întrebe cum o cheamă.

Femeia aşteptă să le ia pardesiele şi dispăru cu ele pe coridor.

– Te simţi obosită? întrebă el, plecându-şi capul şi privind-o atent.

– Nu, totul e în regulă.

Se uită în jur, dorind să-şi poată masca dezamăgirea: în ce o privea, ar fi putut la fel de bine să nu fi văzut casa aceea în viaţa ei.

– Acum trebuie să mă întorc la birou. E în regulă dacă rămâi numai cu doamna Cordoza?

Cordoza. Numele nu-i suna chiar necunoscut. Simţi un mic val de recunoştinţă. *Doamna Cordoza*.

– E în regulă, mulţumesc. Te rog să nu-ţi faci griji pentru mine!

– Mă întorc la şapte... dacă eşti sigură că te descurci...

Se vedea limpede că abia aştepta să plece. Se aplecă, o sărută pe obraz, ezită o clipă, apoi dispăru.

Ea rămase în hol, ascultându-i paşii care se pierdeau pe treptele de afară, apoi murmurul motorului în timp ce maşina se îndepărta. Casa i se păru dintr-odată uriaşă şi pustie.

Atinse tapetul de mătase, studie parchetul lustruit şi tavanul ameţitor de înalt. Îşi scoase mănuşile cu mişcări sigure şi calculate. Apoi se aplecă să privească mai atent fotografiile de pe masa din hol. Cea mai mare era o fotografie de nuntă, într-o ramă sofisticată de argint bine lustruit. Fotografia o înfăţişa pe ea, îmbrăcată într-o rochie albă, care-i venea ca turnată, cu chipul pe jumătate acoperit de un voal de mătase, cu soţul alături, zâmbind larg. „Chiar m-am măritat cu el", îşi spuse Jennifer. Şi următorul gând: „Par atât de fericită".

Tresări speriată. Doamna Cordoza apăruse în spatele ei şi stătea acolo, cu mâinile împreunate în faţă.

– Mă întrebam dacă doriţi să vă aduc nişte ceai. M-am gândit că v-ar face plăcere să-l beţi în salon. Am făcut focul acolo pentru dumneavoastră.

– Ar fi...

Jennifer se uită la uşile dispuse de-a lungul coridorului. Apoi privirea i se opri din nou asupra fotografiei. Abia după câteva clipe vorbi din nou.

– Doamnă Cordoza... vă supăraţi dacă vă rog să-mi daţi braţul? Doar până mă aşez. Încă nu mă simt sigură pe picioare.

Nu ştia nici ea de ce nu voia ca femeia aceea să afle cât de puţin îşi amintea de felul în care erau dispuse încăperile în propria ei casă.

Pur şi simplu avea senzaţia că, dacă s-ar putea preface şi toată lumea ar crede-o, ceea ce era acum actorie ar fi putut deveni realitate.

Menajera pregătise cina: o tocană cu cartofi şi păstăi subţiri de fasole franţuzească. O lăsase în cuptorul de jos, aşa-i spusese lui Jennifer. Jennifer fusese nevoită să aştepte întoarcerea soţului ei înainte să fie servită mâncarea: braţul ei drept era încă slăbit şi se temea să nu scape cumva oala grea de fontă.

Petrecuse acea oră de singurătate plimbându-se prin casa uriașă, familiarizându-se cu ea, deschizând sertare și studiind fotografii. „*Casa mea*“, continua Jennifer să-și repete. „*Lucrurile mele. Soțul meu.*“ O dată sau de două ori își impusese să nu se gândească la nimic și lăsase pașii s-o poarte unde își imagina că poate fi o baie sau un birou, fericită să descopere că o parte din ea totuși recunoștea casa. Cercetă cărțile din salon, remarcând cu oarecare satisfacție că, deși atât de multe lucruri i se păreau străine, totuși își amintea despre ce era vorba în multe dintre cărți.

Cel mai mult timp îl petrecu în dormitorul ei. Doamna Cordoza îi despachetase valiza și-i pusese toate lucrurile la locul lor. Două dulapuri încastrate în perete îi dezvăluiau cantități impresionante de haine perfect curate și aranjate fără cusur. Toate îi veneau ca turnate, până și pantofii cei mai uzați. Peria ei de păr, parfumurile și pudrierele erau aliniate pe o măsuță de toaletă. Pielea ei întâmpină parfumurile cu o senzație plăcută de familiaritate. Culorile cosmeticelor chiar i se potriveau: Coty, Chanel, Elizabeth Arden, Dorothy Gray - oglinda era înconjurată de un mic batalion de creme și unguente scumpe.

Trase un sertar și luă în mână teancuri de sutiene și alte articole de lenjerie din mătase și satin. „Sunt o femeie care se preocupă de felul cum arată“, remarcă ea. Se așeză și se privi în oglinda triplă, apoi începu să-și perie părul cu mișcări prelungi și sigure. „Asta fac de obicei“, își spuse ea de mai multe ori.

În cele câteva momente când simți cum o invada necunoscutul, își găsi de lucru cu mărunțișuri, rearanjând prosoapele în dulapul de la parter, scoțând din dulapuri farfurii și pahare.

El se întoarse puțin înainte de șapte. Ea îl aștepta în hol, proaspăt machiată, cu o umbră de parfum pe gât și pe umeri. Își dădu seama că lui îi plăcea acea aparență de normalitate. Îi luă haina, o agăță în debara și-l întrebă dacă dorea să bea ceva.

– Ar fi grozav, mulțumesc, răspunse el.

Ea șovăi, cu mâna pe o carafă.

El se întoarse și-i remarcă nehotărârea.

– Da, draga mea, aceea e sticla. Whisky. Două degete de băutură, cu gheață. Mulțumesc.

La cină, se așeză în dreapta ei la masa mare din lemn de mahon lustruit, din care o porțiune întinsă rămăsese goală și neîmpodobită. Ea puse mâncarea aburindă pe farfurii, iar el așeză farfuriile în dreptul fiecăruia. „Asta-i viața mea", o străbătu gândul, în timp ce-l urmărea cu privirea. „Asta facem seara."

– Mă gândeam să-i invităm pe soții Moncrieff la cină sâmbătă. Crezi că poți face față?

Ea duse furculița la gură.

– Cred că da.

– Bine, încuviință el, dând din cap. Prietenii noștri au tot întrebat de tine. Le-ar face plăcere să vadă că... ți-ai revenit.

Ea se strădui să zâmbească.

– Ar fi... plăcut.

– Mă gândeam că probabil n-o să facem mare lucru o săptămână, două. Până când ai să-ți revii complet.

– Da.

– E foarte bună mâncarea. Tu ai făcut-o?

– Nu. Doamna Cordoza.

– Aha.

Mâncară în tăcere. Ea bău doar apă – doctorul Hargreaves o sfătuise să nu bea deloc alcool –, dar își invidia soțul pentru paharul pe care-l avea în față. Ar fi vrut să uite de sentimentul straniu al necunoscutului, să-l mai atenueze.

– Cum merge treaba... la birou?

El își ținea capul plecat.

– Totul e în regulă. În următoarele câteva săptămâni va trebui să merg să văd minele, dar înainte de-a pleca vreau să mă asigur că poți să te descurci singură. Bineînțeles, o vei avea pe doamna Cordoza ca să te ajute.

O încercă un vag sentiment de ușurare la gândul că va fi singură.

– Sunt sigură că totul va fi bine.

– Pe urmă m-am gândit că am putea pleca vreo câteva săptămâni pe Riviera. Am niște treburi acolo, iar soarele ți-ar face bine. Doctorul Hargreaves spunea că ar ajuta la... vindecarea cicatricilor.

Vorbise cu voce din ce în ce mai stinsă.

– Pe Riviera, repetă ea.

O fulgeră imaginea unei faleze luminate de razele lunii. Râsete. Clinchet de pahare. Închise ochii, dorindu-și ca imaginea să devină clară.

– Mă gândeam că de data asta am putea merge cu mașina numai noi doi.

Gata, imaginea dispăruse. Își putea auzi timpanele pulsând. „Rămâi calmă", își spuse. „Îți va reveni memoria. Așa te-a asigurat doctorul Hargreaves."

– Acolo pari să fii întotdeauna fericită. Poate ceva mai fericită decât la Londra.

Ridică scurt privirea către ea, apoi se uită în altă parte.

Din nou senzația că era pusă la încercare. Se sili să mestece și să înghită.

– Cum crezi tu că-i mai bine, răspunse ea liniștită.

În încăpere se așternu tăcerea, întreruptă doar de clinchetul furculiței cu care el își răzuia farfuria – un sunet supărător. Dintr-odată mâncarea deveni pentru ea un obstacol de netrecut.

– De fapt, sunt mai obosită decât mi-am închipuit. Te-ar deranja dacă m-aș duce la mine în cameră?

Se ridică de pe scaun, iar el îi urmă exemplul.

– Ar fi trebuit să-i spun doamnei Cordoza că o masă frugală e de ajuns. Vrei să te conduc până sus?

– Te rog, nu te deranja.

Refuză cu un semn al mâinii brațul pe care el i-l întinsese.

– Sunt doar puțin obosită. Sunt sigură că mâine-dimineață o să mă simt mai bine.

La zece fără un sfert îl auzi intrând. Stătuse lungită în pat, perfect conștientă de așternutul care o învelea, de lumina lunii care se strecura printre draperiile lungi, de sunetul îndepărtat al traficului din piață, de cel al taxiurilor care opreau ca să coboare clienții, de salutul politicos al cuiva ieșit cu câinele la plimbare. Rămăsese perfect nemișcată, așteptând să-i pară ceva cunoscut, așteptând ca mintea ei să accepte ușurința cu care se reintegrase în ambianța concretă a locuinței.

Apoi se deschise ușa.

El nu aprinse lumina. Ea auzi pocnetul surd al umerașelor de lemn pe care el își agăța sacoul, târșâitul pantofilor scoși din picioare.

Şi brusc încremeni. Soţul ei – acel bărbat, acel străin – urma să vină în patul ei. Se concentrase atât de mult asupra strădaniei de a depăşi fiecare moment încât nu se gândise şi la această posibilitate. Cumva se aşteptase ca el să doarmă în camera de oaspeţi.

Îşi muşcă buza, cu pleoapele strâns lipite, silindu-se să răsufle rar, ca şi cum ar fi dormit. Îl auzi intrând în baie, apoi apa şiroind din robinet, sunetul periuţei de dinţi mânuite viguros şi un gâlgâit scurt de gargară. Tălpile lui foşniră din nou pe covorul din cameră şi în clipa următoare se strecură în aşternut, adâncind salteaua şi făcând să scârţâie patul, ca un fel de protest. Rămase nemişcat timp de un minut, timp în care ea se străduia să respire regulat. „Nu, te rog, nu", îl imploră în gând. „Abia dacă te cunosc."

– Jenny, şopti el.

Îi simţi mâna pe şold şi se sili să nu tresară.

El îşi mişcă mâna, aşteptând să vadă dacă ea reacţionează.

Ea expiră adânc, dorind să mimeze inconştienţa nevinovată a unui somn adânc. Simţi cum mâna se opreşte şi, cu un oftat, el se trânti înapoi pe pernă.

Aş vrea să fiu eu acela care te salvează, dar pur şi simplu nu va fi aşa... N-am să te mai sun după ce vei primi aceste rânduri, pentru că s-ar putea să te tulbur şi dacă te-aş auzi plângând n-ai fi tu însăţi, pentru că într-un an şi jumătate nu te-am văzut niciodată plângând şi niciodată n-am avut o iubită ca tine.

Scrisoare de la un bărbat către o femeie

Capitolul 2

Moira Parker privi maxilarul încleştat al şefului, pasul hotărât cu care parcurgea biroul ei ca să se ducă în cabinetul lui de lucru şi-şi spuse că probabil era bine că domnul Arbuthnot era în întârziere. Se vedea limpede că ultima şedinţă nu decursese bine.

Se ridică, netezindu-şi fusta, şi-i luă pardesiul pătat de stropi de ploaie în scurtul drum de la maşină la birou. Îi puse umbrela în stativ şi întârzie alte câteva clipe ca să-i agaţe cu grijă haina în cuier. Lucra pentru el de suficientă vreme ca să-şi dea seama când avea nevoie să rămână singur.

Îi turnă o ceaşcă de ceai – el bea întotdeauna o ceaşcă de ceai după-amiaza şi două ceşti de cafea dimineaţa –, îşi adună hârtiile cu o atenţie deprinsă în ani de experienţă, apoi ciocăni la uşă şi intră.

– Presupun că domnul Arbuthnot a rămas blocat în trafic. Se pare că este un blocaj important pe Marylebone Road.

El citea scrisorile pe care i le lăsase mai devreme pe birou, la semnat. Aparent mulţumit, scoase stiloul din buzunarul de la piept şi le semnă cu mişcări scurte şi repezite. Ea îi puse ceaiul pe birou şi împături scrisorile, alăturându-le teancului pe care-l avea deja.

– Am rezervat bilete de avion pentru Africa de Sud şi am aranjat să le puteţi ridica de la aeroport.

– Asta înseamnă pe cincisprezece.

– Da. Dacă doriţi să verificaţi lucrările, vi le aduc. Aici sunt cifrele de vânzări pentru săptămâna trecută. Cele mai recente sume totale pentru salarii sunt în dosarul de aici. Şi nu ştiam precis dacă veţi avea timp să luaţi prânzul după şedinţa cu producătorii de autoturisme, aşa că mi-am permis să vă comand nişte sendvişuri. Sper că nu aveţi nimic împotrivă.

– Foarte drăguţ din partea ta, Moira. Mulţumesc.

– Doriţi să vi le aduc acum? Să le serviţi la ceai?

El încuviinţă din cap, cu un surâs fugar. Ea se strădui să nu roşească. Ştia că toate celelalte secretare o luau peste picior pentru ceea ce ele socoteau un exces de zel faţă de şef, fără a mai pune la socoteală ţinuta ei severă şi modul cumva rigid de a rezolva lucrurile. Dar lui îi plăcea ca treaba să fie bine făcută – lucru pe care ea îl înţelesese întotdeauna. Fetele acelea prostuţe, care stăteau mereu cu nasul în reviste şi bârfeau tot timpul pe la toaletă, nu pricepeau plăcerea unui lucru făcut cum se cuvine. Nu pricepeau satisfacţia de a te şti *indispensabil.*

Ezită o clipă, apoi scoase ultima scrisoare din dosar.

– A sosit şi poşta de prânz. M-am gândit că ar fi bine să vă uitaţi la asta. Încă o scrisoare despre muncitorii din Rockdale.

El îşi încruntă sprâncenele, pierzându-şi surâsul care-i luminase faţa. Citi scrisoarea de două ori.

– A mai văzut şi altcineva scrisoarea asta?

– Nu, domnule.

– Pune-o la dosar împreună cu celelalte, spuse el, întinzându-i scrisoarea. Asta aduce doar necazuri. Aici e mâna sindicatelor. Nu vreau să negociez cu ele.

Ea luă scrisoarea fără un cuvânt. Dădu să plece, apoi se întoarse.

– Îmi permiteţi să vă întreb... cum se simte soţia dumneavoastră? Cred că se bucură că s-a întors acasă.

– E bine, mulţumesc. Şi-a revenit în... în mare parte, răspunse el. A ajutat-o mult faptul că a revenit acasă.

Ea înghiţi în sec.

– Mă bucur mult să aud asta.

El era deja atent la altceva: analiza cifrele de vânzări care-i fuseseră aduse. Cu acelaşi zâmbet pe faţă, Moira Parker îşi strânse hârtiile la piept şi se înapoie în biroul ei.

Vechi prieteni, aşa-i spusese el. Nimic care s-o solicite prea tare.

Doi dintre ei îi erau deja cunoscuţi lui Jennifer, fiindcă veniseră s-o vadă la spital, apoi o vizitaseră şi după ce se întorsese acasă. Yvonne Moncrieff, o femeie înaltă şi uscăţivă, cu părul negru, abia trecută de treizeci de ani, îi fusese prietenă încă de când erau vecine apropiate în Medway Square. Avea un fel de-a fi laconic și sardonic, total opus celeilalte prietene, Violet, pe care Yvonne o cunoscuse în anii de şcoală şi care părea să accepte umorul tăios al lui Yvonne şi ironia cu care o punea la punct, ca pe ceva meritat.

La început Jennifer se străduise din răsputeri să prindă aluziile comune, să surprindă vreo semnificaţie a numelor pe care le aduceau în discuţie cele două, dar nu se simţea în largul ei în compania lor. Învăţa să se încreadă în reacţiile ei interioare faţă de oameni: amintirile îşi puteau găsi sălaş în alte locuri decât în minte.

– Aş vrea şi eu să-mi pierd memoria, spusese Yvonne când Jennifer îi mărturisise ce ciudat se simţise în clipa trezirii la spital. Aş porni la plimbare la asfinţitul soarelui şi, mai ales, aş uita că m-am măritat cu Francis.

Trecuse pe la Jennifer ca s-o asigure că totul era în regulă. Urma să fie un dineu „liniştit", dar pe măsură ce trecea după-amiaza, Jennifer ajunsese să se simtă aproape paralizată de îngrijorare.

– Nu ştiu de ce te frământi atâta, dragă. Petrecerile tale sunt legendare.

Stătea cocoţată pe marginea patului, în timp ce Jennifer punea şi scotea rochie după rochie.

– Da, dar prin ce?

Încercă să-şi aranjeze bustul în corsajul unei rochii. Părea să fi slăbit în ultimele săptămâni şi rochia se încreţea urât în faţă.

Yvonne pufni în râs.

– Oh, linişteşte-te! Nu trebuie să faci absolut nimic, Jenny. Graţie minunatei doamne C. vei avea cu ce să te mândreşti. Casa e superbă. Tu arăţi teribil de bine. Sau cel puţin vei arăta, dacă-ţi pui naibii o rochie pe tine.

Îşi zvârli pantofii din picioare şi-şi săltă pe pat gambele lungi şi elegante.

– Niciodată n-am înţeles entuziasmul tău pentru musafiri. Să nu mă înţelegi greşit, şi mie îmi place să merg la petreceri, dar toată munca aia de *organizare*...

Îşi studia unghiile.

– Petrecerile sunt ca să mergi la ele, nu ca să le dai. Aşa spunea mama şi zău că e valabil şi acum. Sunt dispusă să-mi cumpăr o rochie, două, dar să fac sendvişuri şi să-mi bat capul cum să aşez oaspeţii la masă? Pfui!

Jennifer reuşi să-şi aranjeze decolteul şi se privi atent în oglindă, răsucindu-se spre stânga, apoi spre dreapta. Întinse braţul. Pielea de pe cicatrice era încă umflată şi de un roşu intens.

– Crezi că ar trebui să port mânecă lungă?

Yvonne se săltă în capul oaselor şi o privi atent.

– Te doare?

– Mă doare tot braţul. Doctorul mi-a dat nişte pastile. Mă întrebam doar dacă cicatricea ar fi cam...

– Deranjantă?

Yvonne îşi încreţi nasul.

– Probabil că-i mai bine să pui ceva cu mânecă lungă, dragă. Doar până când mai păleşte un pic. Şi pe urmă, e atât de frig.

Jennifer era şocată de comentariul direct al prietenei ei, dar nu se simţea jignită. De când se întorsese acasă era prima oară când cineva îi vorbea fără înconjur.

Lăsă rochia să cadă la podea, păşi afară din ea şi se duse la şifonier, unde scotoci până dădu de o rochie strâmtă din mătase naturală. O trase afară. Era extrem de bătătoare la ochi. De când ieşise din spital mereu simţise nevoia să se ascundă în haine de stofă, în nuanţe subtile de gri şi maro, deşi aceste rochii împodobite cu pietre preţioase îi atrăgeau mereu privirea.

– Aşa ceva? întrebă ea.

– Ce anume?

Jennifer răsuflă adânc.

– Aşa ceva purtam înainte? Aşa arătam?

Îşi lipi rochia de trup.

Yvonne scoase o ţigară din poşetă şi o aprinse, studiind atent chipul lui Jennifer.

– Vrei să spui că tu chiar nu-ţi mai aminteşti nimic?

Jennifer se aşeză pe un scăunel în faţa măsuţei de toaletă.

– În mare măsură nu, mărturisi ea. Ştiu că *te cunosc*. La fel cum îl cunosc şi pe el. Simt undeva aici.

Se bătu uşor pe piept.

– Dar e... Am mari goluri de memorie. Nu-mi amintesc cum mă simţeam în viaţa pe care o duceam înainte. Nu ştiu cum trebuie să mă comport cu oamenii. Nu…

Îşi muşcă buza în interior.

– Nu ştiu cine sunt.

Brusc ochii i se umplură de lacrimi. Trase un sertar, apoi încă unul, în căutarea unei batiste.

Yvonne aşteptă o clipă, apoi se ridică, se îndreptă spre Jennifer şi se aşeză alături de ea pe scăunelul îngust.

– Linişteşte-te, draga mea! Îţi povestesc eu cum stau lucrurile. Eşti adorabilă, ai simţul umorului şi debordezi de *joie de vivre*[1]. Ai o viaţă perfectă, un soţ frumos şi bogat care te adoră şi o garderobă pentru care şi-ar da viaţa oricare femeie. Părul tău e întotdeauna coafat fără cusur. Ai o talie ca de viespe. La toate întâlnirile din societate tu eşti centrul atenţiei şi toţi soţii noştri sunt în taină îndrăgostiţi de tine.

– Lasă prostiile!

– Nu sunt prostii. Francis te adoră. Ori de câte ori îţi vede zâmbetul obraznic şi buclele blonde, îmi dau seama că se întreabă de ce naiba s-a însurat cu evreica asta slăbănoagă şi arţăgoasă. Cât despre Bill...

– Bill?

– Soţul lui Violet. Înainte să te măriţi, practic umbla după tine ca un căţeluş. Noroc că se teme grozav de soţul tău, altfel de mult te-ar fi răpit şi ar fi fugit cu tine.

Jennifer îşi şterse ochii cu o batistă.

– Eşti tare bună cu mine.

– Ba deloc. Dacă n-ai fi tu aşa drăguţă, de mult aş fi pus pe careva să-ţi ia gâtul. Norocul tău că te simpatizez.

Rămaseră una lângă alta pe scăunel câteva minute. Jennifer freca cu putere un punct de pe covor cu degetul de la picior.

---

[1] Bucuria de a trăi

– De ce n-am copii?

Yvonne trase zdravăn din ţigară. Privi scurt spre Jennifer şi-şi arcui sprâncenele.

– Ultima oară când am discutat pe tema asta ai comentat că, pentru a avea copii, e de regulă preferabil ca soţul şi soţia să se găsească măcar un timp pe acelaşi continent. Soţul tău lipseşte foarte mult de acasă.

Zâmbi ironic şi dădu afară fumul într-un cerc perfect.

– Iată încă un motiv pentru care întotdeauna te-am invidiat teribil.

Jennifer chicoti cumva jenată, iar Yvonne continuă:

– Oh, totul va fi bine, draga mea. Ar trebui să faci cum te sfătuieşte doctorul tău, pe care dai o groază de bani, şi anume să nu te mai frământi. Probabil că peste vreo câteva săptămâni vei trăi un moment de revelaţie şi-ţi vei aminti tot – un soţ dezgustător, care sforăie, starea economiei, contul tău nelimitat de la magazinul Harvey Nichols[1]. Între timp, bucură-te de neştiinţa ta, atâta cât o ai.

– Presupun că ai dreptate.

– Şi acum că ţi-am spus toate astea, părerea mea e că ar trebui să-ţi pui rochia trandafirie. Ai un colier de cuarţ care se potriveşte de minune. Rochia verde nu-ţi vine bine. Îţi face sânii să arate ca două baloane dezumflate.

– Oh, eşti o prietenă adevărată! exclamă Jennifer şi amândouă izbucniră în râs.

Uşa se trânti şi el lăsă din mână servieta pe pardoseala din hol, cu aerul rece de afară încă prezent pe palton şi pe piele. Îşi scoase fularul, o sărută pe Yvonne şi-şi ceru scuze că întârziase.

– Şedinţă cu contabilii. Ştiţi cum e cu oamenii ăştia care se ocupă de bani.

– Oh, Larry, ar trebui să-i vezi cum sunt când se adună împreună. Cumplit de plicticoşi! Eu şi Francis suntem căsătoriţi de cinci ani şi eu tot nu ştiu diferenţa dintre debit şi credit.

Yvonne se uită la ceas.

---

[1] Lanţ de magazine, deschis în Londra în 1813

– Ar trebui să sosească și el curând. Fără îndoială, iar a dat de vreo coloană de cifre importante, asupra cărora să-și fluture bagheta magică.

El își privi soția.

– Arăți superb, Jenny.

– Nu-i așa? Soția ta este întotdeauna perfect pusă la punct.

– Da, da, așa e.

Își trecu palma peste bărbie.

– Și acum, v-aș ruga pe amândouă să mă scuzați. Mă duc să mă aranjez puțin înainte de sosirea celorlalți musafiri. O să ningă iar, am auzit la radio buletinul meteo.

– Până vii tu, noi o să bem ceva, strigă Yvonne în urma lui.

Când ușa se deschise pentru a doua oară, nervii lui Jennifer erau deja amorțiți de tăria unui cocktail. „Totul va fi bine“, își repeta ea în gând. Yvonne avea să-i dea indicii, în caz că va fi pe punctul de a se face de râs. Erau prietenii ei. Nu vor pândi în așteptarea unor scăpări din partea ei. Erau o altă treaptă în drumul ei de revenire la normal.

– Jenny! Mulțumim mult pentru invitație.

Violet Fairclough o îmbrățișă, cu fața ei rotundă aproape acoperită de un turban.

Își scoase turbanul și-l dădu gazdelor, împreună cu paltonul. Purta o rochie de mătase, cu decolteu adânc și care se întindea pe trupul ei voluminos ca o parașută umflată de vânt. Ca să cuprindă talia lui Violet, remarca ulterior Yvonne, era nevoie de o mică companie de infanterie.

– Jennifer, adorabilă ca întotdeauna.

Un bărbat înalt, cu părul roșcat, se aplecă s-o sărute pe obraz.

Jennifer era uimită de nepotrivirea dintre cei doi. Nu și-l amintea absolut deloc și i se părea aproape comic că era soțul micuței Violet.

– Poftiți înăuntru, îi invită Jennifer, luându-și ochii de la el și recăpătându-și stăpânirea de sine. Soțul meu va coborî în câteva minute. Între timp vă pregătesc ceva de băut.

– Soțul meu? Vai, ce oficială suntem astă-seară! râse Bill.

– Păi... bâigui Jennifer. ... a trecut atâta vreme de când nu v-am văzut pe toți...

– Răule! Trebuie să te porți frumos cu Jenny.

Yvonne îl sărută.

– E încă teribil de sensibilă. Ar trebui să stea lungită languros în pat, iar noi să alegem pe rând câte un bărbat care să-i ofere câte un bob de strugure. Dar ea ar insista mai curând să primească un martini.

– Ei bine, *asta*-i Jenny pe care o știm și o iubim.

Zâmbetul apreciativ al lui Bill zăbovi atât de mult asupra ei încât Jenny se uită de două ori la Violet, să se asigure că aceasta nu se simțea jignită. Dar lui Violet nu părea să-i pese: căuta ceva în poșetă.

– Am dat bonei celei noi numărul vostru, zise ea, ridicând privirea. Sper că n-ai nimic împotrivă. Nu-i bună de nimic. Mă aștept să sune aici din minut în minut să ne spună că nu găsește pantalonașii de pijama ai lui Frederick și altele asemenea.

Jennifer îl surprinse pe Bill ridicând ochii în tavan și, pentru o fracțiune de secundă, își dădu seama cu durere că gestul îi era familiar.

Erau opt persoane în jurul mesei, cu soțul ei și Francis așezați într-un capăt și în celălalt. Yvonne, Dominic, care ocupa o poziție înaltă la Regimentul Gărzilor Călare, și Jennifer stăteau pe partea dinspre fereastră, având-u-i pe Violet, Bill și Anne, soția lui Dominic, în fața lor. Anne era o fire veselă, care pufnea în râs la glumele bărbaților, cu o sclipire șăgalnică în ochi, semn al unei femei mulțumite de ea însăși.

Jennifer se trezi studiindu-i pe toți în timpul conversației, analizând și disecând cu minuție de legist fiecare lucru pe care și-l spuneau unul altuia, în căutarea unor indicii ale vieții lor de dinainte. Observă că Bill își privea numai arareori soția, necum să-i mai adreseze și cuvântul. Violet părea să nu bage de seamă, și Jennifer se întrebă dacă femeia era conștientă de indiferența lui sau pur și simplu își ascundea cu stoicism stânjeneala.

În ciuda criticilor glumețe la adresa lui Francis, Yvonne nu-l scăpa din ochi nici o clipă. Ironiile adresate lui erau însoțite de un surâs provocator. „Asta-i relația dintre ei", reflectă Jennifer. „Yvonne nu vrea să-i arate ce mult înseamnă pentru ea."

– Aș vrea să investesc în frigidere, tocmai spunea Francis. Azi-dimineață scria în ziar că anul acesta s-ar putea vinde un milion de chestii din astea în Marea Britanie. Un milion! Acum cinci ani erau... o sută șaptezeci de mii.

– În America se vând probabil de zece ori pe atât. Am auzit că lumea le schimbă o dată la câțiva ani.

Violet își înfipse furculița într-o bucată de pește.

– Și sunt uriașe. Sunt duble față de ale noastre. Vă puteți închipui?

– În America toate sunt mai mari. Sau așa le place lor să ne spună.

– Inclusiv părerea despre propria persoană, judecând după cei cu care am venit în contact, se ridică și vocea lui Dominic. Până nu cunoști un general yankeu n-ai idee ce înseamnă un nesuferit și un știe-tot.

Anne râdea.

– Sărmanul Dom a rămas perplex când cineva a încercat să-l învețe cum să-și conducă propria mașină.

– „Auziți, sediul dumneavoastră e cam mic. Și mașinile sunt cam mici. Și rațiile sunt cam mici..." îl maimuțări Dominic pe cel despre care vorbea. Ar fi trebuit să vadă cum stă treaba cu raționalizarea. Bineînțeles, habar n-au...

– Dom s-a gândit să se distreze puțin pe seama lui și a împrumutat automobilul Morris Minor de la maică-mea. S-a dus să-l ia pe tip cu mașina. Ar fi trebuit măcar să-i vedeți fața.

– „Așa-s mașinile pe aici, amice", i-am zis. „Pentru demnitarii veniți în vizită folosim Vauxhall Velox[1]. Acolo ai cam zece centimetri în plus, ca să-ți pui picioarele."

– M-am tăvălit pe jos de râs, comentă Anne. Nu știu cum de Dom n-a dat de bucluc.

– Cum merg afacerile, Larry? Am auzit că peste vreo săptămână pleci din nou în Africa.

Jennifer văzu cum soțul ei se lasă pe spătarul scaunului.

– Bine. Ba chiar foarte bine. Tocmai am semnat un contract cu o firmă producătoare de plăcuțe de frână.

Își așeză furculița și cuțitul unul lângă altul pe farfurie.

– De fapt, cu ce anume te ocupi? Niciodată nu știu exact ce-i cu minunăția asta de minereu nou, pe care-l folosești.

---

[1] Marcă britanică de mașină, utilizată în anii '60

– Nu te preface interesată, Violet, interveni Bill, de peste masă. Violet arareori se preocupă de ceva ce nu e roz sau bleu sau care nu spune „mama".

– Asta înseamnă pur și simplu că nimic altceva n-o stimulează acasă, Bill, dragule! îl contracară Yvonne și bărbații începură să fluiere, veseli nevoie mare.

Laurence Stirling se întorsese către Violet.

– De fapt, nu-i deloc vorba despre un nou minereu, explică el. E ceva care există încă de pe vremea romanilor. Ai învățat la școală despre romani?

– Bineînțeles. Dar evident că nu-mi mai amintesc nimic, răspunse ea, râzând strident.

Laurence coborî glasul și toți mesenii tăcură, ca să-l audă mai bine.

– Ei bine, Pliniu cel Bătrân a scris cum a văzut el la un banchet o cârpă aruncată în foc și apoi scoasă de acolo după câteva minute, absolut intactă. Unii au crezut că e vrăjitorie, dar el și-a dat seama că era vorba de ceva extraordinar.

Scoase din buzunar un pix, se aplecă și scrise ceva pe șervetul de damasc, apoi împinse șervetul către ea, ca să-l vadă mai bine.

– Denumirea de crisotil, care-i cea mai comună, vine de la cuvintele grecești „*chrysos*", care înseamnă aur și „*tilos*", care înseamnă fibră. Încă de atunci oamenii și-au dat seama că era o descoperire foarte valoroasă. Tot ce fac eu, de fapt firma mea, este să extrag acest minereu și să-l pregătesc pentru o serie întreagă de întrebuințări.

– Stingeți incendii.

– Da.

Își privi mâinile cu un aer gânditor.

– Mai bine zis, le împiedicăm să izbucnească.

Se așternu o scurtă tăcere și toți căpătară un aer grav. Laurence aruncă o privire scurtă spre Jennifer, apoi se uită în altă parte.

– Prin urmare, de unde ies atâția bani, frate? Doar nu din fețe de masă ignifuge.

– Din piese auto.

Laurence se lăsă pe spătarul scaunului și toți părură a se relaxa odată cu el.

– Se crede că în zece ani majoritatea familiilor britanice vor avea mașină. Asta înseamnă un număr considerabil de plăcuțe de frână. În plus, purtăm negocieri cu căile ferate și cu companiile aeriene. Dar azbestul alb are practic un număr infinit de întrebuințări. Ne-am extins la canalizare, construcții de ferme, blindaje, izolații.

– Chiar că-i un minereu-minune.

Laurence se simțea în largul lui discutând despre afaceri cu prietenii, spre deosebire de momentele când rămâneau numai ei doi, își spuse Jennifer. În plus, pentru el trebuie să fi fost ciudat s-o știe grav rănită și încă nerecuperată pe deplin. Îi veni în minte felul în care Yvonne o descrisese mai devreme, după-amiază: adorabilă, cumpănită, *zâmbet obraznic*. Oare soțului ei îi era dor de acea femeie? Poate conștient că ea îl privea, el întoarse capul și-i prinse privirea. Ea surâse și, după o clipă, el îi răspunse la surâs.

– Am observat! Ei, haide, Larry, n-ai voie să te uiți languros la propria-ți nevastă, zise Bill, apucându-se să le umple din nou paharele.

– Fără îndoială că *are* voie să se uite languros, protestă Francis. După tot ce s-a întâmplat cu ea. Cum te mai simți, Jenny? Arăți superb.

– Mă simt bine, mulțumesc.

– Eu zic că se descurcă excelent dacă primește oaspeți la... cât să fie...? două săptămâni după ieșirea din spital.

– Dacă Jenny n-ar da o petrecere aș crede că este ceva foarte în neregulă. Și nu numai cu ea, cu întreaga lume, comentă Bill, trăgând o dușcă zdravănă de vin.

– Groaznică întâmplare! E o încântare să te vedem la fel ca altădată.

– Am fost teribil de îngrijorați. Sper că ai primit florile de la mine, zise și Anne.

Dominic își puse șervetul pe masă.

– Îți amintești ceva despre accidentul în sine, Jenny?

– Probabil ar prefera să nu se gândească la asta, dacă nu te superi, interveni Laurence, ridicându-se să mai aducă o sticlă de vin din bufet.

– Bineînțeles că nu mă supăr, răspunse Dominic, ridicând o mână în semn de scuze. Ar fi trebuit să-mi dau seama.

Jennifer începu să adune farfuriile.

– Mă simt bine, pe cuvânt. Atâta doar că n-am mare lucru să vă spun. Nu-mi amintesc mai nimic.

– Cu atât mai bine, întări Dominic.

Yvonne își aprinse o țigară.

– Ei bine, Larry, dragule, cu cât vei rezolva mai curând problema plăcuțelor de frână, cu atât ne vom simți cu toții mai în siguranță.

– Și cu atât va deveni el mai bogat, râse Francis.

– Oh, Francis, scumpule, chiar trebuie să aducem de fiecare dată vorba despre bani?

– Da, răspunseră într-un glas Francis și Bill.

Jennifer îi auzi râzând, în timp ce aduna un vraf de farfurii de porțelan murdare, ducându-le la bucătărie.

– Ei bine, a fost o seară reușită, nu-i așa?

Jennifer ședea la măsuța de toaletă și-și scotea cu grijă cerceii. Îl văzu prin oglindă cum intră în cameră, slăbind nodul la cravată. El își scoase pantofii cu piciorul și se duse în baie, lăsând ușa deschisă.

– Da, răspunse ea. Cred că da.

– Mâncarea a fost grozavă.

– Oh, nu mă pot mândri cu asta, protestă ea. Doamna Cordoza s-a ocupat de tot.

– Dar tu ai sugerat meniul.

Era mai simplu să nu-l contrazică. Își puse cerceii cu grijă în cutioară. Auzea cum apa umplea chiuveta.

– Îmi pare bine că ți-a plăcut.

Se ridică și lăsă să-i cadă rochia la podea, apoi o agăță pe umeraș și începu să-și scoată ciorapii. Tocmai îl scosese pe primul, când, ridicând privirea, îl văzu stând pe Laurence în prag, cu ochii la picioarele ei.

– Ai fost foarte frumoasă astă-seară, zise el încetișor.

Ea clipi apăsat de câteva ori, în timp ce-și scotea și celălalt ciorap. Duse mâna la spate să-și desprindă corsetul, cu simțurile deja ascuțite la maximum. Încă nu se putea folosi de brațul stâng, era prea slăbit ca să-l poată duce la spate. Continuă să-și țină capul plecat și-l auzi apropiindu-se de ea. Era gol până la brâu, nu apucase să-și scoată pantalonii. Se opri în spatele ei, îi îndepărtă ușor mâinile și se apucă să descheie el corsetul. Era atât de aproape încât îi simțea răsuflarea pe spate în timp ce-i desfăcea fiecare capsă din cârligul ei.

– Foarte frumoasă, repetă el.

Ea închise ochii. „Este soțul meu“, își spuse în gând. „Mă adoră. Așa spune toată lumea. Suntem fericiți.“ Îi simți degetele alunecând ușor pe umărul ei drept, apoi buzele lui atingându-i ceafa.

– Ești foarte obosită? murmură el.

Știa că asta era scăparea ei. El era un gentleman. Dacă i-ar fi spus că era, ar fi renunțat, ar fi lăsat-o în pace. Dar erau căsătoriți. *Căsătoriți*. Până la urmă tot trebuia să se confrunte cu acest moment. Și cine știe? Poate dacă i se părea mai puțin străin, și-ar recăpăta încă puțin din fosta ei personalitate.

Se răsuci în brațele lui. Nu-și putea ridica ochii să-l privească, nu-l putea săruta.

– Nu... dacă nici tu nu ești, șopti ea cu buzele lipite de pieptul lui.

Îi simți pielea pe pielea ei și-și strânse pleoapele, așteptând să regăsească o senzație familiară, poate chiar să simtă dorință. Erau căsătoriți de patru ani. De câte ori făcuseră asta? Iar de la ieșirea ei din spital, el se arătase atât de răbdător.

Îi simți mâinile pe trupul ei, acum mai îndrăznețe, desfăcându-i sutienul. Ea continua să-și țină ochii închiși, conștientă de propria-i înfățișare.

– Putem stinge lumina? îl întrebă. Nu vreau... să te gândești la brațul meu. La cum arată.

– Sigur. Trebuia să-mi închipui.

Ea auzi pocnetul comutatorului din dormitor. Dar nu brațul era problema: nu voia să-l privească. Nu voia să se simtă expusă, vulnerabilă, sub privirea lui. În clipa următoare erau în pat, iar el îi săruta gâtul și mâinile, răsuflând precipitat. Se culcă peste ea, țintuind-o sub trupul lui, iar ea îi înconjură gâtul cu brațele, neștiind prea bine ce-ar trebui să facă, în absența oricăror sentimente la care s-ar fi așteptat. „Ce s-a întâmplat cu mine?“ se întrebă. „Ce făceam înainte?“

– Ți-e bine? îi murmură el la ureche. Nu-ți fac rău?

– Nu, răspunse ea. Nu, deloc.

El îi sărută sânii, lăsând să-i scape un geamăt de plăcere.

– Scoate-i, o îndemnă el, trăgând în jos de bikini.

Își schimbă greutatea deasupra ei, astfel încât ea să-și poată trage chiloții spre genunchi și apoi să-i zvârle deoparte cu piciorul. Iată că se vedea expusă. „Poate dacă am…" ar fi vrut ea să spună, dar el deja îi împingea picioarele în lături, încercând neîndemânatic să-și facă loc înlăuntrul ei. „Nu sunt pregătită" - dar nu-i putea spune asta. Risca să fie un moment nepotrivit. El era pierdut în altă lume, era disperat, ardea de dorință.

Ea schiță o grimasă și-și ridică genunchii, încercând să nu se încordeze. În clipa următoare el o pătrunse și ea își mușcă buza pe întuneric, silindu-se să nu-și ia în seamă durerea și lipsa oricărui sentiment, afară de dorința disperată ca el să termine și s-o lase în pace. Mișcările lui deveniră tot mai rapide și mai grăbite, greutatea lui o zdrobea, îi simțea obrazul fierbinte și transpirat lipit de umărul ei. Apoi, cu un icnet, semnul unei vulnerabilități pe care el n-o trăda în nici un alt aspect al vieții, totul se termină și acel ceva ieși din trupul ei, lăsând loc unei umezeli lipicioase între coapse.

Își mușcase interiorul obrazului cu atâta forță încât simțea în gură gust de sânge.

El se rostogoli într-o parte, continuând să răsufle sacadat.

– Mulțumesc, îi spuse pe întuneric.

Ei îi părea bine că n-o putea vedea cum sta întinsă, cu ochii în gol, cu cuvertura trasă până sub bărbie.

– N-ai pentru ce, răspunse încet.

Descoperise că amintirile puteau, într-adevăr, să sălășluiască și în altă parte, nu numai în memorie.

Zile bune n-om avea… Nu din vina ta, ci-a mea.

Ilustrată de la un bărbat către o femeie

Capitolul 3

– Un portret. Al unui industriaş.

Burta lui Don Franklin ameninţa să se reverse peste cureaua pantalonilor. Nasturii stăteau gata să plesnească, dând la iveală deasupra beteliei un triunghi de piele palidă, păroasă şi pătată. Don se lăsă pe spătarul scaunului şi-şi ridică ochelarii pe frunte.

– Redactorul-şef zice că-i musai, O'Hare. Vrea neapărat un articol pe patru pagini despre materialul-minune, pentru reclamă.

– Ce dracu' ştiu eu despre mine şi fabrici? Sunt corespondent străin, pentru numele lui Dumnezeu!

– Ai fost, îl corectă Don. Anthony, nu te mai putem trimite peste hotare şi tu ştii asta foarte bine, iar mie îmi trebuie cineva care să-şi facă bine treaba. Nu poţi sta aici cât e ziua de lungă, numai făcând dezordine în birou.

Anthony se tolăni pe scaun de cealaltă parte a biroului şi-şi scoase o ţigară.

În spatele şefului redacţiei Ştiri, abia vizibil prin peretele de sticlă al biroului, Phipps, cel mai recent angajat reporter, smulse trei foi din maşina de scris şi, cu o grimasă de nemulţumire, le înlocui cu altele, intercalând între ele două foi de indigo.

– Am văzut cum te descurci cu astfel de chestii. Poţi să faci apel la farmecul personal.

– Deci, nici măcar un portret. Doar un elogiu. Publicitate omagială.

– O parte din afaceri le are în Congo. Tu cunoşti ţara.

– Cunosc genul de persoane care deţin mine în Congo.

Don întinse mâna după o ţigară. Anthony îi dădu una şi i-o aprinse.

– Nu-i chiar aşa de rău.

– Nu?

– Mergi să-i iei interviu tipului la reşedinţa lui de vară din sudul Franţei. Pe Riviera. Câteva zile la soare, o porţie, două de homar pe cheltuiala ziarului, poate chiar ai s-o zăreşti pe Brigitte Bardot… Ar trebui să-mi mulţumeşti.

– Trimite-l pe Peterson. Se dă în vânt după chestii de-astea.

– Peterson se ocupă de ucigaşul de copii din Norwich.

– Atunci pe Murfett. E un pupincurist.

– Murfett e plecat în Ghana, să scrie despre evenimentele din Ashanti[1].

– Murfett? repetă incredul Anthony. Ăla nu-i în stare să scrie nici despre doi şcolari care se bat într-o cabină telefonică. Cum dracu' să scrie despre Ghana?

Coborî glasul.

– Trimite-mă înapoi, Don.

– Nu.

– De-aş fi pe jumătate ţicnit sau un alcoolic închis într-un blestemat de balamuc, tot aş face treabă mai bună decât Murfett, iar tu ştii asta foarte bine.

– Necazul cu tine, O'Hare, e că nu-ţi dai seama când dă norocul peste tine.

Don se aplecă peste birou şi începu să vorbească aproape în şoaptă.

– Ascultă aici, încetează să mai baţi câmpii şi ascultă! Când te-ai întors din Africa, acolo sus…

Făcu semn spre biroul redactorului-şef.

– … s-a discutat mult dacă trebuia să fii lăsat să pleci. După tot ce s-a întâmplat… Erau îngrijoraţi pentru tine, omule. Oricum, numai Dumnezeu ştie cum de ţi-ai făcut aici o groază de prieteni, unii chiar foarte importanţi. Tipii ăştia au luat în considerare tot ce-ai pătimit şi au decis să te păstreze pe state. Până şi în timp ce erai în…

Făcu semn stânjenit undeva în spate.

– … înţelegi ce vreau să spun.

[1] Regiune în Ghana

Anthony continua să-l privească netulburat.

– În orice caz, nu vor să faci nimic prea… stresant. Așa că adună-te, du-te în Franța și fii recunoscător că ai primit genul de treabă care ocazional presupune câte un dineu la poalele colinelor din minunăția aia de Monte Carlo. Cine știe? Poate cât timp ești acolo, mai agăți și vreo actriță.

Se așternu o lungă tăcere.

Cum Anthony tot nu părea impresionat, așa cum se așteptase, Don strivi mucul de țigară.

– Tu chiar nu vrei să te ocupi de subiectul ăsta.

– Nu, Don. Știi bine că nu vreau. Dacă mă apuc de așa ceva, o să ajung curând să scriu despre nașteri, căsătorii și decese.

– Dumnezeule mare! Ești un catâr, O'Hare.

Întinse mâna după o foaie dactilografiată, pe care o smulse din suportul de pe birou.

– OK, atunci ocupă-te de asta! Vivien Leigh urmează să facă o călătorie peste Atlantic. O să stea într-un cort în fața teatrului în care va juca Olivier. Se pare că el refuză să-i adreseze vreun cuvânt, iar ea declară reporterilor că nu cunoaște motivul. Ce-ar fi să afli dacă au de gând să divorțeze? Și dacă tot ești acolo, poate reușești să și descrii cu ce e îmbrăcată.

Din nou se lăsă o tăcere îndelungată. Dincolo de geamul biroului, Phipps scoase din mașina de scris alte trei pagini, se plesni peste frunte și bombăni ceva ca pentru el.

Anthony își stinse țigara și-și săgetă șeful cu o privire neagră.

– Mă duc să-mi fac bagajele, zise el.

Cei putred de bogați, își zise Anthony în timp ce se îmbrăca pentru dineu, aveau ceva care-l îndemna întotdeauna să scormonească puțin în viața lor. Poate siguranța de sine a oamenilor care se știau arareori contraziși, poate emfaza celor ale căror opinii, fie ele cât de prozaice, erau întotdeauna luate teribil de în serios.

La început, Laurence Stirling i se păruse mai puțin arogant decât se așteptase: omul se arătase amabil, răspundea cumpănit, avea o concepție progresistă în privința muncitorilor. Dar pe măsură ce trecea ziua, Anthony își dădea seama că avea de-a face cu genul de persoană pentru care controlul conta enorm. El *se adresa* oamenilor, nu solicita informaţii de la ei. Îl interesa prea puţin ce se petrecea în afara propriului său cerc. Era un ins plicticos, care se bucura de suficientă avere şi succes ca să-şi mai dea osteneala să fie şi altfel.

Anthony îşi perie sacoul, întrebându-se de ce acceptase să meargă la dineu. Stirling îl invitase când se încheiase interviul şi, luat pe nepregătite, se văzuse nevoit să admită că nu cunoştea pe nimeni în Antibe şi că nu avea alte planuri afară de o masă frugală la hotel. Ulterior îl bătuse gândul că Stirling îl invitase ca să-l determine să scrie favorabil despre el. Nici nu apucase să-i mulţumească, fără prea mare tragere de inimă, că Stirling şi dăduse dispoziţie şoferului să meargă să-l ia de la Hotel Cap la 19.30.

– Altfel nu găseşti casa, îi explicase el. Nu se vede de la şosea.

„Pun pariu că nu se vede", comentase în gând Anthony. Stirling nu părea genul pe care să-l încânte să aibă de-a face zi de zi cu restul muritorilor.

Portarul hotelului se trezi din inerţie de îndată ce dădu cu ochii de limuzina care aştepta afară. Se repezi să deschidă uşa, arborând un zâmbet larg, care lipsise cu desăvârşire când Anthony sosise la hotel.

Anthony nu-i acordă nici o atenţie. Îl salută pe şofer şi se sui pe locul din dreapta – cumva spre stânjeneala şoferului, din câte îşi dădu el seama –, dar pe bancheta din spate s-ar fi simţit un impostor. Coborî geamul şi briza caldă a Mediteranei începu să-i mângâie pielea, în timp ce maşina înainta pe drumul de coastă mărginit de tufe parfumate de cimbru şi de rozmarin. Privirea îi rătăci spre colinele purpurii din depărtare. Se obişnuise cu peisajul mai exotic al Africii şi uitase cât de frumoase puteau fi unele meleaguri din Europa.

Vorbi cu şoferul de una, de alta. Îl întrebă despre zona respectivă, în slujba cui mai fusese, care era viaţa unui om de rând din această parte a ţării. Nu se putea abţine: cunoaşterea însemna tot. Unele dintre cele mai bune informaţii proveneau de la şoferi şi de la alţi servitori ai unor oameni de vază.

– Domnul Stirling e un patron bun? întrebă el.

Şoferul îi aruncă o privire piezişă, devenind ceva mai crispat.

– Da, răspunse el pe un ton care dădea de înţeles că încheiase subiectul.

– Asta mă bucură, comentă Anthony, neuitând să-i dea şoferului un bacşiş gras în clipa când ajunseră în faţa unei imense vile albe.

În timp ce urmărea din ochi maşina care dispărea în spatele casei, unde trebuia să fi fost garajul, îl încercă un vag sentiment de melancolie. Nefiind prea vorbăreţ, ar fi preferat un sendviş şi un joc de cărţi cu şoferul, în locul unei conversaţii politicoase cu bogătanii plicticoşi de pe Riviera.

Casa stil secolul al XVIII-lea era exact aşa cum s-ar fi aşteptat să fie locuinţa oricărui om avut: enormă şi impecabil de curată, cu o faţadă care sugera îngrijire non-stop de către mai mulţi servitori. Aleea presărată cu pietriş era lată şi bine întreţinută, mărginită de poteci cu dale ridicate peste nivelul solului, printre care nu îndrăznea să răzbată nici o buruiană. Ferestrele elegante sclipeau între obloanele vopsite. O amplă scară de piatră conducea oaspeţii într-un hol imens, care deja răsuna de conversaţia celorlalţi invitaţi şi unde, din loc în loc, erau aşezate piedestaluri cu uriaşe aranjamente florale. Anthony urcă încet treptele a căror piatră încă păstra căldura, după arşiţa din timpul zilei.

La dineu participau alţi şapte invitaţi: soţii Moncrieff, prieteni londonezi ai familiei Stirling – doamna îl cântărise din ochi fără fereală. Primarul din localitate, domnul Lafayette, împreună cu soţia şi cu fiica, o brunetă zveltă, cu ochii machiaţi exagerat şi vizibil dispusă la orice nebunii. Domnul şi doamna Demarcier, un cuplu vârstnic, care pare-se locuia în vila învecinată. Soţia lui Stirling era o blondă frumuşică, arătând ca scoasă din cutie, în genul lui Grace Kelly. Astfel de femei de regulă spuneau prea puţine lucruri interesante şi erau admirate doar pentru felul cum arată. Anthony spera să fie aşezat la masă lângă doamna Moncrieff. Nu-l deranjase privirea ei scrutătoare. Pentru el ar fi fost o provocare.

– Deci lucraţi la un ziar, domnule O'Hare? întrebă bătrâna franţuzoaică, privindu-l cu atenţie.

– Da. În Anglia.

Un servitor apăru lângă cotul lui, aducând o tavă cu băuturi.

– Aveţi ceva nealcoolic? Poate apă tonică?

Servitorul încuviinţă din cap şi dispăru.

– Cum se numeşte? insistă franţuzoaica.

– *Nation.*

– *Nation*, repetă ea, aparent întristată. N-am auzit de el. Am auzit de *The Times*. E cel mai bun ziar, așa-i?

– Așa se zice.

„Oh, Doamne!" își zise el în gând. „Măcar mâncarea să fie bună."

Tava de argint apăru din nou lângă cotul lui. Pe ea se găsea un pahar înalt cu apă tonică și gheață. Anthony se sili să nu se uite la băutura spumoasă pe care o degustau ceilalți. În schimb, își testă franceza învățată în școală încropind o conversație cu fata primarului, care-i răspunse într-o engleză perfectă, cu un încântător accent franțuzesc.

„Prea tânără", își spuse el, remarcând privirea încruntată a primarului.

Când în cele din urmă se așezară la masă, răsuflă ușurat găsindu-se alături de Yvonne Moncrieff. Era o femeie manierată și amuzantă, dar total imună la farmecele lui. „Dracu' să ia cuplurile fericite!" În stânga lui ședea Jennifer Stirling, adâncită într-o conversație cu persoana de lângă ea.

– Petreceți mult timp aici, domnule O'Hare?

Francis Moncrieff era un bărbat înalt și slab, la fel ca soția lui.

– Nu.

– De regulă, vă ocupați mai mult de Londra?

– Nu, nu scriu deloc despre Londra.

– Nu scrieți la rubrica financiară?

– Sunt corespondent străin. Mă ocup… de problemele de peste hotare.

– Pe care le provoacă Larry, râse Moncrieff. Despre ce fel de subiecte scrieți?

– Păi, despre război, foamete, boli. Chestii vesele.

– Nu cred să fie mare veselie în așa ceva, comentă franțuzoaica în vârstă, sorbind din vin.

– Anul trecut m-am ocupat de criza din Congo.

– Lumumba[1] creează numai probleme, exclamă Stirling, iar belgienii sunt niște naivi și niște lași dacă-și închipuie că fără ei n-o să se aleagă praful.

---

[1] Lider congolez în lupta pentru independență și întâiul prim-ministru al Republicii Congo legal ales după câștigarea independenței față de Belgia în 1960

– Credeţi că africanii sunt în stare să-şi rezolve singuri problemele?

– Până nu demult, Lumumba era un poştaş de junglă cu tălpile goale. În tot Congo nu găseşti un negru cu pregătire profesională.

Își aprinse o ţigară, scoţând pe nări un fuior de fum.

– Cum oare o să-și administreze băncile sau spitalele, dacă belgienii se retrag? Ţara va deveni zonă de război. Minele mele se găsesc la graniţa dintre Congo şi Rhodesia şi deja am fost nevoit să angajez paznici suplimentari. Rhodesieni. În cei congolezi nu se mai poate avea încredere.

Urmă o scurtă tăcere. Un muşchi începu să se zbată insistent în maxilarul lui Anthony.

Stirling își scutură ţigara.

– Deci, domnule O'Hare, unde anume aţi fost în Congo?

– Îndeosebi Leopoldville. Brazzaville.

– Atunci știţi că armata congoleză nu poate fi ţinută sub control.

– Știu că independenţa e o piatră de încercare pentru orice ţară. Și că, dacă generalul Janssens ar fi fost mai diplomat, ar fi fost cruţate mult mai multe vieţi.

Stirling îl ţintui cu privirea pe deasupra fumului de ţigară. Anthony simţi că magnatul îl privea cu alţi ochi.

– Deci și dumneavoastră aţi căzut pradă cultului lui Lumumba? Încă un liberal naiv?

Surâsul lui era de gheaţă.

– E greu de crezut că majoritatea africanilor ar putea s-o ducă mai rău de-atât.

– Atunci dumneavoastră și cu mine avem opinii diferite, replică Stirling. Eu consider că există oameni pentru care libertatea poate fi un dar primejdios.

În încăpere se așternu tăcerea. Undeva în depărtare se auzi huruitul unei motociclete care urca panta. Doamna Lafayette începu să-și netezească grăbită părul.

– Ei bine, n-aş putea spune că ştiu prea multe pe tema asta, remarcă Jennifer Stirling, așezându-și cu grijă șervetul în poală.

– Prea deprimant, încuviinţă Yvonne Moncrieff. Câteodată dimineaţa nici nu mă pot uita la ce scrie în ziare. Francis citește rubrica sport și paginile mondene, iar eu mă limitez la *revistele* mele. Deseori nu aruncăm nici măcar o privire la știri.

– Soția mea consideră că ce nu figurează în revista *Vogue* nu poate fi considerată știre, comentă Moncrieff.

Atmosfera se relaxă. Conversația se reluă și chelnerii umplură din nou paharele. Bărbații începură să discute despre bursă, acțiuni și ultimele evenimente de pe Riviera, despre năvala turiștilor, drept care cuplul cel vârstnic porni să se plângă de „o scădere a nivelului de civilizație", de interminabilele șantiere de construcții și de nesuferiții deveniți de curând membri ai Clubului Britanic de Bridge.

– Eu, unul, nu mi-aș face prea multe griji, spuse Moncrieff. Anul acesta, un loc închiriat pe plaja din Monte Carlo costă cincizeci de lire pe săptămână. N-aș crede să fie prea mulți veniți prin agenția Butlin[1] în stare să achite această sumă.

– Am auzit că Elsa Maxwell[2] a propus ca pietrele să fie acoperite cu cauciuc, ca să nu te mai doară tălpile.

– Cu câte greutăți se confruntă omul în aceste locuri! remarcă liniștit Anthony.

Ar fi vrut să plece, dar în acest stadiu al dineului i-ar fi fost imposibil. Se simțea mult prea îndepărtat de lumea lui, parcă aruncat într-un univers paralel. Cum să nu tolereze acești oameni mizeria și ororile din Africa, dacă existența lor era atât de vizibil clădită tocmai pe ele?

Șovăi o clipă, apoi făcu semn chelnerului să-i aducă niște vin. Nimeni dintre cei de la masă nu păru să observe.

– Prin urmare... aveți de gând să scrieți lucruri minunate despre soțul meu, așa-i?

Doamna Stirling îi studia atent manșeta.

În fața lui fusese așezat felul doi, un platou cu fructe de mare proaspete, iar doamna Stirling se întorsese către el. Anthony își potrivi șervetul.

– Nu știu. Ar trebui? Este un om minunat?

---

[1] Lanț de tabere de vacanță din Marea Britanie, creat de Billy Butlin pentru a oferi prețuri accesibile familiilor britanice cu venituri medii

[2] Ziaristă de pagini mondene, renumită pentru relațiile ei în înalta societate a timpului

– Este un punct de referință al practicii comerciale sănătoase, din câte afirmă scumpul nostru prieten Moncrieff. Fabricile lui sunt construite la cele mai înalte standarde. Producția crește de la an la an.

– Nu asta v-am întrebat.

– Nu?

– V-am întrebat dacă e un om minunat.

Știa că devenise arțăgos, dar alcoolul îl trezise, trimițându-i furnicături pe piele.

– Nu cred că ar trebui să mă întrebați *pe mine*, domnule O'Hare. O soție nu are cum să fie nepărtinitoare în astfel de chestiuni.

– Oh, din experiența mea, nimeni nu are imparțialitatea crudă a unei soții.

– Continuați, vă rog.

– Cine alta cunoaște toate defectele soțului la numai câteva săptămâni după căsătorie, cine alta le poate enumera, fără excepție și din memorie, cu precizia unui legist?

– Soția despre care vorbiți dumneavoastră pare a fi teribil de crudă. Dar îmi place cum gândește.

– De fapt, e o femeie nemaipomenit de deșteaptă.

Se uită la Jennifer Stirling, care mânca un crevete.

– Zău?

– Da. Suficient de deșteaptă pentru a mă părăsi cu ani în urmă.

Ea îi oferi maioneza. Apoi, cum el nu i-o lua din mână, doamna Stirling îi puse o lingură de maioneză pe marginea farfuriei.

– Asta înseamnă că dumneavoastră nu ați fost chiar minunat, domnule O'Hare?

– În căsnicie? Nu. Presupun că n-am fost. Dar din toate celelalte puncte de vedere, bineînțeles că n-am pereche. Și vă rog să-mi spuneți Anthony.

Părea să se fi molipsit de afectarea lor, de felul lor de a vorbi dezinvolt și arogant.

– Atunci, Anthony, sunt convinsă că dumneata și soțul meu vă veți împăca de minune. Cred că are o părere asemănătoare despre propria-i persoană.

Privirea ei zăbovi asupra lui Stirling, apoi reveni la Anthony, întârziind exact atât cât să-l conducă la concluzia că nu era atât de plicticoasă cum o crezuse.

În timpul felului principal – ruladă de vită cu smântână și ciuperci de pădure – descoperi că Jennifer Stirling, născută Verrinder, era căsătorită de patru ani. Locuia la Londra în cea mai mare parte a timpului, iar soțul ei făcea numeroase călătorii peste hotare, să-și viziteze minele. Veneau pe Riviera ca să-și petreacă lunile de iarnă, o parte din vară și unele sărbători, perioade în care Londra se dovedea anostă. Aici era o societate închisă, îi spuse ea, cu ochii la soția primarului, așezată în fața lor. Nu ți-ar plăcea să stai aici tot timpul, în acvariul cu peștișori de aur.

Acestea erau lucrurile despre care îi vorbise doamna Stirling și care ar fi trebuit să facă din ea încă o soție excesiv de tolerantă a unui om bogat. Dar el mai remarcă și altele: că Jennifer Stirling era probabil cumva neglijată, mai inteligentă decât îi cerea poziția socială, și că nu-și dăduse seama unde o va duce această combinație peste vreun an sau doi. Deocamdată, numai sclipirea de tristețe din ochii ei sugera că e conștientă de situația ei. Prinsă într-un vârtej social infinit, dar lipsit de sens.

Nu aveau copii.

– Am auzit că doi soți trebuie să fie un timp în aceeași țară ca să aibă un copil.

Auzind-o, el se întrebă dacă ea îi transmitea cumva un mesaj. Dar Jennifer părea inocentă, mai curând amuzată decât dezamăgită de situația ei.

– Dumneata ai copii, Anthony? întrebă ea.

– Păi... se pare că l-am cam pierdut. Stă cu fosta mea soție, care face tot posibilul ca nu cumva să-l corup.

De cum rosti aceste cuvinte, își dădu seama că era băut. Treaz, n-ar fi adus niciodată vorba despre Phillip.

De astă dată în spatele zâmbetului ei întrezări o umbră de seriozitate, ca și cum ea s-ar fi întrebat dacă era cazul să-l compătimească.

„Să nu faci asta", o rugă el în gând. Ca să-și ascundă stânjeneala, își mai turnă un pahar de vin.

– E în regulă. El...

– Şi în ce fel aţi putea fi considerat capabil să corupeţi, domnule O'Hare? întrebă Mariette, fiica primarului, aflată de cealaltă parte a mesei.

– Mă tem, domnişoară, că mai curând risc eu să fiu corupt, răspunse el. De n-aş fi luat deja hotărârea de a face un portret cât se poate de favorabil domnului Stirling, aş zice că mă las ademenit de mâncarea şi de compania din această seară.

Tăcu.

– Dar pe dumneavoastră ce anume v-ar putea corupe, doamnă Moncrieff? întrebă el.

Părea singura persoană căreia să-i adreseze întrebarea fără riscuri.

– Oh, m-aş vinde cât se poate de ieftin. Numai că nimeni nu şi-a dat încă silinţa îndeajuns.

– Prostii! comentă afectuos soţul ei. Mie mi-a luat luni de zile ca să te corup.

– Ei, dragule, tu a trebuit să mă cumperi. Spre deosebire de domnul O'Hare, tu erai total lipsit de atracţie sau farmec.

Îi trimise un sărut din vârful degetelor.

– În vreme ce Jenny e absolut incoruptibilă. Nu crezi că emană o bunătate absolut înfricoşătoare?

– Nici un suflet în lumea asta nu-i incoruptibil, e doar chestie de preţ, declară Moncrieff. Chiar şi scumpa noastră Jenny.

– Ba nu, Francis. Domnul Lafayette este un adevărat etalon al integrităţii, replică Jenny, ridicând ironic colţurile buzelor.

Şi ea începuse să pară puţin ameţită.

– La urma urmei, în politica franceză nu există corupţie.

– Nu cred că eşti în măsură să discuţi despre politică, iubito, interveni Laurence Stirling.

Anthony văzu cum obrazul ei se coloră uşor.

– Spuneam, doar...

– Atunci nu spune, i-o reteză el dezinvolt.

Ea clipi şi-şi plecă ochii asupra farfuriei.

Urmă o scurtă tăcere.

– Cred că aveţi dreptate, doamnă, i se adresă galant domnul Lafayette lui Jennifer, punând paharul pe masă. Totuşi, vă pot spune ce escroc şi impostor este rivalul meu la primărie... desigur, pentru preţul cuvenit.

De jur împrejurul mesei răsunară râsete. Sub masă, piciorul lui Mariette se lipi de al lui Anthony. De cealaltă parte, Jennifer Stirling dădea cu voce joasă dispoziţii servitorilor să strângă farfuriile. Soţii Moncrieff purtau conversaţii de fiecare parte a domnului Demarcier.

„Iisuse!" își spuse el. „Ce caut în compania acestor oameni? Asta nu-i lumea mea." Laurence Stirling îi spunea ceva vecinului de masă, cu un aer afectat. Un aiurit, îl etichetă Anthony, conştient totodată că, rămas fără familie, cu o carieră pe ducă și lipsit de avere, epitetul i se potrivea mai curând lui însuși. Referirea la fiul lui, umilirea lui Jennifer Stirling și băutura, toate la un loc îi umbriseră buna dispoziţie. Îi mai rămânea un singur remediu: făcu semn chelnerului să-i mai aducă vin.

Soţii Demarcier plecară puţin după ora unsprezece, familia Lafayette, la câteva minute după ei – treburi la consiliul primăriei a doua zi de dimineaţă, explică primarul.

– Noi începem mai devreme decât voi, englezii.

Dădu mâna cu toată lumea aflată pe uriașa verandă unde se retră-seseră pentru cafea și coniac.

– Sunt curios să-ţi citesc articolul, domnule O'Hare. Mi-a făcut plă-cere să vă cunosc.

– Plăcerea e de partea mea, vă asigur.

Anthony se ridică de pe scaun, clătinându-se pe picioare.

– Niciodată n-am fost mai fascinat de politica unui consiliu.

Era de-acum beat criţă. Cuvintele îi ţâșniră de pe buze înainte să-și dea seama ce voia să spună și clipi des, conștient că nu putea controla efectul lor asupra celorlalţi. Aproape că nu știa despre ce vorbise de o oră încoace. Privirea primarului o întâlni pe a lui Anthony o fracţi-une de secundă. Apoi domnul Lafayette îi dădu drumul la mână și se îndepărtă.

– Papa, dacă n-ai nimic împotrivă, eu mai stau. Sunt sigură că unul dintre acești domni amabili mă va conduce acasă nu peste mult timp.

Mariette îl privi semnificativ pe Anthony, care încuviinţă din cap cu tărie.

– S-ar putea să am eu nevoie de ajutorul *dumitale*, domnișoară. Habar n-am unde mă aflu, zise el.

Jennifer Stirling îi sărută pe soții Lafayette.

– Am eu grijă să ajungă acasă în siguranță, promise ea. Vă mulțumesc mult că ați venit.

Apoi rosti în franceză câteva cuvinte pe care el nu le înțelese.

Noaptea se făcuse răcoroasă, dar Anthony aproape nu simțea. Era conștient de valurile care clipoceau undeva la poalele falezei, de clinchetul paharelor, de frânturile de conversație în care Moncrieff și Stirling discutau despre burse și oportunități de investiții peste hotare, dar nu le acordă atenție, ci dădu pe gât excelentul coniac pe care i-l pusese cineva în mână. Era obișnuit să fie singur într-o țară străină, să fie mulțumit ținându-și singur de urât, dar astă-seară se simțea dezorientat și irascibil.

Aruncă o privire spre cele trei femei, blonda și cele două brunete. Jennifer Stirling tocmai întindea mâna, poate ca să le arate o nouă bijuterie. Celelalte două murmurau ceva, râsetele lor întrerupând ici-colo conversația. Mariette se uita din când în când spre el, zâmbind. Privirea ei avea cumva ceva conspirativ? Șaptesprezece ani, se avertiză el. Prea tânără.

Auzi țârâit de greieri, râsete de femei și niște muzică de jazz răzbătând de undeva din casă. Închise ochii, apoi îi deschise din nou și se uită la ceas. Cumva trecuse o oră. Avea senzația supărătoare că poate ațipise. Cum-necum se făcuse timpul să plece. Se sili să se scoale de pe scaun, adresându-se bărbaților:

– Cred că-i cazul să mă înapoiez la hotel.

Laurence Stirling se ridică în picioare. Fuma un trabuc uriaș.

– Stați să chem șoferul, zise el, gata să pornească spre vilă.

– Nu, nu, protestă Anthony. Aerul curat o să-mi facă bine. Mulțumesc mult pentru... o seară atât de interesantă.

– Sunați mâine la biroul meu dacă aveți nevoie și de alte informații. Sunt acolo până la ora prânzului. Pe urmă plec în Africa. Sau poate doriți să veniți să vedeți minele cu ochii dumneavoastră? Avem oricând nevoie de un vechi cunoscător al Africii...

– Altă dată, răspunse Anthony.

Stirling îi strânse mâna scurt, bărbătește. Moncrieff îi dădu și el mâna, apoi își duse un deget la tâmplă în semn de salut.

Anthony le întoarse spatele și porni spre poarta grădinii. Aleea era luminată de mici lampioane amplasate printre straturile de flori. Undeva în față vedea luminile vapoarelor pierdute în infinitatea întunecată a mării. Briza aducea dinspre verandă murmur înăbușit de glasuri.

– Interesant tip, spuse Moncrieff, pe un ton care sugera exact contrariul.

– Măcar nu-s un pedant și un încrezut, bombăni Anthony printre dinți.

– Domnule O'Hare? Vă deranjează dacă merg cu dumneavoastră?

Se răsuci în loc, nesigur pe picioare. În spatele lui era Mariette, cu o poșetă mică în mână și un pulover aruncat pe umeri.

– Cunosc drumul spre oraș, putem s-o luăm chiar pe poteca de pe faleză. Cred că singur o să vă rătăciți.

Anthony se poticni pe aleea acoperită cu pietricele. Fata își strecură mâna delicată pe sub brațul lui.

– Noroc că e lună. Măcar vedem unde punem piciorul, spuse ea.

Un timp merseră în tăcere, Anthony ascultând târșâitul propriilor pantofi pe potecă și scoțând câte un icnet de surpriză când se împiedica de tufele de levănțică sălbatică. Deși seara era parfumată și mergea la braț cu o fată, îl încerca un sentiment de tristețe, nici el nu știa de ce.

– Sunteți foarte tăcut, domnule O'Hare. Sigur n-o să adormiți din nou?

În casă răsună un hohot de râs care ajunse până la urechile lor.

– Spune-mi un lucru, i se adresă el. Ție îți plac serile ca asta?

Ea ridică din umeri.

– Au o casă drăguță.

– *O casă drăguță!* Acesta-i criteriul principal pentru o seară plăcută, domnișoară?

Ea înălță o sprânceană, vădit netulburată de tonul lui arțăgos.

– Mariette, te rog. Să înțeleg că nu te-ai distrat?

– Când am de-a face cu astfel de oameni, declară el, conștient că vorbea ca un om beat și pus pe harță, îmi vine să-mi trag un glonț în gură.

Ea chicoti, iar el, oarecum încântat de aparenta ei complicitate, continuă și mai însuflețit:

– Bărbații nu discută decât despre cine ce are. Femeile nu se interesează decât de nenorocitele lor de bijuterii. Au bani, au posibilitatea să facă orice, să vadă orice, și totuși nimeni nu are nici o opinie dincolo de lumea îngustă în care se învârt.

Se poticni din nou, și Mariette îi apucă brațul și mai strâns.

– Aș fi preferat să-mi petrec seara stând la taclale cu nevoiașii din fața hotelului Cap. Numai că, fără îndoială, oameni ca Stirling i-ar fi adunat de acolo și i-ar fi dus undeva unde să nu deranjeze privirea...

– Am avut impresia că o placi pe doamna Stirling, îl dojeni ea. Jumătate din bărbații de pe Riviera sunt îndrăgostiți de ea. Așa se pare.

– O mică *tai-tai*[1] răzgâiată. Ca ea găsești în oricare oraș, domniș... Mariette. Frumoasă de pică, dar fără o idee originală în căpșorul ăla al ei.

Abia după ce-și continuase tirada câtva timp își dădu seama că fata se oprise. Sesizând că era ceva în neregulă, privi peste umăr și, pe măsură ce privirea i se limpezea, o desluși pe Jennifer Stirling la câțiva pași în urmă, pe cărare. Ținea în mână sacoul lui de in și părul ei blond strălucea ca argintul în lumina lunii.

– Ai uitat asta, spuse ea, întinzând mâna.

Avea bărbia țeapănă, și ochii îi scânteiau în lumina albăstruie.

Anthony păși spre ea și-și luă haina.

Vocea ei răsună tăioasă în aerul încremenit.

– Regret că v-am dezamăgit în asemenea măsură, domnule O'Hare și că modul nostru de viață v-a deranjat atât de mult. Poate am fi avut onoarea să ne acceptați dacă eram de culoare și săraci lipiți pământului.

– Iisuse! exclamă el, înghițind în sec. Îmi pare rău. Sunt... foarte beat.

---

[1] Termen provenit din chineză, desemnând o femeie care dispune de posibilități financiare și de privilegii

– Asta se vede limpede. Poate ar trebui să îţi cer un singur lucru: indiferent ce părere ai despre mine şi despre viaţa de răsfăţ pe care o duc, să nu-l ataci pe Laurence în ziarul dumitale.

Zicând acestea, Jennifer începu să urce poteca pe care venise.

Anthony se strâmbă, înjurând printre dinţi, în timp ce briza îi aducea în urechi replica ei finală:

– Poate că data viitoare când te vei confrunta cu perspectiva de a suporta compania unor persoane atât de plicticoase, ţi se va părea mai simplu să spui doar „Nu, mulţumesc“.

Nu mi-ai dat voie să te ţin de mână, nici măcar de degetul mic, scumpete.

Scrisoare de la un bărbat către o femeie

Capitolul 4

– Dacă nu vă deranjez, doamnă, încep să dau cu aspiratorul.

Auzind pași pe palier, Jennifer se opri.

Doamna Cordoza, cu aspiratorul în mână, rămase în prag.

– Oh! Toate lucrurile dumneavoastră... N-am știut că faceți ordine în camera asta. Vreți să vă ajut?

Jennifer își șterse fruntea, studiind conținutul șifonierului, împrăștiat pe podeaua dormitorului, de jur împrejurul ei.

– Nu, mulțumesc, doamnă Cordoza. Continuați-vă treaba! Nu fac decât să-mi rearanjez lucrurile, ca să știu de unde să le iau.

Menajera zăbovi în prag.

– Dacă sunteți sigură... După ce termin, am să mă duc la cumpărături. Am pus în frigider puțină hrană rece. Ați spus că nu doriți nimic prea consistent la prânz.

– E destul, mulțumesc.

Jennifer rămase din nou singură, în timp ce bâzâitul aspiratorului se îndepărta pe coridor. Își îndreptă spatele și săltă capacul altei cutii de pantofi. Asta făcea de câteva zile – o curățenie de primăvară în plină iarnă. În celelalte camere recurgea la ajutorul doamnei Cordoza. Scosese afară conținutul rafturilor și al dulapurilor de bucătărie, cercetând, rearanjând vrafuri, făcând ordine cu o eficiență plină de furie, lăsându-și amprenta pe lucrurile ei, marcând modul ei de viață într-o casă care încă refuza cu încăpățânare să-i dea impresia că este a ei.

Totul începuse ca un amuzament, ca o modalitate de a nu se gândi prea mult la ce simţea, şi anume că juca un rol care părea să-i fi fost atribuit de toţi ceilalţi. Acum era un mod de a se ancora în această casă, de a afla cine era, cine fusese. Descoperise scrisori, fotografii, albume cu poze din copilărie, care o înfăţişau ca pe o fetiţă încruntată, cu părul prins la spate, călare pe un ponei alb şi grăsan. Îşi descifra scrisul grijuliu şi neîndemânatic de şcolăriţă, comentariile neserioase din corespondenţă, dându-şi seama cu uşurare că-şi putea reaminti fragmente întregi din existenţa de atunci. Începuse să calculeze prăpastia dintre ce fusese înainte – o fată debordând de viaţă, adorată, poate chiar răsfăţată – şi femeia în pielea căreia trăia acum.

Cunoştea aproape tot ce ar fi putut să ştie despre propria-i persoană, dar asta nu-i atenua cu nimic sentimentul constant de dislocare, senzaţia că nimerise într-o viaţă care nu era a ei.

– Oh, draga mea, aşa simte toată lumea, o consolase Yvonne, bătând-o pe umăr plină de înţelegere în seara precedentă, când Jennifer abordase subiectul, după două pahare de martini. Nici nu-ţi pot spune de câte ori m-am trezit dimineaţa, admirând priveliştea absolut superbă a unui soţ care sforăie şi duhneşte după beţia din ajun şi întrebându-mă: Cum *naiba* am ajuns în situaţia asta?

Jennifer se silise să râdă. Nimeni nu voia s-o audă trăncănind pe tema asta. Nu avea de ales, trebuia să-şi continue viaţa pe care o ducea. A doua zi după dineu, neliniştită şi tulburată, se dusese singură la spital, cerând să stea de vorbă cu doctorul Hargreaves. El o poftise imediat în cabinet – din câte bănuia ea, nu atât din conştiinciozitate, cât din condescendenţă faţă de soţia unui pacient putred de bogat. Răspunsul lui, deşi mai serios decât al lui Yvonne, semnifica în esenţă acelaşi lucru.

– O lovitură la cap poate afecta pe cineva în diverse moduri, spusese el, stingându-şi ţigara. Unii au probleme de concentrare, alţii plâng fără motiv sau manifestă irascibilitate vreme îndelungată. Am avut pacienţi bărbaţi care deveniseră chiar violenţi, deşi nu le stătea în fire. Depresia nu este o reacţie neobişnuită în situaţii ca a dumneavoastră.

– Totuşi, doctore Hargreaves, e vorba de mai mult de atât. Mă aşteptam ca până acum să mă simt mai mult... eu însămi.

– Şi nu te simţi tu însăţi?

– Totul mi se pare altfel. Nimic nu mai e ca înainte.

Râsese scurt, sfidător.

– Uneori chiar îmi spun că mi-am pierdut minţile.

El încuviinţase din cap, ca şi cum ar fi auzit adeseori astfel de vorbe.

– Crede-mă, Jennifer, timpul este un bun vindecător. Ştiu că e o frază mult vehiculată, dar e adevărat. Nu te frământa cum să ajungi să simţi ce trebuie. În cazul traumatismelor craniene nu există precedent. O perioadă se prea poate să te simţi ciudat – dislocată, cum zici tu. Între timp, am să-ţi prescriu nişte pastile care te vor ajuta. Şi, te rog, încearcă să nu te preocupi de problema asta.

Doctorul se şi apucase să scrie. Ea aşteptase o clipă, apoi luase reţeta şi se ridicase să plece. „Te rog, încearcă să nu te preocupi de problema asta."

La un ceas după ce se înapoiase acasă, se apucase să facă ordine prin camere. Avea o garderobă plină de haine. Avea o casetă din lemn de nuc plină cu bijuterii, între care patru inele de aur cu pietre preţioase, şi o a doua casetă cu nenumărate bijuterii ornamentale. Douăsprezece pălării, nouă perechi de mănuşi şi optsprezece perechi de pantofi, constată ea, în timp ce aşeza ultima cutie peste celelalte. Pe fiecare vraf scrisese câte o mică notiţă descriptivă: *pantofi decupaţi de culoare bordeaux* şi *seară, mătase verde*. Luase în mână fiecare pantof, străduindu-se din răsputeri să evoce din memorie vreo imagine a unei ocazii din trecut când îi purtase. De câteva ori îi fulgeraseră prin minte frânturi de imagini: picioarele ei, acoperite în falduri de mătase verde, coborând dintr-un taxi – în faţa unui teatru? –, dar frânturile erau chinuitor de efemere şi dispăreau înainte ca ea să le fi putut identifica.

„Te rog, încearcă să nu te preocupi de problema asta."

Tocmai punea ultima pereche de pantofi în cutie când zări cartea. Era un roman istoric de duzină, vârât între foiţa de mătase şi marginea cutiei. Cercetă coperta, întrebându-se de ce nu-şi putea reaminti subiectul, când îşi reamintise despre ce era vorba în atâtea cărţi din bibliotecă.

„Poate am cumpărat-o şi până la urmă am hotărât să n-o citesc", îşi spuse ea, răsfoind primele pagini. Părea destul de brutală şi şocantă. O va frunzări puţin diseară, iar dacă nu-i va fi pe plac, i-o va da doamnei Cordoza. Puse cartea pe noptieră şi-şi scutură cu palma praful de pe fustă. Acum trebuia să se ocupe de treburi mai urgente: să strângă prin cameră şi să se decidă cum se va îmbrăca în seara aceea.

*

Cu cea de-a doua poştă veniră două scrisori. Aproape identice, îşi spuse Moira în timp ce le citea. Aceleaşi simptome, aceleaşi reclamaţii. Proveneau de la aceeaşi fabrică, unde fiecare muncitor începuse lucrul cu aproape două decenii în urmă. Poate chiar *era* ceva legat de sindicate, după cum opinase şeful ei, totuşi i se părea cumva îngrijorător că astfel de scrisori, primite ocazional cu ani în urmă, începuseră să sosească acum cu regularitate.

Ridică privirea, îl văzu întorcându-se de la masa de prânz şi se întrebă ce să-i spună. El tocmai dădea mâna cu domnul Welford, amândoi zâmbind mulţumiţi, semn că fusese o întâlnire de bun augur. După o clipă de ezitare, luă amândouă scrisorile de pe birou şi le vârî în sertarul de sus, cu gând să le pună printre celelalte. Nu avea rost să-l alarmeze. În definitiv, ştia ce ar fi răspuns el.

Îl urmări din priviri câteva momente, în timp ce-l conducea pe domnul Welford din camera de consiliu până la ascensor, amintindu-şi discuţia lor din aceeaşi dimineaţă. Erau singuri în birou. Celelalte secretare rareori ajungeau înainte de ora nouă, dar ea venea de regulă cu o oră înainte, ca să pună în funcţiune cafetiera, să-i ordoneze hârtiile pe birou, să verifice telegramele sosite în cursul nopţii şi să se asigure că totul funcţiona perfect înainte ca el să apară în prag. Asta era munca ei. În plus, prefera să-şi ia micul dejun la birou: se simţea cumva mai puţin singură decât acasă, acum că mama ei murise.

În picioare, cu braţul ridicat pe jumătate, şeful îi făcuse semn să vină în cabinetul de lucru. Ştia că ea va înţelege gestul: întotdeauna era cu ochii în patru, în caz că el ar fi avut nevoie de ceva. Îşi netezise fusta şi intrase în birou cu paşi grăbiţi, aşteptându-se să i se dicteze ceva, să i se solicite nişte cifre, însă el străbătuse încăperea şi închisese încet uşa în urma ei. Ea se străduise să-şi ascundă un fior de satisfacţie. Niciodată şeful nu închisese uşa în urma ei, niciodată în cinci ani. Aproape fără voie, îşi potrivise părul.

Şeful făcuse un pas spre ea, vorbind aproape în şoaptă:

– Moira, în legătură cu chestiunea pe care am discutat-o în urmă cu două săptămâni.

Ea îl privise fix, aproape paralizată de apropierea dintre ei, de situaţia neaşteptată în care se găsea. Clătinase din cap – cumva prosteşte, aşa presupusese mai târziu.

– Chestiunea pe care am discutat-o...

Tonul lui trăda oarecare nerăbdare.

– ... după accidentul soţiei mele. M-am gândit că ar trebui să verific. Niciodată n-a fost nimic...

Ea își recăpătase stăpânirea de sine și-și dusese repede mâna la guler.

– Oh, oh, nu, domnule. M-am dus de două ori, cum mi-aţi cerut. Și nu, nu era nimic.

Așteptase o clipă, apoi adăugase:

– Absolut nimic. Sunt cât se poate de sigură.

El încuviinţase din cap, părând convins. Apoi îi zâmbise, unul din rarele lui zâmbete binevoitoare.

– Mulţumesc, Moira. Știi cât de mult te apreciez, așa-i?

Ea simţise furnicături de plăcere în tot trupul.

El se apropiase de ușă și o deschisese din nou.

– Discreţia a fost întotdeauna una dintre admirabilele tale calităţi.

După ce reușise să scape de nodul din gât, îi răspunsese:

– Eu... Vă puteţi bizui pe mine întotdeauna. Știţi asta foarte bine.

– Ce-i cu tine, Moira? o întrebase mai târziu una dintre dactilografe, când se aflau amândouă la toaletă.

Își dăduse seama că fredona ceva. Își împrospătase cu grijă rujul și-și dăduse cu o undă de parfum.

– Arăţi ca pisica în faţa oalei cu smântână.

– Poate că Mario poştaşul a reușit până la urmă să ajungă mai sus de ciorapii ei.

Dintr-o despărţitură de toaletă răsună un chicotit răutăcios.

– Phyllis, dacă ai fi la fel de atentă la munca ta cum ești la trăncănit prostii, ai putea depăși stadiul de dactilografă începătoare, replicase Moira și ieșise.

Dar nici chicotelile, nici fluierăturile care-i răsunaseră în urechi până ajunsese în birou nu reușiseră să-i alunge buna dispoziţie.

Întreaga piaţă era împânzită cu lumini de Crăciun, becuri mari și albe, în formă de lalele, atârnate între stâlpii de iluminat în stil victorian şi înfăşurate în spirale, ca nişte arici, în jurul trunchiurilor de copaci de pe marginea spaţiilor verzi.

– De la an la an, se decorează piaţa tot mai devreme, remarcă doamna Cordoza, luându-şi ochii de la fereastra boltită a salonului în clipa când îşi făcu intrarea Jennifer.

Tocmai voia să tragă draperiile.

– Nu-i nici măcar decembrie.

– Dar e foarte frumos, spuse Jennifer, punându-şi un cercel. Doamnă Cordoza, pot să vă rog să-mi încheiaţi nasturele de la ceafă? Nu pot să întind mâna până acolo.

Braţul era cu mult mai bine, dar tot nu avea suficientă flexibilitate cât să-i permită să se îmbrace fără ajutor.

Femeia mai vârstnică îi apropie capetele gulerului, încheie nasturele învelit în mătase bleumarin şi făcu un pas în spate, aşteptând ca Jennifer să se întoarcă spre ea.

– Rochia asta v-a venit întotdeauna foarte bine, remarcă ea.

Jennifer se obişnuise cu astfel de momente când trebuia să se stăpânească, aşa că nu întrebă nimic de genul „Zău? Când?" Devenise mare expertă în a-i convinge pe cei din jur că-şi ştia fără greş locul în lumea în care trăia.

– Totuşi, nu-mi amintesc când am purtat-o ultima oară, spuse ea gânditoare după câteva clipe.

– La dineul cu ocazia zilei dumneavoastră de naştere. Vă pregăteaţi să mergeţi la un restaurant din Chelsea.

Jennifer spera ca amănuntul să-i declanşeze o amintire. Dar nu se întâmplă nimic.

– Adevărat, încuviinţă ea, reuşind să arboreze un zâmbet fugar. Şi a fost o seară minunată.

– Astă-seară e vreo ocazie deosebită, doamnă?

Jennifer îşi verifică imaginea în oglinda de deasupra consolei şemineului. Părul era aranjat în onduleuri blonde şi molcome, ochii conturaţi cu un fard aplicat cu mare artă.

– Oh, nu cred. Ne-au invitat în oraş soţii Moncrieff. Masă urmată de dans. Aceleaşi persoane ca de obicei.

– Eu mai rămân un ceas, dacă nu aveţi nimic împotrivă. Mai trebuie să apretez nişte rufe.

– Sper că vă plătim pentru orele în plus?

O luase gura pe dinainte.

– Oh, da, răspunse doamna Cordoza. Dumneavoastră și soțul dumneavoastră sunteți întotdeauna foarte generoși.

Laurence – încă nu-l putea asocia cu numele de Larry, deși toți ceilalți îl numeau așa – spusese că nu va reuși să plece devreme de la birou, drept care ea declarase că va lua un taxi până acolo, ca să poată merge împreună. El păruse cumva reticent, dar ea insistase. În ultimele câteva săptămâni Jennifer își impusese să iasă din casă ceva mai des, ca să câștige independență. Mersese la cumpărături, o dată cu doamna Cordoza și o dată singură, se plimbase agale dintr-un capăt în altul pe Kensington High Street, silindu-se să nu se lase intimidată de marea de oameni, de gălăgia neîntreruptă și de îmbrânceala mulțimii. Cu două zile mai înainte cumpărase de la un magazin universal un șal, nu pentru că i-ar fi trebuit în mod deosebit, ci pentru a se putea întoarce acasă arătând că ieșise cu un motiv.

– Pot să vă ajut eu, doamnă?

Menajera ținea în mână un mantou din brocart de culoarea safirului. Îl apucă de umeri, ridicându-l astfel încât Jenny să-și poată vârî brațele în mâneci unul câte unul. Căptușeala era din mătase, iar brocartul îi dădea o senzație de greutate confortabilă. După ce-și puse pardesiul, se răsuci spre menajeră, potrivindu-și gulerul în jurul gâtului.

– Ce faceți de obicei? După ce plecați de la noi?

Menajera clipi, oarecum luată prin surprindere.

– Ce fac de obicei?

– Vreau să zic, unde vă duceți?

– Mă duc acasă, răspunse femeia.

– La... familie?

„Petrec atâta vreme cu femeia asta“, își spuse ea, „și nu știu nimic despre ea.“

– Familia mea e în Africa de Sud. Fetele mele sunt deja mari. Am doi nepoți.

– Desigur. Vă rog să mă iertați, dar încă nu-mi amintesc toate la fel de clar cum ar trebui. Nu țin minte să vă fi auzit vorbind de soțul dumneavoastră.

Femeia își pironi ochii în pământ.

– A murit acum aproape opt ani, doamnă.

Cum Jennifer nu spunea nimic, menajera adăugă:

– Era director la mina din Transvaal. Soțul dumneavoastră mi-a oferit această slujbă ca să-mi pot întreține familia în continuare.

Jennifer se simțea de parcă ar fi fost surprinsă uitându-se pe gaura cheii.

– Îmi pare nespus de rău. După cum v-am spus, pentru moment memoria îmi joacă feste. Vă rog să nu vă închipuiți că asta înseamnă...

Doamna Cordoza clătină din cap.

Jennifer se făcuse roșie ca racul.

– Sunt sigură că în condiții normale, aș fi...

– Vă rog, doamnă. Îmi dau seama...

Menajera își alese cuvintele cu grijă.

– ... că încă nu v-ați restabilit pe deplin.

Rămaseră pe loc, față în față, menajera simțindu-se vizibil jenată de propriul exces de familiaritate.

Dar Jennifer vedea lucrurile cu totul altfel.

– Doamnă Cordoza, spuse ea, mă găsiți foarte schimbată după accident?

Menajera o studie atent câteva clipe, întârziind răspunsul.

– Doamnă Cordoza?

– Poate un pic.

– Îmi puteți spune în ce fel?

Menajera era vădit stânjenită, și Jennifer își dădu seama că femeia se temea să-i spună adevărul. Dar acum nu mai putea da înapoi.

– Vă rog. Vă asigur că nu există un răspuns corect sau greșit. Atâta doar... Totul a fost cumva bizar de când... aș vrea să-mi fac o idee mai precisă de cum stau lucrurile.

Femeia își ținea mâinile strâns încleștate în față.

– Poate sunteți ceva mai tăcută. Ceva mai puțin... sociabilă.

– Vreți să spuneți că înainte eram mai fericită?

– Doamnă, vă rog...

Femeia mai vârstnică își răsucea nervos între degete șiragul de mărgele.

– Eu nu... ar trebui să plec. Aş putea lăsa rufele pe mâine, dacă nu aveţi nimic împotrivă.

Şi, înainte ca Jenny să apuce să deschidă gura, menajera se făcu nevăzută.

Restaurantul Beachcomber al hotelului Mayfair era unul dintre cele mai căutate. Când intră, urmată îndeaproape de soţul ei, Jennifer înţelese şi motivul: la numai câţiva metri de friguroasa stradă londoneză, se găsea dintr-odată pe o plajă de paradis. Barul circular era învelit în frunze de bambus, la fel şi tavanul. Pardoseala era acoperită cu alge, iar de bârnele acoperişului atârnau plase de pescuit şi colaci de salvare. Din difuzoarele ascunse în imitaţii de stânci răzbătea muzică exotică, atât cât să acopere zarva unei seri aglomerate de vineri. O pictură murală reprezentând cerul albastru şi o plajă albă, nesfârşită, acoperea cea mai mare parte a unui perete, iar bustul supradimensionat al unei femei, provenind de la prova unui vas, străpungea aerul în dreptul barului. Exact acolo îl zăriră pe Bill, care încerca să-şi agaţe pălăria pe unul dintre sânii ei sculptaţi.

– Ah, Jennifer... Yvonne... Vă cunoaşteţi cu Ethel Mermann, cea de colo?

Îşi luă pălăria şi începu s-o fluture spre ei.

– Atenţie, le murmură Yvonne, ridicându-se să-i întâmpine. Violet a fost nevoită să rămână acasă, iar pe Bill deja l-a cam luat apa.

În timp ce erau conduşi spre locurile lor, Laurence îşi desprinse braţul de al lui Jennifer. Yvonne se aşeză în dreptul lui Jennifer, de cealaltă parte a mesei, apoi făcu un gest cu mâna ei elegantă, ca să atragă atenţia lui Anne şi Dominic, care tocmai sosiseră. În celălalt capăt al mesei, Bill apucă degetele lui Jennifer, care tocmai trecea prin dreptul lui, şi le duse la buze.

– Ah, Bill, zău că eşti dezgustător, clătină din cap Francis. Dacă nu te potoleşti, să ştii că trimit o maşină după Violet.

– Dar unde-i Violet? întrebă Jennifer, în timp ce chelnerul îi trăgea scaunul ca să se aşeze.

– Unul dintre copii e bolnav şi n-a avut curajul să lase bona să se descurce singură.

Ridicând una din frumoasele-i sprâncene, Yvonne își făcu înțeleasă părerea despre decizia respectivă.

– *Copiii întotdeauna au prioritate*, declară Bill.

Făcu un semn cu ochiul către Jennifer.

– Doamnelor, mai bine nu vă grăbiți să fiți mame. Noi, bărbații, avem incredibil de mare nevoie să ni se poarte de grijă.

– Să aduc o carafă cu ceva? Ce anume prepară ei aici mai bun?

– Eu am să iau un Mai Tai, spuse Anne.

– Iar eu un Royal Pineapple, se hotărî Yvonne, cu ochii la meniul intitulat „Cocktailuri" și pe care era desenată o femeie cu frunze prinse în jurul taliei.

– Dar tu, Larry? Dă-mi voie să ghicesc. „Bali Hai Scorpion?" Ceva cu un ac în coadă? întrebă Bill, care înșfăcase lista de băuturi.

– Pare o porcărie. Am să iau un whisky.

– Atunci dă-mi voie să aleg eu pentru încântătoarea Jennifer. Jenny, scumpo, ce zici de un „Hidden Pearl"? Sau un „Hula Girl's Downfall"? Ți-ar plăcea?

– Dacă așa spui tu, Bill, râse ea.

– Atunci eu am să iau un „Suffering Bastard", fiindcă asta și sunt, anunță el vesel. Bun. Când începem să dansăm?

Li se aduseră băuturile, apoi mâncarea: porc polinezian, creveți cu migdale și friptură cu piper. Jennifer, care se amețise rapid din pricina tăriei cocktailurilor, își dădu seama că abia dacă putea să ciugulească din farfurie. În jurul ei gălăgia din bar se întețise: într-un colț cânta o formație, perechile se mișcau pe ringul de dans, iar clienții așezați la mese vorbeau care de care mai tare. Lumina se făcuse mai difuză, iar lămpile cu abajur de sticlă colorată de pe fiecare masă răspândeau un joc de umbre și de lumini roșii și aurii. Jennifer își studie prietenii. Bill nu înceta să-i arunce ocheade, parcă dornic să-i ceară aprobarea. Brațul Yvonnei odihnea pe umărul lui Francis, căruia îi povestea ceva. Anne lăsă din gură paiul prin care bea din cocktailul multicolor, izbucnind într-un râs zgomotos. Pe Jennifer începu s-o cuprindă același sentiment, neînduplecat ca un val de mare, cum că locul ei era în altă parte. Se simțea ca într-un balon de sticlă, izolată de cei din jurul ei, și descoperi cu surprindere că-i era dor de casă. „Am băut prea mult", se dojeni ea. „Ești o prostuță." Întâlni privirea soțului ei și-i adresă un zâmbet, sperând că nu i se citea pe chip stânjeneala. El nu-i răspunse la surâs. „Nu-mi pot ascunde sentimentele“, își zise ea îndurerată.

– Prin urmare, despre ce e vorba? întrebă Laurence, întorcându-se spre Francis. Ce anume sărbătorim?

– Chiar avem nevoie de un motiv ca să ne simțim bine? replică Bill.

Acum se înfrupta din cocktailul de ananas al lui Yvonne, printr-un pai lung și vărgat. Ea nu părea să bage de seamă.

– Avem noutăți, așa-i, iubito? spuse Francis.

Yvonne se rezemă de spătarul scaunului, apoi vârî mâna în poșetă și-și aprinse o țigară.

– Absolut.

– Am ținut să vă adunăm aici în astă-seară pe voi, prietenii noștri cei mai apropiați, ca să vă anunțăm înaintea tuturor că...

Francis aruncă o privire spre soția lui.

– ... peste vreo șase luni vom avea un mic Moncrieff.

Urmă o clipă de tăcere. Anne făcu ochii mari.

– O să aveți un copil?

– Păi, cu siguranță n-o să ne cumpărăm unul, își ridică Yvonne colțurile buzelor, amuzată.

Anne deja sărise de la locul ei, ocolind masa, ca să-și îmbrățișeze prietena.

– Asta-i o veste minunată! Ce realizare extraordinară!

– N-a fost mare lucru, crede-mă, râse Francis.

– Fiți siguri că nici n-am simțit nimic, zise Yvonne, și el o înghionti în glumă.

Jennifer se trezi că se ridică de pe scaun și ocolește masa, parcă mânată de un impuls irezistibil, ca s-o sărute pe Yvonne.

– Este o veste absolut minunată, spuse ea, neștiind prea bine de ce dintr-odată se simțea și mai dezorientată. Felicitări!

– Ți-aș fi spus mai devreme, răspunse Yvonne, punându-și mâna peste a ei, dar m-am gândit să aștept până când ai să te simți mai...

– Mai mult eu însămi. Da.

Jennifer își îndreptă spatele.

– Dar e minunat! Mă bucur mult pentru voi.

– Acum e rândul tău, vorbi Bill, arătând spre ea și Laurence cu o privire exagerat de semnificativă.

Era descheiat la guler și-și lărgise nodul de la cravată.

– Numai voi doi ați mai rămas. Haide, Larry, dă-i zor! Nu-ți dezamăgi consoarta!

Jennifer, care pornise spre locul ei, simți cum se îmbujorează la față și nădăjdui că, dată fiind lumina difuză, ceilalți nu vor observa.

– Toate la vremea lor, Bill, interveni cu blândețe Francis. Nouă ne-au trebuit ani întregi până am reușit. Mai bine întâi să te distrezi cât poți.

– Adică aia ar fi trebuit să însemne *distracție?* exclamă Yvonne.

Toți izbucniră în râs.

– Întocmai. Nu-i nici o grabă.

Jennifer își urmări din ochi soțul cum scoate un trabuc din buzunar și cum îi taie capătul cu încetineală calculată.

– Chiar că nu-i nici o grabă, repetă ea.

Erau în taxi, în drum spre casă. Pe trotuarul înghețat Yvonne le făcea cu mâna, în timp ce Francis își petrecuse brațul pe după umerii ei într-un gest protector. Dominic și Anne plecaseră cu câteva minute mai devreme, iar Bill pare-se cânta o serenadă unor trecători.

– Ce veste grozavă ne-a dat Yvonne, așa-i? întrebă ea.

– Crezi?

– Sigur că da. Nu ești de aceeași părere?

El privea afară pe geam. Străzile orașelor erau cufundate într-un întuneric aproape complet, sfâșiat ici-colo de câte un stâlp de iluminat.

– Ba da, răspunse el. Venirea pe lume a unui copil este o veste minunată.

– Nu-i așa că Bill era beat mort?

Jennifer își scoase din poșetă pudriera și-și privi obrazul în oglinjoară. Propriul chip încetase, în sfârșit, s-o mai surprindă.

– Bill este un dobitoc, comentă soțul ei, continuând să privească afară.

Undeva în depărtare se auzea o sirenă de alarmă. Ea își închise poșeta și-și împreună mâinile în poală, frământându-și creierii ce-ar mai fi putut să spună.

– Ai... La ce te-ai gândit când ai auzit vestea?

Laurence întoarse capul spre ea. O parte a feței era luminată de neonul de afară, cealaltă rămânea în întuneric.

– Mă refer la Yvonne. N-ai vorbit prea mult. La restaurant.

– Mă gândeam, zise el pe un ton în care se ghicea o tristețe nesfârșită, ce baftă pe capul lui Francis Moncrieff.

Cât durǎ scurtul drum până acasă nu-și mai adresară nici un cuvânt. Când ajunseră, el plăti șoferul, în timp ce ea urca cu atenție treptele de piatră zgrunțuroasă. Luminile erau aprinse și aruncau dâre de un galben palid asupra pavajului acoperit de zăpadă. Era singura casă încă luminată în întreg scuarul cufundat în tăcere. Văzându-l cum urca treptele cu pași apăsați și nesiguri, Jennifer își dădu seama că era băut. Încercă o clipă să-și aducă aminte câte pahare de whisky golise, dar nu reuși. Fusese adâncită în propriile-i gânduri, întrebându-se cum oare o vedeau ceilalți. Mintea aproape o ardea de efortul de a părea *normală*.

– Vrei să-ți aduc ceva de băut? îl întrebă, când intrară în casă.

Pașii lor trezeau ecouri în holul de la intrare.

– Dacă dorești, ți-aș putea face un ceai.

– Nu, răspunse el, aruncându-și haina pe un scaun din hol. Vreau să mă culc.

– Atunci, cred că am să...

– Și vreau să vii cu mine.

Deci asta era. Jennifer își atârnă cu grijă pardesiul în dulapul de pe hol și porni în urma lui pe scara care ducea în dormitor. Brusc regretă că nu băuse mai mult. Ar fi vrut ca amândoi să fie lipsiți de griji, ca Dominic și Anne, tăvălindu-se de râs în plină stradă. Dar soțul ei – de acum știa – nu era genul care să râdă.

Ceasul deșteptător arăta ora două fără un sfert. El își scoase hainele, lăsându-le grămadă pe podea. Dintr-odată arăta cumplit de obosit, își spuse ea și undeva se aprinse o scânteie de speranță că poate pur și simplu va adormi. Își scoase pantofii cu călcâiul și-și dădu seama că nu va fi în stare să-și descheie nasturele de la gulerul rochiei.

– Laurence?

– Ce e?

– Dacă nu te superi, vrei să desfaci...?

Se întoarse cu spatele la el, silindu-se să nu se crispeze când degetele lui începură să tragă neîndemânatic de material. Răsuflarea lui duhnea puternic a whisky, amestecat cu aroma înțepătoare de trabuc. El trase de câteva ori, prinzându-i fire de păr de la ceafă și făcând-o să tresară.

– La dracu'! exclamă Laurence într-un târziu. L-am rupt!

Jennifer își dădu rochia jos de pe umeri, iar el îi puse în palmă nasturele îmbrăcat în mătase.

– Nu-i nimic, spuse ea, străduindu-se să nu se indispună. Sunt sigură că doamna Cordoza va reuși să-l coasă la loc.

Se pregătea să pună rochia în șifonier, când el o apucă de braț.

– Las-o, îi spuse.

O pironea cu privirea, dând ușor din cap, cu pleoapele pe jumătate coborâte peste ochii tulburi. Își aplecă obrazul, îl luă pe al ei în palmele făcute căuș și începu s-o sărute. Ea închise ochii, în timp ce mâinile lui i se plimbau pe gât și pe umeri. La un moment dat el își pierdu echilibrul și amândoi fură gata să cadă. Apoi el o trase pe pat, cuprinzându-i sânii cu palmele lui mari, în timp ce trupul lui deja încerca s-o acopere. Ea îi primea cuminte sărutările, străduindu-se să nu-și trădeze repulsia pe care i-o stârnea răsuflarea lui.

– Jenny, murmura el, începând să răsufle tot mai precipitat. Jenny...

Măcar s-ar putea să nu dureze mult.

Își dădu seama că el se oprise. Deschise ochii și-l surprinse țintuind-o cu privirea.

– Ce s-a întâmplat? o întrebă, articulând cu greu cuvintele.

– Nimic.

– Arăți de parcă ți-aș face ceva dezgustător. Asta simți tu?

Era beat, dar pe chipul lui se citea și altceva, o amărăciune pe care ea nu reușea s-o înțeleagă.

– Iartă-mă, iubitule! N-am vrut să-ți las impresia asta.

Se opinti să se salte în coate.

– Cred că sunt doar obosită.

Întinse mâna către el.

– Ah, obosită.

Se așezară pe pat, unul lângă celălalt. El își trecu o mână prin păr, cu vizibilă dezamăgire. O copleși un sentiment de vinovăție, dar – spre rușinea ei – și de ușurare. Când tăcerea deveni insuportabilă, îl apucă de mână.

– Laurence... tu crezi că eu sunt bine?

– Bine? Asta ce vrea să însemne?

Ea simţi cum i se suie un nod în gât. Era soţul ei: fără îndoială că i se putea destăinui. Îşi aminti o clipă de braţul lui Yvonne petrecut peste umerii lui Francis, privirile pe care le schimbau tot timpul între ei, mărturii ale altor sute de conversaţii ştiute numai de ei doi. Se gândi la Dominic şi Anne, cum râseseră până urcaseră în taxi.

– Laurence...

– Larry! izbucni el. Spune-mi Larry. Nu înţeleg de ce nu-ţi aminteşti atâta lucru.

Ea îşi prinse brusc faţa în mâini.

– Larry, iartă-mă! Atâta doar că... încă mă simt aşa ciudat.

– Ciudat?

Ea se crispă.

– De parcă ar lipsi ceva. Mă simt ca şi cum ar trebui să asamblez un puzzle, numai că nu am toate piesele. Ţi se pare o mare prostie? Te rog, redă-mi liniştea, îl imploră ea. Ia-mă în braţe! Spune-mi că *sunt* o proastă, că-mi voi reveni. Spune-mi că doctorul Hargreaves a avut dreptate şi că această senzaţie îngrozitoare va dispărea. Iubeşte-mă puţin! Ţine-mă lângă tine până când *voi simţi că asta şi trebuie să faci*. Te rog numai *să mă înţelegi*!

Dar când ridică ochii, el îşi privea ţintă pantofii, aflaţi la câţiva metri mai încolo pe covor. Îşi dădu treptat seama că tăcerea lui nu era întrebătoare şi nu însemna că el se străduia să-şi pună ordine în gânduri. Înfricoşătoarea lui încremenire trăda altceva: o furie abia cu greu stăpânită.

Apoi glasul lui liniştit i se adresă cu o răceală calculată:

– Ce crezi că lipseşte din viaţa ta, Jennifer?

– Nimic, se grăbi ea să răspundă. Absolut nimic. Sunt perfect fericită. Eu...

Se ridică, îndreptându-se spre baie.

– Nu-i nimic. Aşa cum spunea şi doctorul Hargreaves, o să-mi treacă. Curând voi fi din nou ca înainte.

Când se trezi, el deja plecase, iar doamna Cordoza bătea încetişor la uşă. Deschise ochii şi, în clipa când îşi mişcă capul, o năpădi o migrenă rău prevestitoare.

– Doamnă? Doriţi să vă aduc o ceaşcă de cafea?

– Sunteţi foarte amabilă, mulţumesc, răspunse cu glas răguşit.

Se săltă cu grijă în capul oaselor, strângând pleoapele din pricina luminii strălucitoare. Era zece fără un sfert. Auzi afară un motor de maşină, râcâitul monoton al unei lopeţi cu care cineva curăţa trotuarul de zăpadă şi ciripitul gureş al vrăbiilor în copaci. Hainele care cu o seară în urmă zăcuseră împrăştiate în tot dormitorul fuseseră cumva puse în ordine. Rămase sprijinită între perne, conştientizând treptat întâmplările din seara precedentă.

Când ea venise înapoi în pat, el îi întorsese spatele, umerii lui laţi şi puternici devenind o barieră de netrecut. Trăise un sentiment de uşurare, dar şi o senzaţie tulburătoare. Treptat o cuprinsese un fel de tristeţe obosită. „Va trebui să mă învăţ minte", îşi spusese. „Altă dată n-am să mai vorbesc despre sentimentele mele. Am să mă port mai frumos cu el. Am să fiu generoasă. Aseară l-am jignit, de aici a pornit tot."

Te rog, încearcă să nu te preocupi de problema asta!

Doamna Cordoza bătu la uşă. Îi adusese pe o tavă cafea şi două felioare de pâine prăjită.

– M-am gândit că poate vă e foame.

– Drăguţ din partea dumneavoastră. Iertaţi-mă! Trebuia să mă fi sculat mai demult.

– Las totul aici.

Aşeză cu grijă tava pe cuvertură, apoi luă ceşcuţa de cafea şi o puse pe noptieră.

– Deocamdată am să stau la parter, să nu vă deranjez.

Privirea îi lunecă spre braţul dezgolit al lui Jenny, la cicatricea perfect vizibilă în lumina strălucitoare, apoi femeia se uită în altă parte.

În timp ce menajera ieşea din cameră, Jenny dădu cu ochii de carte, romanul de dragoste pe care voia fie să-l citească, fie să-l arunce. Mai întâi avea să-şi bea cafeaua, îşi zise, după care va duce tava jos. Era bine să îndrepte lucrurile între ea şi doamna Cordoza, după strania conversaţie din seara precedentă.

Sorbi din cafea şi luă în mână cartea, răsfoindu-i paginile. În dimineaţa asta abia reuşea să vadă literele cât de cât. Din carte căzu o foaie de hârtie. Jennifer puse cartea pe noptieră şi apucă foaia. O despături încet şi începu să citească.

Iubito,

N-am reușit să te fac să mă asculți, când ai plecat așa în goană, dar nu te-am respins. Îmi este insuportabil cât de departe ai fost de adevăr.

Iată realitatea: nu ești prima femeie măritată cu care am făcut dragoste. Știi bine situația mea și, sincer să fiu, aceste relații, așa cum sunt ele, mi-au convenit. Nu voiam să mă atașez prea mult de nimeni. Când ne-am cunoscut, m-am gândit că nici tu nu vei fi altfel.

Dar sâmbătă când ai intrat la mine în cameră, arătai minunat în rochia aceea. Pe urmă m-ai rugat să-ți deschei nasturele de la gât. În clipa când degetele mele ți-au atins pielea, am înțeles că dacă voi face dragoste cu tine va fi un dezastru pentru amândoi. N-ai idee, fată scumpă, cum te-ai simți să fii duplicitară. Tu ești o ființă încântătoare și cinstită. Și chiar dacă acum nu-ți dai seama, faptul de a fi o persoană cumsecade îți aduce satisfacții. Nu vreau să fiu eu acela care să te cobor mai jos de atât.

Cât despre mine? Din clipa în care ai ridicat ochii spre mine am știut că dacă facem asta vom fi pierduți. Eu nu voi fi în stare să renunț la tine așa cum am renunțat la celelalte. Că nu voi fi capabil să-l salut dezinvolt pe Laurence când vom trece unul pe lângă celălalt în vreun restaurant. Nu mă voi mulțumi niciodată doar cu o părticică din tine. Am fost un naiv să-mi închipui altceva. Iată, fată dragă, motivul pentru care ți-am încheiat la loc acel nenorocit de nasture. Și iată motivul pentru care de două nopți încoace nu-mi găsesc somnul și mă urăsc pentru singurul lucru decent pe care l-am făcut în viața mea.

Iartă-mă!

B.

Jennifer stătea în pat în capul oaselor, cu ochii țintă la singurul nume care-i sărise în ochi. Laurence.

Laurence.

Ceea ce nu putea însemna decât un singur lucru.

Că scrisoarea îi era adresată ei.

Nu vreau să te simţi stânjenită, dar mie îmi este foarte ruşine pentru ce s-a întâmplat între noi. Aşa ceva n-ar fi trebuit să se întâmple. Şi, ca să fiu corect faţă de toţi cei implicaţi, cred că ar trebui să nu ne mai vedem niciodată.

E-mail de la un bărbat (însurat) către o femeie

Capitolul 5

Anthony O'Hare se trezi în Brazzaville. Rămase cu privirea pironită la ventilatorul care i se rotea alene deasupra capului, pe jumătate conștient de lumina soarelui răzbătând printre obloane, și se întrebă pentru o clipă dacă de data asta avea să moară. Își simțea capul prins într-o menghină, cu săgeți dureroase dintr-o tâmplă într-alta. Avea senzația că îi bătuse cineva energic rinichii cu ciocanul aproape toată noaptea. Gura îi era uscată, simțea pe limbă un gust rău și îi era ușor greață. Îl năpădi o vagă senzație de panică. Fusese cumva împușcat? Bătut în vreo încăierare? Închise ochii, așteptând să audă afară zgomotele străzii, să audă vânzătorii de alimente, bâzâitul permanent al radioului, pe măsură ce oamenii se adunau și se ghemuiau în jurul aparatului, încercând să afle unde vor izbucni următoarele tulburări. Nu era vorba de glonț. Erau friguri. De data asta s-a zis cu el. Dar chiar când acest gând începea să prindă formă, își dădu seama că nu auzea zgomotele obișnuite din Congo: nici strigăte de la vreo fereastră deschisă, nici muzică de bar, nici miros de *kwanga* gătit în frunze de banan. Nici împușcături. Nici exclamații în Lingala sau Swahili[1]. Doar tăcere. Și țipătul îndepărtat al pescărușilor.

Nu era Congo, ci Franța. Se afla în Franța.

Pentru o clipă îl năpădi un val de recunoștință, apoi durerea deveni mai perceptibilă. Medicul îl prevenise că durerea se va intensifica dacă va bea din nou, își aminti el undeva, într-un ungher al minții încă

[1] Dialecte vorbite în Congo

predispus la analiză. Doctorul Robertson ar fi încântat să afle cât de corectă fusese previziunea lui.

Când căpătă încredere că se putea mişca fără să se facă de ruşine, se săltă în capul oaselor. Îşi coborî picioarele peste marginea patului şi se duse cu paşi şovăielnici până la fereastră, conştient de mirosul stătut de sudoare şi de grămada de sticle goale, semn că petrecuse o noapte lungă. Trase perdeaua câţiva milimetri şi dădu cu ochii de golful care scânteia scăldat într-o diafană lumină aurie. Acoperişurile roşii de pe coline erau făcute din ţiglă, nu vopsite în culoare ruginie ca bungalow-urile congoleze. Locatarii acelor case erau oameni sănătoşi şi fericiţi, care se adunau pe faleză, stăteau la taclale, se plimbau, alergau. Erau albi. Erau bogaţi.

Privi printre pleoapele întredeschise. Scena era perfectă, idilică. Dădu drumul la perdea, se duse cu paşi împleticiţi până în baie şi vomită, ţinând în braţe chiuveta, scuipând, simţindu-se îngrozitor. Când izbuti să se ţină iarăşi pe picioare, se vârî sub duş, abia păstrându-şi echilibrul, şi se sprijini greoi de perete, lăsând apa fierbinte să curgă peste el vreme de douăzeci de minute, în dorinţa de a spăla răul dinlăuntrul lui.

„Hai odată, vino-ţi în fire!"

Se îmbrăcă, sună la recepţie comandând nişte cafea, apoi, simţindu-se ceva mai stăpân pe sine, se aşeză la birou. Era aproape unsprezece fără un sfert. Trebuia să-şi trimită articolul, portretul la care lucrase în după-amiaza zilei precedente. Cercetă însemnările mâzgălite în grabă, amintindu-şi cum se încheiase seara. Amintirile îi reveneau fragmentar: Mariette, în faţa hotelului, cu obrazul ridicat spre el, cerându-i s-o sărute. Refuzul lui categoric, chiar în timp ce-şi murmura că era un mare fraier: fata era frumuşică şi abia aştepta să-i cedeze. Însă el voia să se simtă cât de cât mulţumit că în seara aceea făcuse măcar un singur lucru bun.

Oh, Doamne! Jennifer Stirling, atât de fragilă şi jignită, întinzându-i sacoul. Îl auzise trăncănind aiurea, numai verzi şi uscate, despre ei toţi, ca un mitocan. Ce anume spusese despre ea? *O mică tai-tai răzgâiată!!! Frumoasă de pică, dar fără o idee originală în căpşorul acela al ei.*

Închise ochii. Zonele de război erau mai simple, cugetă el. Mai sigure. În zonele de război ştiai întotdeauna cine-i inamicul.

I se aduse cafeaua. Răsuflă adânc, apoi își umplu ceașca. Ridică receptorul telefonului și ceru fără chef centralistei să-i facă legătura cu Londra.

Stimată doamnă Stirling,

Sunt un porc și un nesimțit. Aș vrea să pun totul pe seama oboselii sau pe seama vreunei reacții neobișnuite la crustacee, dar din păcate a fost vorba de o combinație între băutură – iar eu n-ar trebui să beau deloc – și temperamentul coleric al cuiva total lipsit de maniere în societate. Puteți afirma despre mine prea puține lucruri pe care să nu mi le fi atribuit eu însumi când mi-am revenit din mahmureală.

Vă rog, îngăduiți-mi să-mi cer scuze. Dacă v-aș putea invita pe dumneavoastră și pe domnul Stirling la masa de prânz înainte de înapoierea mea la Londra, aș fi foarte fericit să-mi pot răscumpăra greșeala.

Al dumneavoastră rușinat,
Anthony O'Hare

P.S. Am alăturat și un exemplar al articolului trimis la Londra, ca să vă asigurați că, măcar în privința asta, m-am comportat onorabil.

Anthony împături scrisoarea, o puse într-un plic, îl lipi și-l întoarse pe partea cealaltă. Poate încă mai era puțin amețit: nu-și amintea să fi fost vreodată atât de sincer într-o scrisoare.

În același moment își aminti că nu avea nici o adresă la care să trimită plicul. Se înjură printre dinți pentru propria-i prostie. În seara precedentă fusese luat de la hotel de către șoferul lui Stirling și-și amintea prea puțin drumul la înapoiere, afară de cele câteva moduri în care fusese umilit.

Cei de la recepția hotelului nu-i fură de prea mare ajutor.

– *Stirling?*

Portarul clătină din cap.

– Îl cunoașteți? Un tip foarte bogat. Un tip important, zise Anthony. Încă se simțea de parcă ar fi avut nisip în gură.

– Domnule, replică plictisit portarul, aici toți sunt bogați și importanți.

După-amiaza era înmiresmată, aerul limpede, aproape fosforescent sub cerul fără nor. Porni la plimbare, reconstituind traseul pe care-l dusese mașina cu o seară în urmă. Drumul durase mai puțin de zece minute: cât de greu putea fi să găsească vila? Intenționa să lase scrisoarea la intrare și să plece. Nici nu voia să se gândească ce va face la înapoierea în oraș: încă de dimineață, corpul lui, care-și amintise de îndelungata sa relație cu băutura, începuse să freamăte subtil și pervers de dorință. Bere, îi dădea el ghes. *Vin. Whisky.* Îl dureau rinichii și încă mai tremura ușor. Plimbarea avea să-i facă bine, își spuse Anthony, salutând din cap două femei surâzătoare, cu pălării de soare.

Cerul de deasupra Antibelor era de un albastru intens, pe plajă se vedeau ici-colo oameni veniți în vacanță și care se prăjeau la soare pe nisipul alb. Își aminti că la sensul giratoriu mașina cotise spre stânga și văzu că șoseaua mărginită de vile acoperite cu țigle ducea către coline. Acesta era drumul pe care venise. Soarele îl ardea puternic la ceafă chiar și prin pălărie. Își scoase din mers sacoul, atârnându-l pe umăr.

Abia când ajunse la dealurile de dincolo de oraș lucrurile începură să se cam încurce. Făcuse la stânga în dreptul unei biserici care-i părea vag cunoscută și pornise în susul dealului. Pinii și palmierii se răriseră, ca apoi să dispară complet, lăsându-l în bătaia soarelui, în zăpușeala care răbufnea din stâncile alburii și din asfalt. Simți cum începe să-l strângă pielea atinsă de soare și-și dădu seama că până seara avea să se înroșească și să-l usture.

Din când în când trecea câte o mașină, împroșcând mici fragmente de cremene spre prăpastia care se adâncea văzând cu ochii. Cu o seară înainte i se păruse un drum extrem de scurt, impresie la care contribuise mireasma ierburilor sălbatice și briza răcoroasă de la asfințit. Acum bornele kilometrice se înșiruiau înaintea lui și treptat începu să-și piardă încrederea în sine, pe măsură ce se vedea silit *să accepte că poate se rătăcise.*

Pe Don Franklin l-ar amuza nespus chestia asta, își zise Anthony, tamponându-și fruntea cu batista. El, care era în stare să-și croiască drum de-a lungul și de-a latul Africii, el căruia nu-i rezista nici o graniță, iată că se rătăcise într-un drum de zece minute pe terenul de joacă al milionarilor. Făcu un pas într-o parte, lăsând să treacă altă mașină, apoi miji ochii în lumină, văzând că mașina oprește cu un scrâșnet de frâne, apoi, parcă văitându-se, dă înapoi spre el.

Din limuzina Daimler SP250 scoase capul Yvonne Moncrieff, cu ochelarii cocoțați pe frunte.

– Ți-ai pierdut mințile? exclamă ea veselă. Ai să te prăjești.

Privirea lui lunecă dincolo de Yvonne, descoperind-o la volan pe Jennifer Stirling. Aceasta îl măsura din spatele unor uriași ochelari fumurii. Avea părul prins la spate și o expresie de nepătruns.

– Bună ziua, salută el, scoțându-și pălăria.

Deveni brusc conștient de sudoarea care îi păta cămașa șifonată și-i lucea pe față.

– Ce naiba cauți așa departe de oraș, domnule O'Hare? i se adresă Jennifer. Umbli după vreun subiect fierbinte?

El își coborî sacoul de pe umăr, vârî mâna în buzunar și-i întinse plicul.

– Am vrut să-ți dau asta.

– Ce-i asta?

– Scuzele mele.

– Scuzele dumitale?

– Pentru impolitețea de aseară.

Ea nu schiță nici un gest de a se întinde peste prietena ei și de a lua plicul.

– Îmi dai voie, Jennifer?

Yvonne aruncă o privire către ea, vădit nedumerită.

– Nu. Poți s-o citești cu voce tare, domnule O'Hare? întrebă Jennifer.

– Jennifer!

– Dacă domnul O'Hare a scris acele scuze, atunci sunt convinsă că e perfect capabil să le și spună cu glas tare.

Chipul ei rămânea impasibil în spatele ochelarilor fumurii.

El rămase nemișcat o clipă, privind peste umăr înapoi spre șoseaua pustie și spre satul de la poalele colinei, scăldat în lumina soarelui.

– Aș prefera...

– Atunci nu-i vorba de cine știe ce scuze, nu-i așa, domnule O'Hare? întrebă ea cu glas suav. Oricine poate mâzgăli câteva cuvinte.

Yvonne Moncrieff își privea mâinile, clătinând din cap. Ochelarii opaci ai lui Jennifer continuau să rămână aţintiţi asupra lui Anthony, care își putea vedea silueta oglindită în lentilele întunecate.

Desfăcu încet plicul, scoase foaia de hârtie și, după o clipă de ezitare, citi scrisoarea, glasul lui răsunând nefiresc de tare în vârful colinei. Când termină de citit, puse plicul la loc în buzunar. Se simţea ciudat de stânjenit în tăcerea întreruptă doar de torsul molcom al motorului.

– Soţul meu a plecat în Africa, spuse Jennifer într-un târziu. A plecat azi-dimineaţă.

– Atunci aș fi încântat dacă mi-aţi îngădui să vă invit pe dumneata și pe doamna Moncrieff la dejun.

Se uită la ceas.

– Desigur, la ora asta un dejun tardiv.

– Eu, una, nu pot, dragă. Francis vrea să văd un iaht în după-amiaza asta. I-am zis că un bărbat nu-i în stare decât să viseze.

– Te ducem înapoi în oraș, domnule O'Hare, spuse Jennifer, făcând semn cu capul spre locul îngust din spate. Nu vreau să am pe conștiinţă faptul că cel mai *onorabil* reporter de la *Nation* a făcut insolaţie, pe lângă intoxicaţie etilică.

Așteptă ca Yvonne să coboare și să aplece spătarul în faţă, făcându-i loc lui Anthony să urce, apoi scotoci în torpedou.

– Poftim, zise ea, aruncându-i o batistă. Și știi că mergeai în cu totul altă direcţie? Noi locuim acolo.

Arătă către un deal din depărtare, mărginit de copaci. Buzele ei se arcuiră, suficient ca el să spere că poate îl iertase, apoi cele două femei izbucniră în râs. Răsuflând ușurat, Anthony O'Hare își înfundă pălăria pe cap și mașina porni în viteză la vale, pe drumul îngust care ducea în oraș.

De îndată ce o lăsară pe Yvonne la hotelul St. Georges, automobilul rămase blocat în trafic.

– Să fiţi cuminţi, îi îndemnase Yvonne din perspectiva celor câţiva ani în plus, făcându-le cu mâna.

El observă că li se adresase cu nepăsarea veselă a cuiva convins că orice altceva ieșea din discuţie.

De cum rămaseră numai ei doi, atmosfera se schimbă. Jennifer Stirling deveni tăcută, cum nu fusese cu douăzeci de minute mai devreme, chipurile preocupată de șoseaua care se întindea în fața ei. Anthony se uită pe furiș la brațele ei ușor bronzate, la profilul ațintit drept înainte, spre șirul lung de lumini de poziție ale mașinilor din fața lor. Se întrebă o clipă dacă era mai supărată pe el decât fusese dispusă să-i arate.

– Și cât stă soțul dumitale în Africa? întrebă el, ca să rupă tăcerea.

– Probabil o săptămână. Rareori întârzie mai mult.

Se aplecă scurt peste portieră, pare-se să vadă ce anume cauzase blocajul.

– E un drum tare lung pentru o ședere atât de scurtă.

– Dumneata ar trebui să știi mai bine, domnule O'Hare.

– Eu?

Ea ridică o sprânceană.

– Dumneata știi totul despre Africa. Așa ai zis aseară.

– Totul?

– Știai că majoritatea celor care fac afaceri acolo sunt niște escroci.

– Am spus eu asta?

– I-ai spus domnului Lafayette.

Anthony se lăsă ceva mai jos pe bancheta mașinii.

– Doamnă Stirling... începu el.

– Oh, nu te teme! Laurence nu te-a auzit. Te-a auzit Francis, dar el are prea puține treburi acolo, așa că n-a luat-o drept ceva *foarte* personal.

Șirul de mașini se puse în mișcare.

– Permite-mi să te invit la dejun, insistă el. Te rog! Aș dori să-mi oferi ocazia să-ți arăt, fie și pentru o jumătate de oră, că nu sunt un mare dobitoc.

– Crezi că mă poți determina să-mi schimb părerea așa de repede?

Din nou zâmbetul de adineauri.

– Accept. Spune-mi, unde am putea să mergem.

Chelnerul îi aduse lui Jennifer un pahar înalt cu limonadă. Ea sorbi puțin, apoi se lăsă pe spătarul scaunului, cu ochii la mare.

– Superbă priveliște, spuse el.

– Adevărat, aprobă ea.

Părul i se revărsa pe umeri ca o cascadă, într-un vălmăşag de bucle blonde până aproape de umeri. Nu era genul lui. Lui îi plăceau femeile de o frumuseţe mai puţin convenţională, cele puţin misterioase, ale căror farmece erau mai puţin bătătoare la ochi.

– Nu bei?

El îşi privi paharul.

– De fapt, n-ar trebui.

– Ordin de la soţie?

– De la *fosta* soţie, o corectă el. Nu, ordin de la doctor.

– Deci seara trecută *chiar* ţi s-a părut insuportabilă.

El ridică din umeri.

– Nu petrec prea mult timp în societate.

– Un turist ocazional.

– Recunosc. Un conflict armat mă înspăimântă mai puţin.

De data asta, chipul ei se destinse treptat într-un surâs poznaş.

– Deci eşti un fel de William Boot[1], spuse ea. Nu eşti capabil să faci faţă în zona de război a societăţii de pe Riviera.

– Boot...

Auzind-o pomenind numele lui Boot, nefericitul personaj fictiv al lui Waugh, Anthony zâmbi cu adevărat pentru prima oară.

– Presupun că erai îndreptăţită să mă compari cu cineva mult mai rău.

În restaurant intră o femeie ţinând strâns la pieptul planturos un căţel cu ochii ca mărgelele. Femeia păşi printre mese cu un aer hotărât şi plictisit, de parcă n-ar fi interesat-o decât locul unde voia să ajungă. Se aşeză la o masă liberă, ceva mai încolo, scoţând un mic suspin de uşurare. Puse căţelul pe podea, unde acesta rămase tremurând, cu coada strâns vârâtă între picioare.

– Aşadar, doamnă Stirling...

– Jennifer.

– Jennifer. Vorbeşte-mi despre tine, o îndemnă el, aplecându-se spre ea peste masă.

---

1 Personajul principal al romanului *Bomba zilei* de Evelyn Waugh, satiră la adresa jurnalismului de senzaţie şi a corespondenţilor străini

– Tu eşti cel care trebuie să-mi vorbească. De fapt, să-mi arate.

– Ce anume?

– Că nu eşti un mare dobitoc. Din câte îmi amintesc, spuneai că ţi-ar trebui o jumătate de oră.

– Ah! Şi cât mi-a mai rămas?

Ea se uită la ceas.

– Vreo nouă minute.

– Şi cum mă descurc până acum?

– Cred că nu te aştepţi să-ţi spun nimic, este prea devreme.

Tăcură amândoi: el pentru că – lucru neobişnuit – nu ştia ce să spună, ea poate regretând cuvintele cu care i se adresase. Anthony O'Hare se gândi la ultima femeie cu care avusese o relaţie, soţia unui dentist, o roşcată cu pielea atât de transparentă încât el se ferea să se uite mai atent, de teamă să nu vadă ce e dedesubt. Femeia era dezamăgită de indiferenţa pe care soţul ei o manifesta de multă vreme. Anthony bănuia cumva că promptitudinea cu care-i acceptase avansurile fusese mai degrabă un act de răzbunare.

– Cum îţi petreci timpul, Jennifer?

– Mi-e teamă să-ţi spun.

El ridică o sprânceană.

– Fac aşa de puţine lucruri importante încât mă tem că mă vei dezaproba profund.

Tonul ei îi dădea a înţelege că nu-i era câtuşi de puţin teamă.

– Ţii două case.

– Ba deloc. Avem personal de serviciu cu jumătate de normă. Iar la Londra, doamna Cordoza se pricepe mult mai bine ca mine să se ocupe de o casă.

– Atunci cu ce-ţi umpli timpul?

– Primesc oaspeţi la cocktail sau la dineu. Aduc un plus de frumuseţe lucrurilor. Sunt decorativă.

– Te pricepi foarte bine la asta.

– Oh, un expert. Să ştii că-ţi trebuie un anumit talent.

S-ar fi putut uita la ea o zi întreagă. Era ceva anume în felul în care buza de sus se arcuia uşor, întâlnind pielea fină de sub nări. Acea porţiune a feţei se numea cumva şi era sigur că dacă o privea îndeajuns de mult îşi va aminti cuvântul.

– Am făcut ceea ce am fost educată să fac. Am pus mâna pe un soț bogat și am grijă să fie fericit.

Surâsul îi deveni șovăielnic. Poate cuiva lipsit de experiența lui Anthony i-ar fi scăpat un început de cearcăne în jurul ochilor, ducând cu gândul că în ea exista ceva mult mai complex decât s-ar fi putut ghici la suprafață.

– De fapt, chiar am să beau ceva, declară Jennifer. Te deranjează în mod deosebit?

– Trebuie neapărat să bei ceva. O să-mi facă o plăcere empatică.

– *Empatică*, repetă ea, ridicând mâna să facă semn chelnerului.

Își comandă un martini cu multă gheață.

„Băutură de vacanță", comentă el în gând. Ea nu încerca să-i ascundă nimic, dar nici să-și caute uitarea în alcool. Anthony era ușor dezamăgit.

– Dacă asta te face să te simți mai bine, spuse el dezinvolt, eu, unul, nu știu altceva decât muncă.

– Ah, da, te cred, răspunse ea. Bărbaților le vine mai ușor să muncească decât să se ocupe de altele.

– De altele?

– Problemele de zi cu zi. Persoane care nu se comportă cum ai vrea tu și care nutresc sentimente pe care tu ai prefera să nu le aibă. Prin muncă obții rezultate, ești stăpân pe domeniul tău. Oamenii fac ceea ce le spui să facă.

– Nu și în lumea mea, râse el.

– Dar tu poți scrie un articol pe care-l vei vedea la chioșcul de ziare chiar a doua zi. Asta nu-ți dă un sentiment de mândrie?

– Îmi dădea cândva. Dar să știi că sentimentul mai pălește după un timp. Nu cred să fi făcut ceva în ultima vreme cu care să mă pot mândri. Tot ce scriu eu este efemer. Peste o zi ajunge hârtie de împachetat pește cu cartofi prăjiți.

– Zău? Atunci de ce muncești așa de îndârjit?

El își înghiți nodul din gât, străduindu-se să-și alunge din minte imaginea fiului său. Brusc își dori foarte mult să bea ceva. Se sili să zâmbească.

– Pentru toate motivele pe care le-ai enumerat. E mult mai simplu decât să te ocupi de altele.

Privirile li se întâlniră şi în acel moment de sinceritate surâsul ei se topi. Se îmbujoră uşor şi-şi amestecă încet băutura cu un pai de cocktail.

– *Plăcere empatică*, zise ea rar. Va trebui să-mi spui ce înseamnă asta, Anthony.

Felul în care-i rostise numele sugera o anumită intimitate. Intonaţia ei făgăduia ceva, ceva ce avea să se repete cândva, în viitor.

– Înseamnă...

Anthony îşi simţi buzele uscate.

– ... înseamnă plăcerea pe care o capeţi prin plăcerea altcuiva.

După ce ea îl lăsă la hotel, Anthony rămase întins pe pat vreme de aproape o oră, cu ochii în tavan. Apoi coborî la recepţie, ceru o ilustrată şi scrise câteva cuvinte fiului său, întrebându-se dacă Clarissa se va obosi să i-o înmâneze.

Când se înapoie la hotel, găsi un bilet care-i fusese strecurat pe sub uşă.

Dragă Boot,

Deşi încă nu m-am convins că nu eşti un mare dobitoc, totuşi sunt dispusă să-ţi mai dau o şansă ca să mă faci să-mi schimb părerea. Planurile mele pentru cina de diseară au căzut baltă, aşa că voi cina la Hôtel des Calypsos, pe strada St. Jacques, ora 20.00 şi aş fi încântată să-mi ţii companie.

Citi de două ori biletul, apoi coborî scările în goană şi-i trimise lui Don o telegramă:

ULTIMA TELEGRAMĂ NU MAI E VALABILĂ STOP RĂMÂN SĂ LUCREZ SERIAL RIVIERA ÎNALTA SOCIETATE STOP INCLUD DETALII MODĂ STOP

Zâmbi larg, împături telegrama şi o predă recepţionerului, imaginându-şi expresia şefului său când o va citi, apoi începu să se frământe cum să-şi dea costumul la curăţat până diseară.

În seara aceea Anthony O'Hare se dovedi absolut încântător. Se comportă exact aşa cum ar fi trebuit să se comporte în seara precedentă. Era așa cum probabil ar fi trebuit să fie cât timp fusese însurat. Spiritual, curtenitor, bine-crescut. Ea nu fusese niciodată în Congo – soțul îi spusese că țara aceea nu era „pentru femei ca ea“ – și, poate pentru că acum simțea cumva nevoia să-l contrazică pe Stirling, Anthony luă hotărârea s-o facă să vrea s-o îndrăgească. Îi povesti despre străzile elegante și mărginite de copaci din Leopoldville, despre coloniștii belgieni care preferau să-și importe toate alimentele, fie conservate, fie congelate, la prețuri exorbitante în loc să mănânce într-una dintre țările cu cele mai abundente recolte din lume. Îi povesti cât de șocați fuseseră europenii din oraș când o revoltă iscată la garnizoana din Leopoldville sfârșise prin a-i vâna, determinându-i să se refugieze în relativa siguranță a orașului Stanleyville.

Ținea ca ea să-l vadă în cea mai desăvârșită formă, să-l privească admirativ, nu cu aerul acela compătimitor și agasat. Și se întâmplă ceva ciudat: în timp ce el juca rolul unui străin fermecător, descoperi că pentru scurt timp devenea el însuși. Îi veni în gând mama lui: „Zâmbetul“, îi spunea ea când era copil, „te va face să te simți mai fericit“. Atunci n-o crezuse.

La rândul ei, și Jennifer își simțea inima ușoară. Mai mult asculta decât vorbea, așa cum obișnuiau să facă în societate femeile cu maniere, iar când râdea de ceva ce-i spusese el, Anthony dezvolta subiectul, dornic s-o facă iar să râdă. Își dădu seama cu satisfacție că ei doi atrăgeau privirile admirative ale celor din jur – *perechea aceea teribil de veselă de la masa șaisprezece*. Ea era ciudat de nepăsătoare la gândul de a fi văzută în compania unui bărbat care nu era soțul ei. Poate așa funcționa societatea de pe Riviera, își spuse Anthony. Un permanent duet social cu bărbații și nevestele altora. Refuza să se gândească la cealaltă posibilitate: că un bărbat cu poziția și situația lui socială nu putea fi socotit o amenințare.

La scurt timp după felul principal, la masa lor își făcu apariția un bărbat înalt, într-un costum de o croială impecabilă. O sărută pe Jennifer pe amândoi obrajii și, după un schimb de politețuri, așteptă să fie prezentat.

– Richard, dragule, dumnealui este domnul Boot, spuse ea fără să clipească. Lucrează la un portret al lui Larry pentru ziarele din

Anglia. Eu îi dau unele detalii și încerc să-i arăt că industriașii și soțiile lor nu sunt în totalitate plicticoși.

– Nu știu cine ți-ar putea reproșa ție că ești plicticoasă, Jenny.

Bărbatul întinse mâna ca să-l salute pe Anthony.

– Richard Case.

– Anthony... ăă... Boot. Din câte constat, societatea de pe Riviera nu-i câtuși de puțin plicticoasă. Domnul și doamna Stirling au fost niște gazde minunate, spuse el.

Era decis să adopte o atitudine diplomatică.

– Poate că domnul Boot va scrie și despre tine. Richard e proprietarul hotelului din vârful dealului. Cel cu priveliștea aceea magnifică. Întreaga societate de pe Riviera gravitează în jurul lui.

– Poate veți trage la mine cu prima ocazie când veți reveni aici, domnule Boot, spuse bărbatul.

– Ar fi o încântare pentru mine, dar nu pot anticipa dacă mi se va îngădui să mă înapoiez, până nu văd dacă domnului Stirling îi va plăcea ce-am scris.

Amândoi avuseseră grijă să pomenească în repetate rânduri numele lui Laurence, se gândi el mai târziu. Să-l țină, invizibil, între ei.

În seara aceea Jennifer ardea ca o flacără. Răspândea o energie pe care Anthony bănuia că era singurul care o putea ghici. „Oare să fie efectul meu asupra ta?" se întrebă el, privind-o cum mânca. „Sau pur și simplu ușurarea de a fi scăpat de privirea de gheață a soțului tău?" Amintindu-și cum o umilise Stirling în seara precedentă, o întrebă ce părere avea despre burse, despre domnul McMillan[1], despre nunta regală[2], nelăsând-o să se refugieze în spatele propriilor lui opinii. Ea nu știa mare lucru în afara universului în care se mișca, dar era o bună cunoscătoare a firii omenești și se arăta suficient de interesată de ce-i spunea el pentru a fi o companie plăcută. Anthony se gândi o clipă la Clarissa, la comentariile ei acre despre oamenii din jur, la înclinația de a găsi cusururi fie și celor mai neînsemnate gesturi. De ani de zile nu mai petrecuse o seară atât de agreabilă.

---

[1] Prim-ministru al Marii Britanii între 1957 și 1963

[2] Referire la căsătoria dintre prințesa Margareta și Anthony Armstrong Jones, în 1960

– Ar trebui să plec și eu curând, spuse ea, aruncând o privire la ceas.

Fusese adusă cafeaua, împreună cu un mic platou de argint cu *petits fours*[1] perfect aranjate.

Anthony își puse șervetul pe masă, cu o umbră de dezamăgire.

– Nu se poate, protestă el, apoi se grăbi să adauge: Încă nu știu dacă am reușit să-ți șterg din minte prima impresie pe care ți-ai făcut-o despre mine.

– Zău? Oh, presupun că trebuie pus la punct și acest aspect.

Întoarse capul și-l văzu pe Richard Case la bar cu niște prieteni. El se grăbi să se uite în altă parte, de parcă până atunci ar fi stat cu ochii pe ei.

Jennifer îl privi atent pe Anthony. Dacă-l pusese la încercare, părea să fi trecut cu bine testul. Se aplecă spre el și-l întrebă cu glas coborât:

– Știi să vâslești?

– Să *vâslesc*?

Porniră spre chei. Ajunși acolo, ea privi în jos spre apă, de parcă n-ar fi fost sigură că recunoaște barca fără să-i verifice numele, și într-un târziu arătă cu degetul o mică ambarcațiune. El sări în barcă, apoi îi dădu mâna, ca să se așeze pe banchetă, în fața lui. Briza era caldă, iar luminile bărcilor ieșite la pescuit de homari clipeau liniștit în întunericul de nepătruns.

– Încotro?

Își scoase haina, o așeză alături pe banchetă și apucă vâslele.

– Oh, mergi într-acolo. Îți spun eu când ajungem.

Anthony începu să vâslească rar, ascultând plescăitul valurilor care se izbeau de bordul micii ambarcațiuni. Ea ședea în fața lui, cu șalul petrecut lejer pe după umeri. Își întorsese capul de la el, să vadă mai bine încotro să-l îndrepte.

Mintea lui Anthony nu mai era în stare să gândească. În împrejurări normale și-ar fi elaborat o strategie, calculând când anume să ia inițiativa, bucuros de noaptea care abia începea. Dar deși singur cu această femeie, deși ea îl invitase la o plimbare cu barca în largul mării

---

[1] Fursecuri, în limba franceză, în original

întunecate, tot n-ar fi putut spune cum aveau să evolueze evenimentele în acea noapte.

– Uite, spuse ea, arătând cu degetul. Acolo!

– Vorbeai de o barcă, spuse el cu ochii ţintă la iahtul enorm, de un alb imaculat.

– O barcă ceva mai mare, acceptă ea. Nu mă dau în vânt după iahturi. Nu urc la bord decât de vreo câteva ori pe an.

Legară barca şi suiră la bordul iahtului.

Ea îl invită să se aşeze pe bancheta capitonată şi după câteva minute se înapoie din cabină. „Şi-a scos pantofii", constată el, făcând eforturi să nu se uite la picioarele ei imposibil de mici.

– Ţi-am preparat un cocktail fără alcool, îi spuse, întinzându-i paharul. Nu ştiam dacă mai suporţi să bei iar apă tonică.

Era cald, chiar şi la depărtarea asta faţă de ţărm, iar valurile clipoceau atât de blând încât iahtul abia se legăna. În spatele ei, Anthony întrezărea luminile portului şi câte o maşină urcând şoseaua către vârful dealului. Se gândi la Congo şi se simţi parcă smuls din iad şi adus într-un paradis pe care cu greu şi l-ar fi imaginat.

Jennifer îşi mai turnă un martini şi se aşeză pe banchetă, în faţa lui, cu picioarele strânse sub ea.

– Deci, începu Anthony, cum te-ai cunoscut cu soţul tău?

– Cu soţul meu? Lucrăm şi acum?

– Nu. Sunt pur şi simplu curios.

– Curios să ce?

– Curios să ştiu cum...

Îşi controlă cuvintele.

– ... cum ajung oameni ca voi să fie împreună.

– Ne-am cunoscut la un bal. El dona bani pentru soldaţii răniţi. Şedea la masa mea, m-a invitat la cină şi asta a fost tot.

– Asta a fost tot?

– Lucrurile au mers în linie dreaptă. După câteva luni m-a cerut de soţie, iar eu am acceptat.

– Erai foarte tânără.

– Aveam douăzeci şi doi de ani. Părinţii mei au fost în culmea fericirii.

– Fiindcă era bogat?

– Fiindcă își închipuiau că era un soț potrivit. Era un om serios și avea o reputație solidă.

– Și toate astea sunt importante pentru tine?

– Nu sunt importante pentru toată lumea?

Își făcu de lucru cu tivul rochiei, îndreptându-l și netezindu-l.

– Acum e rândul meu să pun întrebări. Cât timp ai fost însurat, Boot?

– Trei ani.

– Nu prea mult.

– Mi-am dat seama destul de repede că amândoi făcuserăm o greșeală.

– Și ea nu s-a supărat că ai dat divorț?

– Ea a divorțat de mine.

Jennifer îl cercetă cu privirea și el își dădu seama că încerca să ghicească toate motivele posibile pentru care ar fi putut să merite așa ceva.

– N-am fost un soț fidel, adăugă Anthony, neștiind dacă era cazul să-i vorbească despre acest aspect al vieții lui.

– Probabil că ți-e dor de fiul tău.

– Așa e, încuviință el. Uneori mă întreb: aș mai fi făcut tot ce-am făcut de-aș fi știut ce mult îmi va lipsi?

– De asta bei?

El schiță ceva între un surâs și o grimasă.

– Nu încerca să mă aduci pe drumul bun, doamnă Stirl. Am fost jucăria preferată a prea multor femei pline de bune intenții.

Ea privi în jos spre paharul cu băutură.

– Cine a zis că vreau să te aduc pe drumul bun?

– Ai aerul ăsta... caritabil. Îmi dă fiori.

– Tristețea nu se poate ascunde.

– Tu ai ghici-o?

– Nu sunt naivă. Nimeni nu are parte de absolut tot în viață. Știu asta la fel de bine ca tine.

– Soțul tău a avut parte.

– Amabil din partea ta că spui asta.

– N-o spun deloc cu amabilitate.

Rămaseră ochi în ochi, apoi ea se uită în altă parte, undeva spre țărm. Atmosfera dintre ei devenise aproape o confruntare, de parcă în sinea lor ar fi fost furioşi unul pe altul. Departe de constrângerile vieţii reale de la ţărm, în amândoi se dezlănţuise ceva. „O doresc", îşi spuse el, aproape uşurat că era vorba de un sentiment atât de obişnuit.

– Cu câte femei măritate te-ai culcat?

Glasul ei răsunase tăios în aerul liniştit al nopţii.

El aproape se înecă cu băutura.

– Probabil mi-ar fi mai uşor să spun că m-am culcat cu puţine care nu erau măritate.

Ea chibzui asupra celor auzite.

– În cazul nostru lucrurile sunt mai sigure?

– Da.

– Și de ce se culcă femeile astea cu tine?

– Nu știu. Poate pentru că nu sunt fericite.

– Și tu le faci să se simtă fericite.

– Presupun că da. Pentru câtva timp.

– Asta nu face din tine un gigolo?

Din nou zâmbetul jucăuș în colţurile buzelor.

– Nu. Sunt doar un bărbat căruia îi place să facă dragoste cu femei măritate.

De data aceasta tăcerea păru să-l pătrundă până în oase. Ar fi vrut s-o spargă, de-ar fi avut cea mai vagă idee ce să spună.

– Eu chiar nu am de gând să fac dragoste cu tine, domnule O'Hare.

El răsuci în minte cuvintele încă o dată, ca să fie sigur de înţelesul vorbelor ei. Mai sorbi o dată din băutură, recăpătându-şi stăpânirea de sine.

– Foarte bine.

– Oare?

– Nu, se sili el să zâmbească. Nu e bine. Dar va trebui să fie.

– Nu sunt chiar atât de nefericită încât să mă culc cu tine.

Dumnezeule, când îl privea, avea impresia că citește în el ca într-o carte deschisă.

Nu putea spune că era încântat.

– De când m-am căsătorit n-am sărutat niciodată un alt bărbat. Absolut nici unul.

– Un lucru demn de admirat.

– Eu nu cred asta.

– Ba eu cred. E ceva rar.

– Acum, desigur mă consideri o femeie plicticoasă.

Jennifer se ridică, făcu câţiva paşi de-a lungul bordului şi când ajunse la puntea de comandă se opri.

– Femeile acelea măritate se îndrăgostesc de dumneata?

– Puţin.

– Sunt triste când le părăseşti?

– De unde ştii că nu mă părăsesc ele pe mine?

Ea nu răspunse imediat.

– Cât despre dragoste, de regulă nu mai vorbesc cu ele după aceea.

– Pur şi simplu le ignori?

– Nu. Plec deseori peste hotare. De regulă, nu petrec mult timp în acelaşi loc. Pe urmă, ele îşi au bărbaţii lor, viaţa lor... Nu cred că vreuna dintre ele a avut vreodată de gând să-și lase soțul. Au fost simple... aventuri.

– Dar dumneata ai iubit-o pe vreuna dintre ele?

– Nu.

– Ţi-ai iubit soţia?

– Așa am crezut. Acum nu mai sunt așa de sigur.

– Ai iubit vreodată pe cineva?

– Pe fiul meu.

– Câţi ani are?

– Opt. Ai fi bună de reporter.

– Chiar nu suporţi faptul că nu fac nimic util, aşa-i? izbucni ea în râs.

– Cred că s-ar putea să te iroseşti în viaţa pe care o duci.

– Serios? Şi ce-ai vrea să fac?

Se apropie câţiva paşi de el. Anthony vedea lumina lunii reflectată pe pielea ei palidă, îi vedea umbra albăstruie din adâncitura gâtului. Ea mai făcu un pas, coborând glasul, deşi erau numai ei doi.

– Cum spuneai adineauri, Anthony? „Nu încerca să mă aduci pe drumul bun."

– De ce-aş vrea să te aduc pe drumul bun? Mi-ai spus singură că nu eşti chiar atât de nefericită.

Aproape că nu putea să respire. Ea era acum foarte aproape, sfredelindu-l cu privirea. Se simţea ameţit de băutură, simţurile i se ascuţiseră, de parcă fiece părticică din ea s-ar fi întipărit fără milă în conştiinţa lui. Simţea în nări parfumul ei, ceva din flori exotice.

– Eu cred, spuse ea rar, că tot ce mi-ai spus mie astă-seară e exact ceea ce i-ai spune oricăreia dintre femeile măritate cu care ai de-a face.

– Te înșeli, protestă el.

Dar știa că ea avea perfectă dreptate. Numai că era tot ce putea face ca să nu-i strivească buzele cu ale lui, ca să n-o sărute cu sete și cu disperare. Nu-și amintea să fi fost cuprins vreodată de o asemenea dorinţă.

– Cred, continuă Jennifer, că noi doi ne-am face unul pe altul teribil de nefericiţi.

În timp ce ea vorbea, ceva se prăbuși înlăuntrul lui, parcă acceptând înfrângerea.

– Cred, zise el rar, că mi-ar plăcea tare mult asta.

Rămân în Grecia, nu mă întorc la Londra, fiindcă mă înspăimânţi, dar în sensul bun al cuvântului.

Ilustrată de la un bărbat către o femeie

Capitolul 6

Femeile băteau din nou în geam. Abia reușea să le vadă de la fereastra dormitorului: una brunetă, cealaltă cu un păr de un roșu neverosimil, așezate la fereastra apartamentului de la primul etaj, pe colț. Când trecea câte un bărbat, cele două băteau în geam, făcând semne cu mâna și zâmbind dacă bărbatul făcea imprudența de a ridica privirea.

Scena îl scotea din fire pe Laurence. Ceva mai devreme în decursul aceluiași an se judecase la Curtea Supremă un caz în urma căruia judecătorul avertizase astfel de femei referitor la acest fel de comportare. Laurence spunea că avansurile lor, oricât de discrete, știrbeau prestigiul cartierului. Nu pricepea motivul pentru care, deși femeile încălcau legea, nimeni nu se sinchisea cu nici un chip.

Pe Jennifer n-o deranjau. Ei i se păreau prizoniere în spatele ferestrei. O dată chiar le făcuse cu mâna, dar ele o țintuiseră cu o privire inexpresivă și ea își văzuse grăbită de drum.

În rest, zilele urmau acum o nouă rutină. Se trezea odată cu Laurence, îi pregătea cafeaua și pâinea prăjită, îi aducea ziarul din hol, în timp ce el se bărbierea și se îmbrăca. Deseori se scula înaintea lui ca să-și aranjeze părul și machiajul, astfel încât, atunci când se învârtea în capot prin bucătărie, să ofere o priveliște plăcută și îngrijită în rarele ocazii când el ridica ochii din ziar. Era cumva mai simplu să înceapă ziua fără să-i audă oftatul iritat.

El se ridica de la masă, îi îngăduia să-l ajute să-și pună pardesiul, apoi șoferul ciocănea discret la ușă, de regulă puțin peste ora opt. Ea îi făcea cu mâna până când mașina dispărea după colț.

La vreo zece minute după aceea o întâmpina pe doamna Cordoza și, în timp ce aceasta pregătea ceai pentru amândouă, poate comentând ce frig era afară, Jennifer consulta lista pe care o întocmise și unde își nota în detaliu ce era de făcut în acea zi. Pe lângă treburile obișnuite – curățenia cu aspiratorul, ștersul prafului și spălatul rufelor – adesea mai trebuia cusut câte ceva, poate vreun nasture căzut de la manșeta cămășii lui Laurence, sau poate trebuiau curățați niște pantofi. Uneori era nevoie ca doamna Cordoza să facă ordine în dulapul de lenjerie, verificând și împăturind din nou lucrurile dinăuntru, sau să lustruiască argintăria, stând așezată la masa din bucătărie acoperită cu un ziar și ascultând radioul.

Între timp Jennifer făcea un duș și se îmbrăca. Uneori mergea la vecini, să-și bea cafeaua împreună cu Yvonne, își scotea mama în oraș la un prânz ușor sau chema un taxi și se ducea în centru să facă unele cumpărături pentru Crăciun. Întotdeauna se străduia să ajungă acasă după amiaza devreme, moment când, de regulă, îi găsea altceva de făcut doamnei Cordoza: să meargă cu autobuzul după material pentru perdele, să caute un anumit soi de pește despre care Laurence afirmase că-i plăcea. Odată îi dăduse menajerei liber după-amiaza – orice, numai să poată avea o oră, două de singurătate acasă, să poată căuta și alte scrisori.

În cele două săptămâni scurse de când o descoperise pe prima, găsise încă două. Și acestea fuseseră expediate pe adresa unei căsuțe poștale, dar era limpede că-i erau adresate ei. Același scris de mână, aceeași adresare pătimașă și directă. Cuvintele păreau să trezească ecouri undeva, în adâncul ființei ei. Descriau întâmplări care, deși nu și le amintea, totuși aveau profunde rezonanțe, asemenea vibrației unui uriaș clopot care încetase să mai bată.

Toate erau semnate simplu „B". Le recitise iar și iar până când cuvintele ajunseseră să i se întipărească în suflet.

Fata mea scumpă,

E ora 4 dimineața. Nu pot dormi la gândul că diseară se va întoarce lângă tine. Știu că sunt pe cale să-mi pierd mințile, dar zac aici, închipuindu-mi-l alături de tine – el, care are dreptul să te atingă și să te țină în brațe –, și aș da orice să mă bucur eu de această libertate.

Ai fost atât de supărată pe mine când m-ai găsit bând la restaurantul Alberto. Ai numit asta slăbiciune și mi-e teamă că răspunsul meu a fost de neiertat. Când se înfurie, bărbații își fac rău lor înșile și, oricât de crud și de stupid sunau vorbele mele, cred că tu știi că tot pe mine m-au durut mai rău. Felipe mi-a spus că am fost un prost când ai plecat, și a avut dreptate.

Îți spun toate acestea pentru că vreau să știi că am de gând să fiu un om mai bun. Ha! Nici nu-mi vine să cred că scriu astfel de vorbe de duzină. Dar e adevărat. Tu mă faci să vreau să fiu o versiune mai bună a ceea ce sunt acum. Am rămas acolo ore întregi, cu ochii la sticla de whisky, după care într-un târziu, asta însemnând cu mai puțin de cinci minute în urmă, m-am ridicat și am golit blestemata aia de sticlă în chiuvetă. Voi fi un om mai bun pentru tine, iubito. Vreau să trăiesc bine, vreau să fii mândră de mine. Dacă tot ce ni se îngăduie sunt ore sau minute, vreau să mi le întipăresc pe fiecare dintre ele în memorie cu perfectă claritate, ca să le pot evoca în astfel de clipe, când îmi simt sufletul profund cernit.

Primește-l lângă tine, dacă nu ai încotro, dragostea mea, dar nu-l iubi. Te implor, nu-l iubi.

Al tău egoist,

B.

La aceste ultime cuvinte ochii i se umplură de lacrimi. *Nu-l iubi. Te implor, nu-l iubi*. Acum totul îi devenise ceva mai clar: nu-și imaginase motivul distanței pe care o pusese între ea și Laurence. Era deci urmarea faptului că se îndrăgostise de un alt bărbat. Scrisorile erau pline de pasiune: acel bărbat își deschisese sufletul spre ea, așa cum Laurence n-ar fi fost nicicând în stare. Când îi citea cuvintele, simțea furnicături pe piele și inima începea să-i bată nebunește. *Recunoștea acele vorbe*. Dar deși le știa, totuși în miezul lor continua să existe un mare vid.

Mintea îi era năpădită de întrebări. Durase mult acea legătură? Era recentă? Se culcase cu acel bărbat? Acesta să fi fost motivul relației fizice formale cu soțul ei?

În sfârșit, lucrul cel mai de neînțeles dintre toate: cine era iubitul ei?

Analizase în detaliu cele trei scrisori, în căutarea unor indicii. Nu cunoştea pe nimeni al cărui nume să fi început cu B, afară de contabilul soţului ei, pe care-l chema Bernard. Ştia cu certitudine că nu fusese niciodată îndrăgostită de el. Venise B s-o vadă la spital în zilele când încă avea mintea rătăcită, când nu desluşea în jur decât contururi vagi? O urmărea acum de la distanţă? Aştepta ca ea să reia legătura? Omul acesta exista undeva. El era cheia tuturor enigmelor.

Zi după zi încerca să-şi găsească drum înapoi spre fiinţa care fusese înainte: acea femeie plină de secrete. Unde ar fi ascuns nişte scrisori Jennifer cea de odinioară? Unde se aflau indiciile celeilalte existenţe a ei, cea neştiută de nimeni? Două dintre scrisori le găsise în cărţi, o alta împăturită cu grijă într-un ciorap rulat. Toate trei în locuri în care soţului ei nici nu i-ar fi trecut prin cap să umble. „Am fost deşteaptă", îşi spunea ea. Și imediat alt gând, ceva mai puţin comod: „Am fost duplicitară".

– Mamă, zise ea într-o zi la prânz, când mâncau nişte sendvişuri calde în restaurantul de la ultimul etaj al magazinului John Lewis[1]. Cine era la volan când am avut accidentul?

Mama ei ridică brusc privirea. În jurul lor, restaurantul era ticsit de clienţi îmbrăcaţi cu paltoane groase şi încărcaţi cu sacoşe de cumpărături. Sala de mese răsuna de conversaţii şi clinchet de veselă.

Mama îşi roti privirea în jur, apoi se întoarse către Jennifer, de parcă întrebarea ar fi fost aproape subversivă.

– Chiar trebuie să redeschidem subiectul ăsta, scumpa mea?

Jennifer sorbi din ceai.

– Ştiu atât de puţine lucruri despre ce s-a întâmplat. Mi-ar fi util să pot reconstitui totul.

– Ai fost la un pas de moarte. Nici nu vreau să mă mai gândesc.

– Dar ce s-a întâmplat? Eram la volan?

Mama îşi aţinti ochii în farfurie.

– Nu-mi amintesc.

– Iar dacă nu eram, atunci ce s-a întâmplat cu cel care conducea? Dacă eu am fost rănită, trebuie să fi fost şi el.

---

[1] Cunoscut magazin universal londonez, situat pe Victoria Street

– Nu știu. De unde să știu? Laurence are întotdeauna grijă de personalul lui, nu? Presupun că n-a fost grav rănit. Dacă a avut nevoie de tratament, îmi închipui că Laurence a suportat costurile.

Jennifer se gândi la șoferul care venise să-i ia la ieșirea ei din spital: un om obosit, trecut de șaizeci de ani, cu mustață îngrijită și început de chelie. Nu părea să fi suferit nici un fel de traumă – și nici să fi fost iubitul ei.

Mama împinse deoparte ce-i mai rămăsese din sendviș.

– De ce nu-l întrebi pe el?

– Am să-l întreb.

Dar știa bine că nu-l va întreba.

– El nu vrea să mă gândesc la asta.

– Ei bine, sunt convinsă că are dreptate, scumpa mea. Poate ar trebui să ții seama de sfatul lui.

– Dar ai idee unde mă duceam?

Femeia mai vârstnică era acum neliniștită și cumva exasperată de întrebări.

– Habar n-am. Probabil la cumpărături. Uite ce e, s-a întâmplat undeva în apropiere de Marylebone Road. Cred că te-ai izbit de un autobuz. Sau autobuzul a dat peste mașină. Totul a fost atât de groaznic, Jennifer, draga mea, nu ne-am putut gândi la altceva decât cum să te punem pe picioare.

Își strânse buzele într-o linie subțire, și Jennifer înțelese că discuția luase sfârșit.

Într-un colț al restaurantului, o femeie îmbrăcată cu un palton verde-închis se uita în ochii unui bărbat care-i desena profilul cu un deget. În timp ce Jennifer continua să-i privească, femeia prinse vârful degetului între dinți și-l mușcă ușor. Intimitatea dezinvoltă a gestului fu ca un șoc electric pentru Jennifer. Nimeni altcineva nu părea să fi remarcat cuplul.

Doamna Verrinder își șterse gura cu șervetul.

– Dar ce contează, draga mea? Accidente de mașină se întâmplă tot timpul. Cu cât sunt mai multe mașini, cu atât e mai periculos. Cred că nici jumătate dintre cei care circulă nu știu să conducă o mașină. Nu cum conducea tatăl tău. Ei bine, el era cu adevărat atent la volan.

Jennifer n-o urmărea.

– În orice caz, acum te-ai refăcut, nu? Ești mai bine din toate punctele de vedere?

– Sunt bine, răspunse Jennifer, zâmbind radios spre mama ei. Cât se poate de bine.

Acum când ieșea serile cu Laurence, la cină sau ca să bea ceva, se uita cu alţi ochi la cercul lor lărgit de prieteni sau de cunoștinţe. Când privirea vreunui bărbat zăbovea asupra ei ceva mai mult decât s-ar fi cuvenit, Jennifer nu reușea să-și ia ochii de la el. Să fi fost *el*? Exista ceva dincolo de salutul lui politicos? Surâsul lui era cumva complice?

Existau trei posibili candidaţi, dacă nu cumva B era un pseudonim. Jack Amory, directorul firmei de piese de schimb pentru mașini, necăsătorit și care-i săruta mâna ostentativ de fiecare dată când se întâlneau. Numai că în același timp aproape îi făcea cu ochiul lui Laurence, drept care ea nu-și dădea seama dacă Jack se prefăcea faţă de amândoi sau nu.

Mai era Reggie Carpenter, vărul lui Yvonne, care uneori completa numărul mesenilor. Brunet, cu ochi obosiţi și șăgalnici, era mai tânăr decât și-l imaginase Jennifer pe autorul scrisorilor, dar fermecător și amuzant, și se părea că încearcă să stea alături de ea de fiecare dată când lipsea Laurence.

Apoi, desigur, Bill. Bill, care spunea glumele parcă numai ca să-i facă ei pe plac și care declara că o adoră, chiar și de faţă cu Violet. Fără îndoială că simţea ceva pentru ea. Dar oare ea fusese cândva în stare să simtă ceva pentru el?

Începu să fie mai atentă cum arată. Se ducea cu regularitate la coafor, își cumpără câteva rochii noi, deveni mai vorbăreaţă, mai mult ca „altădată", după cum constată aprobator Yvonne. În săptămânile de după accident se ascunsese în spatele prietenelor ei, însă acum punea întrebări, le trăgea de limbă cu amabilitate, dar și cu destulă fermitate, căutând acea fisură dintr-un întreg eșafodaj care i-ar fi putut oferi niște răspunsuri. Când și când, în cursul conversaţiei, făcea câte o aluzie, întrebând dacă dorea cineva whisky, apoi studia chipurile bărbaţilor în căutarea unei scântei de familiaritate. Dar Laurence era întotdeauna prin preajmă și Jennifer bănuia că, și de-ar fi prins aluzia, bărbații nu i-ar fi dat un răspuns edificator.

Chiar dacă soțul ei remarcase o anumită intensitate în conversațiile soției cu prietenii lor, totuși nu comenta nimic în acest sens. De altfel, nu comenta mai nimic. Din seara în care se certaseră, nu se mai apropiase fizic de ea nici măcar o dată. Era politicos, dar distant. Lucra la birou până târziu și adesea se trezea și pleca înainte de trezirea ei. De câteva ori ea se dusese în camera de oaspeți, unde văzuse așternutul șifonat, semn că el petrecuse încă o noapte de singurătate: un reproș mut. Jennifer era conștientă că ar fi trebuit să regrete mai mult distanța dintre ei decât o regreta în realitate, dar își dorea din ce în ce mai aprig să aibă libertatea de a se retrage într-o lume care era numai a ei și unde își putea reconstrui povestea de iubire ireală, pătimașă, privindu-se cu ochii bărbatului care o adora.

„B. e încă pe-aici pe undeva", își spunea ea. În așteptare.

– Acestea trebuie semnate, iar pe fișet sunt câteva cadouri care au sosit azi-dimineață. O ladă de șampanie de la Citroën, un coș de la fabrica de ciment din Peterborough și o cutie cu bomboane de ciocolată de la contabilii dumneavoastră. Știu că nu vă plac bomboanele umplute, așa că mă întrebam dacă ați dori să servesc pe toată lumea din birou. Știu că Elsie Machzynski se dă în vânt după fondante.

El abia dacă ridică privirea.

– Foarte bine.

Moira își dădu seama că domnul Stirling se gândea la cu totul altceva decât la darurile de Crăciun.

– Și sper că nu aveți nimic împotrivă, dar am luat inițiativa și am pus la punct toate detaliile pentru petrecerea de Crăciun. Ați hotărât că e mai bine s-o ținem aici decât la restaurant, acum că firma s-a extins considerabil, așa că am rugat furnizorii să aranjeze un mic bufet.

– Foarte bine. Când anume?

– Pe 23. După terminarea programului. Asta înseamnă vineri, înainte să intrăm în vacanță.

– Da.

Oare de ce e atât de preocupat? Atât de abătut? Afacerile mergeau mai bine ca oricând. Produsele lor aveau mare căutare. Chiar și după limitarea creditelor prezisă de presă, Acme Mineral and Mining avea unul dintre cele mai solide bilanţuri din ţară. Nu mai sosiseră scrisori supărătoare, iar cele primite cu o lună în urmă continuau să zacă în sertarul ei de sus, fără ca şeful să aibă cunoştinţă de ele.

– M-am mai gândit că v-ar plăcea...

El ridică brusc privirea, atras de un zgomot de afară, şi Moira întoarse capul, speriată, să vadă la ce se uita şeful ei. Și iat-o străbătând biroul, cu părul aranjat în onduleuri perfecte, cu o tocă de culoare roşie, exact de aceeaşi nuanţă cu pantofii, aşezată cochet pe cap. Ce căuta aici? Se uita în jur, de parcă ar fi căutat pe cineva, apoi domnul Stevens de la Contabilitate se apropie de ea, cu mâna întinsă. Ea îi strânse mâna și discutară amândoi pentru câteva minute, după care se uitară spre celălalt capăt al biroului, unde se aflau Moira și domnul Stirling. Doamna Stirling ridică mâna în semn de salut.

Moira ridică și ea mâna, atingându-și părul. Erau femei care reuşeau să arate de parcă ar fi descins din paginile unei reviste de modă, Jennifer Stirling fiind una dintre ele. Pe Moira n-o deranja acest lucru: întotdeauna preferase să-și canalizeze energia către muncă și către realizări mai substanţiale. Dar cum să nu te simţi ştearsă în comparaţie cu femeia care intra în birou cu pielea lucioasă de ger, cu cerceii ei cu diamante aruncând scântei în jur? Arăta ca un dar de Crăciun perfect ambalat și sclipea ca un ornament de brad.

– Doamnă Stirling, o salută politicoasă Moira.

– Bună ziua, răspunse Jennifer.

– Ce plăcere neaşteptată!

Domnul Stirling se ridică s-o întâmpine, oarecum stânjenit, dar poate încântat în adâncul sufletului. Ca un elev neiubit de nimeni căruia i se adresează cea mai frumoasă fată din şcoală.

– Doriţi să plec?

Moira nu se simţea în largul ei între cei doi.

– Am ceva de clasat, aş putea fi...

– Oh, nu, nu pleca din pricina mea. Nu stau decât o clipă.

Se întoarse din nou spre soţul ei.

– Treceam pe aici și m-am gândit să urc să te întreb dacă întârzii astă-seară. Dacă da, s-ar putea să trec pe la familia Harrison. La niște vin fiert.

– Eu... Da, du-te! Ne putem vedea acolo, dacă termin mai devreme.

– Ar fi grozav, spuse ea.

Răspândea o undă de parfum Nina Ricci. Îl încercase și Moira cu o săptămână în urmă la D.H. Evans[1], dar i se păruse cam piperat la preț. Acum regreta că nu-l cumpărase.

– Încerc să nu întârzii prea mult.

Doamna Stirling nu părea grăbită să plece. Rămăsese în picioare în fața soțului ei, dar părea mai curând interesată să se uite prin birou și la bărbații așezați la mesele lor de lucru. Studia totul cu mare atenție. Ca și cum ar fi văzut locul acela pentru prima oară.

– A trecut ceva timp de când n-ai mai fost pe aici, spuse el.

– Da, încuviință ea. Așa se pare.

Urmă o scurtă tăcere.

– Oh! exclamă ea. Cum îi cheamă pe șoferii tăi?

– Pe șoferii mei? se încruntă el.

Ea ridică ușor din umeri.

– M-am gândit că poate vrei să le fac câte un mic dar de Crăciun.

El rămăsese perplex.

– Un dar de Crăciun? Păi, Eric e cel mai vechi în serviciu. De regulă, îi cumpăr o sticlă de coniac. Așa am făcut, cred eu, de vreo douăzeci de ani. Când și când îi ține locul Simon. E abstinent, așa că lui îi dau niște bani în plus la ultima leafă. Nu cred să fie ceva care să te preocupe pe *tine*.

Doamna Stirling părea neașteptat de dezamăgită.

– Ei bine, vreau să contribui și eu. Am să cumpăr coniacul, zise ea într-un târziu, ținându-și poșeta la piept.

– Foarte... drăguț din partea ta, încuviință el.

Jennifer își roti privirea prin birou, apoi se uită din nou la cele două persoane din fața ei.

– Oricum, îmi închipui că ești extrem de ocupat. Cum ți-am spus, m-am gândit să trec pe aici. Mi-a părut bine să te revăd... ăă...

Surâse șovăielnic.

---

1 Magazin universal londonez, situat pe Oxford Street

Moira se simţi jignită de felul cum fusese trecută cu vederea. De câte ori se întâlniseră în ultimii cinci ani? Şi ea nu se obosise nici măcar să-i reţină numele.

– Moira, îi aminti domnul Stirling, văzând că tăcerea devenea penibilă.

– Da, Moira. Desigur. Mi-a părut bine să te revăd.

– Mă întorc imediat.

Domnul Stirling îşi conduse soţia până la uşă. Moira îi urmări din ochi, îi văzu cum mai schimbă câteva cuvinte, apoi, făcând un mic semn cu mâna înmănuşată, ea dispăru.

Secretara răsuflă adânc, străduindu-se să nu-i pese. Domnul Stirling rămase nemişcat până când soţia lui ieşi din clădire.

Aproape înainte să-şi dea seama ce face, Moira ieşi din birou şi se înapoie cu paşi grăbiţi spre masa ei de lucru. Scoase din buzunar o cheie, descuie sertarul pe care-l ţinea încuiat şi scotoci printre diversele tipuri de corespondenţă până când dădu peste ce căuta. Când domnul Stirling se înapoie în cabinet, o găsi acolo.

Domnul Stirling închise uşa după el, privind prin peretele de sticlă, de parcă s-ar fi aşteptat cumva ca soţia lui să se întoarcă. Părea mai îmblânzit şi cumva mai relaxat.

– Aşadar, zise el aşezându-se, vorbeai de petrecerea noastră de Crăciun. Pregătiseşi ceva.

Pe buze îi plutea o umbră de zâmbet.

Ea abia putea să respire. Îşi înghiţi nodul din gât, ca să poată vorbi.

– De fapt, domnule Stirling, ar mai fi ceva.

El luase o scrisoare, gata s-o semneze.

– Bine, bine. Despre ce e vorba?

– Asta a sosit cu două zile în urmă.

Moira îi întinse plicul scris de mână.

– Pe adresa căsuţei poştale de care aţi pomenit.

Cum el nu spunea nimic, ea continuă:

– Am ţinut-o sub supraveghere, cum mi-aţi cerut.

El privi ţintă plicul, apoi ridică ochii spre ea, devenind brusc atât de palid încât secretara se temu că-şi va pierde cunoştinţa.

– Eşti sigură? Nu se poate.

– Dar a...

– Cred că n-ai reţinut bine numărul.

– Vă asigur că am avut în vedere căsuţa care trebuie. Numărul treisprezece. M-am folosit de numele doamnei Stirling, aşa cum mi-aţi... sugerat.

El rupse plicul, apoi se aplecă peste birou ca să citească cele câteva rânduri. Ea rămase de cealaltă parte a biroului, ca să nu pară curioasă, conştientă că atmosfera devenise tensionată. Deja îi era teamă de ceea ce făcuse.

Când ridică privirea, el părea să fi îmbătrânit cu câţiva ani. Îşi drese glasul, apoi mototoli cu o mână foaia de hârtie şi o azvârli cu putere în coşul de hârtii de sub birou. Pe chip i se aşternuse o expresie sălbatică.

– Probabil s-a rătăcit şi n-a ajuns la destinaţie. Nu trebuie să afle nimeni despre asta. Ai înţeles?

Ea făcu un pas înapoi.

– Da, domnule Stirling. Desigur.

– Închide căsuţa poştală.

– Acum? Mai am raportul de audit...

– În după-amiaza asta. Fă tot ce e de făcut. Dar închide-o. Ai înţeles?

– Da, domnule Stirling.

Secretara îşi vârî dosarul sub braţ şi ieşi din biroul şefului. Îşi luă poşeta şi haina şi se pregăti să plece la oficiul poştal.

Jennifer intenţionase să se ducă acasă. Era obosită, drumul la birou nu dusese la nici un rezultat, iar ploaia care se pornise silea trecătorii de pe trotuare să iuţească pasul, cu gulerele ridicate şi bărbiile în piept. Dar stând pe treptele clădirii unde lucra soţul ei, înţelesese că nu se putea înapoia în casa aceea cufundată în tăcere.

Coborî cu un picior de pe bordură ca să cheme un taxi şi făcu semn cu mâna până când văzu cotind spre ea lumina galbenă. Sui în taxi, scuturându-şi stropii de ploaie de pe paltonul roşu.

– Cunoşti un bar numit Alberto? întrebă ea când şoferul se aplecă pe spate către geamul despărţitor.

– În ce parte a Londrei se găseşte?

– Îmi pare rău, n-am nici cea mai mică idee. Credeam că s-ar putea să ştii dumneata.

Şoferul se încruntă.

– Există un club Alberto în Mayfair. Vă pot duce până acolo, dar nu sunt sigur că e deschis.

– E în regulă, spuse ea și se rezemă de perna banchetei din spate.

Drumul dură un sfert de oră. Taxiul trase lângă bordură și șoferul arătă undeva vizavi.

– E singurul Alberto pe care-l cunosc, spuse el. Dar nu știu dacă e genul de local potrivit pentru cineva ca dumneavoastră, doamnă.

Ea șterse geamul cu mâneca și privi afară. Un grilaj metalic înconjura o intrare la subsol, ale cărei trepte se pierdeau în jos. Pe o firmă decolorată era scris numele localului, iar de o parte și de alta a ușii se vedeau doi arbori de tisă neîngrijiți, plantați în două ghivece voluminoase.

– Acela e localul?

– Credeți că-i cel pe care-l căutați?

Ea reuși să zâmbească.

– Ei bine, voi afla curând.

Plăti taxiul și rămase singură pe trotuar, în ploaia subțire. Ușa era pe jumătate deschisă, proptită cu un coș de gunoi. De cum intră, o izbi în nări un miros amestecat de băutură, fum de țigară, sudoare și parfum. Așteptă să i se obișnuiască ochii cu lumina difuză. În stânga ei se găsea o garderobă goală și nepăzită, pe a cărei tejghea se vedeau o sticlă de bere și o legătură de chei. Jennifer înaintă pe coridorul îngust și împinse ușa dublă, ajungând într-o sală de mese uriașă și pustie, cu scaunele adunate vraf pe mesele rotunde din fața unei mici estrade. Printre mese se mișca încoace și încolo o femeie în vârstă, trăgând după ea un aspirator și bombănind din când în când. Un perete întreg era ocupat de bar. În spatele tejghelei, o femeie fuma, pălăvrăgind cu un bărbat care așeza sticle pe rafturile luminate.

– Stai nițel, zise femeia, dând cu ochii de Jennifer. Te pot ajuta cu ceva, iubire?

Jennifer simți cum femeia o cântărește din priviri. Nu era o căutătură prea prietenoasă.

– E deschis?

– Ți se pare a fi deschis?

Jennifer își strânse poșeta la piept, dându-și brusc seama unde se afla.

– Îmi pare rău. Am să revin altă dată.

– Ce dorești matale, doamnă? interveni bărbatul, îndreptându-și spatele.

Avea părul negru, pieptănat pe spate și lustruit cu briantină, și o piele palidă și păstoasă care trăda prea multă băutură și prea puțin aer curat.

Jennifer îl privi fix, încercând să-și dea seama dacă ceea ce simțea era o scânteie de aducere aminte.

– M-ați... m-ați mai văzut venind aici și altă dată? întrebă ea.

El păru ușor amuzat.

– Nu, dacă așa vrei matale.

Femeia își lăsă capul într-o parte.

– Noi, ăștia de aici, nu prea ținem minte fețele.

Jennifer făcu câțiva pași spre bar.

– Cunoașteți pe cineva cu numele Felipe?

– Cine ești dumneata? întrebă autoritar femeia.

– Eu... nu contează.

– Ce treabă ai cu Felipe?

Figurile lor se înăspriră.

– Avem un prieten comun, îi explică Jennifer.

– Atunci amicul matale ar fi trebuit să-ți spună că Felipe e nițel cam greu de găsit.

Jennifer își mușcă buza, întrebându-se până unde ar fi putut merge cu explicațiile.

– Nu-i cineva cu care mă văd foarte...

– A murit, doamnă.

– Poftim?

– Felipe. A murit. Altcineva e șef aici acum. Au tot venit fel de fel, zicând că Felipe le datora ba una, ba alta, dar tot ce pot să-ți spun e că de la mine n-ai să scoți un sfanț.

– Eu n-am venit aici pentru...

– Decât dacă-mi arăți semnătura lui Felipe pe vreo poliță, altfel nu capeți nimic.

Acum femeia îi studia cu atenție hainele și bijuteriile, zâmbind superior, de parcă ar fi ghicit motivul venirii ei.

– Tot ce-a avut a revenit familiei. Adică tot ce-a mai rămas. Inclusiv *nevasta*, adăugă răutăcios femeia.

– Eu n-am avut nimic de-a face cu domnul Felipe în persoană. Îmi pare rău pentru paguba dumneavoastră, spuse cu demnitate Jennifer.

Apoi ieși din club cât putu de repede și urcă treptele spre lumina cenușie a zilei.

Moira răscoli prin cutiile cu podoabe de Crăciun până găsi ce căuta, apoi trie și aranjă tot ce era înăuntru. Prinse câte două fâșii de beteală în jurul fiecărei uși. Rămase la masa ei de lucru aproape jumătate de oră, ca să lipească la loc verigile lanțurilor de hârtie desprinse în decursul anului, pe care apoi le uni cu bandă adezivă, dispunându-le în ghirlande deasupra birourilor. Prinse pe perete câteva sârme, de care agăță felicitări trimise de partenerii de afaceri. Îmbrăcă toate corpurile de iluminat cu șuvițe din folie de aluminiu, cu grijă ca nu cumva să fie prea aproape de becuri și să ia foc.

Afară cerul se întunecase și luminile de neon se aprindeau pe rând de-a lungul străzii. Funcționarii care lucrau la sediul londonez al firmei Acme Mineral and Mining începură pe rând să plece acasă, cam în aceeași ordine în care veniseră. Mai întâi dactilografele, Phyllis și Elsie, care întotdeauna părăseau biroul la cinci fix, deși nu păreau să aibă același simț al punctualității când soseau la serviciu. Pe urmă David Moreton de la Contabilitate, la scurt timp după el un anume Stevens, care se refugia la localul din colț ca să-și ridice moralul cu câteva păhărele de whisky înainte de a porni spre casă. Restul plecau în mici grupuri, înfofoliți în paltoane și fulare: bărbații și le luau pe ale lor de pe cuierele din colț, iar câțiva îi făceau semn de rămas-bun, trecând prin fața biroului domnului Stirling. Felicity Harewood, care se ocupa de statele de plată, locuia în Streatham, la numai o stație de Moira, dar niciodată nu-i propusese să plece cu același autobuz. În luna mai, când Felicity începuse să lucreze la ei, Moira își spusese că ar fi plăcut să aibă cu cine schimba o vorbă în drum spre casă, o femeie cu care să poată face schimb de rețete sau să comenteze cele petrecute în cursul zilei în clădirea slab ventilată de la numărul 274. Dar Felicity pleca în fiecare seară fără măcar să arunce o privire în urmă. O dată se nimeriseră amândouă în același autobuz, dar Felicity stătuse cu nasul într-un roman aproape pe toată durata călătoriei, deși Moira era sigură că știa că ea se afla cu numai două locuri mai în spate.

Domnul Stirling plecă la șapte fără un sfert. Aproape toată după-amiaza avusese un aer absent și nerăbdător, telefonând directorului fabricii ca să-l certe pentru numărul de concedii medicale, apoi anulând o ședință programată pentru ora patru. Când ea se înapoiase de la oficiul poștal, el îi aruncase o privire, parcă pentru a primi confirmarea că ea îi îndeplinise ordinul, apoi se înapoiase la munca lui.

Moira trase cele două birouri libere la perete, lângă Contabilitate. Așternu pe ele fețe de masă cu desene festive, agățând de tiv câteva fâșii de beteală. Peste zece zile aici urma să fie bufetul. Până atunci era util să existe un loc pentru cadourile primite de la furnizori, precum și pentru cutia poștală în care funcționarii își trimiteau unii altora felicitările de Crăciun.

Termină cu puțin înainte de ora opt. Cercetă biroul pustiu, acum sclipind cu un aer sărbătoresc datorită strădaniilor ei, își netezi fusta și-și imagină expresia de încântare de pe chipurile celorlalți în clipa când vor deschide ușa în dimineața următoare.

Nu era plătită pentru așa ceva, dar tocmai aceste mici gesturi, aceste lucruri în plus făceau diferența. Celelalte secretare habar nu aveau că slujba unei secretare particulare nu presupunea numai dactilografierea și clasarea corespondenței personale, ci mult mai mult de-atât. Ea trebuia să se asigure nu doar că treaba la birou mergea ca pe roate, dar și că personalul se simțea ca făcând parte din... să zicem, dintr-o familie. În definitiv, o cutie poștală de Crăciun și câteva podoabe vesele realizau legătura între colegii de birou, făcând ca fiecare să vină cu plăcere la serviciu.

Brăduțul de Crăciun pe care-l așezase în colț arăta frumos. Nu avea rost să-l pună acasă, unde nu-l putea vedea decât ea. Aici avea să se bucure de el atâta lume. Iar dacă se va întâmpla să comenteze cineva pe seama îngerașului drăgălaș din vârf sau a minunatelor globuri cu model din sticlă pisată, le va spune dezinvolt, ca și cum abia atunci și-ar fi adus aminte, că fuseseră podoabele preferate ale mamei ei.

Moira își puse haina. Își adună lucrurile, își înnodă șalul și-și aranjă frumos tocul și creionul pe birou, pregătite pentru a doua zi. Se duse spre biroul domnului Stirling cu cheile în mână, ca să încuie ușa, apoi, privind scurt spre ușă, intră repede înăuntru și întinse mâna sub birou, spre coșul de hârtii.

Durà doar câteva clipe până găsi scrisoarea scrisă de mână. O luă fără ezitare și, după ce se uită din nou spre peretele de sticlă, ca să se asigure că era în continuare singură, netezi pe birou foaia mototolită și începu să citească.

Rămase absolut încremenită.

Apoi citi scrisoarea încă o dată.

Ceasul din biroul salariaților bătu ora opt. Tresărind la auzul lui, Moira ieși din biroul domnului Stirling, puse coșul de hârtii la intrare, spre a fi golit de personalul de serviciu și încuie ușa. Puse scrisoarea în sertarul de la biroul ei, sub toate celelalte hârtii, apoi încuie sertarul și vârî cheia în buzunar.

De data aceasta călătoria cu autobuzul până în Streatham păru extrem de scurtă. Moira Parker avea o sumedenie de lucruri la care să se gândească.

Apreciez ce-ai spus. Dar sper că, atunci când vei citi aceste rânduri, îți vei da seama de magnitudinea (sic!) remușcărilor și a regretelor mele pentru felul în care m-am purtat cu tine și pentru calea pe care am ales s-o urmez... Relația mea cu M. e sortită eșecului și așa a fost de la început. Regret că a durat trei ani ca să-mi dau seama că ceea ce a început ca o idilă de vacanță trebuia să rămână doar atât.

Scrisoare de la un bărbat către o femeie

Capitolul 7

Se întâlneau în fiecare zi, se așezau pe terasa cafenelelor scăldate în soare sau porneau în micul ei Daimler spre colinele pârjolite de arșiță, ca să ia masa în locuri pe care le alegeau la întâmplare, fără a sta prea mult pe gânduri. Ea îi povesti despre cum fusese educată în Hampshire și Eaton Place, despre ponei, despre pension, despre universul îngust și confortabil care fusese viața ei înainte de măritiș. Îi povesti cum, la doisprezece ani, simțise că se înăbușe, cum își dăduse seama că avea nevoie de o perspectivă mai amplă și cum nu bănuise niciodată că întinsa Rivieră oferea un cerc social la fel de strâmt și de supus unor reguli stricte ca acela pe care îl lăsase în urmă.

Îi spuse despre un băiat din sat de care se îndrăgostise la cincisprezece ani și cum, descoperind relația, tatăl ei o dusese într-un hambar, unde o bătuse cu cureaua de la pantaloni.

– Pentru că te-ai îndrăgostit?

Ea îi relatase cu dezinvoltură incidentul, iar el încercase să-i ascundă cât era de tulburat.

– Pentru că m-am îndrăgostit de cine nu trebuia. Oh, presupun că le-am dat alor mei mare bătaie de cap. Mi-au spus că abătusem o mare rușine asupra întregii familii. Că nu aveam repere morale și că, dacă nu-mi supravegheam comportamentul, nici un bărbat cumsecade nu mă va cere de soție.

Râse fără veselie.

– Bineînțeles, faptul că tata avea de ani de zile o amantă era *cu totul* altceva.

– Și atunci a apărut Laurence.

Ea îi zâmbi șăgalnic.

– Întocmai. Nu-i așa că *am avut* noroc?

El îi vorbea așa cum fac călătorii în tren, când își destăinuie secretele de o viață unor vecini de compartiment: pe un ton de intimitate absolută, pornind de la ideea nerostită, împărtășită și de unul, și de altul, că probabil nu se vor mai întâlni niciodată. Îi povesti despre cei trei ani cât lucrase în Congo în calitate de corespondent în Africa Centrală pentru ziarul *Nation*, cum la început fusese bucuros de șansa de-a scăpa din căsnicia lui pe cale să se destrame, fără a fi însă îndeajuns de călit sufletește pentru a se confrunta cu atrocitățile la care asistase: drumul spre independență al acestei țări fusese presărat cu mii de morți. Ajunsese să petreacă timpul seară de seară în Clubul Corespondenților Străini din Leopoldville, amorțindu-și mintea cu whisky sau, și mai rău, cu vin de palmier, până când ororile pe care le văzuse, în combinație cu un atac de friguri, îl aduseseră la un pas de moarte.

– Am suferit un fel de criză depresivă, explică el, străduindu-se să adopte același ton nepăsător. Deși nimeni n-a fost într-atât de nepoliticos încât să spună lucrurilor pe nume. Au pus totul pe seama frigurilor și au insistat să nu mă mai întorc acolo.

– Sărmane Boot!

– Da, sărmanul de mine! Mai ales că asta-i dădea fostei mele soții încă un motiv întemeiat ca să nu-mi îngăduie să-mi văd fiul.

– Și eu, care credeam că era vorba de infidelitate în serie, spuse ea, punându-și mâna pe mâna lui. Iartă-mă, am glumit! Nu vreau să crezi că sunt indiferentă.

– Te plictisesc?

– Dimpotrivă. Nu mi se întâmplă prea des să-mi petrec timpul cu un bărbat care chiar vrea să stăm de vorbă.

În prezența lui Jennifer, Anthony nu bea și nici nu mai ducea dorul băuturii. Provocarea pe care i-o lansa ea era un substitut puternic pentru alcool. În plus, voia să rămână lucid când erau împreună. Cum nu discutaseră prea mult după ultimele luni petrecute de el în Africa, fiindcă se temea de ceea ce i-ar fi putut dezvălui, de slăbiciunile pe care le-ar fi dat la iveală, iată că acum descoperea că dorea să vorbească.

Îi plăcea cum îl privea în timp ce-i povestea, de parcă nimic din ce-i spunea nu i-ar fi schimbat părerea definitiv formată despre el și nimic din ce-i mărturisea nu urma să fie adus ulterior drept dovadă împotriva lui.

– Ce se întâmplă cu foștii corespondenți de război atunci când se satură de nenorociri? întrebă ea.

– Sunt expediați în colțuri obscure ale redacției de știri, unde plictisesc pe toată lumea cu povești din zilele de glorie, răspunse el. Sau rămân pe teren până sunt uciși.

– Iar tu din ce categorie faci parte?

– Nu știu.

Își ridică privirea, întâlnind-o pe a ei.

– Eu încă nu m-am săturat de nenorociri.

Anthony se adapta fără efort la ritmul molcom al vieții de pe Riviera: prânzurile prelungite, timpul petrecut în aer liber, nesfârșitele conversații cu persoane pe care de-abia le cunoștea. Se obișnuise să facă lungi plimbări dimineața devreme, la ore când altădată era mort pentru lume, bucurându-se de mireasma mării, de saluturile prietenoase schimbate între oameni care nu erau prost dispuși din pricina mahmurelii și a lipsei de somn. Se simțea în largul lui cum nu se mai simțise de ani de zile. Se eschiva când îi soseau telegrame de la Don, care-l amenința cu consecințe grave dacă nu-i trimitea curând ceva ca lumea.

– Nu ți-a plăcut portretul? îl întrebase el pe Don.

– A fost bun, dar a apărut marțea trecută la rubrica Afaceri, și contabilitatea vrea să știe de ce mai decontezi cheltuielile la patru zile după apariție.

Ea îl duse la Monte Carlo, gonind cu mașina pe serpentinele vertiginoase ale drumurilor de munte, în timp ce el îi privea mâinile delicate mânuind volanul și-și imagina cum i-ar fi sărutat degetele cu venerație unul câte unul. Îl duse la un cazinou, unde-l făcu să se simtă ca un zeu când cu cele câteva lire ale lui obținu un câștig considerabil la ruletă. Ea mânca stridii la un restaurant de pe faleză, culegându-le din cochilii cu mișcări delicate, dar ferme, care-l lăsau fără grai. Se infiltrase în conștiința lui atât de total, absorbindu-i toate gândurile lucide, încât nu numai că nu se mai putea gândi la altceva, dar nici nu-l mai interesa să se gândească. În ceasurile de singurătate, mintea lui rătăcea spre nenumărate posibile deznodăminte și se mira ce mult trecuse de când fusese atât de acaparat de o femeie.

Și asta pentru că ea era acea minune rară, absolut imposibil de atins. Ar fi trebuit să renunțe cu zile în urmă. Dar îi zvâcnea inima când îi era împins sub ușă un nou bilet, prin care era întrebat dacă i-ar face plăcere să bea ceva împreună la Piazza sau să facă un scurt drum la Menton.

Ce era rău în asta? El avea treizeci de ani și nu-și amintea de când nu mai râsese atât de mult. De ce nu s-ar fi bucurat pentru scurtă vreme de acea bună dispoziţie care altora li se părea ceva firesc? Totul era atât de diferit faţă de existenţa lui obişnuită încât i se părea ireal.

Într-o vineri seară sosi telegrama pe care cumva o aştepta de zile întregi: i se rezervase bilet de tren spre casă pentru a doua zi și era aşteptat la redacţia ziarului *Nation* luni dimineaţă. Când citi telegrama îl încercă un sentiment de uşurare: relaţia lui cu Jennifer Stirling devenise stranie și derutantă. În mod normal, n-ar fi cheltuit niciodată atâta timp și energie pentru o relaţie ce nu putea duce la nici un rezultat. Gândul că n-o va mai vedea îl răscolea, și totuși o părticică din el dorea să revină la rutina cunoscută, să se redescopere pe sine, așa cum fusese înainte.

Își coborî valiza de pe raft și-o așeză pe pat. Avea de gând să-și facă bagajele și apoi să-i trimită un bilet lui Jennifer, mulţumindu-i pentru timpul acordat și sugerându-i că, dacă vreodată ar fi vrut să ia prânzul împreună la Londra, putea să-i telefoneze. Dacă ea accepta să-l întâlnească în capitală, departe de magia acestor locuri, poate avea să-i pară o femeie ca toate celelalte: o aventură agreabilă, limitată la relaţia fizică.

În timp ce-și așeza pantofii în valiză, primi un telefon de la poartă: jos la recepţie îl aştepta o doamnă.

– Blondă?

– Da, domnule.

– Te superi dacă te rog să mi-o dai la telefon?

Auzi câteva cuvinte repezite în franceză, apoi vocea ei, puţin pripită și nesigură.

– Sunt eu, Jennifer. Mă întrebam... dacă putem bea ceva împreună.

– Cu mare plăcere, dar încă n-am terminat. Vrei să vii sus să mă aştepţi?

Făcu repede ordine prin cameră, aruncând cu piciorul sub pat diverse obiecte împrăştiate. Rearanjă foaia în maşina de scris, de parcă ar fi lucrat la articolul pe care, de fapt, îl trimisese prin telegraf cu o oră înainte. Îşi trase pe el o cămaşă curată, fără să aibă timp s-o mai încheie. Auzind o bătaie timidă în uşă, se duse să deschidă.

– Ce plăcere, exclamă el. Tocmai terminam ceva de scris, dar, te rog, pofteşte.

Ea rămase pe hol, cu un aer stânjenit. Dădu cu ochii de pieptul lui gol şi-şi mută privirea în altă parte.

– Preferi să te aştept jos?

– Nu. Intră, te rog! Durează doar câteva minute.

Ea intră şi se duse până în mijlocul camerei. Purta o rochie fără mâneci, de un auriu pal, închisă pe gât. Avea umerii puţin înroşiţi, acolo unde o ajunsese soarele în timp ce era la volan. Părul i se revărsa liber pe umeri, puţin răvăşit de vânt, ca şi cum ar fi gonit cu maşina în viteză.

Ochii ei se opriră asupra patului acoperit cu blocnotesuri, asupra valizei aproape pline. Tăcură câteva clipe, intimidaţi de apropierea dintre ei. Ea îşi reveni prima.

– Nu-mi oferi ceva de băut?

– Iartă-mă! Ce nepoliticos sunt!

Telefonă la recepţie, cerând gin şi apă tonică. În câteva minute li se aduse băutura.

– Unde mergem?

– Să mergem?

– Am timp să mă bărbieresc?

Se duse în baie.

– Sigur. Dă-i drumul!

Înadins spusese asta, se gândi el mai târziu. O făcuse părtaşă la o intimitate şi mai mare. Acum arăta mai bine: îi dispăruse paloarea bolnăvicioasă, ridurile cauzate de stres se făcuseră nevăzute. Dădu drumul la apă caldă şi începu să-şi săpunească bărbia, urmărind-o pe Jennifer în oglinda din baie.

Ea arăta absentă, preocupată. În timp ce-şi trecea lama peste pielea obrazului, o privea cum se învârte prin cameră, ca o sălbăticiune neliniştită.

– Totul e în regulă? îi strigă el, clătindu-şi aparatul de ras.

– Da, răspunse ea.

Deja băuse jumătate din ginul cu apă tonică şi-şi umpluse al doilea pahar.

El termină cu bărbieritul, se şterse pe faţă şi-şi dădu cu puţin after-shave cumpărat de la *pharmacie*. Mirosea pătrunzător a lămâie şi a rozmarin. Îşi încheie cămaşa şi-şi îndreptă gulerul în oglindă. Îi plăcea mult acest moment, întâlnirea dintre dorinţă şi posibilitate. Trăia un straniu sentiment de triumf. Ieşi din baie şi o găsi stând în picioare pe balcon. Cerul se întuneca treptat şi luminile de pe faleză începeau să sclipească pe măsură ce se lăsa amurgul. Ea ţinea băutura într-o mână şi-şi petrecuse braţul peste talie parcă într-un gest de apărare. Anthony făcu un pas spre ea.

– Am uitat să-ţi spun ce încântător arăţi, îi spuse. Îmi place cum îţi vine culoarea asta. E...

– Mâine se întoarce Larry.

Se îndepărtă de balustrada balconului şi se întoarse cu faţa către el.

– Azi după-amiază am primit o telegramă. Marţi plecăm cu avionul la Londra.

– Înţeleg, spuse el.

Pe braţele ei se vedeau firişoare minuscule de păr, pe care briza le ridica şi le culca la loc.

El ridică privirea şi amândoi rămaseră ochi în ochi.

– Nu sunt nefericită, spuse ea.

– Ştiu.

Ea îl studia, cu gura adorabilă încremenită într-o expresie gravă. Îşi muşcă buza, apoi se întoarse cu spatele la el, rămânând absolut nemişcată.

– Primul nasture de sus, îi spuse.

– Poftim?

– Nu-l pot descheia eu.

Ceva se aprinse în sufletul lui. Îl năpădi un sentiment aproape de uşurare că până la urmă avea să se întâmple, că femeia pe care o visase, pe care și-o închipuise noaptea în pat alături de el, urma să-i aparţină. Distanţa și rezistenţa ei aproape îl copleșiseră. Își dorise eliberarea care vine odată cu împlinirea sexuală, voia să se simtă extenuat, să-și potolească durerea permanentei dorinţe neîmplinite.

Îi luă din mână băutura, și ea își atinse părul cu degetele, ridicându-l de pe ceafă. El se supuse instrucţiunilor tacite și întinse mâinile ca s-o atingă. Degetele lui, de regulă atât de sigure, bâjbâiau, greoaie și neîndemânatice. Le urmărea luptându-se cu nasturele îmbrăcat în mătase, de parcă ar fi fost ale altcuiva, iar când reuși să descheie nasturele, își dădu seama că îi tremură mâinile. Se opri, cu ochii la gâtul ei, acum dezgolit, puţin aplecat înainte, parcă implorator. Ar fi vrut să-și lipească buzele de el, să poată simţi gustul pielii ei palide, ușor pistruiate. Degetul lui mare zăbovea acolo, cu tandreţe, savurând plăcerea a ceea ce urma. La atingerea lui, ea lăsă să-i scape un suspin atât de discret încât el mai mult îl simţi decât îl auzi. Apoi ceva înlăuntrul lui se opri.

Privi spre locul în care părul auriu întâlnea pielea și la degetele ei delicate care continuau să-l ţină ridicat. Și atunci înţelese, cu înspăimântătoare certitudine, ce era pe cale să se întâmple.

Anthony O'Hare își strânse pleoapele până la durere și închise la loc nasturele, cu un gest lent și hotărât. Apoi făcu un pas în spate.

Ea șovăi, de parcă ar fi vrut să înţeleagă ce făcuse el sau poate simţind că degetele lui n-o mai atingeau.

Se răsuci spre el, cu mâinile încă la ceafă, înţelegând ce se petrecuse. Îl privi ţintă și chipul ei, la început întrebător, începu să se îmbujoreze.

– Iartă-mă, începu el, dar... nu pot.

– Oh... se crispă ea.

Își duse mâna la gură și o roșeaţă intensă îi năpădi gâtul.

– Oh, Doamne!

– Nu, Jennifer, nu înţelegi. Nu-i vorba de nimic care...

Ea îl împinse într-o parte și-și apucă în grabă poșeta. Apoi, înainte ca el să mai apuce să scoată vreun cuvânt, apăsă pe bâjbâite clanţa și aproape o luă la fugă pe coridor.

– Jennifer! strigă el. Jennifer! Lasă-mă să-ţi explic!

Dar până să ajungă la ușă, ea dispăruse.

*

Trenul francez străbătea greoi ţinutul de provincie ars de soare, în direcţia Lyon, de parcă ar fi decis să-i ofere prea mult timp să se gândească la tot ce nu mersese cum trebuie şi la tot ce el n-ar fi putut schimba nici de-ar fi vrut. De mai multe ori în decursul unei ore se gândi să comande un whisky mare de la vagonul restaurant. Urmărea chelnerii care se mişcau cu îndemânare încolo şi încoace prin vagon, ducând tăvi de argint cu băuturi, păşind şi aplecându-se cu mişcări de balerini. Ştia că nu trebuia decât să ridice un deget ca să primească aşa o consolare. Mai târziu îi fusese greu să înţeleagă ce anume îl împiedicase să facă acest pas.

Noaptea se instală în cuşeta trasă din perete cu eficienţă dispreţuitoare de către însoţitorul de vagon. În timp ce trenul îşi continua huruind drumul prin întuneric, el îşi aprinse lumina de la căpătâi şi luă o carte broşată găsită la hotel, uitată de vreun călător. Citi aceeaşi pagină de mai multe ori, fără să reţină nimic, apoi aruncă scârbit cartea. Avea un ziar francez, dar spaţiul era prea înghesuit ca să poată despături paginile cum se cuvine, iar literele, prea mici pentru o lumină atât de slabă. Moţăi un timp, apoi se trezi şi, pe măsură ce se apropia de Anglia, viitorul i se aşternu în faţa ochilor ca un nor uriaş şi întunecat.

În cele din urmă, la ivirea zorilor, găsi un stilou şi nişte hârtie. În viaţa lui nu scrisese o scrisoare vreunei femei, afară de scurtele bilete către mama lui, mulţumindu-i pentru cine ştie ce daruri trimise, de notiţele legate de probleme financiare adresate Clarissei şi de cele câteva cuvinte de scuze trimise lui Jennifer după seara în care o cunoscuse. Acum însă, năpădit de un sentiment dureros de melancolie, obsedat de expresia umilită din ochii lui Jennifer, uşurat la gândul că poate n-o va mai vedea niciodată, îşi aşternu sufletul pe hârtie, dorind numai să ofere nişte explicaţii.

Iubito,

N-am reuşit să te fac să mă asculţi, când ai plecat aşa în goană, dar nu te-am respins. Îmi este insuportabil cât de departe ai fost de adevăr.

Iată realitatea: nu ești prima femeie măritată cu care am făcut dragoste. Știi bine situația mea și, sincer să fiu, aceste relații, așa cum sunt ele, mi-au convenit. Nu voiam să mă atașez prea mult de nimeni. Când ne-am cunoscut, m-am gândit că nici tu nu vei fi altfel.

Iată, fată dragă, motivul pentru care ți-am încheiat la loc acel nenorocit de nasture. Și iată motivul pentru care de două nopți încoace nu-mi găsesc somnul și mă urăsc pentru singurul lucru decent pe care l-am făcut în viața mea.

Iartă-mă.
B.

Împături cu grijă scrisoarea și o vârî în buzunarul de la piept, după care, în sfârșit, adormi.

Don strivi țigara în scrumieră și studie foaia dactilografiată, în timp ce tânărul stătea stânjenit într-o parte a biroului, mișcându-se de pe un picior pe altul.

– Nu știi să scrii cuvântul *bigamie*. Se scrie cu un singur i, nu cu doi.

Tăie furios trei rânduri cu creionul.

– Iar introducerea e groaznică. Ai de scris despre un bărbat care s-a însurat cu trei femei, toate pe nume Hilda și locuind la trei kilometri una de alta. Subiectul ăsta e aur curat. Așa cum ai scris tu articolul, prefer să citesc un discurs Hansard[1] despre sistemul de canalizare al orașului.

– Îmi pare rău, domnule Franklin.

– Mai slăbește-mă cu părerile de rău! Scrie-l ca lumea! Trebuia să apară în ziarul de dimineață și e deja patru fără douăzeci. Ce dracu' e cu tine? Auzi colo, „bigamiie"! Poate vrei să iei lecții de la O'Hare. Petrece atâta timp în Africa încât nici nu știm dacă mai scrie corect sau greșit.

---

[1] Denumirea dată transcrierilor dezbaterilor parlamentare din Marea Britanie, după numele lui Thomas Curson Hansard, unul dintre primii care au tipărit și publicat astfel de transcrieri

Azvârli cu hârtia în tânărul reporter, care se grăbi s-o culeagă de pe jos și să iasă din birou.

– Deci unde-i nenorocitul ăla de articol de fond? se răsti Don. „Secretele celor bogați și celebri de pe Riviera"?

– E aproape gata, minți Anthony.

– Ai face bine să te grăbești. Ți-am păstrat jumătate de pagină pentru sâmbătă. Te-ai distrat?

– A fost bine.

Don își înclină capul într-o parte.

– Mda. Așa se pare. Deci... Oricum, am vești bune.

Ferestrele de la biroul lui Don erau atât de acoperite de nicotină încât oricine s-ar fi atins de ele s-ar fi trezit cu mânecile cămășii pătate cu galben. Anthony privi prin perdeaua de fum spre sala redacției de știri. Vreme de două zile umblase cu scrisoarea în buzunar, frământându-se să găsească o cale de a o face să-i parvină lui Jennifer. Nu-și putea scoate din minte chipul ei îngrozit și roșu de rușine, la gândul că el o respinsese.

– Tony?

– Da.

– Am vești pentru tine.

– Bine. Spune.

– Am discutat cu cei de la redacția de știri internaționale și au nevoie de cineva care să meargă la Bagdad. Să te ocupi nițel de tipul acela de la Ambasada Poloniei, care susține că-i un fel de superspion. Vești a-ntâia, fiule. Exact ce-ți doreai tu. Te scap de munca de birou vreo săptămână, două.

– Nu pot pleca acum.

– Ai nevoie de o zi, două?

– Trebuie să rezolv niște chestiuni personale.

– Să le zic și algerienilor să amâne încetarea focului? În caz că s-ar suprapune cu problemele tale personale? Îți bați joc de mine, O'Hare?

– Atunci, trimite pe altcineva. Îmi pare rău, Don.

Clinchetul ca de metronom al pixului cu care se juca Don deveni din ce în ce mai agitat.

– Nu înțeleg. Umbli prin redacție ca un bezmetic, bombănind că ai nevoie să te ocupi de „știri adevărate", eu îți dau un subiect pentru care Peterson și-ar roade singur brațul drept și tu, hodoronc-tronc, vrei să stai la birou.

– Ți-am mai spus că-mi pare rău.

Don rămase literalmente cu gura căscată. Își reveni, se ridică greoi, străbătu biroul și închise ușa, apoi se înapoie la locul lui.

– Tony, e un subiect grozav. Ar trebui să fii deja vârât în el până în gât. Mai mult decât atât, tu *ai nevoie* de acest subiect. Trebuie să le arăți că se pot bizui pe tine.

Îl privi cu atenție.

– Ți-a pierit cheful? Vrei să zici că te tentează să te ocupi de chestii mai blânde?

– Nu. Atâta doar că... Lasă-mă o zi, două!

Don se rezemă pe spătarul scaunului, își aprinse o țigară și trase zgomotos fumul în piept.

– Doamne, Dumnezeule! E vorba de o femeie.

Anthony nu spuse nimic.

– Asta este. Ai cunoscut o femeie. Ce se întâmplă? Nu poți pleca nicăieri până nu-i faci felul?

– E măritată.

– Și de când e asta o problemă pentru tine?

– E... E soția... Soția lui Stirling.

– Și?

– E prea cumsecade.

– Prea cumsecade pentru el? Să nu-mi zici că-i așa.

– Prea cumsecade pentru mine. Nu știu ce să fac.

Don își ridică ochii în tavan.

– Mustrări de conștiință, hm? Mă întrebam eu de ce arăți în halul ăsta.

Clătină din cap și vorbi de parcă ar mai fi fost cineva în micul său birou.

– Nu-mi vine să cred. Tocmai O'Hare.

Puse pixul pe masă cu degetele lui grăsuțe.

– OK. Uite cum o să faci. Du-te s-o vezi, fă ce ai de făcut și ia-ți asta de pe cap. Dar să fii în avionul care decolează mâine la prânz. Am să spun șefilor că ai plecat din seara asta. Ce zici? Și scrie-mi naibii niște articole ca lumea!

– Să-mi iau asta de pe cap? Ești tare romantic!

– Ai tu o expresie mai potrivită?

Anthony pipăi scrisoarea din buzunar.

– Îți rămân dator, zise el.

– N-ar fi singura dată, mormăi Don.

Nu-i fusese greu să dea de adresa lui Stirling. Căutase în anuarul *Who's Who* de la redacție și la sfârșitul articolului respectiv, găsise numele ei: Jennifer Verrinder, n. 1934. Marți seară, după program, se dusese cu mașina în Fitzrovia și parcase în scuar, câteva case mai încolo de vila albă din stuc.

Era o vilă din perioada Regenței[1], stil Nash[2], amintind de cabinetul unui medic cu clientelă înstărită din Harley Street[3]. Rămase în mașină, întrebându-se ce făcea ea în spatele perdelelor apretate. Și-o închipui șezând și citind o revistă sau poate privind în gol, cu gândul la momentul când își pierduse cumpătul într-o cameră de hotel din Franța. Pe la șase și jumătate, din casă ieși o femeie mai în vârstă, înfășurându-și haina în jurul trupului și cercetând cerul să vadă dacă avea să plouă. Femeia își acoperi părul cu o glugă impermeabilă și porni grăbită în josul străzii. Perdelele fură trase de o mână nevăzută și seara înmiresmată lăsă loc întunericului nopții, dar el continua să rămână în automobilul Hillman, cu ochii pironiți asupra casei cu numărul treizeci și doi.

Aproape ațipise, când în cele din urmă ușa de la intrare se deschise. Anthony se săltă în capul oaselor chiar când ea păși afară. Era aproape ora nouă. Îmbrăcată într-o rochie albă fără mâneci, cu o mică eșarfă în jurul umerilor, coborî treptele cu grijă, de parcă n-ar fi fost prea sigură pe picioare. În urma ei apăru Stirling, spunând ceva ce nu ajunse până la urechile lui Anthony, iar ea încuviință din cap. În clipa următoare amândoi se suiră într-o mașină mare și neagră. În timp ce mașina se angaja pe strada principală, Anthony răsuci cheia în contact. Ieși și

---

1 Perioadă din istoria Marii Britanii cuprinsă între 1811 și 1820

2 Arhitect din perioada Regenței

3 Stradă londoneză renumită încă din secolul al XIX-lea pentru numărul mare de cabinete medicale particulare

el la strada principală și porni în urma celor doi, lăsând să-i despartă o singură mașină.

Limuzina nu merse prea mult. Șoferul frână la intrarea unui cazinou din Mayfair, și cei doi coborâră. Ea își îndreptă rochia, apoi păși înăuntru, scoțându-și eșarfa din mers.

Anthony așteptă până ce se asigură că intrase și Stirling, apoi trase Hillmanul în spatele limuzinei negre.

– Parchează-o, te rog, i se adresă el portarului, căruia nu-i venea să-și creadă ochilor.

Anthony îi aruncă cheile și-i strecură în palmă o bancnotă de zece șilingi.

– Domnule? Mi-ați putea arăta carnetul dumneavoastră de membru?

Anthony tocmai pornise să străbată holul cu pași grăbiți, când tocmai îl opri un bărbat îmbrăcat în uniforma cazinoului.

– Domnule? Carnetul de membru, vă rog.

Soții Stirling erau pe punctul de a păși în ascensor. Anthony abia o întrezărea pe Jennifer în mulțime.

– Trebuie să vorbesc cu cineva. Doar două minute.

– Domnule, îmi pare rău, dar nu vă pot lăsa să intrați fără...

Anthony vârî mâna în buzunar, golindu-l de tot ce se afla înăuntru – portofel, cheile de acasă, pașaportul – și trânti întreg conținutul în mâinile omului.

– Ia astea... Ia-le pe toate! Îți promit că nu stau decât două minute.

Lăsându-l pe celălalt cu ochii holbați și gura căscată, Anthony își croi drum prin mulțime, strecurându-se în lift chiar în timp ce ușile se închideau.

Stirling era undeva în dreapta, așa că Anthony își trase borul pălăriei pe ochi, trecând pe lângă el, apoi convins că Stirling nu-l văzuse, se trase până când ajunse cu spatele lipit de peretele ascensorului.

Toată lumea stătea cu fața către ușă. În fața lui, Stirling vorbea cu cineva care părea să-i fie cunoscut. Anthony îl auzi spunând cu glas coborât ceva despre bursă, despre criza creditelor, iar celălalt murmură aprobator. Își simțea tâmplele zvâcnind, transpirația i se prelingea pe spinare.

Jennifer își ținea poșeta în față cu amândouă mâinile înmănușate, cu o figură calmă. Doar o șuviță rătăcită de păr blond, desprinsă din cocul prins în creștet, confirma că era o făptură omenească și nu un înger pogorât din ceruri.

– Etajul doi.

Ușile se deschiseră, lăsând să iasă două persoane și să intre una. Cei rămași în lift se traseră politicos deoparte, făcând loc nouvenitului. Stirling continua să discute cu glas coborât și melodios. Era o seară caldă și în spațiul strâmt al ascensorului Anthony era perfect conștient de trupurile din jur, de mirosul de parfum, fixativ și Brylcreem[1] care plutea în aerul sufocant, de vaga undă de aer proaspăt ce răzbătea până la el la închiderea ușilor.

Își ridică puțin capul, privind-o fix pe Jennifer. Era la mai puțin de o jumătate de metru de el, atât de aproape încât îi simțea parfumul și-i deslușea fiece pistrui minuscul de pe umeri. Rămase cu privirea ațintită asupra ei până când ea întoarse puțin capul – dând cu ochii de el. Făcu ochii mari și se îmbujoră la față. Soțul ei continua să fie adâncit în conversație.

Ea se uită în podea, apoi privirea îi lunecă înapoi spre Anthony. Pieptul ei suia și cobora spasmodic, dezvăluind cât o șocase revederea. Ochii li se întâlniră și, în acele câteva clipe de tăcere, el îi spuse totul. Îi spuse că era cea mai uluitoare făptură pe care o întâlnise vreodată. Îi spuse că îl obseda în ceasurile de veghe și că toate sentimentele, toate experiențele pe care le trăise până atunci fuseseră anoste și lipsite de importanță în comparație cu imensa povară a ceea ce simțea acum.

Îi spuse că o iubea.

– Etajul trei.

Ea clipi și se depărtă de el, făcând loc unui bărbat din spate care se scuză, trecu printre ei și ieși din ascensor. În timp ce toți își reluau locurile, Anthony vârî mâna în buzunar și scoase scrisoarea. Făcu un pas spre dreapta și-i întinse scrisoarea prin spatele smochingului unui bărbat, care tuși, făcându-i pe amândoi să tresară. Soțul ei tocmai clătina din cap ca reacție la ceva ce-i spusese interlocutorul său. Amândoi bărbații râseră fără veselie. O clipă Anthony se temu că ea nu va lua scrisoarea, apoi însă mâna înmănușată se întinse

---

[1] Gel de păr pentru bărbați

pe furiș și, în timp ce el continua să rămână nemișcat, plicul dispăru în poșetă.

– Etajul patru, anunță liftierul. Restaurantul.

Toți se mișcară spre ieșire, cu excepția lui Anthony. Stirling aruncă o privire în dreapta, parcă amintindu-și că era și soția lui acolo, apoi întinse mâna – nu cu un gest afectuos, remarcă Anthony, ci ca s-o împingă ușor înainte. Ușile se închiseră în urma ei, și Anthony rămase singur, în timp ce liftierul anunță „Parter" și ascensorul începu să coboare.

Anthony nu se așteptase la un răspuns. Nici nu se obosise să verifice poșta până târziu, când plecă de acasă și descoperi pe covorașul de la intrare două scrisori. Porni pe trotuarul încins și aglomerat, pe jumătate alergând, ocolind asistentele medicale și pacienții care ieșeau din uriașul spital St. Bartholomew, cu servieta izbindu-i-se de picioare. Trebuia să fie la Heathrow la ora două și jumătate și habar nu avea cum va reuși să ajungă la timp. Scrisul ei de mână îi provocă un șoc, urmat de panică, în clipa în care își dădu seama că era deja douăsprezece fără zece, iar el se afla tocmai în celălalt capăt al Londrei.

Postman's Park[1]. *La amiază.*

Bineînțeles că nu se vedea nici un taxi. Sărise în metrou pentru o parte a călătoriei, în rest alergase. Cămașa frumos călcată acum i se lipise de piele. Părul îi cădea în dezordine peste fruntea transpirată.

– Scuzați-mă, murmură el când o femeie în sandale cu toc înalt îl dojeni, fiind nevoită să se dea la o parte din calea lui.

Un autobuz opri, scoțând un fum vinețiu, și Anthony auzi taxatorul sunând din clopoțel, semn că autobuzul putea porni mai departe. Șovăi, timp în care mulțimea de călători cobora pe trotuar, și încercă să-și recapete suflul, cu ochii la ceas. Deja douăsprezece și un sfert. Era foarte posibil ca ea să-și fi pierdut speranța că el va mai veni.

Ce dracu' făcea? Dacă scăpa și avionul acesta, Don avea să-l expedieze personal la rubrica „Nunta de aur și alte aniversări" pentru următorii zece ani. Toți vor vedea în asta încă o dovadă a neputinței

---

1 Parc în centrul Londrei, în apropiere de catedrala St. Paul

lui de a face faţă, un bun motiv ca următorul subiect gras să-i fie dat lui Murphett sau lui Phipps.

O luă la goană pe King Edward Street, abia trăgându-şi sufletul, şi ajunse într-o mică oază de linişte din centrul cartierului City. Postman's Park era o grădină mică, creată de un filantrop victorian în semn de omagiu adus vieţilor unor eroi obişnuiţi. Înaintă, gâfâind, până în mijlocul parcului.

În faţa ochilor vedea numai albastru, un noian de albastru în mişcare molcomă. Pe măsură ce imaginea se limpezea, desluşi poştaşi în uniformele lor albastre, unii plimbându-se, alţii stând pe iarbă, câţiva înşiraţi pe banca din faţa plăcilor lucioase de ceramică Doulton care comemorau câte un act de bravură. Poştaşii londonezi, scăpaţi de program şi de genţile cu scrisori, se bucurau de soarele amiezii: îmbrăcaţi în cămăşi cu mâneca scurtă, având alături cutii cu sendvişuri, pălăvrăgeau şi-şi împărţeau mâncarea între ei, relaxându-se pe iarbă în peticele de umbră de sub copaci.

Anthony își recăpătase suflul. Puse jos servieta, scoase din buzunar o batistă, își tamponă fruntea, apoi se răsuci încet, încercând să distingă ceva în spatele ferigilor înalte, dincolo de zidul bisericii şi sub arcadele umbroase de la intrarea clădirilor de birouri. Cercetă minuţios cu privirea parcul, în căutarea unei rochii de culoarea smaraldului, cu mărgele aplicate, şi a părului blond-deschis care ar fi deosebit-o de ceilalţi.

Nu era acolo.

Anthony se uită la ceas. Douăsprezece şi douăzeci. Venise şi plecase. Poate se răzgândise. Poate că Stirling dăduse peste blestemata aia de scrisoare. Abia atunci își aminti de cel de-al doilea plic, primit de la Clarissa, pe care îl îndesase în buzunar când plecase de acasă. Scoase scrisoarea şi o citi rapid. Niciodată nu reuşea să se uite la scrisul ei de mână fără să-i audă glasul sever şi dezamăgit sau fără să-şi amintească bluzele ei apretate pe care le purta când se întâlneau, întotdeauna închise până la ultimul nasture, de parcă simpla vedere a pielii ei i-ar fi putut oferi lui un avantaj.

Dragă Anthony,

Îţi scriu, fiindcă am considerat că se cuvine să te anunţ că urmează să mă căsătoresc.

El se simţi uşor şocat, vag lezat în sentimentul de posesie, la gândul că Clarissa şi-ar putea găsi fericirea alături de altcineva. N-o crezuse capabilă să fie fericită cu nimeni.

Am cunoscut un bărbat cumsecade, proprietar al unui lanţ de magazine cu materiale de perdele, dispus să ne accepte pe mine și pe Phillip. E un om blând și spune că se va purta cu băiatul ca și cum ar fi al lui. Nunta va avea loc în septembrie. Îmi vine greu să-ţi spun, dar poate ar fi bine să te gândești în ce măsură vei dori să păstrezi legătura cu băiatul. Aş vrea să ducă o viaţă normală de familie și prin continuarea relaţiei dezordonate cu tine i-ar putea fi greu să se adapteze.

Te rog, gândește-te la ce ţi-am spus și dă-mi de știre ce părere ai.

Nu vom mai avea nevoie de sprijin financiar din partea ta, întrucât Edgar se va îngriji de noi.

Dedesubt ai noua noastră adresă.

Toate bune,

Clarissa

Citi scrisoarea de două ori și abia a treia oară înţelese ce-i propunea ea: Phillip, băiatul lui, urma să fie crescut de un negustor de perdele cumsecade, fără a mai continua „relaţia dezordonată" cu tatăl său. Anthony simţi cum cade cerul pe el. Brusc îl năpădi o dorinţă imperioasă să bea ceva și prin grilajul de la poarta parcului văzu un restaurant peste drum.

– Oh, Doamne! exclamă el cu voce tare, punându-și palmele pe genunchi și simţind că-i vâjâie capul.

Rămase pe loc câteva clipe, aplecat de mijloc, încercând să-și adune gândurile și dând răgaz inimii să-și reia ritmul obișnuit. Apoi, cu un oftat, se îndreptă de spate.

În faţa lui era Jennifer. Purta o rochie albă cu trandafiri mari, roșii, și o pereche de ochelari de soare care-i acopereau jumătate din obraz. Tânăra își ridică ochelarii pe creștetul capului. Simplul fapt că o vedea îi smulse lui Anthony un suspin din adâncul sufletului.

– Nu pot să rămân, începu el, când în sfârșit își regăsi glasul. Trebuie să zbor la Bagdad. Avionul meu pleacă peste... habar n-am cât...

Era atât de frumoasă – mult mai frumoasă decât florile din straturile îngrijite cu migală – încât luase ochii tuturor poştaşilor, care se opriseră din conversaţii, cu privirea pironită asupra ei.

– Nu...

Anthony clătină din cap.

– Pot să-ţi spun totul în scrisori. Pe urmă, când ne vom vedea, am să...

– Anthony, rosti ea, ca şi cum ar fi vrut să se convingă pe sine de prezenţa lui.

– Mă întorc peste vreo săptămână sau două, spuse el. Dacă vrei să ne vedem atunci, am să-ţi pot explica. Sunt atât de multe...

Dar ea făcu un pas înainte şi, prinzându-i obrazul în mâinile înmănuşate, îl trase spre ea. După o clipă de ezitare, buzele lor se întâlniră. Ale ei erau calde, supuse şi surprinzător de dornice. Anthony uită de avion, uită de parc, de copilul pierdut şi de fosta soţie. Uită de articolul despre care şeful lui credea că ar fi trebuit să-i fie unica preocupare. Uită de faptul că, în experienţa lui, emoţiile erau mai periculoase decât muniţia. Acceptă supus ceea ce-i cerea Jennifer: să i se dăruie, să i se dăruie fără oprelişti.

„Anthony“, spusese ea şi, cu acel unic cuvânt, îi dăruise nu numai propria-i fiinţă, ci şi o nouă şi mai bună versiune a viitorului lui.

Am încercat din răsputeri să te fac să înțelegi o parte din gândurile mele în cursul acelui voiaj de la Padova la Milano, dar tu te-ai comportat ca un copil răsfățat și n-am putut continua să te rănesc. Acum am curaj numai pentru că sunt departe. În plus – și crede-mă când îți spun că și pentru mine a fost ceva neașteptat – urmează să mă căsătoresc curând.

Agnes von Kurowsky către Ernest Hemingway

Capitolul 8

Nici de data asta nu-i vorbea. Pentru o persoană care se exterioriza atât de puțin, stările de spirit ale lui Laurence Stirling puteau fi excesiv de schimbătoare. Jennifer își privi în tăcere soțul, care-și citea ziarul la ora micului dejun. Deși coborâse înaintea lui și-i pregătise micul dejun așa cum îi plăcea, în cele treizeci și trei de minute de când dăduse ochii cu ea în dimineața aceea, Laurence nu scosese absolut nici un cuvânt.

Jennifer își privi scurt halatul și verifică dacă avea părul aranjat. Nimic nelalocul lui. Cicatricea, despre care știa că-i provoca dezgust lui Laurence, era ascunsă sub mânecă. *Ce anume făcuse*? Ar fi trebuit să rămână trează până la sosirea lui? În seara precedentă el se întorsese atât de târziu încât ea abia auzise zgomotul ușii de la intrare. Oare spusese ceva prin somn?

Ticăitul melancolic al ceasului vestea apropierea orei opt, fiind întrerupt doar de fâșâitul ocazional al ziarului lui Laurence, pe care acesta îl despăturea și îl împăturea la loc. Jennifer auzi pași afară, pe treptele de la intrare, apoi un ușor clinchet, semn că poștașul strecurase corespondența în cutia poștală. Afară răsună glasul îndărătnic al unui copil care trecea pe sub fereastră.

Jennifer încercă să facă o remarcă despre zăpadă, motivul dat de ziare pentru prețul crescând al combustibilului, dar Laurence se mărgini să ofteze, cumva iritat, așa că ea nu mai zise nimic.

„Iubitul meu nu s-ar putea purta așa cu mine", își spuse ea în gând, în timp ce ungea cu unt o felie de pâine. El ar zâmbi, m-ar lua ușor de mijloc când ar trece pe lângă mine în bucătărie. De fapt, probabil că ei nici n-ar servi micul dejun în bucătărie: el i-ar aduce la pat o tavă cu bunătăţi, întinzându-i ceaşca de cafea de îndată ce ar deschide ochii, apoi s-ar săruta mult şi des, amândoi binedispuşi. Una dintre scrisori suna astfel:

Atunci când mănânci, timp de câteva momente te dedici în totalitate acestei îndeletniciri. Te-am urmărit în prima seară la cină şi aş fi vrut să-mi acorzi şi mie la fel de multă atenţie.

Vocea lui Laurence o smulse din visare.

– Astă-seară suntem invitaţi la soţii Moncrieff să bem ceva, înainte de petrecerea de Crăciun de la firmă. Îţi aminteşti?

– Da, răspunse ea, fără să ridice ochii.

– Eu mă întorc pe la şase şi jumătate. Francis ne aşteaptă la aceeaşi oră.

Jennifer îi simţi privirea zăbovind asupra ei, parcă aşteptând-o să-i răspundă, dar ea se încăpăţână să tacă. Pe urmă el plecă, lăsând-o pe Jennifer în casa pustie, cu gândul la un mic dejun imaginar, mult mai plăcut decât cel din realitate.

Ţii minte prima cină? Am fost aşa un prost, iar tu ştiai asta. Erai atât de încântătoare, de desăvârşită, iubita mea J., chiar şi când te confruntai cu purtarea mea necioplită.

Am fost tare furios în seara aceea. Presupun că mă îndrăgostisem de tine încă de pe atunci, dar bărbaţii sunt total nepricepuţi şi incapabili să vadă ceea ce li se înfăţişează înaintea ochilor. Mi-a fost mai simplu să-mi maschez stânjeneala în cu totul altceva.

Până acum Jennifer descoperise şapte scrisori, în tot atâtea ascunzători din toată casa: şapte scrisori care-i înfăţişau o iubire pe care o cunoscuse şi ceea ce devenise ea graţie acestei iubiri. Cuvintele scrise de mână o oglindeau în mii de feluri: impulsivă, pătimaşă, iute la mânie şi dispusă să ierte.

El părea a fi exact opusul ei. El provoca, declara, făgăduia. Avea un acut simţ al observaţiei: faţă de ea, faţă de tot ce-l înconjura. Nu ţinea nimic ascuns. Ea părea a fi prima femeie pe care o iubea cu adevărat. Recitindu-i cuvintele, se întrebă dacă și pentru ea era primul bărbat pe care-l iubea cu adevărat.

Când mă priveai cu ochii tăi adânci, opalescenți, mă întrebam ce anume puteai găsi la mine. Acum știu că asta-i o concepție naivă despre dragoste. Noi doi n-am putea înceta să ne iubim, la fel cum Pământul nu poate conteni să se învârtă în jurul Soarelui.

Deși scrisorile nu erau datate întotdeauna, totuși puteau fi rânduite într-o oarecare ordine cronologică: una venea curând după ce se cunoscuseră, alta după vreo dispută, a treia după o împăcare furtunoasă. El ar fi vrut ca ea să-l părăsească pe Laurence. Îi cerea asta în câteva scrisori. Se pare că ea se împotrivise. De ce? Îi veni în minte bărbatul distant din bucătărie, tăcerea apăsătoare de acasă. „De ce oare n-am plecat?"

Recitea obsesiv cele șapte scrisori, scormonind după indicii, încercând să-și dea seama cine era omul acela. Ultima scrisoare data din septembrie, cu câteva săptămâni înainte de accident. De ce nu luase legătura cu ea? Era limpede că nu-și telefonaseră și nici nu se întâlneau într-un loc anume. Când observase că unele scrisori fuseseră expediate către o căsuță poștală, se dusese la oficiul poștal să vadă dacă mai existau și altele. Dar cutia fusese închiriată altcuiva și nu sosise nici o scrisoare pentru ea.

De acum Jennifer era convinsă că el își va face cumva simțită prezența. Cum ar fi putut cel care scrisese astfel de scrisori, bărbatul ale cărui sentimente erau atât de pătimașe, să rămână pur și simplu în așteptare? Nu mai credea că ar fi vorba de Bill, nu pentru că n-ar fi putut concepe că simțise ceva pentru el, dar ideea de a o înșela pe Violet era inacceptabilă – măcar în concepția ei, dacă nu și a lui Bill. Mai rămâneau Jack Amory și Reggie Carpenter. Iar Jack Amory tocmai anunțase că s-a logodit cu o anume domnișoară Victoria Nelson din Camberley, Surrey.

Când Jennifer aproape terminase să-și aranjeze părul intră în cameră doamna Cordoza.

– Mi-aţi putea călca rochia de mătase bleumarin pentru astă-seară? o rugă Jennifer.

Îşi duse în dreptul gâtului un şirag de diamante, lipindu-l de pielea ei albă.

Lui îi plăcea nespus gâtul ei:

Niciodată n-am fost în stare să mă uit la gâtul tău fără să-mi vină să-ţi sărut ceafa.

– Am pus-o acolo, pe pat.

Doamna Cordoza trecu pe lângă ea ca să ia rochia.

– O calc chiar acum, doamnă Stirling, spuse ea.

Reggie Carpenter flirta. Ceea ce făcea el nu se putea numi altfel. Vărul lui Yvonne se sprijinise de scaunul lui Jennifer, fără să-şi ia ochii de la gura ei care zvâcnea şăgalnic, de parcă s-ar fi veselit de o glumă numai de ei ştiută.

Yvonne îi urmări cu privirea în timp ce-i întindea ceva de băut lui Francis, aşezat ceva mai încolo, apoi se aplecă şi-i murmură soţului ei la ureche:

– Poţi să-l duci pe Reggie la grupul de bărbaţi? De când a venit Jennifer, practic stă în poala ei.

– Am încercat, iubito, dar n-am prea reuşit, poate doar să-l înşfac de braţ şi să-l trag de acolo.

– Atunci ocupă-te de Maureen. Mai are puţin şi începe să plângă.

Din clipa în care deschisese uşa, întâmpinându-i pe soţii Stirling – Jennifer în haina de nurcă şi deja ameţită, Laurence cu o expresie sumbră – Yvonne simţise furnicături în tot corpul, parcă presimţind ceva rău. Între cei doi atmosfera era tensionată, iar acum Jennifer şi Reggie nu se mai dezlipeau unul de altul, având o atitudine pur şi simplu exasperantă.

– Tare aş prefera ca oamenii să-şi lase acasă problemele personale, bombăni ea.

– Am să-i dau lui Larry un whisky dublu. Până la urmă o să se relaxeze. Probabil a avut o zi proastă la birou.

Francis se ridică, o atinse uşor pe cot şi se îndepărtă.

Invitaţii abia dacă se atinseseră de cârnăciorii de cocktail. Cu un oftat, Yvonne luă un platou de pateuri mici, pregătindu-se să-şi îmbie musafirii.

– Ia şi tu unul, Maureen.

Iubita în vârstă de douăzeci şi doi de ani a lui Reggie abia dacă auzi că i se adresase cineva. Îmbrăcată într-o rochie de lână de culoare ruginie, şedea ţeapănă pe un scaun, aruncând priviri întunecate spre cei doi, aşezaţi undeva în dreapta şi părând să fi uitat complet de prezenţa ei. Jennifer se lăsase pe spate în fotoliu, iar Reggie se cocoţase pe braţul acestuia. El îi şopti ceva şi amândoi izbucniră în hohote de râs.

– Reggie, vorbi Maureen, nu ziceai că mergem în oraş să ne întâlnim cu ceilalţi?

– Oh, pot să ne aştepte, răspunse el pe un ton care nu admitea replică.

– Era vorba să ne întâlnim la Green Rooms, Ursuleţ[1]. La şapte şi jumătate, aşa ai zis.

– Ursuleţ? repetă Jennifer.

– Mda. Sunt irezistibil. Moale ca pluşul. Şi marea mea fericire e să fiu băgat sub cuvertură...

Ridică din sprânceană, aplecându-se şi mai mult spre ea.

– Reggie, putem sta puţin de vorbă?

– Nu, dacă te uiţi aşa la mine, scumpă verişoară. Yvonne îşi închipuie că flirtez cu tine, Jenny.

– Nu-i doar închipuire, replică Maureen cu răceală!

– Ei, haide, Mo. Nu fi ursuză!

Deşi continua să glumească, în vocea lui se simţea o undă de iritare.

– E multă vreme de când n-am mai avut ocazia să stau de vorbă cu Jenny. Acum recuperăm timpul pierdut.

– Chiar a trecut atâta vreme? întrebă Jennifer cu un aer nevinovat.

– Oh, o veşnicie, răspunse el înflăcărat.

Yvonne văzu cum iubita lui Reggie se înnegurează la faţă.

– Maureen, scumpo, nu vrei să vii să mă ajuţi să mai prepar nişte băuturi? Dumnezeu ştie unde a dispărut nepricopsitul de bărbatu-meu.

[1] În original Bear, deci o poreclă începând cu litera B, iniţiala cu care sunt semnate scrisorile adresate lui Jennifer

– Uite-l acolo! Se...

– Hai, Maureen! Pe aici.

Fata o urmă în sufragerie și luă sticla de *crème de menthe* pe care i-o întinsese Yvonne. Fierbea de o furie neputincioasă.

– Ce naiba face femeia aia? Doar e măritată, nu?

– Jennifer doar... Oh, nu-i nimic serios.

– E toată grămadă pe el! Uită-te la ea! Ce-ar zice dacă și eu i-aș face ochi dulci lui bărbatu-său?

Yvonne aruncă o privire în salon, unde ședea Larry, numai pe jumătate atent la ce-i spunea Francis, afișând o expresie de dezaprobare reținută.

„Probabil că ea nici n-ar observa", își zise Yvonne.

– Știu că ți-e prietenă, Yvonne, dar după părerea mea, e o mare ticăloasă.

– Maureen, sunt conștientă că Reggie se poartă mizerabil, dar nu te pot lăsa să vorbești așa despre prietena mea. Nici n-ai idee prin ce a trecut de curând. Și acum, te rog, dă-mi sticla aia!

– Atunci ce-ai de zis despre situația în care mă pune ea? E umilitor. Toți știu că eu și Reggie suntem împreună, iar ea îl are la degetul mic.

– Jennifer a suferit un groaznic accident de mașină. Nu-i mult de când a ieșit din spital. După cum ți-am spus, își pune și ea puțin poalele-n cap.

– Și-și dă jos chiloții.

– Mo...

– E beată. Și e *bătrână*. Câți ani să aibă? Douăzeci și șapte? Douăzeci și opt? Reggie al meu e cu cel puțin trei ani mai tânăr.

Yvonne răsuflă adânc. Își aprinse o țigară, îi întinse și fetei una, apoi închise ușa dublă din spatele ei.

– Mo...

– E o hoață! Încearcă să mi-l fure. Văd asta foarte bine, chiar dacă tu nu vezi.

Yvonne coborî glasul.

– Mo, iubito, trebuie să înțelegi că sunt flirturi și flirturi. Reggie și Jenny se distrează împreună ca pe vremuri, dar nici unuia dintre ei nu i-ar trece prin minte să-și înșele partenerul. Flirtează, e drept, dar asta se întâmplă într-o încăpere plină de lume, deci nu se ascund.

Dacă ar fi ceva cât de cât serios, crezi că ea s-ar comporta așa de față cu Larry?

Argumentul i se părea și ei convingător.

– Fată dragă, când ai să mai înaintezi în vârstă, ai să înțelegi că duelul cuvintelor face parte din viață.

Vârî în gură o alună.

– E unul dintre lucrurile care te consolează că ești măritată cu același bărbat de ani de zile.

Fata se încruntă, dar părea ceva mai împăcată.

– Presupun că ai dreptate, zise ea. Dar eu tot zic că nu-i un comportament demn de o doamnă.

Deschise ușa și se înapoie în salon. Yvonne trase aer în piept și porni în urma ei.

Paharele de cocktail se goleau pe măsură ce conversația devenea tot mai răsunătoare și mai însuflețită. Francis se duse din nou în sufragerie și pregăti alte pahare de Snowball, în timp ce Yvonne înfigea cu îndemânare cireșe în bețișoarele de cocktail, ca să le orneze. Își dădu seama că se simțea de-a dreptul îngrozitor după mai mult de două pahare de alcool curat, așa că-și prepară un cocktail de Curaçao albastru, după care se mulțumi doar cu un suc de portocale Jaffa. Șampania dispărea din cupe într-o clipită. Francis opri muzica, în speranța că oaspeții vor pricepe mesajul și vor începe să plece, dar Bill și Reggie o porniră din nou, încercând să convingă pe toată lumea să danseze. La un moment dat, fiecare o ținea pe Jennifer de câte o mână și amândoi dansau în jurul ei. Cum Francis era ocupat cu băuturile, Yvonne se duse lângă Larry și se așeză alături de el. Își jurase că-i va smulge un zâmbet.

Laurence nu spuse nimic, în schimb trase o dușcă zdravănă de băutură, privi scurt spre soția lui, apoi se uită în altă parte. Părea să radieze nemulțumire prin toți porii.

– Se face de râs, murmură el, când tăcerea dintre ei deveni prea apăsătoare.

„Te face de râs pe tine“, comentă în gând Yvonne.

– E binedispusă și atât. Trece printr-o perioadă stranie, Larry. Încearcă... să se distreze.

Când se uită la el, descoperi că o privea cu atenţie. Yvonne se simţi uşor încurcată.

– Nu mi-ai zis tu că doctorul a opinat că s-ar putea să nu fie ea însăşi?

Larry îi spusese acest lucru când Jennifer era în spital, iar el încă mai vorbea cu oamenii.

Mai trase o duşcă, fără s-o slăbească din ochi.

– Tu ştiai, nu-i aşa?

– Ce să ştiu?

El o sfredelea cu privirea, în căutare de indicii.

– Ce să ştiu, Larry?

Francis pusese o melodie de rumba. În spatele lor, Bill o implora pe Jennifer să danseze cu el, iar ea îl ruga din suflet să se oprească.

Laurence îşi goli paharul.

– Nimic.

Yvonne se aplecă şi-şi puse o mână pe mâna lui.

– A fost greu pentru amândoi. Fără îndoială că ai nevoie de ceva timp ca să...

O întrerupse un nou hohot de râs răsunător al lui Jennifer. Reggie îşi vârâse între dinţi codiţa unei flori şi tocmai o invitase la un tango improvizat.

Laurence îşi trase cu blândeţe mâna. În aceeaşi clipă Bill se trânti pe scaun lângă ei, abia suflând.

– Reggie se cam întrece cu gluma, nu credeţi? Yvonne, nu eşti de părere că ar trebui să-i spui vreo două?

Ea nu îndrăzni să se uite la Laurence, dar el i se adresă cu glas liniştit, cu privirea aţintită undeva departe.

– Nu-ţi face griji, Yvonne! Am să rezolv problema asta.

Yvonne o găsi pe Jennifer în baie, puţin înainte de opt şi jumătate. Stătea aplecată peste chiuveta de marmură, retuşându-şi machiajul. Privirea ei lunecă spre Yvonne, care tocmai intra, apoi reveni la chipul său din oglindă. Yvonne observă că era îmbujorată toată. Aproape ameţită.

– Vrei nişte cafea? o întrebă.

– Cafea?

– Înainte să pleci la petrecerea de la firma lui Larry.

– Eu cred, zise Jennifer, desenându-și conturul buzelor cu deosebită atenție, că pentru bairamul de acolo am mai curând nevoie de încă o tărie.

– Ce faci?

– Mă rujez. Ce ți se pare că fac?

– Vorbesc de vărul meu. Îi faci avansuri absolut fără perdea.

Rosti dojana cu mai multă asprime decât intenționase. Dar Jennifer nu părea să fi băgat de seamă.

– Când am ieșit noi ultima oară în oraș cu Reggie?

– Poftim?

– Când am ieșit ultima oară în oraș cu el?

– Habar n-am. Poate astă-vară, când a mers cu noi în Franța.

– Ce bea atunci când nu bea cocktailuri?

Yvonne răsuflă adânc, ca să-și recapete calmul.

– Jenny, draga mea, nu crezi că ar trebui s-o lași mai moale?

– La ce te referi?

– La ce faci tu cu Reggie. Îl superi pe Larry.

– Oh, pe Larry îl doare în cot de ce fac eu, răspunse nepăsătoare Jennifer. Ce bea Reggie? Trebuie să-mi spui! E foarte important.

– Nu știu. Whisky. Jenny, totul e în ordine acasă? Între tine și Larry?

– Nu știu ce vrei să spui.

– Probabil că nu e treaba mea, dar Larry pare într-adevăr teribil de nefericit.

– Larry e nefericit?

– Da. Eu, una, nu m-aș arăta chiar nepăsătoare față de sentimentele lui, iubito.

Jenny se întoarse spre ea.

– Sentimentele lui? Crezi că-i pasă cuiva cât negru sub unghie prin ce-am trecut eu?

– Jenny, eu...

– Nimeni nu dă doi bani pe asta. Pur și simplu mi se pretinde să-mi trăiesc viața în continuare, să-mi țin gura și să joc rolul soției care-și adoră soțul. Atâta timp cât Larry nu e bosumflat.

– Dacă vrei să-ți spun părerea mea...

– Nu, chiar nu vreau. Tu vezi-ți de treaba ta, Yvonne! Zău așa.

Amândouă femeile rămaseră absolut nemişcate. Aerul din jurul lor vibra, de parcă una dintre ele ar fi lovit-o pe cealaltă.

Yvonne simţi cum i se strânge inima.

– Să ştii un lucru, Jennifer, faptul că poţi avea orice bărbat din casa asta nu înseamnă că şi trebuie să-l ai.

Glasul ei era tăios ca o lamă de oţel.

– Poftim?

Yvonne rearanjă prosoapele pe suporturile lor.

– Oh, alura aia a ta de mică prinţesă neajutorată uneori devine cam transparentă. Ştim toate că eşti frumoasă, Jennifer, da? Ştim toate că soţii noştri te adoră. Dar măcar încearcă să ţii cont şi de ce simt ceilalţi.

Rămaseră privindu-se ochi în ochi.

– Asta crezi tu despre mine? Că mă comport ca o *prinţesă*?

– Nu. Cred că te comporţi ca o ticăloasă.

Jennifer făcu ochii mari. Deschise gura, dând să spună ceva, apoi o închise. Puse la loc capacul rujului, îşi îndreptă umerii şi o privi furioasă pe Yvonne, apoi ieşi din baie.

Yvonne se aşeză greoi pe capacul toaletei şi-şi şterse nasul. Rămase cu ochii la uşa băii, în speranţa că se va deschide din nou, dar cum asta nu se întâmplă, îşi prinse capul în mâini.

Câteva momente mai târziu auzi glasul lui Francis:

– Hei, fetiţo, te simţi bine? Nu ştiam unde eşti. Iubito?

Yvonne ridică privirea şi, văzând expresia din ochii ei, Francis îngenunche repede şi-i cuprinse mâinile cu ale lui.

– Eşti bine? E din pricina sarcinii? Vrei să fac ceva?

Ea se cutremură din tot corpul şi-l lăsă să-i cuprindă mâinile într-ale lui. Rămaseră aşa câteva minute, ascultând muzica şi zvonul de conversaţii de la parter, apoi râsul ascuţit al lui Jennifer. Francis vârî mâna în buzunar şi-i aprinse soţiei lui o ţigară.

– Mulţumesc.

Yvonne luă ţigara şi trase din ea cu sete. Într-un târziu, îşi ridică ochii întunecaţi spre el, cu o privire gravă.

– Promite-mi că vom fi fericiţi şi după ce vine pe lume copilul, Franny, dragule.

– Ce-i...?

– Tu promite-mi!

– Știi bine că nu pot să fac asta, protestă el, prinzându-i obrazul în palme. Întotdeauna m-am mândrit cu faptul că te exploatez și-ți fac viața amară.

Ea nu-și putu stăpâni un zâmbet.

– Ești o bestie!

– Îmi dau toată silința.

Francis se ridică și-și netezi cutele pantalonilor.

– Uite ce e, îmi închipui că ești frântă de oboseală. Îi scot pe toți afară și pe urmă o întindem la culcare. Ce zici?

– Uneori, spuse ea drăgăstoasă, în timp ce el îi întindea mâna, ajutând-o să se ridice, mă gândesc că, în definitiv, meriți banii dați pe verighetă.

Aerul era rece, iar trotuarul din jurul scuarului, aproape pustiu. Alcoolul o înfierbântase, se simțea amețită, parcă drogată.

– Nu cred să găsim vreun taxi prin preajmă, spuse vesel Reggie, ridicându-și gulerul. Voi ce faceți, oameni buni?

– Larry are șofer.

Soțul ei stătea pe bordură în apropiere, privind în lungul străzii.

– Numai că se pare că a dispărut.

Brusc, situația i se păru foarte comică și abia se abținu să nu chicotească.

– I-am dat liber astă-seară, mormăi Laurence. Conduc eu. Rămâi aici, mă duc să iau cheile.

Urcă treptele casei unde locuiau Yvonne și Francis.

Jennifer își înfășură strâns haina în jurul trupului. Nu-și putea lua ochii de la Reggie. El era. Ursul. Nu se putea altfel. Aproape nu se clintise de lângă ea toată seara. Era convinsă că multe replici de-ale lui ascundeau aluzii. *E multă vreme de când n-am mai avut ocazia să stau de vorbă cu Jenny*. Era ceva în felul lui de a rosti aceste vorbe. Era convinsă că nu i se păruse. El bea whisky. *Ursul*. I se învârtea capul. Băuse prea mult, dar nu-i păsa. Trebuia să știe cu certitudine.

– O să întârziem din cale-afară, se văicări iubita lui Reggie și el îi aruncă lui Jennifer o privire complice.

Reggie se uită la ceas.

– Probabil că nu ne mai așteaptă. S-or fi dus deja să ia cina.

– Atunci ce facem?

– Cine știe? ridică el din umeri.

– Ai fost vreodată la clubul Alberto? întrebă pe neașteptate Jennifer.

Chipul lui Reggie se destinse încet într-un zâmbet, în care se ghicea o undă de șiretenie.

– Știi bine că da, doamnă Stirling.

– Știu?

Inima îi bătea nebunește. Se mira că nu pot și alții s-o audă.

– Cred că te-am văzut la Alberto chiar ultima oară când am fost acolo.

Avea o expresie glumeață, aproape șăgalnică.

– Eh, grozavă seară! comentă agasată Maureen, cu mâinile înfipte adânc în buzunarele hainei.

O fulgeră pe Jennifer cu o privire furioasă, de parcă vina ar fi fost a ei.

„Oh, măcar de n-ai fi aici!" își zise Jennifer, simțind cum îi arde sângele în vine.

– Veniți cu noi, zise ea deodată.

– Poftim?

– La petrecerea lui Laurence. Probabil ne vom plictisi de moarte, dar sunt convinsă că tu o vei înviora nițel. Voi amândoi. Va fi băutură din belșug, adăugă ea.

Reggie părea încântat.

– S-a făcut! acceptă el.

– Am și eu un cuvânt de zis?

Pe chipul lui Maureen se citea nemulțumirea.

– Haide, Mo. O să ne distrăm. Altfel am fi doar noi doi în cine știe ce prăpădit de restaurant.

Ochii lui Maureen oglindeau disperare, și Jennifer trăi un sentiment de vinovăție, dar se sili să-l învingă. *Trebuia să știe.*

– Laurence? strigă ea. Laurence, iubitule? Reggie și Maureen vin cu noi. Așa-i că va fi drăguț?

Laurence șovăi în capul scărilor, cu cheile în mână, plimbându-și ochii de la unul la altul.

– Nemaipomenit, spuse el, coborând treptele sigur pe el și deschizând portiera din spate a limuzinei negre.

Se pare că Jennifer subestimase capacitatea de a-și face de cap a angajaților veniți la petrecerile de Crăciun organizate de firma Acme Mineral and Mining. Poate datorită ornamentelor, poate datorită cantității copioase de mâncare și băutură sau chiar a absenței prelungite a șefului, la sosirea lor cheful era în toi. Cineva adusese un gramofon portabil, o parte din lumini fuseseră stinse, iar birourile fuseseră împinse la perete pentru a crea un ring de dans unde o mulțime de oameni țipau ascuțit și se zgâlțâiau pe ritmul unei melodii cântate de Connie Francis[1].

– Larry! Nu ne-ai spus niciodată că funcționarii tăi se dau în vânt după jazz, exclamă Reggie.

Jennifer își lăsă soțul în prag, cu ochii la priveliștea ce i se înfățișa înaintea ochilor, și se alătură mulțimii de dansatori. Lui Larry i se citeau limpede pe chip sentimentele: locul lui de muncă, domeniul lui, refugiul lui devenise de nerecunoscut, subordonații scăpaseră de sub control, fapt care-i displăcea profund. Secretara lui particulară se ridică de pe scaunul pe care probabil șezuse toată seara, ca să-i spună ceva. El dădu din cap, încercând să zâmbească.

– De băut! strigă Jennifer, vrând să se îndepărteze de el cât mai mult posibil. Fă-ți loc, Reggie! Hai să ne facem mangă!

Jennifer înregistră vag câteva priviri surprinse în rândul subalternilor soțului ei, dintre care mulți își lărgiseră nodul la cravată, roșii la față de atâta băutură și dans. Ochii lor se mutau de la ea la Laurence.

– Bună seara, doamnă Stirling.

Îl recunoscu pe contabilul cu care stătuse de vorbă în birou în urmă cu câteva săptămâni și-i zâmbi. Acesta avea obrazul lucios de transpirație și ținea pe după mijloc o fată cu pălărioară de petrecere, care chicotea întruna.

– Ah, bună seara! Ne-ați putea arăta unde sunt băuturile?

– Acolo. Lângă mașinile de scris.

---

1 Cântăreață de muzică pop, extrem de populară în anii '50–'60

Fusese pregătit un vas mare cu punci. Paharele de plastic erau umplute și trecute peste capetele oamenilor. Reggie îi întinse un pahar lui Jennifer și ea îl bău pe nerăsuflate până la fund, râzând când neașteptata tărie a alcoolului o făcu să se înece și să tușească. Imediat începu să danseze, pierdută într-o mare de trupuri, vag conștientă de zâmbetul lui Reggie, de mâna lui care-i atingea în treacăt talia. Îl văzu pe Laurence lângă perete, urmărind-o cu o privire impasibilă, apoi angajându-se fără chef într-o conversaţie cu un bărbat mai vârstnic și mai lucid. Nu voia să se afle nicăieri în preajma lui. Ar fi dorit ca el să plece acasă și s-o lase acolo să danseze. N-o mai zări deloc pe Maureen. Poate că plecase. Totul devenea neclar, timpul se lungea ca un elastic. Jennifer se distra. Simţind cum îi arde sângele în vine, își ridică braţele deasupra capului și se lăsă purtată de muzică, neluând în seamă privirile curioase ale celorlalte femei. Reggie o învârtea în loc și ea râdea zgomotos. Dumnezeule, simţea că trăiește! Aici era în largul ei. Pentru prima oară nu se simţea străină într-o lume de care toţi îi repetau că aparţinea.

Mâna lui Reggie o atinse, trimiţându-i un șoc electric. Privirile lui începură să fie pline de subînţeles, zâmbetul lui deveni complice. *Ursul.* Acum îi șoptea ceva la ureche.

– Poftim? întrebă ea, dându-și la o parte un cârlionţ de pe obraz.

– Mi-e cald. Simt nevoia să mai beau ceva.

Mâna lui îi ardea șoldul. Jennifer porni după el, ascunsă de trupurile din jur. Când se uită peste umăr după Laurence, nu-l mai văzu. Trebuie să se fi dus în birou, își spuse ea. Lumina de acolo era aprinsă. Laurence probabil detesta toată priveliștea. Soţul ei detesta distracţiile de orice fel. În ultimele săptămâni se întrebase dacă nu cumva o detesta și pe ea.

Reggie îi îndesă în mână alt pahar de plastic.

– Aer! strigă el. Am nevoie de aer!

Ieșiră pe holul de la intrare, numai ei doi. Acolo era răcoare și tăcere. Zarva petrecerii se domoli de îndată ce închiseră ușa în urma lor.

– Pe aici, zise el, conducând-o prin faţa ascensorului, către ieșirea de incendiu. S-o luăm pe scări.

Se forţă să deschidă ușa și amândoi ieșiră afară în aerul îngheţat al nopţii, Jennifer trăgându-l cu nesaţ în piept, de parcă și-ar fi potolit o sete arzătoare. La picioarele lor vedea strada și, ocazional, stopurile roșii ale vreunei mașini.

– Sunt leoarcă! zise el, începând să tragă de cămașă. Și n-am nici cea mai vagă idee unde mi-am lăsat sacoul.

Ea rămase cu ochii la trupul lui, acum profilat limpede pe sub materialul ud de transpirație, și se sili să se uite în altă parte.

– Și totuși, ce straniu, murmură.

– Auzi? Nu l-am văzut dansând pe amicul Larry.

– Larry nu dansează, zise ea, mirându-se cum de putea să afirme asta cu atâta certitudine. Nu dansează niciodată.

Tăcură o clipă, cu ochii la orașul cufundat în întuneric. Auzeau în depărtare zgomot de trafic, iar din spate răzbăteau sunetele înăbușite ale petrecerii. Ea își simțea nervii întinși, așteptând cu sufletul la gură ceea ce avea să urmeze.

– Uite, zise Reggie, scoțând un pachet de țigări din buzunar și aprinzându-i una.

– Eu nu...

Se opri. Ce știa ea? Poate fumase sute de țigări.

– Mulțumesc.

Apucă delicat țigara cu două degete, trase fum în piept și începu să tușească.

Reggie începu să râdă.

– Iartă-mă, spuse ea. Se pare că habar n-am să fumez.

– Fumeaz-o oricum. O să-ți dea o senzație de amețeală.

– Deja sunt amețită, spuse ea, simțind cum obrazul i se colora ușor.

– Pentru că ești lângă mine, pun pariu, zise el cu un zâmbet larg, făcând un pas spre ea. M-am tot întrebat cum să te prind singură.

Îi atinse pielea încheieturii de la mână.

– Mi-e cam peste mână să vorbesc codificat când este multă lume în jur.

Ea se întrebă dacă auzise bine.

– Da, răspunse când reuși să-și recapete glasul și în tonul ei se ghicea ușurarea. Oh, Doamne! Voiam să-ți spun ceva mai devreme. Mi-a fost atât de greu. Am să-ți explic mai târziu, dar a fost o vreme... Oh, strânge-mă în brațe! Strânge-mă în brațe, Ursule! Strânge-mă în brațe!

– Cu mare plăcere.

Reggie mai făcu un pas spre ea și-o înlănţui cu braţele, lipind-o de trupul lui. Ea nu spunea nimic, doar încerca să-și dea seama cum era să fie strânsă în braţe de el. El își aplecă obrazul și ea închise ochii, în așteptare, umplându-și plămânii de mirosul transpiraţiei lui, simţindu-i pieptul neașteptat de îngust, dorind să se lase pradă momentului. „Oh, te-am așteptat atâta timp", îi spuse fără cuvinte, ridicându-și obrazul către el.

Buzele li se întâlniră și pentru o clipă ea se înfioră. Dar sărutul deveni neîndemânatic și posesiv. Dinţii lui se loviră scrâșnind de ai ei și limba lui își forţă calea printre buzele ei, făcând-o să se tragă înapoi.

El părea netulburat. Mâinile lui lunecară peste fesele ei, trăgând-o atât de aproape încât îl putea simţi lipit de ea. O privi cu ochii înceţoșaţi de dorinţă.

– Vrei să luăm o cameră de hotel? Sau... o facem aici?

Ea îl privi încremenită. Și totuși trebuie să fie el, își spuse. Totul se potrivea. Dar cum putea fi B. atât de... atât de diferit faţă de ce-i scrisese?

– Ce s-a întâmplat? se miră Reggie, citindu-i cumva gândurile pe chip. Ţi-e prea frig? Sau nu vrei la un hotel, este prea riscant?

– Eu...

Ceva era în neregulă. Se desprinse din îmbrăţișarea lui.

– Iartă-mă! Nu cred...

Își duse mâna la frunte.

– Nu vrei s-o facem aici?

Ea se încruntă. Apoi ridică ochii spre el.

– Reggie, știi ce înseamnă „ochi opalescenţi"?

– Ce fel de ochi?

Ea închise pleoapele, apoi le deschise din nou.

– Trebuie să plec, abia reuși să îngaime.

Brusc se simţi îngrozitor de lucidă.

– Dar îţi place să te joci. Îţi place puţină acţiune.

– Îmi place *ce*?

– Păi, nu cred că sunt eu primul, așa-i?

Ea clipi.

– Nu înţeleg.

– Oh, nu face pe nevinovata, Jennifer. Te-am văzut, ai uitat? Cu celălalt amorez al tău. La Alberto. Erai toată căzută pe el. Am priceput ce voiai să spui mai devreme, aluzia pe care ai făcut-o în fața tuturor.

– Amorezul meu?

El trase din țigară, apoi o strivi furios sub călcâi.

– Deci ăsta ți-e jocul, da? Ce-i cu tine? Nu sunt de nasul tău pentru că nu știu la ce se referă niște cuvinte tâmpite?

– Care bărbat?

Se agățase de mâneca lui într-un gest nestăpânit.

– Despre cine vorbești?

El se smulse mânios.

– Te joci cu mine?

– Nu, protestă ea. Vreau doar să știu cu cine m-ai văzut.

– Iisuse! Știam eu că ar fi trebuit să plec cu Mo cât mai era încă timp. Ea măcar știe să aprecieze un bărbat. Nu-i genul care doar să ațâțe, se răsti el.

Brusc obrazul lui roșu și furios fu inundat de lumină. Jennifer se răsuci brusc și-l văzu pe Laurence deschizând ușa scării de incendiu. Laurence privi atent scena scăldată în lumină dintre soția lui și bărbatul care se trăgea înapoi. Cu capul în piept, Reggie trecu ca o vijelie pe lângă Laurence și intră în clădire fără un cuvânt, ștergându-se la gură.

Ea rămase înlemnită.

– Laurence, nu-i ce...

– Vino înăuntru, spuse el.

– Eu doar...

– Vino înăuntru! În clipa asta.

Vorbea cu glas coborât, aparent calm. După o scurtă ezitare ea făcu un pas înainte și intră pe casa scărilor. Se îndreptă spre ușă, pregătindu-se să se alăture mulțimii de petrecăreți, încă tremurând din pricina derutei și a șocului. Ajunși în dreptul liftului, el o înșfăcă de încheietura mâinii și o răsuci spre el.

Ea privi în jos la degetele care o prinseseră de încheietură, apoi ridică ochii către el.

– Să nu-ți închipui că mă poți umili, Jennifer, zise el liniștit.

– Dă-mi drumul!

– Nu glumesc. Nu sunt un prost pe care-l...

– Dă-mi drumul! Mă doare!

Jennifer se trase înapoi.

– Ascultă-mă bine!

Un muşchi îi juca pe maxilar.

– *Nu admit una ca asta.* Ai înţeles? *Nu admit.*

Vorbea printre dinţii încleştaţi. Vocea lui era încărcată de furie.

– Laurence!

– Larry! *Să-mi spui Larry!* strigă el, ridicând pumnul celeilalte mâini.

Uşa se deschise şi-şi făcu apariţia funcţionarul de la contabilitate. Râdea, cu braţul petrecut pe după mijlocul fetei cu care fusese mai devreme. La vederea scenei dintre cei doi, zâmbetul i se topi.

– Ah... Tocmai ieşeam să respirăm puţin aer curat, domnule, zise el încurcat.

În acelaşi moment Laurence îi dădu drumul din strânsoare şi Jennifer, profitând de ocazie, îşi făcu loc pe lângă cei doi şi o luă la fugă în jos pe scări.

Sunt lucruri care-mi plac enorm de mult la tine, dar sunt și lucruri pe care le urăsc. Cred că ar trebui să știi că în prezent mă gândesc din ce în ce mai mult la lucrurile care mă supără la tine. De pildă, când ai măcelărit homarul.

Sau cum strigai și băteai din palme ca să alungi vacile din mijlocul drumului. De ce nu le-am fi așteptat să treacă pur și simplu? Ne-am fi putut lipsi de tot circul... apoi felul în care tai legumele, la nimereală. Permanentul tău negativism.

A trebuit să dau trei straturi de vopsea ca să acopăr locul unde mi-ai scris numărul tău de telefon, pe perete, cu creionul roșu. Știu că oricum eram în zugrăveală. Dar am irosit atâta vopsea.

Scrisoare de la un bărbat către o femeie

Capitolul 9

Anthony şedea pe un scaun de bar, cu o ceaşcă goală de cafea în mână, fără să-şi ia ochii de la scara care ducea la nivelul străzii, în aşteptarea unor picioare zvelte care să coboare treptele până la el. Din când în când, câte o pereche se ivea pe scările barului Alberto, exclamând în gura mare ce căldură nefirească era afară, cât le era de sete, în timp ce treceau pe lângă Sherrie, fata plictisită de la garderobă, tolănită pe scaunul ei, cu un roman în mână. Anthony le studia atent figurile, apoi se răsucea din nou spre bar.

Era şapte şi un sfert. Şase şi jumătate, aşa zicea scrisoarea. O scoase din nou din buzunar, netezind-o cu degetul mare şi privi cu atenţie scrisul de mână cu litere mari şi buclate, care-i confirma că ea va veni. *Cu dragoste, J.*

Vreme de cinci săptămâni făcuseră schimb de scrisori, ale lui fiind trimise la oficiul de triere din Langley Street, unde ea închiriase căsuţa poştală cu numărul 13 – număr pe care nu-l voia nimeni, din câte îi mărturisise funcţionara de la oficiul poştal. Se întâlniseră numai de cinci sau şase ori şi întrevederile lor erau, de regulă, scurte – prea scurte –, limitate la cele câteva ocazii când le îngăduia programul de lucru al lui Laurence sau al lui.

Dar ceea ce Anthony nu-i putea spune întotdeauna personal, îi destăinuia în scris. Îi scria aproape în fiecare zi şi-i vorbea despre tot, fără jenă, fără stânjeneală. Ca şi cum s-ar fi rupt un baraj. Îi spunea ce dor îi era de ea, îi povestea despre viaţa lui peste hotare, cum până atunci trăise într-o permanentă nelinişte, de parcă s-ar fi aflat mereu în preajma unei conversaţii purtate de alţii.

Îşi dezvăluia defectele – egoist, încăpăţânat, deseori nepăsător – şi-i spunea cum ea îl determinase să înceapă să şi le corecteze. Îi repeta iar şi iar că o iubeşte, savurând prezenţa cuvintelor pe hârtie.

Spre deosebire de scrisorile lui, ale ei erau scurte şi la obiect, gen *Ne întâlnim în locul cutare* sau *Nu la ora x, o jumătate de oră mai târziu*. Sau pur şi simplu *Da, şi eu*. La început el se temuse ca această concizie însemna că ea nu simţea mare lucru pentru el şi-i venea greu s-o vadă în femeia pe care o avea alături – apropiată, afectuoasă, glumeaţă, preocupată de binele lui – pe autoarea acelor rânduri.

Într-o seară când ea sosise foarte târziu – ulterior el aflase că Laurence se înapoiase mai devreme, şi ea fusese nevoită să pretexteze că avea o prietenă bolnavă, ca să poată pleca de acasă –, îl găsise la bar, beat şi morocănos.

– Frumos din partea ta că ai trecut pe-aici, îi spusese el sarcastic, ridicând paharul în direcţia ei.

În cele două ore cât aşteptase băuse patru pahare mari de whisky.

Ea îşi luase eşarfa de pe cap, comandase un martini şi în clipa următoare anulase comanda.

– Nu rămâi?

– Nu vreau să te văd în starea asta.

El o certase pentru toate lucrurile care lipseau din relaţia cu ea – lipsa de timp, lipsa oricărui cuvânt scris, de care să se poată agăţa –, fără a se sinchisi de mâna lui Felipe, barmanul, care-l apucase de braţ să-l potolească. Îl înspăimântau propriile-i sentimente şi tocmai de aceea voia s-o rănească.

– Care-i treaba? Ţi-e teamă să pui ceva pe hârtie, ca nu cumva să fie o dovadă împotriva ta?

Se urâse pe sine chiar în momentul în care rostise aceste vorbe, conştient că devenise rău şi vrednic de milă, adică exact ceea ce încercase cu disperare să-i ascundă ei.

Jennifer îi întorsese spatele şi urcase repede treptele, fără să ia în seamă strigătul prin care îi cerea iertare, rugând-o să se întoarcă.

În dimineața următoare îi lăsase la cutia poștală un mesaj care cuprindea doar două cuvinte. După alte două zile nesfârșite, în care-l chinuise sentimentul de vinovăție, primise o scrisoare.

Boot, eu nu-mi aștern cu ușurință gândurile pe hârtie. Câtuși de puțin. Meseria ta sunt cuvintele și mi-e dragă fiecare scrisoare pe care mi-o trimiți. Dar nu-mi judeca sentimentele după faptul că nu-ți răspund la fel.

Mă tem că, dacă aș încerca să scriu la fel ca tine, ai fi teribil de dezamăgit. Așa cum spuneam cândva, mie mi se cere rareori părerea în legătură cu ceva – nu mai vorbesc de ceva atât de important – și nu mi-e prea ușor să mi-o ofer din proprie inițiativă. Tu fii convins că sunt aici pentru tine. Judecă-mă prin ce fac și prin ce simt. Asta-i moneda mea de schimb.

A ta, J.

Când primise scrisoarea plânsese de rușine și vinovăție. Mai târziu bănuise că, în parte – fapt pe care ea nu-l aducea în discuție –, Jennifer încă resimțea umilința suferită în camera de hotel, oricât se străduise el s-o convingă de adevăratul motiv pentru care nu făcuse dragoste cu ea. Cu toate argumentele aduse, Anthony bănuia că Jennifer tot nu avea certitudinea că însemna mai mult decât o altă femeie măritată din lista lui de aventuri.

– Nu-ți vine iubita?

Felipe se așezase discret pe scaunul de alături. Între timp, clubul se umpluse. În jurul meselor conversația era în toi, într-un colț cânta un pianist și peste vreo jumătate de oră însuși Felipe avea să cânte la trompetă. Deasupra capului bâzâia alene un ventilator, făcând cu greu față aerului îmbâcsit.

– Sper că n-ai să ajungi iar într-un hal fără de hal, da?

– Asta-i cafea.

– Vreau să fii atent, Tony!

– Ți-am mai zis, e cafea.

– Nu vorbesc de băutură. Într-o bună zi ai să-ți faci de cap cu cine nu trebuie. Într-o bună zi o să-ți găsești beleaua cu vreun soț.

Anthony ridică mâna, cerând altă cafea.

– Felipe, sunt flatat că te preocupă atât de mult binele meu, dar, în primul rând, trebuie să știi că întotdeauna am fost atent pe cine pun ochii.

Zâmbi în colțul gurii.

– Crede-mă, trebuie să ai mare încredere în propria-ți discreție ca să-ți dai dinții pe seama unui dentist cu freza în mână la nici o oră după ce... mmm... te-ai distrat cu nevastă-sa.

Felipe nu-și putu stăpâni râsul.

– N-ai rușine, omule.

– Nici un pic. Pentru că, și asta vine în al doilea rând, nici n-o să mai existe femei măritate.

– Numai nemăritate, asta vrei să zici?

– Nu. N-o să mai existe alte femei. Ea e Femeia.

– Femeia numărul o sută unu, râse scurt Felipe. Mai urmează să-mi zici că te-ai apucat să studiezi Biblia.

Aici era și ironia situației: cu cât scria mai mult, cu cât încerca s-o convingă de ce simțea, cu atât ea părea să se teamă că erau cuvinte superficiale, ieșite prea ușor de sub condeiul lui. Îl tachinase în câteva rânduri pe tema asta, dar în spatele tonului glumeț el simțise glonțul mușcător și rece al adevărului.

Și ea, și Felipe vedeau în el același lucru: un om incapabil de iubire adevărată. Un om care-și dorea imposibilul numai până când ajungea să-l obțină.

– Într-o bună zi, prietene, s-ar putea să te uimesc.

– Tony, vii și stai în crâșma asta de atâta vreme. Nu *ai* cum să mă mai uimești. Ca să vezi... vorbești de lup... Uite că ți-a venit cadoul de Crăciun. Unde mai pui că-i și frumos ambalat.

Anthony ridică privirea și văzu o pereche de pantofi de mătase de culoare verde coborând scara. Jennifer pășea încet, ținându-se cu o mână de balustradă, la fel ca prima oară când o văzuse pe treptele casei ei. Își făcu treptat apariția, până când chipul ei îmbujorat și ușor transpirat ajunse exact în fața lui. Dând cu ochii de ea, pur și simplu i se tăie respirația.

– Îmi pare rău, spuse ea, sărutându-l pe obraz.

Simţi în nări o undă caldă de parfum şi pe obraz o urmă de transpiraţie rămasă de la atingerea ei. Degetele lui Jennifer îl strânseră uşor de mână.

– Mi-a fost... greu să ajung aici. Putem sta undeva?

Felipe îi conduse într-un separeu şi ea începu să-şi netezească părul.

– Credeam că n-ai să mai vii, spuse Anthony, după ce Felipe îi aduse ei un martini.

– Mama lui Laurence a venit în vizită neanunţată, ca de obicei. Şi când începe să vorbească, nu mai termină. Stăteam acolo, turnându-i ceai, şi-mi venea să urlu.

– Dar el unde e?

Întinse mâna pe sub masă şi o luă de mână. Doamne, cât îi plăcea s-o atingă.

– E plecat la Paris. Se întâlneşte cu cineva de la Citroën, ca să discute despre plăcuţe de frână sau cam aşa ceva.

– Dacă ai fi a mea, nu te-aş lăsa singură nici măcar o clipă.

– Pun pariu că asta le spui tuturor femeilor.

– Nu vorbi aşa, o opri el. Nu suport.

– Oh, doar nu pretinzi că nu ţi-ai încercat cele mai grozave replici şi cu alte femei. Te cunosc, Boot. Tu singur mi-ai spus, ţii minte?

El oftă.

– Ca să vezi unde te duce sinceritatea. Nu mă mai mir că n-am fost sincer până acum.

O simţi mişcându-se pe scaun ca să se tragă mai aproape de el, îi simţi picioarele în jurul picioarelor lui şi se destinse. Ea îşi bău paharul de martini, apoi mai ceru unul. În separeul confortabil, cu ea alături, Anthony savura un trecător sentiment al posesiei. Formaţia atacă o melodie. Felipe începu să cânte la trompetă. Ea asculta, cu obrazul luminat de flacăra lumânării şi de plăcere, iar el o privea pe ascuns, ştiind cu o certitudine de nezdruncinat că ea va rămâne singura femeie care-l va putea face vreodată să se simtă aşa.

– Dansăm?

Pe ring erau deja câteva perechi, care se legănau pe ritmul muzicii în clarobscurul încăperii. El o prinse în braţe, trăgând în piept parfumul părului ei, simţindu-i trupul strâns lipit de al lui, îngăduindu-şi să creadă că erau numai ei doi, muzica şi pielea ei catifelată.

– Jenny?

– Da?

– Sărută-mă!

De la întâlnirea din Postman's Park, fiecare sărut fusese pe ascuns: în mașina lui, pe o stradă liniștită de la marginea orașului, la o masă din fundul unui restaurant. Văzu cum buzele lui Jennifer se arcuiesc în semn de protest: *Aici? De față cu atâta lume?* Se aștepta ca ea să-i spună că era prea riscant. Dar poate că era ceva în expresia lui Anthony care trezea ecouri în sufletul ei și, cu o privire plină de afecțiune, așa cum se întâmpla întotdeauna când se afla la câțiva milimetri de el, îi puse palma pe obraz și-l sărută tandru și pătimaș.

– Să știi că mă faci fericită cu adevărat, șopti ea, confirmându-i că până atunci nu avusese parte de fericire.

Degetele ei le înlănțuiră pe ale lui, posesive și încrezătoare.

– Nu pot spune că sunt fericită cu situația noastră, dar tu mă faci fericită.

– Atunci părăsește-l!

Cuvintele îi scăpară de pe buze înainte să-și dea seama ce spune.

– Cum?

– Părăsește-l! Vino și stai cu mine! Mi s-a oferit un post. Am putea să dispărem pur și simplu.

– Te rog, nu!

– Nu ce?

– Nu vorbi așa. Știi bine că e cu neputință.

– De ce? insistă el, conștient de tonul imperativ al propriei voci. De ce e cu neputință?

– Noi doi... nu știm aproape nimic unul despre celălalt.

– Ba da, știm. Și tu știi asta foarte bine.

Își aplecă obrazul și o sărută din nou. De data asta o simți împotrivindu-i-se puțin și atunci o trase spre el, prinzând-o cu o mână pe după talie și simțind-o cum se modelează după trupul lui. Muzica se stinse treptat. El îi ridică părul de la ceafă cu o mână, simțind transpirația de dedesubt și se opri. Ea își ținea ochii închiși, capul plecat puțin într-o parte și buzele ușor întredeschise.

Deschise ochii albaștri, sfredelindu-l cu privirea, apoi surâse, un surâs vag și pierdut, care-i trăda propria dorință. De câte ori îi era dat unui bărbat să vadă un astfel de surâs? Exprimând altceva decât toleranţă, afecţiune, obligaţie? *Da, dragă, bine, dacă aşa vrei tu...* Jennifer Stirling îl dorea. Îl dorea la fel cum o dorea şi el.

– Mi-e foarte cald, spuse ea, fără să-şi ia ochii de la Anthony.

– Atunci să ieşim puţin la aer.

O luă de mână şi o conduse printre perechile de dansatori. O auzi râzând şi o simţi apucându-l de cămaşă, la spate. Ajunseră pe coridorul relativ mai liniştit, unde el îi potoli râsul cu sărutări, pierzându-şi mâinile în părul ei, simţindu-i căldura buzelor. Ea îi răspunse la sărutări din ce în ce mai pătimaş, fără să se oprească nici măcar când auziră paşi trecând prin dreptul lor. Anthony îi simţi mâinile pe sub cămaşă şi atingerea degetelor ei îi stârni o plăcere atât de intensă încât pentru câteva clipe nu fu în stare nici măcar să gândească. Ce era de făcut? Ce era de făcut? Sărutările deveneau tot mai lacome, mai arzătoare. El ştia că dacă n-o va avea va exploda. Se opri brusc, prinzându-i obrazul în palme, îi văzu ochii înceţoşaţi de dorinţă. Pielea ei îmbujorată îi dădea răspunsul.

Se uită în dreapta. Sherrie continua să fie adâncită în lectura romanului. Garderoba rămânea pustie în arşiţa lipicioasă a lunii august. De ani de zile de când îndrăgostiţii se pipăiau în prezenţa ei, nici nu le sesiza prezenţa.

– Sherrie, zise Anthony, scoţând din buzunar o bancnotă de zece şilingi. N-ai chef de o pauză de ceai?

Garderobiera ridică o sprânceană, apoi luă banii şi se dădu jos de pe scaun.

– Zece minute, zise ea sec.

Jennifer chicoti şi intră în urma lui în garderobă. Abia respirând, îl urmări cum trage perdeaua de culoare închisă, încercând să acopere cât mai mult din mica nişă în care se afla garderoba.

Înăuntru întunericul era total şi primitor. În aer plutea mirosul amestecat al zecilor de haine lăsate acolo în decursul timpului. Înlănţuiţi, se împleticiră până în capătul şirului de cuiere, stârnind clinchetul umeraşelor pe care le loveau cu capul, ca pe nişte talgere în surdină. Anthony nu-i putea vedea chipul, însă ea se întoarse deodată cu faţa către el, cu spatele lipit de perete, şi buzele ei se lipiră lacom de ale lui, murmurându-i numele cu o dorinţă abia ţinută în frâu.

Undeva, în adâncul sufletului, Anthony își dădu seama, chiar și în această clipă, că femeia aceasta va însemna nenorocirea lui.

– Spune-mi să mă opresc, îi șopti, cuprinzându-i sânii cu mâna și răsuflând greu, conștient că împotrivirea ei rămânea singurul obstacol.

Ea clătină din cap, într-un refuz mut.

– Oh, Doamne! murmură el.

Atunci se dezlănţuiră, ea respirând scurt și întretăiat, cu un picior înlănţuit în jurul coapsei lui. El își strecură mâinile pe sub rochie, trecându-și palmele peste lenjeria ei de mătase și dantelă. Îi simţi degetele încleștate în părul lui, apoi mâna bâjbâind spre pantalonii lui și se simţi vag șocat, de parcă și-ar fi închipuit că decenţa ei caracteristică o va împiedica să se arate atât de dornică.

Timpul își încetini ritmul, aerul din jurul lor deveni vid, răsuflările lor se contopiră într-una singură. Hainele erau trase într-o parte. Picioarele li se umeziră de transpiraţie, ale lui se proptiră ca să suporte greutatea ei. Apoi – oh, Doamne – o pătrunse și pentru o clipă totul încremeni: răsuflarea lui, mișcarea lui, inima lui. Poate chiar întreaga lume. Îi simţi gura deschisă lipită de a lui și o auzi icnind. Începură să se miște, amândoi contopiţi într-o singură fiinţă, el simţind un singur lucru, surd la clinchetul umerașelor, la muzica în surdină ce răzbătea de dincolo de perete, la exclamaţia îndepărtată a cuiva care-și întâmpina un amic pe coridor. Nu erau decât el și Jennifer, mișcându-se lent, apoi din ce în ce mai repede, ea îmbrăţișându-l și mai strâns, acum fără să mai râdă, cu buzele pe pielea lui, cu răsuflarea ei caldă în ureche. Simţi cum mișcările ei devin din ce în ce mai violente, o simţi dispărând într-un ungher îndepărtat al propriei fiinţe. Cu ultimul grăunte de luciditate, știu că ea nu trebuia să scoată nici un sunet. Când o văzu dându-și capul pe spate și auzi strigătul care-i urca în gâtlej, îl înăbuși cu gura lui, absorbind sunetul, absorbind plăcerea ei cu atâta forţă încât deveni plăcerea lui.

Plăcere empatică.

În clipa următoare se poticneau, el cu picioarele amorţite, coborând-o la pământ, cu trupurile lipite, strângându-se în braţe, el simţindu-i lacrimile pe obraz, ea tremurând fără vlagă în braţele lui. Mai târziu nu reușea să-și amintească ce-i spusese în clipa aceea. *Te iubesc. Te iubesc. Nu mă părăsi niciodată. Ești așa frumoasă.*

Își amintea cum îi ștersese cu tandrețe ochii de lacrimi, își amintea șoaptele ei de îmbărbătare, zâmbetele timide, sărutările ei, sărutările ei, sărutările ei.

Apoi, parcă din capătul unui tunel, o auziră pe Sherrie tușind semnificativ. Jennifer își îndreptă rochia, lăsându-l pe el să-i netezească poalele. El îi simți mâna strângându-l și trăgându-l după ea cei câțiva metri care-i despărțeau de lumină, de lumea reală – el încă nesigur pe picioare, încă răsuflând precipitat, deja regretând paradisul de întuneric pe care-l lăsau în urmă.

– Un sfert de oră, zise Sherrie cu nasul în carte, când Jennifer păși pe coridor.

Rochia era în ordine, numai părul turtit la spate trăda cele petrecute.

– Dacă așa spui tu...

Anthony îi strecură încă o bancnotă.

Jennifer se întoarse spre el, încă îmbujorată la față.

– Pantoful meu! exclamă ea, ridicând un picior încălțat doar cu ciorapul.

Pufni în râs și-și acoperi gura cu palma. Era bucuros de expresia ei șăgalnică: se temuse că va cădea brusc pe gânduri sau că va începe să regrete.

– Ți-l aduc eu, se oferi el, dispărând după draperie.

– Cine zicea că nu mai există cavaleri? mormăi Sherrie.

Anthony bâjbâi prin întuneric în căutarea pantofului de satin de culoarea smaraldului, totodată trecându-și mâna prin păr, de teamă că l-ar fi putut trăda, cum se întâmplase cu al ei. I se păru că distinge mirosul dulceag de sex, amestecat cu urme de parfum. Oh, niciodată nu trăise ceva asemănător. Închise o clipă ochii, încercând să-și amintească ce simțise, cum o simțise pe ea, cum...

– Ia te uită, bună seara, doamnă Stirling!

Găsi pantoful sub un scaun răsturnat și auzi vocea lui Jennifer, apoi murmurul unei scurte conversații.

Ieșind de după draperie, văzu un tânăr care se oprise lângă garderobă. Avea o țigară în colțul gurii și ținea de mijloc o fată brunetă, care bătea din palme entuziasmată în direcția de unde venea muzica.

– Ce mai faci, Reggie?

Jennifer îi întinse mâna și el i-o strânse scurt.

Anthony văzu privirea tânărului lunecând spre el.

– Bine. Domnul e cu tine?

Ea aproape nu clipi.

– Laurence e plecat în călătorie de afaceri. Domnul este un prieten de-al nostru, Anthony. A avut amabilitatea să mă scoată astă-seară în oraș.

O mână se întinse în direcția lui Anthony.

– Încântat de cunoștință.

Zâmbetul lui Anthony era mai curând o grimasă.

Reggie rămase pe loc, uitându-se la părul lui Jennifer, la roșeața din obrajii ei, și în ochii lui se aprinse un licăr răutăcios, semn că înțelesese. Făcu un semn din cap spre picioarele ei.

– Am impresia că... îți lipsește un pantof.

– Sunt pantofii de dans. I-am lăsat la garderobă și mi-au dat înapoi altă pereche. Ce prostie!

Vorbea detașat, cu un calm imperturbabil.

Anthony îi întinse pantoful.

– L-am găsit, zise el. Ți-am pus pantofii de stradă la loc, sub haină.

Sherrie ședea nemișcată lângă el, cufundată în lectură.

Reggie zâmbi ironic, vizibil încântat de încurcătura pe care o provocase.

Anthony se întrebă o clipă dacă individul aștepta să fie invitat să bea ceva sau să li se alăture, dar el nici nu se gândea să-i propună.

Har Domnului, însoțitoarea lui Reggie îl trase de braț.

– Hai, Reggie! Uite, Mel e acolo!

– Sunt chemat la datorie.

Reggie le făcu semn cu mâna și plecă, strecurându-se printre mese.

– Distracție plăcută la... dans!

– La dracu'! înjură ea printre dinți. La dracu'! La dracu'! La dracu'!

El o conduse înapoi în sala de mese.

– Hai să bem ceva!

Se înapoiară în separeul lor. Extazul de adineauri deja devenise o amintire îndepărtată. Lui Anthony îi displăcuse tânărul încă din prima clipă – dacă nu s-ar fi temut de consecințe, l-ar fi pocnit.

Ea goli un pahar de martini dintr-o singură înghiţitură. În alte împrejurări lui i s-ar fi părut amuzant. Acum însă, gestul trăda îngrijorare.

– Nu te mai frământa, o îndemnă. Nu poţi face nimic.

– Dar dacă vorbeşte...

– Atunci părăseşte-l pe Laurence. Foarte simplu.

– Anthony...

– Nu te mai poţi întoarce la el. Nu după ce s-a întâmplat între noi. Ştii bine asta.

Ea îşi scoase pudriera şi-şi şterse rimelul de sub ochi. Închise capacul, vizibil nemulţumită.

– Jenny?

– Gândeşte-te ce-mi ceri. Aş pierde tot. Familia mea... tot ce înseamnă viaţa mea. Aş fi dispreţuită de toţi.

– Dar m-ai avea pe mine. Te-aş face fericită. Aşa ai spus şi tu.

– Pentru femei e altfel. Aş fi...

– Ne vom căsători.

– Chiar crezi că Laurence ar divorţa vreodată de mine? Crezi că m-ar lăsa să plec?

Chipul ei se înnegură.

– Ştiu că nu-i omul potrivit pentru tine. Eu sunt.

Cum ea nu răspundea, continuă:

– Eşti fericită cu el? Asta-i viaţa pe care ţi-o doreşti? Să fii prizonieră într-o cuşcă aurită?

– Nu sunt prizonieră. Nu vorbi prostii.

– Nu-ţi dai tu seama.

– Nu. Aşa vrei *tu* să vezi lucrurile. Larry nu-i un om rău.

– Încă nu-ţi dai seama, Jenny, dar lângă el vei fi din ce în ce mai nefericită.

– Acum eşti şi ghicitor în stele pe lângă scârţa-scârţa pe hârtie?

El încă nu-şi revenise şi remarca îl făcu să-şi piardă cumpătul.

– O să te stoarcă de puteri, Jennifer, o să ucidă în tine tot ce te face să fii tu. Jennifer, omul ăsta e nebun, un nebun periculos, iar tu eşti prea oarbă ca să-ţi dai seama.

Ea se răsuci brusc spre el.

– Cum îndrăzneşti? Cum *îndrăzneşti*?

Anthony îi văzu lacrimile și furia i se topi. Vârî mâna în buzunar după o batistă, vru să-i șteargă ochii, dar ea îi împinse mâna.

– Nu, îi murmură. Reggie s-ar putea uita încoace.

– Iartă-mă, n-am vrut să te fac să plângi! Te rog, nu plânge!

Rămaseră tăcuți și nefericiți, cu ochii la ringul de dans.

– Îmi e atât de greu, murmură ea. Credeam că sunt fericită. Credeam că am o viață frumoasă. Pe urmă ai venit tu și nimic... nimic nu mai are sens. Toate planurile pe care mi le făcusem, case, copii, vacanțe... nimic nu-mi mai trebuie acum. Nu dorm. Nu mănânc. Mă gândesc tot timpul la tine. Știu că n-am să fiu în stare să nu mă gândesc la *asta*.

Făcu semn spre garderobă.

– Dar gândul de a-l părăsi, spuse ea printre lacrimi, e ca și cum aș privi într-o prăpastie.

– O prăpastie?

Ea își suflă nasul.

– Faptul că te iubesc m-ar costa scump. Părinții m-ar dezmoșteni. Aș rămâne numai cu haina de pe mine. Și nu știu să fac nimic, Anthony, nu mă pricep la nimic decât la stilul de viață pe care îl duc. Cum ar fi să nu pot nici măcar să mă ocup de casă pentru tine?

– Crezi că mie îmi pasă de asta?

– În cele din urmă ți-ar păsa. *O micuță tai-tai răzgâiată*. Asta ai crezut despre mine la început. Știu să-i fac pe bărbați să se îndrăgostească de mine, dar nu știu să fac nimic altceva.

Îi tremura buza de jos. Furios pe sine însuși, Anthony regreta amarnic că folosise acel cuvânt la adresa ei. Rămaseră tăcuți, aparent ascultându-l pe Felipe cum cânta la trompetă, în realitate fiind amândoi cufundați în gânduri.

– Mi s-a oferit un post, zise el într-un târziu. La New York, corespondent la Națiunile Unite.

Jennifer se întoarse către el.

– Pleci?

– Ascultă-mă! Ani întregi am fost un ratat. Când eram în Africa, clacam. Când eram acasă, abia așteptam să mă întorc acolo. Niciodată nu mi-am găsit locul, niciodată n-am scăpat de sentimentul că ar fi trebuit să fiu în altă parte, să fac altceva.

O luă de mână.

– Pe urmă te-am cunoscut pe tine. Brusc, întrevăd un viitor. Văd un rost în a mă opri undeva, în a-mi clădi viaţa într-un loc. Ar fi frumos să lucrez la New York. Nu vreau decât să fiu cu tine.

– *Nu pot.* Tu nu înţelegi.

– Ce anume?

– Mi-e teamă.

– De ce-ar face el?

Simţi cum se înfurie.

– Crezi că mi-e frică de el? Crezi că n-aş fi în stare să te apăr?

– Nu, nu de el. Te rog, vorbeşte mai încet!

– De oamenii ăia ridicoli din jurul tău? Chiar îţi pasă de părerea lor? Sunt nişte oameni fără minte, goi pe dinăuntru, cu...

– Încetează! Nu-i vorba de ei!

– Atunci, ce e? De ce ţi-e teamă?

– Mi-e teamă de tine.

El se chinui să înţeleagă.

– Dar eu n-aş...

– Mi-e teamă de ce simt pentru tine. Mi-e teamă să iubesc pe cineva atât de mult.

Glasul i se frânse. Își împături șervețelul de cocktail, răsucindu-l între degetele subţiri.

– Îl iubesc şi pe el, dar nu aşa. De când suntem împreună l-am iubit şi l-am dispreţuit, dar în cea mai mare parte a timpului ducem o viaţă relativ suportabilă, iar eu m-am obişnuit şi ştiu că pot trăi aşa. Înţelegi? Ştiu că pot trăi aşa până la sfârşitul vieţii şi că nu va fi prea rău. Multe femei au parte de o viaţă mult mai urâtă.

– Iar alături de mine?

Ea nu-i răspunse un timp atât de îndelungat încât el era pe punctul să-i repete întrebarea.

– Dacă dau frâu liber acestui sentiment, mă va mistui. N-ai exista decât tu. M-aş teme în permanenţă să nu te răzgândeşti. Iar dacă s-ar întâmpla aşa ceva, aş muri.

El îi luă mâinile, le duse la buze, fără a ţine seama de şoaptele ei de protest. Îi sărută vârfurile degetelor. Ar fi vrut s-o cuprindă cu întreaga lui fiinţă. Ar fi vrut să se înfăşoare în jurul ei şi să n-o mai lase să plece niciodată.

– Te iubesc, Jennifer, spuse el. N-am să încetez niciodată să te iubesc. N-am iubit pe nimeni până la tine și nu va mai fi nimeni după tine.

– Așa spui acum.

– Pentru că e adevărat.

Clătină din cap.

– Nu știu ce altceva vrei să-ţi mai spun.

– Nimic. Ai spus tot. Am totul pe hârtie. Toate cuvintele tale minunate.

Își trase mâna dintr-a lui ca să-și ia paharul de martini. Vorbi din nou, parcă pentru sine:

– Dar asta nu simplifică lucrurile câtuși de puţin.

Își retrăsese piciorul de lângă al lui. El îi resimţi absenţa ca pe o durere.

Se străduia să-și ţină vocea sub control.

– Mă iubești, dar pentru noi nu există speranţă?

Chipul ei se schimonosi ușor.

– Anthony, cred că știm amândoi...

Nu-și duse fraza la bun sfârșit.

Nici nu era nevoie.

Arthur James nu mai figurează ca fiind într-o relaţie.

Actualizare pe Facebook, un bărbat către o femeie –
nume schimbat?

Capitolul 10

O urmărise din ochi pe doamna Stirling cum ieşea din sala în care se desfăşura petrecerea firmei şi văzuse cum domnul Stirling devenise din ce în ce mai nervos, apoi trântise paharul pe masă şi ieşise pe coridor după cei doi. Aproape tremurând de curiozitate, Moira Parker voise să pornească pe urmele lor, să vadă ce se întâmpla, însă avea suficientă stăpânire de sine ca să rămână unde se găsea. Nimeni dintre cei prezenţi nu părea să fi remarcat că şeful nu mai era acolo.

În cele din urmă, el se întorsese. Moira îl privise peste capetele mişcătoare ale celorlalţi, fără a putea ajunge la el. Chipul lui nu trăda o emoţie deosebită, dar în trăsăturile lui Moira ghici o tensiune pe care nici măcar ea n-o mai văzuse până atunci.

Oare ce s-a întâmplat afară? Ce făcuse Jennifer Stirling cu tânărul acela?

În sufletul ei se aprinse o scânteie de recunoştinţă aproape necuviincioasă, hrănindu-i imaginaţia şi făcând-o să lucreze cu febrilitate. Poate că Stirling fusese pus în situaţia de a-şi vedea soţia drept creatura egoistă care era în realitate. Moira ştia că la revenirea din mica vacanţă de Crăciun, vor fi de ajuns doar câteva cuvinte ca purtarea acestei femei să ajungă subiect de bârfă pentru toată lumea. Dar asta însemna, îşi spuse ea brusc întristată, că se va vorbi şi pe seama domnului Stirling, iar perspectiva ca acest bărbat serios, demn, stoic să fie bârfit fără jenă în biroul secretarelor făcea să i se strângă inima. Cum l-ar fi putut ea umili în singurul loc unde trebuia să fie socotit deasupra tuturor?

Moira rămase neajutorată în celălalt capăt al încăperii, temându-se să-și consoleze șeful, dar detașată de chefuiala colegilor de serviciu, de parcă s-ar fi aflat în altă cameră. Îl văzu îndreptându-se spre barul improvizat și acceptând cu o grimasă un pahar cu ceva ce părea să fie whisky. Goli paharul dintr-o înghițitură și mai ceru unul. După al treilea, îi salută din cap pe cei din jur și se duse în biroul lui.

Moira își făcu loc prin mulțime. Era ora unsprezece fără un sfert. Muzica încetase și lumea începea să plece acasă. Cei care nu plecau se îndreptau clar spre alte locuri, feriți de ochii colegilor. Ascuns după cuiere, Stevens o săruta pe roșcata de la dactilografie de parcă n-ar fi fost în văzul tuturor. Fusta fetei se ridicase până la jumătatea coapselor și degetele lui groase trăgeau de jartierele de culoarea pielii, acum expuse la vedere. Moira își dădu seama că băiatul cu poșta încă nu se înapoiase după ce ieșise împreună cu Elsie Machzynski ca să-i cheme un taxi și se întrebă ce i-ar putea spune ulterior lui Elsie, ca să-i dea de înțeles că ea, una, prinsese manevra, chiar dacă nimeni altcineva n-o observase. Oare toți, cu excepția ei, erau obsedați de probleme carnale? Să fi fost saluturile oficiale și conversația politicoasă de fiecare zi o simplă mască în spatele căreia se ascundea o înclinație spre desfrâu de care ea nu suferea?

– Noi mergem la clubul Cat's Eye. Nu vrei să vii, Moira? Să-ți faci și tu un pic de cap?

– Oh, n-o să vină, zise Felicity Harewood pe un ton atât de categoric încât, o clipă, Moira se gândi să-i uluiască pe toți și să spună: „Păi de ce nu? Sigur, mi-ar plăcea grozav să vin cu voi".

Dar în biroul domnului Stirling lumina era aprinsă, și Moira procedă cum ar fi procedat oricare secretară particulară a unui director, conștientă de îndatoririle sale. Rămase ultima, să facă ordine.

Când termină, era aproape unu noaptea. Nu făcuse ordine de una singură: fata cea nouă de la Contabilitate îi ținuse sacul de plastic în care Moira aruncase sticlele goale, iar șeful de la Vânzări, un sud-african înalt, o ajutase să adune paharele de plastic, cântând în gura mare din toaleta femeilor. În cele din urmă rămase numai Moira, care se apucă să frece petele de pe linoleum cât timp erau încă proaspete, apoi, înarmată cu o mătură și un făraș, începu să adune feliile de cartofi prăjiți și alunele călcate în picioare pe gresie. Mobilierul îl puteau muta bărbații când aveau să se întoarcă la serviciu. În afară de câteva fâșii tremurătoare de staniol, totul arăta din nou aproape ca un loc unde se muncește.

Moira se uită la bradul de Crăciun pleoștit, cu podoabele sparte sau lipsă, la micuța cutie poștală pe jumătate turtită, fiindcă cineva se așezase peste ea, și la hârtia creponată care se dezlipea trist de pe pereți. Îi părea bine că mama ei nu mai trăia, să fi văzut podoabele ei dragi azvârlite cu atâta nepăsare.

Tocmai împacheta ultimul ornament când dădu cu ochii de domnul Stirling, care ședea în fotoliul lui de piele, cu capul în mâini. Pe masa de lângă ușă se vedea băutura rămasă și, într-o pornire aproape instinctivă, Moira turnă într-un pahar două degete de whisky. Străbătu încăperea și bătu la ușa biroului. El era tot cu cravata la gât. Își păstrase ținuta formală chiar și la această oră.

– Tocmai am terminat de făcut ordine, spuse ea când el își ridică privirea.

Brusc, se simți stingherită.

Stirling se uită prin peretele de sticlă și Moira își dădu seama că el nu avusese habar de prezența ei până în acel moment.

– Foarte drăguț din partea ta, Moira, spuse încet Stirling. Mulțumesc.

Luă paharul din mâna ei și începu să bea, de data asta fără să se grăbească.

Moira îi observă obrazul tras și tremurul mâinilor. Stătea lângă biroul lui, convinsă că măcar acum avea un motiv să se găsească acolo. Pe biroul lui se vedeau, așezate în teancuri ordonate, scrisorile lăsate la semnat în cursul zilei. Parcă trecuse o veșnicie de atunci.

– Mai doriți unul? întrebă ea când el goli paharul. Mai este în sticlă.

– Cred că am băut destul.

Se așternu o tăcere îndelungată.

– Ce-ar trebui să fac, Moira?

Clătină din cap, parcă angajat într-o dispută interioară pe care ea n-o auzea.

– Îi ofer tot. *Tot*. Niciodată nu i-a lipsit nimic.

Vorbea cu glas întretăiat, frânt.

– Se zice că totul e în schimbare. Femeile vor ceva nou... Dumnezeu știe ce. De ce trebuie să se schimbe tot?

– Nu toate femeile, zise ea încet. Foarte multe consideră că ar fi minunat să aibă un soţ care să le întreţină, de care să poată avea grijă, pentru care să amenajeze un cămin.

– Crezi?

Avea pleoapele înroşite de oboseală.

– Oh, sunt convinsă. Un bărbat căruia să-i pregăteşti ceva de băut când vine acasă, pentru care să găteşti, pe care să-l răsfeţi puţin. Eu... ar fi absolut minunat!

Se înroşi la faţă.

– Atunci de ce...?

Scoase un oftat.

– Domnule Stirling, zise ea brusc, sunteţi un şef extraordinar. Un om extraordinar. Zău aşa.

Continuă pe aceeaşi linie:

– E tare norocoasă să vă aibă. Ar trebui să ştie asta. Iar dumneavoastră nu meritaţi... n-aţi meritat...

Nu-şi duse fraza la bun sfârşit, conştientă chiar în timp ce vorbea că încălca un protocol nescris.

– Iertaţi-mă, adăugă, văzând că tăcerea devenea apăsătoare. Domnule Stirling, n-am avut intenţia să depăşesc...

– E oare atât de rău, vorbi el atât de încet încât la început ea nici nu înţelese ce spunea, ca un bărbat să vrea să fie păstrat? Asta îl face oare mai puţin bărbat?

Ea simţi usturimea lacrimilor... şi dincolo de lacrimi altceva, mai viclean şi mai rău. Făcu un pas spre el şi-i puse uşor braţul în jurul umerilor. Oh, ce bine era să-l atingă! Înalt şi lat în umeri, cu sacoul care-i venea perfect pe trup. Ştia că se va gândi la aceste clipe iar şi iar, pentru tot restul vieţii. Bucuria, libertatea de a-l atinge... Plăcerea îi dădea o senzaţie aproape de leşin.

Cum Stirling nu schiţă nici un gest ca s-o oprească, ea se aplecă puţin şi, ţinându-şi răsuflarea, îşi puse capul pe umărul lui. În semn de consolare, de solidaritate. Aşa va considera şi el, îşi zise Moira, în extaz. O clipă regretă că nu era nimeni care să le facă o poză, cum stăteau lipiţi unul de altul atât de intim. Apoi el ridică privirea şi o săgetă un fior de spaimă – şi de ruşine.

– Iertaţi-mă... Am să aduc...

Își îndreptă spatele, poticnindu-se în cuvinte. Dar mâna lui o apucă pe a ei. Caldă. Apropiată.

– Moira, șopti el cu ochii pe jumătate închiși, cu glas răgușit de disperare și de dorință.

Mâinile lui îi cuprinseră obrazul, aplecându-l spre el, apropiindu-l de al lui, apoi îi simți buzele dornice, disperate, hotărâte. Ea scoase un icnet de șoc și de plăcere și în clipa următoare îi răspunse la sărut. Nu era decât al doilea bărbat pe care-l săruta în viața ei, dar momentul de acum, în care se adunau ani întregi de dor neîmpărtășit, nu suporta comparație cu prima ei experiență. Mici explozii îi cotropiră toată ființa, în timp ce sângele îi curgea năvalnic în vene și inima îi bătea să-i spargă pieptul.

Simți cum o culcă pe spate pe birou, murmurând răgușit și nerăbdător, apoi mâinile lui pe guler și pe sâni, răsuflarea lui fierbinte pe claviculă. Lipsită de experiență, nu prea știa unde să-și pună mâinile, cum să-și țină picioarele, dar se trezi că se agață de el, dornică să-l mulțumească, cotropită în senzații noi. „Te ador", îi spuse ea în gând. „Ia de la mine orice vrei."

Dar chiar și abandonându-se plăcerii, Moira știa că trebuie să-și păstreze un grăunte de luciditate, ca să-și poată aminti. Chiar și când o cuprinse în brațe și o pătrunse, în timp ce fusta ei i se ridicase deasupra șoldurilor și călimara lui i se înfipsese dureros în umăr, Moira știa că nu reprezenta nici un pericol pentru Jennifer Stirling. Jenniferele din lume aveau să fie întotdeauna premiul suprem, ceea ce o femeie ca ea n-ar fi reușit niciodată. Dar Moira Parker avea un avantaj: știa să aprecieze astfel de daruri într-un fel de care Jennifer Stirling și toate femeile cărora li se aducea întotdeauna totul pe tavă nu erau capabile. Și mai știa că o singură noapte scurtă putea fi lucrul cel mai prețios din lume și că, dacă acesta era menit să fie momentul definitoriu din întreaga ei viață afectivă, o părticică din ea trebuia să rămână suficient de lucidă încât să-l pună la păstrare, în siguranță, într-un cotlon al sufletului. Și când totul avea să se termine, îl putea retrăi, în serile nesfârșite când urma să rămână iarăși singură.

Când el se întoarse acasă, ea ședea în salonul spațios dinspre stradă. Purta un mantou de tweed de culoarea zmeurei și o pălărioară asortată, și-și ținea cuminte în poală poșeta neagră de firmă și mănușile de aceeași culoare. Îi auzi mașina trăgând în fața casei, văzu cum se sting farurile și se ridică în picioare. Trase deoparte draperia câțiva centimetri și-l văzu stând pe scaunul șoferului, lăsându-și gândurile să se așeze odată cu ultimele zvâcnete ale motorului.

Jennifer aruncă o privire în spate, spre valize, apoi plecă de la fereastră.

Laurence intră și-și lăsă paltonul pe scaunul din hol. Ea auzi clinchetul cheilor aruncate în vasul pe care-l țineau pe hol în acest scop, apoi zgomotul a ceva care căzuse. Fotografia de la nuntă? El ezită o clipă în dreptul ușii salonului, apoi o deschise, dând cu ochii de soția lui.

– Cred că trebuie să plec.

Văzu cum privirea lui lunecă spre valiza de la picioarele ei, aceeași pe care o folosise la ieșirea din spital, cu câteva săptămâni în urmă.

– Tu crezi că trebuie să pleci.

Ea trase aer în piept. Apoi rosti cuvintele pe care le tot repetase în ultimele două ore.

– Ce s-a întâmplat nu ne face fericiți pe nici unul dintre noi. Amândoi știm asta.

El trecu pe lângă ea și se duse la măsuța-bar, unde-și turnă trei degete de whisky. Felul în care ținea sticla o făcu să se întrebe cât băuse de când se înapoiase ea acasă. Laurence luă carafa din cristal bacara, se îndreptă către un scaun și se așeză greoi. Își ridică privirea către ea și amândoi rămaseră ochi în ochi câteva minute.

Jennifer se strădui din răsputeri să rămână nemișcată.

– Deci așa... vorbi el. Ai în minte altceva? Ceva care te-ar putea face mai fericită?

Tonul lui era sarcastic și urât. Alcoolul deja dezlănțuise ceva în el. Dar lui Jennifer nu-i era teamă. Avea avantajul că înțelesese că viitorul ei nu era alături de el.

Se priviră în ochi, ca doi luptători angajați într-o bătălie cu rezultat incert.

– Știi, nu-i așa? îl întrebă ea.

Laurence sorbi din whisky, fără să-și ia ochii de la ea.

– Ce să știu, Jennifer?

Ea răsuflă adânc.

– Că iubesc un alt bărbat. Și că nu e vorba de Reggie Carpenter. Niciodată n-a fost vorba de el.

Vorbi răsucind în mâini poșeta:

– În seara asta am înțeles. Reggie a fost o greșeală, o diversiune în calea adevărului. Dar tu ești tot timpul atât de furios pe mine. Așa ai fost de când am ieșit din spital. Pentru că știi la fel de bine ca mine că mă iubește alt bărbat, cineva care nu se teme să mi-o spună. De asta n-ai vrut să pun prea multe întrebări. De asta mama și toți ceilalți au vrut tot timpul să iau lucrurile așa cum sunt. N-ați vrut să-mi amintesc. N-ați vrut asta nici o clipă.

Aproape că se așteptase la o explozie de furie. Dar el se mărgini să dea din cap. Apoi, cum ea nu îndrăznea să respire, Laurence înălță paharul spre ea.

– Prin urmare... iubitul acesta al tău... la ce oră vine încoace?

Se uită la ceas, apoi la valizele ei.

– Presupun că vine să te ia.

– El...

Jennifer își înghiți cu greu nodul din gât.

– Eu... Nu-i așa.

– Atunci vă întâlniți în altă parte.

Era teribil de calm. Aproape că savura scena.

– În cele din urmă. Da.

– În cele din urmă, repetă el. De ce întârzie?

– Eu... nu știu unde e.

– Nu știi unde e.

Laurence goli paharul și se ridică greoi să-și toarne încă unul.

– Nu-mi pot aminti, știi bine că nu pot. Memoria începe să-mi revină și deocamdată nu-mi este totul clar, dar știu că ce-i aici...

Făcu un gest de jur împrejurul încăperii.

– ... nu mi se pare în regulă dintr-un anumit motiv. Nu mi se pare în regulă, fiindcă iubesc pe altcineva. Așa că, îmi pare foarte rău, dar trebuie să plec. E cel mai bun lucru. Pentru amândoi.

El încuviință din cap.

– Pot să te întreb ce are acest domn – iubitul tău – în plus față de mine?

Felinarul de pe stradă, aflat în dreptul ferestrei, începu să clipească.

– Nu știu, mărturisi ea. Știu doar că-l iubesc. Și că mă iubește.

– Oh, știi, nu-i așa? Și ce altceva mai știi? Unde locuiește? Cum își câștigă existența? Cum o să te întreţină pe tine, cu gusturile tale extravagante? O să-ţi cumpere rochii noi? O să-ţi îngăduie să iei o menajeră? Bijuterii?

– Puţin îmi pasă de toate astea.

– Cu siguranţă că înainte îţi păsa.

– Nu mai sunt ca înainte. Știu doar că mă iubește, e singurul lucru care contează cu adevărat. Poţi să-ţi baţi joc de mine cât vrei, Laurence, dar tu nu știi...

Stirling sări de pe scaun, și ea se trase înapoi.

– Oh, știu tot despre iubitul tău, Jenny! urlă el.

Scoase din buzunarul de la piept un plic mototolit, fluturându-i-l prin faţa ochilor.

– Chiar vrei să știi ce ţi s-a întâmplat? Chiar vrei să știi unde ţi-e iubitul?

Stropi minusculi de salivă ţâșneau în toate părţile. În ochii lui se citea o ură cumplită.

Ea înlemni, cu respiraţia tăiată.

– Nu-i prima oară când mă părăsești. Oh, nu! Știu asta foarte bine, așa cum știu totul și despre el, pentru că ţi-am găsit scrisoarea asta în poșetă, după accident.

Jennifer văzuse pe plic scrisul bine cunoscut și nu mai reușea să-și ia ochii de la el.

– Scrisoarea asta e de la iubitul tău. Îţi cere să vă întâlniţi. Vrea să fugă cu tine. Numai voi doi. Departe de mine. Să începeţi o viaţă nouă împreună.

Făcu o grimasă, jumătate de furie, jumătate de durere.

– Acum îţi amintești, iubito?

Îi întinse furios scrisoarea, și ea o luă cu degete tremurătoare. Deschise plicul și citi:

Marea și singura mea iubire,

Să știi că am vorbit serios. Am ajuns la concluzia că singurul mod de a ieși din impas este ca unul dintre noi să ia o hotărâre curajoasă.

Am luat marea decizie. Vineri la 19.15 voi fi pe peronul 4 din gara Paddington...

– Acum îţi aminteşti, aşa-i, Jenny?

– Da, şopti ea.

Cu ochii minţii văzu crâmpeie de imagini. Un păr negru. O cămaşă de in şifonată. Un parc micuţ, plin de oameni în albastru.

Boot.

– Da? Ştii cine e? Îţi aminteşti tot?

– Da, îmi amintesc...

Aproape că-l vedea. Acum era foarte aproape.

– Se vede treaba că nu-ţi aminteşti chiar tot.

– Ce vrei să...

– E mort, Jennifer. A murit în maşină. Tu ai supravieţuit, dar amicul tău a murit. Decedat la locul accidentului, după cum a spus poliţia. Aşa că nu te aşteaptă nimeni. Nu-i nimeni în gara Paddington. La dracu'! Nu mai există nimeni de care să-ţi aminteşti.

Camera începu să se învârtă cu ea. Îl auzea vorbind pe Laurence, dar cuvintele refuzau să capete semnificaţie, să se închege în ceva care să dea un sens.

– Nu-i adevărat, zise ea, tremurând.

– Oh, ba mă tem că da. Probabil aş putea să-ţi fac rost de ziare, dacă într-adevăr vrei dovezi. Noi – eu şi părinţii tăi – ţi-am ferit numele de publicitate... din motive lesne de înţeles. Dar ştirea despre moartea lui a apărut în presă.

– Nu.

Îl împinse, bătându-l sacadat cu pumnii în piept. *Nu, nu, nu.* Nu voia să audă ce-i spunea el.

– A murit în accident.

– Încetează! Nu mai spune asta!

Se aruncă asupra lui, acum înnebunită, ţipând isteric. Îşi auzea propriul glas ca prin ceaţă şi abia îşi dădea seama de pumnii ei care-l loveau peste faţă şi în piept şi de mâinile lui mai puternice care o apucau de încheieturi, imobilizând-o.

El afişa un calm de neclintit. Iar spusele lui erau un adevăr de neclintit.

Mort.

Jennifer se prăbuși pe scaun și, în cele din urmă, el îi dădu drumul la mâini. Avea senzația că făptura ei se micșorase, iar încăperea devenise uriașă, înghițind-o cu totul. *Marea și singura mea iubire.* Își plecă fruntea, ca să nu aibă în fața ochilor decât podeaua, și lacrimi i se prelinseră de-a lungul nasului, pe covorul cel scump.

După mult timp ridică privirea către Laurence. El avea ochii închiși, ca și cum scena ar fi fost prea dezagreabilă ca s-o suporte.

– Dacă ai știut... începu ea. Dacă ai văzut că începeam să-mi amintesc, de ce nu mi-ai spus adevărul?

Furia lui se potolise. Se așeză pe scaun în fața ei, brusc înfrânt.

– Pentru că am sperat... când mi-am dat seama că nu-ți aminteai nimic... că am putea lăsa totul în urmă. Am sperat că ne puteam continua viața ca și cum nimic nu s-ar fi întâmplat.

Marea și singura mea iubire.

Nu avea unde să se ducă. Boot murise. Fusese mort în tot acest timp. Se simțea penibilă, golită pe dinăuntru, de parcă și-ar fi imaginat totul într-o toană juvenilă.

Vocea lui Laurence rupse tăcerea.

– În plus, n-am vrut să porți povara vinovăției că, de n-ai fi fost tu, omul acela mai trăia și azi.

Ah! O săgetă o durere atât de ascuțită, de parcă ar fi fost trasă în țeapă.

– Orice ai crede despre mine, Jennifer, mi-am închipuit că așa ai putea fi mai fericită.

Timpul trecea. Jennifer n-ar fi putut spune dacă trecuseră ore sau minute. Într-un târziu, Laurence se ridică în picioare. Își turnă încă un pahar de whisky, pe care-l goli ca pe apă. Apoi așeză sticla frumos pe tavă.

– Și-acum, ce-o să se întâmple? întrebă ea cu glas lipsit de orice intonație.

– Eu, unul, mă duc la culcare. Sunt teribil de obosit.

Îi întoarse spatele și porni spre ușă.

– Îți sugerez să faci și tu la fel.

După plecarea lui ea rămase pe loc un timp. Îi auzi pașii greoi pe podeaua de scândură de la etaj, apoi scârțâitul patului în care se urcase. Se dusese în dormitorul mare. Dormitorul ei.

Citi din nou scrisoarea. Citi despre un viitor care nu va mai fi al ei. Despre o iubire fără de care nu fusese în stare să trăiască. Citi cuvintele unui bărbat care o iubise mai mult decât putea spune prin cuvinte, un bărbat de a cărui moarte era răspunzătoare fără voia ei. În cele din urmă îi revăzu și chipul: însuflețit, plin de speranță și iubire.

Jennifer Stirling se prăbuși pe covor, cu genunchii la gură, strângând la piept scrisoarea și începu să plângă în tăcere.

*Dragă J... Știu că am fost o javră și-mi cer scuze. Știu că mâine vii acasă, dar n-am să fiu acolo ca să te întâmpin. Eu și David ne căsătorim la ***, așa că n-o să ne mai vedem. Undeva în adâncul sufletului țin la tine, dar pe de altă parte pe David îl iubesc mai mult. Te pup, G. XXX*

Scrisoare de la o femeie către un bărbat

Capitolul 11

Îi văzu prin fereastra cafenelei, pe jumătate acoperită de abur chiar şi în seara aceea de vară târzie. Fiul lui şedea la masă, chiar lângă fereastră, legănându-şi picioarele şi citind meniul. Se opri pe trotuar, cu ochii la braţele şi picioarele lui prea lungi, la lipsa rotunjimilor specifice unui copil. De-acum începea să se întrevadă bărbatul din el. Anthony simţi cum i se strânge inima. Vârî pachetul sub braţ şi păşi înăuntru.

Cafeneaua era alegerea Clarissei – o încăpere spaţioasă şi aglomerată, unde chelneriţele purtau uniforme de modă veche şi sarafane albe. Ea denumise localul „ceainărie", parcă stânjenită de cuvântul „cafenea".

– Phillip!

– Tati?

Anthony se opri lângă masă. Remarcase cu încântare zâmbetul băiatului din clipa în care dăduse cu ochii de el.

– Bună, Clarissa.

Clarissa era mai puţin furioasă, observă el imediat. În ultimii câţiva ani pe chipul ei se citise o încordare care-l făcea să se simtă vinovat ori de câte ori se întâlneau. Acum ea îl privea cu un fel de curiozitate, ca pe o creatură care ar fi putut întoarce capul să muşte: foarte atent şi de la distanţă.

– Arăţi grozav, spuse el.

– Mulţumesc, răspunse ea.

– Iar tu ai mai crescut, se adresă el băiatului. Doamne, cred că te-ai înălţat cincisprezece centimetri în două luni.

– Trei luni. Aşa se întâmplă la vârsta asta.

Buzele Clarissei schiţară grimasa vag dezaprobatoare atât de cunoscută. Gândul îi zbură pentru o clipă la buzele lui Jennifer. Era sigur că n-o văzuse niciodată strâmbându-şi gura aşa. Poate că educaţia primită nu-i permitea un asemenea gest.

– Tu eşti... bine? întrebă ea, turnând ceai într-o ceaşcă şi împingând-o înspre el.

– Foarte, mulţumesc. Muncesc pe brânci.

– Ca întotdeauna.

– Da. Dar tu, Phillip? Mergi bine cu şcoala?

Băiatul stătea cu nasul vârât în meniu.

– Răspunde-i lui tăticu.

– Da.

– Bravo. Tot note bune ai?

– Uite aici carnetul lui de note. Mă gândeam că poate ai vrea să-l vezi.

Clarissa căută în poşetă şi i-l întinse.

Anthony observă cu neaşteptată mândrie repetatele referiri la „comportamentul cuviincios" al lui Phillip şi la „eforturile lui susţinute".

– E căpitanul echipei de fotbal, spuse Clarissa, fără să-şi poată ascunde mândria din glas.

– Ai făcut treabă bună, îl lăudă Anthony, bătându-l pe umăr.

– Îşi face lecţiile în fiecare seară. De asta mă ocup eu.

Acum Phillip evita să-l privească. Oare Edgar ocupase deja golul rezervat rolului de tată pe care Anthony se temea că-l lăsase în viaţa lui Phillip? Jucau crichet împreună? Edgar îi citea poveşti? Anthony simţi o negură pe suflet şi luă o înghiţitură de ceai, încercând să-şi recapete stăpânirea de sine. Chemă o chelneriţă şi comandă un platou cu fursecuri.

– Cel mai mare pe care-l aveţi. Pentru o sărbătoare anticipată.

– O să-şi strice pofta de mâncare.

– E vorba de o singură zi.

Ea se uită în altă parte, de parcă s-ar fi străduit să-şi ţină gura.

În jurul lor, zarva din cafenea părea să se intensifice. Li se aduseră fursecurile pe un platou de argint supraetajat. Anthony văzu că băiatul le privește pe furiș și-i făcu semn să se servească.

– Mi s-a oferit un post, zise el.

– La ziarul *Nation*?

– Da, dar la New York. Corespondentul lor la Naţiunile Unite se pensionează și m-au întrebat dacă nu vreau postul lui pentru un an. Mi se dă și un apartament chiar în centrul orașului.

Nici nu-i venise să creadă când Don îi dăduse vestea. Condiţiile oferite dovedeau câtă încredere aveau în el, așa-i spusese Don. Dacă acum făcea treabă bună, cine știe? Poate că anul viitor pe vremea asta va călători din nou.

– Foarte drăguţ, comentă Clarissa, luând un fursec mic cu cremă și punându-l pe farfuria din faţa ei.

– M-a cam luat prin surprindere, dar este o ocazie excelentă.

– Da. Sigur. Ţie întotdeauna ţi-a plăcut să călătorești.

– Aici nu-i vorba de călătorie. Am să lucrez în oraș.

Când Don îi pomenise amănuntul, Anthony încercase un sentiment de ușurare. Iată momentul de cotitură. I se oferea o slujbă mai bună, ceea ce însemna că Jennifer îl putea urma ca să înceapă o nouă viaţă alături de el... și, deși își impunea să nu se gândească la acest aspect, știa că, dacă ea îl va refuza, slujba ar fi fost o cale de scăpare. Londra devenise deja indisolubil legată de Jennifer: oriunde s-ar fi dus, ceva îi amintea de clipele petrecute împreună.

– Oricum, am să fiu plecat de câteva ori pe an și, deși știu ce m-ai rugat, totuși aș vrea să trimit niște scrisori.

– Nu știu...

– Aș vrea să-i povestesc lui Phillip câte ceva despre viaţa mea de acolo. Poate chiar va veni în vizită când mai crește puţin.

– Edgar e de părere că va fi mai bine pentru noi toţi dacă nu complicăm lucrurile. Nu-i plac... rupturile.

– Edgar nu-i tatăl lui Phillip.

– E la fel de mult pe cât ai fost și tu.

Se fulgerară din priviri.

Fursecul lui Phillip rămăsese pe mijlocul farfuriei. Băiatul își ţinea palmele vârâte pe sub coapse.

– Hai să nu discutăm despre asta acum. Este ziua lui Phillip.

Se strădui să-și ia un ton mai vesel.

– Bănuiesc că vrei să-ți vezi cadoul, nu?

Băiatul nu răspunse. „Iisuse!" se gândi Anthony. „Ce-i facem noi copilului?" Vârî mâna sub masă și trase afară un pachet mare, dreptunghiular.

– Dacă vrei, poți să-l păstrezi pentru ziua cea mare, dar mama mi-a spus că mâine... că mâine urmează să ieșiți toți trei în oraș, așa că m-am gândit că poate preferi să-l deschizi acum.

Îi întinse cadoul. Phillip îl luă și se uită temător la maică-sa.

– Eu zic că-l poți deschide, mâine oricum n-o să ai prea mult timp, spuse ea, străduindu-se să zâmbească. Pe mine mă scuzați puțin, mă duc să-mi pudrez nasul.

Se ridică de pe scaun și Anthony o urmări mergând printre mese, întrebându-se dacă și pe ea o deprimau la fel de mult schimburile lor de replici. Poate se dusese să caute un telefon public de unde să-l sune pe Edgar, ca să i se plângă cât de neînțelegător era fostul ei soț.

– Dă-i drumul, își îndemnă Anthony băiatul. Hai, deschide-l!

Acum că maică-sa nu mai stătea cu ochii pe el, Phillip se mai însufleți puțin. Rupse hârtia cafenie și încremeni, uluit de ce era în pachet.

– E un Hornby[1], îi explică Anthony. Cel mai bun care există. Iar ăsta-i *Scoțianul zburător*[2]. Ai auzit de ea?

Phillip încuviință din cap.

– Aici ai o mulțime de șine... L-am rugat pe vânzător să mai pună în pachet o gară și câțiva călători. Sunt în punga de acolo. Crezi că te descurci să-l instalezi?

– Am să-l rog pe Edgar să mă ajute.

Anthony se simți de parcă ar fi primit un șut în coaste. Se luptă să-și învingă durerea. La urma urmei, nu era vina băiatului.

– Da, zise el printre dinții încleștați. Sunt sigur că nu va avea nimic împotrivă.

---

[1] Lanț de magazine de jucării, specializat în trenulețe electrice și accesorii

[2] Locomotivă britanică produsă în 1923, care a parcurs peste 3 200 000 de kilometri

Tăcură amândoi câteva clipe. Apoi Phillip întinse mâna, înşfăcă fursecul şi-l îndesă în gură cu un gest spontan de plăcere lacomă. Mai alese unul cu ciocolată şi, făcând cu ochiul către tatăl său, îl înghiţi şi pe acesta.

– Deci, tot îţi mai face plăcere să-l vezi pe tata?

Phillip se aplecă şi-şi puse capul pe pieptul lui Anthony, iar acesta îl înlănţui strâns cu braţele, respirând parfumul părului lui, sfâşiat de o durere viscerală pe care încerca din răsputeri să n-o ia în seamă.

– Acum te simţi mai bine? îl întrebă puştiul, îndreptându-şi spatele.

Îi căzuse un dinte din faţă.

– Poftim?

Phillip se apucă să scoată locomotiva din cutie.

– Mama mi-a zis că nu te-ai simţit prea bine şi de-asta n-ai scris.

– Sunt mai bine. Da.

– Ce-ai păţit?

– S-au... întâmplat nişte lucruri neplăcute pe când eram în Africa. Lucruri care m-au supărat. M-am îmbolnăvit, plus că am făcut prostia să beau prea mult.

– Chiar că *a fost* o prostie.

– Da. Sigur, a fost. Dar n-am s-o mai repet.

Clarissa reveni la masă. Anthony observă cu o tresărire că avea nasul şi pleoapele înroşite. Încercă să zâmbească şi i se răspunse cu un vag surâs.

– Îi place ce i-am cumpărat, spuse Anthony.

– Doamne! Ăsta zic şi eu cadou.

Spre marea încântare a băiatului, Clarissa admiră locomotiva sclipitoare şi adăugă:

– Sper că ai spus mulţumesc, Phillip.

Anthony puse un fursec pe farfurie, i-l oferi ei, apoi luă şi el unul. Stăteau toţi trei acolo ca o copie stângace a unui tablou de familie.

– Lasă-mă să-i scriu, o rugă Anthony după o clipă.

– Încerc să încep o viaţă nouă, Anthony, şopti ea. Să pornesc de la zero.

Aproape că-l implora.

– E vorba de nişte simple *scrisori*.

Se priviră ţintă peste masa de pal laminat. Alături, fiul lor învârtea roţile trenuleţului cel nou, fredonând încântat.

– O scrisoare. Cât rău poate să-i facă?

*

Jennifer despături ziarul lăsat de Laurence, îl netezi pe masa din bucătărie şi întoarse pagina. Prin uşa deschisă îşi vedea soţul cum îşi verifică înfăţişarea în oglindă şi-şi îndreaptă cravata.

– Nu uita de cina la Henley diseară. Sunt invitate şi soţiile, aşa că poate începi să te gândeşti cu ce te îmbraci.

Cum ea nu răspundea, el se răsti:

– Jennifer? Cina e diseară. Şi va fi pe terasă.

– Sunt sigură că-mi ajunge o zi întreagă ca să-mi aleg o rochie, replică ea.

El se oprise în prag. Văzând cu ce se îndeletnicea ea, se încruntă:

– De ce-ţi baţi capul cu aşa ceva?

– Citesc ziarul.

– Nu-i pentru tine. Nu ţi-au sosit revistele?

– Mă gândeam doar... că aş putea încerca să citesc puţin. Să văd ce se mai întâmplă în lume.

– Nu văd ce anume te-ar putea interesa.

Ea aruncă o privire spre doamna Cordoza, care spăla vasele în chiuveta din bucătărie, făcându-se că nu aude.

– Citeam, spuse ea, întârziind anume cu răspunsul, despre procesul intentat pentru romanul *Amantul doamnei Chatterley*[1]. E chiar captivant.

Era în continuare cu ochii în ziar, aşa că mai curând ghici decât văzu că spusele ei îl deranjaseră.

– Nu înţeleg de ce atâta tevatură. E o simplă carte şi nimic mai mult. Din câte am înţeles e o poveste de dragoste între un bărbat şi o femeie.

– Atunci nu pricepi mare lucru, aşa-i? E o porcărie. Moncrieff a citit-o şi spune că e subversivă.

---

[1] Roman de D.H. Lawrence, apărut în 1928, care a suscitat mari controverse prin faptul că trata relaţia fizică dintre o aristocrată şi un bărbat de rând

Doamna Cordoza freca energic o cratiţă. Începuse să fredoneze încet ceva. Afară vântul se înteţise, făcând să zboare câteva frunze de ienupăr prin dreptul ferestrei de la bucătărie.

– Ar trebui să fim lăsaţi să judecăm singuri astfel de lucruri. Suntem oameni în toată firea. Cei care cred că se vor simţi jigniţi n-au decât să n-o citească.

– Da. Bine. Numai să nu te apuci să-ţi etalezi opiniile astea fără cap şi coadă la dineu, ne-am înţeles? Acolo nu vor fi genul de oameni dornici să audă o femeie perorând despre lucruri de care n-are habar.

Jennifer răsuflă adânc şi răspunse:

– Atunci am să-l întreb pe Francis dacă-mi poate împrumuta cartea lui. Ca să *am habar* despre ce vorbesc. Ce zici?

Îşi încleştase maxilarul şi un muşchi îi zvâcnea uşor în obraz.

Laurence întinse mâna după servieta diplomat, spunând pe un ton indiferent:

– În ultimele zile eşti cam prost dispusă dimineaţa. Sper să faci un efort să fii mai agreabilă diseară. Dacă ţi se trage de la lectura ziarelor, am să cer să mi le livreze la birou.

Ea nu se ridică de pe scaun ca să-l sărute pe obraz, cum poate ar fi făcut altădată. Îşi muşcă buza, fără să-şi ia ochii de la ziar, până când auzi închizându-se uşa de la intrare, semn că soţul ei plecase la birou.

Vreme de trei zile nu dormise şi nu mâncase aproape deloc. În cele mai multe nopţi rămânea trează până în zori, aşteptând ceva catastrofal să se prăvale din întuneric peste capul ei. În sinea ei era furioasă pe Laurence: îl vedea cu ochii lui Anthony şi trebuia să fie de acord cu felul în care îl etichetase el. Apoi îl ura pe Anthony fiindcă o determinase să aibă astfel de sentimente faţă de propriul soţ, şi furia îi creştea la gândul că nici măcar nu avea cum să-i spună asta. Noaptea îşi amintea mâinile lui Anthony pe trupul ei, gura lui, se închipuia făcându-i lucruri pentru care, la ivirea zorilor, ajungea să roşească. O dată, dorind cu disperare să-şi limpezească mintea, să-şi recapete locul alături de soţul ei, îşi petrecuse un picior zvelt peste trupul lui şi-l sărutase până când îl trezise. Dar el fusese consternat, o întrebase ce naiba a apucat-o şi numai că n-o împinsese deoparte.

Apoi îi întorsese spatele, lăsând-o să-și plângă umilința în tăcere, cu obrazul ascuns în pernă.

Din pricina acestor ceasuri de nesomn și a luptei ucigătoare dintre dorință și vinovăție, răsucea în minte trei posibile soluții. Să plece, încercând cumva să nu-i pese de sentimentul de vinovăție, de pierderea averii și de suferința familiei. Să aibă o relație, să găsească o cale de a-l păstra pe Anthony în paralel cu viața ei de toate zilele. Fără îndoială că Lady Chatterley nu fusese singura care procedase așa. Cercul lor social era plin de istorisiri despre cine se combina cu cine. Sau să rupă legătura și să fie o soție bună. Dacă nu-i mergea căsnicia așa cum trebuie, atunci vina era a ei, fiindcă nu-și dădea mai mult silința. Situația putea fi îmbunătățită: așa scria în toate revistele pentru femei. Putea să se arate ceva mai amabilă, mai iubitoare, să se comporte mai frumos. Putea înceta să se mai uite la iarba mai verde din grădina vecinului - cum spunea maică-sa.

Îi veni rândul, după ce așteptase la coadă.

– Scrisoarea poate fi expediată cu poșta de după-amiază? Și v-aș ruga să verificați cutia mea poștală. Stirling, numărul treisprezece.

Nu mai trecuse pe la poștă din seara petrecută la clubul Alberto, ajungând la concluzia că așa era mai bine. Relația - nu îndrăznea s-o considere o legătură - devenise prea pasională. Amândoi trebuiau să lase lucrurile să se mai liniștească puțin, ca să poată gândi cu mintea limpede. Dar după schimbul neplăcut de replici cu soțul ei din aceeași dimineață, nu mai era atât de categorică. Scrisese scrisoarea în grabă, la micul ei birou din salon, în timp ce doamna Cordoza dădea cu aspiratorul. Îl implorase să înțeleagă. Nu știa ce să facă: nu voia să-l rănească... dar nu putea trăi fără el:

Sunt măritată. Când un bărbat strică o căsnicie e una, dar când e vorba de o femeie? Pentru moment, în ochii tăi nu sunt capabilă de nimic rău. Vezi numai bine în tot ce fac. Știu că va veni o zi când totul se va schimba. Nu vreau să vezi în mine tot ce-ai disprețuit în toți ceilalți.

Era un mesaj confuz, încâlcit, iar literele ei – mâzgălite și inegale. Funcționara de la poștă luă scrisoarea și se întoarse cu alta.

La vederea scrisului cunoscut, Jennifer simţi că inima ei îşi iuţeşte bătăile. Cuvintele lui se înlănţuiau atât de frumos că ar fi putut recita fraze întregi, în întuneric, ca pe o poezie. Deschise nerăbdătoare plicul, fără să plece de la ghişeu, dându-se doar puţin la o parte ca să facă loc următorului client. De astă dată însă, cuvintele lui erau puţin diferite.

Chiar dacă cineva ar fi remarcat cum înlemnise blonda îmbrăcată în albastru şi cum, terminând de citit, întinsese mâna să se rezeme de marginea ghişeului, oricum toţi erau prea ocupaţi cu propriile colete şi formulare ca să-i acorde vreo atenţie. Dar schimbarea petrecută cu ea era şocantă. Rămase pe loc încă o clipă, apoi vârî scrisoarea în poşetă cu mâna tremurând şi ieşi din nou afară, la lumina soarelui, cu paşi înceţi şi uşor nesiguri.

Toată după-amiaza Jennifer colindă străzile din centrul Londrei, uitându-se la vitrine aproape fără să le vadă. Cum nu se simţea în stare să se înapoieze acasă, aştepta să-şi limpezească gândurile, rătăcind pe trotuarele aglomerate. Peste câteva ore, când intră în casă, doamna Cordoza era în hol, cu două rochii pe braţ.

– Nu mi-aţi spus pe care o vreţi pentru dineul de astă-seară, doamnă Stirling. Le-am călcat pe astea două, dacă socotiţi că una dintre ele e potrivită.

Timp de câteva clipe, cât Jennifer rămăsese în prag, soarele de vară târzie scăldase holul într-o lumină roz-gălbuie. Dar de cum închise uşa în urma ei, casa redeveni cenuşie şi sumbră.

– Mulţumesc.

Jennifer trecu pe lângă menajeră şi se duse în bucătărie. Ceasul arăta aproape ora cinci. Oare în acest moment el îşi făcea bagajele?

Degetele ei se încleştară pe scrisoarea din buzunar. O citise de trei ori. Verifică data: într-adevăr era vorba despre seara aceea. Cum putuse lua o asemenea decizie atât de repede? Cum putuse hotărî astfel? Se blestemă în gând că nu se dusese să ia scrisoarea mai devreme, că nu-şi lăsase timp ca să-l implore să se răzgândească.

Eu nu am aceeaşi forţă ca tine. Când te-am cunoscut mi-am închipuit că eşti o făptură fragilă, pe care trebuia s-o protejez. Acum îmi dau seama că m-am înşelat în privinţa noastră. Forţa îți aparține ție, tu poți îndura să trăiești cu o iubire ca aceasta și cu gândul că nu vom avea niciodată dreptul la ea.

Îți cer să nu mă judeci pentru slăbiciunea mea. Singurul mod în care pot face față e să trăiesc într-un loc în care să nu te mai întâlnesc niciodată și să nu mă mai chinuie în veci gândul de a te vedea cu el. Trebuie să fiu undeva unde realitatea crudă să te scoată din gândurile mele clipă de clipă, oră de oră. Ori asta nu se poate întâmpla aici.

În primul moment se înfurie pe el fiindcă încerca să-i forțeze mâna. Dar în momentul următor o copleși spaima teribilă că el pleca departe. Cum ar fi să știe că nu-l va mai vedea niciodată? Cum ar putea continua să-și ducă viața de acum, după ce el îi arătase pentru scurt timp alternativa?

Am să accept postul. Vineri la 19.15 voi fi pe peronul 4 din gara Paddington și nimic în lume nu-mi va aduce mai multă fericire decât dacă ai găsi curajul să mă urmezi.

Dacă n-ai să vii, voi ști că, indiferent cât am ține unul la altul, nu e îndeajuns. N-am să te acuz, iubirea mea. Știu că ultimele săptămâni au fost extrem de grele pentru tine și simt acut tensiunea pe care ai îndurat-o. Detest gândul că eu ți-aș putea provoca atâta nefericire.

Am să aștept pe peron începând de la șapte fără un sfert. Nu uita că inima și speranțele mele sunt în mâinile tale.

Fusese prea cinstită cu el. N-ar fi trebuit să-i vorbească despre nesiguranța ei, despre nopțile albe. De nu și-ar fi închipuit că ea era atât de tulburată, n-ar fi simțit imboldul de a acționa așa.

Nu uita că inima și speranțele mele sunt în mâinile tale.

Și apoi copleșitoarea lui tandrețe. Anthony, care nu putea suporta gândul de a o pune într-o situație de inferioritate, care dorea s-o protejeze de cele mai rele sentimente ale ei, îi oferise două soluții simple: să plece cu el sau să rămână unde era, fără a îndura oprobriul public, dar știind că era iubită. Ce-ar fi putut face el mai mult de atât?

Dar cum să ia o decizie de o importanță atât de covârșitoare într-un timp atât de scurt? Se gândise să meargă la el acasă, dar nu putea fi sigură că-l va găsi acolo. Se gândise să se ducă la redacția ziarului, dar se temea că va fi remarcată de cine știe ce reporter dispus la bârfă, că va deveni obiectul curiozității celor de acolo sau, și mai rău, că-l va pune pe el într-o situație neplăcută. În plus, ce i-ar fi putut spune ca să-l determine să-și schimbe hotărârea? Tot ce-i scrisese el era adevărat. Nu exista altă ieșire. Nu exista nici o cale de a îndrepta lucrurile.

– Oh, a sunat domnul Stirling să spună că va trece să vă ia în jur de șapte fără un sfert. Întârzie puțin la birou. Și-a trimis șoferul după costumul de seară.

– Bine, răspunse ea cu un aer absent.

Brusc, simți o fierbințeală și întinse mâna să se sprijine de balustradă.

– Vă e rău, doamnă Stirling?

– N-am nimic.

– După cum arătați, ați avea nevoie de puțină odihnă.

Doamna Cordoza puse cu grijă rochiile pe spătarul scaunului din hol și luă haina lui Jennifer.

– Să umplu cada? Între timp, dacă doriți, vă pot face o ceașcă de ceai.

Ea se întoarse către menajeră.

– Da. Cred că da. Ați zis la șapte fără un sfert?

Începu să urce scara.

– Doamnă Stirling? Rochiile. Pe care o doriți?

– Oh, nu știu. Alegeți dumneavoastră.

Stătea întinsă în cadă, aproape fără să ia seama la apa fierbinte, amorțită de gândul la ce era pe cale să se întâmple. „Sunt o soție bună", își spuse ea. „Diseară am să merg la cină, am să fiu amuzantă și veselă și n-am să rostesc sentințe despre lucruri despre care n-am habar."

Cum îi scrisese cândva Anthony? Faptul de a fi un om cumsecade îți aduce satisfacții. *Chiar dacă acum nu-ți dai seama.*

Ieși din cadă. Nu se putea relaxa. Avea nevoie de ceva care să-i abată gândurile. Brusc își dori să ia niște pastile și să doarmă următoarele două ore. Ba chiar următoarele două luni, își zise ea îndurerată, întinzând mâna după prosop.

Deschise ușa de la baie și văzu pe pat cele două rochii așezate de doamna Cordoza: în stânga cea bleumarin, pe care o purtase în seara aniversării lui Laurence. Fusese o petrecere veselă la cazinou. Bill câștigase o sumă mare la ruletă și insistase să facă cinste cu șampanie la toată lumea. Ea băuse cam mult, se simţea ameţită și nu putea mânca. Acum, în tăcerea încăperii, își aminti și alte momente ale serii, pe care le omisese, supusă, când povestise evenimentul. Își aminti cum o criticase Laurence fiindcă dădea prea mulţi bani pe fise pentru jocurile de noroc. Își aminti cum bombănise că-l punea într-o situaţie penibilă – până când Yvonne îl îndemnase, cu un aer fermecător, să nu mai fie atât de ursuz. *O să te stoarcă de puteri, o să ucidă în tine tot ce te face să fii tu.* Și-l aminti pe Laurence în aceeași dimineaţă, stând în pragul ușii de la bucătărie. *De ce-ţi baţi capul cu așa ceva? Sper să faci un efort să fii mai agreabilă diseară.*

Se uită la cealaltă rochie: cea de brocart auriu-deschis, cu guler înalt și fără mâneci. Rochia pe care o purtase în seara în care Anthony O'Hare refuzase să facă dragoste cu ea.

Avu senzaţia că o ceaţă deasă i se ridică de pe suflet. Aruncă prosopul și-și puse la repezeală ceva pe ea. Pe urmă începu să azvârle pe pat diverse articole de îmbrăcăminte. Lenjerie. Pantofi. Ciorapi. Ce naiba își punea cineva în valiză când pleca pentru totdeauna?

Îi tremurau mâinile. Aproape fără să-și dea seama ce face, trase valiza de pe șifonier și o deschise. Aruncă la nimereală lucruri înăuntru, temându-se că, dacă se oprea să se gândească la ce face, n-ar mai fi făcut nimic.

– Plecaţi undeva, doamnă? Vreţi să vă ajut la bagaje?

Doamna Cordoza apăruse în prag, ţinând în mână o ceașcă de ceai.

Jennifer își duse fulgerător mâna la gât. Se întoarse, ascunzând pe jumătate valiza cu trupul.

– Nu... nu. Duc doar niște haine la doamna Moncrieff. Pentru nepoata ei. Lucruri de care m-am cam plictisit.

– În spălătorie mai sunt niște haine despre care spuneaţi că nu vă mai vin. Vreţi să vi le aduc?

– Nu, le iau eu singură.

Doamna Cordoza se uită în spatele lui Jennifer.

– Dar aceea e rochia aurie, care vă place mult.

– Doamnă Cordoza, vreţi să mă lăsaţi să mă ocup eu singură de propria mea garderobă? se răsti ea.

Menajera înţepeni.

– Vă rog să mă iertaţi, doamnă Stirling, zise ea şi se retrase în tăcere, ofensată.

Jennifer începu să plângă, suspinele preschimbându-se în sughiţuri. Se târî pe cuvertură, îşi acoperi capul cu mâinile şi începu să hohotească, neştiind ce să facă, fiind conştientă doar că fiecare secundă de nehotărâre punea în balanţă viaţa ei pe viitor. Auzi vocea mamei ei, îi văzu chipul îngrozit la vestea că familia fusese făcută de ruşine, auzea şoaptele de la biserică, în care se amestecau şocul şi încântarea. Văzu cu ochii minţii viaţa pe care şi-o plănuise, copiii care cu siguranţă aveau să mai atenueze răceala lui Laurence, determinându-l să se mai îmblânzească. Văzu o serie de camere închiriate şi sărăcăcioase, pe Anthony plecat la muncă toată ziua, pe ea însăşi într-o ţară străină, fără el. Îl văzu plictisindu-se s-o vadă în haine ponosite şi punând deja ochii pe alte femei măritate.

N-am să încetez niciodată să te iubesc. N-am iubit pe nimeni până la tine şi nu va mai fi nimeni după tine.

Când se sili să se ridice, doamna Cordoza era la capătul patului.

Jennifer îşi şterse ochii şi nasul şi tocmai voia să-şi ceară scuze când văzu că femeia mai vârstnică îi făcea bagajul.

– Aici v-am pus pantofii fără toc şi pantalonii cafenii. N-au nevoie să fie spălaţi prea des.

Jennifer rămase cu ochii la ea, încă suspinând.

– Aici aveţi lenjeria şi o cămaşă de noapte.

– Eu... eu nu...

Doamna Cordoza continuă să împacheteze. Scotea lucrurile din valiză, le ambala în hârtie de mătase şi le punea la loc pe fiecare, cu grijă şi atenţie, ca pe un nou-născut. Jennifer privea hipnotizată mâinile care netezeau şi aranjau.

– Doamnă Stirling, spuse doamna Cordoza fără să ridice capul. Unde am trăit eu în Africa de Sud exista obiceiul ca la moartea unui bărbat să-ţi mânjeşti geamurile cu cenuşă. Când a murit soţul meu, geamurile mele au rămas curate. De fapt, chiar le-am spălat ca să strălucească.

Convinsă că-i captase atenţia lui Jennifer, continuă să împăturească. Îi vârî pantofii, talpă la talpă, într-un sac subţire de bumbac şi-i aranjă frumos la fundul valizei. Apoi o pereche de tenişi albi, o perie de păr.

– Mi-am iubit soţul când eram tineri, dar el n-a fost un om bun. Pe măsură ce înaintam în vârstă, îi păsa tot mai puţin de cum se purta cu mine. Când a murit subit, Dumnezeu să mă ierte, am trăit un sentiment de eliberare.

Şovăi, cu ochii la valiza pe jumătate făcută.

– Dacă cineva mi-ar fi oferit ocazia, cu mulţi ani în urmă, aş fi plecat. Cred că aş fi avut şansa să-mi trăiesc altfel viaţa.

Puse deasupra ultimele haine împăturite şi coborî capacul, închizând clemele aflate de o parte şi de alta a mânerului.

– E şase şi jumătate. În caz că aţi uitat, domnul Stirling a spus că va veni la şapte fără un sfert.

Şi fără alt cuvânt, îşi îndreptă spatele şi ieşi din cameră.

Jennifer se uită la ceas şi renunţă la celelalte haine. Se repezi în celălalt capăt al camerei şi-şi puse în picioare prima pereche de pantofi care-i ieşi în cale. Se duse la măsuţa de toaletă şi scormoni în fundul sertarului după banii de cumpărături puşi deoparte în caz de nevoie şi pe care-i ţinea întotdeauna rulaţi într-o pereche de ciorapi. Îndesă banii în buzunar, împreună cu un pumn de inele şi coliere luate din cutia cu bijuterii. Apoi înşfăcă valiza şi o cără în jos pe scări.

Doamna Cordoza îi ţinea haina de ploaie.

– Cel mai sigur găsiţi un taxi pe New Cavendish Street. V-aş sugera Portland Place, dar cred că pe acolo trece şoferul domnului Stirling.

– New Cavendish Street.

Amândouă femeile rămaseră încremenite, cumva uluite de ceea ce făcuseră. Apoi Jennifer făcu un pas şi o îmbrăţişă strâns pe doamna Cordoza.

– Mulţumesc. Eu...

– Am să-l informez pe domnul Stirling că, din câte ştiu eu, sunteţi la cumpărături.

– Da. Da, mulţumesc.

Se trezi afară, în aerul serii brusc încărcat de posibilităţi. Coborî cu grijă treptele de la intrare, cercetând cu atenţie scuarul, în căutarea bine cunoscutei lumini galbene a unui taxi. Când ajunse pe trotuar, începu să alerge, pierzându-se în oraşul învăluit de amurg.

O cotropi un imens sentiment de uşurare – nu mai trebuia să fie doamna Stirling, să se îmbrace, să se poarte, să iubească într-un anumit fel. Îşi dădu seama, extaziată, că habar nu avea cine sau unde s-ar putea să fie peste un an şi gândul aproape o făcu să râdă.

Străzile erau ticsite de oameni grăbiţi, luminile se aprindeau treptat în întunericul care se lăsa. Jennifer alerga, cu valiza lovindu-i-se de picioare, cu inima bătând să-i spargă pieptul. Era aproape şapte fără un sfert. Şi-l imagină pe Laurence sosind acasă şi strigând-o pe nume, enervat, pe doamna Cordoza legându-şi baticul pe cap şi remarcând că doamna părea să întârzie la cumpărături. El avea să se îngrijoreze abia după vreo jumătate de oră, dar până atunci ea urma să fie pe peron.

„Sosesc, Anthony", îi spuse în gând, simţindu-şi inima plină de ceva ce putea fi bucurie sau teamă sau un amestec ameţitor din amândouă.

Forfota neîntreruptă de pe peron făcea imposibil să vezi ceva. Prin dreptul lui Anthony treceau oameni încolo şi încoace, astfel încât nici nu mai ştia la ce se uită. Stând lângă o bancă din fier forjat, cu valizele la picioare, îşi privi pentru a mia oară ceasul de la mână, să vadă cât e ora. Se făcuse aproape şapte. Dacă ea avea de gând să vină, cu siguranţă că ar fi ajuns deja, nu?

Aruncă o privire spre tabela cu mersul trenurilor, apoi spre trenul care urma să-l ducă la Heathrow. „Vino-ţi în fire, omule", se mustră el. „O să vină."

– Plecaţi cu trenul de şapte şi un sfert, domnule?

În spatele lui se ivise conductorul.

– Trenul pleacă peste câteva minute. Dacă aveţi bilet, vă sfătuiesc să urcaţi.

– Aştept pe cineva.

Scrută încordat tot peronul, până la punctul de verificare a biletelor. Acolo văzu o femeie în vârstă scormonind după un bilet de mult pierdut. Femeia clătina din cap, ca și cum nu era pentru prima oară când poșeta ei părea să fi înghițit un lucru important. Doi hamali stăteau la taclale. Nimeni altcineva nu mai trecu de punctul de control.

– Trenul nu așteaptă, domnule. Dacă vă interesează, următorul pleacă la nouă patruzeci și cinci.

Începu să se plimbe între cele două bănci din fier forjat, străduindu-se să nu se uite iar la ceas. Îi veni în gând chipul ei în seara aceea la clubul Alberto, când îi spusese că-l iubește. Nu trăda nici cea mai mică urmă de prefăcătorie, doar adevărul adevărat. Ea nu era în stare să mintă. Nici nu îndrăznea să-și închipuie cum ar fi să se trezească alături de ea în fiecare dimineață, bucuria nespusă de a fi iubit de ea, libertatea de a o putea iubi, la rândul lui.

Scrisoarea trimisă ei fusese un fel de loterie prin ultimatumul pe care i-l dădea, dar în seara aceea el recunoscuse că ea avea dreptate: nu puteau continua așa. Forța teribilă a sentimentelor care-i legau avea să se preschimbe în ceva letal. Amândoi vor ajunge să se urască pentru neputința lor de a face ceea ce și unul, și altul își doreau atât de mult. În cel mai rău caz, își repeta el iar și iar, măcar el, unul, s-ar fi comportat onorabil. Dar cumva nu credea că s-ar fi ajuns la ce-i mai rău. Ea urma să vină. Tot ce știa despre ea îl asigura că urma să vină.

Din nou privi la ceas și-și trecu degetele prin păr, cercetându-i din ochi pe cei câțiva navetiști care treceau de punctul de control.

– Va fi o schimbare bine-venită pentru tine, îi spusese Don. O să te ferească de belele.

Se întrebase dacă șeful lui se simțea în sinea lui ușurat să-l știe în altă parte a lumii.

Posibil, își răspunse singur, dându-se la o parte din fața unui grup de oameni de afaceri grăbiți, care trecuseră prin dreptul lui, urcându-se în tren. *Mai am un sfert de oră ca să-mi dau seama dacă e adevărat.*

Era aproape de necrezut. Începuse să plouă la scurt timp după ce Jennifer ajunsese în New Cavendish Street. Cerul se făcuse întâi de un portocaliu murdar, apoi devenise negru. Ca un făcut, toate taxiurile erau ocupate. Fiecare siluetă neagră avea lumina galbenă stinsă, semn că un pasager ascuns în întunericul mașinii era deja *en route*[1] spre locul unde dorea să ajungă. Ea făcea totuși semn cu mâna. *Nu înțelegeți cât e de important?* ar fi vrut să le strige. *De cursa asta depinde viața mea.*

Acum ploua torențial, șuvoaie de apă curgeau pe străzi, ca într-o furtună tropicală. În jurul ei oamenii își deschideau umbrelele, împungând-o cu spițele când se lăsa de pe un picior pe altul la bordură. Ploaia îi umezi întâi hainele, apoi o udă leoarcă.

Pe măsură ce minutarul ceasului ei se apropia de ora șapte, acel vag fior de bucurie se preschimbă într-un ghem în stomac, într-un soi de teamă. Nu avea cum să ajungă la timp. Din clipă în clipă, Laurence avea să pornească în căutarea ei. Nu putea să facă drumul pe jos, chiar dacă și-ar fi aruncat valiza.

O năpădi un val de spaimă. Mașinile continuau să treacă pe lângă ea, stropind din cap până în picioare pietonii care nu apucau să se ferească.

Abia când îl văzu pe bărbatul în roșu îi veni ideea. Începu să alerge, îmbrâncind oamenii care-i stăteau în cale, pentru prima oară în viață nepăsându-i ce credeau ceilalți despre ea. Alergă pe străzile cunoscute până o găsi pe cea pe care o căuta. Își trânti valiza în capul scărilor și coborî în fugă treptele, cu părul în dezordine, ajungând în clubul întunecos.

Felipe stătea la bar, lustruind niște pahare. Nu mai era acolo decât Sherrie, fata de la garderobă. Barul părea încremenit într-o tăcere apăsătoare, deși undeva, în fundal, se auzea muzică în surdină.

– Nu-i aici, domniță, zise Felipe, fără să ridice ochii.

– Știu.

Era atât de istovită încât abia putea vorbi, printre gâfâituri.

– Dar e foarte important. Ai o mașină?

Privirea pe care i-o aruncă omul nu era prea amicală.

– S-ar putea.

– N-ai putea să mă duci la gară? La Paddington.

– Vreți să vă duc la gară?

Îi studie hainele ude și părul lipit de frunte.

– Da. *Da!* N-a mai rămas decât un sfert de oră. Te rog.

---

1 În drum, în limba franceză, în original

Felipe o studie atent. Jennifer văzu în fața lui un pahar mare de scotch pe jumătate gol.

– Te rog! Nu ți-aș cere asta dacă n-ar fi important.

Se aplecă spre el.

– Ca să-l întâlnesc pe Tony. Uite, am bani...

Scotoci prin poșetă, căutând bancnotele. Scoase un teanc ud.

El întinse mâna undeva în spate, prin ușă, și scoase un mănunchi de chei.

– N-am nevoie de banii dumneavoastră.

– Mulțumesc, oh, mulțumesc, zise ea abia trăgându-și sufletul. Grăbește-te! Avem mai puțin de un sfert de oră.

Mașina lui nu era departe, dar până ajunseră la ea Felipe era și el ud până la piele. Nu-i deschise portiera și ea o smuci, aruncându-și cu un icnet valiza din care picura apă pe bancheta din spate.

– Te rog, dă-i drumul! îl imploră ea, dându-și la o parte șuvițele ude de pe obraz.

Dar el stătea nemișcat la volan, părând că se gândește.

„Oh, Doamne, te rog să nu fii beat", îl rugă ea în gând. „Te rog nu-mi spune acum că nu poți conduce, că n-ai benzină, că te-ai răzgândit."

– Te rog, a mai rămas așa puțin timp, spuse ea, luptându-se să-și ascundă disperarea din glas.

– Doamnă Stirling? Înainte să vă duc la gară...

– Da?

– Trebuie să știu... Tony... e un om de treabă, dar...

– Știu că a fost însurat. Știu despre băiatul lui. Știu toate astea, răspunse ea abia stăpânindu-și nerăbdarea.

– Tony e mai vulnerabil decât vrea să arate.

– Poftim?

– Să nu-i frângi inima. Niciodată nu l-am văzut așa într-o relație cu o femeie. Dacă nu sunteți sigură, dacă socotiți că există o cât de mică posibilitate să vă întoarceți la soțul dumneavoastră, atunci nu faceți pasul ăsta.

Ploaia răpăia pe capota micului automobil. Jennifer puse mâna pe brațul lui Felipe.

– Nu sunt... Nu sunt cum crezi dumneata. Zău că nu.

El o privi pieziș.

– Nu vreau decât să fiu cu el. Renunţ la tot pentru el. Pentru mine nu există decât el. Anthony, adăugă ea şi, auzindu-şi propriile-i vorbe, îi veni să râdă de teamă şi de disperare. Şi acum, porneşte! Te rog!

– OK, încuviinţă el, întorcând în loc maşina cu atâta forţă încât cauciucurile scrâşniră.

– Încotro?

Îndreptă maşina în direcţia Euston Road, apăsând cu putere butonul care acţiona ştergătoarele, în speranţa că le va pune în funcţiune. Ea se gândi în treacăt la geamurile doamnei Cordoza, spălate până când sclipeau în soare, şi scoase scrisoarea din plic.

Marea și singura mea iubire,

Să știi că am vorbit serios. Am ajuns la concluzia că singurul mod de a ieși din impas este ca unul dintre noi să ia o hotărâre curajoasă...

Am să accept postul. Vineri la 19.15 voi fi pe peronul 4 din gara Paddington...

– Peronul patru, ţipă ea. Mai sunt unsprezece minute. Crezi că vom...

PARTEA A DOUA

NEPOFTIŢII NU VIN.

Telegramă de la un bărbat către o femeie, mireasă din timpul războiului

Capitolul 12

Vara anului 1964

Infirmiera păşi încet prin salon, împingând un cărucior pe care se vedeau frumos rânduite pahare de plastic cu pastile viu colorate.

– Oh, Doamne, murmură femeia din patul 16c. Iarăşi...

– Ei, hai să nu facem atâta tevatură, da?

Infirmiera puse o cană cu apă pe noptieră.

– Dacă mai înghit multe din astea o să încep să zornăi.

– Da, dar o să ne scadă tensiunea, aşa-i?

– O să *ne* scadă? Nu ştiam că e ceva molipsitor...

Jennifer, aşezată pe scaunul de lângă pat, luă cana şi i-o întinse lui Yvonne Moncrieff, al cărei abdomen umflat se înălţa pe sub cuvertură ca un dom, parcă fără nici o legătură cu restul corpului.

Yvonne oftă. Vârî pastilele în gură, le înghiţi ascultătoare, apoi zâmbi sarcastic spre tânăra infirmieră, care împingea căruciorul spre următorul pacient din salonul de gravide.

– Jenny, scumpa mea, aranjează o evadare. Nu cred că suport să mai stau aici încă o noapte. Tot timpul gemete şi văicăreli... nici nu-ţi închipui.

– Credeam că Francis o să aranjeze să stai într-o rezervă.

– Nu acum când doctorii cred că o să rămân aici câteva săptămâni. Ştii ce grijuliu e Francis cu banii. „Ce rost are, dragă, când poţi primi cea mai bună îngrijire şi gratis? Pe urmă, o să fie şi alte femei, cu care poţi sta de vorbă."

Suspină, înclinând din cap spre femeia solidă și pistruiată din patul alăturat.

– Sigur, fiindcă am *atât de multe* în comun cu Lilo Lil[1] de colo. Treisprezece copii! Treisprezece! Îmi închipuiam că trei în patru ani ne-ar fi arhisuficient, dar Dumnezeule mare, eu sunt o amatoare.

– Ți-am mai adus niște reviste, zise Jennifer, scoțându-le din poșetă.

– Oh, *Vogue*. Ești o scumpă, dar am să te rog s-o iei înapoi. O să treacă luni de zile până am să încap din nou în vreun model din paginile lor și asta n-o să mă facă decât să plâng. Am rezervat oră la croitor, ca să probez o rochie nouă a doua zi după ce vine pe lume mititelul... Spune-mi ceva interesant.

– Interesant?

– Ce planuri ai până la sfârșitul săptămânii? N-ai idee ce înseamnă să rămâi înțepenit aici zile la rând, să fii cât o balenă, să ți se vâre pe gât griș cu lapte și să te întrebi ce naiba se mai întâmplă în lumea asta.

– Oh, e destul de plicticos. Diseară mergem să bem ceva la habar n-am care ambasadă. Eu, una, aș prefera să stau acasă, dar Larry insistă să merg cu el. La New York a fost nu știu ce conferință despre îmbolnăviri cauzate de azbest, și el vrea să se ducă acolo și să le spună că un anume Selikoff[2], implicat în toată povestea asta, e o mare belea.

– Zi-mi de cocktailuri, de rochii frumoase...

– De fapt, eu abia așteptam să mă cuibăresc în fotoliu și să urmăresc *Răzbunătorii*[3]. E prea cald ca să te îmbraci la patru ace.

– Pfui, mie-mi spui? Aici mă simt de parcă aș avea în mine o sobiță, se bătu ea ușor peste pântece. Oh! Știam eu că am ceva să-ți spun. Ieri a trecut pe la mine Mary Odin. Mi-a zis că Tommy și Katherine Houghton au căzut de acord să divorțeze. N-ai să ghicești în vecii vecilor ce au de gând să facă.

Jennifer clătină din cap.

---

[1] Eroina unei populare telenovele britanice

[2] Cercetător în domeniul medical care a descoperit că inhalarea particulelor de azbest cauzează afecțiuni pulmonare

[3] Serial polițist popular în anii '60

– Să însceneze un flagrant într-un hotel. Se pare că el a acceptat să fie „prins“ într-o cameră de hotel împreună cu o femeie, ca divorţul să se poată pronunţa fără amânările de rigoare. Dar asta-i numai o parte.

– Zău?

– Mary zice că femeia care a fost de acord să fie fotografiată cu Tommy e de fapt amanta lui. Cea care a trimis scrisorile. Biata Katherine crede că el plăteşte pe cineva să facă asta. Deja foloseşte una dintre scrisorile amoroase ca dovadă. Se pare că el i-a spus lui Katherine că a pus un prieten s-o scrie, ca să pară autentică. Nu-i cel mai oribil lucru pe care l-ai auzit vreodată?

– Oribil.

– Mă rog la Dumnezeu să nu vină Katherine să mă vadă. Sunt convinsă că până la urmă n-am să mă pot preface că nu ştiu. Biata femeie! Toată lumea e la curent, numai ea nu.

Jennifer luă o revistă şi începu s-o răsfoiască, făcând remarcile obişnuite referitoare la vreo reţetă sau la vreun model de rochie. Apoi îşi dădu seama că prietena ei nu asculta.

– Nu ţi-e bine?

Puse o mână pe cuvertură.

– Să-ţi aduc ceva?

– Fii cu ochii în patru pentru mine, da?

Yvonne vorbise foarte calm, dar degetele ei umflate băteau neliniştite darabana pe cearşaf.

– Ce vrei să spui?

– Francis. Fii cu ochii pe orice posibilă vizitatoare!

Stătea cu faţa spre fereastră, într-o atitudine fermă.

– Oh, sunt sigură că Francis...

– Jenny, tu fă asta pentru mine, te rog!

Urmă o scurtă pauză. Jennifer studia o aţă desprinsă din tivul fustei.

– Sigur.

– Oricum, zise Yvonne, schimbând subiectul, să-mi spui cu ce ai să te îmbraci diseară. Cum îţi ziceam, abia aştept să revin la haine normale. Ştiai că picioarele mi s-au umflat cu două numere? Dacă se mai umflă mult, am să plec de aici încălţată în cizme.

Jennifer se ridică şi se întinse să-şi ia poşeta, pe care o agăţase de spătarul scaunului.

– Era să uit. Violet zicea că vine aici după ora ceaiului.

– Oh, Doamne! Iar o să-mi împuie capul cu ce face micul Frederick.

– Dacă pot, trec mâine.

– Petrecere frumoasă, dragă! Aş prefera de o mie de ori să fiu la un cocktail decât să stau aici să ascult pisălogeala lui Violet, oftă Yvonne. Înainte să pleci, dă-mi, te rog, revista *Queen*[1]. Ce părere ai de coafura lui Jean Shrimpton[2]? Cam aşa te-ai pieptănat şi tu pentru cina aia dezastruoasă de la Maisie Barton Hulme.

Jennifer intră în baie şi încuie uşa în urma ei, lăsând să-i alunece halatul la picioare. Îşi întinsese pe pat hainele cu care avea să se îmbrace în seara aceea: o rochie din mătase naturală de culoarea vinului timpuriu, cu decolteu adânc, şi o eşarfă din acelaşi material. Avea de gând să-şi prindă părul în creştetul capului şi să-şi pună cerceii cu rubine pe care i-i dăruise Laurence în ziua când împlinise treizeci de ani. El îi reproşa mereu că-i poartă doar arareori. După părerea lui Laurence, dacă tot cheltuia bani cu ea, măcar să arate în public pentru ce.

Acestea fiind aranjate, voia să stea în cadă până când venea vremea să-şi facă unghiile cu ojă. Pe urmă voia să se îmbrace, ca până la înapoierea lui Laurence să-şi definitiveze machiajul. Deschise robinetele şi-şi privi imaginea în oglinda dulăpiorului de medicamente, ştergând-o de abur. Se privi ţintă până când oglinda se aburi din nou. Apoi deschise dulăpiorul şi umblă printre sticluţele cafenii de pe ultimul raft până când găsi ce căuta. Înghiţi două pastile de Valium, apoi bău apă din paharul pe care-l folosea ca să-şi clătească gura. Aruncase o privire la pentobarbital, dar decisese că era prea puternic, dacă voia să bea ceva. Şi chiar voia.

Cum auzi trântindu-se uşa de la intrare, semn că doamna Cordoza se întorsese din parc, se vârî în cadă şi se lăsă să alunece în apa reconfortantă.

---

[1] Revistă britanică destinată iniţial cititorilor din rândul aristocraţiei, apoi tineretului

[2] Actriţă britanică şi top-model în perioada la care se referă subiectul cărţii

*

Laurence telefonase să anunţe că va întârzia din nou. Jennifer se aşeză pe bancheta din spate, iar Eric, şoferul, porni pe străzile dogoritoare şi arse de soare, oprind într-un târziu în faţa sediului firmei soţului ei.

– Aşteptaţi în maşină, doamnă Stirling?

– Da, mulţumesc.

Îl urmări pe tânăr cu privirea cum urcă agil treptele şi dispare în holul de la intrare. N-o mai trăgea inima să meargă în biroul soţului ei. Îşi făcea din când apariţia cu anumite ocazii şi ca să ureze personalului „Crăciun fericit", la insistenţele lui Laurence, dar locul acela o făcea să nu se simtă în largul ei. Secretara soţului ei o privea cu un fel de curiozitate dispreţuitoare, de parcă i-ar fi făcut vreun rău. Poate chiar îi făcuse. Adesea era greu să deosebeşti binele de rău.

Uşa se deschise şi Laurence ieşi, îmbrăcat în costumul de tweed gri-închis şi urmat de şofer. Chiar dacă afară erau 21 de grade, Laurence Stirling se îmbrăca în funcţie de ocazie. Pentru el, noile tendinţe ale modei masculine păreau de neînţeles.

– Ah, eşti aici!

Se strecură pe banchetă lângă ea, aducând cu el un val de aer cald.

– Da.

– Totul e în regulă acasă?

– Totul e bine.

– A venit băiatul să spele treptele?

– Imediat după plecarea ta.

– Am vrut să plec la şase... Nenorocitele alea de telefoane de peste ocean... Întotdeauna sună după ora la care promit că vor suna.

Ea încuviinţă din cap. Ştia că nu i se pretindea să răspundă.

Se încadrară în traficul de seară. De cealaltă parte a şoselei Marylebone Road, Jennifer vedea miracolul verde numit Regent Park şi grupuri de fete vesele mergând agale într-acolo pe trotuarele care luceau în soare, oprindu-se şi exclamând una către alta. În ultima vreme începuse să se simtă îmbătrânită şi austeră în comparaţie cu aceste fetişcane care nu purtau corset, se îmbrăcau cu fuste scurte, care nu ascundeau mare lucru, şi se machiau îndrăzneţ. Păreau să nu le pese ce credea lumea despre ele. N-o despărţeau de ele poate nici zece ani, își spuse Jennifer, dar ea, una, avea impresia că face parte din aceeași generație cu mama ei.

– Oh, ți-ai pus rochia *aceea*.

Tonul lui era încărcat de reproș.

– Nu știam că nu-ți place.

– Nu pot să spun nici că-mi place, nici că nu-mi place. Mă gândeam doar că ai fi putut să îmbraci ceva care să te facă mai puțin... osoasă.

Niciodată nu se termina. Deși credea că-și învelise inima într-o permanentă carapace de porțelan, el tot găsea o cale să i-o fisureze.

Își înghiți nodul din gât.

– Osoasă. Mulțumesc. Presupun că acum nu prea mai am ce face în privința asta.

– N-o lua chiar în tragic. Dar ai putea fi mai atentă cum arăți când ieși în lume.

Întoarse scurt capul spre ea.

– Și ar trebui să pui *aici* mai mult din chestia aia cu care te dai pe față.

Arătă sub ochii ei.

– Pari cam obosită.

Se lăsă pe spătarul banchetei și-și aprinse o țigară.

– E în regulă, Eric. Dă-i bătaie. Vreau să fiu acolo până la șapte.

Torcând ascultător, mașina țâșni înainte. Jennifer privea afară la străzile aglomerate, fără un cuvânt.

Grațioasă. Echilibrată. Calmă. Acestea erau cuvintele cu care o descriau prietenii ei, prietenii lui Laurence și partenerii lui de afaceri. Doamna Stirling, chintesența virtuții feminine, întotdeauna perfect stăpână pe sine, niciodată predispusă la veselia și la chicotelile ascuțite ale altor soții, mai puțin de calitate. Uneori când auzea asemenea vorbe, Laurence spunea: „Soția perfectă? Dacă ar ști ei... nu-i așa, iubito?" De față cu el, bărbații râdeau de complezență, iar Jennifer zâmbea și ea. Astfel de seri adesea sfârșeau prost. Uneori când surprindea schimbul de priviri dintre Yvonne și Francis sau roșeața lui Bill la câte un comentariu usturător al lui Laurence, Jennifer bănuia că relația lor chiar putea fi subiectul unor speculații în familie. Dar nimeni n-o întreba direct. În definitiv, căsnicia cuiva era o problemă particulară. Ceilalţi erau prieteni buni, prea buni ca să se amestece.

– Iat-o pe încântătoarea doamnă Stirling. Arăţi superb!

Ataşatul sud-african îi luă mâinile într-ale lui şi o sărută pe amândoi obrajii.

– Nu sunt prea osoasă? îl întrebă ea cu un aer inocent.

– Poftim?

– Nimic. Şi tu arăţi foarte bine, Sebastian. Se vede treaba că-ţi prieşte însurătoarea.

Laurence îl bătu pe spate pe bărbatul mai tânăr.

– În ciuda tuturor avertismentelor mele, aşa-i?

Amândoi râseră, şi Sebastian Thorne, pe al cărui chip încă se citea fericirea bărbatului care şi-a găsit perechea potrivită, zâmbi cu mândrie.

– Pauline e acolo, Jennifer, dacă vrei s-o saluţi. Ştiu că ţine neapărat să te cunoască.

– Sigur că da, zise ea, recunoscătoare că i se oferea pretextul să plece de acolo atât de curând. Vă rog să mă scuzaţi!

Trecuseră patru ani de la accident. Patru ani în care Jennifer se luptase cu durerea, cu sentimentul de vinovăţie, cu pierderea unei iubiri pe care nu şi-o amintea decât pe jumătate, şi în tot acest răstimp încercase din răsputeri să salveze relaţia în care se găsea.

În puţinele ocazii când îşi lăsase gândurile să rătăcească asupra acestui subiect, ajunsese la concluzia că, după ce găsise scrisorile, o cuprinsese un soi de nebunie. Îşi amintea strădania obsesivă de a descoperi identitatea lui Boot şi cum îşi închipuise că era vorba de Reggie, făcând nesăbuinţa de a-l aborda. Avea senzaţia că toate acele lucruri se întâmplaseră altei persoane. Nu-şi putea imagina că în prezent ar mai fi fost capabilă de aşa o pasiune. Nu-şi mai putea imagina intensitatea dorinţei de atunci. Mult timp se pedepsise singură. Îl înşelase pe Laurence şi singura ei speranţă era să-şi răscumpere greşeala în ochii lui. Măcar atât putea să facă pentru el. Jennifer se dedicase cu totul acestui scop şi-şi alungase din minte gândul la oricare alt bărbat. Scrisorile, atâtea câte rămăseseră, fuseseră de mult puse într-o cutie de pantofi şi ascunse în fundul dulapului ei de haine.

Îi părea rău că la vremea aceea nu-și dăduse seama ce tenace și distrugătoare putea fi mânia lui Laurence. Apelase la înțelegerea lui, îl rugase să-i ofere o nouă șansă, dar el simțea o plăcere aproape perversă să-i amintească toate modurile în care ea îl ofensase. Niciodată nu vorbea explicit de trădarea ei – la urma urmei, asta ar fi însemnat o lipsă de control din partea lui, iar ea înțelegea acum că lui Laurence îi plăcea ca toți ceilalți să-l considere stăpân pe toate aspectele existenței lui –, dar îi amintea zilnic, în mii de feluri, de greșelile ei. Cum se îmbrăca. Cum se ocupa de casă. Cum nu se pricepea să-l facă fericit. Uneori ea își spunea că va trebui să plătească pentru tot restul vieții.

De vreun an și ceva el fusese mai puțin agresiv. Jennifer îl bănuia că-și luase o amantă. Faptul n-o deranja: de fapt, trăia chiar un sentiment de ușurare. Pretențiile lui față de ea se reduseseră și erau mai puțin abuzive. Săgețile verbale păreau aproape banale, ca un obicei de care nu se obosea să se dezbare.

Pastilele ajutau și ele, așa cum spusese doctorul Hargreaves. Dat fiind că-i induceau o stare de stranie indiferență, Jennifer își spunea că probabil meritau banii. Da, așa cum sublinia adesea Laurence, putea fi o ființă banală. Da, poate că nu mai strălucea la dineuri, dar pastilele o ajutau să nu plângă atunci când nu trebuia și să aibă tăria de a se da jos din pat. Nu se mai temea de stările lui de spirit și-i păsa mai puțin când el o vizita în toiul nopții. Și mai presus de orice, nu mai simțea o durere sfâșietoare pentru tot ce pierduse, pentru lucrurile de care se știa vinovată.

Nu. Jennifer Stirling își trăia viața cu capul sus, cu părul coafat fără cusur și perfect machiată, cu un zâmbet încântător pe buze. Grațioasa, echilibrata Jennifer, care dădea cele mai rafinate dineuri, întreținea o casă frumoasă și cunoștea toată lumea bună. Soția perfectă pentru un bărbat cu poziția lui.

Existau și compensații. I se îngăduise acest lucru.

– Îmi place la nebunie că, în sfârșit, avem o casă a noastră. Nu te-ai simțit așa și tu când te-ai căsătorit cu domnul Stirling?

– Nu-mi amintesc, e mult de atunci.

Jennifer aruncă o privire spre Laurence, care stătea de vorbă cu Sebastian, cu o mână la gură și pufăind din nelipsitul său trabuc. Pe tavan zumzăiau alene ventilatoarele, sub care femeile stăteau grupuri-grupuri, toate încărcate de bijuterii și tamponându-și din când în când gâtul cu batiste fine de bumbac.

Pauline Thorne scoase un mic portofel în care se găseau fotografii cu casa lor cea nouă.

– Ne-am hotărât să luăm mobilă modernă. Sebastian mi-a spus că-mi dă mână liberă.

Jennifer se gândi la propria ei casă, la lemnul greoi de mahon, la decorațiunile pretențioase. Admiră scaunele de un alb imaculat din fotografii, delicate ca niște coji de ou, covoarele în culori vii, picturile moderne de pe pereți. Laurence socotea că locuința lui trebuia să-i reflecte personalitatea. Considera că se cuvenea să aibă un aer grandios și să fie încărcată de istorie. Privind fotografiile, Jennifer își dădu seama că locuința ei era, de fapt, o casă pompoasă și lipsită de căldură umană. Sufocantă. Își aminti că nu trebuia să se arate nerecunoscătoare. *Mulți ar fi vrut să aibă așa o casă.*

– O să apară un articol despre ea în revista *Casa ta* de săptămâna viitoare. Mama lui Seb pur și simplu o detestă. Zice că de fiecare dată când intră în camera noastră de zi are impresia că va fi răpită de extratereștri.

Fata pufni în râs, iar Jennifer zâmbi.

– Când i-am spus că aș putea transforma unul dintre dormitoare în cameră pentru copii, mi-a răspuns că, judecând după decorațiuni, probabil am să aduc pe lume copilul dintr-un ou de plastic.

– Vreți să aveți copii?

– Încă nu. Cine știe când...

Puse o mână pe brațul lui Jennifer.

– Sper să nu te superi că-ți spun, dar abia s-a terminat luna de miere. Înainte de plecare mama mi-a ținut „lecția“ cuvenită. Înțelegi... că trebuie să fac ce-mi cere Seb, că poate mi se va părea „oarecum neplăcut“.

Jennifer clipi.

– Chiar își închipuia că am să fiu șocată. Dar nu-i deloc așa, adevărat?

Jennifer sorbi din băutură.

– Oh, sunt chiar atât de indiscretă?

– Câtuși de puțin, răspunse ea amabilă.

Se temea ca nu cumva chipul ei să fi devenit cumplit de palid și de lipsit de expresie.

– Vrei să mai bei ceva, Pauline? întrebă ea când reuși să-și recapete graiul. Paharul meu s-a cam golit.

Se așeză pe scaunul de toaletă și-și deschise poșeta. Deșurubă micul flacon cafeniu și luă încă o pastilă de Valium. Numai una și poate va mai bea un pahar, nu mai mult de atât. Rămase acolo, așteptând ca bătăile inimii să revină la normal, apoi deschise pudriera ca să-și pudreze, inutil, nasul.

Când îi întorsese spatele lui Pauline, aceasta se simțise aproape jignită, de parcă i-ar fi fost respinse confidențele. Era o făptură copilăroasă, entuziastă, încântată că fusese acceptată în noua lume a adulților.

Oare așa simțise și ea cândva față de Laurence? se întrebă cu mintea amorțită. Uneori trecea pe lângă fotografia lor de nuntă din hol și i se părea că se uită la doi străini. De cele mai multe ori încerca să nu-i dea atenție. Dacă nu era în apele ei, așa cum Laurence îi spunea că se întâmplă adesea, îi venea să-i strige acelei fete încrezătoare, cu ochii mari, să nu se mărite. La ora actuală multe femei nu se grăbeau să facă pasul. Aveau propriile lor cariere, propriii lor bani și nu țineau neapărat să-și controleze fiecare cuvânt, ca nu cumva să-l jignească pe singurul bărbat a cărui opinie părea să conteze.

Încercă să nu și-o imagineze pe Pauline Thorne peste zece ani, când vorbele de adorație ale lui Sebastian aveau să fie de mult uitate, când problemele de serviciu, copiii, grijile legate de bani sau simpla plictiseală a rutinei zilnice îi vor veșteji strălucirea de acum. Dar nu trebuia să fie atât de pesimistă. Fata n-avea decât să-și urmeze propriul drum. Poate că povestea ei va fi cu totul altfel.

Răsuflă adânc și-și rujă din nou buzele.

Când se înapoie printre ceilalți invitați, Laurence stătea de vorbă cu alt grup. Rămase în prag, privindu-l cum se înclină ca să întâmpine o tânără pe care ea n-o cunoștea. Laurence asculta cu atenție ce spunea femeia și încuviința din cap. Femeia vorbi din nou și toți bărbații izbucniră în râs. Laurence își duse mâna la urechea ei și-i murmură ceva, iar femeia dădu din cap, zâmbind. Probabil îl socotește fermecător, își spuse Jennifer.

Se făcuse zece fără un sfert. Ea ar fi vrut să plece, dar știa că nu era cazul să-și zorească soțul. Aveau să plece când va socoti el de cuviință.

Chelnerul veni spre ea, întinzându-i o tavă de argint plină de cupe cu șampanie.

– Doamnă?

Casa ei i se păru dintr-odată imposibil de departe.

– Mulțumesc, spuse ea și luă o cupă.

În clipa aceea îl văzu, pe jumătate ascuns în spatele unor ghivece cu palmieri. La început îl urmări din ochi cu un aer aproape absent, amintindu-și vag că și ea cunoscuse odată un bărbat al cărui păr cădea peste gulerul cămășii. Fusese o vreme – poate cu un an în urmă sau mai mult – când îl vedea pretutindeni, ca pe o fantomă, îi vedea pieptul, părul, râsul, deși se uita de fapt la alți bărbați.

Însoțitorul lui scoase un hohot de râs, clătinând din cap, de parcă l-ar fi rugat să nu mai continue. Ridicară paharele unul spre altul. Apoi el se întoarse.

Jennifer simți cum i se oprește inima în piept. Totul în jurul ei încremeni, apoi începu să se învârtească. Nici nu simți cum îi alunecă din mână cupa, auzi doar vag clinchetul de sticlă spartă trezind ecouri în sala uriașă, apoi tăcerea așternută când toate conversațiile încetară brusc pentru câteva clipe și pașii zoriți ai chelnerului venind spre ea să strângă cioburile. Îl auzi pe Laurence, undeva în apropiere, făcând o remarcă indiferentă. Rămase înlemnită în loc, până când chelnerul îi puse o mână pe braț, spunând:

– Dați-vă la o parte, doamnă, vă rog, dați-vă la o parte!

Cei prezenți își reluară conversațiile. Muzica reîncepu să cânte. Și în timp ce ea continua să-l privească țintă, bărbatul cel brunet întoarse capul către ea.

Un sfat: data viitoare când te combini cu o mamă singură, nu aştepta luni întregi să fii prezentat copilului ei.

*Nu-l duce pe copil la meciuri de fotbal. Nu te juca de-a „familia fericită“ prin pizzerii. Nu spune chestii gen ce minunat e să fiţi împreună... ca pe urmă să rupi relaţia, fiindcă, aşa cum i-ai spus tu lui ****, NICIODATĂ N-AI FOST SIGUR CĂ-ŢI PLĂCEA DE EA CU ADEVĂRAT.*

Ilustrată de la o femeie către un bărbat

Capitolul 13

– Nu știu. Credeam că ai terminat cu partea aia de lume. De ce vrei să te întorci acolo?

– E un subiect grozav și sunt omul cel mai potrivit pentru treaba asta.

– Te descurci foarte bine la Națiunile Unite. Șefii sunt încântați.

– Dar adevăratul subiect e Congo, Don, știi foarte bine asta.

Cu toate schimbările de anvergură care avuseseră loc, cu toate că fusese avansat de la redactor de știri la redactor-șef, Don Franklin și biroul lui nu se schimbaseră prea mult de la plecarea lui Anthony O'Hare din Anglia. În fiecare an Anthony se înapoiase ca să-și vadă fiul și să facă act de prezență la redacția de știri, și în fiecare an peretele de sticlă era și mai pătat de nicotină, iar teancurile uriașe de tăieturi din presă, clădite haotic, se înclinau și mai mult, gata-gata să se prăbușească.

– Așa îmi place mie, spunea Don dacă era întrebat. De ce dracu' aș vrea să am vedere directă spre gașca aia de neisprăviți?

Dar biroul dezordonat și plin de hârțoage al lui Don era o anomalie. Ziarul *Nation* era în plină metamorfoză. Paginile lui deveneau mai îndrăznețe și mai inteligente, adresându-se unor cititori mai tineri. Cuprindea articole de fond, sfaturi despre machiaj, discuții pe marginea celor mai recente curente muzicale, scrisori despre contracepție, rubrici de bârfă cu amănunte despre diverse legături extraconjugale. În birourile redacției, printre bărbații cu mânecile suflecate, se învârteau fete cu fuste mini, care se ocupau de xerox sau discutau în grupuri pe coridoare. Fetele își întrerupeau conversația, aruncându-i priviri curioase când trecea prin dreptul lor. Tinerele londoneze deveniseră mai îndrăznețe. Rareori era singur când se întorcea în capitală.

– Știi la fel de bine ca mine. Nimeni de aici nu are experiența mea în Africa. Și acum nu-i vorba numai de personalul consulatului SUA, care e ținut captiv, ci de toți albii de acolo. Se aud tot felul de povești oribile: șefilor Simba[1] nu le pasă de ce fac oamenii lor. Haide, Don. Vrei să zici că Phipps e omul cel mai potrivit pentru așa ceva? Sau MacDonald?

– Nu știu, Tony.

– Crede-mă că americanilor nu le place că trimisul lor, Carlson, e purtat de colo-colo ca o monedă de schimb.

Se aplecă în față.

– Se vorbește despre o operație de salvare... Numele vehiculat este Dragonul Roșu.

– Tony, nu știu dacă șeful vrea să trimită pe careva acolo chiar acum. Rebelii ăia sunt nebuni de legat.

– Cine are contacte mai bune decât mine? Cine știe mai multe ca mine despre Congo, despre Națiunile Unite? Am petrecut patru ani în încrengătura aia de relații, Don, patru ani afurisiți. Aveți nevoie de mine acolo. *Eu* am nevoie să fiu acolo.

Își dădea seama că Don începea să șovăie. Autoritatea câștigată de Anthony în urma anilor petrecuți în afara biroului redacției, înfățișarea lui îngrijită înclina balanța în favoarea lui. Vreme de patru ani relatase cu fidelitate toate desfășurările din interiorul complicatei organizații a Națiunilor Unite.

În primul an nu-l preocupase mai nimic în afara trezitului de dimineață și a grijii de a-și îndeplini sarcina pentru care fusese trimis acolo. Pe urmă însă se luptase cu convingerea sâcâitoare că adevăratul subiect și viața lui se desfășurau undeva departe de locul în care se găsea. În prezent Congo, ajuns la un pas de criză după asasinarea lui

---

[1] Rebeliunea Simba (1964) din fosta Republică Congo a izbucnit ca urmare a așa-ziselor abuzuri comise de guvernul congolez și reprezintă un aspect al istoriei turbulente a țării în prima jumătate a deceniului șaizeci

Lumumba, era pe punctul de a se cufunda în haos și semnalele de alarmă sosite dintr-acolo, cândva distante și răzlețe, deveniseră acum insistente.

– În momentul de față e vorba de cu totul altceva, spuse Don. Nu-mi place ce se întâmplă acolo. Nu cred că e cazul să trimitem pe cineva în țara aia până nu se mai liniștesc lucrurile un pic.

Dar Don știa la fel de bine ca Anthony că tocmai acesta era blestemul relatării din miezul unui conflict: îți oferea limite clare între bine și rău, îți ridica nivelul adrenalinei și te umplea de umor, disperare și spirit camaraderesc. Era perfect posibil să te stoarcă de puteri, dar nimeni dintre cei care fuseseră la fața locului nu savurase lâncezeala și platitudinile vieții „normale" de acasă.

În fiecare dimineață Anthony dădea telefoane și răsfoia ziarele, căutând puținele rânduri care reușiseră să fie tipărite, încercând să înțeleagă ce se petrecea în Congo. Urma să fie un subiect trăsnet: credea asta cu toată ființa. Trebuia să meargă acolo, să simtă gustul evenimentelor, să poată așterne totul pe hârtie. Timp de patru ani se simțise pe jumătate mort. Avea nevoie să ajungă din nou în miezul realității, ca să se trezească iar la viață.

Anthony se aplecă peste birou.

– Uite ce e, mi-a spus Philmore că șeful a cerut în mod expres să fiu trimis eu. Vrei să-l dezamăgești?

Don își aprinse altă țigară.

– Sigur că nu. Dar el n-a fost aici când ai...

Lovi ușor țigara de marginea scrumierei pline ochi.

– Asta era? Ți-e teamă că am să clachez din nou?

Chicotitul stânjenit al lui Don era mai mult decât un răspuns.

– N-am mai pus în gură picătură de alcool de ani de zile. Am avut grijă în privința asta. Am să mă vaccinez împotriva frigurilor, dacă asta te îngrijorează.

– Nu mă gândesc decât la tine, Tony. Este riscant. Ascultă, cum rămâne cu băiatul tău?

– El nu intră în discuția asta.

Două scrisori pe an, dacă avea noroc. Desigur, Clarissa se gândea numai la binele lui Phillip: era mai bine pentru el să nu treacă prea des prin șocul unor întâlniri față în față.

– Dă-mi voie să plec pentru trei luni. Până la sfârşitul anului se termină totul. Aşa spune toată lumea.

– Nu ştiu...

– A existat vreo ocazie când n-am respectat un termen? Nu ţi-am făcut rost de câteva subiecte grozave? Pentru numele lui Dumnezeu, Don, *ai nevoie* de mine acolo. Ziarul *are nevoie* de mine acolo. Trebuie să meargă cineva care cunoaşte situaţia. Cineva cu relaţii. Ia închipuie-ţi asta...

Îşi trecu degetul peste un titlu imaginar:

– „Reporterul nostru din Congo relatează de la faţa locului: ostaticii albi sunt salvaţi." Fă asta pentru mine, Don, şi pe urmă mai vorbim!

– Tot te mai arde sub tălpi să pleci, ai?

– Ştiu unde e locul meu.

Don îşi umflă obrajii, ca un hamster cu chip uman, apoi răsuflă zgomotos:

– OK. Am să discut cu Ăl Mare de la etaj. Nu-ţi promit nimic... dar am să stau de vorbă cu el.

– Mulţumesc.

Anthony se ridică să plece.

– Tony?

– Ce e?

– Arăţi bine.

– Mulţumesc.

– Vorbesc serios. Vrei să bem ceva diseară? Tu, eu şi câţiva din vechea gardă? Miller e şi el la Londra. Am putea lua câteva beri... apă cu gheaţă, Coca-Cola, orice.

– Am promis că merg la o petrecere cu Douglas Gardiner.

– Zău?

– La Ambasada Africii de Sud. Trebuie să-mi menţin relaţiile.

Don clătină resemnat din cap.

– Gardiner, da? Spune-i din partea mea că nu e în stare să scrie nici cât o ceapă degerată.

Cheryl, secretara redacţiei de ştiri, care stătea în picioare lângă dulapul cu articole de papetărie, îi făcu semn cu ochiul când trecu pe lângă ea în drum spre ieşire. Pur şi simplu *îi făcu cu ochiul*. Anthony

O'Hare se întrebă dacă nu cumva în răstimpul cât fusese plecat se schimbaseră mai multe decât își închipuia.

– Ți-a făcut cu ochiul? Tony, băiete, ai avut noroc că nu te-a tras în afurisitul ăla de dulap!

– N-am lipsit decât câțiva ani, Dougie. Este tot aceeași țară.

– Ba nu.

Douglas își roti privirea de jur împrejur.

– Nu, nu e, bătrâne. Acum Londra e centrul universului. Aici se întâmplă toate, amice. Egalitatea dintre femei și bărbați e doar o parte din poveste.

Trebuia să admită că era mult adevăr în spusele lui Douglas. Chiar și aspectul orașului se schimbase: dispăruseră multe străzi tihnite, multe fațade elegante, marcate de trecerea timpului, ecouri ale sărăciei de după război. În locul lor apăruseră firme luminoase, buticuri pentru femei cu nume ca Party Girl și Jet Set, restaurante străine și blocuri-turn. De fiecare dată când se înapoia la Londra se simțea tot mai străin: reperele cunoscute dispăreau, cele rămase fiind puse în umbră de Turnul Poștei sau de alte exemple de arhitectură futuristă. Vechiul lui bloc fusese demolat și în locul lui se ridica acum o clădire de un modernism agresiv. Clubul de jazz al lui Alberto se reprofilase pe rock-and-roll. Până și vestimentația avea culori mai vii. Vechea generație, rămasă la maro și bleumarin, părea cumva mai depășită și mai trecută decât era în realitate.

– Așadar... duci dorul acțiunii?

– Nuuu. Cu toții va trebui să renunțăm la căștile noastre de protecție într-o bună zi, nu crezi? Nu mă îndoiesc că pentru slujba asta va fi nevoie de femei atrăgătoare. Ce mai e pe la New York? Ce părere ai de Johnson[1]?

– Categoric, nu e la fel ca Kennedy... Deci, cu ce te ocupi acum? Îți croiești drum prin înalta societate?

– Nu-i ca atunci când ai plecat tu, Tony. Nu mai au căutare nevestele de ambasadori și bârfele despre fel și fel de indiscreții. E vremea

[1] Lyndon B. Johnson, al treizeci și șaselea președinte american, ajuns la putere după asasinarea lui J.F. Kennedy în 1963

vedetelor pop – Beatles și Cilla Black[1]. Nu se mai cere educație. Întreaga societate a devenit egalitară.

În vasta sală de bal răsună un clinchet de sticlă spartă. Cei doi bărbați își întrerupseră conversația.

– Hopa! Cineva a băut un pahar în plus, comentă Douglas. Anumite lucruri nu se schimbă. Femeile tot nu sunt în stare să țină un pahar cu tărie în mână.

– Ei bine, eu, unul, am impresia că unele fete de la redacția de știri m-ar putea băga sub masă, replică înfiorat Anthony.

– Tot pe sec?

– De peste trei ani.

– N-ai să reziști mult în slujba asta. Nu-ți lipsește?

– Ei nu, pe dracu'! În fiecare zi.

Douglas încetase să mai râdă și se uita undeva în spatele lui Anthony. Anthony aruncă și el o privire peste umăr.

– Vrei să vorbești cu cineva?

Se dădu, prevenitor, la o parte.

– Nu, îi răspunse Douglas, încordându-și privirea. Am avut impresia că se uită cineva la mine. Dar cred că era vorba de tine. O cunoști?

Anthony se întoarse... și mintea lui se goli de orice gând. Apoi realitatea îl lovi brusc, cu forța unei bile de demolări. Bineînțeles că trebuia să fie și ea acolo. Unica persoană la care încercase să nu se gândească. Unica persoană pe care sperase să n-o mai vadă niciodată. Se înapoiase la Londra de mai puțin de o săptămână și iată că o întâlnea. Chiar în prima seară când ieșea în lume.

Îi remarcă rochia de culoare roșu-închis și ținuta aproape perfectă, care o deosebea de toate celelalte femei de acolo. În clipa când privirile li se întâlniră, ea se clătină pe picioare.

– Ei bine, nu. N-avea cum să se uite la tine, remarcă Douglas. Uite, se duce spre terasă. Știu cine este. E...

Plesni din degete.

– Stirling. Soția lui Stirling. Magnatul din industria azbestului.

Își lăsă capul într-o parte.

---

[1] Cântăreață britanică la modă în anii '60

– Te superi dacă mă duc după ea? Aş putea scrie un paragraf. Cu ani în urmă era cea mai grozavă gazdă din înalta societate. Probabil că, totuşi, cititorii ar prefera un articol despre Elvis Presley, dar nu se ştie niciodată...

Anthony îşi înghiţi nodul din gât.

– Nici o problemă.

Îşi îndreptă gulerul, trase aer în piept şi-şi urmă prietenul prin mulţime, îndreptându-se spre terasă.

– Doamnă Stirling...

Jennifer privea în jos, spre aglomerata stradă londoneză, cu spatele la el. Avea părul aranjat într-o coafură sculpturală, numai cârlionţi aurii și strălucitori, iar la gât purta rubine. Se întoarse încet şi-şi duse mâna la gură.

Până la urmă tot trebuia să se întâmple, îşi spuse Anthony. Poate că văzând-o astfel, fiind nevoit s-o întâlnească, va ajunge să-şi găsească în sfârşit liniștea. Dar chiar și așa, habar nu avea ce ar fi putut să-i spună. Urma o conversaţie politicoasă și formală? Poate că Jennifer se va scuza și va trece pe lângă el. Era stânjenită de ce se întâmplase? Se simţea vinovată? Se îndrăgostise de altcineva? Gândurile îi treceau prin minte cu viteza fulgerului.

Douglas îi întinse mâna şi ea i-o strânse, cu ochii ţintă la Anthony. Tot sângele i se scursese din obraji.

– Doamnă Stirling? Sunt Douglas Gardiner de la *Express*. Ne-am cunoscut la Ascot, cred că vara trecută.

– Ah, da, răspunse ea.

Îi tremura glasul.

– Iertaţi-mă, şopti. Eu... Eu...

– Doamnă, nu vă simţiţi bine? Sunteţi foarte palidă.

– Eu... Așa e, am o senzaţie de leșin.

– Vreţi să-l chem pe soţul dumneavoastră?

Douglas o luă de braţ.

– *Nu!* se opuse ea. Nu.

Respiră adânc.

– Doar un pahar cu apă. Dacă sunteţi amabil.

Douglas privi scurt spre Anthony. *Ce-i asta*?

– Tony, stai tu cu doamna Stirling un minut, da? Mă întorc imediat.

Douglas se pierdu printre invitaţi şi când uşa se închise în urma lui, amortizând sunetul muzicii, rămaseră numai ei doi. Ea avea ochii măriţi şi o privire îngrozită. Părea că nu e în stare să scoată un cuvânt.

– E chiar aşa de rău? Vreau să spun, e aşa de rău să mă revezi?

În tonul lui se simţea o vagă iritare, nu se putuse abţine.

Ea clipi, îşi luă ochii de la el, apoi îl ţintui iarăşi cu privirea, de parcă ar fi vrut să verifice dacă era într-adevăr acolo.

– Jennifer? Vrei să plec? Iartă-mă, n-am vrut să te tulbur. Atâta doar că Dougie...

– Mi s-a spus... mi s-a spus... că... ai... murit.

Vorbele îi ieşiră din gâtlej ca un acces de tuse.

– *Că am murit*?

– În accident.

Începuse să transpire şi pielea ei căpătase o paloare ca de ceară. El se temu o clipă ca ea va leşina. Făcu un pas spre Jennifer şi o conduse până la marginea terasei, apoi îşi scoase haina, ca ea să se poată aşeza. Jennifer îşi îngropă capul în mâini şi scoase un geamăt adânc.

– Nu se poate să fii aici.

Dădea impresia că vorbeşte de una singură.

– Poftim? Nu înţeleg.

O fracţiune de secundă îi trecu prin minte că poate ea îşi pierduse minţile. Jennifer ridică privirea.

– Eram amândoi în maşină. Am avut un accident... Nu se poate să fii tu! Nu se poate.

Îşi coborî privirea la mâinile lui, aproape aşteptându-le să dispară.

– Un accident?

Îngenunche lângă ea.

– Jennifer, ultima oară când te-am văzut eram la un club, nu într-o maşină.

Ea clătina din cap. Era limpede că nu înţelegea.

– Ţi-am scris o scrisoare...

– Da.

– ... în care îţi ceream să vii cu mine.

Ea dădu din cap.

– Te-am aşteptat la gară. N-ai venit. Mi-am închipuit că te-ai hotărât să nu mă urmezi. Pe urmă mi-a fost transmisă scrisoarea de la tine, în care aduceai de câteva ori argumentul că erai măritată.

Cum de era în stare să vorbească atât de calm, ca şi cum şi-ar fi aşteptat la gară doar un vechi prieten? Ca şi cum absenţa ei nu i-ar fi schimbat cursul vieţii, fericirea, vreme de patru ani?

– Dar eu veneam spre tine.

Rămaseră ochi în ochi.

Jennifer îşi îngropă din nou capul în mâini şi umerii începură să i se zguduie. El se ridică în picioare, privind scurt dincolo de ea, spre sala de bal luminată, şi-i puse o mână pe umăr. Ea tresări, de parcă atingerea lui ar fi ars-o. Anthony îi văzu linia spatelui sub rochie şi i se tăie răsuflarea. Nu putea gândi limpede. Nu putea gândi aproape deloc.

– Tot acest timp... zise ea, privindu-l cu ochii în lacrimi. Tot acest timp... şi tu erai în viaţă.

– Am presupus... că pur şi simplu nu voiai să vii cu mine.

– Uite!

Îşi ridică mâneca, dând la iveală linia argintie în zigzag care-i însemna braţul.

– Mi-am pierdut memoria. Luni întregi. Chiar şi acum îmi amintesc prea puţin din perioada aceea. El mi-a spus că ai murit. Mi-a spus...

– Dar n-ai văzut numele meu în ziar? Scriu articole aproape zilnic.

– Nu citesc ziare. Nu mai citesc. De ce le-aş citi?

Anthony începu să înţeleagă adevărata semnificaţie a vorbelor ei şi simţi că-i fuge pământul de sub picioare. Jennifer se întoarse spre ferestrele înalte, acum pe jumătate aburite, şi-şi şterse lacrimile cu degetele. El îi oferi batista şi ea o luă, şovăind, de parcă i-ar fi fost în continuare teamă să-l atingă.

– Nu pot rămâne aici, spuse ea când reuşi să-şi recapete controlul.

Rimelul îi lăsase o dâră neagră sub un ochi şi Anthony se împotrivi pornirii de-a o şterge.

– El o să se întrebe unde sunt.

Avea în jurul ochilor riduri subţiri cauzate de stres, inexistente înainte. Pielea transparentă de altădată era acum întinsă pe obraji.

Tinereţea de atunci dispăruse, făcând loc unei expresii denotând experienţe noi şi mai subtile. Nu-şi putea lua ochii de la ea.

– Cum pot să dau de tine? o întrebă.

– Nu poţi.

Clătină uşor din cap, parcă pentru a-şi limpezi mintea.

– Eu stau la hotel Regent, zise el. Sună-mă mâine!

Vârî mâna în buzunar şi mâzgăli repede un număr pe o carte de vizită.

Ea o luă şi o privi lung, ca şi cum ar fi vrut să-şi întipărească detaliile în memorie.

– Poftiţi!

Douglas îşi făcu apariţia între ei. Îi întinse lui Jennifer un pahar cu apă.

– Soţul dumneavoastră stă de vorbă cu câteva persoane chiar în dreptul uşii. Dacă doriţi, îl pot chema.

– Nu, nu, o să-mi revin.

Luă o înghiţitură de apă din pahar.

– Mulţumesc mult. Trebuie să plec, Anthony.

Ah, felul în care îi rostise numele. *Anthony*. El îşi dădu seama că zâmbea. Jennifer era aici, la câţiva centimetri de el. Îl iubise, îl jelise. Încercase să vină la el în seara aceea. Toată suferinţa celor patru ani dispăruse ca prin farmec.

– Atunci, vă cunoaşteţi?

Anthony auzi vocea lui Douglas venind parcă de undeva de departe şi-l văzu făcând semn spre uşă. Jennifer bea apa cu înghiţituri mici, fără să-şi ia ochii de la Anthony. El ştia că nu peste multă vreme va blestema zeii care se amuzaseră trimiţându-le vieţile în două direcţii diferite şi va plânge pentru timpul pierdut. Dar pe moment tot ce simţea era o bucurie nestăvilită la gândul că recăpătase ceea ce crezuse pierdut pentru totdeauna.

Venise vremea ca Jennifer să plece. Ea se ridică şi-şi netezi părul.

– Arăt... bine?

– Arăţi...

– Arătaţi superb, doamnă Stirling. Ca întotdeauna, o asigură Douglas şi deschise uşa.

Jennifer schiţă un surâs vag, sfâşietor prin ceea ce-i destăinuia lui Anthony. Trecând pe lângă el, întinse o mână delicată şi-i atinse braţul chiar deasupra cotului. Pe urmă intră în sala de bal ticsită de lume.

Când uşa se închise în urma ei, Douglas ridică o sprânceană.

– Nu-mi spune, zise el. N-o fi altă cucerire de-a ta? Ah, ticălosule! Întotdeauna ai obţinut tot ce-ai dorit.

– Nu, răspunse el încet, cu ochii încă la uşă. N-am obţinut tot ce-am dorit.

Cât timp dură scurtul drum cu maşina până acasă, Jennifer rămase tăcută. Laurence se oferise să ducă acasă cu maşina un partener de afaceri pe care ea nu-l cunoştea, ceea ce însemna că putea sta liniştită în vreme ce bărbaţii discutau.

– Bineînţeles, Pip Marchant a recurs la vechile lui şmecherii, investind tot capitalul într-un singur proiect.

– Are mare noroc. Aşa avea şi taică-său.

– Cred că dacă-i cercetezi arborele genealogic ai să dai de „Uriaşul balon de săpun al Mării Sudului"[1].

– Nu unul singur, ci chiar multe! Toate umplute cu aer şi atât.

Interiorul limuzinei negre şi spaţioase era îmbâcsit de fum de trabuc. Laurence se arăta irascibil şi încăpăţânat, aşa cum i se întâmpla adeseori când se găsea între oameni de afaceri sau când îşi făcuse plinul de whisky. Jennifer abia îl auzea, într-atât era de cufundată în noua realitate ce i se revela. În timp ce maşina îşi continua drumul, ea privea afară, la străzile liniştite, fără să vadă frumuseţea locurilor pe unde trecea, nici trecătorii singuratici îndreptându-se agale către casă, ci chipul lui Anthony. Ochii lui căprui oglindiţi într-ai ei, obrazul lui, ceva mai ridat, dar poate chiar mai frumos şi mai relaxat. Încă îi simţea fierbinţeala mâinii pe spatele ei.

Cum pot să dau de tine?

---

[1] Mare escrocherie financiară din secolul al XVIII-lea, pusă la cale de Guvernul Marii Britanii şi care a sărăcit sute de mii de oameni din întreaga lume. Scandalul a intrat în istorie cu numele de Great South Sea Bubble (Uriaşul balon de săpun al Mării Sudului).

Fusese în viaţă, toţi aceşti patru ani. Trăise, respirase, băuse cafea şi bătuse la maşină. Era în viaţă. I-ar fi putut scrie, i-ar fi putut vorbi. S-ar fi putut duce la el.

Înghiţi în sec, străduindu-se să-şi domolească valul de emoţie care ameninţa s-o cotropească. Va veni o vreme când se va ocupa de toate câte conduseseră la acest deznodământ, la faptul că se afla aici şi acum, alături de un bărbat care nu mai catadicsea nici măcar să se sinchisească de prezenţa ei. Dar încă nu venise momentul. Sângele îi fierbea în vine şi cânta: Anthony *trăieşte*.

Maşina opri pe Upper Wimpole Street. Martin se dădu jos de la volan şi deschise portiera. Omul de afaceri coborî, pufăind din trabuc.

– Îţi rămân îndatorat, Larry. Vii la club săptămâna asta? Îţi fac cinste cu un prânz.

– Abia aştept.

Celălalt se îndreptă greoi spre uşa de la intrare, care se deschise, de parcă cineva i-ar fi pândit sosirea. Laurence îşi urmări din ochi colegul intrând în casă, apoi se întoarse spre şofer:

– Acasă, te rog, Eric!

Îşi schimbă poziţia pe banchetă.

Jennifer îi simţi privirea aţintită asupra ei.

– Eşti foarte tăcută.

Întotdeauna avea grijă ca vorbele lui să sune a reproş.

– Da? Nu cred că aş fi avut ceva de adăugat la conversaţia voastră.

– Da. Ei bine, una peste alta, a fost o seară destul de reuşită.

Se lăsă pe spătarul banchetei, dând din cap ca pentru sine.

– Aşa e, spuse ea încet. A fost o seară reuşită.

Îmi pare rău, dar trebuie să ne despărțim. Să nu-ți faci reproșuri, nu-i vina ta. Dave a spus că ar fi dispus să-și încerce norocul, dacă n-ai nimic împotrivă. Totuși, te rog să refuzi, pentru că ar trebui să ne mai vedem.

SMS de la un bărbat către o femeie

Capitolul 14

Hotelul tău, la amiază. J.

Anthony rămase cu ochii la scrisoarea care cuprindea un singur rând.

– A fost adusă personal azi-dimineață.

Cheryl, secretara redacției de știri, stătea în fața lui, cu un creion între degetul arătător și cel mijlociu. Părul ei scurt, de un blond uluitor, era atât de des încât Anthony se întrebă o clipă dacă purta perucă.

– Nu știam precis dacă să-ți telefonez, dar Don a spus că ai să treci pe la redacție.

– Bine. Mulțumesc.

Împături cu grijă foaia de hârtie și o puse în buzunar.

– Super!

– Cine, eu?

– Noua ta iubită.

– Foarte nostim.

– Vorbesc serios. Totuși, mi s-a părut că arăta prea selectă pentru tine.

Cheryl se așeză pe marginea biroului lui Anthony, privind în sus spre el printre genele încărcate de rimel.

– *Chiar* este prea selectă pentru mine. Și nu-i iubita mea.

– Ah, da. Uitasem. Tu ai una la New York. Cea de azi-dimineață e măritată, așa-i?

– E o veche prietenă.

– Ha! Şi eu am vechi prieteni de soiul ăsta. O iei cu tine în Africa?

– Nici nu ştiam că plec în Africa.

Se lăsă pe spătarul scaunului, cu degetele împreunate la ceafă.

– Iar tu eşti incredibil de indiscretă.

– În caz că n-ai observat, aici lucrăm la un ziar. Indiscreţia este meseria noastră.

Abia dacă închisese ochii în cursul nopţii, rămăsese cu simţurile treze la tot ce era în jur. La ora trei renunţase la somn şi se dusese într-un bar, unde băuse trei ceşti de cafea, rememorând conversaţia avută cu ea, încercând să înţeleagă tot ce auzise. În zori se luptase să-şi învingă pornirea de a lua un taxi până în scuar, ca să se aşeze în faţa casei ei, doar pentru plăcerea de a şti că ea era acolo, la numai câţiva paşi.

Veneam spre tine.

Cheryl nu-şi luase ochii de la el. Anthony bătu uşor cu degetele în birou.

– Da, spuse el. Ei bine, după părerea mea toată lumea se preocupă mult prea mult de relaţiile altora.

– Vasăzică, *chiar este* vorba de o relaţie. Ştii că redacţia a iniţiat şi o rubrică de relaţii private?

– Cheryl...

– Oricum, aşa devreme dimineaţa nu prea ai cine ştie ce subiecte. Şi ce zice în scrisoare? Unde vă întâlniţi? Într-un loc drăguţ? Plăteşte ea? Doar se vede de la o poştă că are de unde.

– Dumnezeule mare!

– Ei bine, se pare că nu se prea pricepe la relaţii amoroase. Spune-i ca data viitoare când mai lasă un bilet, mai întâi să-şi scoată verigheta.

Anthony oftă.

– Domnişoară, păcat că eşti secretară.

Glasul ei se preschimbă într-o şoaptă:

– Dacă-mi spui cum o cheamă, am să împart câştigul cu tine. Este o sumă frumuşică.

– Trimiteţi-mă în Africa, pentru numele lui Dumnezeu. Anchetatorii din armata congoleză nu-s nimic pe lângă tine.

Ea râse răguşit şi se înapoie la maşina de scris.

Anthony despături biletul. Simpla vedere a acelor litere cu bucle îl duse cu gândul în Franţa, la biletele strecurate pe sub uşa lui în săptămâna aceea de vis trăită cu un milion de ani în urmă. O părticică din el știuse că ea va încerca să ia legătura. Sări ca ars, dându-și seama că intrase Don.

– Tony, șeful vrea să stea de vorbă cu tine. La etaj.

– Acum?

– Nu, de marți în trei săptămâni. Sigur că acum. Vrea să discutați despre viitorul tău. Și, din păcate, nu te pune pe liber. Cred că vrea să se lămurească dacă să te trimită înapoi în Africa sau nu.

Don îl împunse cu degetul în umăr.

– Hei! Ai vată în urechi? Trebuie să ai aerul că știi ce vrei.

Anthony abia dacă-l auzea. Era deja unsprezece și un sfert. Șeful era un om căruia nu-i plăcea să facă lucrurile în grabă, era posibil să-l rețină o oră întreagă. Se ridică și se întoarse către Cheryl.

– Blondino, fă-mi un serviciu. Sună la hotelul unde stau. Spune-le că o doamnă pe nume Jennifer Stirling mă va căuta la ora douăsprezece și roagă pe cineva s-o anunțe că întârzii, dar să nu plece, am să vin. Nu trebuie să plece.

Cheryl afișă un zâmbet plin de încântare.

– *Doamna* Jennifer Stirling?

– După cum ți-am spus, e o veche prietenă.

Anthony observă că Don era îmbrăcat cu aceeași cămașă ca în ziua precedentă. Clătina și el din cap.

– Iisuse! Iar femeia asta, Stirling? Cât de mult îți place să cauți necazul cu lumânarea?

– E doar o prietenă.

– Iar eu sunt Twiggy[1]. Mai lasă-mă! Vino și explică-i Marelui Șef Alb de ce ar trebui să fii lăsat să ajungi pe mâna rebelilor Simba.

Constată cu ușurare că Jennifer era încă acolo. Trecuseră mai mult de treizeci de minute de la ora fixată pentru întâlnire. Ea ședea la o măsuță din salonul excesiv de înzorzonat, ale cărui înflorituri din stuc semănau cu glazura unui tort de Crăciun din cale-afară de ornat. Majoritatea celorlalte mese erau ocupate de văduve în vârstă, care exclamau cu glas șocat și coborât cât de decăzută era lumea modernă.

[1] Cântăreață, actriță și top-model din anii '60

– Am comandat ceai, spuse Jennifer când Anthony se așeză pe scaunul din fața ei, cerându-și scuze pentru a cincea oară. Sper că n-ai nimic împotrivă.

Își lăsase părul pe umeri. Purta un pulover negru și pantaloni bej, mulați pe corp. Era mai subțire decât înainte. Anthony își spuse că probabil așa era moda.

El încercă să-și recapete suflul. Își imaginase acest moment de atâtea ori, își imaginase cum o ia în brațe, își imaginase revederea lor pasională. Acum se simțea oarecum descumpănit de calmul ei, de ambianța oficială.

Veni chelnerița, împingând un cărucior de pe care luă un ceainic, cana cu lapte, câteva sendvișuri cu pâine albă tăiată la milimetru, farfurioare și ceșcuțe. Anthony își spuse că probabil i-ar fi încăput în gură câte patru sendvișuri deodată.

– Mulțumesc.

– Nu vrei... cu zahăr.

Jennifer se încruntă, de parcă ar fi încercat să-și amintească.

– Nu.

Sorbiră din ceai. De câteva ori el deschise gura să vorbească, dar nu reuși să scoată nici un sunet. Continua s-o privească pe furiș, remarcând cele mai neînsemnate detalii. Forma bine cunoscută a unghiilor ei. Încheieturile mâinilor. Felul în care din când în când își îndrepta spatele, de parcă o voce îndepărtată i-ar fi ordonat să stea dreaptă.

– Ieri am trăit un șoc teribil... zise ea în cele din urmă, punând ceșcuța pe farfurioară. Trebuie... să-mi cer scuze pentru felul cum m-am comportat. Probabil ai crezut că am luat-o razna.

– E perfect de înțeles. Nu vezi în fiecare zi pe cineva sculat din morți.

Ea surâse vag.

– Întocmai.

Privirile li se întâlniră, apoi fiecare se uită în altă parte. Ea se aplecă și mai turnă ceai.

– Unde stai acum?

– Am stat la New York.

– Tot acest timp?

– Nu aveam prea mari motive să mă întorc.

Urmă o nouă tăcere apăsătoare, întreruptă de Jennifer:

– Arăţi bine. Foarte bine.

Avea dreptate. Nu se putea să locuieşti în Manhattan şi să arăţi neîngrijit. Anul acesta se înapoiase în Anglia cu o serie întreagă de costume de calitate şi cu nenumărate obiceiuri noi: se bărbierea la abur fierbinte, îşi lustruia pantofii, renunţase la alcool.

– Iar tu eşti încântătoare, Jennifer.

– Mulţumesc. Rămâi mult în Anglia?

– Probabil că nu. S-ar putea să plec din nou peste ocean.

O privi atent, să vadă efectul veştii asupra ei. Dar ea se mulţumi să întindă mâna după lapte.

– Nu, o opri el. Mulţumesc.

Jennifer încremeni cu mâna în aer, parcă dezamăgită că uitase.

– Ce însărcinare vor să-ţi dea cei de la ziar? întrebă ea, punând un sendviş pe o farfurioară şi aşezând farfurioara în faţa lui.

– Ei ar vrea să rămân aici, dar eu ţin să mă întorc în Africa. Situaţia din Congo a devenit foarte complicată.

– Nu-i prea riscant acolo?

– Asta-i mai puţin relevant.

– Vrei să fii în miezul lucrurilor.

– Da. E un subiect important. În plus, detest munca de birou. Ultimii câţiva ani au fost...

Încercă să găsească o expresie pe care s-o poată folosi în deplină siguranţă:

„Aceşti ani la New York m-au ajutat să nu-mi pierd minţile? Să-mi continui viaţa departe de tine? M-au împiedicat să mă arunc peste o grenadă de pe câmpul de luptă inamic?“

– ... folositori, zise el într-un târziu. Mă refer la faptul că şeful trebuia probabil să mă vadă în altă lumină. Dar acum sunt nerăbdător să-mi urmez calea. Să mă întorc la ceea ce mă pricep să fac cel mai bine.

– Şi nu există locuri sigure în care să-ţi satisfaci nevoia asta?

– Arăt eu a om dispus să umble cu agrafe de birou sau să vâre hârţoage la dosar?

Ea zâmbi vag.

– Cum rămâne cu băiatul tău?

– Nu l-am văzut aproape deloc. Maică-sa preferă să stau departe de el.

Sorbi o înghițitură de ceai.

– Un post în Congo n-ar face mare diferență când noi comunicăm doar prin scrisori.

– Cred că ți-e tare greu.

– Da. Așa e, mi-e greu.

Într-un colț începuse să cânte un cvartet de coarde. Jennifer se uită scurt peste umăr, dându-i lui ocazia să-i privească o clipă, fără fereală, profilul și mica adâncitură de pe buza de sus. Simți un nod în stomac și înțelese cu un fior de durere că niciodată în viață nu va mai iubi așa cum o iubea pe Jennifer Stirling. Cei patru ani nu-l eliberaseră de această iubire și probabil că nici alți zece de acum încolo nu aveau s-o facă. Când ea se întoarse iarăși spre el, Anthony își dădu seama că era incapabil să vorbească, altfel i-ar fi dezvăluit tot, revărsându-și preaplinul sufletului, la fel precum cineva rănit de moarte.

– Ți-a plăcut la New York? îl întrebă ea.

– A fost, probabil, mai bine pentru mine decât să rămân aici.

– Unde ai locuit?

– În Manhattan. Cunoști New Yorkul?

– Nu atât cât să-mi dau seama exact la ce te referi, mărturisi ea. Și ești... te-ai recăsătorit?

– Nu.

– Ai o iubită?

– M-am întâlnit cu cineva.

– O americancă?

– Da.

– Măritată?

– Nu. Contrar așteptărilor.

Ea nu clipi.

– E ceva serios?

– Încă nu m-am hotărât.

Ea își îngădui un zâmbet.

– Nu te-ai schimbat.

– Nici tu.

– Ba da, zise ea încet.

Ar fi vrut s-o atingă. Ar fi vrut să mături toată vesela de pe masa asta blestemată, să se întindă și s-o ia în brațe. Brusc îl cuprinse furia: se simțea blocat de acest loc ridicol, în această atmosferă oficială. Cu o seară în urmă Jennifer se purtase într-adevăr ciudat, dar cel puțin tumultul sentimentelor ei fusese autentic.

– Dar tu? Viața ta a fost frumoasă? întrebă el, văzând-o că nu avea de gând să vorbească.

Ea sorbi din ceai. Părea aproape amorțită.

– Dacă am avut o viață frumoasă?

Chibzui asupra întrebării.

– Și frumoasă, și urâtă. La fel ca toată lumea.

– Mai mergi și acum pe Riviera?

– Dacă pot alege, nu.

Ar fi vrut s-o întrebe: „Din pricina mea?"

Ea nu părea dispusă să ofere de la sine mai nimic. Unde îi era flacăra de altădată? Unde era pasiunea? Acel vulcan din interiorul ei care amenința să erupă, fie într-un hohot de râs neașteptat sau un potop de sărutări? Părea zdrobită, îngropată sub o carapace de gheață și bune maniere.

Cvartetul din colț făcu o scurtă pauză între părțile concertului. Anthony nu-și mai putu stăpâni sentimentul de frustrare:

– Jennifer, de ce m-ai chemat aici?

Părea epuizată, remarcă Anthony, dar avea pomeții încinși, de parcă ar fi fost mistuită de febră.

– Iartă-mă, continuă el, dar nu-mi arde de sendvișuri. Nu-mi arde să stau aici și să ascult nenorocita asta de muzică de cameră. Dacă mi-am câștigat vreun drept prin faptul că am fost socotit mort vreme de patru ani, atunci acela-i dreptul de a nu fi obligat să beau ceai și să întrețin o conversație politicoasă.

– Am vrut... doar să te văd.

– Știi, ieri-seară când te-am zărit în celălalt capăt al sălii de bal, încă eram furios pe tine. În tot acest timp mi-am închipuit că l-ai ales pe el, că ai ales un anume stil de viață, în defavoarea mea. Am purtat în gând discuții cu tine iar și iar, certându-te că nu mi-ai răspuns la ultimele scrisori...

– Te rog, nu... îl întrerupse ea, ridicând mâna.

– Pe urmă te întâlnesc, îmi spui că ai încercat să vii cu mine, iar eu trebuie să regândesc tot ce-am crezut în toţi aceşti patru ani, tot ce mi-am închipuit că e adevărat...

– Să nu vorbim despre asta, Anthony, despre cum ar fi putut să fie...

Jennifer îşi puse mâinile pe masă în faţa ei, ca şi cum şi-ar fi dat cărţile pe faţă.

– Pur şi simplu... nu pot.

Şedeau unul în faţa celuilalt, o femeie îmbrăcată impecabil şi un bărbat încordat ca un arc. Îl fulgeră gândul, de un umor negru, că pentru cei din jur păreau îndeajuns de nefericiţi pentru a fi căsătoriţi.

– Spune-mi un lucru, îi ceru el. De ce îi eşti atât de credincioasă? De ce-ai rămas cu cineva care e limpede că nu-i în stare să te facă fericită?

Ea îşi ridică privirea, întâlnind-o pe a lui.

– Probabil pentru că i-am fost necredincioasă.

– Crezi că el ţi-ar fi credincios?

Ea îi susţinu privirea câteva clipe, apoi se uită la ceas.

– Trebuie să plec.

El schiţă o grimasă.

– Iartă-mă, n-am să mai spun nimic. Vreau doar să ştiu...

– Nu din cauza ta. Zău că nu. Trebuie să merg undeva.

El se stăpâni.

– Sigur, iartă-mă! Eu sunt cel care a întârziat. Iartă-mă că ţi-ai pierdut timpul din pricina mea.

Nu-şi putea înfrâna tonul mânios. Îşi blestemă în gând şeful fiindcă-l făcuse să piardă o jumătate de oră preţioasă, se blestemă pe sine pentru ocaziile pe care le ştia deja pierdute şi pentru că acceptase să se apropie de ceva ce încă avea puterea să-l distrugă.

Ea se ridică să plece şi chelnerul veni s-o ajute să-şi pună haina. Întotdeauna se va găsi cineva care s-o ajute, îşi zise el. Era genul acela de femeie. Rămase încremenit, incapabil să se mişte de la masă.

O înţelesese greşit? Memoria îi juca feste când îşi amintea cât de intens fusese scurtul timp petrecut împreună? Îl întrista ideea că aşa ar fi putut sta lucrurile. Sau era mai rău ca amintirea a ceva perfect să fie întinată şi înlocuită cu ceva inexplicabil şi dezamăgitor?

Chelnerul îi ţinu de umeri mantoul, iar ea îşi vârî braţele în mâneci, unul câte unul, ţinându-şi capul aplecat.

– Asta-i tot?

– Iartă-mă, Anthony.! Chiar trebuie să plec.

El se ridică.

– Nu discutăm despre nimic? După tot ce s-a întâmplat? Măcar te-ai *gândit* vreodată la mine?

Dar înainte să mai adauge ceva, ea se întoarse și ieși.

Jennifer își dădu pentru a cincisprezecea oară cu apă rece pe ochii umflați și înroșiți. Oglinda din baie reflecta chipul unei femei pe care viața o îngenunchease. O femeie atât de diferită de acea *tai-tai* de acum cinci ani, de parcă ar fi fost altă specie, nu altă persoană. Își trecu degetul peste cearcănele de sub ochi, peste cutele nou apărute pe frunte din pricina stresului și se întrebă ce văzuse el atunci când o privise.

O să te stoarcă de puteri, Jennifer, o să ucidă în tine tot ce te face să fii tu.

Deschise dulăpiorul de medicamente și rămase cu ochii la șirul ordonat de flacoane cafenii. Nu putuse să-i dezvăluie că înainte să-l întâlnească îi fusese atât de teamă încât înghițise dublul dozei recomandate de Valium. Nu putuse să-i spună că-l auzise ca prin ceață, că fusese atât de detașată de ceea ce făcea încât abia ținuse ceainicul în mână. Nu putuse să-i destăinuie că simplul fapt de a-l avea atât de aproape încât îi distingea fiecare linie din palmă și-i inspira aroma apei de colonie pur și simplu o paralizase.

Jennifer deschise robinetul de apă caldă și șuvoiul începu să curgă abundent spre gaura de scurgere, împroșcând porțelanul și lăsând puncte întunecate pe pantalonii ei de culoare deschisă. Luă flaconul de Valium de pe raftul de sus și-i deșurubă capacul.

Forța îți aparține ție, tu poți îndura să trăiești cu o iubire ca aceasta și cu gândul că nu vom avea niciodată dreptul la ea.

„Nu sunt așa descurcăreață cum m-ai crezut tu, Boot."

Auzi la parter vocea doamnei Cordoza și încuie ușa de la baie. Se sprijini cu amândouă mâinile de marginea chiuvetei. „Chiar sunt în stare să fac asta?"

Ridică flaconul și-i răsturnă conținutul în gaura de scurgere, privind cum apa ducea cu ea pastilele minuscule și albe. „Micile ei ajutoare." Toată lumea lua Valium, îi spusese dezinvoltă Yvonne prima oară când Jennifer șezuse în bucătărie fără să se poată opri din plâns. Doctorii erau perfect dispuși să-l prescrie. Pastilele aveau s-o mai liniștească puțin. „Sunt atât de liniștită că totul s-a terminat", își spuse ea, întinzându-se după alt flacon.

Le golise pe toate, pe raft nu mai era nimic. Se privi în oglindă, în timp ce ultimele pastile dispăreau duse de șuvoiul de apă.

În Stanleyville situația era încordată. Redacția de știri externe a ziarului *Nation* trimisese o notă prin care-l informa pe Anthony că rebelii congolezi, autointitulata Armată Simba, începuse să adune și mai mulți ostatici în hotelul Victoria, drept represalii față de forțele guvernamentale congoleze și de mercenarii lor albi.

„Să ai bagajele pregătite. Articol emoționant", suna mesajul. „Șeful ți-a dat aprobare specială ca să pleci. Cu rugămintea să nu te lași ucis/capturat."

Pentru prima oară Anthony nu se năpusti la birou să verifice telegramele cu ultimele știri. Nu telefonă nici relațiilor sale de la Națiunile Unite, nici celor din armată. Rămase în continuare lungit pe patul de hotel, gândindu-se la o femeie care-l iubise îndeajuns de mult încât să-și lase bărbatul, ca apoi să dispară vreme de patru ani.

Tresări auzind un ciocănit la ușă. Probabil că menajera voia să deretice din jumătate în jumătate de oră. Avea obiceiul agasant să fluiere în timp ce făcea treabă, așa că Anthony nu putea face niciodată abstracție de ea.

– Vino mai târziu, strigă el și se întoarse pe o parte.

Oare doar șocul revelației că el trăia o făcuse pur și simplu să vibreze când se găsiseră față în față? Oare ea își dăduse seama azi că sentimentele ei de odinioară se topiseră? Oare nu făcuse decât să se conformeze unor conveniențe, invitându-l la ceai la fel cum își invită cineva un vechi prieten? Manierele ei fuseseră întotdeauna absolut fără cusur.

O nouă bătaie în ușă, de astă dată mai timidă. Era și mai enervant decât dacă menajera pur și simplu ar fi apăsat clanța și ar fi intrat.

Măcar așa i-ar fi dat ocazia să se răstească la ea. Se ridică și se duse la ușă.

– Aș prefera...

În fața lui stătea Jennifer, cu cordonul prins strâns în jurul taliei, cu ochii strălucind.

– În fiecare zi, spuse ea.

– Poftim?

– Fiecare lună. Fiecare zi. Fiecare oră.

Tăcu o clipă, apoi adăugă:

– Cel puțin fiecare oră. Vreme de patru ani.

În jurul lor, coridorul era cufundat în tăcere.

– Credeam că ai murit, Anthony. Am plâns după tine. Am plâns pentru viața pe care speram s-o pot trăi alături de tine. Am citit și recitit scrisorile tale până le-am făcut ferfeniță. Când am ajuns să cred că s-ar putea să fiu vinovată de moartea ta, m-am urât atât de mult încât abia reușeam să traversez o nouă zi. De n-ar fi fost...

Continuă pe alt ton:

– Pe urmă, la o petrecere la care nici nu voisem să merg, te-am revăzut. *Pe tine*. Și mai întrebi de ce-am vrut să te întâlnesc?

Trase adânc aer în piept, de parcă ar fi vrut să-și recapete stăpânirea de sine.

În celălalt capăt al coridorului se auziră pași. El îi întinse mâna.

– Vino înăuntru!

– N-am putut rămâne acasă. Trebuia să-ți spun ceva înainte să pleci din nou. Trebuia să-ți spun.

Anthony făcu un pas înapoi și Jennifer trecu pe lângă el, intrând în dormitorul mare, cu pat dublu, ale cărui dimensiuni generoase și poziție atestau statutul lui actual, mult superior, în cadrul ziarului. Anthony era fericit că măcar o dată păstrase și el ordine: cămașa spălată atârna pe spătarul scaunului, iar pantofii cei buni erau așezați lângă perete. Fereastra rămăsese deschisă, lăsând să pătrundă zarva străzii, și el se duse s-o închidă. Ea își puse poșeta pe scaun și haina deasupra.

– E un pas înainte, spuse el încurcat. Prima oară când m-am întors din străinătate am primit cameră la o pensiune din Bayswater Road. Vrei să bei ceva?

Se simţea ciudat de relaxat. Ea se aşeză la măsuţă.

– Să sun să comand ceva? Poate cafea? insistă Anthony.

Doamne, cât dorea s-o atingă.

– N-am dormit, spuse ea, masându-şi obrazul întristată. Când te-am văzut, n-am mai fost în stare să gândesc limpede. Am tot încercat să înţeleg ce s-a întâmplat. Nimic nu se leagă.

– În după-amiaza aceea, acum patru ani, erai în maşină cu Felipe?

– Felipe?

Privirea ei nu exprima nimic.

– Prietenul meu de la clubul Alberto. A murit într-un accident de maşină, cam pe la ora când plecam eu. Am verificat în ziar azi-dimineaţă. Acolo se menţionează că în maşină mai era o femeie, al cărei nume a fost trecut sub tăcere. E singura explicaţie pe care o găsesc.

– Nu ştiu. Cum spuneam ieri, sunt încă detalii pe care nu mi le amintesc. Dacă nu ţi-aş fi găsit scrisorile, poate nu mi-aş mai fi amintit nici de tine. N-aş fi ştiut niciodată...

– Dar cine ţi-a spus că am murit?

– Laurence. Nu te uita aşa. Nu este un sadic. Cred că într-adevăr şi-a închipuit că erai mort.

Aşteptă o clipă.

– Ştia că... exista cineva... înţelegi? Ţi-a citit ultima scrisoare. După accident, probabil a pus lucrurile cap la cap...

– Ultima mea scrisoare?

– Cea în care îmi cereai să ne întâlnim la gară. O aveam la mine când s-a petrecut accidentul.

– Nu înţeleg... aceea n-a fost ultima mea scrisoare...

– Oh, să nu... îl întrerupse ea. Te rog... E prea...

– Atunci?

Ea îl privea cu atenţie.

– Jennifer... eu...

Ea se apropie atât de mult încât, în ciuda luminii difuze, el îi putea distinge fiecare mic pistrui de pe obraz, fiecare geană terminată într-un vârf negru şi suficient de ascuţit cât să străpungă inima unui bărbat. Se găsea lângă el şi totuşi undeva departe, parcă pe punctul de a lua o hotărâre.

– Boot, şopti ea, eşti supărat pe mine? Chiar şi acum?

Boot.

El își înghiți nodul din gât.

– Cum aș putea fi?

Ea ridică mâinile și-i mângâie conturul obrazului, cu degete atât de delicate încât el abia le simți.

– Chiar am făcut asta?

El o privi țintă.

– Înainte, clipi ea. Chiar nu-mi amintesc. Îți știu doar cuvintele.

– Da.

Glasul i se frânse.

– Da, am făcut asta.

Îi simți degetele reci pe pielea lui și-și aminti parfumul ei.

– Anthony, murmură ea, rostindu-i numele cu blândețe și copleșitoare tandrețe, care vorbea de toată dragostea și pierderea pe care le îndurase și el la rândul lui.

Trupul ei se sprijini de al lui și-i auzi suspinul urcând din adâncul sufletului, apoi îi simți răsuflarea pe buzele lui. Aerul încremenise în jurul lor. Îi acoperi buzele cu ale lui și ceva păru că-i explodează în piept. Se auzi icnind și-și dădu seama cu groază că ochii i se umpluseră de lacrimi.

– Iartă-mă, îi șopti rușinat. Iartă-mă! Nu știu... de ce...

– Eu știu, răspunse ea. Eu știu.

Îi înlănțui gâtul cu brațele, sărutându-i lacrimile care se rostogoleau pe obraji și murmurându-i la ureche. Se agățară unul de altul cu fericire și disperare, nevenindu-le să creadă ce se întâmpla. Timpul își pierdu semnificația, sărutările lor deveniră tot mai lacome, lacrimile se zvântară. El îi trase puloverul peste umeri și așteptă aproape neajutorat până când ea îi descheie nasturii cămășii. Cu o smucitură fericită, se eliberă de cămașă, lipindu-și pielea de a ei. În clipa următoare erau în pat, înfășurați unul în jurul celuilalt, cu trupurile înfometate, aproape neîndemânatici de atâta dorință.

El o sărută, conștient că încerca s-o facă să înțeleagă profunzimea a ceea ce simțea. În clipa în care se pierdu în ea, cu părul ei mângâindu-i obrazul și pieptul, cu buzele ei atingându-i pielea, își dădu seama că există oameni care-și găsesc jumătatea în altă ființă.

O simţea vie sub trupul lui, aprinzând flacăra din el. Îi sărută cicatricea care se întindea până la umăr, fără să-i pese de grimasa şi împotrivirea ei, până când ea acceptă ceea ce voia el s-o facă să înţeleagă: acea linie argintie lui îi părea frumoasă, fiindcă-i spunea că ea îl iubea. Îi spunea că ea voise să vină cu el. Îi săruta cicatricea pentru că nu exista nici o parte din ea pe care el să fi vrut s-o facă mai frumoasă, nici o parte din ea pe care să n-o adore.

Anthony văzu cum creşte dorinţa în ea, ca un fel de dar de care se bucurau împreună, văzu infinitatea de expresii care i se succedau pe chip – era dezlănţuită, prinsă într-o luptă a ei – şi când ea deschise ochii, se simţi binecuvântat.

Când se descătuşă, îl podidi din nou plânsul, fiindcă pe undeva ştiuse întotdeauna – deşi preferase să nu creadă – că trebuia să existe ceva care să te facă să te simţi astfel. Iar ca acest ceva să fie reciproc era mai mult decât ar fi putut spera vreodată.

– Te cunosc, zise ea, cu pielea transpirată lipită de a lui, cu lacrimile umezindu-i gâtul. Te cunosc cu adevărat.

Câteva clipe el fu în stare să vorbească și rămase cu ochii în tavan, conștient de aerul răcoros din jur, de braţele și picioarele ei umede lipite de ale lui.

– Oh, Jenny, murmură el. Mulţumesc lui Dumnezeu.

Când ea își recăpătă suflul, se ridică într-un cot ca să-l privească. Ceva pe chipul ei se schimbase: parcă întinerise, iar cutele tensionate din jurul ochilor dispăruseră. El o cuprinse în braţe, strângând-o cu atâta putere încât trupurile lor păreau sudate într-unul singur. Simţi că intră iarăși în erecţie, iar ea zâmbi.

– Aş vrea să-ţi spun ceva, vorbi el, dar nimic nu mi se pare... atât de deosebit.

Zâmbetul ei era luminos: mulţumit, afectuos, încărcat de surprize ascunse.

– În viaţa mea nu m-am simţit așa, îi spuse.

Se priviră unul pe altul.

– Sau da? îl întrebă.

El încuviinţă. Ea privi undeva în gol.

– Atunci... mulţumesc.

El râse, și ea se prăvăli râzând pe umărul lui.

Patru ani se topiseră ca prin farmec. El întrevăzu limpede ce cale avea să apuce viaţa lui. Va rămâne la Londra. Va pune capăt relaţiei cu Eva, iubita de la New York. Era o fată drăguţă, veselă şi binedispusă, dar el înţelegea acum că fiecare femeie cu care se întâlnise în aceşti patru ani nu fusese decât o imitaţie palidă a celei de lângă el. Jennifer urma să-şi părăsească soţul. El va avea grijă de ea. Nu vor rata şi a doua şansă. Brusc şi-o imagină pe Jennifer alături de fiul lui, toţi trei la o ieşire în familie şi viitorul îi apăru încărcat de surprize nebănuite.

Buzele ei îi sărutară pieptul, umărul, gâtul, concentrate şi intense, trezindu-l din reverie.

– Îţi dai seama, îi spuse el cu buzele aproape lipite de ale ei, rostogolind-o astfel încât să-i încolăcească picioarele cu ale lui. Îţi dai seama că va trebui s-o facem din nou. Ca să fim siguri că ai să-ţi aminteşti.

Ea nu spuse nimic, doar se mulţumi să închidă ochii.

De astă dată el făcu dragoste fără grabă. Îşi lăsă trupul să-i vorbească trupului ei. Simţi cum ea se eliberează de toate inhibiţiile, îi simţi inima lipită de a lui, ca un ecou al bătăilor propriei sale inimi. Îi rosti numele de un milion de ori, pentru simpla bucurie de-a avea libertatea s-o facă. Îi spuse în şoaptă tot ce simţise întotdeauna pentru ea.

Când ea îi murmură că-l iubea, intensitatea vorbelor ei îi tăie respiraţia. Universul îşi încetini ritmul şi se reduse numai la ei doi, un vălmăşag de braţe şi de picioare, de păr şi de gemete înăbuşite.

– Eşti desăvârşită...

O privi cum deschide ochii, dându-şi seama cu timiditate cât de departe fusese de realitate.

– Aş face asta cu tine de sute de ori, doar pentru plăcerea de a-ţi vedea chipul.

Ea nu spuse nimic, iar pe el îl cuprinse un fel de foame nestăvilită.

– Plăcere empatică, zise el brusc. Ţii minte?

Nu reuşea să-şi amintească de cât timp stăteau acolo împreună, fiecare parcă dorind să absoarbă prin piele fiinţa celuilalt. El auzea zgomotul străzii, când şi când zvon de paşi trecând pe coridor, prin faţa uşii, sau câte un glas îndepărtat. Îi simţea răsuflarea ritmică pe pieptul lui. O sărută pe creştet şi-şi odihni degetele în părul ei ciufulit. Îl cuprinsese o linişte absolută, care-i cobora până în măduva oaselor. „Sunt acasă", îşi spuse. „Asta e."

Ea se mişcă uşor în braţele lui.

– Hai să comandăm ceva de băut, propuse el, sărutându-i clavicula, bărbia, scobitura dintre maxilar şi ureche. Să sărbătorim. Ceai pentru mine, şampanie pentru tine. Ce zici?

Văzu cum între ei coboară o umbră nedorită şi gândul ei zboară undeva dincolo de pereţii acelei încăperi.

– Oh, exclamă Jennifer. Cât e ora?

El se uită la ceas.

– Patru şi douăzeci. De ce?

– Ah, nu! Trebuie să fiu la parter la patru jumătate.

Sări din pat şi se aplecă, începând să-şi culeagă hainele.

– Stai aşa! De ce trebuie să fii la parter?

– Doamna Cordoza.

– Cine?

– Mă întâlnesc cu menajera mea. Chipurile, merg la cumpărături.

– N-ai decât să întârzii. Sunt cumpărăturile chiar aşa de importante? Jennifer, trebuie să stăm de vorbă... să hotărâm ce urmează să facem de acum înainte. Trebuie să-mi anunţ şeful că nu mai plec în Congo.

Ea îşi punea hainele la nimereală, de parcă nimic nu mai conta în afară de viteză, sutien, pantaloni şi pulover. Trupul pe care-l posedase, care-i aparţinuse, dispăru sub îmbrăcăminte.

– Jennifer?

Se dădu jos din pat, îşi luă pantalonii şi-şi prinse cureaua în jurul mijlocului.

– Nu poţi să pleci pur şi simplu.

Jennifer era cu spatele întors spre el.

– Trebuie neapărat să discutăm anumite lucruri, să vedem cum rezolvăm situaţia.

– Nu-i nimic de rezolvat.

Îşi deschise poşeta, scoase dinăuntru o perie şi începu să-şi perie părul cu mişcări scurte şi violente.

– Nu înţeleg.

Când se răsuci spre el, avea chipul opac, de parcă se trăsese un oblon.

– Anthony, îmi pare rău, dar nu... nu ne mai putem vedea.

– Poftim?

Jennifer scoase o pudrieră și începu să-și șteargă urmele de rimel de sub ochi.

– Nu poți spune una ca asta după ce s-a întâmplat adineauri. Nu poți șterge pur și simplu totul cu buretele. Ce dracu' se întâmplă?

Ea era ca de gheață.

– O să te descurci. Întotdeauna te descurci. Uite ce e... trebuie... trebuie să plec. Îmi pare tare rău.

Își înșfăcă poșeta și haina. Ușa se închise în urma ei cu un pocnet definitiv.

Anthony se repezi după ea, smucind ușa de perete.

– Nu face asta, Jennifer. Nu-mi face asta încă o dată!

Glasul lui stârni ecouri pe coridorul deja pustiu, ricoșând în ușile compacte ale celorlalte camere.

– Ăsta nu-i un joc! N-am să te mai aștept alți patru ani!

Rămase pe coridor, paralizat de șoc. Apoi, înjurând, se strădui să-și recapete calmul și se înapoie cu pași grăbiți în cameră, unde cu mișcări repezite își puse cămașa și pantofii.

Își înșfăcă sacoul și ieși alergând pe coridor, cu inima bătând nebunește. Coborî în goană scările, câte două o dată, până în holul de la intrare. Ușile liftului erau încă deschise și o zări pe ea, pășind zorită, cu tocurile răsunând pe pardoseala de marmură: calmă, stăpânită, la milioane de kilometri de unde se găsise cu numai câteva minute mai înainte. Tocmai voia s-o strige când auzi un țipăt:

– Mami!

Jennifer se lăsă într-un genunchi, cu brațele deja deschise. Spre ea venea o femeie între două vârste, din mâna căreia se desprinse o fetiță. Aceasta se aruncă în brațele lui Jennifer, care o săltară de la pământ, în timp ce glăsciorul ei sporovăia, stârnind ecouri în holul de la intrare.

– Mergem la Hamleys[1]? Doamna Cordoza a zis că da.

– Da, iubito. Mergem chiar acum. Am doar puțină treabă la Recepție.

Jennifer lăsă fetița din brațe și o luă de mână. În timp ce se îndrepta către recepție, ceva – poate intensitatea privirii lui – o făcu să se uite

---

[1] Celebru magazin londonez de jucării

peste umăr. Îl văzu. Privirile li se întâlniră pentru o clipă și el citi în ochii ei o undă de regret... și de vinovăție.

Jennifer își desprinse privirea de a lui și scrise ceva în grabă, după care se întoarse spre recepționer, punându-și poșeta pe birou. Schimbă câteva vorbe cu recepționerul, apoi plecă, ieșind pe ușa de sticlă afară în soarele după-amiezii, cu fetița vorbind fără încetare lângă ea.

Mintea lui Anthony absorbi implicațiile scenei la care fusese martor la fel de rapid ca nisipurile mișcătoare. Așteptă până când ea dispăru din vedere, apoi, parcă trezit din vis, își azvârli sacoul pe umăr.

Tocmai se pregătea să iasă, când recepționerul veni grăbit în urma lui.

– Domnul Boot? O doamnă m-a rugat să vă dau asta.

Și-i vârî în palmă o foaie de hârtie.

El despături foaia micuță cu antetul hotelului.

Iartă-mă, dar trebuia să știu.

În adâncul sufletului nu concepem ideea de a ne lua un soț, ci recomandăm insistent viața de celibat.

Regina Elisabeta I către prințul Erik al Suediei

Capitolul 15

Moira Parker se duse până la dactilografe și închise radioul cu tranzistori cocoțat pe un vraf de cărți de telefon.

– Hei! protestă Annie Jessop. Ascultam.

– Nu se cuvine să asculți muzică ușoară la maximum într-un birou, declară categoric Moira. Domnul Stirling nu vrea să fie deranjat de așa o gălăgie. Aici este un loc de muncă.

Era pentru a patra oară în decursul aceleiași săptămâni.

– Mai curând cameră mortuară. Ce naiba, Moira! Lasă-ne să punem muzica în surdină. Așa trece timpul mai ușor.

– Când muncești cu spor, timpul trece mai ușor.

Moira le auzi râsetele batjocoritoare și-și ridică bărbia și mai sus.

– Ați face bine să înțelegeți că la Acme Mineral and Mining o să avansați doar dacă aveți o atitudine profesională.

– Și ne dăm jos nădragii.

– Ce-ai spus?

– Nimic, domnișoară Parker. Să comutăm pe *Șlagăre din timpul războiului*? Asta o să vă facă mai fericită? „O să ne atârnăm rufele la uscat pe Linia Siegfried..."

Urmară alte hohote de râs.

– Am să duc aparatul în biroul domnului Stirling. Poate îl întrebați pe *dumnealui* ce preferințe are.

Străbătu biroul, însoțită de murmure dezaprobatoare pe care se sili să le ignore. Pe măsură ce compania se extinsese, standardele personalului scăzuseră considerabil. Acum nimeni nu-și mai respecta șefii, etica muncii sau ceea ce realizase domnul Stirling. Deseori la întoarcerea acasă, își dădea seama că era atât de prost dispusă încât se ducea glonț la restaurantul hotelului Elephant and Castle, fără s-o mai tenteze nici lucrul cu croșeta. Uneori avea impresia că numai ea și domnul Stirling – poate și domnul Kingston de la contabilitate – știau cum să se comporte.

Cât despre vestimentație! Își spuneau „gagici", denumire teribil de potrivită. Împopoțonate și dichisite, copilăroase și superficiale, dactilografele petreceau mult mai mult timp preocupându-se de înfățișarea lor – toate cu fuste mini și un machiaj ridicol – decât de scrisorile pe care trebuiau să le bată la mașină. Cu o după-amiază în urmă fusese nevoită să le dea să refacă trei scrisori cu greșeli de ortografie, date omise, ba chiar bătuseră „Cu deosebit respect", când ea specificase „Cu deosebită stimă". Când îi arătase Sandrei, aceasta ridicase ochii în tavan, fără să-i pese că Moira observase gestul.

Moira oftă, vârî radioul cu tranzistori sub braț și, remarcând în treacăt că ușa de la biroul domnului Stirling era rareori închisă la ora prânzului, apăsă pe clanță și intră.

În fața domnului Stirling ședea Marie Driscoll, dar nu pe scaunul pe care obișnuia să se așeze Moira când scria după dictare, *ci pe biroul lui.* Era o priveliște atât de uluitoare încât Moira își dădu seama abia după o clipă că el făcuse brusc un pas în spate la intrarea ei.

– Ah, Moira!

– Iertați-mă, domnule Stirling! Nu știam că-i cineva cu dumneavoastră.

O săgetă pe fată cu o privire semnificativă. Ce dracu' își închipuia că face? Oare toată lumea o luase razna?

– Am... am adus aici acest aparat de radio. Fetele îl puneau excesiv de tare. M-am gândit că, dacă ar dori să vă ofere o explicație, acum ar avea timp de gândire.

– Înțeleg.

Stirling se așeză pe scaun.

– M-am temut să nu vă deranjeze.

Se așternu o tăcere îndelungată. Marie nu se sinchisi să se dea jos de pe birou, mulțumindu-se doar să culeagă o scamă de pe fusta ridicată până la jumătatea coapsei. Moira o așteptă să plece.

În schimb, se auzi glasul domnului Stirling:

– Îmi pare bine că ai venit. Voiam să stăm de vorbă între patru ochi. Domnişoară Driscoll, ne poţi lăsa singuri o clipă?

Cu evidentă părere de rău, fata îşi lăsă picioarele în jos şi trecu ţanţoşă pe lângă Moira, pironind-o cu privirea. Îşi dădea cu prea mult parfum, îşi zise Moira. Uşa se închise în urma ei, şi rămaseră numai ei doi. Aşa cum îi plăcea ei.

În cele două luni care urmaseră, domnul Stirling făcuse dragoste cu ea de încă două ori. Poate expresia „a face dragoste“ era puţin exagerată: în ambele ocazii fusese foarte beat, aşa că actul în sine fusese mai scurt şi mai expeditiv decât prima oară, iar a doua zi nu mai pomenise nimic despre asta.

Cu toate tentativele ei de a-i da a înţelege că nu va fi refuzat – sendvişurile pregătite acasă şi lăsate pe biroul lui, coafura foarte elegantă pe care o adoptase – situaţia nu se repetase. Totuşi, Moira ştia că reprezintă pentru el ceva special, îşi savurase secretul în timp ce colegii ei îşi bârfeau şeful la cantină. Înţelegea încordarea pe care i-o cauza lui această duplicitate şi, deşi şi-ar fi dorit ca lucrurile să fie altfel, îi respecta extraordinara stăpânire de sine. În rarele ocazii când mai trecea pe acolo Jennifer Stirling, Moira nu se mai simţea intimidată de frumuseţea ei. „Dacă i-ai fi fost o soţie adevărată, n-ar fi avut niciodată nevoie să-şi întoarcă ochii către mine.“ Doamna Stirling nu fusese niciodată în stare să-l preţuiască pe omul de lângă ea.

– Ia loc, Moira.

Ea se aşeză într-o poziţie mult mai decentă decât fata aceea, Driscoll, aranjându-şi cu grijă picioarele, regretând o clipă că nu purta rochia roşie. Lui îi plăcea cum îi vine, i-o spusese de mai multe ori. Dincolo de uşa biroului auzi râsete şi se întrebă vag dacă nu cumva dactilografele făcuseră rost de un alt aparat de radio.

– Am să le spun fetelor să-şi bage minţile în cap, murmură ea. Sunt convinsă că vă deranjează cu tărăboiul lor.

El părea că n-o aude. Îşi muta de colo-colo hârtiile pe birou. La un moment dat ridică privirea, evitând să se uite în ochii ei.

– Începând din acest moment, o transfer pe Marie...

– Oh, mi se pare o idee foarte bună.

– ... şi o iau ca secretara mea particulară.

Urmă o scurtă tăcere. Moira se strădui să nu-i arate cât de mult o deranja. Munca devenise mai multă și mai grea, își spuse ea. Era lesne de înțeles de ce avea nevoie de încă o persoană.

– Unde urmează să stea? întrebă ea. În anticameră e loc pentru o singură persoană.

– Știu asta foarte bine.

– Presupun că ați putea s-o mutați pe Maisie...

– Nu va fi nevoie. Am decis să-ți mai ușurez puțin munca. Te mut... la biroul dactilografie.

Probabil nu-l înțelesese bine.

– La dactilografie?

– Le-am spus celor de la personal că-ți păstrezi salariul, așa că e o mișcare bună pentru tine, Moira. Poate îți va da ocazia să mai știi și altceva în afară de serviciu. Să-ți faci mai mult timp pentru tine.

– Dar mie nu-mi trebuie timp pentru mine.

– Hai să nu facem prea mare tevatură. După cum ți-am spus, o să ai același salariu și vei fi șefă peste fetele de acolo. Voi avea grijă să înțeleagă și ele asta. Cum spuneai și tu, e nevoie de cineva capabil, care să se ocupe de ele.

– Dar nu înțeleg...

Se ridică, strângând tranzistorul între degete până i se albiră încheieturile. Simți în gât un nod de panică.

– Cu ce-am greșit? De ce vreți să-mi luați postul?

El părea agasat.

– N-ai greșit nimic. Fiecare companie operează câte o rotație de personal din când în când. Vremurile se schimbă și vreau să aduc aici un val de aer proaspăt.

– Un val de aer proaspăt?

– Marie e foarte capabilă.

– Marie Driscoll urmează să-mi ia locul? Dar habar n-are cum funcționează acest birou. N-are nici cea mai mică idee de sistemul de salarizare din Rhodesia, nu știe numerele de telefon, nu știe cum să vă rezerve bilete de avion. Nu cunoaște sistemul de catalogare. Jumătate din timpul de lucru și-l petrece la toaletă, machiindu-se. În plus, mai și întârzie! De fiecare dată! Numai săptămâna asta a trebuit să-i fac observație de două ori. Ați văzut cifrele de pe fișa de pontaj?

Nu-şi mai putea stăvili avalanşa de cuvinte.

– Sunt convins că poate învăţa. E un simplu post de secretară, Moira.

– Dar...

– Zău că n-am timp să mai discut pe tema asta. Te rog mult să-ţi goleşti sertarele chiar în această după-amiază, iar mâine-dimineaţă vom începe lucrul în noua formulă.

Băgă mâna în cutia cu trabucuri, semn că discuţia luase sfârşit. Moira se ridică, rezemându-se cu o mână de birou, ca să-şi menţină echilibrul. Un val de amăreală îi sui în gură, urechile îi bubuiau. Avea senzaţia că întreg biroul se prăbuşeşte peste ea, cărămidă cu cărămidă.

El îşi vârî trabucul între dinţi şi Moira auzi clinchetul sec al forfecuţei cu care-i reteza vârful.

Se duse încet la uşă şi o deschise, conştientă că în celălalt birou se aşternuse brusc tăcerea, semn că toată lumea aflase de schimbare înaintea ei.

O văzu pe Marie Driscoll stând cu picioarele întinse şi sprijinite de biroul ei. Nişte picioare lungi şi zvelte, acoperite de nişte dresuri colorate şi ridicole. Care persoană serioasă ar fi purtat dresuri albastre la serviciu?

Moira îşi înşfăcă poşeta de pe birou şi se îndreptă cu paşi nesiguri către toaletă, simţind privirile curioase şi zâmbetele câtuşi de puţin compătimitoare ale celorlalţi arzând-o prin puloverul albastru.

– Moira! Auzi, se dă la radio cântecul tău: „Nu mă pot obişnui cu gândul că te-am pierdut“...

– Hai, nu fi rea, Sandra!

Răsună un nou hohot de râs zgomotos, apoi uşa de la toaletă se închise în urma ei.

Jennifer stătea în mijlocul micului şi deprimantului loc de joacă pentru copii, cu ochii la bonele rebegite de frig care pălăvrăgeau pe deasupra cărucioarelor marca Silver Cross, cu urechile răsunând de ţipetele copiilor care se ciocneau unii de alţii şi se rostogoleau la pământ ca popicele.

Doamna Cordoza se oferise s-o aducă ea însăşi pe Esmé, dar Jennifer îi spusese că simţea nevoia să stea la aer. Vreme de patruzeci şi opt de ore nu-şi găsise locul, trupul încă o ardea de atingerea lui, mintea încă îi vuia de ceea ce făcuse. Se simţea aproape doborâtă de enorma pierdere suferită. Nu reuşise să-şi amorţească şi această durere cu Valium: trebuia s-o suporte. Fetiţa avea să-i aducă aminte întotdeauna că luase decizia corectă. Erau atât de multe lucruri pe care voise să i le spună. Chiar dacă îşi repeta că nu intenţionase să-l seducă, totuşi ştia că realitatea era alta. Îşi dorise o părticică din el, o amintire minunată şi scumpă, pe care s-o poarte în suflet. Cum şi-ar fi închipuit că va deschide cutia Pandorei? Ba chiar mai rău de atât: cum şi-ar fi imaginat că în final el avea să se simtă atât de distrus?

În seara aceea, la ambasadă, îi păruse atât de sigur pe sine. Fără îndoială că nu suferise atât cât suferise ea, nu simţise ce simţise ea. Îl crezuse mai puternic. Acum însă nu se putea împiedica să nu se gândească la el, la cât era de vulnerabil, la planurile optimiste pe care le făurise pentru amândoi. La felul în care o privise în holul hotelului, când se ducea să-şi întâmpine fetiţa.

Îi auzea glasul întrebător şi disperat, stârnind ecouri pe coridor: *Nu face asta, Jennifer! Nu-mi face asta încă o dată!*

„Iartă-mă", îi spunea ea în gând de mii de ori pe zi. „Dar Laurence nu mi-ar fi îngăduit niciodată s-o iau cu mine. Iar tu, mai mult ca oricine, nu mi-ai fi putut cere s-o părăsesc. Tu, mai mult ca oricine, ar trebui să înţelegi."

Din când în când îşi ştergea ochii, prefăcându-se că-i lăcrimau din pricina vântului sau a vreunui gunoi ajuns în chip misterios sub pleoapă. Sufletul o durea ca o rană deschisă şi resimţea cea mai neînsemnată schimbare de temperatură, izbită de talazurile sentimentelor ei contradictorii.

„Laurence nu-i un om rău", îşi repeta ea. În felul lui, e un tată bun. Iar dacă nu reuşea să se arate amabil faţă de Jennifer, cine l-ar fi putut învinovăţi? Câţi bărbaţi şi-ar fi iertat soţia că se îndrăgostise de altcineva? Uneori se întrebase ce s-ar fi întâmplat de n-ar fi rămas însărcinată? Laurence s-ar fi plictisit de ea? I-ar fi cerut să se despartă? Totuşi, nu-i venea să creadă: poate că Laurence n-o mai iubea, dar n-ar fi suportat ideea ca ea să trăiască undeva fără el.

„Esmé e mângâierea mea." Îşi împinse fetiţa în leagăn, uitându-se cum picioruşele ei despicau aerul şi cârlionţii îi fluturau în vânt. Multe femei nu au parte de atât de mult în viață. Așa cum îi spusese cândva Anthony, faptul de a fi o persoană cumsecade îți aducea satisfacții.

– Mami!

Dorothy Moncrieff își pierduse pălărioara și, pentru scurt timp, Jennifer își uită gândurile și începu să caute, ocolind leagănele și girueta împreună cu cele două fetițe, căutând pe sub bănci, până când descoperiră pălărioara pe capul altui copil.

– Nu-i frumos să furi, zise Dorothy cu un aer solemn, în timp ce traversau terenul de joacă, înapoindu-se la locul lor.

– Așa e, întări Jennifer, dar nu cred că băiețelul acela a furat. Probabil nu știa că e pălărioara ta.

– Dacă nu știi ce-i bine și ce-i rău, tre' să fii un prost, decretă Dorothy.

– Un prost, repetă încântată Esmé.

– Tot ce se poate, spuse Jennifer.

Legă din nou fularul lui Esmé, după care trimise amândouă fetițele înapoi la joacă, de astă dată la groapa cu nisip, cu instrucțiuni ca nu cumva să arunce cu nisip una în alta.

Iubitul meu Boot, scrise ea într-una din miile de scrisori imaginare compuse în ultimele două zile. *Te rog să nu fii supărat pe mine! Trebuie să știi că de-ar exista vreo cale să te pot urma, aș veni cu tine...*

Nu avea de gând să-i mai scrie. Ce i-ar mai fi putut spune pe lângă ceea ce-i spusese deja? „Cu timpul mă va ierta", își zise ea. „Va avea o viață frumoasă."

Încerca să nu se gândească la fireasca întrebare: „Cum va fi viața ei?" Cum va continua ea să trăiască, acum, când știa ceea ce știa? Ochii i se înroșiră din nou. Își scoase batista din buzunar și și-i tamponă ușor, întorcând capul ca să nu atragă atenția. Poate că la urma urmei se va duce la doctor. Să-i ceară doar un mic ajutor, ca să poată trece cu bine de următoarele câteva zile.

Îi atrase atenția o siluetă îmbrăcată în palton de stofă și care o luase pe iarbă în direcția locului de joacă. Femeia călca apăsat, cu un fel de ritmicitate mecanică, deși iarba mustea de noroi. Jennifer își dădu seama cu surprindere că era secretara soțului ei.

Moira Parker veni direct la ea și se opri atât de aproape încât Jennifer se văzu nevoită să facă un pas înapoi.

– Domnişoară Parker?

Secretara îşi ţinea buzele strânse şi în ochi îi lucea o hotărâre neclintită.

– Menajera dumneavoastră mi-a spus că sunteţi aici. Îmi puteţi acorda un minut?

– Mm... da. Desigur.

Întoarse capul:

– Iubitelor... Dottie? Esmé? Mă găsiţi acolo.

Fetiţele ridicară privirea pentru o clipă, apoi începură din nou să sape.

Cele două femei se depărtară câţiva paşi, şi Jennifer se aşeză aşa încât să nu le scape din ochi. Promisese bonei familiei Moncrieff că o va aduce pe Dorothy acasă până în ora patru şi se făcuse patru fără un sfert. Se strădui să arboreze un zâmbet de circumstanţă.

– Despre ce e vorba, domnişoară Parker?

Moira vârî mâna într-o poşetă uzată şi scoase un pachet voluminos.

– Asta-i pentru dumneavoastră, zise ea fără alte introduceri.

Jennifer luă pachetul. Îl desfăcu şi imediat îşi puse palma peste teancul de hârtii, pe care vântul ameninţa să le împrăştie în toate părţile.

– Să nu pierdeţi nici una dintre ele.

Cuvintele sunaseră ca un ordin.

– Iertaţi-mă... nu înţeleg. Ce-s astea?

– Oamenii pe care i-a mituit.

Cum Jennifer tot nu pricepea, Moira continuă:

– Mezoteliom. O boală de plămâni. E vorba de muncitorii pe care i-a mituit, fiindcă voia să ascundă că s-au îmbolnăvit de o boală incurabilă lucrând pentru el.

Jennifer îşi duse mâna la frunte.

– Cum?

– Soţul dumneavoastră. Ultimii din teanc sunt cei care au murit deja. Familiile lor au trebuit să semneze nişte declaraţii prin care renunţau la orice drepturi şi se angajau să nu sufle o vorbă, ca să-şi capete banii.

Jennifer se străduia să înţeleagă ce-i spunea femeia.

– Au murit? Declaraţii?

– Îi punea să declare că el nu era cu nimic răspunzător. I-a mituit pe toţi aceştia. Sud-africanii n-au primit aproape nimic. Muncitorii din fabricile de aici au costat mai scump.

– Dar azbestul e inofensiv. Nu-i vorba decât de nişte americani din New York care agită spiritele. Aşa mi-a spus Laurence.

Moira nici n-o ascultă, ci îşi trecu degetul pe lista de pe prima pagină.

– Sunt toţi în ordine alfabetică. Dacă doriţi, puteţi vorbi cu familiile lor. În majoritatea cazurilor, adresele sunt în partea de sus. Se teme grozav ca ziarele să nu pună mâna pe toate astea.

– E vorba doar de sindicate... Mi-a spus...

– Şi alte companii au aceleaşi probleme. Am ascultat câteva convorbiri telefonice pe care le-a avut cu Goodasbest din America. Cei de acolo finanţează nişte cercetări care să demonstreze că azbestul e inofensiv.

Femeia vorbea atât de repede încât Jennifer simţi că i se învârte capul. Aruncă o privire spre cele două fetiţe, care acum azvârleau entuziasmate cu nisip una în alta.

– Înţelegeţi că dacă se află ce a făcut, asta va însemna ruina lui, spuse Moira Parker fără ocolişuri. Să ştiţi că până la urmă totul va ieşi la iveală. Nu se poate altfel. Totul se află într-un târziu.

Jennifer ţinea pachetul cu vârfurile degetelor, de parcă şi el ar fi fost contaminat.

– Dar de ce-mi daţi mie toate astea? De ce oare credeţi că aş fi dispusă să-i fac un rău soţului meu?

Chipul Moirei îşi schimbă expresia, luând un aer aproape vinovat. Buzele i se strânseră într-o linie roşie şi subţire.

– Iată de ce.

Scoase la iveală o foaie mototolită şi i-o vârî în palmă lui Jennifer.

– A sosit la câteva săptămâni după accidentul dumneavoastră. Sunt ani de atunci. El nu ştie că am păstrat-o.

Jennifer despături foaia cu degetele biciuite de vânt.

Am jurat să nu mai iau legătura cu tine. Dar după şase săptămâni nu mă simt cu nimic mai bine. Absenţa ta – şi depărtarea de mii de kilometri – nu-mi oferă nici o consolare. Faptul că nu mă mai chinuie apropierea de tine sau constatarea zilnică a imposibilităţii de a obţine singurul lucru pe care mi-l doresc cu adevărat nu mi-a adus vindecarea. Ba chiar a înrăutăţit situaţia. Viitorul îmi pare un drum pustiu și deprimant.

Nu știu ce încerc de fapt să spun, iubita mea Jenny. Atâta doar că, dacă vreodată ajungi la concluzia că nu ai luat decizia corectă, ușa mea îţi rămâne larg deschisă.

Iar dacă simţi că ai făcut ce trebuia, atunci să știi măcar un lucru: undeva în lumea asta există un bărbat care te iubește, care înţelege ce inteligentă ești și care îţi apreciază valoarea. Un bărbat care te-a iubit întotdeauna și care, din păcate pentru el, bănuiește că te va iubi cât va trăi.

Al tău,

B.

Jennifer rămase privind ţintă scrisoarea, în timp ce obrazul i se golea de sânge. Se uită la dată. Acum aproape patru ani. Imediat după accident.

– Ai spus că Laurence a avut scrisoarea asta?

Moira Parker își ţinea ochii în pământ.

– El mi-a spus să închid căsuţa poştală.

– Ştia că Anthony trăiește?

Tremura toată.

– Asta nu știu.

Moira Parker își ridică gulerul, reușind să-și ia un aer dezaprobator.

Sufletul lui Jennifer devenise un sloi de gheaţă. Simţea că i se împietreşte întreaga fiinţă.

Moira Parker își închise poşeta cu un clinchet.

– Oricum, faceţi ce doriţi cu toate astea. Din partea mea, poate să se și spânzure.

Porni înapoi pe unde venise, continuând să mormăie ceva auzit numai de ea. Jennifer se lăsă să cadă pe bancă, uitând de cele două fetiţe care acum își turnau nisip în păr, amândouă în culmea fericirii. Începu să recitească scrisoarea.

O duse pe Dorothy Moncrieff acasă, unde o aştepta bona, şi o întrebă pe doamna Cordoza dacă putea merge cu Esmé până la cofetărie.

– Cumpăraţi-i o acadea şi poate o sută de grame de bomboane.

Rămase la fereastră, urmărindu-le cum se îndepărtau pe stradă, fetiţa ţopăind nerăbdătoare la fiecare pas. Când amândouă dispărură după colţ, deschise uşa biroului lui Laurence, unde arareori intra şi unde Esmé nu avea voie să pună piciorul, ca nu cumva mânuţele ei curioase să deranjeze vreunul dintre preţioasele obiecte de acolo.

Aproape nu-şi dădea seama de ce intrase aici. Întotdeauna detestase încăperea asta: rafturile sobre din lemn de mahon, ticsite de cărţi pe care el nu le citise niciodată, mirosul constant de trabuc, trofeele şi diplomele primite pentru realizări care ei nu-i spuneau nimic: *Omul de afaceri la masa rotundă al anului, Cel mai bun ţintaş, Vânătoarea de căprioare de la Cowbridge 1959, Trofeul de golf 1962.* Laurence folosea arareori biroul: era mai degrabă un moft, un loc în care promitea musafirilor bărbaţi că vor „scăpa“ de femei, un refugiu în care pretindea că-şi găseşte tihna.

De o parte şi de alta a şemineului se găsea câte un fotoliu confortabil, cu tapiţeria abia atinsă. În opt ani de zile nu fusese aprins acolo nici un foc. Paharele de cristal de pe bufet nu fuseseră niciodată umplute cu whisky fin din carafa de alături. Pe pereţi se înşirau fotografii cu Laurence dând mâna cu confraţi din lumea afacerilor, cu demnitari veniţi în vizită, cu ministrul comerţului din Africa de Sud, cu ducele de Edinburgh. Era un loc desemnat să fie văzut de alţii, un motiv în plus ca bărbaţii să-l admire. *Laurence Stirling, mare băftos.*

Jennifer se opri în prag, lângă căruciorul cu crose de golf scumpe şi bastonul rezemat în colţ. Simţea o greutate mare şi apăsătoare în piept, chiar în capătul traheei, acolo unde aerul pătrunde în plămâni. Îşi dădu seama că abia putea să respire. Luă o crosă de golf şi se duse până în mijlocul încăperii. Scoase un icnet slab, ca şi cum ar fi încheiat o cursă obositoare. Ridică crosa deasupra capului, parcă imitând o lovitură de maestru, şi o prăvăli cu toată puterea peste carafă. Cioburile ţâşniră în toate părţile, apoi ea lovi din nou, sfărâmând pereţii, fotografiile înrămate, răsturnând trofeele de pe soclurile lor. Lovi cărţile îmbrăcate în piele, scrumierele groase de cristal. Lovi cu sălbăticie, cu meticulozitate, trupul ei fragil fiind mânat de ura care continua să se acumuleze în ea.

Smulse cărţile de pe rafturi, azvârli ramele de pe consola şemineului. Prăvăli crosa ca pe un topor, ciobind biroul greoi în stil georgian, apoi o repezi dintr-o parte, vâjâind prin aer. Lovi până simţi că o dor braţele, cu trupul acoperit cu broboane de sudoare, răsuflând scurt şi gâfâit. În cele din urmă, când nu mai rămăsese nimic întreg, se opri în mijlocul camerei, cu cioburile scrâşnind sub tălpi, şi-şi dădu la o parte o şuviţă transpirată de pe frunte, contemplându-şi opera.

Adorabila doamnă Stirling, blânda doamnă Stirling. Calmă, echilibrată, cumpătată. Flacăra ei s-a stins.

Jennifer Stirling lăsă să-i cadă crosa la picioare. Îşi şterse palmele de fustă, culese un ciob minuscul şi-l aruncă pe jos, apoi ieşi din cameră, închizând uşa în urma ei.

Doamna Cordoza şedea în bucătărie cu Esmé, şi Jennifer îi dădu de ştire că va pleca din nou de acasă.

– Dar fetiţa nu vrea să-şi bea ceaiul? O să-i fie foame.

– Nu vreau afară, zise şi Esmé.

– Nu stăm mult, scumpo, răspunse calmă Jennifer. Doamnă Cordoza, vă puteţi lua liber până mâine.

– Dar eu...

– Vă rog. E mai bine aşa.

Fără a lua în seamă uluirea menajerei, îşi săltă fetiţa în braţe cu o mână, apucând cu cealaltă valiza pe care tocmai o făcuse şi punga cu dulciuri. Ieşi din casă, coborî treptele şi chemă un taxi.

De cum deschise uşa dublă, îl văzu în pragul biroului, vorbind cu o tânără aflată lângă biroul lui. Auzi pe cineva salutând-o, îi dădu răspunsul cuvenit, cumva surprinsă că era în stare de un schimb de cuvinte atât de firesc.

– Vai, ce-a crescut!

Jennifer îşi privi fetiţa, care-şi mângâia şiragul de perle, apoi se uită la femeia care vorbise.

– Sandra, aşa-i?

– Da, doamnă Stirling.

– Te superi dacă o laşi puţin pe Esmé să se joace la maşina de scris, cât timp intru să vorbesc cu soţul meu?

Esmé era încântată că i se dăduse voie să umble cu tastatura și că se vedea răsfăţată de femeile care o înconjuraseră imediat, fericite să-și poată întrerupe lucrul cu un motiv întemeiat. Jennifer își dădu părul la o parte de pe obraz și intră în birou. Se duse până în anticamera secretarei, unde îl văzuse pe el.

– Jennifer? ridică el din sprânceană. Nu mă așteptam să vii.

– Putem schimba o vorbă? întrebă ea.

– La cinci trebuie să plec.

– Nu durează mult.

El o conduse în birou, închise uşa în urma lui şi făcu semn spre scaun. Păru vag iritat când ea îl refuză și se lăsă greoi în fotoliul de piele.

– Deci?

– Ce ţi-am făcut să mă urăști atât de mult?

– Poftim?

– Știu despre scrisoare.

– Care scrisoare?

– Cea pe care ai interceptat-o la poştă în urmă cu patru ani.

– Oh, aia, zise el nepăsător.

Avea aerul cuiva căruia i se aducea aminte că a uitat să cumpere ceva de la băcănie.

– Ai știut și m-ai lăsat să cred că murise. M-ai lăsat să cred că din *vina mea*.

– Așa mi-am imaginat. În fond, toată povestea asta e de domeniul trecutului. Nu văd ce rost are s-o dezgropi din nou.

Se apleacă și scoase un trabuc din cutia de argint de pe birou.

Ea îşi aminti o clipă cutia sfărâmată din biroul de acasă, sticlind de cioburi.

– Vreau să spun, Laurence, că m-ai pedepsit zi de zi, că m-ai lăsat să mă pedepsesc eu singură. Ce ţi-am făcut să merit asta?

El aruncă chibritul în scrumieră.

– Știi foarte bine ce-ai făcut.

– M-ai lăsat să cred că l-am *omorât*.

– Ce-ai crezut tu n-are nici o legătură cu mine. Oricum, ţi-am mai spus, totul e de domeniul trecutului. Chiar nu înţeleg de ce...

– Nu-i deloc de domeniul trecutului. Pentru că omul acela s-a întors.

În sfârşit îi trezise interesul. O clipă îi trecu prin minte că secretara ar putea asculta la uşă, aşa că-şi păstră tonul coborât:

– Exact cum ai auzit. Iar eu plec să-mi trăiesc viaţa alături de el. Bineînţeles, o iau şi pe Esmé.

– Nu fi caraghioasă!

– Vorbesc foarte serios.

– Jennifer, nici un tribunal din lume nu va îngădui unui copil să rămână la o mamă adulteră, o mamă care nu-şi poate duce traiul zilnic fără o tonă de pastile. Doctorul Hargreaves ar depune mărturie câte hapuri înghiţi.

– S-a terminat cu pastilele. Le-am aruncat pe toate.

– Zău?

Se uită din nou la ceas.

– Felicitări! Deci ai reuşit să stai... douăzeci şi patru de ore fără medicamente? Nu mă îndoiesc că tribunalul va socoti că-i o realizare admirabilă.

– Crezi că vor socoti şi boala de plămâni tot admirabilă?

Văzu că maxilarul lui se încleştează brusc şi în privire îi apare un licăr de nesiguranţă.

– Poftim?

– Fosta ta secretară mi-a pus în braţe lista. Am numele tuturor angajaţilor care s-au îmbolnăvit şi au murit în ultimii zece ani. Cum se numea?

Rosti cuvântul cu grijă, subliniindu-l ca pe un termen de specialitate:

– *Me-zo-te-li-om.*

Pe chipul lui se aşternu o paloare atât de bruscă încât ea îl crezu gata să leşine. Laurence se ridică şi trecu pe lângă ea, îndreptându-se spre uşă. O deschise, se uită afară, apoi o închise din nou, cu o mână fermă.

– Ce tot spui acolo?

– Deţin toate informaţiile, Laurence. Am şi chitanţele de bancă pentru banii cu care i-ai mituit.

El smuci afară un sertar și începu să scotocească înăuntru. Când își îndreptă spatele, chipul îi era răvășit. Făcu un pas spre ea, forțând-o să-i întâlnească privirea.

– Dacă mă ruinezi pe mine, Jennifer, asta înseamnă și ruina ta.

– Chiar crezi că-mi pasă?

– N-am să divorțez de tine niciodată.

– N-ai decât, replică ea, cu atât mai hotărâtă cu cât îl vedea cât era de speriat. Uite cum o să facem. Eu și Esmé ne vom lua o locuință undeva în apropiere, iar tu vei putea veni s-o vezi. Vom rămâne soț și soție doar cu numele. Tu ai să-mi dai o sumă rezonabilă pentru întreținerea copilului și, în schimb, eu voi avea grijă ca acele liste să nu fie făcute niciodată publice.

– Încerci să mă șantajezi?

– Oh, sunt prea proastă pentru așa ceva, Laurence, după cum mi-ai tot repetat de mii de ori de-a lungul anilor. Nu, eu doar îți spun cum va fi de-acum încolo viața mea. N-ai decât să-ți păstrezi amanta, casa, averea și... *reputația*. Nici unul dintre partenerii tăi nu va afla. Dar eu n-am să mai pun în veci piciorul în casa în care locuiești tu.

Lui nici nu-i trecuse prin minte că ea știa despre amantă. Jennifer văzu cum chipul i se aprinde de furie neputincioasă și de spaimă necontrolată. În clipa următoare, Laurence încercă să-și mascheze sentimentele printr-un zâmbet împăciuitor.

– Jennifer, ești tulburată. Faptul că tipul acesta a apărut din nou trebuie să fi fost un șoc pentru tine. De ce nu te duci acasă și vom discuta împreună despre asta?

– Am lăsat hârtiile la cineva. Dacă mi se întâmplă ceva, știe ce să facă.

Niciodată n-o privise cu asemenea ură. Ea își încleștă degetele pe poșetă.

– Ești o curvă! spuse el.

– Am fost, cât am trăit cu tine, replică ea liniștită. Probabil că am fost, din moment ce cu siguranță nu ți-am aparținut din dragoste.

Se auzi o bătaie în ușă și noua secretară intră în cabinet. Felul în care fata își plimba ochii de la unul la celălalt arăta cât se poate de clar ce multe aflase. Ca urmare, Jennifer deveni și mai îndrăzneață.

– Oricum, cred că asta-i tot ce-am vrut să-ţi spun. Acum plec, iubitule.

Se duse la el şi-l sărută pe obraz.

– Ţinem legătura. La revedere, domnişoară...

Aşteptă o clipă.

– Driscoll, spuse fata.

– Driscoll.

O privi ţintă, surâzând.

– Da, desigur.

Trecu pe lângă secretară, îşi luă fetiţa şi, cu inima bătând nebuneşte, deschise uşa dublă, aproape aşteptându-se să audă glasul lui Laurence sau paşii lui venind pe urma ei. Coborî grăbită cele două rânduri de scări şi ieşi afară, unde o aştepta taxiul.

– Unde mergem? întrebă Esmé, în timp ce Jennifer o sălta alături, pe banchetă.

Se lupta cu un pumn de dulciuri, primite de la un grup întreg de secretare.

Jennifer se aplecă şi coborî geamul care o despărţea de şofer, strigându-i ceva, ca să acopere larma traficului la acea oră de vârf. Brusc o cuprinse un sentiment de triumf şi simţi că i se luase o piatră de pe inimă.

– La hotelul Regent, te rog. Cât poţi de repede!

Mai târziu avea să rememoreze călătoria de douăzeci de minute, dându-şi seama că văzuse străzile aglomerate şi vitrinele viu colorate cu ochii unui turist, ai unui corespondent străin, ai cuiva care până atunci nu avusese parte de acea privelişte. Nu remarcă decât puţine detalii, rămânând mai curând cu o impresie generală, conştientă că poate nu avea să mai revadă acele locuri. Viaţa pe care o trăise până în acel moment luase sfârşit şi ei îi venea să cânte.

Aşa îşi luă Jennifer Stirling rămas-bun de la vechiul ei fel de viaţă, de la zilele când păşise pe aceste străzi cu sacoşele de cumpărături pline ochi cu lucruri care nu mai însemnau nimic pentru ea de îndată ce ajungea acasă. În acest loc, aproape de Marylebone Road, o încercase zilnic o strângere de inimă, când se apropia de casa pe care n-o mai simţea ca pe un cămin, ci ca pe un soi de penitenţă.

Taxiul trecu în viteză pe lângă scuarul unde se înălţa tăcută casa ei – o lume unde trăise doar în universul ei interior, ştiind că nu putea da glas nici unui gând şi nu putea duce la capăt nici o acţiune fără să audă critici din partea unui bărbat pe care-l făcuse atât de nefericit încât singura lui reacţie fusese s-o pedepsească la nesfârşit cu tăcere, cu ironii neînduplecate şi cu o atmosferă în care o lua cu frig întotdeauna, chiar şi în miezul verii.

Venirea pe lume a copilului o ferise de toate acestea, dar numai până în acel moment. Şi, deşi ce făcea acum risca s-o stigmatizeze în ochii lumii, avea ocazia să-i arate fiicei ei că exista şi un alt mod de viaţă. Un mod de viaţă în care nu trebuia să-ţi adormi simţurile. Un mod de viaţă în care nu trebuia să trăieşti parcă cerând iertare că erai cine erai.

Văzu vitrina în care se afişau prostituatele. Fetele care cândva băteau în geam plecaseră cine ştie unde. „Sper să aveţi o viaţă bună", le ură ea în gând. „Sper că v-aţi eliberat de ceea ce vă ţinea aici. Fiecare om merită o astfel de şansă."

Esmé continua să-şi ronţăie dulciurile, privind pe cealaltă fereastră forfota străzii. Jennifer o înconjură cu braţul şi o trase lângă ea. Fetiţa desfăcu încă o bomboană şi o puse în gură.

– Unde mergem, mami?

– Să ne întâlnim cu un prieten. Pe urmă pornim într-o aventură, iubito, răspunse ea, cuprinsă brusc de entuziasm.

Nu avea nimic, îşi spuse. Absolut *nimic*.

– O aventură?

– Da. O aventură care ar fi trebuit să aibă loc cu ani în urmă.

Articolul de la pagina patru despre negocierile în vederea dezarmării nu putea constitui un început de serie, îşi spuse Don, în timp ce adjunctul lui schiţa alternative. Tare ar fi vrut ca nevastă-sa să nu fi pus ceapă crudă în sendvişurile cu ficat şi salam. Întotdeauna îi dădea crampe.

– Dacă mutăm reclama la pasta de dinţi în partea asta, n-am putea pune în loc articolul cu preotul dansator? întrebă adjunctul.

– Urăsc articolul ăla.

– Atunci cronica teatrală?

– E deja pe pagina optsprezece.

– Atenţie vest-sud-vest, şefu'!

Masându-şi abdomenul, Franklin ridică privirea, dând cu ochii de o femeie care străbătea grăbită sala redacţiei de ştiri. Purta un pardesiu scurt şi negru şi trăgea o fetiţă blondă după ea. Prezenţa unui copil într-o redacţie de ştiri îi dădu lui Don un sentiment neplăcut, ca şi cum ar fi văzut un soldat cu jupon. Ceva nu era în regulă. Femeia se opri s-o întrebe ceva pe Cheryl, care îi făcu semn spre el.

Don rămase cu creionul în colţul gurii, în timp ce femeia se apropia de el.

– Iertaţi-mă că vă deranjez, dar trebuie să vorbesc cu Anthony O'Hare, spuse ea.

– Dumneavoastră sunteţi...?

– Jennifer Stirling. O prietenă. Tocmai vin de la hotelul lui, dar mi s-a spus că nu mai locuieşte acolo.

În ochii ei se citea îngrijorarea.

– Aţi lăsat o scrisoare acum câteva zile, îşi aminti Cheryl.

– Da, răspunse femeia. Aşa e.

Don observă că Cheryl o măsura din cap până în picioare. Fetiţa ţinea în mână o acadea pe jumătate mâncată şi care lăsase o dâră lipicioasă pe mâneca mamei.

– A plecat în Africa.

– Cum?

– A plecat în Africa.

Ea înlemni, la fel şi copilul.

– Nu.

Glasul i se frânse.

– Nu se poate. Nici nu se hotărâse dacă să plece.

Don îşi scoase creionul din gură şi ridică din umeri.

– Ştirile călătoresc repede. A plecat ieri, cu primul avion. În următoarele două zile va fi pe drum.

– Dar trebuie să vorbesc cu el.

– Nu aveţi cum să luaţi legătura.

O văzu pe Cheryl uitându-se la el. Două dintre celelalte secretare şuşoteau între ele.

Femeia se făcuse albă la faţă.

– Dar trebuie să existe o cale de a comunica cu el. Doar n-a plecat de prea mult timp.

– Ar putea fi oriunde. Vorbim de Congo. Acolo nu există telefoane. Va telegrafia când i se va ivi ocazia.

– Congo? Dar cum de-a plecat așa curând?

Vocea i se topise într-o șoaptă.

– Cine știe?

O privi cu asprime.

– Poate voia să plece departe de aici.

Era conștient că Cheryl dădea târcoale, sub pretextul că punea ordine într-un maldăr de hârtii din apropiere.

Femeia parcă nu mai avea putere să gândească. Își duse mâna la obraz. O clipă, Don se gândi înspăimântat că ea era gata-gata să plângă. Dacă exista ceva și mai urât decât un copil într-o redacţie de știri, aceea era priveliștea unei femei înlăcrimate, alături de un copil, într-o redacţie de știri.

Jennifer răsuflă adânc, încercând să se calmeze.

– Dacă vorbiţi cu el, sunteţi amabil să-i spuneţi să-mi telefoneze?

Vârî mâna în poșetă, de unde scoase un pachet cu hârtii și niște plicuri șifonate. Șovăi, apoi îndesă plicurile în pachet.

– Daţi-i astea. Va înţelege despre ce-i vorba.

Scrise în grabă câteva cuvinte, rupse foaia din agendă și o strecură în pachet, apoi împinse pachetul pe masă, în faţa lui Don.

– Sigur.

Ea îl apucă de braţ. Purta pe deget un inel cu diamant cât nenorocitul ăla de Koh-i-Noor[1].

– Îmi promiteţi că vor ajunge la el? E foarte important. O chestiune de viaţă și de moarte.

– Înţeleg. Acum, dacă nu vă supăraţi, trebuie să-mi văd de treabă. E ora cea mai aglomerată a zilei. Aici avem cu toţii termen de predare.

Obrazul ei se încreţi brusc.

– Iertaţi-mă! Vă rog doar atât, faceţi în așa fel încât să primească pachetul. Vă rog mult!

Don încuviinţă din cap.

---

1 Diamant considerat a fi cel mai mare din lume

Ea aşteptă, fără să-şi ia ochii de la el, poate încercând să se asigure că-şi va respecta promisiunea. Apoi, uitându-se încă o dată de jur împrejur prin birou, ca şi cum ar fi vrut să se convingă că Anthony O'Hare chiar nu era acolo, luă fetiţa de mână.

– Iertaţi-mă că v-am deranjat!

Porni încet spre uşă, parcă mai gârbovită decât la venire, ca şi cum n-ar fi ştiut încotro să se îndrepte. Cei câţiva angajaţi adunaţi în jurul biroului redactorului o urmăriră din ochi până ieşi.

– Congo, zise Cheryl după o clipă.

– Pagina patru să fie trimisă la zeţărie, vorbi Don, privindu-şi ţintă biroul. Dăm drumul şi la articolul cu preotul dansator.

Abia după vreo trei săptămâni îi veni cuiva în minte să facă curat în biroul redactorului. Între vechi şpalturi şi foi de indigo, se găsea un plic deteriorat.

– Cine-i B?

Dora, care ocupa temporar postul de secretară, îl deschise.

– Ceva pentru Bentinck? Păi n-a plecat acum două luni?

Cheryl, care discuta aprins la telefon în legătură cu nişte cheltuieli de drum, ridică din umeri fără să întoarcă capul, dar acoperi receptorul cu mâna:

– Dacă nu te lămureşti al cui e, trimite-l la arhivă. Acolo las eu tot ce pare a fi al nimănui. Aşa nici Don nu va găsi motiv să urle la tine.

Se gândi o clipă.

– Ei, ba va găsi. Dar nu pentru că n-ai făcut catalogarea ca lumea.

Plicul ajunse în căruciorul destinat arhivelor, laolaltă cu vechi ediţii ale ziarului, almanahuri *Who's Who* şi documente Hansard, toate urmând să ajungă în subsolurile clădirii.

De unde avea să iasă la lumină abia peste aproape patruzeci de ani.

PARTEA A TREIA

Tu & eu = sfârşit.

SMS de la un bărbat către o femeie

Capitolul 16

2003

Marţi? Leul Roşu? Bine? Ajută la ceva? John X

Ellie aşteaptă douăzeci de minute până când el îşi face în sfârşit apariţia, aducând cu sine un val de frig şi de scuze. Un interviu la radio care a durat mai mult decât se aşteptase. Se întâlnise întâmplător cu un inginer de sunet pe care-l ştia din facultate şi care-l întrebase ce mai era nou. Ar fi fost nepoliticos să-l lase baltă şi să plece.

„Dar să mă lase pe mine să-l aştept într-un local nu-i nepoliticos", îi răspunde ea în gând. Totuşi, nu vrea să strice atmosfera, aşa că-i zâmbeşte.

– Arăţi minunat, spune el, punându-i o mână pe obraz. Te-ai coafat?

– Nu.

– Atunci eşti minunată ca de obicei.

Şi, cu o singură frază, iată-l iertat pentru întârziere.

E îmbrăcat cu o cămaşă bleumarin şi un sacou kaki. Cândva ea îl tachinase că aşa se îmbracă scriitorii. Vestimentaţie decentă, nebătătoare la ochi, scumpă. Genul de haine în care şi-l închipuie ea când nu sunt împreună.

– Cum a fost la Dublin?

– Totul pe goană. Multă hărţuială.

Îşi ia fularul de la gât.

– Am un nou editor, o femeie, Ros, care socotește de datoria ei să-mi umple agenda până la ultima secundă. De fapt, mi-a lăsat pauze de mers la toaletă.

Ea râde.

– Bei ceva?

El face semn chelnerului, văzând paharul gol din fața ei.

– Vin alb.

Nu avusese de gând să bea mai mult, se străduiește s-o lase mai moale cu băutura, dar acum el e aici, și Ellie simte vechiul nod în stomac, care nu trece decât cu alcool.

El pălăvrăgește despre călătorie, despre cărțile vândute, despre noua înfățișare a falezei din Dublin. Ea îl privește în timp ce povestește. A citit undeva că singura dată când ai ocazia să vezi adevăratul chip al cuiva e în primele minute după ce-l întâlnești, apoi totul e doar impresie, nuanțată de propriile-ți gânduri. Asta o consola în diminețile când se trezea cu obrazul buhăit de băutură sau cu ochii injectați din pricina lipsei de somn. „Pentru mine tu vei fi întotdeauna frumos", îi spuse ea în gând.

– Deci azi nu lucrezi?

Ellie face un efort să reia conversația.

– E ziua mea liberă. Am lucrat duminica trecută, ții minte? Dar am să trec oricum pe la birou.

– La ce lucrezi acum?

– Oh, nimic spectaculos. Am găsit o scrisoare interesantă și am vrut să scormonesc prin arhivă, să văd dacă mai sunt și altele la fel.

– O scrisoare?

– Da.

El înalță o sprânceană.

– N-am nimic deosebit să-ți spun, zău că nu, ridică ea din umeri. E veche. Din 1960.

Nu știe de ce se arată reticentă, dar nu s-ar simți în largul ei împărtășindu-i sentimentele atât de sincere care răzbat din acea pagină. Se teme ca nu cumva el să-și închipuie că o face cu un anumit motiv.

– Aha. La vremea aceea existau mai multe constrângeri. Ador să scriu despre perioada asta. E mult mai potrivită pentru tensiunea dramatică.

– Tensiunea dramatică?

– Contrastul între ce vrei şi ce ţi se permite.

Ea îşi priveşte mâinile.

– Mda, ştiu cum vine asta.

– Forţarea limitelor... toate codurile acelea rigide de comportament.

– Mai spune o dată.

Ochii ei îi întâlnesc pe ai lui.

– Nu face asta, murmură el zâmbind larg. Nu într-un restaurant. Fată rea ce eşti!

Puterea cuvintelor. De fiecare dată îl învinge astfel.

Simte piciorul lui lipindu-se de al ei. După aceea vor merge la ea acasă, îl va avea numai pentru ea timp de cel puţin o oră. Nu-i de ajuns, niciodată nu-i de ajuns, dar numai gândul la trupul lui lipit de al ei deja îi provoacă ameţeală.

– Mai... vrei să mănânci? întreabă ea rar.

– Depinde...

Rămân câteva clipe ochi în ochi: pentru ea nu mai există nimeni în afară de el în tot localul.

El se foieşte pe scaun.

– Oh, să nu uit, începând din data de şaptesprezece am să fiu plecat.

– Tot în turneu?

Picioarele lui le-au cuprins pe ale ei pe sub masă. Ea se luptă să se concentreze la ce spune el.

– Editorii aceia *chiar* te ţin ocupat.

– Nu, răspunde el pe un ton neutru. Plec în concediu.

Urmează o clipă de tăcere. Apoi apare durerea: reală, ca o lovitură de pumn imediat sub coaste. Întotdeauna în locul cel mai vulnerabil.

– Bravo ţie!

Îşi retrage picioarele.

– Şi unde te duci?

– În Barbados.

– *Barbados.*

Nu-şi poate ascunde uimirea din glas. Barbados. Nu cu cortul în Bretania. Nu în căsuţa vreunui verişor îndepărtat din ploiosul Devon. Barbados nu sugerează corvoada unui concediu în familie. Sugerează lux, nisip alb, o soţie în bikini. Sugerează plăcere, o destinaţie care vorbește despre o căsnicie încă importantă. Sugerează că, de fapt, cei doi soți ar putea să facă sex.

– Nu cred că voi avea internet și va fi problematic să pot vorbi la telefon. Ți-am spus ca să știi.

– Tăcere radio.

– Cam așa ceva.

Ea nu știe ce să spună. O năpădește o mânie mută la adresa lui, deși rațiunea îi spune că nu are nici un motiv. În definitiv, i-a promis el ceva vreodată?

– Și totuși, nu se poate vorbi de vacanță când pleci cu copii mici, adaugă el, sorbind din băutură. Nu-i decât o schimbare de decor.

– Zău?

– Nici nu-ți închipui cât de multe chestii trebuie să cari după tine. Tot felul de prostii, cărucioare, scaune înalte, pamperși...

– N-am cum să-mi închipui.

Amândoi rămân tăcuți până li se aduce vinul. El îi umple paharul și i-l întinde. Tăcerea se prelungește, amenințând să devină apăsătoare, catastrofală.

– N-am ce face dacă sunt însurat, Ellie, zise el într-un târziu. Îmi pare rău dacă prin asta te rănesc, dar nu pot să nu plec în concediu pe motiv că...

– ... eu sunt geloasă, îi termină ea fraza.

Îi displace profund tonul pe care a rostit cuvintele. Se urăște că stă acolo ca o adolescentă bosumflată. Dar continuă să conștientizeze semnificația destinației Barbados și faptul că vreme de două săptămâni se va strădui să nu și-l imagineze făcând dragoste cu soția lui.

„În acest moment ar trebui să mă ridic și să plec“, își spune ea, apucând paharul. E momentul în care orice om cu capul pe umeri își adună ultimele rămășițe de demnitate, declară că merită mai mult și pleacă să caute pe cineva capabil să i se dăruiască trup și suflet – nu mese luate în grabă și seri pustii, bântuite de gânduri.

– Mai vrei să mergem la tine acasă?

O privește atent și expresia lui îi dă de înțeles că-i cere iertare, că știe prea bine ce înseamnă vestea asta pentru ea. Acest bărbat. Acest câmp minat.

– Da, îi răspunde.

În redacţiile ziarelor există o ierarhie în care bibliotecarii figurează undeva la baza piramidei. Nu chiar atât de jos ca personalul de la cantină sau ca paznicii, dar în nici un caz în preajma jurnaliştilor, redactorilor şi reporterilor din sectorul activ, care reprezintă faţada publicaţiei. Bibliotecarii sunt socotiţi personal auxiliar, rămân invizibili, subestimaţi, destinaţi să satisfacă cererile persoanelor mai importante. Se pare însă că nimeni nu-i explicase acest lucru bărbatului îmbrăcat într-un tricou cu mâneci lungi.

– Azi nu primim solicitări.

Bibliotecarul arătă anunţul scris de mână şi lipit de ceea ce înainte fusese un ghişeu.

Ne cerem scuze, dar arhivele nu pot fi accesate până luni. Majoritatea cererilor pot fi onorate online – vă rugăm, încercaţi întâi așea și x3223 în caz de urgenţă.

Când ea ridică iarăşi ochii, omul a dispărut. S-ar putea simţi jignită, dar se gândește în continuare la John, la felul în care își scuturase capul când își trăsese cămașa fără s-o descheie, cu o oră mai devreme. „Uau", spusese el, vârându-şi cămaşa în pantaloni. „Niciodată până acum n-am făcut sex la supărare."

– Fără critici, răspunsese ea, relaxarea de moment făcând-o să devină uşor frivolă.

Stătea lungită pe plapumă, privind prin lucarnă norii cenuşii de octombrie.

– Oricum e mai bine decât supărare fără sex.

– Mie mi-a plăcut.

Se aplecase şi o sărutase.

– Îmi place mult când mă foloseşti. Un simplu instrument pentru plăcerea ta.

Ea aruncase în el cu o pernă. Chipul lui avea acea expresie aparte, îmblânzită, pe care Ellie continua s-o poarte și acum în suflet, ca pe o amintire a ceea ce tocmai se petrecuse între ei. *Fusese al ei.*

– Crezi că ar fi mai simplu dacă nu ne-am simţi atât de bine făcând sex? întrebă ea, dându-şi părul la o parte de pe ochi.

– Da. Și nu.

„Pentru că dacă n-ar fi vorba de sex nici n-ai fi aici?"

Ea se ridicase în capul oaselor, brusc stânjenită.

– Bine, spusese cu vioiciune.

Îl sărutase pe obraz și, ca să fie totul în regulă, îl sărutase pe ureche.

– Trebuie să plec la birou. Încuie ușa când pleci!

Și se dusese în baie, lipăind cu picioarele desculțe.

Conștientă de uimirea lui, închisese ușa după ea și răsucise robinetul de apă rece, astfel încât apa să se reverse gâlgâind în gaura de scurgere. Se cocoțase pe marginea căzii și ascultase cum el umbla de colo-colo prin cameră, poate căutându-și pantofii, apoi pași în dreptul ușii.

– Ellie? Ellie?

Ea nu-i răspunsese.

– Ellie, acum plec.

Ea așteptase.

– Vorbim curând, frumoaso!

Bătuse de două ori în ușa băii și plecase.

Ea rămăsese pe loc aproape zece minute după ce auzise trântindu-se ușa de la intrare.

Bărbatul în tricou reapare chiar când ea e pe punctul să plece. Duce în brațe două cutii pline vârf cu dosare. Se pregătește să deschidă cu spatele o ușă și să dispară din nou.

– Tot aici ești?

– Ai scris greșit cuvântul „așa", spune ea, arătându-i anunțul.

El îl privește scurt.

– Nu prea mai dai de oameni competenți în zilele noastre, nu-i așa?

Vrea să plece.

– Nu pleca! Te rog!

Se apleacă peste ghișeu, agitând plicul primit de la el.

– Trebuie să mă uit la câteva ziare din 1960. Și voiam să te întreb ceva. Îți amintești unde ai găsit plicul pe care mi l-ai dat mie?

– Oarecum. De ce?

– Eu... Era ceva înăuntru. O scrisoare. M-am gândit că ar ieși un articol bun dacă aș putea adăuga unele detalii.

El clătină din cap.

– Îmi pare rău, nu pot acum. Suntem ocupaţi până peste cap cu mutarea.

– Te rog, te rog din suflet! Trebuie să termin ceva până duminică seara. Ştiu că eşti foarte ocupat, dar nu-i nevoie decât să-mi arăţi locul... În rest, mă descurc şi singură.

Bărbatul are părul în dezordine şi dâre de praf pe tricou. Puţin probabil să fie bibliotecar: meseria lui pare a fi mai curând răsfoitul cărţilor, nu stivuirea lor.

El îşi umflă obrajii şi trânteşte cutia în colţul ghişeului.

– OK. Ce fel de scrisoare?

– Despre asta e vorba, spune ea, scoţând plicul din buzunar.

– Nu-s prea multe indicii, remarcă el, aruncând o privire la scrisoare. O cutie poştală şi o iniţială.

Vorbeşte tăios. Ei îi pare rău că i-a atras atenţia asupra greşelii de ortografie.

– Ştiu. M-am gândit doar că, dacă mai ai şi altele aici, aş putea...

– N-am timp să...

– Citeşte-o, îl îndeamnă ea. Hai, citeşte-o...

Se opreşte, amintindu-şi că nu ştie cum îl cheamă. Lucrează aici de doi ani şi nu cunoaşte numele nici unuia dintre bibliotecari.

– Rory.

– Eu sunt Ellie.

– Ştiu cine eşti.

Ea îşi înalţă sprâncenele.

– Noi, cei de la subsol, ne pricepem să facem legătura între un titlu şi figura unui jurnalist. Oricât ţi-ar veni de greu să crezi, mai stăm şi de vorbă între noi.

Se uită la scrisoare.

– Sunt foarte prins... iar corespondenţa personală nu-i genul de material pe care să-l reţinem. Nici măcar nu ştiu cum a ajuns aici.

Împinge scrisoarea înapoi spre ea şi o priveşte în ochi:

– Cuvântul se scrie corect „aşa".

– Două minute.

Ea îi întinde iar scrisoarea.

– Te rog, Rory!

El ia plicul, scoate foaia dinăuntru și citește fără să se grăbească. Când termină, ridică ochii către ea.

– Să nu zici că nu ţi-a captat atenţia.

El ridică din umeri.

– Ba da.

Zâmbește larg.

– Ţi-a *captat* atenţia.

El ridică placa ghișeului și, cu un aer resemnat, îi face semn lui Ellie să vină înăuntru.

– În zece minute îţi aduc ziarele pe care le cauţi. Am pus în saci de gunoi toate materialele răzleţe, ca să le arunc. Dar vino! Poţi să le răsfoiești, să vezi dacă poţi pune ceva cap la cap. Numai să nu-i spui șefului. Și să n-ai pretenţia să te ajut.

E în arhivă de trei ore. A uitat de dosarul cu ziarele din 1960 și acum stă pe jos într-un colţ din subsolul prăfuit, aproape nebăgându-i în seamă pe cei care trec pe lângă ea cărând cutii pe care scrie *Alegeri 67, Catastrofe feroviare* sau *iunie-iulie 1982.* Caută prin sacii de gunoi, dând deoparte maldăre de hârtie prăfuită, distrasă de reclame cu tratamente contra răcelii, băuturi tonice și mărci de ţigări de mult uitate, cu degetele înnegrite de praf și de veche cerneală de tipar. Stă pe o ladă răsturnată cu fundul în sus și stivuiește ziarele în jur la întâmplare, în căutarea a ceva mai mic decât o foaie A3 – ceva scris de mână. E atât de absorbită de ce face încât uită să verifice dacă a primit mesaje pe mobil. Uită pentru scurt timp ora petrecută acasă cu John, amintire pe care în mod normal ar fi purtat-o în gând vreme de câteva zile după aceea.

Deasupra ei, ceea ce a rămas din redacţia de știri își continuă febril activitatea, digerând și scuipând afară știrile zilei, ale căror liste se schimbă necontenit de la ceas la ceas, articole întregi fiind scrise și apoi date la o parte, în funcţie de modificările de ultimă oră primite de la agenţiile de știri și afișate de computer. Pe coridoarele întunecate de la subsol toate acestea par să se întâmple undeva departe, pe alt continent.

Aproape de cinci și jumătate Rory își face apariția, aducând două pahare de plastic cu ceai. Îi întinde ei unul, suflând în al său, ca să-l răcească, și se sprijină de un fișet gol.

– Ai găsit ceva?

– Nimic. O groază de reclame cu tonice pentru sănătate și rezultate ale meciurilor de cricket jucate de cine știe ce colegii de la Oxford, dar nici urmă de scrisori de dragoste sfâșietoare.

– Oricum, știai de la început că mergi la noroc.

– Adevărat. Atâta doar că era una din...

Duce paharul cu ceai la buze.

– Nu știu. Am citit scrisoarea și n-am mai reușit să mi-o scot din minte. Am vrut să aflu ce s-a întâmplat. Cum merge mutarea?

El se așază pe altă ladă, câțiva pași mai încolo. Are mâinile îmbâcsite de praf și o dâră de murdărie pe frunte.

– Suntem aproape gata. Nu-mi vine să cred că șeful meu n-a vrut să lase treaba asta pe seama unor muncitori specializați.

Bibliotecarul-șef lucra la ziar de o viață, fiind renumit pentru capacitatea sa de a indica data și ediția oricărui ziar, pornind de la cea mai sumară descriere.

– De ce?

Rory oftă.

– Se temea ca nu cumva să se rătăcească ceva sau să se piardă vreo cutie. Eu i-am tot spus că oricum vor fi toate înregistrate pe calculator, dar știi cât ține la tot ce se află pe suport de hârtie...

– Pe câți ani se întind ziarele?

– Cred că optzeci de ani pentru cotidiene și vreo șaizeci pentru extrase și alte hârtii anexe. Iar chestia cea mai cumplită e că șeful știe precis unde trebuie să se afle fiecare.

Ea începe să îndese o parte din hârtii la loc într-un sac de gunoi.

– Poate ar trebui să-l întreb de scrisoare. Probabil ar ști să-mi spună cine a scris-o.

Rory fluieră.

– Numai dacă n-ai nimic împotrivă s-o returnezi. Nu acceptă să fie înstrăinat nici cel mai mic lucru. Ceilalți au aruncat pe furiș tot ce era inutil abia după plecarea lui acasă, altfel ar fi trebuit să mai umplem câteva încăperi. Dacă ar şti că ţi-am dat plicul acela cu hârtii vechi cred că m-ar da afară.

Ellie schiţează o strâmbătură.

– Atunci nu voi afla niciodată, declară ea cu un aer teatral.

– Ce să afli?

– Ce s-a întâmplat cu îndrăgostiţii mei fără noroc.

Rory cade pe gânduri.

– Ea l-a refuzat.

– Oh, ce romantic eşti!

– Avea prea mult de pierdut.

Ellie lasă capul într-o parte.

– De unde ştii că scrisoarea era adresată unei femei?

– Pe vremea aia femeile nu aveau serviciu, aşa-i?

– E datată 1960. Nici o legătură cu sufragetele.[1]

– Ia dă-o încoace.

Rory întinde mâna după scrisoare.

– OK, deci poate că avea serviciu. Dar sunt sigur că zice ceva legat de o călătorie cu trenul. Aş fi tentat să cred că-i mai puţin probabil ca o femeie să plece să ia în primire un nou post.

Citeşte încă o dată, arătând cu degetul rândurile respective.

– El îi cere să-l urmeze. O femeie n-ar fi cerut unui bărbat să vină cu ea. Nu pe vremea aceea.

– Ai o opinie extrem de stereotipă despre bărbaţi şi femei.

– Nu. Atâta doar că petrec o groază de timp aici, cufundat în trecut.

Arată în jur.

– Aici e o altă ţară.

– Poate că nici n-a fost adresată unei femei, îl tachinează ea. De ce nu unui alt bărbat?

– Nu. Pe atunci homosexualitatea încă nu era recunoscută prin lege, nu? Ar fi existat vreo referire la menţinerea secretului sau ceva asemănător.

– Păi există!

– Nu-i decât o legătură amoroasă, zise el. E clar.

---

[1] Partizane ale mişcării femeilor din Anglia de la începutul secolului XX, al cărei scop a fost obţinerea de drepturi politice

– Ce-i asta? Glasul experienței?

– Ha! În cazul meu, nici vorbă.

Rory îi înapoiază scrisoarea și soarbe iar din ceai.

Are degete lungi și turtite la vârf. Mâini obișnuite cu munca, nu de bibliotecar, își spune ea în treacăt. Dar oare cum ar trebui să arate mâinile unui bibliotecar?

– Deci n-ai avut niciodată o legătură cu o femeie măritată?

Aruncă o privire la inelarul lui.

– Sau *ești* căsătorit și n-ai avut niciodată o relație?

– Nu. Și nu. N-am avut niciodată o aventură. Cu cineva cu obligații, adică. Prefer să nu-mi complic existența.

Face un semn din cap spre scrisoarea pe care ea o pune înapoi în poșetă.

– Chestiile astea nu sfârșesc niciodată bine.

– Cum? Adică toate iubirile care nu-s simple și directe trebuie să sfârșească tragic?

E conștientă de tonul ei defensiv.

– N-am spus asta.

– Ba da. Ai afirmat adineauri că ea l-a refuzat.

El își termină ceaiul, strânge paharul în pumn și-l aruncă în sacul de gunoi.

– În zece minute terminăm. Ar fi bine să iei ce-ți trebuie. Arată-mi materialele pe care n-ai apucat să le vezi și am să încerc să ți le pun deoparte.

În timp ce ea își strânge lucrurile, el adaugă:

– În ce mă privește, eu totuși cred că ea l-a refuzat.

Chipul lui are o expresie de nepătruns.

– Dar de ce trebuia să se sfârșească așa de prost?

Te iubesc oricum – chiar dacă eu nu exist, nu există dragoste sau nici măcar viaţă – te iubesc.

Scrisoare de la Zelda către Scott Fitzgerald[1]

---

[1] Scriitor american, autor de romane (cel mai cunoscut fiind *Marele Gatsby*) şi povestiri, totodată unul dintre cele mai mari nume din literatura secolului XX. A avut o căsnicie nu tocmai fericită cu Zelda Sayre.

Capitolul 17

Ellie Haworth trăiește un vis. Își repetă adesea acest lucru la trezire, mahmură după prea mult vin alb și străbătută de un fior de melancolie, în micul și imaculatul ei apartament, pe care nimeni nu-l întoarce cu susul în jos când ea nu e acasă. (În taină își dorește o pisică, dar se teme să nu ajungă prototipul femeii singure care își ia un animal de companie.) E editorialistă la un ziar național, are un păr care se coafează ușor, un trup împlinit, dar zvelt exact acolo unde trebuie, e suficient de drăguță încât să atragă atenții de care încă pretinde că se simte ofensată. Are o limbă ascuțită – prea ascuțită, după părerea mamei ei – e iute la minte, are mai multe cărți de credit și o mașinuță pe care o poate conduce fără ajutorul nici unui bărbat. Când se întâlnește cu foștii ei colegi de școală, îi simte că o invidiază pentru stilul ei de viață: încă nu a ajuns la vârsta când lipsa unui soț sau a unor copii poate fi socotită drept ratare. Când face cunoștință cu bărbați, vede cum aceștia îi enumeră calitățile – serviciu bun, bună la pat, simțul umorului – parcă socotind-o un premiu ce trebuie câștigat.

Deși în ultima vreme și-a dat seama că visul e puțin confuz, că spiritul ei incisiv, celebru la serviciu, a părăsit-o de când l-a întâlnit pe John, că relația care cândva o stimulase a început s-o uzeze într-un mod nu tocmai de invidiat, totuși preferă să nu se arate prea severă. În definitiv, nici nu-i prea greu, când ești înconjurată de ziariști și scriitori care beau zdravăn, se distrează zdravăn, au relații întâmplătoare și dezastruoase, precum și parteneri de viață acasă, care, sătui să fie neglijați, sfârșesc prin a avea o aventură. Ellie e una dintre *ei*, o ziaristă ca alte mii şi mii, trăindu-şi viaţa în paginile lucioase ale revistelor, o viaţă pe care a dus-o încă de când a înţeles întâia oară că dorea să scrie. A reuşit în carieră, e necăsătorită, egoistă. Ellie Haworth e cum nu se poate mai fericită. Ca oricare alta în locul ei.

Nimeni nu are parte chiar de tot în viaţă, aşa îşi spune şi Ellie uneori, când se trezeşte încercând să-şi amintească al cui vis e destinată să-l trăiască.

– La mulţi ani, panaramă ce eşti!

În clipa când ea intră valvârtej în cafenea, fluturându-şi poşeta, Corinne şi Nicky o aşteaptă şi-i fac semn cu mâna, bătând uşor cu palma pe un scaun,

– Da' hai o dată! E târziiiiiu! La ora asta ar trebui să fim la lucru.

– Îmi pare rău. S-a ivit ceva chiar când dădeam să ies din birou.

Cele două femei au un scurt schimb de priviri: e limpede, îşi închipuie că a fost cu John. Decide să nu le spună că de fapt a aşteptat sosirea poştei. Voise să vadă dacă el i-a trimis ceva. Acum se simte prost că şi-a făcut prietenele s-o aştepte douăzeci de minute.

– Cum e să te simţi mai bătrână?

Nicky s-a tuns. Are părul tot blond, dar tăiat scurt, în scări. Arată ca un îngeraş.

– Ţi-am comandat o cafea cu lapte degresat. Presupun că de-acum încolo va trebui să ai grijă să nu te îngraşi.

– La treizeci şi doi de ani nici vorbă să fiu bătrână. Cel puţin aşa îmi spun eu.

– Mi-e şi groază, intervine Corinne. La treizeci şi unu cumva abia ai sărit de treizeci, deci practic poţi să zici douăzeci. Treizeci şi doi mi se pare oribil de aproape de treizeci şi cinci.

– Iar treizeci şi cinci e la un pas de patruzeci.

Nicky îşi verifică părul în oglinda din spatele banchetei.

– La mulţi ani şi vouă, spune Ellie.

– Oh! Noi o să te iubim şi când o să fii zbârcită, singură şi în pantalonaşi roz pân' la genunchi.

Fiecare pune pe masă câte o pungă de cadouri.

– Ai aici ceva de la noi. Şi nu, nu poţi schimba nici unul dintre cadouri.

Au ales perfect, așa cum pot alege numai prietenii de o viață. Corinne i-a cumpărat șosete de cașmir gri-perle, atât de catifelate încât Ellie abia se poate abține să nu și le pună chiar atunci. Nicky i-a dăruit un tichet pentru un salon de frumusețe extrem de scump.

– Pentru tratamente faciale antiîmbătrânire, o tachinează ea. Ai de ales între asta și Botox.

– Și noi știm bine ce părere ai tu despre injecții.

Ellie își simte sufletul plin de afecțiune și de recunoștință pentru prietenele ei. În multe seri au declarat că reprezintă una pentru alta cea de-a doua familie, și-au exprimat teama că două dintre ele își vor găsi mai devreme un partener de viață, lăsând-o pe cea de a treia nemăritată și singură. Nicky are un nou iubit care, spre deosebire de cei de până acum, pare o partidă promițătoare. Are suficienți bani, e tandru și continuă s-o țină cu sufletul la gură exact atât cât să-i păstreze treaz interesul pentru el. Nicky a petrecut zece ani fugind de bărbați care se purtau frumos cu ea. Corinne tocmai a pus capăt unei relații care dura de un an. Era un om drăguț, spune ea, dar deveniseră aproape frate și soră „iar eu speram să ne căsătorim și să avem câțiva copii înainte să se întâmple asta".

Nici una dintre ele nu vorbește serios despre teama că poate au scăpat trenul de care pomenesc mereu mătușile și mamele lor. Nu aduc în discuție faptul că majoritatea prietenilor au deja relații cu femei cu cinci până la zece ani mai tinere ca ele. Fac glume despre ce înseamnă să îmbătrânești urât. Enumeră prieteni homosexuali care promit să le facă copii „peste zece ani", dacă și atunci vor fi tot singure, deși nici unii, nici alții nu cred asta cu adevărat.

– El ce ți-a cumpărat?

– Cine? întreabă Ellie cu un aer inocent.

– Domnul Scârța-Scârța pe Hârtie. Sau poate tocmai cadoul de la el te-a făcut să întârzii?

– Și-a făcut deja injecția, râde Corinne.

– Sunteți oribile amândouă, spune Ellie, sorbind din cafeaua acum aproape rece. Încă... încă nu ne-am văzut.

– Dar o să te *scoată* în oraș, nu? insistă Nicky.

– Cred că da, răspunde ea.

Brusc se înfurie că amândouă o privesc semnificativ, ghicind deja care-i situația. E furioasă pe ea însăși că nu s-a gândit să-i găsească o scuză. E furioasă pe el, că o pune în situația să-l scuze.

– Ți-a dat vreun semn, El?

– Nu. Dar e *abia* opt și jumătate... Oh, Doamne, la zece trebuie să fiu la o ședință cu articolele de fond și n-am nici măcar o singură idee ca lumea.

– Atunci, dă-l dracu'!

Nicky se apleacă spre ea și o îmbrățișează.

– O să-ți cumpărăm noi un mic tort de ziua ta, așa-i Corinne? Stai aici, mă duc să iau o brioșă glazurată. De ziua ta vom servi ceaiul ceva mai devreme.

În aceeași clipă aude bâzâitul în surdină al mobilului. Îi deschide capacul.

La mulți ani, frumoaso! Cadoul mai târziu. X

– E el? întreabă Corinne.

– Da, zâmbește ea larg. Se pare că darul de la el va veni mai încolo.

– Exact stilul lui, pufnește Nicky, revenind la masă cu brioșa glazurată. Unde te-a invitat?

– Mm... nu zice.

– Arată-mi!

Nicky îi ia mobilul din mână.

– Ce dracu' înseamnă asta?

– Nicky...

În tonul lui Corinne se ghicește o undă de avertisment.

– Păi... „Cadoul mai târziu. Pupic." Al naibii de vag, nu-i așa?

– E ziua ei.

– Exact. Tocmai de-aia n-ar trebui să descifreze niște rahaturi de mesaje oligofrene de la un iubit nesimțit. Ellie, scumpa mea, ce *naiba* e cu tine?

Ellie a înlemnit. Nicky a încălcat regula tacită că nici una nu trebuie să comenteze, oricât de prostească ar fi relația uneia dintre ele, că-și vor oferi sprijin moral, că-și vor exprima îngrijorarea tocmai prin ceea ce nu vor spune cu voce tare, că nu vor exclama „Ce *naiba* e cu tine?"

– Totul e în regulă, răspunde ea. Zău că da.

Nicky o privește.

– Ai împlinit treizeci și doi de ani. Ai o relație cu acest bărbat – îl iubești – de aproape un an și tot ce meriți de ziua ta e un pârlit de SMS care face aluzie sau nu la o posibilă întâlnire cândva în viitor, fără să precizeze o dată anume? Nu trebuie ca amantele să primească în dar măcar niscaiva lenjerie scumpă? Din când în când un weekend la Paris?

Corinne se crispează.

– Iartă-mă, Corinne, uite că de data asta trebuie să spun lucrurilor pe nume. Ellie, draga mea, te iubesc ca pe ochii din cap. Dar *zău așa*, cu ce te alegi tu din toată treaba asta?

Ellie nu ridică nasul din ceașca de cafea. Bucuria aniversării aproape s-a topit.

– Îl iubesc, răspunde ea simplu.

– Dar el te iubește?

Ellie simte brusc un val de ură pentru Nicky.

– Știe că-l iubești? Măcar îi poți spune asta?

Ea ridică ochii.

– Nu mai am nimic de zis, declară Nicky.

În toată cafeneaua s-a așternut tăcerea. Sau poate așa i se pare ei. Se foiește pe scaun.

Corinne continuă s-o fulgere pe Nicky cu privirea, dar aceasta dă din umeri și apucă brioșa.

– Oricum. La mulți ani, da? Mai vrea cineva cafea?

Ellie se așază la birou în fața calculatorului. Pe birou n-a găsit nimic. Nici vreun bilet care s-o anunțe că la Recepție o așteaptă un buchet de flori. Nici vreo cutie cu bomboane de ciocolată, nici o sticlă de șampanie. În Inbox a primit optsprezece e-mailuri, pe lângă multe alte bazaconii. Mama ei – care și-a cumpărat calculator cu un an în urmă și care pune și acum un semn de exclamare la sfârșitul fiecărei propoziții dintr-un mesaj – i-a trimis un e-mail ca să-i ureze la mulți ani! Și să-i spună de „cățelul care se simte bine după ce a fost operat la șold! Și că operația a costat mai mult decât cea suferită de bunica Haworth!“ Secretara redacției Editoriale i-a trimis un mesaj să-i amintească de ședința din cursul dimineții. Iar Rory, bibliotecarul, i-a scris cu rugămintea de-a coborî mai târziu până la el, dar nu înainte de ora patru după-amiază, întrucât până atunci toți vor fi în clădirea nouă. Nimic de la John. Nici măcar un mesaj cumva cifrat. Se simte ușor dezamăgită și se crispează văzând-o pe Melissa apropiindu-se cu pași mari de biroul ei, urmată îndeaproape de Rupert.

Scotocește prin birou, înțelegând că a dat de belea. S-a lăsat atât de prinsă de scrisoare încât nu are aproape nimic de prezentat din edițiile anilor '60, nici unul din contrastele cerute de Melissa. Se blestemă în gând că a pierdut prea mult timp la cafenea, își aranjează părul, înșfacă cel mai apropiat dosar, ca măcar să *pară* stăpână pe situație și fuge la ședință.

– Deci paginile de sănătate sunt aproape terminate și finisate, da? Avem articolul despre artrită? Am cerut pe margine o coloană cu remedii alternative. Există niscaiva celebrități care suferă de artrită? Ar mai înveseli fotografiile. Astea sunt cam plicticoase.

Ellie își face de lucru cu hârtiile. E aproape unsprezece. Cât l-ar fi costat să-i trimită niște flori? Ar fi putut plăti la florărie cu bani gheață, dacă într-adevăr îi era teamă să nu apară ceva suspect pe cartea de credit. Doar procedase așa și altă dată.

Poate că vrea s-o mai rărească. Poate că excursia în Barbados e modul în care încearcă să se împace cu soția lui. Poate că voiajul era modul lui laș de a-i da de înțeles că nu mai conta la fel de mult ca la început. Caută printre SMS-urile salvate pe mobil, încercând să descopere vreun semn vizibil al detașării lui.

Foarte bun articolul despre veteranii de război. X

Ești liberă la prânz, să luăm masa împreună? Vin spre tine pe la 12.30. J

Tu ești altceva. Nu putem vorbi diseară. Dau SMS dimineață la prima oră. X

Era aproape imposibil să-și dea seama dacă există vreo schimbare de ton: prea puține indicii. Ellie oftează, deprimată de propriile-i gânduri și de remarcile prea dure ale prietenei ei. Ce naiba face? Dar pretinde atât de puţin. De ce? Fiindcă se teme că, dacă ar cere mai mult, el s-ar simţi încolţit şi s-ar alege praful de tot. A ştiut întotdeauna care sunt regulile. Nu poate susţine că s-a lăsat indusă în eroare. Dar cât de puţin ar trebui să pretindă? Una e să te ştii iubită pătimaş şi împrejurările să-ţi fie potrivnice. Însă când nu există nici urmă de *așa ceva,* care să menţină barca pe linia de plutire...

– Ellie?

– Mm?

Ridică privirea și întâlnește zece perechi de ochi aţintiţi asupra ei.

– Urma să ne expui ideile tale pentru ediţia de lunea viitoare.

Privirea Melissei este în acelaşi timp neutră şi chiar sfredelitoare.

– Paginile care pun în contrast trecutul și prezentul.

– Da, răspunde ea, frunzărind dosarul din braţe, ca să-și ascundă îmbujorarea. Da... păi, m-am gândit că ar fi interesant să iau cu mine paginile vechi. Exista o rubrică de sfaturi pentru suflet şi mi-am zis că am putea compara și pune în contrast rubrica de atunci cu cea de acum.

– Da, spune Melissa. Asta te-am rugat să faci săptămâna trecută. Acum urma să-mi arăţi ce-ai găsit.

– Oh, îmi pare rău. Paginile sunt tot în arhivă. Bibliotecarii sunt cam maniaci şi ţin cu tot dinadinsul să ştie unde se află fiecare lucrușor. Mai ales acum, cu mutarea, se bâlbâie ea.

– De ce n-ai făcut fotocopii?

– Eu...

– Ellie, ai lăsat totul pe ultimul moment. Am crezut că stăpânești bine subiectul încă de acum câteva zile.

Tonul Melissei era de gheaţă. Toţi ceilalţi din încăpere stăteau cu ochii în pământ, deloc dispuși să asiste la execuţie.

– Vrei să dau treaba asta altcuiva? Poate cuiva cu experienţă în domeniu?

„Își dă seama", își spuse Ellie, „că de luni întregi serviciul a fost doar o umbră pe radarul zilelor mele. Știe că sunt cu mintea în altă parte – la un pat mototolit de hotel, la o reşedinţă de familie neştiută –, că port în paralel o permanentă conversaţie cu un bărbat care nu-i aici. Pentru mine nu există altceva pe lume în afară de el, iar ea citește în mine ca într-o carte deschisă."

Melissa a ridicat ochii în tavan.

Brusc Ellie își dă seama cât se poate de limpede în ce situaţie-limită se găsește.

– Eu... ăă... am ceva mai bun, se grăbește ea să spună. M-am gândit că asta ţi-ar plăcea mai mult.

Plicul stă ascuns între hârtii și Ellie i-l întinde șefei.

– Încercam să mai găsesc ceva material legat de asta.

Melissa citește cele câteva rânduri și se încruntă.

– Știm cine e?

– Nu încă, dar mă străduiesc să aflu. M-am gândit că ar fi un editorial grozav dacă aș putea descoperi ce s-a întâmplat cu ei. Dacă până la urmă au rămas împreună.

Melissa dădea din cap.

– Da. Pare să fie o legătură extraconjugală. Scandal în anii șaizeci, hm? Ar putea fi un punct de plecare ca să arătăm cum s-au schimbat reperele morale. Cât de multe ai aflat despre ei?

– Sunt cu antenele la pândă.

– Descoperă ce s-a întâmplat, dacă au fost condamnaţi de societate.

– Dacă s-au căsătorit, e posibil să nu vrea publicitate, remarcă Rupert. Astfel de chestii căpătau amploare mult mai mare pe atunci.

– La nevoie, promite-le anonimatul, spune Melissa. Dar idealul ar fi să avem niște fotografii, măcar din perioada în care a fost scrisă scrisoarea. În acest fel cei doi ar fi mai greu de identificat.

– Încă n-am aflat cine sunt.

Ceva în sinea ei îi spune lui Ellie că n-a fost o idee bună.

– Dar ai să afli. Cere ajutorul cuiva de la știri. Cei de acolo se pricep la munca de investigaţie. Și bineînţeles, aș vrea materialul pentru săptămâna viitoare. Dar mai întâi rezolvă cu paginile alea de sfaturi. Până la sfârșitul zilei vreau exemple pe care să le pot prezenta pe două pagini faţă în faţă. OK? Ne întâlnim din nou mâine la aceeași oră.

Deja a pornit spre ușă, cu părul ei perfect coafat săltând în aer ca într-o reclamă de șampon.

– Eu sunt! Doamna Perfecţiune în Ortografie.

Îl găseşte la cantină. El îşi scoate căştile din urechi în timp ce ea se aşază în faţa lui. Citeşte un ghid despre America de Sud. În faţa lui e o farfurie goală, semn că a servit deja prânzul.

– Rory, am dat de belea.

– Ai scris cuvântul gastropiloroduodenojejunostomie[1] cu trei de *r*?

– M-a luat gura pe dinainte de faţă cu Melissa Buckingham şi acum trebuie să găsesc date despre Cea Mai Mare Iubire a Tuturor Timpurilor pentru paginile de editorial.

– I-ai pomenit de scrisoare?

– M-a prins la înghesuială. Trebuia să-i dau ceva. După cum se uita la mine, m-am temut că mă mută la rubrica Decese.

– Ei bine, promite să fie interesant.

– Ştiu. Dar până atunci trebuie să iau la puricat fiecare pagină de sfaturi din numerele anilor '60 şi să le găsesc echivalentul moral din ziua de azi.

– Măcar nu-i o treabă complicată, aşa-i?

– Nu, dar îmi va lua o groază de timp şi am nu ştiu câte altele de făcut, chiar şi fără să mă chinui să aflu ce s-a întâmplat cu îndrăgostiţii noştri misterioşi.

Îi zâ nbeşte plină de speranţă.

– Crezi că ai putea să mă ajuţi în vreun fel?

– Îmi pare rău. Şi eu sunt prins până peste cap. Am să-ţi scot din arhivă dosarele cu ziarele din anii '60.

– Păi, asta-i meseria ta, protestează ea.

El zâmbeşte larg.

– Exact. Iar meseria ta sunt scrisul şi investigaţia.

– Azi e ziua mea.

– Atunci la mulţi ani.

– Eşti un suflet mare!

– Iar tu eşti prea obişnuită să ţi se facă toate chefurile.

---

[1] În original, *antidisestablishmentarianism*, cel mai lung cuvânt din limba engleză. Pentru versiunea în limba română, traducătorul a recurs la cel mai lung cuvânt din această limbă.

Îi zâmbeşte, şi Ellie îl vede că-şi ia cartea şi MP3 playerul. El o salută şi se îndreaptă spre uşă.

„Habar n-ai ce mult te înşeli", îşi spune ea, în timp ce el închide uşa în urma lui.

Am 25 de ani și o slujbă destul de bună, dar nu într-atât de bună cât să realizez tot ce-aș dori: o casă, o mașină și o soție.

„Pentru că evident vei face rost de nevastă la pachet cu casa şi maşina", mormăie Ellie, cu ochii la pagina îngălbenită. „Sau poate mai întâi îţi iei maşină de spălat. Poate asta ar trebui să aibă prioritate."

Am observat că mulţi prieteni de-ai mei s-au căsătorit și de atunci nivelul lor de viaţă a scăzut considerabil. De trei ani mă întâlnesc regulat cu o fată și aș vrea tare mult să ne luăm. Am rugat-o să aștepte trei ani, ca să ne căsătorim și să trăim în condiţii mai bune, dar ea zice că nu vrea să mă aștepte.

„Trei ani", cugetă Ellie. „Nici nu pot s-o condamn. Nu prea îi dai impresia că o iubeşti din tot sufletul, nu crezi?"

Ori ne căsătorim anul acesta, ori nu se va mai mărita cu mine. Eu socotesc că e o atitudine nerezonabilă, din moment ce i-am atras atenţia că nivelul ei de trai va fi scăzut. Credeţi că-i mai pot oferi și alte argumente în afara celor deja expuse?

– Nu, amice, spune ea cu glas tare, vârând altă pagină veche de ziar în fotocopiator. Cred că te-ai făcut înţeles destul de limpede.

Se înapoiază la birou, se aşază şi scoate din plic foaia mototolită, scrisă de mână.

Marea și singura mea iubire... Dacă n-ai să vii, voi ști că, indiferent cât am ţine unul la altul, nu e îndeajuns. N-am să te acuz, iubirea mea. Știu că ultimele săptămâni au fost extrem de grele pentru tine și simt acut tensiunea pe care ai îndurat-o. Detest gândul că eu ţi-aș putea provoca atâta nefericire.

Reciteşte aceleaşi cuvinte iar şi iar: emană forţă şi pasiune chiar şi după atâţia ani. De ce-ar accepta cineva o frază convenţională gen „i-am atras atenţia că nivelul ei de trai va fi scăzut" când ar putea avea parte de cuvinte ca „Nu uita că inima şi speranţele mele sunt în mâinile tale"? Îi urează iubitei necunoscute a primului corespondent să fi avut norocul să scape.

Verifică din reflex dacă a sosit vreun nou e-mail, apoi mesageria de pe mobil. Are treizeci şi doi de ani. Iubeşte un bărbat căsătorit cu altă femeie. Prietenele ei au început să-i sugereze că legătura asta – că ea însăşi – e ridicolă, iar ea le urăşte, fiindcă au dreptate.

Ronţăie capătul unui creion. Ia în mână pagina fotocopiată, apoi o pune jos din nou.

Deschide pe calculator pagina pentru un nou mesaj şi, fără să se gândească prea mult, tastează:

Singurul cadou pe care mi-l doresc de ziua mea este să ştiu ce însemn pentru tine. Trebuie să avem o discuţie deschisă, ca să pot spune ce simt. Trebuie să ştiu dacă există vreo şansă să fim împreună în viitor.

Apoi adaugă:

Te iubesc, John. Te iubesc cum n-am iubit pe nimeni în viaţa mea şi iubirea asta începe să mă facă să-mi pierd minţile.

Ochii i s-au umplut de lacrimi. Mută cursorul, gata să apese pe SEND. Redacţia parcă s-a dizolvat în jurul ei. E vag conştientă de Caroline, redactorul rubricii de sănătate, care vorbeşte la telefon de la biroul alăturat, de spălătorul de geamuri legănându-se în dreptul ferestrei pe platforma lui suspendată, de altercaţia dintre redactorul de ştiri şi un reporter de-al lui, de o bucată de mochetă lipsă la picioarele ei. Nu vede în faţa ochilor decât cursorul care clipeşte, cuvintele scrise de ea, propriul viitor etalat pe monitor în faţa ei.

Te iubesc cum n-am iubit pe nimeni în viaţa mea.

„Dacă trimit acum mesajul“, își spune ea, „mi-am hotărât soarta. Va fi modul meu de a prelua controlul. Iar dacă răspunsul nu va fi cel dorit, măcar voi avea parte de un răspuns.“

Zăbovește cu arătătorul pe SEND.

„Și n-am să-i mai mângâi niciodată obrazul, n-am să-i mai sărut buzele, n-am să-i mai simt mâinile pe trupul meu. N-am să-l mai aud niciodată rostindu-mi numele, Ellie Haworth, ca și cum cuvintele în sine ar fi prețioase.“

Telefonul de pe birou începe să sune.

Sare ca arsă, privește scurt spre aparat, de parcă ar fi uitat unde se află, apoi își șterge ochii cu palma. Își îndreaptă spatele și ridică receptorul.

– Alo?

– Bună, sărbătorito! spune Rory. Coboară în temniță după terminarea programului. Se prea poate să am ceva pentru tine. Și dacă tot vii, adu-mi și o cafea. Ca plată pentru osteneală.

Ea așază receptorul în furcă, se întoarce spre calculator și apasă butonul DELETE.

– Deci, ce-ai găsit?

Îi întinde un pahar cu cafea peste tăblia ghișeului și el îl apucă. Are părul acoperit cu o peliculă subțire de praf și ea își înfrânează pornirea de a-i ciufuli părul ca să i-l scuture, așa cum faci cu un copil. L-a mai tratat de sus o dată, nu vrea să riște să-l jignească și a doua oară.

– Vrei zahăr?

– Nu, răspunde ea. Parcă nici tu nu bei cu zahăr.

– Așa e.

Se apleacă peste tăblia ghișeului.

– Uite care-i treaba. Șeful e cu ochii pe mine. Trebuie să fiu discret. La ce oră termini lucrul?

– Oricând, răspunde ea. Aproape am terminat ce aveam de făcut.

El își trece mâna prin păr. În jurul lui se răspândește un norișor de praf, ca un fel de explicație.

– Mă simt ca personajul acela din *Peanuts*[1]. Cum naiba îi zice?

---

[1] Personaj din benzile de desene animate intitulate *Peanuts*, de Charles M. Schulz, care este în permanență murdar

Ea clatină din cap.

– Pig Pen. Cel înconjurat de un nor de praf. Mutăm de colo-colo cutii care n-au mai fost clintite din loc de zeci de ani. Orice ar zice şeful, mă îndoiesc că vom avea vreodată nevoie de procesele verbale ale dezbaterilor parlamentare din 1932. Mă rog. La Black Horse? Peste o jumătate de oră?

– Vorbeşti de local?

– Da.

– S-ar putea să am un program...

„Nu poţi pur şi simplu să-mi dai ce-ai găsit?" îi vine să-l întrebe. Dar îşi dă seama cât ar părea de nerecunoscătoare.

– Nu te reţin decât zece minute. Oricum, pe urmă mă întâlnesc cu nişte prieteni. Dar e ceva trăsnet. Dacă preferi, putem lăsa pe mâine.

Ea se gândeşte la telefonul mobil mut şi acuzator, ascuns în buzunarul de la spate. Ce are de ales? Să alerge acasă şi acolo să aştepte s-o sune John? Încă o seară în faţa televizorului, conştientă că universul există undeva în afara ei? „Oh... ce dracu'! Ar fi grozav să bea ceva."

– Bere cu limonadă. Ca să trăiesc periculos.

– Bere cu limonadă? Hm! Ne vedem acolo.

Rory zâmbeşte larg.

– Ai să mă recunoşti după dosarul pe care scrie „Top secret".

– Da? Iar tu ai să mă recunoşti când am să strig „Fă-mi cinste cu o băutură adevărată, calicule! Azi e ziua mea."

– Fără o garoafă roşie la butonieră? Ca să-mi dau seama că eşti tu?

– Fără indicii. E mai uşor pentru mine s-o iau la fugă dacă nu-mi place cum arăţi.

El dă din cap aprobator.

– Foarte înţelept.

– Şi nu vrei să-mi spui nimic-nimic despre ce ai descoperit?

– Va fi surpriza mea de ziua ta!

Zicând acestea, dispare în spatele uşii duble şi se pierde în măruntaiele vechiului sediu al ziarului.

În toaleta femeilor nu e nimeni. Ellie se spală pe mâini, remarcând că acum, când zilele vechii clădiri sunt numărate, nimeni nu se mai osteneşte să pună săpun sau hârtie de şters pe mâini în dispozitivele respective. Își închipuie că de săptămâna viitoare angajații vor fi nevoiți să-și aducă singuri hârtie igienică, pentru cazuri de urgență.

Își studiază chipul, își dă cu puțin rimel, după care începe să-și aplice corector pe cearcănele de sub ochi. Se rujează, apoi își șterge rujul de pe buze. Arată obosită și-și spune că e vina luminii neiertătoare de neon, nu consecința inevitabilă a faptului că a mai îmbătrânit cu un an. Se așază lângă o chiuvetă, scoate mobilul din poșetă și tastează un mesaj:

> *Doar ca să știu: „mai târziu" înseamnă astă-seară? Încerc să-mi fac un program. E.*

Nu sună patetic sau posesiv, nici măcar disperat. Sugerează că e o femeie care primește multe invitații, are multe de făcut, dar că la nevoie, el devine cap de listă. Cizelează mesajul timp de cinci minute, să fie sigură că tonul e cel potrivit, apoi îl trimite.

Răspunsul sosește aproape imediat. Îi sare inima din piept, așa cum se întâmplă de fiecare dată când știe că primește mesaje de la el.

> *Greu de spus în clipa asta. J.*

O năpădește o furie subită. Asta-i tot? îi vine să țipe. „Este ziua mea și tot ce faci e să suni mai târziu, dacă e posibil?"

Nu te deranja, răspunde ea, lovind mânioasă tastele. *Îmi fac programul meu.*

Și, pentru prima oară după luni de zile, Ellie Haworth deconectează telefonul înainte de a-l pune în poșetă.

Petrece mai mult timp decât intenționase ocupându-se de pagina de sfaturi, scrie un interviu cu o femeie al cărei copil suferă de o formă de artrită infantilă, iar când ajunge la localul Black Horse, Rory e deja acolo. Îl vede în celălalt capăt al sălii, acum fără fir de praf în păr. Ellie se strecoară printre ceilalți clienți până la el, cerându-și scuze față de cei pe care i-a împins cu cotul sau pentru spațiile prea înguste prin care și-a făcut loc. Se pregătește să-i spună că-i pare rău pentru întârziere, dar își dă seama că el nu e singur. Nu-i cunoaște pe ceilalți, nu lucrează la ziar. El e chiar în mijloc și râde. Văzându-l astfel, în cu totul altă ambianţă, se simte derutată. Privește în altă parte, ca să-și adune gândurile.

– Hei! Ellie!

Ea se silește să zâmbească și întoarce capul.

El ridică o mână.

– Credeam că nu mai vii.

– Am fost reţinută. Scuze!

Se alătură grupului și-i salută pe cei prezenţi.

– Dă-mi voie să-ţi fac cinste! Să știţi că-i ziua lui Ellie. Ce vrei să bei?

Ea acceptă felicitările care curg din toate părţile, de la niște necunoscuţi, până când urările fac loc unor zâmbete încurcate, și în tot acest timp își dorește să nu fi fost acolo. Nu fusese vorba să poarte conversaţii de circumstanţă. Se întreabă o clipă dacă ar putea pleca, dar Rory e deja la bar, unde-i comandă ceva de băut.

– Vin alb, spune el, revenind cu un pahar pe care i-l întinde. Ţi-aș fi luat șampanie, dar...

– Și-așa mi se fac toate chefurile.

El râde.

– Mda. *Touché.*

– Oricum, îţi mulţumesc.

Rory o prezintă prietenilor, înșirând unul după altul nume pe care ea le uită instantaneu.

– Prin urmare... începe Ellie.

– Să trecem la afaceri! Scuzaţi-ne o clipă, spune el, și amândoi se îndreaptă spre un colţ mai liber și mai liniștit.

Aici se află un singur scaun și el îi face semn, îndemnând-o să se așeze, apoi se ghemuiește alături. Trage fermoarul rucsacului și scoate un dosar pe care scrie *Azbest/Studii de caz: simptome.*

– Și care-i relevanţa...?

– Răbdare, o întrerupe el, dându-i dosarul. Mă gândeam la scrisoarea pe care am găsit-o data trecută. Era la un loc cu un teanc de hârtii referitoare la azbest, corect? Ei bine, la subsol există munţi de hârţoage despre azbest, majoritatea provenind din acţiuni colective intentate în justiţie în ultimii câţiva ani. Dar eu am decis să merg și mai în urmă și am descoperit informații mult mai vechi, datând cam din aceeași perioadă cu ce ți-am dat ultima oară. Cred că inițial au fost toate la un loc, dar astea s-au rătăcit.

Frunzărește teancul cu degete pricepute.

– Ei bine, spune el, trăgând afară un plic de plastic transparent, am găsit astea.

Inima ei încetează să mai bată. Două plicuri. Același scris de mână. Aceeași adresă, o căsuță poștală de la oficiul poștal din Langley Street.

– Le-ai citit?

El zâmbește cu toată gura.

– Cât crezi că mă pot abține? Bineînțeles că le-am citit.

– Îmi dai voie?

– Dă-i drumul!

Prima începe simplu: „*Miercuri*".

Îți înțeleg teama că te voi interpreta greșit, dar te asigur că e neîntemeiată. Da, am făcut o prostie în seara aceea la clubul Alberto și niciodată n-am să mă pot gândi la acea ieșire a mea fără să-mi fie rușine. Dar nu vorbele tale au declanșat-o. Nu înțelegi, Jenny, că eu tind să văd tot ce-i mai bun în ce spui și ce faci tu? Dar la fel cum natura nu suportă golurile, nu le suportă nici inima omenească. Sunt nesăbuit și nesigur – fiindcă amândoi suntem tare nesiguri ce înseamnă de fapt relația asta și nu putem discuta unde ar putea ajunge – și tot ce-mi mai rămâne este să știu ce ar putea ea să însemne. Pur și simplu am nevoie să aud că este pentru tine ce e și pentru mine, adică totul.

Dacă vorbele mele te neliniștesc și acum, îți ofer o alegere mai ușoară. Răspunde-mi simplu, cu un singur cuvânt: da.

A doua scrisoare e datată, dar nu are introducere. Scrisul de mână, deși ușor de recunoscut, e dezordonat, ca și cum cuvintele ar fi fost așternute în grabă, înainte ca autorul să le cântărească mai bine.

Am jurat să nu mai iau legătura cu tine. Dar după șase săptămâni nu mă simt cu nimic mai bine. Absența ta – și depărtarea de mii de kilometri – nu-mi oferă nici o consolare. Faptul că nu mă mai chinuie apropierea de tine sau constatarea zilnică a imposibilității de a obține singurul lucru pe care mi-l doresc cu adevărat nu mi-a adus vindecarea. Ba chiar a înrăutățit situația. Viitorul îmi pare un drum pustiu și deprimant.

Nu știu ce încerc de fapt să spun, iubita mea Jenny. Atâta doar că, dacă vreodată ajungi la concluzia că nu ai luat decizia corectă, ușa mea îți rămâne larg deschisă.

Iar dacă simți că ai făcut ce trebuia, atunci să știi măcar un lucru: undeva în lumea asta există un bărbat care te iubește, care înțelege ce inteligentă ești și care îți apreciază valoarea. Un bărbat care te-a iubit întotdeauna și care, din păcate pentru el, bănuiește că te va iubi cât va trăi.

Al tău,

B.

– Jenny, spune Rory.

Ea nu-i răspunde.

– Nu l-a urmat, continuă el.

– Mda. Ai avut dreptate.

El deschide gura dând să vorbească, dar se pare că există ceva în expresia ei care îl face să se răzgândească.

Ellie expiră adânc.

– Nu știu de ce, dar pe mine m-a întristat, spune ea.

– Dar acum ai răspunsul. Și ai un indiciu privitor la nume, dacă chiar vrei să scrii editorialul.

– Jenny, reflectează ea. Nu-i cine știe ce indiciu.

– A doua scrisoare e cea găsită în folderul despre azbest, așa că e posibil să existe o legătură. Poate merită să căutăm în ambele dosare. Doar să vedem dacă descoperim și altceva.

– Ai dreptate.

Ia dosarul din mâna lui, pune cu grijă scrisoarea la loc în folia de plastic, pe care-o băgă în poșetă.

– Mulțumesc, îi spune. Mulțumesc mult. Știu cât ești de ocupat zilele astea și apreciez gestul.

El o studiază ca și cum ar cerceta atent un document în căutare de informaţii. Când o privește John, se gândește Ellie, are un aer tandru, ca și cum și-ar cere scuze pentru ei doi, pentru ce a ajuns relaţia lor.

– Chiar că te-ai întristat.

– Oh... mie îmi plac finalurile fericite.

Se silește să zâmbească.

– Presupun că atunci când m-ai anunţat că ai descoperit ceva, m-am așteptat să fie un indiciu că totul s-a încheiat cu bine.

– Ei, hai, n-o lua personal, spune el, punându-i ușor mâna pe braţ.

– Oh, mie puţin îmi pasă, zău ca da, răspunde ea repezit. Dar ar fi mai potrivit ca editorialul să se încheie într-o notă optimistă. S-ar putea ca Melissa să nici nu vrea articolul dacă nu se sfârșește cu bine.

Își dă la o parte un cârlionţ de pe frunte.

– Știi bine cum este ea. „Să păstrăm un ton optimist... cititorii înghit și așa suficientă mizerie din paginile de știri."

– Mă simt de parcă aș fi adus ploaia tocmai de ziua ta, îi spune el în timp ce amândoi se întorc la locurile lor.

E nevoit să se aplece și să-i strige cuvintele în ureche.

– Nu-ţi face probleme, îi strigă și ea. E un final perfect pentru ziua pe care am avut-o.

– Hai cu noi în oraș, o îndeamnă Rory, apucând-o de braţ și ţinând-o pe loc. Mergem la patinoar. Un amic de-al nostru a anunţat că nu poate să vină, așa că avem un bilet în plus.

– La patinoar?

– E distracţie mare.

– Am treizeci și doi de ani! Nu pot să merg la patinoar!

E rândul lui s-o privească neîncrezător.

– Ah... Păi atunci...

Dă din cap cu un aer înţelegător.

– Nu vrem să te vedem căzând cu cadrul tău de invalizi.

– Credeam că patinoarul e pentru adolescenţi.

– Atunci ești complet lipsită de imaginaţie, domnișoară Haworth. Termină-ţi băutura și hai cu noi! Distrează-te niţel! Afară de cazul când chiar ţi-ai făcut alt program.

Ea caută pe pipăite telefonul în poșetă, tentată să-l deschidă din nou. Dar nu vrea să citească alt mesaj cu inevitabilele scuze ale lui

John. Nu vrea să-şi petreacă restul serii sub semnul absenţei lui, al vorbelor lui, al dorului de el.

– Dacă-mi rup piciorul, eşti obligat prin lege să mă duci şi să mă aduci de la serviciu timp de şase săptămâni.

– Ar fi chiar interesant, dat fiind că n-am maşină. Te aranjează să te car în spate?

Nu-i genul ei. E sarcastic, puţin ţâfnos şi probabil cu câţiva ani mai tânăr. După părerea lui Ellie, Rory câştigă mult mai puţin ca ea şi probabil încă nu-şi permite să locuiască singur într-un apartament. Se prea poate să nici nu ştie să conducă o maşină. Dar e cea mai bună ofertă ivită la ora şapte fără un sfert seara, în ziua în care împlineşte treizeci şi doi de ani, şi Ellie a decis că pragmatismul e o virtute subapreciată.

– Iar dacă-mi retează careva degetele cu patina, va trebui să stai la biroul meu şi să tastezi la calculator.

– Pentru asta n-ai nevoie decât de un singur deget. Sau doar de nas. Doamne mare, voi ăştia din redacţie sunteţi nişte mofturoşi, spune el. Bun, şi acum, fraţilor, goliţi-vă paharele! Pe bilete scrie că trebuie să fim acolo la şapte şi jumătate.

Ceva mai târziu, când Ellie se întoarce de la staţia de metrou, îşi dă seama că durerea din coaste nu i se trage de la patinaj – deşi n-a mai căzut atât de când învăţa să meargă –, ci fiindcă a râs cu lacrimi timp de aproape două ceasuri. A fost amuzant şi relaxant să patineze şi în timp ce făcea primii paşi pe gheaţă, ca un copil mic, şi-a dat seama că rareori trăise plăcerea de a uita de sine, lăsându-se în voia unei simple activităţi fizice.

Rory era un bun patinator, la fel ca majoritatea amicilor lui.

– Venim aici în fiecare iarnă, îi spusese el, făcând semn spre patinoarul sezonier, scăldat în lumină şi înconjurat cu clădiri de birouri. I se dă drumul în noiembrie şi venim cam o dată la două săptămâni. E mai uşor dacă înainte goleşti câteva pahare. Te simţi mai relaxat. Hai, lasă-ţi picioarele să alunece! Şi apleacă-te puţin în faţă!

Patinase până în faţa ei, cu braţele întinse, ca să-i ofere sprijin. Când ea căzuse, el râsese fără milă. Era o uşurare că avea alături pe cineva pe a cărui părere nu dădea doi bani. De-ar fi fost John, și-ar fi făcut probleme ca nu cumva să i se înroșească nasul de la frig.

Și s-ar fi întrebat tot timpul când va fi el nevoit să plece.

Ajunseră la ușa ei.

– Mulțumesc, îi spuse lui Rory. A mers cam prost astă-seară, dar m-am distrat grozav.

– Măcar atât puteam să fac după ce ți-am adus ploaia în suflet tocmai de ziua ta, când cu scrisoarea.

– O să-mi treacă.

– Cine-ar fi crezut? Ellie Haworth are inimă.

– E doar un zvon răutăcios.

– Să știi că nu ești rea deloc, spune el cu o privire jucăușă. Pentru o bătrânică.

Ea ar vrea să-l întrebe dacă se referea la performanțele ei de patinaj, dar se simte brusc descurajată de răspunsul pe care l-ar putea primi.

– Iar tu ești plin de șarm.

– Ești...

El aruncă o privire peste umăr, spre stația de metrou.

Ea se întreabă pentru o clipă dacă să-l poftească în casă, dar chiar în timp ce cântărește în minte opțiunea își dă seama că asta nu va duce nicăieri. Mintea ei, apartamentul ei, viața ei sunt pline de John. Nu mai există loc pentru bărbatul acesta. Poate că tot ceea ce simte pentru el e un sentiment frățesc, oarecum neclar și derutant, dat fiind că Rory nu arată rău.

El o privește atent, și pe Ellie o săgetează bănuiala descurajantă că dilema din suflet i se citește pe față.

– Ar fi cazul să plec, spune el, făcând semn spre prietenii lui.

– Da, încuviințează Ellie. Îți mulțumesc încă o dată.

– Pentru puțin. Ne vedem la serviciu.

O sărută pe obraz și pornește aproape alergând spre stația de metrou. Ea îl urmărește cu privirea, cu un straniu sentiment de abandon.

Urcă treptele de piatră și vâră mâna în poșetă după chei. Va reciti noua scrisoare și va studia hârtiile, în căutarea unor indicii. Va face ceva concret. Își va pune energia în slujba acestui scop. Simte o mână pe umăr și sare ca arsă, înăbușindu-și un țipăt.

John e pe treapta din spatele ei, cu o sticlă de șampanie și un enorm buchet de flori sub braț.

– Nu sunt aici, spune el. Sunt în Somerset, țin o conferință în fața unui grup de scriitori fără talent, dintre care cel puțin unul e plicticos de moarte.

Stă pe scară, în timp ce ea face eforturi să-și vină în fire.

– Poți să spui ceva... dar nu cuvântul „Pleacă".

Ea nu scoate o vorbă.

John pune florile și șampania pe trepte și o trage spre el. Sărutul lui păstrează căldura din mașină.

– Te aștept aici de aproape o jumătate de oră. Începusem să mă tem că n-ai să mai vii acasă.

Toată ființa ei se topește. Scapă din mână poșeta, îi simte pielea, greutatea trupului și se lipește de el. El îi cuprinde în palme obrazul înghețat.

– La mulți ani, îi spune când în sfârșit se desprind din îmbrățișare.

– Somerset? întreabă ea, puțin amețită. Asta ce mai înseamnă...?

– Toată noaptea.

Azi împlinește treizeci și doi de ani, și bărbatul pe care-l iubește a venit cu flori și cu șampanie și urmează să-și petreacă noaptea în patul ei.

– Atunci, pot să intru? întreabă el.

Ea se încruntă ca și cum i-ar spune „Mai întrebi?", pe urmă ia florile și șampania și pornește în sus pe scări.

Marţi sunt ocupat. Sincer să fiu, nu prea mă trage inima să mai reparăm ceva... Mă gândesc că sinceritatea va fi cumva mai puţin jignitoare decât dacă ne întâlnim şi apoi nu cădem de acord dacă să ne mai vedem sau nu.

E-mail de la un bărbat către o femeie

Capitolul 18

– Ellie? Putem vorbi o clipă?

Tocmai își pune poșeta sub birou. Are pielea încă umedă de la dușul făcut cu o jumătate de oră în urmă și este cu gândul încă dus în altă parte. Glasul tăios al Melissei, răsunând din biroul cu pereți de sticlă, o readuce brusc la realitate.

– Sigur.

Dă din cap, zâmbind ascultător. Cineva i-a lăsat un pahar cu cafea: e călâie și se vede că stă acolo de câtva timp. Sub pahar vede un bilet adresat lui Jayne Torvill[1]: „Mergi să iei prânzul?“

Nu are timp să se gândească la toate aceste detalii. Își scoate repede haina și intră în biroul Melissei, observând speriată că redactorul de la Editoriale a rămas în picioare. Ellie ia loc pe marginea unui scaun și așteaptă, în timp ce Melissa ocolește biroul cu pași rari și se așază. Îmbrăcată în pantaloni negri de catifea și un pulover negru pe gât, are brațele ferme și abdomenul plat al cuiva care petrece câteva ore pe zi la sala de fitness. Poartă ceea ce paginile de modă ar numi „bijuterii personalizate“, dar pe care Ellie le socotește doar un mod *trendy* de a spune „uite cine sunt eu“.

Melissa oftează ușor și o fixează cu privirea. Ochii ei sunt de un violet fosforescent și Ellie se întreabă o clipă dacă nu cumva poartă lentile de contact. Au exact aceeași culoare ca și colierul.

---

1 Dansatoare pe gheață de origine britanică

– Această discuţie nu-mi face câtuşi de puţin plăcere, Ellie, dar a devenit inevitabilă.

– Oh?

– E aproape unsprezece fără un sfert.

– Ah, da. Am...

– Ştiu că redacţia Editoriale e socotită cea mai lejeră din întreg ziarul *Nation*, dar cred că toată lumea a înţeles că oamenii mei trebuie să fie la birou la zece fără un sfert cel mai târziu.

– Da, eu...

– Vreau ca ziariştii mei să aibă timp să se pregătească pentru consfătuire. Asta le dă răgazul să citească ziarele din ziua respectivă, să caute pe internet, să discute, să se inspire şi să dea altora sugestii.

Se învârte cu scăunelul rotativ şi verifică un e-mail.

– Ellie, e un privilegiu să fii implicat în consfătuire. E o şansă pe care şi-ar dori-o mulţi ziarişti. Nu văd cum ai putea tu să fii pregătită din punct de vedere profesional dacă aterizezi aici cu numai zece minute înainte.

Ellie simte furnicături în tot corpul.

– Cu părul ud.

– Îmi pare foarte rău, Melissa. A trebuit să aştept instalatorul şi...

– Te rog foarte mult, Ellie, o întrerupe calm Melissa. Aş prefera să nu-mi insulţi inteligenţa. Şi dacă nu reuşeşti să mă convingi că aştepţi instalatorul o dată la două zile, mă tem că va trebui să trag concluzia că nu-ţi iei munca în serios.

Ellie îşi înghite nodul din gât.

– Prezenţa noastră pe internet înseamnă că acest ziar nu mai poate ascunde nimic. Prestaţia fiecărui ziarist e judecată nu numai prin prisma calităţii ei, ci şi prin numărul de accesări online. Prestaţia ta, Ellie...

Se uită pe o foaie din faţa ei.

– ... a scăzut cu aproape patruzeci şi cinci la sută într-un singur an.

Ellie nu poate scoate un sunet. Îşi simte gâtul uscat. Ceilalţi redactori şi ziarişti se adună la uşa biroului Melissei, ţinând în mâini agende uriaşe şi pahare de plastic. Îi vede privind-o prin peretele de sticlă, unii curioşi, alţii uşor stânjeniţi, de parcă ar şti ce i se întâmplă.

Se întreabă o clipă dacă munca ei a fost subiect de discuţie pentru mai multă lume şi se simte umilită.

Melissa se apleacă peste birou.

– Când te-am luat aici, erai avidă de muncă. Erai mult mai bună ca alţii. De aceea te-am ales pe tine, în detrimentul altor reporteri locali care, fie vorba între noi, şi-ar fi vândut şi mamele să fie în locul tău.

– Melissa, eu am...

– Nu mă interesează ce se întâmplă în viaţa ta, Ellie. Nu mă interesează dacă ai probleme personale, dacă ţi-a murit cineva apropiat, dacă eşti înglodată în datorii. Nu mă interesează în mod deosebit nici măcar dacă eşti grav bolnavă. Nu vreau decât să-ţi faci slujba pentru care eşti plătită. Probabil ai învăţat până acum că ziarele sunt necruţătoare. Dacă tu nu publici articole, noi nu primim publicitate şi ne scade tirajul. Fără aceste două elemente, rămânem fără slujbă, unii dintre noi mai curând decât ceilalţi. M-am exprimat suficient de clar?

– Foarte clar, Melissa.

– Bine. Nu cred că are vreun rost să mai vii azi la consfătuire. Rezolvă-ţi problemele şi ne vedem mâine-dimineaţă la şedinţă. Cum merge editorialul cu scrisorile de dragoste?

– Bine. Da.

Se ridică în picioare, încercând să pară stăpână pe situaţie.

– Perfect. Îmi poţi arăta mâine. Când ieşi, spune-le te rog celorlalţi că pot să intre.

Puţin după douăsprezece şi jumătate, Ellie coboară în fugă cele patru etaje până la bibliotecă. E încă prost dispusă, veselia din seara precedentă i s-a şters deja din memorie. Biblioteca arată ca o magazie pustie. Acum rafturile din jurul ghişeului sunt goale, anunţul cu greşeala de ortografie a fost dat jos, lăsând în loc doar două urme de bandă adezivă. Dincolo de cea de a doua uşă batantă aude hârşâit de mobilă mutată din loc. Bibliotecarul-şef îşi trece degetul peste o listă de cifre, cu ochelarii coborâţi pe vârful nasului.

– Rory e aici?

– Are treabă.

– Vreţi să-i spuneţi că nu putem lua prânzul împreună?

– Nu ştiu pe unde e.

Ellie e îngrijorată ca nu cumva Melissa să observe că ea nu-i în birou.

– Credeţi c-o să-l vedeţi? Vreau să-i comunic că trebuie să plec din redacţie în legătură cu editorialul la care lucrez. Puteţi să-l anunţaţi că am să trec din nou la sfârşitul programului?

– Poate ar trebui să-i laşi un bilet.

– Păi aţi zis că nu ştiţi unde e.

El ridică ochii, încruntându-se.

– Îmi pare rău, dar suntem pe ultima sută cu mutarea. N-am timp să transmit mesaje.

Pare să-şi fi pierdut răbdarea.

– Foarte bine. Atunci am să merg la Personal și am să le irosesc timpul punându-i să caute numărul lui de mobil, bine? Ca să fiu sigură că nu-l reţin și nu-i mănânc *lui* timpul.

El ridică mâna.

– Dacă-l văd, am să-i spun.

– Oh, nu vă mai obosiţi. Scuze de deranj.

El întoarce încet capul și o pironește cu o privire pe care mama ei ar fi catalogat-o de modă veche.

– Poate că noi, cei de la bibliotecă, nu contăm prea mult pentru dumneata și cei ca dumneata, domnișoară Haworth, dar la vârsta mea n-am ajuns să fiu trepădușul nimănui. Îmi cer scuze dacă prin asta îţi inoportunez viaţa mondenă.

Ellie își amintește, tresărind, spusele lui Rory, că toţi bibliotecarii sunt capabili să asocieze titlurile cu figurile reporterilor. Ea, una, habar n-are cum îl cheamă pe omul din faţa ei.

Roșie la faţă, dispare prin ușa batantă. E furioasă pe ea însăși că s-a comportat ca o adolescentă ţâfnoasă, supărându-se că bărbatul acela în vârstă nu s-a arătat cooperant. E furioasă că felul în care a taxat-o Melissa, cu vocea ei de gheaţă, înseamnă că nu va putea lua prânzul în oraş într-o zi care începuse atât de bine. Din câte îi spusese John, trenul dinspre Somerset ajungea abia la unsprezece fără un sfert, așa că nu avea nici un rost să se grăbească. Îi gătise ouă jumări și pâine prăjită – cam singurul fel pe care se pricepea să-l facă bine – și rămăsese fericită în pat, ciugulind câte o înghiţitură din farfuria lui în timp ce el mânca.

Nu mai petrecuseră o noapte întreagă împreună decât o singură dată, la începutul relației lor, când John susținea că era obsedat de ea. Seara precedentă fusese ca la început: el se arătase tandru și afectuos, ca și cum apropierea concediului l-ar fi făcut mai receptiv la sentimentele ei.

Ellie nu-i pomenise nimic în acest sens: învățase ceva în anul ce trecuse, și anume să trăiască clipa. Se lăsa învăluită de prezent și refuza să-l umbrească gândindu-se care va fi prețul. Va sosi și clipa prăbușirii – sosea întotdeauna –, dar de regulă ea își punea deoparte amintiri care s-o ajute să depășească asemenea momente.

Stă pe scări, cu gândul la brațele lui dezgolite și acoperite de pistrui care o înlănțuiau, la chipul lui dormind pe perna ei. Fusese perfect. Perfect. O voce stinsă dinăuntrul ei se întreabă dacă într-o bună zi, gândindu-se îndeajuns de mult la aceste clipe, el va înțelege că toată viața lor ar fi putut să fie așa.

De la birou la oficiul poștal din Langley Street e doar un scurt drum cu taxiul. Înainte de a pleca de la serviciu, are grijă s-o anunțe pe secretara Melissei.

– Uite numărul meu de mobil, dacă are nevoie de mine, spune ea, pe un ton de desăvârșită politețe profesională. Mă întorc cam într-o oră.

Deși e ora prânzului, oficiul nu e prea aglomerat. Merge în fața unei cozi inexistente și așteaptă cuminte s-o cheme vocea electronică: „Numerele de la unu la patru, vă rog".

– Aș dori să vorbesc cu cineva de la căsuțe poștale, dacă se poate.

– Așteptați o clipă.

Funcționara dispare, apoi se înapoiază și-i face semn să meargă în capătul încăperii, unde se vede o ușă.

– Acolo vă așteaptă Margie.

Din spatele ușii se ițește capul unei tinere. Poartă un ecuson cu numele, un lanț gros de aur de care atârnă o cruciuliță și pantofi cu tocuri atât de înalte încât Ellie se întreabă cum de-i suportă în picioare, necum să mai stea și o zi întreagă la serviciu încălțată cu ei.

Tânăra zâmbește, și Ellie își spune în treacăt ce rar se întâmplă în capitală să-ți mai zâmbească cineva.

– O să vi se pară cam ciudat, începe Ellie, dar aş putea afla cine a închiriat o căsuţă poştală cu ani în urmă?

– Clienţii se schimbă destul de frecvent. Despre ce perioadă e vorba?

Ellie se întreabă până unde să meargă cu dezvăluirile, dar Margie are un chip plăcut, aşa că-şi ia un ton confidenţial. Caută în poşetă şi scoate scrisorile, acum puse cu grijă într-o folie de plastic transparent.

– E vorba de ceva mai neobişnuit. Am descoperit nişte scrisori de dragoste. Sunt pe adresa unei căsuţe poştale de aici şi vreau să le returnez.

Este clar că a trezit interesul lui Margie. O schimbare bine-venită faţă de plata unor ajutoare sau returnarea unor cataloage.

– Cutia poştală cu numărul treisprezece, spune Ellie, arătând adresa de pe plic.

Expresia lui Margie arată că e vorba de ceva cunoscut.

– Treisprezece?

– Ştiţi despre cine-i vorba?

– Oh, da.

Margie îşi ţine buzele strânse, de parcă ar cântări cât i se îngăduie să spună.

– Cutia aceea poştală e închiriată de aceeaşi persoană de aproape... ooo... patruzeci de ani. Faptul în sine nu-i ceva neobişnuit.

– Atunci ce?

– Niciodată n-a sosit nici o scrisoare. Nici măcar una. Am luat de câteva ori legătura cu persoana respectivă, ca să-i propunem să renunţe. Dar dânsa spune că vrea s-o închirieze în continuare. Noi suntem de părere că-i treaba ei, dacă vrea să arunce cu banii.

Priveşte plicul cu luare-aminte.

– Ziceţi că-i o scrisoare de dragoste? Ce trist!

– Îmi puteţi da numele ei?

Ellie simte cum i se strânge stomacul. Ar putea ieşi un articol mai bun decât se aştepta.

Tânăra clatină din cap.

– Îmi pare rău, nu pot. E vorba de păstrarea confidenţialităţii şi altele asemenea.

– Oh, vă rog!

Își imaginează expresia Melissei dacă s-ar întoarce cu o „Iubire interzisă care a durat patruzeci de ani".

– Regret, regret din suflet, dar e în joc slujba mea.

Ellie înjură printre dinți și aruncă o privire peste umăr la coada apărută ca din senin. Margie se pregătește să intre în biroul ei.

– Mulțumesc oricum, spune Ellie, amintindu-și să se poarte politicos.

– Pentru puțin.

În spatele lor un copil mic plânge, zbătându-se să iasă din cărucior.

– Stați o clipă!

Ellie scormonește prin poșetă.

– Da?

Ellie surâde larg.

– Ați putea... înțelegeți... să lăsați o scrisoare în cutie?

Dragă Jennifer,

Te rog, iartă-mă că te inoportunez, dar am găsit niște scrisori confidențiale, care cred că-ți aparțin, și aș fi fericită să-mi acorzi ocazia să ți le înapoiez.

Mă poți găsi la numerele de mai jos.

Cu stimă,

Ellie Haworth

Rory studiază scrisoarea. Sunt amândoi în localul aflat vizavi de redacția ziarului *Nation*. S-a lăsat întunericul, deși e încă devreme. La lumina neoanelor încă se văd camioanele verzi de la mutări, trase în fața porții principale, și oameni în salopete într-un continuu du-te vino pe treptele largi de la intrare. Priveliștea e aproape identică de săptămâni întregi.

– Ce? Crezi că nu e tonul potrivit?

– Nu e asta.

El stă alături pe banchetă, cu un picior îndoit de la genunchi și sprijinit de piciorul mesei lor.

– Atunci ce? Ce te strâmbi așa?

El zâmbește larg.

– Nu știu. Nu mă întreba pe mine. Eu nu sunt ziarist.

– Haide, haide! Ce-i cu fața asta?

– Păi... nu te face să te simți cumva...?

– Cum?

– Nu știu... E ceva atât de personal. Iar tu vrei să-i ceri să-și spele rufele murdare în public.

– S-ar putea să se bucure că are ocazia. Poate că-l va regăsi.

În glasul ei se ghicește o notă de optimism sfidător.

– Sau poate e măritată, și ambii soți s-au străduit timp de patruzeci de ani să treacă peste legătura ei.

– Mă îndoiesc. Oricum, de unde știi tu că-i vorba de rufe murdare? Cei doi ar putea fi împreună. Poate că povestea lor s-a încheiat cu bine.

– Și ea a continuat să închirieze căsuța poștală vreme de patruzeci de ani? N-avea cum să se încheie cu bine.

Rory îi întinde scrisoarea.

– S-ar putea chiar să fie dusă cu capul.

– Adică dacă aștepți pe cineva înseamnă că ești dus cu capul. Evident.

– Să închiriezi degeaba o căsuță poștală timp de patruzeci de ani e departe de a fi un gest normal.

Trebuie să admită că el are dreptate. Dar gândul la Jennifer și la căsuța ei poștală rămasă mereu goală i-a înfierbântat imaginația. Lucrul cel mai important e că poate să scrie un editorial cât de cât acceptabil.

– Am să mă mai gândesc, încheie ea.

Nu-i spune lui Rory că a trimis scrisoarea originală în aceeași după-amiază.

– Deci, te-ai distrat bine aseară? întreabă el. Nu ai dureri prea mari?

– De la ce?

– De la patinaj.

– Oh, puțin.

Își îndreaptă picioarele, simțindu-și mușchii puțin încordați și se îmbujorează ușor când îi atinge genunchiul cu al ei. Au de acum glume comune: ea e Jayne Torvill, Rory e umilul bibliotecar, aflat la dispoziția ei. El îi scrie, făcând înadins greșeli de ortografie: *Dacă se puate, ar dori domnișoara cea dășteaptă să ea masa mai tîrziu cu un umilul iei bibliotecar?*

– Am auzit că ai coborât să întrebi de mine.

Ellie îi aruncă o privire și el râde din nou. Ea se strâmbă.

– Șeful tău e teribil de morocănos. Zău așa. Parcă i-aș fi cerut să-și sacrifice primul născut. Și nu voiam decât să-ţi transmită ceva.

– E un tip cumsecade, răspunde Rory, încreţindu-și nasul. Atâta doar că e stresat. Stresat pe bune. E ultimul lui proiect înainte de pensionare și are de mutat și pus în ordine patruzeci de mii de documente, plus cele care sunt acum scanate pentru biblioteca virtuală.

– Toţi suntem ocupaţi, Rory.

– Vrea să lase totul ca la carte. E de modă veche... înţelegi... totul în folosul ziarului. Mie mi-e simpatic. Face parte dintr-o specie pe cale de dispariţie.

Ellie se gândește la Melissa, cu ochii ei reci și cu tocurile înalte, și nu poate să nu-i dea dreptate lui Rory.

– Știe tot ce e de știut despre ziar. Într-o bună zi ar trebui să stai de vorbă cu el.

– Da. E limpede că i-am căzut cu tronc.

– Eu sunt convins că te-ar plăcea dacă i-ai vorbi frumos.

– Așa cum vorbesc cu tine?

– Nu. Am spus „frumos".

– Ai să concurezi pentru postul lui?

– Eu?

Rory duce paharul la buze.

– Noo. Eu vreau să călătoresc... în America de Sud. Iniţial am vrut să fie o simplă slujbă sezonieră. Și cumva s-a întâmplat să rămân aici un an și jumătate.

– Ești aici de un an și jumătate?

– Vrei să spui că nu m-ai remarcat?

Ia în glumă un aer ofensat, și ea se îmbujorează iar.

– Eu doar... mă gândeam că te-aș fi văzut până acum.

– Ah, voi albinuţele de la etaj vedeţi numai ce vreţi voi să vedeţi. Noi suntem doar bondarii nevăzuţi, gata oricând să vă îndeplinim poruncile.

Rory zâmbește și vorbește fără răutate, dar ea știe că spusele lui ascund un grăunte de adevăr nu tocmai plăcut.

– Așadar, eu sunt o albinuță egoistă, nepăsătoare, oarbă la nevoile celor care trudesc cu adevărat și răutăcioasă cu bătrânii cumsecade care cunosc etica muncii, cugetă ea.

– Cam așa ceva.

O privește atent și chipul lui își schimbă expresia.

– Ce ai de gând să faci ca să-ți răscumperi greșeala?

Lui Ellie îi e cumplit de greu să-i susțină privirea. Își muncește creierul în căutarea unui răspuns potrivit, când aude sunând mobilul.

– Scuze, murmură ea, scotocind în poșetă.

Dă clic pe micul simbol care înfățișează un plic.

Voiam doar să-ți spun bună dimineața. Mâine plec în concediu, vorbim când mă întorc. Ai grijă de tine! J

Este dezamăgită. „Bună dimineața" după intimitățile rostite în șoaptă noaptea trecută? După orgasmul trăit împreună, fără inhibiții? Nu vrea decât să-i spună bună dimineața?

Recitește mesajul. Știe bine că el nu spune niciodată prea multe într-un SMS. A prevenit-o de la început că e prea riscant, ca nu cumva soția să-i găsească vreun mesaj incriminator înainte ca el să apuce să-l șteargă. Pe urmă, e drăguț din partea lui să-i spună „ai grijă de tine", nu? Îi dă de înțeles că vrea să-i fie bine. În timp ce se calmează, se întreabă cât exagerează cu interpretarea acelor mesaje, cât de mult umple spațiile goale dintre puținele cuvinte primite de la el. E convinsă că sunt strâns legați unul de altul, că totul e în regulă, înțelege ce vrea el de fapt să-i spună. Dar din când în când, de pildă azi, se îndoiește că mai există și altceva dincolo de mesajul lui stenografic.

Cum să-i răspundă? Nu-i vine să-i ureze „concediu plăcut", când în realitate îi dorește o vacanță oribilă: soția lui să facă toxiinfecție alimentară, copiii să urle non-stop și vremea să fie mizerabilă, obligându-i pe toți să stea în casă, morocănoși. Vrea să-l știe că e acolo și că-i duce dorul... îi duce dorul... îi duce dorul...

Ai grijă de tine. X

Când ridică privirea, îl vede pe Rory uitându-se afară la camionul pentru mutări, vrând parcă să-i arate că nu-l interesează ce se întâmplă lângă el.

– Iartă-mă, spune ea, punând telefonul la loc în poşetă. O problemă de serviciu.

Chiar în timp ce vorbeşte e conştientă că nu-i spune adevărul. I-ar putea fi prieten, îi este prieten, de ce să nu-i povestească despre John?

– De ce crezi că nimeni nu mai scrie asemenea scrisori de dragoste? întreabă ea în schimb, scoţând un plic din poşetă. Sigur, există e-mail, SMS şi altele, dar nimeni nu foloseşte cuvinte ca acelea, aşa-i? Nimeni nu se mai exprimă ca îndrăgostitul nostru necunoscut.

Camionul de la mutări a plecat. În faţa sediului ziarului e întuneric şi pustiu. La lumina neonului intrarea seamănă cu o gaură neagră în pântecele căreia încă mai lucrează angajaţi, aducând ultimele modificări paginii întâi.

– Poate se mai scriu, răspunde el, fără tandreţea de o clipă care-i luminase faţa. Sau poate, dacă eşti bărbat, ţi-e imposibil să-ţi dai seama ce anume trebuie să spui.

Sala de sport de la Swiss Cottage nu mai e aproape de nici una din cele două locuinţe, echipamentul e periodic stricat, iar recepţionera are un aer aşa de comunist că amândouă se întreabă de nu cumva a fost plantată acolo de vreun partid din opoziţie. Totuşi, nici ea, nici Nicky n-au chef să-şi bată capul cu interminabila procedură de încheiere a abonamentului, ca să-şi găsească altă sală. Ani la rând au gâfâit amândouă pe biciclete ergonomice alăturate sau s-au supus indicaţiilor unor instructori personali în vârstă de douăzeci de ani, care le plângeau de milă. Mai nou, după ce înoată de câteva ori încoace şi încolo în micul bazin, stau vreo patruzeci de minute la taclale în cada cu apă fierbinte sau la saună, convinse că astfel de metode „fac bine la piele".

Nicky ajunge târziu: se pregăteşte pentru o conferinţă în Africa de Sud şi a fost reţinută la serviciu. Nici una din ele nu comentează dacă cealaltă întârzie: se înţelege de la sine că astfel de situaţii se întâmplă, că orice inconvenient legat de cariera uneia sau alteia e dincolo de orice reproş. În plus, Ellie n-a ştiut niciodată exact cu ce anume se ocupă Nicky.

– O să fie cald acolo?

Îşi potriveşte prosopul pe bancheta fierbinte a saunei, în timp ce Nicky se şterge la ochi.

– Cred că da. Dar nu ştiu cât o să am parte să mă bucur de căldură. Noua mea şefă e o maniacă a serviciului. Speram să-mi pot lua pe urmă o săptămână de concediu, dar ea zice că nu se poate lipsi de mine.

– Ce fel de om e?

– Oh, e o tipă de treabă, nu se comportă cu noi ca un bărbat. Dar munceşte ore în şir şi nu înţelege de ce noi, ceilalţi, n-am face acelaşi lucru. Aş vrea să se întoarcă dragul de Richard. Îmi plăceau prânzurile prelungite din zilele de vineri.

– Nu ştiu să mai aibă careva acum pauză de prânz ca lumea.

– Afară de voi, ziariştii. Eu îmi închipuiam că mâncaţi şi beţi cu cei care vă oferă informaţii.

– Ha! Nu când şefa e cu ochii pe mine.

Îi relatează întâmplarea din cursul dimineţii, şi Nicky îşi îngustează pleoapele compătimitor.

– Ar trebui să fii atentă, spune ea. Am impresia că te are în colimator. Merge bine editorialul? După aia o să te mai lase în pace?

– Nu ştiu dacă va fi ceva de capul lui. Şi nu mă prea simt în largul meu că trebuie să folosesc o parte din scrisori.

Îşi freacă piciorul.

– Sunt minunate. Şi de o mare intensitate. Dacă cineva mi-ar scrie mie o astfel de scrisoare, n-aş vrea să ajungă sub ochii tuturor.

În timp ce vorbeşte îi răsună în urechi vocea lui Rory şi-şi dă seama că nu mai ştie ce să creadă. Nu se aşteptase să-l audă spunând ce mult îi displăcea ideea de a publica scrisorile. I se părea de la sine înţeles că toată lumea de la ziarul *Nation* gândea la fel. *Ziarul mai presus de toate. Vechea gardă.*

– Aş vrea să dezvălui întreaga poveste şi s-o afişez pe un panou publicitar. Nu ştiu să mai primească cineva scrisori de dragoste în ziua de azi, spune Nicky. Sora mea primea cel puţin două pe săptămână când logodnicul ei s-a mutat la Hong Kong, prin anii nouăzeci. Odată mi le-a arătat şi mie.

Pufneşte dispreţuitor.

– Dar fii atentă aici: în cele mai multe îi scria ce dor îi e de fundul ei.

Se opresc din râs în clipa când în saună mai intră o femeie. Își zâmbesc politicos şi femeia se instalează pe bancheta cea mai înaltă, după ce și-a întins cu grijă prosopul sub ea.

– Oh, săptămâna trecută m-am întâlnit cu Doug.

– Ce mai face? Până la urmă a lăsat-o însărcinată pe Lena?

– De fapt, m-a întrebat de tine. Era îngrijorat ca nu cumva să te fi supărat. Mi-a zis că v-aţi ciorovăit.

Lui Ellie i s-a prelins transpiraţia în ochi, care acum o ustură din pricina rimelului.

– Oh, nu-i nimic. El doar...

Se uită spre femeia de pe bancheta mai înaltă.

– Trăiește pe altă lume.

– Una în care nimeni nu are o relaţie extraconjugală.

– A devenit cam... moralist. Am avut o altercaţie privitoare la soţia lui John.

– Ce-i cu ea?

Ellie se foiește încurcată pe prosop.

– Nu vă faceţi probleme pentru mine, ajunge până la ea vocea femeii. Tot ce se aude aici rămâne confidenţial.

Râde, și ele îi surâd recunoscător.

Ellie coboară glasul.

– Era vorba de cât de mult ar trebui să ţin seama de sentimentele ei.

– Mie mi se pare că asta-i treaba lui John.

– Da. Dar îl ştii pe Doug. Omul Cel Mai Drăguţ din Lume.

Ellie își dă la o parte părul de pe obraz.

– Are dreptate, Nicky, dar eu n-o cunosc. Pentru mine nu-i o persoană reală. Și atunci, de ce să-mi pese ce i se întâmplă? Ea are unicul lucru pe care mi-l doresc cu adevărat și din tot sufletul, singurul lucru care m-ar putea face fericită. Și nu cred că-l iubește atât de mult, dacă o preocupă așa puţin nevoile și dorinţele lui, nu? Adică, dacă ar fi fericiţi împreună, el n-ar fi cu mine, nu-i așa?

Nicky clatină din cap.

– Nu știu. Când a născut soră-mea, a fost scoasă din funcţiune vreo șase săptămâni.

– Cel mic are aproape doi ani.

Mai curând simte decât aude exclamaţia ironică a lui Nicky. Asta era partea proastă cu prietenii apropiaţi: nu te iertau pentru nimic.

– Ştii, Ellie, spune Nicky, lungindu-se pe banchetă cu mâinile sub cap. Din punct de vedere moral nu m-ar deranja nici una dintre variante, dar mie nu-mi face impresia că eşti fericită.

Ellie strânge din dinţi cu un aer defensiv.

– *Sunt* fericită.

Nicky ridică o sprânceană.

– OK, atunci sunt mai fericită şi mai nefericită decât am fost cu oricare alt bărbat, dacă înţelegi ce vreau să spun.

Spre deosebire de cele două vechi prietene ale ei, Ellie nu locuise niciodată împreună cu un bărbat. Până la vârsta de treizeci de ani trecuse căsnicia şi copiii – întotdeauna luate la un loc – pe lista lucrurilor pe care avea să le împlinească mai târziu în cursul vieţii, mult după ce-şi va fi desăvârşit cariera, anume să bea zdravăn şi să-şi asigure o pensie. Nu voia să ajungă la fel ca unele colege de şcoală, care împingeau istovite un cărucior la douăzeci şi cinci de ani, dependente financiar de nişte soţi pe care-i dispreţuiau.

Ultimul ei iubit îi reproşa că petrecuse cea mai mare parte a relaţiei lor alergând după ea încolo şi încoace, în timp ce ea „lătra la telefonul mobil". Ei i se păruse comic, iar el se supărase şi mai tare. Dar după ce împlinise treizeci de ani situaţia devenise mai puţin amuzantă. Când îşi vizita părinţii în Derbyshire, aceştia făceau eforturi considerabile să nu aducă vorba despre iubiţi, până când însăşi tăcerea lor devenise o formă de presiune. Ellie le spunea lor şi altora că se descurcă cel mai bine de una singură. Acesta fusese adevărul până când îl cunoscuse pe John.

– E însurat, dragă? întrebă femeia necunoscută prin perdeaua de abur.

Ellie şi Nicky schimbă o privire cu subînţeles.

– Da, răspunde Ellie.

– Dacă asta te face să te simţi mai bine, să ştii că şi eu m-am îndrăgostit de un bărbat însurat şi marţea viitoare facem patru ani de la căsătorie.

– Felicitări, răspund într-un glas cele două prietene, Ellie fiind conştientă că e un cuvânt nepotrivit, dată fiind situaţia.

– Suntem fericiţi cum nu vă pot spune. Sigur, fiica lui a refuzat să-i mai vorbească, dar în rest e bine. Suntem fericiţi.

– Cât a durat până şi-a părăsit soţia? întreabă Ellie, ridicându-se în capul oaselor.

Femeia îşi strânge părul la spate. „N-are nici ţâţe", îşi spune Ellie, şi totuşi bărbatul acela şi-a lăsat nevasta pentru ea.

– Doisprezece ani, răspunde femeia. Asta înseamnă că n-am mai putut avea copii, dar cum v-am zis, a meritat. Suntem foarte fericiţi.

– Mă bucur pentru dumneavoastră, spune Ellie, în timp ce femeia coboară de pe banchetă.

Uşa de sticlă se deschide, şi femeia iese, lăsând să intre un val de aer rece. Cele două prietene rămân singure în sala întunecată şi fierbinte.

Se aşterne o scurtă tăcere.

– Doisprezece ani, repetă Nicky, ştergându-şi faţa cu prosopul. Doisprezece ani, o fiică înstrăinată şi nici un copil. Ei bine, pun pariu că tot ce-ai auzit te face să te simţi mult mai bine.

Peste două zile sună telefonul. E nouă fără un sfert şi Ellie e la birou. Se ridică în picioare, ca şefa s-o vadă că e acolo şi lucrează. Oare la ce oră vine Melissa la serviciu? Pare-se e prima care vine şi ultima care pleacă din toată redacţia Editoriale şi cu toate astea părul şi machiajul ei sunt în permanenţă fără cusur, iar hainele perfect asortate. Ellie presupune că Melissa primeşte probabil un antrenor particular la 6 dimineaţa, iar la vreo oră după aceea se spală pe cap şi se usucă cu föhnul la vreun salon de lux. O fi având o viaţă de familie? Cineva a pomenit odată de o fetiţă, dar lui Ellie îi vine greu să creadă.

– Redacţia Editoriale, spune ea, uitându-se cu un aer absent prin peretele de sticlă.

Melissa e la telefon şi se plimbă încoace şi încolo prin birou, mângâindu-şi părul.

– Nu ştiu dacă am nimerit bine. Domnişoara Ellie Haworth?

O voce hârşâită, relicvă a unor vremuri de demult.

– Da. La telefon.

– Ah! Cred că mi-aţi trimis o scrisoare. Numele meu e Jennifer Stirling.

*Ce-am făcut? În ziua aceea de joi mi-ai spus că nu voiai să mă lași să plec. Au fost vorbele tale, nu ale mele. Și pe urmă, nimic. Am crezut chiar că ai avut un accident! S*** mi-a spus că ai mai procedat așa, dar eu n-am vrut s-o cred și acum mă simt ca o proastă.*

Scrisoare de la o femeie către un bărbat

Capitolul 19

Merge cu pas vioi, cu capul în jos ca să se apere de ploaie, înjurându-se în gând că nu fusese îndeajuns de precaută încât să-și ia umbrela. Taxiurile rulează în dâra de aer cald lăsată de autobuzele cu geamuri aburite, împroșcând jerbe grațioase de apă peste bordură. Iat-o în St. Johns Wood într-o după-amiază umedă de sâmbătă, încercând să-și alunge din minte nisipurile albe din Barbados și o palmă mare și pistruiată întinzând loțiune de bronzat pe spatele unei femei. E o imagine care-i revine obsedant, ca o pedeapsă, de șase zile de când a plecat John. Vremea mizerabilă i se pare o oribilă glumă a naturii pe socoteala ei.

Blocul de locuințe se înalță ca o lespede cenușie în mijlocul unei largi porțiuni de asfalt mărginită de copaci. Urcă treptele de piatră, apasă cifra opt a interfonului și așteaptă, lăsându-se nerăbdătoare de pe un picior ud fleașcă pe celălalt.

– Da?

Vocea e limpede, mai puțin bătrânească decât își imaginase. Îi mulțumește lui Dumnezeu că Jennifer Stirling i-a propus ziua de azi: perspectiva unei zile întregi de sâmbătă fără a merge la serviciu, fără prietenii ei, toți ocupați, o înspăimânta. Din nou o fulgeră imaginea mâinii pistruiate.

– Sunt Ellie Haworth. În legătură cu scrisorile dumneavoastră.

– Ah. Poftește! Urcă la etajul patru. S-ar putea să aștepți câtva timp până vine liftul. Se mișcă foarte încet.

Este genul de clădire în care Ellie intră arareori, situată într-o zonă aproape necunoscută. Prietenii ei locuiesc în apartamente noi, cu camere micuţe şi parcări subterane, sau în vilişoare înghesuite ca straturile de cremă dintr-un tort între şirurile de case în stil victorian. Blocul acesta te duce cu gândul la averi moştenite şi pare insensibil la modernitate. O duce cu gândul la ideea de „văduvă bogată" – poate aşa ar denumi-o John – şi-i vine să zâmbească.

În holul de la intrare e întins un covor de culoare turcoaz-închis, o nuanţă din alte vremuri. Balustrada de alamă care însoţeşte cele patru trepte de marmură poartă urmele unei lustruiri frecvente. Ellie se duce o clipă cu gândul la spaţiul comun din propriul ei bloc, la teancurile de corespondenţă neglijată şi la bicicletele lăsate la întâmplare.

Liftul urcă solemn cele patru etaje, scârţâind şi huruind, apoi Ellie păşeşte pe un coridor placat cu gresie.

– Bună ziua... spune ea, văzând o uşă deschisă.

Nu mai ştie sigur cum şi-a imaginat-o: o bătrână adusă de spate, cu privire sticloasă, poate cu un şal pe umeri, înconjurată de o casă plină de mici bibelouri de porţelan în formă de animale. Dar Jennifer Stirling e cu totul altfel. Se poate să aibă peste şaizeci de ani, dar a rămas suplă şi se ţine încă dreaptă. Numai părul argintiu, tuns băieţeşte, cu cărare într-o parte îi trădează vârsta. Poartă un pulover de caşmir bleumarin şi o jachetă de lână cu cordon peste pantalonii frumos croiţi, mai curând marca Dries van Noten[1] decât M&S[2]. În jurul gâtului are înfăşurată o eşarfă de culoarea smaraldului.

– Domnişoara Haworth?

Ellie simte că femeia a studiat-o, poate chiar a cântărit-o din priviri, înainte să-i spună pe nume.

– Da.

Ellie îi întinde mâna.

– Vă rog să-mi spuneţi Ellie.

Chipul femeii se mai relaxează puţin. Indiferent despre ce test fusese vorba, se pare că l-a trecut cu bine – cel puţin, pentru moment.

---

1 Creator de modă belgian

2 Iniţialele magazinului de îmbrăcăminte Marks and Spencer

– Intră, te rog! Ai avut mult de mers?

Ellie o urmează în apartament. Din nou constată că i-au fost înșelate așteptările. Nici un animal de porțelan. Camera e foarte mare, luminoasă și mobilată sumar. Pe podeaua din lemn de culoare deschisă sunt așternute câteva covoare persane mari, iar de o parte și de alta a măsuței de cafea din sticlă se văd două canapele cu tapițerie de damasc. Puținele piese de mobilier din încăpere sunt de stiluri diferite și de o mare finețe: un fotoliu pe care îl bănuiește a fi modern, extrem de scump și de proveniență daneză, și o măsuță veche cu incrustații din lemn de nuc. Fotografii de familie, copii mici.

– Ce apartament frumos! exclamă Ellie, pe care niciodată n-au interesat-o în mod deosebit decorațiunile interioare, dar care a descoperit brusc cum i-ar plăcea să trăiască.

– E frumos, așa-i? M-am mutat aici în... șaizeci și opt, cred. Atunci era un bloc vechi și destul de prăpădit, dar m-am gândit că va fi un loc potrivit unde să-mi cresc fetița, din moment ce avea să locuiască într-un oraș. De la fereastra aceea se vede Regent's Park. Vrei să-mi dai haina? Bei o cafea? Am impresia că te-ai udat până la piele.

Ellie ia loc, iar Jennifer Stirling dispare în bucătărie, unde își face de lucru cu cafetiera. Pe pereții de un crem extrem de pal, se văd câteva picturi moderne. Ellie o privește pe Jennifer Stirling intrând în cameră și nu se miră că această femeie a inspirat o asemenea pasiune în sufletul necunoscutului care i-a trimis scrisorile.

Între fotografiile de pe masă se află una înfățișând o femeie tânără și incredibil de frumoasă, parcă pozând pentru un prim-plan de Cecil Beaton[1]. Câțiva ani mai târziu, aceeași femeie își privește copilașul nou-născut, cu acel amestec de epuizare, venerație și bucurie comun tuturor tinerelor mame – numai părul e aranjat perfect, deși femeia abia a născut.

– Foarte amabil din partea dumitale că te-ai deranjat. Trebuie să-ți spun acum că scrisoarea dumitale mi-a stârnit curiozitatea.

În dreptul lui Ellie apare o ceașcă de cafea, apoi Jennifer Stirling se așază în fața ei, amestecându-și cafeaua cu o linguriță minusculă

---

[1] Pictor, fotograf de modă și creator de decorațiuni interioare din Marea Britanie

de argint având în capăt o boabă de cafea din email roşu. „Iisuse", îşi spune Ellie, „are talia mai subţire ca a mea."

– Sunt curioasă să aflu despre ce scrisori este vorba. Nu cred să fi aruncat nimic din greşeală de ani de zile. De obicei, ce arunc, fac fâşii. Contabilul meu mi-a dăruit o astfel de maşinărie infernală anul trecut de Crăciun.

– De fapt, nu le-am găsit eu. Un prieten de-al meu a triat arhiva ziarului *Nation* şi a găsit un plic.

Jennifer Stirling se schimbă la faţă.

– În plic erau astea.

Ellie vâră mâna în poşetă şi scoate cu grijă folia de plastic cu cele trei scrisori de dragoste. Priveşte chipul doamnei Stirling, care întinde mâna după ele.

– Vi le-aş fi expediat, continuă Ellie, dar...

Jennifer ţine scrisorile cu veneraţie, în amândouă mâinile.

– Nu ştiam... dacă... dacă voiaţi măcar să le vedeţi.

Jennifer nu spune nimic. Brusc stânjenită, Ellie soarbe o înghiţitură de cafea. N-ar putea spune de cât timp stă acolo, bându-şi cafeaua, dar continuă să se uite în altă parte, fără să ştie exact de ce.

– Oh, le vreau.

Când Ellie ridică privirea, îşi dă seama că s-a schimbat ceva la Jennifer. Nu are ochii în lacrimi, dar chipul ei a căpătat culoarea cuiva cuprins de o emoţie puternică.

– Înţeleg că le-ai citit şi dumneata.

Ellie îşi dă seama că se înroşeşte la faţă.

– Îmi pare rău. Erau la un loc cu nişte hârtii absolut fără legătură. Nu mi-am închipuit că voi descoperi cui îi erau adresate. Mi s-au părut frumoase, adaugă ea cu stângăcie.

– Aşa-i că sunt frumoase? Ei bine, domnişoară Ellie Haworth, la vârsta mea nu mă mai surprinde mare lucru, dar află că azi dumneata ai reuşit.

– Nu vreţi să le citiţi?

– N-am nevoie. Ştiu ce scrie în fiecare.

Ellie învăţase de multă vreme că, de fapt, cea mai mare calitate a unui ziarist este să ştie când să tacă. Acum însă se simţea din ce în ce mai puţin în largul ei, cu ochii la femeia aceea în vârstă care, într-un fel, nu mai era în cameră.

– Îmi pare rău dacă v-am tulburat, spune ea, alegându-şi cu grijă cuvintele, în momentul când tăcerea a devenit apăsătoare. Nu ştiam ce să fac, dat fiind că nu cunoşteam care era...

– ... situaţia mea, spune Jennifer.

Îi zâmbeşte, şi Ellie se gândeşte din nou cât este de frumoasă.

– Ai adoptat o atitudine foarte diplomată. Dar scrisorile nu mă pun în nici un fel de încurcătură. Soţul meu a murit cu ani în urmă. Iată unul dintre lucrurile care nu se spun niciodată legat de bătrâneţe.

Zâmbeşte cu şiretenie.

– Că bărbaţii se uzează mult mai repede.

Un timp ascultă amândouă ploaia şi scrâşnetul de frâne al autobuzelor de afară.

– Ei bine, i se adresează doamna Stirling, spune-mi un lucru. Care-i motivul pentru care te-ai străduit atât de mult să-mi înapoiezi scrisorile?

Ellie chibzuieşte dacă să-i spună despre editorial sau nu. Instinctul îi spune să păstreze tăcerea.

– Pentru că n-am citit în viaţa mea ceva asemănător?

Jennifer Stirling o priveşte cu atenţie.

– Şi... pentru că şi eu am pe cineva, continuă ea, fără să-şi dea seama de ce aduce subiectul în discuţie.

– Pe „cineva"?

– E... însurat.

– Ah! Deci scrisorile ţi-au mers la inimă.

– Da. De fapt, toată povestea. Faptul că-ţi doreşti ceva ce nu poţi avea. Şi că niciodată nu poţi spune ce simţi cu adevărat.

Priveşte în jos, continuând să vorbească:

– Bărbatul cu care sunt, John... nu ştiu ce e în mintea lui. Nu discutăm despre ce se întâmplă între noi.

– Presupun că nu-i singurul care procedează aşa, remarcă doamna Stirling.

– Dar bărbatul care v-a iubit pe dumneavoastră, Boot, vorbea.

– Aşa e.

Din nou, pare pierdută în alt timp.

– El îmi spunea tot. E uluitor să primești o astfel de scrisoare. Să te știi iubită așa, total. El a fost întotdeauna un maestru al cuvintelor.

Ploaia devine pentru scurt timp torențială, tunetele fac să zăngăne ferestrele, se aud strigăte jos pe stradă.

– Cumva m-a obsedat povestea dumneavoastră de dragoste, dacă nu vi se pare prea ciudat. Mi-am dorit cu disperare să rămâneți împreună. Trebuie să vă întreb, v-ați... v-ați mai reîntâlnit de atunci?

Ellie își dă brusc seama că limbajul modern e prost ales, chiar nepotrivit. Se gândește că întrebarea ei a fost cumva nepoliticoasă. A împins lucrurile prea departe.

Chiar în clipa când Ellie deschide gura ca să-și ceară scuze, ridicându-se să plece, Jennifer i se adresează:

– Mai vrei o cafea, Ellie? Cred că n-are rost să pleci pe așa o ploaie.

Jennifer Stirling stă pe canapeaua îmbrăcată în mătase, cu cafeaua răcită în poală. Îi spune povestea unei soții tinere din sudul Franței și a unui soț care, după propriile ei cuvinte, nu era cu nimic mai rău decât alții de pe vremea aceea. Un bărbat foarte potrivit cu epoca în care trăia și care își înăbușise orice sentimente – considerându-le o lipsă de bună-cuviință și un semn de slăbiciune. Pe urmă îi spune povestea unui alt bărbat, complet diferit de primul, irascibil, încăpățânat, pătimaș, marcat de viață, un bărbat care o tulburase încă din prima seară când îl cunoscuse, cu ocazia unui dineu în aer liber.

Ellie ascultă fascinată, imaginându-și scenele de atunci și încercând să nu se gândească la reportofonul deschis, ascuns în poșetă. Acum nu se mai simte necuviincioasă. Doamna Stirling vorbește cu însuflețire, ca și cum ar fi așteptat zeci de ani să-și poată depăna povestea. Îi spune că e o poveste ale cărei fragmente le-a pus cap la cap în decursul anilor și, deși Ellie nu înțelege în totalitate ceea ce aude, totuși nu vrea s-o întrerupă ca să-i ceară explicații.

Jennifer Stirling îi mărturisește cum viața ei lipsită de griji a început dintr-odată să i se pară o colivie aurită. Îi vorbește despre nopțile nedormite, despre sentimentul de vinovăție, despre atracția înfricoșătoare și irezistibilă a unei iubiri interzise, despre cumplita revelație că poate își alesese un drum greșit în viață. În timp ce Jennifer vorbește, Ellie își roade unghiile, întrebându-se dacă și John gândește la fel în clipa asta, pe cine ştie ce plajă îndepărtată şi scăldată în soare. Cum şi-ar putea iubi soţia şi în acelaşi timp să facă ceea ce face când sunt împreună? Cum ar putea să nu simtă atracţia de care pomeneşte Jennifer?

Povestea devine mai sumbră, glasul ei mai coborât. Vorbeşte despre un accident petrecut pe un carosabil umed, despre un bărbat mort fără vină, şi despre cei patru ani de căsnicie pe care i-a trăit ca o somnambulă, singurul sprijin fiindu-i pastilele şi naşterea fiicei ei.

Se întrerupe, întinde mâna undeva în spate şi-i întinde lui Ellie o fotografie înrămată. Fotografia înfăţişează o femeie blondă şi înaltă, îmbrăcată în pantaloni scurţi, şi un bărbat care o ţine cu braţul pe după umeri. La picioarele ei desculţe se văd doi copii şi un câine. Parcă ar fi o reclamă a firmei Calvin Klein.

– Cred că Esmé nu-i cu mult mai mare decât dumneata, spune ea. Locuieşte la San Francisco împreună cu soţul, care-i medic. Sunt foarte fericiţi. Din câte ştiu eu, adaugă ea, surâzând cu subînţeles.

– Ştie de scrisori?

Ellie pune cu grijă fotografia pe măsuţa de cafea, încercând să nu-i poarte pică lui Esmé pentru ereditatea ei spectaculoasă, pentru viaţa ei pare-se demnă de invidiat.

De astă dată, doamna Stirling şovăie înainte de a-i răspunde:

– N-am spus nimănui povestea asta până azi. Care fată ar vrea să afle că mama ei a fost îndrăgostită de alt bărbat în afară de tatăl ei?

În continuare istoriseşte o întâlnire întâmplătoare, survenită peste câţiva ani, şocul şi fericirea de a descoperi că se găsea acolo unde îi era menit să se găsească.

– Înţelegi cum vine asta? Mă simţisem o străină atâta vreme cât... dar pe urmă a apărut Anthony. Şi am avut acest sentiment.

Se bate uşor cu palma în capul pieptului.

– Sentimentul că eram acasă. Că el era alesul.

– Da, răspunde Ellie.

A încremenit pe marginea canapelei. Chipul lui Jennifer Stirling străluceşte de o lumină interioară. Dintr-odată Ellie vede în ea pe tânăra de altădată.

– Cunosc sentimentul.

– Lucrul cel mai cumplit a fost, desigur, că deşi îl regăsisem, nu eram liberă să-l urmez. Pe vremea aceea un divorţ era cu totul altceva, Ellie. Era groaznic. Te alegeai cu numele târât în noroi. Ştiam că soţul meu mă va distruge dacă încercam să plec. Pe urmă, n-o puteam părăsi pe Esmé. El... Anthony... îşi lăsase fiul şi cred că nu şi-a mai revenit din asta niciodată.

– Deci de fapt nu v-aţi părăsit niciodată soţul?

Ellie trăieşte o profundă dezamăgire.

– Ba da, mulţumită plicului pe care l-ai găsit dumneata. El avea o secretară cam ciudată, doamna Nu-Mai-Ştiu-Cum.

Schiţează o grimasă.

– Niciodată n-am fost în stare să-i reţin numele. Bănuiesc că era îndrăgostită de el. Într-o bună zi, din nu ştiu ce motiv, mi-a pus în mână instrumentul cu care îl puteam distruge. Din momentul în care acele hârtii au ajuns în posesia mea, el a înţeles că nu se mai putea atinge de mine.

Îi descrie întâlnirea cu secretara fără nume şi şocul soţului ei când ea se dusese la el la birou şi-i dezvăluise ce ştia.

– Documentele despre azbest.

Acasă îi păruseră atât de inofensive, forţa lor pălind odată cu trecerea anilor şi din cauza dificultăţii de a reconstitui ce se întâmplase atunci.

– Sigur că la vremea aceea nimeni nu ştia mare lucru despre azbest. Credeam că e un material miraculos. Descoperirea că firma lui Laurence distrusese atâtea vieţi a fost un şoc teribil. De aceea am înfiinţat fundaţia după moartea lui. Ca să ajut victimele. Uite!

Caută într-un scrin şi scoate un prospect care prezintă în detaliu programul de consiliere juridică pentru cei care se îmbolnăviseră de mezoteliom la locul de muncă.

– Am prieteni în branşa asta, care-şi oferă serviciile gratis, atât în ţară, cât şi în străinătate.

– Mai aveţi bani de la soţul dumneavoastră?

– Da. Asta a fost înţelegerea. Eu îi păstram numele şi deveneam genul de soţie retrasă, care nu-şi însoţeşte niciodată soţul la nici un fel de eveniment. Toţi şi-au închipuit că renunţasem la viaţa mondenă ca s-o cresc pe Esmé. Înţelegi, pe vremea aceea nu era ceva neobişnuit. El pur şi simplu şi-a luat amanta la toate evenimentele mondene.

Râde, clătinând din cap.

– Uluitor cât de diferit putea fi judecată la vremea aceea o femeie faţă de un bărbat, pentru exact acelaşi lucru.

Ellie se imaginează la braţul lui John cu ocazia vreunei lansări de carte. El a fost întotdeauna foarte atent să n-o atingă în public, să nu trădeze prin nimic relaţia lor. Ea sperase în taină că vor fi surprinşi sărutându-se sau că sentimentele lor vor deveni atât de pătimaşe încât vor ajunge subiect de bârfă, în dauna căsniciei lui.

Ridică ochii şi constată că Jennifer o priveşte.

– Mai vrei cafea, Ellie? Presupun că nu te grăbeşti să ajungi undeva.

– Nu. Mulţumesc mult. Vreau să aflu ce s-a mai întâmplat.

Expresia ei se schimbă. Zâmbetul se topeşte. Urmează o scurtă tăcere.

– El a plecat în Congo, spune ea. Obişnuia să călătorească în cele mai periculoase locuri. La vremea aceea acolo se întâmplau lucruri urâte cu albii, iar el nu se simţea prea bine...

Are aerul că nu i se mai adresează lui Ellie.

– Bărbaţii sunt adesea mai vulnerabili decât par, aşa-i?

Ellie cugetă la cele auzite, străduindu-se să nu se lase marcată de amara deziluzie pe care i-a stârnit-o ultima parte a relatării. „Nu-i viaţa ta“, îşi spune ea categoric. „Nu trebuie să fie tragedia ta.“

– Cum îl chema? Îmi închipui că nu Boot.

– Nu. Asta era o mică glumă de-a noastră. Ai citit Evelyn Waugh? Numele lui adevărat era Anthony O'Hare. De fapt, e ciudat că-ţi spun toate astea după atâta timp. El a fost iubirea vieţii mele, totuşi n-am nici o fotografie de-a lui şi prea puţine amintiri. De n-ar fi existat scrisorile, mi-aş fi închipuit că-i doar o plăsmuire a minţii mele. De asta socotesc un dar faptul că mi le-ai adus.

Ellie simte un nod în gât.

Ţârâitul telefonului le smulge pe amândouă din visare.

– Scuză-mă, spune Jennifer.

Se duce pe hol, ridică receptorul şi Ellie o aude răspunzând cu glasul dintr-odată calm, plin de o politeţe rece, profesională:

– Da, spune ea. Da, încă ne ocupăm. Spune-mi, când a fost diagnosticat?...: Îmi pare rău...

Ellie notează repede numele în agenda pe care o strecoară înapoi în poşetă. Verifică dacă reportofonul a funcţionat şi dacă microfonul a rămas în poziţia potrivită. Mulţumită, rămâne aşezată încă vreo câteva minute, privind fotografiile de familie, conştientă că Jennifer va zăbovi un timp la telefon. Nu i se pare corect să zorească pe cineva care evident se zbate în ghearele unei boli de plămâni. Rupe o foaie din agendă, scrie câteva rânduri şi-şi ia haina. Se duce la fereastră. Afară cerul s-a limpezit şi băltoacele de pe trotuar sclipesc de un albastru pur. Se îndreaptă spre uşă şi rămâne în picioare, cu foaia în mână.

– Scuzaţi-mă o clipă, vorbeşte Jennifer, acoperind receptorul cu palma. Iartă-mă, se adresează ea lui Ellie, mă tem că va dura ceva timp.

Tonul ei sugerează că discuţia lor nu va mai continua astăzi.

– E cineva care trebuie să facă o cerere de despăgubire.

– Putem vorbi şi altă dată?

Ellie îi întinde foaia.

– Aveţi aici datele mele de contact. Aş dori mult să ştiu...

Jennifer încuviinţează din cap, pe jumătate atentă la telefon.

– Da. Desigur. Măcar atât pot să fac. Şi mulţumesc încă o dată, Ellie.

Ellie dă să plece, cu haina pe braţ. Apoi, în timp ce Jennifer duce din nou receptorul la ureche, se întoarce încă o dată către ea.

– Vă rog mult să-mi mai spuneţi un singur lucru, în două cuvinte. Când el... Boot... a plecat din nou, ce-aţi făcut?

Jennifer Stirling coboară receptorul, cu o privire limpede şi liniştită.

– L-am urmat.

Între noi doi n-a existat nici o relaţie. Dacă încerci să sugerezi altceva, am să declar categoric că totul s-a petrecut în mintea ta.

Scrisoare de la un bărbat către o femeie, 1960

Capitolul 20

– Doamnă? Doriţi să beţi ceva?

Jennifer deschise ochii. Timp de aproape o oră îşi ţinuse palmele încleştate pe rezemătoarele scaunului, în timp ce avionul BOAC înfrunta golurile de aer, în zbor spre Kenya. Niciodată nu suportase prea bine călătoria cu avionul, dar turbulenţele neîncetate tensionaseră atât de mult aparatul Comet încât până şi personalul experimentat în zborurile pentru Africa strângea din dinţi la fiecare zguduitură. Jennifer se crispă în clipa când se văzu literalmente aruncată în sus pe scaun, iar de undeva din spate se auzi un vaiet deznădăjduit. Mirosul ţigărilor aprinse în grabă umplea interiorul avionului cu un fum înecăcios.

– Da, răspunse ea. Vă rog.

– Vă aduc o porţie dublă, spuse stewardesa făcându-i cu ochiul. O să ne cam scuture.

Jennifer goli jumătate de pahar dintr-o înghiţitură. O usturau ochii după călătoria care deja dura de aproape patruzeci şi opt de ore. La Londra, înainte de plecare, nu dormise câteva nopţi la rând, încercând să-şi alunge gândurile, luptându-se cu dilema dacă nu cumva era pe cale să comită o nebunie – cum păreau să creadă toţi ceilalţi.

– Doriţi aşa ceva?

Omul de afaceri de alături îi întinse o cutie metalică, cu capacul înclinat spre ea. Avea nişte mâini uriaşe, cu degetele ca nişte cârnăciori.

– Mulţumesc. Ce sunt astea? Bomboane cu mentă? întrebă ea.

El zâmbi pe sub mustaţa albă şi groasă.

– Oh, nu.

Vorbea cu un pronunţat accent Afrikaans[1].

– Ajută la calmarea nervilor. O să vă prindă bine mai târziu.

Ea îşi retrase mâna.

– Nu, mulţumesc. Cineva mi-a spus cândva că nu trebuie să mă tem de turbulenţe.

– Avea dreptate. Turbulenţele de la sol sunt cele pentru care trebuie să ne facem griji.

Cum ea nu râdea, bărbatul o studie atent câteva clipe.

– Încotro? La un safari?

– Nu. Trebuie să prind o legătură pentru Stanleyville. Mi s-a spus că de la Londra nu există o cursă directă.

– Congo? Dar de ce vreţi să mergeţi acolo, doamnă?

– Încerc să dau de urma unui prieten.

Tonul lui trăda neîncrederea.

– *Congo*?

– Da.

O privea de parcă n-ar fi fost în toate minţile. Ea îşi îndreptă puţin spatele, descleştându-şi palmele de pe rezemătoare.

– Dumneavoastră nu citiţi ziarele?

– Puţin, iar în ultimele zile deloc. Am fost... foarte ocupată.

– Foarte ocupată, da? Domniţă, bine ar fi să faceţi stânga-mprejur şi să porniţi direct spre Anglia.

Chicoti încet.

– Sunt convins că n-o să puteţi ajunge în Congo.

Ea întoarse capul şi începu să privească afară prin hubloul avionului, la nori, la culmile înzăpezite ale munţilor aflaţi mult dedesubt, întrebându-se o clipă dacă exista o cât de mică şansă ca el să se afle chiar atunci la peste trei mii de metri mai jos, în zona survolată. „Habar n-ai cât de departe am ajuns deja", îi spuse ea în gând.

Cu două săptămâni în urmă Jennifer Stirling ieşise poticnindu-se din clădirea ziarului *Nation* şi se oprise pe trepte, ţinând mânuţa grăsulie a fetiţei într-a ei, conştientă că nu ştia ce să facă de acum încolo. Se stârnise un vânt tăios, care mătura frunzele, azvârlindu-le de-a lungul bordurilor şi zborul lor fără ţintă semăna cu viaţa ei. Cum putea

1 Dialect derivat din olandeză şi vorbit în Africa de Sud şi Namibia

Anthony să dispară? Cum de nu-i lăsase nici un mesaj? Își amintea disperarea lui în holul hotelului și se temea că știa deja răspunsul. O urmăreau vorbele rostite de ziaristul cel gras. Lumea începuse să se învârtă în jurul ei și o clipă se temuse că o să leșine.

Apoi Esmé se smiorcăise că voia să-i cumpere ceva. Nevoile imediate ale fetiței o smulseseră din gânduri, readucând-o cu picioarele pe pământ.

Își luase o cameră la hotelul Regent, unde locuise el, de parcă o părticică din ea ar fi crezut că lui i-ar fi mai lesne s-o găsească aici, în caz că s-ar întoarce. Avea nevoie să creadă că el va vrea să-i dea de urmă, ca să afle că în sfârșit era liberă.

Singura cameră disponibilă era un apartament la etajul patru, pe care ea îl acceptase fără probleme. Laurence nu va îndrăzni să cârtească pentru bani. Și, în timp ce Esmé ședea fericită în fața unui ecran mare de televizor, întrerupându-se când și când ca să țopăie pe patul uriaș, ea își petrecuse restul serii umblând de colo-colo prin cameră, gândindu-se cu înverșunare, încercând să-și dea seama care era cea mai bună cale de a transmite un mesaj cuiva pierdut în imensitatea Africii Centrale.

În cele din urmă, după ce Esmé adormise cuibărită alături de ea sub cuvertura de hotel și sugându-și degetul mare, Jennifer rămăsese în pat privind-o, ascultând zgomotele orașului, luptându-se să-și stăpânească lacrimile de neputință și întrebându-se dacă, gândindu-se intens, i-ar fi putut trimite lui un mesaj telepatic. „Boot. Te implor să mă auzi. Am nevoie să vii după mine. Nu pot face asta singură."

În cea de-a treia și de-a patra zi petrecuse cea mai mare parte a orelor de lumină ocupându-se de Esmé, ducând-o la Muzeul de Istorie Naturală sau să ia ceaiul la Fortnum & Mason[1]. Merseseră să-și cumpere îmbrăcăminte pe Regent Street – nu fusese destul de prevăzătoare ca să trimită la spălătoria hotelului hainele pe care le luaseră de acasă –, iar seara mâncaseră sendvișuri cu friptură de pui, comandate prin room-service și aduse pe o tavă de argint. Când și când Esmé mai întreba unde erau doamna Cordoza sau tăticu', iar Jennifer o liniștea spunându-i că-i va revedea curând. Îi era recunoscătoare

[1] Cunoscut magazin londonez, renumit pentru specialități gastronomice

fetiței pentru avalanșa de solicitări, majoritatea lesne de satisfăcut, pentru rutina constând din ora ceaiului, baie și culcare. Dar după ce fetița adormea, Jennifer închidea ușa dormitorului și cădea pradă unei spaime fără margini. *Ce făcuse*? Cu fiecare oră care trecea, enormitatea – și inutilitatea gestului ei o copleșea din ce în ce mai tare. Renunțase la viața pe care o ducea, își dusese fiica într-o cameră de hotel, și pentru ce?

Telefonase la redacția ziarului *Nation* încă de două ori. Vorbise cu grăsanul cel morocănos. De-acum îi recunoștea vocea și vorba răstită. El o asigurase că da, îi va transmite mesajul lui O'Hare de îndată ce acesta va suna la redacție. A doua oară ea avusese impresia că omul nu-i spunea adevărul.

– Dar până acum ar fi trebuit să ajungă, nu? Nu merg toți ziariștii în același loc? Nu puteți ruga pe cineva să-i transmită mesajul?

– Nu sunt secretară. V-am spus că am să-i transmit mesajul și am să i-l transmit, numai că acolo e un teatru de război. Îmi închipui că are și alte lucruri în cap.

După care îi închisese telefonul.

Apartamentul de hotel devenise un fel de insulă, un spațiu doar al ei, singurii care mai intrau fiind menajera venită zilnic la curățenie și băiatul de la room-service. Nu îndrăznea să ia legătura cu nimeni, nici cu părinții ei, nici cu prietenii, neștiind încă ce motiv să invoce pentru gestul ei. Abia mânca, dormea pe apucate. Pe măsură ce-și pierdea încrederea, o cuprindea neliniștea.

În ea creștea treptat convingerea că nu putea rămâne singură. Cum ar fi supraviețuit? Niciodată nu făcuse nimic de una singură. Laurence ar fi făcut totul ca s-o izoleze. Părinții ar fi dezmoștenit-o. Se lupta cu pornirea de a comanda o băutură alcoolică, să-și amorțească sentimentul crescând că se va întâmpla o catastrofă. Și cu fiecare zi care trecea, o voce înlăuntrul ei îi repeta tot mai insistent: *Poți oricând să te întorci la Laurence*. Pentru o femeie ca ea, care se pricepea doar să fie decorativă, ce alte opțiuni mai existau?

Zilele treceau în acest vălmășag de gânduri contradictorii, într-o parodie suprarealistă a vieții cotidiene. În cea de a șasea zi telefonase acasă, închipuindu-și că Laurence era la birou. La al doilea apel îi răspunsese doamna Cordoza, și Jennifer se simțise rușinată constatând vădita îngrijorare a femeii.

– Unde sunteți, doamnă Stirling? Dați-mi voie să vă aduc lucrurile. Lăsați-mă s-o văd pe Esmé. Am fost teribil de neliniștită.

În adâncul sufletului Jennifer se simțise ușurată.

Într-o oră menajera venise la hotel cu o valiză de lucruri. Domnul Stirling, îi relatase ea, nu-i spusese nimic altceva decât că în următoarele câteva zile nu va veni nimeni acasă.

– Mi-a cerut să fac curat în birou. Și când am văzut ce era acolo...

Își duse o clipă palma la obraz.

– ... n-am știut ce să cred.

– Totul e în ordine.

Jennifer nu avusese curajul să-i explice tot ce se întâmplase.

– Eu aș fi fericită să vă ajut cum pot, continuase doamna Cordoza, dar nu cred că el...

Jennifer îi pusese o mână pe braț.

– E în regulă, doamnă Cordoza. Credeți-mă, ne-ar face mare plăcere să fiți cu noi, dar cred că n-ar fi prea ușor. Esmé va trebui să meargă în curând acasă, să-și vadă tatăl, de îndată ce lucrurile se vor liniști puțin, așa că poate ar fi mai bine pentru toată lumea să vă aibă acolo, ca să-i purtați de grijă.

Esmé îi arătase doamnei Cordoza hăinuțele noi, apoi se cățărase în brațele ei, să fie mângâiată. Jennifer comandase ceai și umplu ceașca menajerei, inversând rolurile de altădată, ceea ce le făcuse pe amândouă să zâmbească stânjenite.

– Vă mulțumesc mult că ați venit, spusese Jennifer când doamna Cordoza se ridicase să meargă acasă.

Trăia un sentiment de pierdere la gândul plecării ei apropiate.

– Dați-mi de știre ce vă hotărâți să faceți, o rugase doamna Cordoza, punându-și paltonul.

O privise în ochi pe Jennifer, cu buzele strânse în semn de neliniște, iar Jennifer făcuse un pas spre ea și, într-o pornire instinctivă, o îmbrățișase. Doamna Cordoza întinsese brațele și o strânsese la piept cu putere, încercând parcă să-i transmită forță, conștientă câtă nevoie avea Jennifer să simtă încurajarea cuiva. Rămăseseră în mijlocul camerei, îmbrăţişate, timp de câteva minute. Apoi, poate puţin încurcată, menajera se desprinsese din îmbrăţişare. Avea nasul înroşit.

– Nu mă mai întorc, declarase Jennifer şi-şi auzise propriile vorbe biciuind cu o putere neaşteptată aerul încremenit. Am să găsesc un loc unde să ne ducem viaţa. Dar nu mă mai întorc.

Femeia mai vârstnică încuviinţase din cap.

– Am să vă sun mâine.

Jennifer scrisese repede ceva pe o foaie cu antetul hotelului.

– Îi puteţi spune unde suntem. Cred că-i mai bine să ştie.

În seara aceea, după ce o culcase pe Esmé, sunase la toate ziarele de pe Fleet Street, întrebând dacă putea trimite mesaje corespondenţilor lor, în eventualitatea că l-ar fi întâlnit pe Anthony în Africa Centrală. Telefonase unui unchi care, din câte îşi amintea, lucrase cândva acolo şi-l întrebase dacă-şi mai amintea numele vreunui hotel. Sunase prin centrala internaţională la două hoteluri, unul în Brazzaville, celălalt în Stanleyville şi lăsase mesaje la recepţioneri. Unul dintre ei îi spusese cu tristeţe:

– Doamnă, aici n-avem albi. Sunt tulburări în oraş.

– Vă rog, insistase ea. Încercaţi doar să vă amintiţi numele. Anthony O'Hare. Spuneţi-i doar atât: „Boot“. Va şti ce înseamnă.

Mai lăsase o scrisoare la ziar, cu rugămintea de a-i fi înmânată:

Iartă-mă! Te rog, întoarce-te la mine! Sunt liberă şi te aştept.

O predase la Recepţie, spunându-şi că, din momentul în care lăsase scrisoarea, trebuia să-şi ia gândul de la ea, să nu se gândească unde va ajunge, să nu-şi imagineze pe unde va zace în următoarele câteva zile. Făcuse tot ce-i stătea în putinţă, iar acum venise vremea să se concentreze asupra unui nou mod de viaţă, aşa încât să fie pregătită când unul dintre numeroasele ei mesaje avea să ajungă în mâinile lui.

Domnul Grosvenor zâmbise din nou. Zâmbetul lui părea mai degrabă un rictus, semn că trăgea nişte concluzii, iar ea încercase să nu-l ia în seamă. Era a unsprezecea zi.

– Vă rog să semnaţi aici... îi arătase el locul cu degetul cu manichiura perfectă. ... şi aici. Apoi, desigur, vom avea nevoie şi de semnătura soţului dumneavoastră *aici*.

Zâmbise iarăşi, cu buzele uşor tremurând.

– Oh, atunci va trebui să-i trimiteţi direct lui hârtiile, spusese ea.

În jurul lor, salonul de ceai al hotelului Regent era ticsit de femei, de pensionari, de lume care renunţase la cumpărături în după-amiaza aceea umedă de miercuri.

– Poftim?

– Nu mai locuiesc împreună cu soţul meu. Comunicăm numai în scris.

Vestea îl lăsase fără replică. Zâmbetul dispăruse. Îşi aranjase cu un gest spasmodic hârtiile din poală, parcă încercând să-şi adune gândurile.

– Cred că v-am dat deja adresa mea de acasă. Uitaţi, îi arătase Jennifer una dintre scrisorile din plic. Ne vom putea muta lunea viitoare, da? Eu şi fiica mea ne-am plictisit de viaţa la hotel.

Doamna Cordoza o dusese pe Esmé la leagăne. Acum venea în fiecare zi, în orele în care Laurence era la serviciu.

– Am aşa puţine de făcut în casă de când nu mai sunteţi dumneavoastră! îi spusese ea.

Jennifer vedea cum menajera se lumina la faţă când o lua în braţe pe Esmé şi simţea că prefera de o mie de ori să fie cu ele la hotel decât în casa aceea pustie din scuar.

Domnul Grosvenor îşi împreunase sprâncenele.

– Ah, doamnă Stirling, aş dori doar să lămuresc... Spuneţi că nu veţi locui în aceeaşi casă *cu* domnul Stirling? Vă întreb pentru că proprietarul e o persoană respectabilă. Dumnealui avea impresia că închiriază unei familii.

– E adevărat, închiriază unei familii.

– Dar adineauri aţi spus...

– Domnule Grosvenor, vom plăti douăzeci şi patru de lire pe săptămână chirie pentru o perioadă scurtă. Sunt o femeie măritată. Nu mă îndoiesc că o persoană ca dumneavoastră va fi de acord că perioada cât soţul meu locuieşte aici sau *dacă* locuieşte aici e numai şi numai problema noastră.

El ridicase mâna împăciuitor, în timp ce un val de roşeaţă îi colora pielea în jurul gulerului, apoi începuse să bâiguie câteva cuvinte de scuze:

– Atâta doar că...

Îl întrerupsese glasul unei femei, care o chemase pe Jennifer pe nume, pe un ton imperativ. Jennifer se răsucise pe scaun, dând cu ochii de Yvonne Moncrieff, care străbătea cu paşi mari ceainăria aglomerată, întinzându-i deja umbrela udă unui chelner nedumerit.

– Deci, aici eşti!

– Yvonne, eu...

– Unde ai fost? Habar n-am ce se întâmplă. Am ieşit din spital săptămâna trecută şi afurisita ta de menajeră n-a vrut să-mi spună absolut nimic. Pe urmă mi-a zis Francis...

Se oprise, dându-şi seama ce tare se auzea vocea ei. Cei din ceainărie tăcuseră şi toţi se întorseseră spre masa lor, cu urechile ciulite.

– Vă rog să ne scuzaţi, domnule Grosvenor. Cred că am terminat ce aveam de discutat, spuse Jennifer.

El deja se ridicase şi-şi luase servieta, pe care o închisese cu un aer important.

– Am să-i duc domnului Stirling actele azi după-amiază. Ţinem legătura.

Zicând acestea, pornise spre holul de la intrare.

După plecarea lui, Jennifer îşi pusese mâna pe braţul prietenei ei.

– Iartă-mă, îi spusese ea. Sunt multe lucruri pe care trebuie să ţi le explic. Ai timp să urci până în cameră?

Yvonne Moncrieff petrecuse patru săptămâni în spital: două înainte şi două după naşterea micuţei Alice. La întoarcerea acasă, se simţise atât de epuizată încât îi trebuise încă o săptămână ca să-şi dea seama de cât timp n-o mai văzuse pe Jennifer. Se dusese de două ori la ea acasă, dar i se comunicase că doamna Stirling lipsea pentru moment. După încă o săptămână luase hotărârea să descopere ce se petrecea.

– Menajera ta nu făcea decât să clatine din cap şi să-mi spună că trebuia să discut cu Larry.

– Presupun că el i-a cerut să nu sufle o vorbă.

– Despre ce?

Yvonne își aruncase paltonul pe pat și se așezase pe unul din scaunele tapițate.

– De ce naiba stai aici? Te-ai certat cu Larry?

Yvonne avea cearcăne viorii sub ochi, dar coafura ei era tot impecabilă. Jennifer se gândise că deja îi părea străină, o relicvă dintr-o altă viață.

– L-am părăsit, spusese ea.

Yvonne făcuse ochii mari și o privise cu luare-aminte.

– Alaltăieri seară, când a venit la noi, Larry s-a îmbătat. S-a îmbătat criță. Mi-am închipuit că are ceva probleme la birou și m-am dus la culcare cu bebelușul, lăsându-i pe bărbați să discute de-ale lor. Când a urcat și Francis, eu eram pe jumătate adormită, totuși l-am auzit spunând că Larry i-a mărturisit că tu aveai un iubit și că ai luat-o razna. Mai târziu mi-am închipuit că am visat.

– Ei bine, murmurase Jennifer, în parte e adevărat.

Yvonne își dusese repede mâna la gură.

– Oh, Doamne, sper că nu-i Reggie.

Jennifer clătinase din cap, silindu-se să zâmbească.

– Nu.

Scosese un oftat.

– Yvonne, mi-ai lipsit teribil. Atât de mult aș fi vrut să vorbesc cu tine...

Îi spusese prietenei ei toată povestea, omițând o parte din detalii, dar lăsând să se întrevadă în cea mai mare parte adevărul. La urma urmei, era vorba de Yvonne. Cuvintele simple ce răsunau în încăperea cufundată în tăcere păreau să dezmintă enormitatea a ceea ce trăise în ultimele săptămâni. Totul se schimbase: absolut totul.

– Am să-l regăsesc, încheiase ea cu un gest teatral. Știu că am să-l regăsesc. Trebuie să-i explic.

Yvonne o ascultase cu atenție, și Jennifer era uimită ce mult îi lipsise vorba ei tăioasă și directă.

În cele din urmă, Yvonne schițase un surâs timid.

– Eu, una, sunt sigură că te-ar ierta.

– Poftim?

– Vorbesc de Larry. Sunt sigură că te-ar ierta.

– Larry?

Jennifer se rezemase de spătarul fotoliului.

– Da.

– Dar eu nu vreau să fiu iertată.

– Nu poţi să faci una ca asta, Jenny.

– Are o amantă.

– Oh, poţi scăpa de ea! Nu-i decât secretara lui, pentru numele lui Dumnezeu. Spune-i că vrei s-o luaţi de la început. Spune-i că pentru asta trebuie să renunţe la secretară.

Jennifer aproape se poticnise în cuvinte.

– Dar eu nu-l vreau, Yvonne. Nu vreau să fiu măritată cu el.

– Ai prefera să aştepţi un ziarist afemeiat şi fără o leţcaie, care ar putea foarte bine să nici nu se mai întoarcă?

– Da, aş prefera.

Yvonne băgase mâna în poşetă şi-şi aprinsese o ţigară, suflând un nor lung de fum spre mijlocul încăperii.

– Cum rămâne cu Esmé?

– Ce *este* cu Esmé?

– Cum o să crească fără tată?

– Va avea un tată. Îl va vedea tot timpul. De fapt, se va duce acasă chiar la sfârşitul acestei săptămâni. I-am scris lui Laurence şi mi-a trimis un bilet de confirmare.

– Copiii ai căror părinţi s-au despărţit au parte de multe răutăţi la şcoală, ştii asta foarte bine. Fetiţa soţilor Allsop trece prin mari necazuri.

– Noi nu ne despărţim. Nici o colegă de-a ei nu va şti nimic.

Yvonne continuase să pufăie din ţigară cu un aer categoric.

Jennifer i se adresase pe un ton mai blând:

– Te rog, încearcă să înţelegi! Nu există nici un motiv pentru care eu şi Laurence să nu trăim separat. Societatea se schimbă. Nu trebuie neapărat să rămânem prizonierii a ceva ce... Sunt convinsă că Laurence va fi mult mai fericit fără mine. Iar hotărârea asta nu trebuie să afecteze nimic. Nu cu adevărat. Noi două putem rămâne prietene. De fapt, chiar mă gândeam să ne întâlnim amândouă săptămâna asta, împreună cu copiii. I-am putea duce la Grădina Zoologică din Londra. Ştiu că Esmé arde de nerăbdare s-o vadă pe Dottie...

– Sau la Madame Tussaud?

– Sau în Kew Gardens. Numai vremea...

– Încetează, o oprise Yvonne, ridicând o mână elegantă. Te rog, încetează! Nu pot să mai ascult nici un cuvânt. Dumnezeule mare! Zău că ești cea mai egoistă femeie pe care am întâlnit-o vreodată.

Strivise ţigara în scrumieră, se ridicase și întinsese mâna să-și ia paltonul.

– Ce crezi că-i viaţa, Jennifer? Cumva un basm cu zâne? Îţi închipui că nu ne săturăm toate de soţii noștri? De ce trebuie să te porţi așa? Te aștepţi ca noi să-ţi rămânem alături ca și până acum? În timp ce tu îţi faci mendrele de parcă... de parcă nici n-ai fi căsătorită? Dacă vrei să trăiești într-o stare de decădere morală, n-ai decât. Numai că ai un copil. Un soţ și un copil. Nu te poţi aștepta ca noi, celelalte, să închidem ochii la comportamentul tău.

Jennifer aproape rămăsese cu gura căscată.

Yvonne îi întorsese spatele, de parcă nici n-ar mai fi suportat s-o vadă în ochi.

– Și n-am să fiu singura care vede lucrurile astfel. Îţi sugerez să te gândești foarte bine ce vrei să faci de acum încolo.

Zicând acestea, își luase paltonul sub braţ și ieșise.

Trei ceasuri mai târziu Jennifer se hotărâse.

La ora prânzului, aeroportul Embakasi forfotea de lume. După ce-și luă valiza de pe banda rulantă care când se învârtea, când nu, Jennifer își croi cu greu drum până la toaletă, unde își dădu cu apă rece pe faţă și-și puse o bluză curată. Își prinse părul la spate, simţindu-și gâtul deja ud de transpiraţie. La câteva secunde după ce ieși din toaletă, avea bluza lipită de spate.

Aeroportul era ticsit de oameni care stăteau la cozi dezordonate sau în grupuri, strigând unii la alţii în loc să-și vorbească liniștit. Încremeni pe loc câteva clipe, privind la femeile africane în veșminte viu colorate care se luptau cu valize și cu sacoșe uriașe, prinse cu sfoară și balansate în echilibru pe creștetul capului. Prin colţuri se vedeau fumând oameni de afaceri nigerieni, cu pielea lucioasă, în timp ce copii mici alergau încoace și încolo printre pasagerii așezaţi direct pe jos. O femeie împingea o roabă mică, din care vindea băuturi. Orarul de zbor arăta că mai multe curse erau întârziate, fără a preciza când anume aveau să recupereze întârzierea.

În contrast cu gălăgia din aeroport, afară era liniște. Cerul se limpezise complet, iar canicula absorbea orice urmă de nor, astfel încât Jennifer putea zări munții purpurii din depărtare. Pe piste nu se vedea nici un avion, cu excepția celui cu care sosise. Un îngrijitor singuratic mătura alene pe sub burta aparatului. De cealaltă parte a clădirii moderne și strălucitoare fusese amenajată o grădină cu stânci, printre care se înălțau cactuși și alte plante rezistente la secetă. Jennifer admiră rocile frumos aranjate, mirându-se cum de cineva își dăduse atâta osteneală într-un loc unde domnea haosul.

Ghișeele companiilor BOAC și East African Airways erau închise, așa încât își croi drum înapoi prin mulțime, comandă o cafea la bar, găsi o masă liberă și se așeză, înconjurată de valize, coșuri de papură și un cocoș furios, ale cărui aripi fuseseră legate de corp cu o cravată școlărească.

Ce avea să-i spună? Și-l imagină într-un club pentru corespondenți străini, poate la kilometri întregi de zona de conflict, un loc unde ziariștii se adunau să bea și să comenteze evenimentele zilei. *Îl va găsi bând*? Era o lume strâmtă și sufocantă, așa-i spusese cândva. Odată ajunsă în Stanleyville, sigur va da de cineva care-l cunoaște. Cineva îi va putea spune unde se afla. Se văzu intrând într-un club, frântă de oboseală – imagine care-i revenea în minte de câteva zile, insuflându-i puterea de-a merge mai departe. Îl vedea limpede, în picioare sub ventilatorul care zbârnâia în tavan și poate conversând cu vreun coleg, apoi dând uluit cu ochii de ea. Înțelegea expresia de pe chipul lui: în ultimele patruzeci și opt de ore și ei îi venise greu să-și recunoască propriul chip.

Nimic din viața ei n-o pregătise pentru un astfel de gest. Nimic nu-i dăduse de înțeles că ar fi capabilă de așa ceva. Și totuși, din clipa în care se suise în avion, deși înspăimântată, o inundase o bucurie stranie, de parcă ar fi făcut marea descoperire: iată ce însemna să trăiești cu adevărat. Și, măcar pentru acel moment de trăire intensă, simțea o bizară înrudire cu Anthony O'Hare.

Îl va găsi. Preluase controlul asupra evenimentelor, în loc să se lase la cheremul lor. Își va decide propriul viitor. Își alungă din minte gândul la Esmé, spunându-și că va merita efortul, în clipa când va putea să i-l prezinte pe Anthony.

În cele din urmă, un tânăr într-o uniformă elegantă de culoare stacojie se instală la ghișeul companiei BOAC. Jennifer își lăsă cafeaua pe masă și străbătu aproape în fugă holul mare, până la ghișeu.

– Aș dori un bilet până la Stanleyville, spuse ea, scormonind în poștă după bani. Cu prima cursă. Aveți nevoie de pașaport?

Tânărul o privi ca pe o arătare.

– Nu, doamnă, răspunse el, clătinând repede din cap. Nu există nici o cursă pentru Stanleyville.

– Dar mi s-a spus că aveți un zbor direct.

– Îmi pare rău. Toate cursele de Stanleyville au fost suspendate.

Ea îl privi fix, mută de dezamăgire, până când tânărul repetă încă o dată informația. Apoi își târî valiza până la ghișeul EAA. Fata de acolo îi dădu același răspuns.

– Nu, doamnă. Nu avem plecări în direcția aceea din pricina tulburărilor.

Vorbea rulând fiecare „r".

– Doar sosiri.

– Și când se reiau cursele? Trebuie să ajung urgent în Congo.

Cele două funcționare schimbară o privire în tăcere.

– Nu există curse pentru Congo, repetară ele.

Jennifer nu bătuse atâta cale ca să se lovească de priviri indiferente și refuzuri. „Nu pot renunța la el tocmai acum."

Afară, îngrijitorul continua să curețe pista cu un măturoi smotocit. Deodată zări un alb cu ținuta semeață a unui slujbaș oficial venind dinspre terminal în pas alert, ducând în mână o mapă de piele. Spatele sacoului de in de culoare crem era marcat de un triunghi de transpirație.

În aceeași clipă o zări și el și schimbă direcția, apropiindu-se cu pași mari.

– Doamna Ramsey?

Îi întinse mâna.

– Sunt Alexander Frobisher de la consulat. Unde sunt copiii?

– Nu, numele meu e Jennifer Stirling.

El închise gura, ca și cum ar fi analizat dacă nu cumva femeia din fața lui făcuse o greșeală. Obrazul buhăit îl făcea să pară cu ani mai bătrân decât era în realitate.

– Am nevoie de ajutorul dumneavoastră, domnule Frobisher, continuă ea. Trebuie să ajung în Congo. Știți cumva dacă există vreun tren? Mi s-a spus că nu pleacă nici un avion într-acolo. De fapt, nimeni nu-mi spune mare lucru.

Își dădea seama că avea obrazul încins de căldură și că părul începuse să i se lase.

Omul i se adresă pe tonul cuiva care dă explicații unei persoane dezechilibrate:

– Doamnă...

– Stirling...

– Doamnă Stirling, nimeni nu pleacă în Congo. Nu știți că acolo e...

– Da, știu că sunt tulburări. Dar trebuie să dau de cineva, un ziarist care a ajuns acum vreo două săptămâni. E vorba de ceva extrem de important. Numele lui e...

– Doamnă, nu mai există ziariști în Congo.

Își scoase ochelarii și o conduse până la fereastră.

– Aveți idee ce se întâmplă?

– Vag. De fapt, nu. Vin din Anglia. A trebuit să merg pe o rută destul de ocolită.

– Acum sunt implicate în război și Statele Unite, pe lângă Marea Britanie și alte state. Până acum trei ani am fost în stare de criză, cu trei sute cincizeci de ostatici albi, între care femei și copii, în pericol de a fi executați de către rebelii Simba. Trupele belgiene se luptă cu ei pe străzile din Stanleyville. Deja se vorbește de aproape o sută de morți din rândul civililor.

Ea aproape nu-l auzea.

– Dar pot plăti. Plătesc oricât. Trebuie neapărat să ajung acolo.

El o luă de braț.

– Doamnă Stirling, vă spun că nu veți putea ajunge în Congo. Nici cu trenul, nici cu avionul, nici cu mașina. Trupele au fost parașutate. Chiar dacă ar exista o posibilitate de transport, n-aș putea autoriza un cetățean britanic – *o femeie britanică* – să pătrundă în zona de conflict.

Scrise grăbit ceva în agendă.

– Am să vă găsesc un loc unde să așteptați și am să vă ajut să rezervați bilet de avion ca să vă înapoiați acasă. Africa nu-i un loc pentru o femeie albă de capul ei.

Oftă din rărunchi, de parcă Jennifer i-ar fi dublat problemele cu care se confrunta.

Ea căzu pe gânduri.

– Câți oameni au murit?

– Nu știm.

– Aveți numele lor?

– Pentru moment am doar un început de listă. Departe de a fi cuprinzătoare.

– Vă rog...

Aproape i se oprise inima în piept.

– Vă rog, arătați-mi! Trebuie să știu dacă e...

El scoase din mapă o foaie ferfenițită, bătută la mașină.

Ea o parcurse cu atenție, dar ochii îi erau atât de obosiți încât vedea ca prin ceață numele înșirate în ordine alfabetică. *Harper. Hambro. O'Keefe. Lewis.* Numele lui nu figura pe listă.

Numele lui nu figura pe listă.

Ridică privirea spre Frobisher.

– Aveți numele ostaticilor?

– Doamnă Stirling, nu știm nici măcar câți cetățeni britanici erau în oraș. Uitați-vă!

Scoase altă foaie și i-o întinse, plesnind cu palma cealaltă un țânțar care-i aterizase pe ceafă.

– Acesta e ultimul comunicat trimis lordului Walston[1].

Ea începu să citească, în timp ce frazele i se întipăreau una câte una în memorie:

Cinci mii de morți numai în Stanleyville... Credem că în teritoriul controlat de rebeli se mai află douăzeci și șapte de cetățeni britanici... Nu putem ști cu precizie când se va putea

[1] Ministru adjunct al afacerilor externe din Marea Britanie în perioada conflictului din Congo

ajunge în zona unde se găsesc supușii britanici, chiar dacă am cunoaște cât de cât identitatea lor...

– În oraș sunt trupe belgiene și americane, care luptă să recucerească Stanleyville. Avem și un avion Beverley pregătit să-i evacueze pe cei care vor să fie evacuați.

– Cum aș putea să aflu dacă și el va fi la bordul acestui avion?

El se scărpină în cap.

– N-aveți cum. Unii nu prea vor să fie evacuați. Preferă să rămână în Congo. S-ar putea să aibă motivele lor.

Ei îi veni brusc în minte redactorul cel gras. *Poate că voia să plece departe de aici.*

– Dacă amicul dumneavoastră vrea să plece, va pleca, spuse Frobisher.

Își șterse obrazul cu o batistă.

– Dacă vrea să rămână, e foarte posibil să dispară. Asta se întâmplă lesne în Congo.

Ea vru să adauge ceva, dar o întrerupse un murmur care se răspândea în întreg aeroportul: la poarta Sosiri apăruse o familie. Mai întâi doi copii mici, tăcuți, cu brațele și capetele bandajate, cu chipurile îmbătrânite înainte de vreme. Apoi, o femeie blondă cu un bebeluș în brațe, cu privirea rătăcită, cu părul nespălat, cu chipul marcat de încordare. La vederea lor, o femeie mult mai în vârstă se desprinse de brațul soțului care încerca s-o rețină și se năpusti dincolo de barieră, văitându-se și strângându-i pe toți la piept. Nou-sosiții erau complet lipsiți de reacție. Apoi tânăra mamă se lăsă în genunchi și începu să plângă, cu gura deschisă ca un cerc al durerii, cu capul plecat pe umărul grăsuț al femeii mai vârstnice.

Frobisher își îndesă hârtiile în mapă.

– E familia Ramsey. Vă rog să mă scuzați. Trebuie să mă ocup de ei.

– Au fost acolo? întrebă Jennifer, cu ochii la bunicul care-și sălta nepoțica pe umeri. Au asistat la masacru?

Chipurile copiilor, încremenite de cine știe ce șoc, îi înghețaseră sângele în vine.

Frobisher o țintui cu o privire severă.

– Vă rog, doamnă Stirling, acum trebuie să plecaţi. Diseară e o cursă a companiei East African Airways. Dacă nu aveţi prieteni cu relaţii sus-puse în oraş, vă sfătuiesc din tot sufletul să n-o rataţi.

Drumul spre casă dură două zile. Din acel moment pentru Jennifer începu o nouă viaţă. Yvonne îşi respectă cuvântul. Nu mai luă legătura cu ea și în singura ocazie când o întâlni întâmplător pe Violet, aceasta se arătă atât de jenată încât lui Jennifer i se păru nepotrivit s-o abordeze. Se simţea mai puţin afectată decât se aşteptase: oamenii aceştia ţineau de vechea ei existenţă, de care aproape nu-i venea să creadă că aparţinuse.

Aproape în fiecare zi doamna Cordoza venea la noul lor apartament, găsind tot felul de pretexte ca să rămână în preajma lui Esmé sau să ajute la unele treburi casnice. Jennifer descoperi că se baza mai mult pe compania fostei menajere decât pe cea a fostelor prietene. Într-o după-amiază ploioasă, în timp ce Esmé dormea, îi povesti doamnei Cordoza despre Anthony, iar doamna Cordoza îi dezvălui ceva mai multe despre soţul ei. Apoi, îmbujorându-se la faţă, îi spuse despre un bărbat drăguţ care-i trimisese flori de la restaurantul aflat la două străzi depărtare.

– N-aveam de gând să-l încurajez, spuse ea încetişor, în timp ce călca. Dar cum totul...

Laurence comunica ce avea de spus în scris, folosind-o pe doamna Cordoza ca mesager.

Aş vrea s-o iau pe Esmé la nunta vărului meu, la Winchester, sâmbăta viitoare. Promit s-o aduc înapoi până la ora 19.

Tonul lui era distant, oficial, măsurat. Uneori Jennifer citea mesajele, mirându-se cum de putuse fi căsătorită cu acest om.

În fiecare săptămână mergea la oficiul poştal din strada Langley, să verifice dacă primise ceva la căsuţa poştală. De fiecare dată se înapoia acasă încercând să nu se lase copleșită de dezamăgire după răspunsul negativ al funcţionarei.

Se mută într-un apartament închiriat, iar când Esmé începu să meargă la școală, îşi luă o slujbă neplătită la Oficiul de Consiliere a Cetățenilor, singura organizație care nu-și făcea probleme pentru lipsa ei de experiență. Șeful îi spusese că va învăța din mers.

– Și, credeți-mă, chiar foarte repede.

După mai puțin de un an i se oferi un post plătit în cadrul aceleiași instituții. Consilia clienții în tot felul de probleme practice, de pildă cum să se descurce cu banii sau cum să rezolve neînțelegerile legate de chirii – existau prea mulți proprietari hrăpăreți – cum să facă față destrămării familiei.

La început o obosea șirul nesfârșit de probleme, acel val de nefericire omenească ce-i inunda biroul, dar pe măsură ce-i sporea încrederea în sine, își dădea seama că nu era singura care-și ratase viața. Își reevaluă viața și constată că era recunoscătoare pentru punctul în care ajunsese și că simțea o oarecare mândrie atunci când cineva venea să-i spună că sfatul ei îi fusese de folos.

Peste alți doi ani se mută din nou, împreună cu Esmé, de astă dată într-un apartament cu două dormitoare din St Johns Wood, cumpărat cu bani de la Laurence și cu suma moștenită de Jennifer de la o mătușă. Pe măsură ce săptămânile se preschimbau în luni și lunile în ani, ajunse să accepte faptul că Anthony O'Hare nu se va mai întoarce. Că nu-i va mai răspunde la mesaje. O singură dată o cuprinsese deznădejdea, când ziarele relatară unele detalii privind masacrul de la hotelul Victoria din Stanleyville. Pe urmă încetă definitiv să mai citească ziarele.

Mai sunase la redacție doar o dată. Îi răspunsese o secretară, iar când își dăduse numele, sperând pentru o clipă că Anthony ar fi putut să fie acolo, auzise o voce întrebând: „E tot cucoana aia, Stirling?"

Apoi o alta: „Nu-i tipa cu care el refuză să vorbească?"

Atunci Jennifer pusese receptorul în furcă.

Își reîntâlni soțul abia după șapte ani: Esmé urma să meargă la internat, o construcție vastă, din cărămidă roșie, situată în Hampshire și amintind cumva de un conac de provincie. Jennifer își luase după-amiaza liberă de la serviciu ca s-o aducă cu mașina și călătoriseră amândouă în noua ei mașinuță Mini. Jennifer purta un costum culoarea vinului și aproape se aștepta ca Laurence să facă un comentariu nefavorabil – nu-i plăcuse niciodată cum îi stătea cu acea culoare.

„Te rog, nu face asta de față cu Esmé", se rugă ea în gând. „Te rog, hai să ne comportăm civilizat."

Dar bărbatul care aștepta în hol nu semăna nici pe departe cu Laurence pe care și-l amintea ea. De fapt, în prima clipă nici nu-l recunoscu. Avea pielea cenușie, obrajii supți și părea să fi îmbătrânit cu douăzeci de ani.

– Bună, tati! îl salută Esmé, îmbrățișându-l.

El schiță un semn din cap spre Jennifer, dar nu-i întinse mâna.

– Jennifer, spuse.

– Laurence, răspunse ea, încercând să nu arate cât era de șocată.

Întrevederea nu durase mult. Directoarea, o femeie tânără cu o privire care-i cântărea în tăcere, nu aduse în discuție faptul că părinții locuiau la adrese diferite. „Poate acum se întâmplă asta mult mai des", se gândi Jennifer. În săptămâna ce trecuse vorbise la serviciu cu patru femei care voiau să-și părăsească soții.

– Ei bine, vom face tot ce ne stă în putință ca Esmé să se simtă bine la noi, spuse doamna Browning.

Jennifer își zise că avea o privire blândă.

– E mai bine dacă fetele aleg să vină la internat și înțeleg că Esmé și-a făcut deja prietene aici, prin urmare sunt sigură că se va acomoda curând.

– Citește multe cărți de Enid Blyton[1], spuse Jennifer. Probabil își închipuie că aici toată lumea râde, cântă și dansează.

– Oh, se întâmplă și la noi așa. Cofetăria e deschisă vinerea după-amiaza exact în acest scop. Ne facem cumva că nu vedem, numai să nu se sară peste anumite limite. Ne place ca fetele să creadă că viața la internat prezintă și anumite avantaje.

Jennifer se destinse. Laurence era cel care alesese școala și temerile ei păreau să fie nejustificate. Următoarele câteva săptămâni aveau să fie grele, dar Jennifer se obișnuise cu absențele periodice ale fetei, atunci când mergea să stea cu Laurence. În plus, serviciul îi mai umplea timpul.

Directoarea se ridică în picioare și le întinse mâna.

---

[1] Renumită scriitoare britanică de literatură pentru copii din perioada la care se referă cartea

– Vă mulţumesc. Desigur, dacă se ivesc probleme, vă vom telefona.

De îndată ce rămaseră doar ei doi, Laurence începu să tuşească: o tuse aspră, hârşâită, care o făcu pe Jennifer să strângă din dinţi. Vru să spună ceva, dar el ridică o mână, ca şi cum i-ar fi cerut să tacă. Coborâră încet scările, unul lângă altul, de parcă n-ar fi fost înstrăinaţi. Ea ar fi putut merge de două ori mai repede, dar i se părea o cruzime, dată fiind răsuflarea lui greoaie şi efortul pe care-l depunea. În cele din urmă, nemaiputând suporta, Jennifer opri o fată care trecea pe lângă ei şi o rugă să aducă un pahar cu apă. Fata se înapoie după câteva minute şi Laurence se lăsă greoi pe un scaun de mahon de pe coridorul lambrisat, ca să bea apa.

Acum Jennifer găsi suficient curaj ca să-l privească.

– E...? întrebă ea.

– Nu, răspunse el, respirând îndelung, cu mare greutate. Se pare că-i din pricina trabucurilor. Îmi dau seama de ironia situaţiei.

Ea se aşeză pe scaunul de alături.

– M-am asigurat că nu vă va lipsi nimic, să ştii, spuse el.

Jennifer îl privi cu coada ochiului, dar el părea adâncit în gânduri.

– Am crescut amândoi un copil bun, zise el.

Dincolo de fereastră o puteau vedea pe Esmé pe peluză, pălăvrăgind cu alte două fete. Ca la un semnal, toate trei începură să alerge pe iarbă, cu fustele fâlfâind în vânt.

– Iartă-mă, spuse Jennifer, întorcându-se spre el. Pentru tot.

Laurence puse paharul alături şi se ridică de pe scaun. Rămase o clipă în picioare, cu spatele spre ea, cu ochii la fetele de afară, apoi se întoarse şi, evitându-i privirea, dădu încet din cap.

Ea îl urmări din ochi cum iese cu pas ţeapăn pe uşa din faţă şi traversează pajiştea până în locul unde iubita lui îl aştepta în maşină, în timp ce Esmé ţopăia în jurul lui. Fata continuă să-i facă semne entuziaste cu mâna până când automobilul condus de şofer se îndepărtă pe alee.

Două luni mai târziu Laurence era mort.

Te urăsc și știu că încă îți place de mine, dar mie nu-mi place de tine și puțin îmi pasă ce spun proștii tăi de prieteni mă pui să-ți ating mâinile din motive tâmpite spui ocazional că m-ai strâns în brațe niciodată niciodată n-o să-mi mai placă de tine TE URĂSC TE URĂSC MAI MULT DECÂT ORICE ÎN LUMEA ASTA BLESTEMATĂĂĂĂĂĂ mai degrabă m-aș întâlni cu un păianjen sau cu un șobolan decât cu tine ești așa de gras și de urât!!!

E-mail de la o femeie către un bărbat

Capitolul 21

Toată seara a continuat să plouă, iar norii grei și cenușii au gonit pe cerul de deasupra orașului până când i-a înghițit noaptea. Șuvoaiele neînduplecate silesc oamenii să rămână în case și acoperă strada, astfel încât singurele zgomote care răzbat de afară sunt un fâșâit ocazional de cauciucuri pe carosabilul ud, gâlgâitul canalelor de scurgere pline până la refuz sau pasul alert al cuiva care se grăbește spre casă.

N-a primit nici un mesaj pe robotul telefonic și nici o iconiță în formă de plic nu clipește pe ecranul celularului, semn că ar fi sosit un SMS. E-mailurile din Inbox sunt cu probleme de serviciu, reclame la Viagra, precum și câteva rânduri de la mama ei, relatând în detaliu cum își revine câinele după operația la șold. Ellie stă pe canapea picior peste picior, sorbind din al treilea pahar cu vin și recitind scrisorile, pe care le-a fotocopiat înainte să le înapoieze. Sunt patru ore de când a plecat de la locuința lui Jennifer Stirling, dar mintea ei încă lucrează cu febrilitate. Îl vede pe misteriosul Boot, nesăbuit și disperat, undeva în Congo, într-o perioadă când europenii erau măcelăriți. „Am citit reportajele despre masacre, fuseseră uciși toți cei care locuiau într-un hotel din Stanleyville", îi spusese Jennifer, „și am plâns de spaimă." Și-o închipuie ducându-se la oficiul poștal în fiecare săptămână, întrebând zadarnic de o scrisoare care nu mai sosește. O lacrimă îi picură pe mânecă, și Ellie o șterge, cu un suspin.

Iubirea lor, își spune ea, semnifica, totuși, ceva. El a fost un bărbat care și-a deschis sufletul în fața femeii pe care o iubea. A încercat s-o înțeleagă și s-o protejeze, fie chiar și de ea însăși. Când a înțeles că n-o putea avea, s-a refugiat în celălalt capăt al lumii și, foarte posibil, s-a sacrificat pe sine însuși. Iar ea l-a jelit vreme de patruzeci de ani. Ce avea Ellie? Partide grozave de sex, poate o dată la zece zile, și nenumărate e-mailuri care nu promiteau nimic. Are treizeci și doi de ani, cariera i se duce de râpă, prietenii ei știu că e implicată emoțional în ceva care nu poate duce la nimic și cu fiecare zi îi este tot mai greu să se convingă că duce existența pe care ar fi dorit s-o ducă.

E ora nouă fără un sfert. Știe că n-ar mai trebui să bea, dar e furioasă, deprimată, pesimistă. Își mai toarnă un pahar și recitește din nou scrisoarea. La fel ca Jennifer, știe pe de rost cuvintele. Și tonul lor o îngrozește.

Absența ta – și depărtarea de mii de kilometri – nu-mi oferă nici o consolare. Faptul că nu mă mai chinuie apropierea de tine sau constatarea zilnică a imposibilității de a obține singurul lucru pe care mi-l doresc cu adevărat nu mi-a adus vindecarea. Ba chiar a înrăutățit situația. Viitorul îmi pare un drum pustiu și deprimant.

Aproape că s-a îndrăgostit și ea de acest bărbat. Îi vine în minte John, îl aude rostind aceleași cuvinte, și alcoolul îi contopește pe cei doi într-o singură ființă. Ce-i de făcut ca să-ți preschimbi o viață obișnuită, de rutină, într-o poveste? Cu siguranță, trebuie să ai destul curaj ca să iubești? Își scoate mobilul din poșetă, simțind cum crește în ea o îndrăzneală nedefinită. Deschide capacul și trimite un SMS, apăsând cu stângăcie tastele:

Te rog, sună-mă! Numai o dată. Trebuie să te aud. X

Apasă pe SEND, conștientă de imensa greșeală pe care a făcut-o. El va fi furios. Sau nu-i va răspunde. Nu știe sigur ce ar fi mai rău. Își îngroapă obrazul în palme și plânge pentru neștiutul Boot, pentru Jennifer, pentru ocaziile ratate și pentru o viață irosită. Plânge pentru ea însăși, pentru că nimeni n-o va iubi vreodată cum a iubit-o Boot pe Jennifer și pentru bănuiala că strică ceea ce putea fi o viață perfectă, deși obișnuită. Plânge pentru că e beată și pentru că e acasă, pentru că sunt prea puţine avantaje în traiul de una singură, afară de cel de a putea plânge când vrei, fără să te ascunzi de nimeni.

Tresare auzind soneria de la intrare şi ridică fruntea, rămânând nemişcată până o aude din nou. Într-o clipă de nebunie se întreabă de nu cumva e John, ca răspuns la mesajul trimis de ea. Se însufleţeşte brusc şi aleargă la oglinda de pe hol, ştergându-şi disperată petele roşii de pe faţă, apoi apasă butonul interfonului.

– Cine e?

– Bună, isteaţo! Cum scrii corect „musafir ocazional şi nepoftit“?

Ea clipeşte.

– Rory.

– Nah, nu se scrie aşa.

Ea îşi muşcă buza şi se sprijină de perete. Se aşterne o scurtă tăcere.

– Eşti ocupată? Tocmai treceam pe aici.

Tonul lui e vesel şi exuberant.

– OK... Nu-i chiar aşa. Am luat exact metroul care duce încoace.

– Vino sus!

Pune receptorul interfonului în furcă şi-şi dă pe faţă cu apă rece, încercând să-şi ascundă dezamăgirea, deşi era limpede că nu putea fi John.

Îl aude suind treptele câte două o dată, apoi împingând uşa pe care ea a lăsat-o întredeschisă.

– Am venit să te răpesc să bem ceva. Oh! exclamă el, dând cu ochii de sticla goală şi, în clipa următoare, de obrazul ei. Ah, prea târziu!

Ea se străduieşte să schiţeze un zâmbet neconvingător.

– N-am avut o seară prea grozavă.

– Ah.

– Dacă vrei, tu du-te!

El poartă un fular de caşmir. Pare a fi caşmir. Ea n-a avut niciodată un pulover de caşmir. Cum de-a ajuns la vârsta de treizeci şi doi de ani fără să aibă vreodată un pulover de caşmir?

– Probabil că în momentul ăsta nu sunt o companie prea plăcută.

Rory mai aruncă o privire spre sticla de vin.

– Ei bine, Haworth, i se adresează el, desfăşurându-şi fularul din jurul gâtului. Asta nu m-a deranjat nici până acum. Ce-ar fi să pun ibricul pe aragaz?

Pregătește ceai, scotocind prin bucătărioara ei după pliculețele de ceai, după lapte și lingurițe. Ea se gândește la John care, doar cu o săptămână în urmă, făcuse același lucru, și ochii i se umplu iar de lacrimi. Rory se așază, îi pune cana în față și, în timp ce ea bea, îi povestește cu o volubilitate care nu-i stă în fire despre cum și-a petrecut ziua, despre prietenul cu care se întâlnise nu demult la un pahar și care-i sugerase o scurtătură prin Patagonia. Între el și amicul lui, pe care-l știe din copilărie, s-a instalat un fel de concurență în ce privește călătoriile.

– Cunoști genul acesta de persoane. Tu îi spui că vrei să mergi în Peru. El îți zice: „Oh, lasă baltă ruta Machu Pichu, eu am petrecut trei nopți alături de pigmeii din jungla Atacanta și când s-a terminat carnea de maimuță, m-au ospătat cu carnea unuia de-al lor".

– Drăguț.

Ea s-a cuibărit pe canapea, cu cana în palme.

– Țin mult la tipul ăsta, dar nu cred că rezist șase luni alături de el.

– Chiar atât de mult ai să lipsești?

– Așa sper.

Un nou val de tristețe o izbește cu forța unui tsunami. Sigur, Rory nu e John, dar a devenit cumva o consolare să aibă un bărbat cu care să mai iasă în oraș din când în când.

– Și acum zi, ce s-a întâmplat? întreabă el.

– Păi... am avut o zi bizară.

– Este sâmbătă. Îmi închipuiam că fetele ca tine iau prânzul în oraș, ca să mai schimbe o bârfă și să-și cumpere pantofi.

– Uite că nu toate. Eu am fost s-o văd pe Jennifer Stirling.

– Pe cine?

– Femeia cu scrisorile.

Vede surpriza de pe chipul lui. El se apleacă în față.

– Uau! Chiar te-a sunat. Ce s-a întâmplat?

Brusc Ellie izbucnește în plâns și din ochi îi curg șiroaie de lacrimi.

– Iartă-mă, murmură ea, căutând cu disperare niște șervețele. Iartă-mă! Nu știu de ce sunt așa o caraghioasă.

Îi simte palma pe umăr, apoi brațul în jurul ei. Miroase a local, a deodorant, a păr proaspăt spălat și a aer curat.

– Lasă... îi spune el cu blândețe. Lasă... asta nu-ți stă în fire...

„De unde să știi tu?“ îl întreabă ea în gând. „Nimeni nu știe ce-mi stă în fire. Nici eu nu-s sigură că știu.“

– Mi-a istorisit tot. Toată povestea lor de dragoste. Oh, Rory, e ceva sfâșietor. S-au iubit atât de mult și le-a fost atât de dor unul de altul încât până la urmă el a murit în Africa, și ea nu l-a mai văzut de atunci.

Acum plânge atât de tare că aproape nu i se înțeleg cuvintele.

El o strânge în brațe, cu capul aplecat, ca să înțeleagă ce-i spune.

– De asta ești așa de tristă, fiindcă ai vorbit cu o bătrână? Plângi pentru o dragoste pierdută de acum patruzeci de ani?

– Ar fi trebuit să fii de față. Să auzi ce-a spus.

Îi relatează crâmpeie din poveste, ștergându-și ochii.

– E atât de frumoasă, de delicată și de tristă...

– Și tu ești frumoasă, delicată și tristă. Bine, poate nu delicată.

Ea își pune capul pe umărul lui.

– Nu mi-am închipuit niciodată... Să nu mă înțelegi greșit, Ellie, dar mă uimești. Niciodată n-aș fi crezut să te afecteze scrisorile acelea.

– Nu-i vorba numai de scrisori, suspină ea.

El așteaptă. Acum se sprijină de spătarul canapelei, dar brațul lui continuă s-o țină ușor pe după gât. Ellie își dă seama că vrea ca el s-o țină așa și mai departe.

– Atunci...?

Tonul lui e blând și întrebător.

– Mi-e teamă...

– Teamă de ce...?

Glasul ei se topește într-o șoaptă:

– Mi-e teamă că pe mine nimeni nu mă va iubi așa.

E nesăbuită din pricina alcoolului.

Căutătura lui s-a îmblânzit, și-a arcuit în jos colțurile gurii, parcă în semn de compătimire. O privește cum își șterge ochii. O clipă ea crede că o va săruta, dar el ia în mână o scrisoare și o citește cu glas tare:

Astă-seară, în drum spre casă, m-am trezit în mijlocul unui scandal, care se extinsese dintr-un local afară. Doi bărbați se încăieraseră, încurajați de suporterii lor beți și dintr-odată am ajuns în plin haos, cu urlete, înjurături și sticle zburând în toate părțile. Undeva s-a auzit sirena unei mașini de poliție. Bătăușii au început să fugă care încotro, mașinile frânau cu scrâșnet de cauciucuri, încercând să evite încăierarea. Ei bine, singurul lucru la care m-am putut gândi era felul în care îți arcuiești tu buzele atunci când zâmbești. Și am trăit sentimentul uluitor că în acel moment și tu te gândeai la mine.

Poate ți se pare fantezie, poate te gândeai la teatru sau la criza economică sau dacă să-ți iei perdele noi. Dar în mijlocul acelei priveliști nebunești, mi-am dat brusc seama că a avea pe cineva care te înțelege, care te dorește, care te vede ca pe o versiune mai bună a ceea ce ești tu e darul cel mai minunat. Și chiar dacă nu suntem împreună, simplul fapt că știu că pentru tine eu sunt un astfel de om, îmi dă curajul să trăiesc pe mai departe.

Ellie a închis ochii ca să asculte glasul lui Rory citind încetișor. Își închipuie cum trebuie să se fi simțit Jennifer știindu-se iubită, adorată, dorită.

Nu știu cum mi-am câștigat acest drept. Nici măcar acum nu sunt perfect sigur de el. Dar simplul fapt că mă pot gândi la chipul tău frumos, la surâsul tău, știind că există ceva din tine care îmi aparține mie, este probabil lucrul cel mai minunat de care am avut parte în viața mea.

Cuvintele au încetat. Ellie deschide ochii și vede fața lui Rory la numai câțiva centimetri de a ei.

– Pentru o fată inteligentă ca tine, spune el, aflu că ești tare prostuță.

Întinde mâna și-i șterge o lacrimă cu degetul mare.

– Tu nu știi... începe ea. Nu înțelegi...

– Cred că știu destul.

Și, înainte ca ea să apuce să vorbească iarăși, o sărută. Ellie încremenește o clipă și mâna aceea pistruiată apare din nou, chinuind-o. „De ce ar trebui să-i fiu credincioasă cuiva care probabil face sex sălbatic, în concediu, chiar în secunda asta?"

Apoi simte gura lui Rory peste a ei, palmele lui îi cuprind obrazul, iar ea îi răspunde la sărut, golindu-și mintea de orice alte gânduri, cu trupul recunoscător pentru brațele care o înlănțuie, pentru buzele care le caută pe ale ei. „Fă-mă să uit tot", îl roagă ea în gând. „Rescrie această pagină." Își schimbă poziția, vag mirată că, în ciuda dorului și a disperării, totuși îl poate dori pe acest bărbat atât de mult. Pe urmă nu mai e în stare să se gândească la absolut nimic.

Se trezește privind două perechi de gene negre. „Ce negre sunt", își spune ea în cele câteva secunde până se dezmeticește complet. Ale lui John sunt blonde-roșcate. Are o geană albă, spre capătul ochiului stâng, pe care e sigură că nimeni în afară de ea n-a mai observat-o.

Afară cântă păsările. Se aude o mașină ambalând insistent motorul. Simte un braț petrecut peste șoldul ei gol. E neașteptat de greu, și când ea își schimbă poziția, o mână se încordează o clipă pe fesa ei, parcă într-un gest reflex de a o împiedica să plece. Ellie privește țintă genele, amintindu-și ce se petrecuse cu o seară în urmă. Ea și Rory pe podea, în fața canapelei. El aducând plapuma când ea spusese că i se făcuse frig. Părul lui moale și des sub degetele ei, trupul lui, neașteptat de vânjos, peste al ei, capul lui dispărând sub plapumă. Are un vag presentiment, totuși nu-și dă seama exact ce simte în privința asta.

John.

Un SMS.

Cafea, icnește ea, agățându-se de ceva ce poate să-i ofere siguranță. Cafea și cornuri. Se desprinde ușor din îmbrățișarea lui Rory, fără să-și ia ochii de la chipul lui adormit. Îi ridică brațul, apoi îl așază încet pe plapumă. El se trezește, și ea înlemnește. O fracțiune de secundă își vede propria nedumerire oglindită în ochii lui.

– 'Neața, îi spune el cu glas răgușit din pricina lipsei de somn.

La ce oră adormiseră până la urmă? La patru? La cinci? Își amintește cum râdeau văzând că se lumina de ziuă. El își trece palma peste obraz și se saltă greoi într-un cot. Părul i-a rămas turtit pe o parte, iar pe bărbie i-a crescut o barbă aspră și întunecată.

– Cât e ceasul?

– Aproape nouă. Dau o fugă să cumpăr niște cafea tare, că avem nevoie.

Se trage cu spatele spre ușă, conștientă de goliciunea ei în lumina prea strălucitoare a dimineții.

– Ești sigură? îi aude glasul de după ușă. Nu vrei să mă duc eu?

– Nu, nu.

Își trage repede jeanșii, pe care-i descoperă în ușa camerei de zi.

– Nici o problemă.

– Pentru mine fără zahăr, te rog.

Îl aude trântindu-se din nou pe pernă și mormăind ceva despre cap. Chiloții ei sunt pe jumătate ascunși sub DVD-player. Îi ia repede și-i vâră într-un buzunar. Își trage pe cap un tricou, își îmbracă geaca și, fără să se mai uite cum arată, o ia la fugă în jos pe scări. Se duce cu pași grăbiți la cafeneaua din apropiere, deja formând un număr pe mobil.

„Trezește-te! Răspunde! Ridică receptorul!"

Acum stă la coadă. Nicky răspunde la al treilea apel.

– Ellie?

– Oh, Doamne, Nicky. Am făcut ceva îngrozitor.

Coboară glasul, făcând palma căuș peste telefon, să nu fie auzită de familia care a intrat în urma ei. Tatăl tace, mama încearcă să ducă doi copii mici la o masă. Chipurile lor palide și încercănate trădează o noapte de nesomn.

– Stai o clipă! Sunt la sala de sport. Așteaptă puțin să ies afară.

La sala de sport? Duminică dimineața la ora nouă? Aude glasul lui Nicky pe fundalul traficului de pe o stradă îndepărtată.

– Ce-ai făcut așa îngrozitor? Ai omorât pe careva? Ai violat un copil? Doar n-ai sunat-o pe nevasta ăluia să-i spui că ești amanta lui?

– M-am culcat cu tipul de la serviciu.

O scurtă tăcere. Ellie ridică fruntea, dând cu ochii de vânzătoarea care o privește țintă, cu sprâncenele ridicate. Acoperă telefonul cu palma.

– Oh! Vă rog, două cafele americane[1] mari, una cu lapte și niște cornuri. Două... ba nu, trei.

– Tipul de la bibliotecă?

– Da. A venit la mine aseară, eu băusem și mă simțeam ca dracu', el a citit una din scrisorile alea de dragoste și... nu știu...

– Și?

---

[1] Variantă de espresso, obținută prin adăugarea de apă clocotită, nu prin picurare

– Şi m-am culcat cu alt bărbat.

– A fost aşa oribil?

Privirea lui Rory, creţurile din colţul ochilor lui când zâmbea amuzat. Capul lui culcat pe sânii ei. Sărutările. Sărutări care nu se mai sfârşeau.

– Nu. A fost... chiar bine. Foarte bine.

– Şi atunci care-i problema?

– Ar trebui să mă culc numai cu John.

Vânzătoarea schimbă priviri cu Tatăl Istovit. Ellie îşi dă seama că amândoi au rămas muţi de uimire.

– Şase lire, şaizeci şi trei de pence, spune vânzătoarea, zâmbind uşor.

Ellie vâră mâna în buzunar, căutându-se de mărunţiş şi se trezeşte ţinând în mână chiloţii aruncaţi noaptea trecută. Tatăl Istovit tuşeşte – sau poate se îneacă de râs. Ea îşi cere scuze, cu obrajii arzând, plăteşte şi se duce în capătul tejghelei, unde-şi aşteaptă cafeaua, cu capul în piept.

– Nicky...

– Oh, Ellie, pentru numele lui Dumnezeu! Te-ai culcat mereu cu un bărbat însurat care aproape sigur se mai culcă cu nevastă-sa. Omul ăsta nu-ţi promite nimic, nu te duce nicăieri, nu are de gând să-şi lase nevasta...

– Asta n-ai de unde şti.

– Ba uite că ştiu. Regret, iubito, dar pun prinsoare pe casa mea mică, urâtă şi ipotecată pe o sumă astronomică. Iar dacă vii şi-mi spui că tocmai ai făcut un sex grozav cu un tip drăguţ, burlac, care te place şi care vrea să-şi petreacă timpul cu tine, să ştii că n-am să fac o criză depresivă. Ai priceput?

– Am priceput, răspunde ea încet.

– Şi acum, du-te înapoi acasă, trezeşte-l şi fă un amor nebun şi animalic, iar mâine-dimineaţă ne întâlnim noi două şi Corinne la o cafea, să ne povesteşti tot de-a fir a păr.

Ea zâmbeşte. Ce plăcut e să sărbătoreşti că eşti cu cineva, în loc să fii pusă veşnic în situaţia de a-i găsi scuze.

Se gândeşte la Rory, culcat în patul ei. Rory cel cu gene foarte lungi şi sărutări atât de blânde. Ar fi chiar aşa un păcat să-şi petreacă împreună toată dimineața? Ellie ia cafeaua și pornește spre casă, uimită cât de repede o duc picioarele.

– Nu te mișca! strigă ea în timp ce urcă scările, azvârlindu-și pantofii din mers. Îți aduc micul dejun la pat.

Lasă cafeaua pe podea, în ușa băii și se năpustește înăuntru, ștergându-și rimelul de sub ochi, dându-și pe față cu apă rece și apoi cu parfum. După o clipă de gândire, deschide capacul tubului cu pastă de dinți, ia în gură o bucată cam cât o boabă de mazăre, pe care o plimbă prin gură.

– Asta ca să nu mă mai socotești o persoană egoistă și lipsită de inimă, care tiranizează bărbații. În plus, îmi ești dator o cafea la serviciu. Mâine bineînțeles voi fi din nou eu, cea egoistă și tirană.

Iese din baie, se apleacă să ia cafeaua și intră în dormitor zâmbind. Patul e gol, plapuma aranjată. El nu poate fi în baie: Ellie de-abia a ieșit de acolo.

– Rory? întreabă ea tăcerea.

– Sunt aici.

Glasul vine din camera de zi. Ellie lipăie cu picioarele goale pe coridor.

– Parcă era vorba să stai în pat, îl dojenește ea. N-am cum să-ți aduc micul dejun la pat dacă...

El e în mijlocul camerei, punându-și sacoul. E îmbrăcat, încălțat și și-a pieptănat părul.

Ea se oprește în prag. El nu-i aruncă nici o privire.

– Ce faci?

Îi întinde cafeaua.

– Credeam că luăm micul dejun împreună.

– Așa e. Dar cred că-i mai bine să plec.

Ea simte cum o cuprinde un fior de gheață. Ceva nu-i în regulă.

– De ce? întreabă, silindu-se să zâmbească. N-am lipsit nici un sfert de oră. Chiar ai o întâlnire la nouă douăzeci duminică dimineață?

El rămâne cu privirea în pământ, chipurile căutându-se prin buzunare după chei. Când în sfârșit ridică ochii, chipul lui e lipsit de orice expresie.

– Cât ai lipsit, a sunat un tip. Ţi-a lăsat mesaj. N-am avut de gând să ascult, dar e cam greu să nu auzi într-un apartament aşa de mic.

Ellie simte un nod tare şi rece în stomac.

– Rory, eu...

El ridică mâna.

– Ţi-am spus cândva că nu-mi plac lucrurile complicate. De pildă... mm... să mă culc cu cineva care se culcă cu altcineva.

Trece pe lângă Ellie, fără să ia în seamă cafeaua pe care i-o întinde ea.

– Ne vedem la serviciu, Ellie.

Ea îi aude paşii pierzându-se pe scări. El nu trânteşte uşa, dar în felul în care o închide e ceva definitiv. Ellie îşi simte tot trupul amorţit. Pune cafeaua cu grijă pe masă şi după un minut se duce la robotul telefonic şi apasă PLAY.

Vocea lui John, gravă şi melodioasă, inundă încăperea.

– Ellie, nu pot vorbi prea mult. Voiam doar să ştiu dacă totul e în regulă. N-am înţeles prea bine ce-ai vrut să spui aseară. Şi mie mi-e dor de tine. Mi-e dor de noi. Însă, vezi tu... te rog, nu-mi mai trimite SMS-uri. E...

Se aude un scurt oftat.

– Uite ce e. Îţi trimit mesaj de cum ajungem... de cum ajung acasă.

Clinchetul unui receptor pus în furcă.

Ellie aşteaptă să se stingă ecoul vorbelor lui în apartamentul cufundat în tăcere, apoi se lasă să cadă pe canapea, unde rămâne neclintită, în timp ce cafeaua se răceşte lângă ea.

Stimate domnule B__________

Re Bul. ______________________ Nr. 48T

... repet, înţeleg că locuinţa va fi acum achiziţionată numai pe numele dumneavoastră şi că nu mai trebuie să vă mai trimit la semnat nici o corespondenţă sosită pe adresa existentă, până la înapoierea dvs., pe data de 14.

Scrisoare deschisă din greşeală de o femeie

Capitolul 22

În atenția lui: *Phillip O'Hare, phillipo'hare@thetimes.co.uk*
De la: *Ellie Haworth, elliehaworth@thenation.co.uk*

Iertaţi-mă că iau legătura cu dumneavoastră în felul acesta, dar sper că, în calitate de confrate ziarist, mă veţi înţelege. Încerc să dau de urma unui anume Anthony O'Hare, care, din câte înţeleg, ar putea avea vârsta tatălui dumneavoastră, iar dumneavoastră aţi pomenit într-un articol din Times *din mai anul trecut că tatăl dumneavoastră poartă exact acest nume.*

Acel Anthony O'Hare pe care-l caut eu se pare că a petrecut ceva timp la Londra la începutul anilor '60, apoi a stat foarte mult peste hotare, îndeosebi în Africa Centrală, unde se poate să fi şi murit. Cunosc foarte puţine lucruri despre el, doar că avea un fiu cu acelaşi nume ca al dvs.

Dacă e vorba despre dvs. sau dacă ştiţi ce s-a întâmplat cu cel pe care-l caut, vă rog mult să mă contactaţi prin e-mail. Avem o cunoştinţă comună, care l-a cunoscut cu mulţi ani în urmă şi aş dori din tot sufletul să ştiu ce s-a întâmplat cu el. Îmi dau seama că într-un fel caut acul în carul cu fân, întrucât e un nume destul de răspândit, dar orice informaţie îmi e de mare ajutor.

Cele mai bune urări,
Ellie Haworth

Sediul cel nou e situat într-o zonă a oraşului pe care Ellie n-a mai văzut-o de când era o aglomerare haotică de magazii dărăpănate și fast-fooduri neatrăgătoare, din care n-ar fi cumpărat nimic, cu riscul de-a muri de foame. Tot ce existase pe suprafața aceea de doi kilometri pătrați și jumătate a fost demolat și îndepărtat, iar străzile înghesuite au fost înlocuite cu scuaruri spațioase, impecabil de curate, cu stâlpi metalici, ici-colo cu clădiri de birouri sclipitoare, multe încă înconjurate de schele, ca niște căițe rămase după nașterea lor.

Sunt aici cu toții ca să viziteze clădirea, să se familiarizeze cu noile birouri, cu noile calculatoare și sisteme telefonice, înaintea mutării definitive de luni. Ellie străbate diversele departamente împreună cu membrii redacției Editoriale, în timp ce un tânăr cu un clipboard în mână și ecuson pe piept, pe care scrie „Coordonator mutare", le spune unde sunt tipografia, punctele de documentare și toaletele. Pe măsură ce li se explică fiecare spațiu nou, Ellie urmărește diversele reacții ale colegilor, entuziasmul unora mai tineri, cărora le place arhitectura elegantă și modernă a birourilor. Melissa, care se vede limpede că a mai fost aici de câteva ori până acum, intervine din când în când cu informații pe care socotește ea că tânărul le-a omis.

– Aici n-ai unde să te ascunzi! glumește Rupert, privind în jur la spațiul vast și aerisit.

Ellie își dă seama că e adevărat. Biroul Melissei, aflat în colțul sud-estic, are toți pereții din sticlă, astfel că dinăuntru se poate vedea întreaga redacție Editoriale. Nimeni altcineva din departament nu are un birou propriu, decizie care în mod clar a nemulțumit câțiva colegi.

– Iar aici veți sta voi.

Toți ziariștii vor lucra la un singur birou uriaș și oval, din centrul căruia ies cabluri legate ca niște cordoane ombilicale la o serie de calculatoare cu monitoare plate.

– Care-i locul fiecăruia? întreabă unul dintre reporteri.

Melissa se uită pe listă.

– M-am ocupat de asta. O parte din locuri sunt încă provizorii. Dar tu, Rupert, vei sta aici. Arianna, acolo. Tim, lângă fotoliu, acolo. Edwina...

Arată către un loc. Lui Ellie îi amintește jocul de netball[1] de la școală și de sentimentul de ușurare al fiecăruia ales din grup și numit într-o

---

[1] Joc cu mingea, asemănător cu baschetul, jucat între două echipe a câte șapte jucători

echipă sau în cealaltă. Numai că aproape toate locurile s-au ocupat și ea stă tot în picioare.

– Hm, Melissa... îndrăznește Ellie. Eu unde ar trebui să stau?

Melissa privește scurt spre alt birou.

– Câteva persoane vor primi locuri în funcție de necesități. N-are sens ca toți să aibă birouri permanente.

Vorbește fără să se uite la Ellie.

Ellie simte cum degetele de la picioare i se încordează în pantofi.

– Vrei să spui că eu n-o să am un loc al meu?

– Nu, vreau să spun că unii vor trebui să împartă un loc cu alt coleg.

– Dar eu vin la serviciu în fiecare zi. Nu înțeleg cum vine asta.

Ar trebui s-o tragă deoparte pe Melissa și s-o întrebe de ce Arianna, care lucrează aici abia de o lună, primește un loc, iar ea, nu. Ar trebui să-și alunge unda de neliniște din voce. Ar trebui să tacă.

– Nu înțeleg de ce sunt singurul editorialist care nu...

– După cum am spus, Ellie, încă nu e nimic definitiv. Întotdeauna vei avea un loc unde să lucrezi. Bun. Să trecem la redacția de Știri. Bineînțeles, și ei se vor muta în aceeași zi cu noi...

Și cu asta, discuția s-a încheiat. Ellie constată că este văzută mult mai prost decât și-ar fi închipuit. Prinde privirea Ariannei, observă cum fata cea nouă se uită repede în altă parte, apoi se preface că-și verifică mobilul pentru mesaje inexistente de fapt.

Biblioteca nu mai este la subsol. Noul „centru de resurse de documentare“ se află la etajul doi, într-o sală vastă care are în centru un grup de ghivece cu plante uriașe și ciudat de exotice. În mijlocul lor e un ghișeu la care-l recunoaște pe morocănosul bibliotecar-șef, stând de vorbă în șoaptă cu un bărbat mult mai tânăr. Ellie privește cu atenție rafturile, împărțite distinct între biblioteca virtuală și cea clasică. Toate anunțurile din noile birouri sunt scrise cu litere mici, fapt care – își spune Ellie – trebuie să-i fi provocat un ulcer redactorului-șef.

Nici că se poate o mai mare deosebire față de sediul strâmt și prăfuit al vechilor arhive, cu mirosul lui de hârtie de ziar mucegăită și coridoarele în unghi drept. Pe Ellie o cuprinde brusc un sentiment de nostalgie.

Nu știe precis de ce-a venit aici, doar că se simte atrasă de Rory ca de un magnet, poate ca să afle dacă a iertat-o cât de cât sau poate ca să-i vorbească despre decizia Melissei. Își dă seama că el e unul dintre puținii cu care poate discuta. Bibliotecarul-șef o zărește.

– Iertați-mă, spune ea. Mă uit și eu pe aici.

– Dacă-l cauți pe Rory, i se adresează bibliotecarul, e în clădirea veche.

Glasul lui nu sună neprietenos.

– Vă mulțumesc, răspunde ea, pe un ton care se vrea cumva de scuză. I se pare important să nu-și îndepărteze pe toată lumea.

– Arată nemaipomenit. Ați făcut o treabă grozavă.

– Suntem aproape gata, spune el și-i zâmbește.

Când zâmbește, pare mai tânăr, mai puțin muncit de griji. Ellie citește pe chipul lui ceva ce n-a remarcat mai înainte: ușurare, dar și blândețe. „Ca să vezi cum îți poți face o impresie greșită despre oameni", se gândește ea.

– Te pot ajuta cu ceva?

– Nu, eu...

El îi zâmbește din nou.

– Cum ți-am zis, e în clădirea veche.

– Mulțumesc. Vă las să vă vedeți de treabă. E clar că sunteți ocupat.

Se duce la o masă, ia o foaie trasă la xerox despre cum se folosește biblioteca și, împăturind cu grijă hârtia, o pune în poșetă, îndreptându-se spre ușă.

Stă la biroul ei, care în curând va înceta să mai existe, și introduce la nesfârșit în bara SEARCH numele Anthony O'Hare. A făcut asta de nenumărate ori și de fiecare dată a rămas uimită de numărul imens de persoane cu acest nume care există sau au existat în lume. Unii sunt adolescenți și numele lor figurează pe site-urile de internet, alți Anthony O'Hare sunt îngropați de mult în cimitirele din Pennsylvania, viețile lor fiind studiate de genealogiști amatori. Unul e fizician și lucrează în Africa de Sud, altul scrie literatură științifico-fantastică și-și publică singur cărțile, un al treilea a fost victima unui atac într-un local din Swansea. Ellie zăbovește asupra fiecăruia, verificându-i vârsta și identitatea, ca să fie sigură.

Mobilul scoate un clinchet, semn că a primit un mesaj. Vede numele lui John și, ca prin vis, trăiește o clipă de dezamăgire la constatarea că nu-i Rory.

– La ședință!

În fața biroului ei stă secretara Melissei.

Iartă-mă că n-am putut vorbi mai mult seara trecută. Voiam doar să știi că mi-e dor de tine. Abia aștept să te văd. JX

– Da. Scuze, răspunde ea.

Secretara continuă să rămână lângă biroul ei.

– Scuze! Vin într-o clipă.

Recitește mesajul, disecând fiecare cuvânt, ca să se asigure că, măcar de data asta, nu clădește un munte de semnificații din ceva banal. Dar mesajul spune clar: *Voiam doar să știi că mi-e dor de tine.*

Își adună hârtiile și, cu obrajii aprinși, intră în biroul Melissei, chiar înaintea lui Rupert. E important să nu fii ultimul. Nu vrea să fie singura ziaristă care rămâne în picioare și în biroul Melissei, nu numai în afara lui.

Stă tăcută în timp ce se discută editorialele zilei următoare, verificându-se în ce stadiu sunt. Umilințele din cursul dimineții n-o mai ustură. N-o mai impresionează nici măcar Arianna, care a reușit să ia un interviu unei actrițe renumite pentru izolarea ei de societate. În mintea ei nu-i loc decât pentru cuvintele sosite atât de neașteptat: *Voiam doar să știi că mi-e dor de tine.*

Oare ce înseamnă asta? Nici nu îndrăznește să-și închipuie că tot ceea ce și-a dorit ar putea deveni realitate. Că soția bronzată, în bikini, pur și simplu a dispărut. Mâna-fantomă care o masează cu degete pistruiate a făcut loc unor pumni cu încheieturile albite de frustrare. Și-i imaginează pe John și pe soția lui certându-se pe toată durata vacanței pe care au conceput-o ca pe o ultimă încercare de a-și salva căsnicia. Și-l închipuie pe John istovit, furios, dar în sinea lui mulțumit că i-a primit mesajul, chiar dacă a trebuit s-o prevină să nu-i mai trimită altul.

„Nu-ți face prea multe speranțe", se pune singură în gardă. Poate fi un fleac. Fiecare om se plictisește de partenerul de viață la capătul unui concediu. Poate că John n-a vrut decât să se asigure că ea îi rămâne credincioasă. Dar chiar și când își dă singură sfaturi, știe bine ce anume îi convine să creadă.

– Și acum Ellie! Povestea cu scrisorile?

„Oh, Doamne!“

Răsfoiește hârtiile din poală și-și ia un ton sigur pe sine.

– Păi, am cules mult mai multe date. M-am întâlnit cu femeia aceea. Fără îndoială, e suficient material pentru un articol.

– Bine, încuviințează Melissa, înălțându-și elegant sprâncenele, aparent surprinsă.

– Numai că...

Ellie înghite în sec.

– Nu știu cât din el ar trebui să folosim. Pare... oarecum delicat.

– Sunt amândoi în viață?

– Nu. El a murit. Sau așa crede ea.

– Atunci schimbă numele femeii. Nu văd care-i problema. Te folosești de niște scrisori de care se presupune că ea a și uitat.

– Nu cred că le-a uitat.

Ellie se străduiește să-și aleagă cu grijă cuvintele.

– De fapt, pare să-și amintească foarte multe despre ele. Mă gândeam că ar fi mai bine să le folosim drept punct de plecare ca să analizăm limbajul dragostei. Adică, în ce fel s-au schimbat mesajele de dragoste în decursul anilor.

– Fără să includem scrisorile ca atare.

– Da.

De îndată ce a dat acest răspuns, Ellie e cuprinsă de un copleșitor sentiment de ușurare. Nu vrea ca scrisorile lui Jennifer să ajungă sub ochii tuturor. O revede în gând, stând pe marginea canapelei, luminându-se la față în timp ce relatează povestea pe care a ținut-o numai pentru ea câteva decenii. Ellie nu vrea să-i dea impresia că pierde și mai mult.

– Mă gândeam că poate găsim și alte exemple.

– Până marți.

– Păi, trebuie să existe cărți, compilații...

– Adică vrei să publicam un material deja publicat?

De jur împrejurul lor s-a așternut tăcerea. Ca și cum ea și Melissa Buckingham s-ar afla într-un balon cu aer toxic. Ellie e conștientă că nimic din ce face n-o va mai mulțumi pe femeia din fața ei.

– Ai pierdut cu acest editorial tot atâta timp cât le ia majorității reporterilor ca să scrie un articol de două mii de cuvinte.

Melissa bate cu vârful pixului în birou.

– Te rog, scrie-ți povestea, Ellie.

Tonul ei e distant și plictisit.

– Tu scrie-ți articolul, nu da numele femeii și respectiva nu va ști probabil niciodată despre ce scrisori vorbești. Și, dat fiind cât ai lucrat la povestea asta, îmi închipui că va fi ceva nemaipomenit.

Zâmbetul ei strălucitor se adresează tuturor celor din încăpere.

– Bun. Să continuăm. N-am nici o listă de la rubrica de sănătate. Îmi poate da cineva una?

Îl vede chiar când iese din clădire. Rory glumește cu Ronald, omul de pază, apoi coboară săltat treptele și se îndepărtează. Plouă, și Ellie observă că el are în spate un rucsac și că pășește cu bărbia în piept, ca să se apere de frig.

– Bună!

A alergat ca să-l ajungă din urmă.

El îi aruncă o privire.

– Bună, îi răspunde pe un ton neutru.

Se îndreaptă spre stația de metrou și nu încetinește pasul nici când ajunge în dreptul treptelor care coboară în subteran.

– Mă întrebam... dacă vrei să bem ceva?

– Sunt ocupat.

– Unde te duci?

Trebuie să ridice glasul, ca să se facă auzită peste tropotele de pași și peste ecourile trezite de arhitectura victoriană a rețelei de metrou.

– La noul sediu.

De jur împrejur forfotesc navetiști. Ellie e aproape smulsă din loc de marea de oameni care coboară scara spre metrou.

– Uau. Probabil lucrezi peste program.

– Nu, pur și simplu îl ajut pe șefu' să finalizeze câteva chestii, ca să nu ajungă la capătul puterilor.

– L-am văzut și eu azi.

Cum Rory nu răspunde, ea adaugă:

– A fost amabil cu mine.

– Mda. Ei bine... E un om de treabă.

Ellie reușește să țină pasul cu el până când amândoi ajung la aparatul de taxat. Rory se dă la o parte, ca să-i lase pe alții să treacă.

– Ce chestie prostească! spune ea. Treci zilnic pe lângă oameni și habar n-ai...

– Ascultă, Ellie, ce vrei de fapt?

Ea își mușcă buza. În jurul lor navetiștii se despart în două curente, ca un șuvoi de apă, cu căștile audio în urechi, unii bombănind destul de tare la adresa obstacolelor umane din calea lor. Ea își trece mâna prin păr, care acum e ud.

– Am vrut doar să-mi cer scuze. Pentru ieri-dimineață.

– Totul e în regulă.

– Nu, nu e. Dar... Ascultă, ce s-a întâmplat n-are nimic de-a face cu tine, și eu te plac cu adevărat. Atâta doar că e ceva care...

– Știi ce? Nu mă interesează. E în regulă, Ellie. Să ne oprim aici.

Trece dincolo de bariera aparatului de taxat. Ea îl urmează. Îi surprinde o clipă expresia, înainte să-i întoarcă spatele, și e o expresie oribilă. Și ea se simte oribil.

Își găsește loc în spatele lui pe scara rulantă. Pe fularul lui cenușiu s-au adunat stropi de ploaie, și Ellie își stăpânește pornirea de a-i îndepărta.

– Rory, îmi pare foarte rău.

El îi privește pantofii. Apoi ridică scurt ochii spre ea, cu o căutătură rece.

– E însurat, așa-i?

– Poftim?

– Amicul tău. Din ce-a spus el am înțeles foarte clar.

– Nu te uita așa la mine.

– Cum adică?

– N-am avut de gând să mă îndrăgostesc. N-am știut că am să mă...

El râde scurt și neplăcut. Au ajuns la baza scării rulante. El începe să meargă mai repede, iar ea se vede silită să alerge ca să țină pasul. Tunelul miroase a aer stătut și a cauciuc ars.

– *Chiar n-am avut de gând.*

– Aiurea! Ai făcut o alegere. Fiecare face o alegere.

– Adică tu n-ai fost niciodată dus de val, n-ai simţit niciodată un astfel de impuls?

El se răsuceşte şi o priveşte în ochi.

– Bineînţeles că da. Dar dacă acţionând din acest impuls riscam să rănesc pe cineva, m-am retras.

Obrajii ei ard ca focul.

– Ca să vezi, ce băiat model!

– Nu. Dar tu nu te poţi numi o victimă a împrejurărilor. Presupun că ştiai că el e însurat, şi totuşi ai ales să continui relaţia. Puteai alege să spui nu.

– Eu altceva simţeam.

Rory ridică glasul, şi tonul lui e încărcat de sarcasm.

– „Un sentiment căruia nici unul din voi nu i s-a putut împotrivi." Am impresia că ai fost mai afectată de scrisorile alea de dragoste decât îţi închipui.

– Ei, atunci bravo ţie, domnule Simţ-Practic! Halal de tine dacă-ţi poţi da drumul la sentimente ca la robinet. Da, așa e, m-am lăsat antrenată în treaba asta, bine? E imoral, așa e. Condamnabil? Judecând după răspunsul tău, e limpede că da. Dar un timp am trăit ceva de vis și, nu te teme, de atunci încoace am tot plătit pentru asta.

– Dar nu eşti singura, nu-i aşa? Fiecare gest are consecinţe, Ellie. Din punctul meu de vedere, lumea e împărţită în oameni conştienţi de acest lucru şi care iau hotărâri în consecinţă, şi oameni care se ghidează numai după ce li se pare a fi bun pe moment.

– Oh, Doamne! Ai idee ce pretenţios sună ce spui?

Acum strigă la el, aproape fără să-i pese de navetiştii curioşi, care trec şiruri-şiruri pe lângă ei, pierzându-se în tunelurile pentru liniile District Line şi Circle Line.

– Da.

– În lumea ta nu-i este nimănui îngăduit să facă o greşeală?

– O singură dată, răspunde el. Poţi greși doar o singură dată.

Se uită undeva în depărtare, încordându-și maxilarul, parcă gândindu-se cât de mult să spună. Apoi se întoarce către ea.

– Eu am fost de cealaltă parte a baricadei, Ellie, înţelegi? Am iubit pe cineva, şi ea a întâlnit un alt bărbat căruia n-a putut să-i reziste. „Un sentiment căruia nici unul din ei nu i s-a putut împotrivi." Până când bineînţeles că el i-a dat papucii. Eu am primit-o din nou în viaţa mea, şi ea mi-a făcut şi a doua oară aceeaşi figură. Prin urmare, da, vorbesc în cunoştinţă de cauză.

Ellie a înţepenit pe loc. Se aude un huruit, urmat de un val de aer fierbinte, dislocat de metroul care se apropie. Marea de călători face un pas înainte.

– Ştii ceva? spune el, ridicând glasul ca să se facă auzit peste hărmălaia din jur. Eu nu te judec că te-ai îndrăgostit de acest bărbat. Cine ştie? Poate că e iubirea vieţii tale. Poate că soţiei lui i-ar fi mult mai bine fără el. Poate că voi doi chiar vă sunteţi *sortiţi unul altuia*. Dar pe mine m-ai fi putut refuza.

Brusc ea vede ceva pe chipul lui: o suferinţă dată la iveală.

– De asta nu-mi pot aduna gândurile. M-ai fi putut refuza. Aşa ar fi fost corect.

Sare cu agilitate în vagonul ticsit, care se îndepărtează cu un huruit asurzitor.

Ea continuă să-l privească, aşa cum stă cu spatele, până când metroul se face nevăzut. „Corect pentru cine?“

Bună, iubito!

M-am gândit la tine tot weekendul. Cum e la colegiu? Barry zice că toate fetele care merg acolo îşi găsesc până la urmă pe altcineva, dar eu i-am răspuns că habar n-are ce vorbeşte. E pur şi simplu gelos. Marţi s-a întâlnit cu fata aceea de la imobiliare şi ea i-a făcut vânt după felul doi. I-a spus că se duce la toaletă şi a întins-o! El zice că a aşteptat douăzeci de minute până să-şi dea seama ce se întâmplase. Ne făceam cu toţii de cap la restaurantul The Feathers...

Aş vrea să fii cu mine, iubito! Nopţile mi se par nesfârşite fără tine. Scrie-mi cât de curând. Clive XX

Ellie stă cocoţată în mijlocul patului, cu o cutie de carton prăfuită în poală, cu scrisorile primite de ea pe când era adolescentă răspândite de jur împrejur. S-a suit în pat la nouă jumătate seara, încercând cu disperare să găsească o cale de-a salva editorialul despre scrisorile de dragoste cerut de Melissa, fără a o expune pe Jennifer opiniei publice.

Se gândește la Clive, prima ei iubire, fiul unui dendrolog, cu care fusese colegă de liceu. Își făcuseră mii de probleme dacă ea ar fi trebuit să meargă la universitate, își juraseră că asta nu va afecta relația lor. După plecarea ei la Bristol, mai rezistaseră vreo trei luni. Își amintește cum mica și uzata lui mașină Mini, ivită în parcarea din fața căminului universitar unde locuia ea, își pierduse înfiorător de repede imaginea strălucitoare care cândva o făcea să-și dea repede cu parfum și s-o ia la fugă pe coridor. Rămăsese doar cu un copleșitor sentiment de tristețe la gândul că nu mai simțea nimic pentru el, afară de senzația că era târâtă înapoi către o viață care n-o mai atrăgea.

Dragă Clive,
Aproape toată noaptea m-am gândit cum să găsesc o cale de-a face asta într-un fel care să ne provoace cât mai puțină suferință amândurora. Dar nu-i ușor să...

Dragă Clive,
Îmi vine foarte greu să scriu aceste rânduri. Trebuie totuși să-mi iau inima în dinți și să-ți spun...

Dragă Clive,
Îmi pare foarte rău, dar nu vreau să mă mai vizitezi de acum încolo. Îți mulțumesc pentru clipele frumoase petrecute împreună. Sper că putem rămâne prieteni.
Ellie

Răsfoiește versiunile pline de ștersături, stivuite într-un teanc ordonat, pus printre alte scrisori. După ce primise ultima ei scrisoare, Clive parcursese cu mașina peste trei sute de kilometri numai ca să-i spună de la obraz că era o ticăloasă. Își amintește că, în mod straniu, cuvintele lui n-o afectaseră, poate pentru că deja depășise momentul. La universitate intuise că exista un alt mod de viață, total diferit față de cel din micul orășel al copilăriei, departe de orice Clive sau Barry, departe de serile de sâmbătă petrecute la local, departe de existența în care toată lumea nu numai că te cunoștea personal, dar știa și cum ai învățat la școală, cu ce s-au ocupat părinții tăi, la ce concert cântai în cor și ți-a căzut fusta. Nu puteai renaște ca o persoană diferită decât departe de casă. Când se duce să-și vadă părinții, încă se simte sufocată de acea istorie comună a orașului.

Își termină ceaiul, întrebându-se ce-o mai face Clive. Își spune că probabil s-a însurat și e fericit. Era genul băiatului de treabă. O fi având doi, trei copii și punctul culminant al sfârșitului de săptămână a rămas probabil întâlnirea la local cu toți băieții care i-au fost colegi de școală.

Bineînțeles, nici un Clive din lume n-ar scrie scrisori. I-ar trimite un SMS: „În regulă, iubito?“ Se întreabă dacă la vremea aceea ar fi pus capăt relației cu ajutorul telefonului mobil.

Stă neclintită. Se uită în jur la patul gol, la vechile scrisori împrăștiate pe plapumă. N-a mai citit nici o scrisoare de-a lui Jennifer după seara petrecută cu Rory. Nu-i face bine că sunt cumva legate de sunetul vocii lui. Se gândește la chipul lui, așa cum stătea în tunelul stației de metrou. *M-ai fi putut refuza*. Își amintește expresia Melissei și încearcă să nu se gândească la varianta în care ar trebui să-și reia vechiul stil de viață. Ar putea da greș. Sigur că da. Are senzația că se clatină din picioare pe buza unei prăpastii. Se apropie schimbarea.

Apoi aude mobilul. Aproape ușurată, se întinde peste pat ca să-l apuce, scufundându-se în maldărul de scrisori scrise pe hârtie în culori pastel.

Nu-mi răspunzi?

Citește din nou, după care tastează:
Iartă-mă. Credeam că nu vrei să-ți trimit SMS.

S-au schimbat lucrurile. Acum poți să-mi scrii ce vrei.

Murmură cuvintele cu glas tare în tăcerea micului dormitor, nevenindu-i să creadă ce vede înaintea ochilor. Se întâmplă astfel de lucruri și în realitate, nu numai în comediile romantice? Chiar pot sfârși cu bine asemenea situații, înfierate de toată lumea? Se și vede la cafenea peste un timp, vorbind cu Nicky și Corinne: „Sigur că se va muta la mine. Până găsim ceva mai spațios. O dată la două săptămâni vom aduce și copiii.“ Și-l imaginează întorcându-se acasă seara, lăsând deoparte geanta şi sărutând-o îndelung în holul de la intrare. E un scenariu atât de puţin probabil încât i se învârte capul. Oare asta își dorește? Se dojeneşte pentru această clipă de îndoială. Sigur că asta își dorește. De n-ar fi vorba despre asta, n-ar fi nutrit astfel de sentimente atâta timp.

Acum poţi să-mi scrii ce vrei.

„Nu-ţi pierde capul", îşi spune ea. „S-ar putea ca situaţia să nu fie chiar aşa de simplă. Iar el te-a dezamăgit de atâtea ori."

Duce mâna la taste, dar rămâne cu degetele în aer, neputând să se hotărască.

Bine, dar nu așa. Îmi pare bine că vom putea vorbi.

Face o pauză, apoi tastează mai departe:

Pe moment nu-mi pot aduna gândurile. Dar și mie mi-a fost dor de tine. Sună-mă imediat ce te întorci. E XX

E pe punctul să pună telefonul la loc pe noptieră când îi aude iarăşi clinchetul.

Mă mai iubești?

O clipă i se taie respiraţia.

Da.

Trimise mesajul aproape fără să se gândească. Aşteaptă câteva minute, dar nu soseşte nici un răspuns. Neştiind sigur dacă să se bucure sau să se întristeze, se sprijină în perne şi priveşte pe fereastră vreme îndelungată, la cerul întunecat şi gol, la avioanele care clipesc tăcute în întuneric, îndreptându-se spre destinaţii necunoscute.

În ziua în care am descoperit câtă indiferență zace în tine – ceea ce s-a întâmplat cu multă vreme în urmă – mi-au murit și iluziile. Am înțeles că nu vei putea nicicând intra în lumea mea, așa cum îți doreai atât de mult. Și asta fiindcă lumea mea e o lume a pasiunii, iar tu știi că lumea mea, pe care acum o iei în râs, a făcut din Henry (Miller[1]) un mare scriitor. Dar în miezul acestui schimb înflăcărat și miraculos, când mă întâlneam cu tine era ca și cum m-aș fi întâlnit cu un preot. Diferența de temperatură era mult prea mare.

Anaïs Nin[2] către C.L. Baldwin

---

[1] Scriitor american cunoscut pentru ruperea de genurile literare existente și al cărui stil constă într-o combinație de povestire, autobiografie, critică socială, reflecție filosofică, ascensiune suprarealistă și misticism

[2] Scriitoare americană de origine franceză, iubita lui Henry Miller

Capitolul 23

Rory simte o mână pe umăr și-și scoate o cască din ureche.

– Ți-am adus ceai.

El dă din cap, oprește muzica și-și bagă MP3 playerul în buzunar. Camioanele și-au terminat treaba, au mai rămas doar micile furgonete pentru livrări ale ziarului, care umblă grăbite încoace și încolo, cărând cutii uitate și alte mărunțișuri vitale pentru supraviețuirea publicației. E joi. Duminică va fi împachetată și expediată și ultima cutie, precum și ultimele căni și cești de ceai. Luni ziarul *Nation* își va începe noua viață în noile birouri, iar vechea clădire va fi pregătită pentru demolare. Anul viitor pe vremea asta aici se va înălța un bloc sclipitor din sticlă și metal.

Rory se așază în spatele furgonetei, alături de șeful lui, care privește vechiul frontispiciu din marmură neagră al clădirii. Emblema metalică a ziarului, un porumbel călător, tocmai e desprinsă de la locul ei din capul scărilor.

– Stranie priveliște, nu-i așa?

Rory suflă în ceai.

– Vi se pare cumva ciudat? După atâția ani?

– Nu chiar. În definitiv, orice lucru are și un sfârșit. O părticică din mine abia așteaptă să facă ceva nou.

Rory soarbe din ceai.

– E straniu să-ți petreci viața în mijlocul poveștilor altor persoane. Mă simt de parcă propria mea viață și-ar fi oprit cursul.

E ca şi cum ar vorbi un tablou. Incredibil. Copleşitor şi impresionant. Rory pune deoparte ceaiul şi ascultă.

– Nu v-a tentat să scrieţi ceva şi dumneavoastră?

– Nu, răspunde tranşant şeful. Eu nu sunt ziarist.

– Ce-o să faceţi de acum încolo?

– Nu ştiu. Poate am să călătoresc... poate am să colind cu rucsacul în spinare, la fel ca tine.

Ideea îi face pe amândoi să zâmbească. Luni întregi au lucrat împreună în tăcere, rareori aducând în discuţie altceva în afară de problemele practice ale zilei. Acum când treaba lor e aproape gata, au devenit vorbăreţi.

– Fiul meu zice că aşa ar trebui să fac.

Rory nu-şi poate ascunde uimirea din voce.

– Nu ştiam că aveţi un fiu.

– Şi o noră. Plus trei nepoţi teribil de neastâmpăraţi.

Rory îşi dă seama că e cazul să-şi vadă şeful într-o lumină nouă. Este genul de persoană care pare să fie un singuratic şi-i vine greu să şi-l imagineze în noua postură de familist.

– Dar soţia dumneavoastră?

– A murit de mult.

Rosteşte cuvintele fără să pară afectat, totuşi Rory se simte stânjenit, de parcă ar fi întrecut limita. Dacă Ellie ar fi aici, îşi spune Rory, l-ar întreba fără ocolişuri ce s-a întâmplat cu soţia lui.

Dacă Ellie ar fi fost aici, Rory ar fi preferat să se refugieze într-un cotlon îndepărtat al bibliotecii în loc să discute cu ea. Îşi alungă imaginea ei din minte. Nu vrea să se mai gândească la ea. Nu vrea să se mai gândească la părul ei, la râsul ei, la felul cum se încruntă când se concentrează la ceva. La cum o simţise în braţele lui: neaşteptat de supusă. Neaşteptat de vulnerabilă.

– Deci, când vrei să pleci în călătorie?

Rory se smulge din gânduri şi vede că şeful îi întinde o carte, apoi o alta. Biblioteca asta seamănă cu o maşină a timpului: apar obiecte de te miri unde.

– Ieri am anunţat la birou. Mai trebuie să văd ce zboruri sunt.

– N-o să-ţi fie dor de iubita ta?

– Nu-i iubita mea.

– Păi, aş fi pus mâna în foc. Am crezut că-ţi plăcea de ea.

– Îmi plăcea.

– Întotdeauna am avut impresia că voi doi vă înţelegeaţi din priviri.

– Şi eu.

– Atunci, care-i problema?

– E o fiinţă... mai complicată decât pare.

Bărbatul mai vârstnic zâmbeşte cu subînţeles.

– N-am întâlnit niciodată o femeie care să nu fie.

– Mda... Ei bine, mie nu-mi plac complicaţiile.

– Nu există viaţă fără complicaţii, Rory. În cele din urmă, cu toţii ajungem să facem compromisuri.

– Eu nu.

Bibliotecarul-şef ridică o sprânceană. Buzele lui schiţează un surâs subtil.

– Ce e? se răzvrăteşte Rory. *Ce e*? Doar n-o să-mi ţineţi acum vreo prelegere siropoasă despre ocazii ratate şi despre cum aţi fi vrut să faceţi alte alegeri?

A ridicat glasul, vorbind mai răstit decât intenţionase, dar nu se poate abţine. Se apucă să mute cutii dintr-o parte a furgonetei în cealaltă.

– Oricum, n-are nici un rost. Urmează să plec departe. N-am nevoie de complicaţii.

– Nu.

Rory îl priveşte pieziş şi-i observă surâsul acela straniu.

– Acum nu faceţi pe sentimentalul cu mine. Prefer totuşi să-mi amintesc de dumneavoastră ca de un biet bătrânel nefericit.

Bătrânelul nefericit chicoteşte.

– Nici n-aş îndrăzni. Şi acum, haide să verificăm pentru ultima oară sectorul de microfişe şi să încărcăm cele necesare pentru ceai. Pe urmă îţi fac cinste cu masa de prânz. Ocazie cu care poţi să-mi povesteşti sau nu ce s-a întâmplat între tine şi fata asta de care nu-ţi pasă nici cât negru sub unghie.

În lumina soarelui de iarnă, trotuarul din faţa blocului în care locuieşte Jennifer Stirling a căpătat culoarea scoicilor. Un măturător înaintează pe lângă bordură, apucând cu îndemânare gunoaiele cu ajutorul unui cleşte. Ellie se întreabă când a văzut ultima oară un măturător în zona de oraş în care locuieşte ea. Poate e considerată o muncă de Sisif: pe strada ei sunt înşirate una lângă alta prăvălii care oferă mâncare la pachet şi brutării ieftine, aşa că pungile de hârtie cu dungi albe şi roşii zboară nestingherite prin tot cartierul, semn a noi şi noi orgii cu zahăr şi grăsimi saturate, denumite mese de prânz.

– Sunt eu, Ellie. Ellie Haworth, vorbeşte ea tare în interfonul de la intrare, în momentul în care îi răspunde Jennifer. V-am lăsat un mesaj. Sper că nu aveţi nimic împotrivă dacă...

– Ellie!

Glasul ei e cald şi primitor.

– Tocmai mă pregăteam să ies.

În timp ce liftul coboară fără grabă la parter, Ellie se gândeşte la Melissa. Neputând dormi, sosise la redacţia ziarului *Nation* curând după şapte jumătate. Trebuia să găsească o cale de a salva editorialul despre scrisorile de dragoste. Rândurile lui Clive o făcuseră să-şi dea seama că nu voia cu nici un chip să se întoarcă la vechiul ei mod de viaţă. Va scrie un articol bun. Va obţine restul de informaţii de la Jennifer Stirling şi le va prelucra cumva. A redevenit cea dintotdeauna: hotărâtă, preocupată de ce are de făcut. Nu ajută la nimic dacă se gândeşte cât de încâlcită a devenit viaţa ei particulară.

Fusese şocată s-o găsească pe Melissa deja la serviciu. În rest, redacţia Editoriale era pustie, afară de o femeie de serviciu tăcută, care împingea fără chef un aspirator printre birourile rămase. Uşa de la biroul Melissei era proptită astfel încât să stea deschisă.

– Ştiu, iubire, dar o să te ducă Nina.

Ridicase o mână şi-şi răsucea fără încetare o şuviţă de păr strălucitor. Şuviţa se încolăcea pe degetele ei subţiri, luminată de soarele timid de iarnă, lăsându-se întinsă, răsucită, apoi eliberată.

– Nu, ţi-am spus duminică seara. Nu mai ţii minte? Nina o să te ducă acolo şi pe urmă o să vină să te ia... Ştiu... ştiu... dar mami trebuie să meargă la serviciu. Ştii bine că trebuie să lucrez, iubito...

Se aşezase şi-şi lăsase o clipă fruntea în palmă, astfel încât Ellie ciulise urechea s-o audă.

– Știu, știu. Am să vin la următoarea. Mai ții minte că ți-am spus că ne mutăm cu birourile? Și că-i ceva foarte important? Și mami nu poate...

Urmase o lungă tăcere.

– Daisy, scumpa mea, mi-o poți da la telefon pe Nina?... Știu. Dă-mi-o pe Nina doar o clipă... da, vorbim după aceea. Dă-mi-o...

Ridicase privirea și o văzuse pe Ellie în sala redacției. Ellie se întorsese repede cu spatele, rușinată că fusese surprinsă trăgând cu urechea, apoi dusese propriul telefon la ureche, ca și cum ar fi fost angajată într-o conversație la fel de importantă. Când ridicase iar ochii, ușa de la biroul Melissei era închisă. Din locul unde se afla îi venea greu să-și dea seama cu precizie, dar i se păruse că Melissa plângea.

– Ei, ce surpriză plăcută!

Jennifer Stirling poartă o bluză de in apretată și o pereche de jeanși albastru-închis.

„Și eu vreau să port jeanși când o să am vreo șaizeci de ani", își spune Ellie.

– V-am spus că s-ar putea să mai trec pe la dumneavoastră.

– Cu mare plăcere. Trebuie să recunosc că am trăit o plăcere vinovată deschizându-mi sufletul față de tine săptămâna trecută. În plus, îmi amintești cumva de fiica mea, care mi-e tare dragă. Îi simt lipsa foarte tare.

Ellie e teribil de încântată de comparația cu femeia stil reclamă Calvin Klein din fotografie. Se străduiește să nu se gândească la motivul vizitei ei.

– Numai să nu vă deranjez...

– Câtuși de puțin. Atâta vreme cât nu te plictisesc la culme cu aiurelile mele de femeie bătrână. Mergeam la plimbare prin parcul Primrose Hill. Vrei să vii cu mine?

Pornesc amândouă, vorbind despre cartier, despre unde au mai locuit, despre pantofii lui Ellie, pe care doamna Stirling declară că-i admiră.

– Am probleme cu picioarele, se plânge ea. Când eram eu de vârsta ta, femeile își chinuiau picioarele pe tocuri înalte zi de zi. Generația voastră probabil preferă încălțămintea confortabilă.

– Da, dar generaţia mea n-a arătat niciodată ca dumneavoastră.

Se gândeşte la fotografia lui Jennifer ca tânără mămică, la părul şi la machiajul ei fără cusur.

– Oh, păi nu prea aveam de ales. Eram supuse unei tiranii cumplite. Laurence, soţul meu, nu-mi dădea voie să mă fotografiez până nu arătam ca scoasă din cutie.

Azi pare mai volubilă, mai puţin copleşită de povara amintirilor. Merge în pas vioi, de parcă ar fi cu mult mai tânără, iar Ellie e nevoită din când în când aproape să alerge ca să nu rămână în urmă.

– Să-ţi spun ceva. Acum câteva săptămâni m-am dus la staţia de metrou să cumpăr un ziar şi acolo era o fată îmbrăcată pur şi simplu în pantaloni de pijama, cu cizme dintr-acelea enorme, din blană de oaie. Cum le ziceţi voi?

– Ugg-uri.

Tonul lui Jennifer era vesel.

– Exact. Nişte oribilităţi. M-am uitat cum îşi cumpăra o cutie cu lapte, m-am uitat la părul ei ridicat la spate şi dat cu fixativ şi m-am simţit teribil de geloasă pe libertatea de care se bucura. Stăteam acolo şi o priveam de parcă aş fi fost ţicnită.

Râde singură de această amintire.

– Danushka, femeia de la chioşc, m-a întrebat ce-mi făcuse biata fată... Dacă mă gândesc la trecut, presupun că am dus o viaţă plină de constrângeri.

– Pot să vă întreb ceva?

Jennifer îşi arcuieşte colţurile buzelor.

– M-am gândit eu că ai să mă întrebi.

– Regretaţi ce s-a întâmplat? Vreau să spun, că aţi avut o legătură?

– Adică, dacă regret că l-am făcut pe soţul meu să sufere?

– Cam aşa ceva.

– Mă întrebi din... curiozitate? Sau ca să fii iertată?

– Nu ştiu, probabil şi una, şi alta.

Ellie îşi roade o unghie.

– Cred că... John al meu... ar putea fi pe punctul de a-şi părăsi soţia.

Se lasă o scurtă tăcere. Au ajuns la poarta parcului Primrose Hill şi Jennifer se opreşte.

– Au copii?

Ellie nu ridică privirea.

– Da.

– E o mare responsabilitate.

– Știu.

– Iar ție ți-e cam frică.

Ellie își găsește cuvintele pe care n-a fost în stare să le rostească față de nimeni altcineva.

– Aș vrea să fiu sigură că fac ce trebuie. Că va merita toată suferința pe care am s-o provoc.

Ce anume la femeia asta o face pe Ellie să nu-i poată ascunde adevărul? Simte privirea lui Jennifer ațintită asupra ei și, într-adevăr, își dorește să fie iertată. Își amintește cuvintele lui Boot: *Mă faci să vreau să fiu un om mai bun*. Și ea își dorește să fie mai bună. Nu vrea să se plimbe prin parc gândindu-se în parte la ce fragmente din discuție ar putea fura ca să le publice în ziar.

După ani întregi de ascultat problemele altora, Jennifer a căpătat un aer de înțeleaptă detașare. Când îi răspunde, într-un târziu, Ellie o simte că și-a ales cuvintele cu grijă:

– Sunt sigură că vă veți rezolva problemele între voi doi. Atâta doar că trebuie să discutați deschis. Dureros de deschis. Și s-ar putea să nu primești întotdeauna răspunsurile pe care le dorești. Asta mi-am amintit recitind scrisorile lui Anthony, după plecarea ta, săptămâna trecută. N-a fost un joc. N-am întâlnit în viața mea pe nimeni altul – nici înainte și nici după el – față de care să-mi deschid sufletul așa.

Oftează și-i face semn lui Ellie să treacă dincolo de poartă. Amândouă încep să suie pe aleea care duce în vârful dealului.

– Dar pentru oameni ca noi, Ellie, nu există iertare. S-ar putea să descoperi că sentimentul de vinovăție joacă un rol mai mare în viața ta pe viitor decât ai vrea. Se spune că pasiunea arde cu un motiv, dar când e vorba de o legătură extraconjugală, nu au de suferit doar cei implicați. În ce mă privește, încă mă simt vinovată că l-am făcut pe Laurence să sufere... La vremea aceea mi-am găsit justificări, dar înțeleg că ce s-a întâmplat... ne-a rănit pe toți. Însă... persoana față de care m-am simțit întotdeauna cea mai vinovată este Anthony.

– Voiați să-mi istorisiți restul poveștii.

Surâsul lui Jennifer se topește.

– Păi, Ellie, nu-i un sfârșit fericit.

Îi povestește despre călătoria în Africa, la care fusese silită să renunțe, despre căutările îndelungi, despre bărbatul care până atunci nu încetase niciodată să-i spună ce simțea, despre cum în cele din urmă își construise o nouă viață, la Londra, de una singură.

– Asta-i tot?

– Pe scurt.

– Și în tot acest timp, n-ați mai... n-a mai existat un altul?

Jennifer Stirling zâmbește din nou.

– Nici așa. Sunt și eu o ființă omenească. Dar pot să-ți spun că niciodată nu mi-am mai dăruit sufletul nimănui. După Boot... n-am mai vrut să mă apropii cu adevărat de nimeni. Pentru mine a existat doar el. Mi-am dat seama de asta foarte limpede. Și pe urmă, o aveam pe Esmé.

Zâmbetul îi luminează acum toată fața.

– Un copil e o consolare extraordinară.

Au ajuns în vârf. La picioarele lor se întinde toată partea de nord a Londrei. Amândouă răsuflă adânc, cu ochii la conturul clădirilor profilate în depărtare, ascultând larma traficului, strigătele celor care-și plimbă câinii și chiote de copii pierzându-se undeva la poalele dealului.

– Pot să vă întreb de ce ați continuat să închiriați căsuța poștală atâta timp?

Jennifer se sprijină de banca din fier forjat și chibzuiește puțin înainte de a-i răspunde.

– Presupun că ți se pare o copilărie, dar ni se întâmplase până atunci de două ori să trecem unul pe lângă celălalt, la diferență de doar câteva ore. Am socotit că e de datoria mea să nu scap nici o șansă. Probabil că renunțarea la cutia poștală ar fi însemnat să recunosc că totul se sfârșise.

Ridică din umeri cu tristețe.

– În fiecare an îmi repetam că e momentul să încetez. Anii s-au scurs pe lângă mine fără să-mi dau seama cât timp a trecut. Totuși, uite că n-am renunțat la căsuță. Probabil mi-am spus că-i un capriciu inofensiv.

– Deci asta a fost? Ultima lui scrisoare?

Ellie face un gest vag spre St Johns Wood.

– Chiar n-aţi mai primit niciodată vreo veste de la el? Cum aţi suportat să nu ştiţi ce i s-a întâmplat?

– Din punctul meu de vedere, existau două variante. Fie murise în Congo, situaţie care pe atunci mi s-a părut cu neputinţă de acceptat. Fie, cum bănuiesc acum, l-am rănit mult prea tare. A fost convins că n-am să-mi părăsesc soţul niciodată, poate chiar că puţin îmi păsa de sentimentele lui şi cred că l-ar fi costat prea mult să se întoarcă la mine a doua oară. Din păcate, nu mi-am dat seama cât de mult decât atunci când a fost prea târziu.

– N-aţi încercat niciodată să daţi de urma lui? N-aţi angajat un detectiv particular? N-aţi dat anunţuri la ziare?

– Oh, n-aş fi făcut aşa ceva. El ar fi ştiut să mă găsească. Îmi exprimasem sentimentele cât se poate de clar. Şi trebuia să le respect pe ale lui.

O priveşte pe Ellie cu un aer grav.

– Vezi tu, nu poţi face pe cineva să te iubească iar. Oricât de mult ai vrea. Uneori, din păcate, momentul... a trecut.

Aici, în vârful dealului, vântul e aspru şi se furişează pe lângă guler, profitând de cea mai neînsemnată porţiune neacoperită. Ellie îşi îndeasă mâinile în buzunare.

– Ce credeţi că s-ar fi întâmplat dacă v-ar fi găsit din nou?

Pentru prima oară ochii lui Jennifer se umplu de lacrimi. Priveşte fix clădirile din depărtare şi clatină uşor din cap.

– Nu numai tinerii ştiu ce înseamnă o inimă frântă, află asta de la mine.

Porneşte agale înapoi pe alee, astfel încât Ellie nu poate să-i mai vadă faţa. Cele câteva minute de tăcere scurse înainte ca Jennifer să vorbească din nou aduc o mică lacrimă în inima lui Ellie:

– Am învăţat de mult, Ellie, că expresia *de-ar fi fost altfel* e un joc tare periculos.

Să ne întâlnim. JX

Folosim mobilele?

Am multe să-ţi spun. Trebuie să ne vedem. Les Percivals, Derry Street. Mâine la 1 pm. X

Percivals? Tu nu prea mergi acolo.

Eh, zilele astea sunt plin de surprize. JX

Ellie stă la masa acoperită cu faţă de masă din in şi-şi răsfoieşte însemnările făcute în metrou. În adâncul sufletului ştie că nu poate publica această poveste, caz în care cariera ei la *Nation* s-a încheiat. De două ori a vrut să dea fuga înapoi la apartamentul din St Johns Wood şi să implore mila bătrânei, explicându-i, rugând-o în genunchi să-i îngăduie să reproducă în ziar trista ei poveste de dragoste. Dar de fiecare dată îi vine în gând chipul lui Jennifer Stirling şi-i aude glasul: *Nu numai tinerii ştiu ce înseamnă o inimă frântă, află asta de la mine.*

Priveşte ţintă măslinele lucioase din farfuria albă de ceramică pusă pe masă. Nu-i e foame. Dacă nu scrie editorialul, Melissa o va muta din redacţie. Dacă-l scrie, nu ştie dacă va mai avea vreodată aceeaşi părere despre sine şi despre meseria ei. Din nou simte nevoia de a vorbi cu Rory. El ar şti să-i spună cum să procedeze. Ellie are sentimentul neplăcut că s-ar putea să nu fie de acord cu soluţia lui, dar e convinsă că el ar avea dreptate. Gândurile ei se învârt în cerc: argumente şi contraargumente. „Probabil că Jennifer Stirling nici nu citeşte ziarul *Nation*. S-ar putea să nu afle niciodată ce-ai făcut. Melissa abia aşteaptă un motiv să-ţi facă vânt afară. De fapt, nu ai de ales."

Apoi vocea sarcastică a lui Rory: *Nu zău? Chiar aşa*?

I se strânge stomacul. Nici nu mai ţine minte de când n-a mai simţit noduri în stomac. O fulgeră un gând: dacă află ce s-a întâmplat cu Anthony O'Hare, cu siguranţă că Jennifer o va ierta, nu? Poate un timp ar fi supărată, dar fără îndoială că în cele din urmă ar înţelege că Ellie i-a făcut un dar. Iată că a găsit răspunsul. Îl va descoperi pe Anthony. Chiar de i-ar lua zece ani, va afla ce s-a întâmplat cu el. Se agaţă de un pai minuscul, dar asta o face să se simtă puţintel mai bine.

Ajung în cinci minute. Eşti acolo? JX

Da. Masa e la parter. Te aşteaptă un pahar de la gheaţă. EX

Își duce din reflex mâna la păr. Tot nu-și dă seama de ce n-a vrut John să meargă direct la ea acasă. Altădată ţinea întotdeauna să vină la ea acasă. Ca și cum nu i-ar fi putut vorbi ca lumea, ca și cum n-ar fi putut nici măcar s-o vadă, până nu se descărca mai întâi de toată încordarea adunată pe drum. În primele luni ale relaţiei lor se simţise flatată, mai târziu obiceiul începuse s-o irite în oarecare măsură. Undeva în mintea ei își pune întrebarea dacă această întâlnire la restaurant are vreo legătură cu faptul că în sfârșit vor face publică relaţia lor. Lucrurile s-au schimbat atât de spectaculos încât n-ar fi exclus ca John cel de acum să vrea să facă o declaraţie publică. Observă clienţii îmbrăcaţi cu haine scumpe de la mesele învecinate și gândul o face să-și încordeze degetele de la picioare.

– Ce ești așa de agitată? o dojenise Nicky în aceeași dimineaţă. Asta înseamnă că ai obţinut ce-ţi doreai, nu?

– Știu.

Îi telefonase lui Nicky la șapte dimineaţa, mulţumind lui Dumnezeu că încă avea prietene care să înţeleagă că o urgenţă emoţională este un motiv întemeiat să sune la o asemenea oră.

– Atâta doar că...

– Nu ești sigură că-l mai vrei.

– Nu! se încruntase ea la telefon. Bineînţeles că-l vreau! Atâta doar că totul s-a schimbat așa de brusc încât n-am reușit încă să-mi adun gândurile.

– Ai face bine să ţi le aduni. E foarte posibil să-și facă apariţia la restaurant cu două valize, trăgând după el niște copii care ţipă cât îi ţine gura.

Dintr-un motiv sau altul, ideea o amuzase teribil pe Nicky, care continuase să chicotească până când Ellie începuse să-și cam iasă din sărite.

Avea sentimentul că Nicky n-o iertase fiindcă o „dăduse în bară" – cum se exprimase ea – cu Rory. Rory părea un tip drăguţ, îi tot repeta Nicky. „Un tip cu care aș fi încântată să merg la un local." Prin asta se subînţelegea că n-ar fi mers în nici un caz la un local cu John. Nu i-ar fi iertat în veci că a fost capabil să-și înșele soţia.

Aruncă o privire la ceas, apoi face semn chelnerului să-i mai aducă un pahar cu vin. John a întârziat douăzeci de minute. În orice altă ocazie, s-ar fi înfuriat în sinea ei, dar acum e atât de neliniştită încât pe undeva se întreabă dacă nu cumva îi va veni să vomite doar dând cu ochii de el. Da, o asemenea reacţie e întotdeauna modul ideal de a întâmpina pe cineva. Ridică ochii şi vede o femeie în picioare lângă masa ei.

În prima clipă Ellie îşi închipuie că-i chelneriţa şi se întreabă de ce nu are în mână un pahar cu vin. Apoi îşi dă seama că femeia nu numai că este îmbrăcată într-un palton bleumarin – şi nu o uniformă de chelneriţă –, dar o şi priveşte fix, poate chiar prea fix, cu expresia cuiva care ar începe să cânte singur într-un autobuz.

– Bună, Ellie.

Ellie clipeşte.

– Iertaţi-mă, spune ea, după ce şi-a răsfoit în minte agenda cu persoane întâlnite de curând, dar fără nici un rezultat. Ne cunoaştem?

– Eu cred că da. Sunt Jessica.

Jessica. Numele nu-i spune nimic. Femeia are o tunsoare elegantă şi picioare frumoase. Este poate puţin obosită. Şi bronzată. Brusc în creierul ei se face lumină. Jessica. *Jess.*

Femeia observă cât e de şocată.

– Da, m-am gândit eu că ai să-mi recunoşti numele. Probabil n-ai vrut să-ţi închipui cum arăt, aşa-i? N-ai vrut să te gândeşti prea mult la mine. Presupun că faptul că John avea o soţie te cam deranja.

Ellie nu-i în stare să scoată nici un cuvânt. E vag conştientă că în jur ceilalţi clienţi privesc furiş spre ea, de parcă ar fi sesizat nişte vibraţii stranii dinspre masa cu numărul cincisprezece.

Jessica Armour parcurge SMS-urile de pe un telefon mobil atât de cunoscut. Le citeşte ridicând puţin glasul:

– „Azi simt că sunt o fetiţă obraznică. Fugi de la birou. Nu-mi pasă cum, dar fugi de acasă. Am să te fac să nu regreţi." Hm, uite unul grozav: „Ar trebui să iau un interviu unei soţii de parlamentar, dar gândul îmi zboară la marţea trecută. Ce băiat rău ai fost!" Oh, şi preferatul meu: „Am fost la Agent Provocateur[1]. Îţi trimit şi o poză..."

Când ridică iar privirea către Ellie, vocea îi tremură de o furie abia stăpânită:

---

[1] Magazin londonez cu lenjerie de lux

– E cam greu să faci faţă, când te ocupi de doi copii bolnavi şi când te lupţi cu zidarii. Dar, sigur, marţi, pe data de doisprezece. Ţin minte ziua asta. Mi-a adus un buchet de flori, ca să se scuze pentru întârziere.

Ellie a deschis gura, dar nu poate rosti nici un cuvânt. Simte furnicături în tot corpul.

– În vacanţă i-am verificat mobilul. Mă tot întrebam pe cine suna de la bar, apoi am dat de mesajul tău: „Te rog, sună-mă. Numai o dată. Trebuie să te aud. X".

Râde fără veselie.

– Ce înduioşător. El crede că i-a fost furat.

Ellie ar vrea să se poată ascunde sub masă. Ar vrea să se poată face cât un vârf de ac, să dispară.

– Sper că ai să sfârşeşti singură şi tristă. Dar, de fapt, sper ca într-o bună zi să ai copii, Ellie Haworth. Atunci ai să înţelegi ce înseamnă să te simţi vulnerabilă. Şi să fii nevoită să lupţi, să fii mereu cu ochii în patru, doar ca să te asiguri că aceşti copii vor reuşi să crească alături de un tată. Gândeşte-te la asta data viitoare când îţi cumperi lenjerie transparentă ca să-l distrezi pe soţul meu, ai înţeles?

Jessica Armour pleacă printre mese şi iese afară, în lumina soarelui. Poate că toţi cei din restaurant au tăcut, dar lui Ellie îi este imposibil să-şi dea seama, atât de tare îi ţiuie urechile. În cele din urmă, cu obrajii arzând, cu mâinile tremurând, face semn chelnerului să-i aducă nota.

Când acesta se apropie, ea murmură cum că trebuie să plece de urgenţă. Nici nu ştie ce spune: glasul parcă nu mai e al ei.

– Vă rog, nota, îngaimă ea.

Chelnerul face semn spre uşă, cu un zâmbet înţelegător.

– Nu-i nevoie, doamnă. A achitat doamna aceea.

Ellie se înapoiază la birou, neatentă la trafic, la trecătorii care se îmbulzesc pe trotuar, la privirile dojenitoare ale oamenilor străzii care vând *Big Issue*[1]. Şi-ar dori să ajungă în micul ei apartament şi să se încuie înăuntru, dar situaţia precară de la serviciu face ca această dorinţă să fie imposibilă. Străbate sala redacţiei, conştientă de privirile

---

[1] Revistă britanică pusă în vânzare de oamenii străzii, care au astfel posibilitatea de a câştiga un venit legal

colegilor, convinsă în adâncul sufletului că toţi citesc ruşinea de pe chipul ei, că toţi văd ce-a văzut Jessica Armour, de parcă ar avea stigmat în frunte, întipărit ca literele de pe o acadea[1].

– Te simţi bine, Ellie? întreabă Rupert, aplecându-se spre ea de după monitor. Eşti foarte palidă.

Cineva i-a lipit pe spatele monitorului un bilet pe care scrie „De incinerat".

– Mă doare capul.

Vorbele îi rămân pe jumătate în gâtlej.

– Are Terri nişte pastile... Fata asta are pastile pentru orice, comentează el şi se face iar nevăzut în spatele monitorului.

Ellie se aşază la birou şi deschide calculatorul, trecându-şi în revistă e-mailurile. Iată-l!

> *Mi-am pierdut mobilul. La prânz îmi cumpăr altul. Îţi trimit prin e-mail noul număr. JX*

Verifică ora. Mesajul a sosit în timp ce ea vorbea cu Jennifer Stirling. Închide ochii şi revede imaginea pe care nu şi-o poate scoate din minte de o oră întreagă: maxilarul încleştat al Jessicăi Armour, felul în care îi aluneca părul pe faţă în timp ce vorbea, parcă electrizat de furie şi de suferinţă. O părticică din ea recunoştea că în alte împrejurări i-ar fi plăcut cum arăta femeia aceasta şi poate ar fi mers să bea ceva cu ea. Dar când deschide ochii, nu vrea să vadă cuvintele lui John, nu vrea să vadă acea faţetă a ei care reiese din aceste vorbe. Parcă s-a trezit dintr-un vis asemănător cu realitatea şi care dura de un an. Înţelege ce mult a greşit. Şterge mesajul de la el.

– Poftim!

Rupert îi pune o ceaşcă de ceai pe birou.

– Poate o să te facă să te simţi mai bine.

Rupert nu face ceai pentru nimeni niciodată. Colegii din redacţia Editoriale încheiau cândva pariuri despre cine ajunge primul la cantină şi Rupert ieşea mereu pe locul întâi. Ellie nu ştie dacă să se înduioşeze

---

[1] Referire la acadelele denumite *stick of rock*, care au întipărit pe toată lungimea numele localităţii unde sunt puse în vânzare

de acest rar gest de simpatie sau să se teamă de motivul pentru care el o simte că ar avea nevoie de înţelegerea cuiva.

– Mulţumesc, îi spune şi ia ceaiul.

În timp ce Rupert îşi reia locul, Ellie zăreşte un nume cunoscut în dreptul unui alt e-mail: *Phillip O'Hare*. Îi stă inima în loc şi umilinţele îndurate de un ceas încoace sunt uitate pe moment. Dă clic pe mesajul respectiv şi vede că e de la acel Phillip O'Hare care lucrează la *The Times*.

Bună ziua.
Sunt oarecum nedumerit de mesajul dvs. Îmi puteţi telefona?

Ellie se şterge la ochi. Munca, îşi spune ea, este soluţia universală. Acum munca înseamnă tot. Va afla ce s-a întâmplat cu iubitul lui Jennifer Stirling, iar Jennifer o va ierta pentru ceea ce e pe punctul să facă. Va trebui s-o ierte.

Apelează numărul direct, notat la sfârşitul mesajului. Aude în fundal zumzetul cunoscut al unei săli de redacţie.

– Bună ziua, spune ea cu glas şovăielnic. Sunt Ellie Haworth. Mi-aţi trimis un e-mail?

– Ah, da. Ellie Haworth. Aşteptaţi o clipă!

După voce, pare să aibă vreo patruzeci de ani. Seamănă puţin la glas cu John. Îşi alungă gândul, în timp ce la celălalt capăt al firului se aude o palmă pusă peste receptor şi vocea înăbuşită a interlocutorului. Apoi acesta revine:

– Iertaţi-mă! Da. E vorba de termene de predare. Păi, mulţumesc că m-aţi sunat... Voiam să verific ceva. Unde spuneţi că lucraţi? La *Nation*?

– Da.

Îşi simte gura uscată. Începe să vorbească repede, aproape fără să se gândească:

– Dar vreau să vă asigur că numele lui nu va trebui să apară în materialul despre care scriu. Vreau doar să aflu ce s-a întâmplat cu el, pentru o prietenă de-a lui care...

– *Nation*?

– Da.

Urmează o scurtă tăcere.

– Şi spuneţi că vreţi să ştiţi ce s-a întâmplat cu tatăl meu?

– Da.

Glasul ei e din ce în ce mai pierit.

– Şi sunteţi ziaristă?

– Iertaţi-mă, spune ea. Nu înţeleg unde vreţi să ajungeţi. Da, sunt ziaristă, la fel ca dumneavoastră. Vreţi să spuneţi că vă deranjează să oferiţi informaţii unui alt ziar? V-am mai spus că...

– Tatăl meu este Anthony O'Hare.

– Da. Despre el am şi...

Bărbatul de la celălalt capăt al firului râde.

– Lucraţi cumva la redacţia Investigaţii?

– Nu.

Lui îi trebuie o clipă ca să-şi recapete tonul serios.

– Domnişoară Haworth, tatăl meu lucrează la ziarul *Nation*. La ziarul dumneavoastră. Lucrează acolo de peste patruzeci de ani.

Ellie a încremenit. Îi cere interlocutorului să repete ce-i spusese adineauri.

– Nu înţeleg, spune ea, ridicându-se de la birou. Am verificat listele cu numele reporterilor. Am cercetat tot ce se poate cerceta. N-am găsit nimic. Afară de numele dumneavoastră, la *The Times*.

– Asta pentru că tatăl meu nu scrie.

– Atunci ce face?

– Tata lucrează la bibliotecă. E acolo din... ăă... 1964.

... treaba e că a face sex cu tine și a câștiga bursa Somerset Maugham sunt două lucruri total diferite.

Scrisoare de la un bărbat către o femeie

Capitolul 24

– Daţi-i astea! Va înţelege despre ce-i vorba.

Jennifer Stirling scrise în grabă câteva cuvinte, rupse foaia din agendă și o strecură în pachet, deasupra celorlalte foi, apoi puse pachetul pe biroul redactorului adjunct.

– Sigur, răspunse Don.

Ea se aplecă spre el și îl apucă de braţ.

– Îmi promiteţi că vor ajunge la el? E foarte important. O chestiune de viaţă și de moarte.

– Înţeleg. Acum, dacă nu vă supăraţi, trebuie să-mi văd de treabă. E ora cea mai aglomerată a zilei. Aici avem cu toţii termen de predare.

Don voia s-o vadă ieșită din birou. Voia să vadă și fetiţa afară din birou.

Obrazul ei se încreţi brusc.

– Iertaţi-mă! Vă rog doar atât, faceţi în așa fel încât să primească pachetul! Vă rog mult!

Doamne, nu-și dorea altceva decât s-o vadă plecând. Nu putea s-o privească în ochi.

– Iertaţi-mă că v-am deranjat!

Își recăpătă dintr-odată stăpânirea de sine, ca și cum și-ar fi dat seama de spectacolul pe care-l crease. Își luă fetiţa de mână și, aproape împotriva voinţei ei, părăsi sala redacţiei. Cei câţiva angajaţi adunaţi în jurul biroului redactorului adjunct o urmăriră din ochi până ieși.

– Congo, zise Cheryl după o clipă.

– Pagina patru să fie trimisă la zeţărie, vorbi Don, privindu-şi ţintă biroul. Dăm drumul şi la articolul cu preotul dansator.

Cheryl continua să-l sfredelească cu privirea.

– De ce i-ai spus că a plecat în Congo?

– Voiai să-i spun adevărul? Că s-a îmbătat până a ajuns în comă?

Cheryl îşi răsucea pixul în gură, cu ochii la uşa batantă a biroului.

– Dar arăta atât de tristă.

– La dracu', aşa şi trebuie să arate, tristă. Ea l-a băgat pe omul ăsta în belea.

– Dar nu poţi...

Vocea bubuitoare a lui Don răsună în întreaga redacţie:

– Ultimul lucru de care are nevoie băiatul ăsta e ca ea să agite iarăşi apele. Ai priceput? E pentru binele lui.

Smulse biletul din plic şi-l azvârli la coş.

Cheryl îşi propti pixul după ureche, îşi fulgeră şeful cu o privire furioasă şi se întoarse cu paşi apăsaţi la biroul ei.

Don răsuflă adânc.

– Bun, şi-acum putem să terminăm o dată cu viaţa amoroasă a lui O'Hare ca să ne întoarcem la nenorocitul ăla de articol cu preotul dansator? Are cineva ceva de zis? Faceţi bine să veniţi cu niscaiva idei deştepte, altfel mâine ne trimitem distribuitorii cu un maldăr de foi albe.

În patul alăturat cineva tuşea. Tusea continua la nesfârşit: un răpăit discret, sacadat, de parcă omului i-ar fi rămas ceva în gât. Tuşea şi în somn. Anthony O'Hare lăsă sunetul să i se refugieze undeva într-un ungher îndepărtat al minţii, la fel ca tot ce era în jurul lui. Acum învăţase şmecheria. Învăţase cum să facă lucrurile să dispară.

– Aveţi un vizitator, domnule O'Hare.

Un zornăit de perdele date la o parte, apoi lumina năvăleşte înăuntru. O asistentă scoţiană frumuşică. Mâini răcoroase. Fiecare cuvânt pe care i-l adresa era rostit pe tonul cuiva care oferă un dar. *Acum am să vă fac o mică injecţie, domnule O'Hare. Să chem pe cineva să vă ajute să mergeţi la toaletă, domnule O'Hare? Aveţi un vizitator, domnule O'Hare.*

Un vizitator? Speranţa îl inundă pentru o clipă, apoi auzi dincolo de perdele vocea lui Don şi-şi aminti unde era.

– Nu mă lua în seamă, iubito!

– Fiţi sigur de asta, replică prompt asistenta.

– Îţi faci siesta, da?

Undeva, la picioarele lui se iveşte o faţă ca o lună plină, roşie în obraji.

– Foarte nostim, spuse Anthony cu nasul în pernă, apoi se săltă în capul oaselor.

Îl durea tot corpul. Clipi de câteva ori.

– Trebuie să plec de aici.

Ceaţa de pe ochi i se risipi treptat. Don stătea la capătul patului, cu braţele încrucişate peste pântece.

– Nu pleci nicăieri, băiete.

– Nu pot rămâne aici.

Glasul parcă îi iese direct din piept. Răguşit şi hârşâit ca o roată de lemn împotmolită într-un şleau.

– Nu te simţi bine. Înainte să pleci undeva, vor să-ţi verifice funcţiile hepatice. Ne-am speriat rău de tot din pricina ta.

– Ce s-a întâmplat?

Nu-şi amintea nimic.

Don şovăi, poate vrând să-şi dea seama cât anume să-i spună.

– N-ai venit în birou la Marjorie Spackman pentru şedinţa în plen. Cum nimeni nu primise nici un semn de la tine până la şase seara, am avut o presimţire, aşa că am lăsat toate în seama lui Michaels şi am dat fuga la tine la hotel. Te-am găsit zăcând pe jos, o privelişte deloc plăcută. Arătai mult mai rău decât acum, asta ca să mă exprim elegant.

Un crâmpei de amintire. Barul hotelului Regent. Privirea scrutătoare a barmanului. Durere. Glasuri ridicate. Un drum nesfârşit până în camera lui, abia ţinându-se pe picioare, proptindu-se de pereţi, clătinându-se pe scări. Zgomot de obiecte sfărâmate. Apoi nimic.

– Mă durea tot corpul.

– E şi normal. Dumnezeu ştie ce ţi-au făcut. Aseară când te-am văzut arătai ca o perniţă pentru ace.

Ace. Glasuri alarmate. Durerea. Iisuse, durerea!

– Ce dracu' se întâmplă, O'Hare?

Omul din patul de alături începu din nou să tuşească.

– Tot femeia aia? Te-a respins?

Don nu se simţea deloc în largul lui să discute despre sentimente: ba îşi bălăngănea piciorul, ba îşi trecea palma peste creştetul pe cale să chelească.

Nu pomeni de ea. Nu mă face să mă gândesc la chipul ei.

– Nu-i chiar aşa de simplu.

– Atunci ce mama dracului înseamnă asta? Nici o femeie nu merită... aşa ceva.

Don face un semn vag cu mâna către pat.

– N-am vrut... decât... să uit.

– Atunci du-te şi fă sex cu alta! Cu una pe care poţi s-o *ai*. Aşa o să-ţi treacă.

Poate că, spunându-i acest lucru, avea să-l facă să revină la realitate.

Tăcerea lui Anthony se prelungi atât cât să-i dea de înţeles că el avea altă părere.

– Există femei care aduc numai necazuri, adăugă Don.

Iartă-mă! Trebuia să ştiu!

– Suntem ca moliile în jurul unei lumânări. Cu toţii am trecut prin asta.

Iartă-mă!

Anthony clătină din cap.

– Nu, Don. Nu-i aşa.

– Niciodată „nu-i aşa“ când e vorba de propria ta...

– Nu-l poate părăsi pentru că el nu i-ar îngădui să ia copilul.

Vocea lui Anthony răzbătu dincolo de perdea, dintr-odată limpede. Omul din patul alăturat încetă o clipă să tuşească. Anthony văzu cum şeful lui începe să priceapă implicaţiile celor auzite şi cum se încruntă uşor, în semn de înţelegere.

– Ah! Urâtă treabă!

– Da.

Piciorul lui Don începu din nou să se legene.

– Asta nu înseamnă că trebuie să bei până crăpi. Ştii ce-au spus medicii? Că frigurile ţi-au făcut ficatul praf. Praf, O'Hare. Încă o beţie ca asta şi...

Anthony fu cuprins de o stare de sfârşeală. Îşi răsuci capul pe pernă, întorcându-se cu faţa la perete.

– Nu-ţi fie teamă! N-o să se mai întâmple.

La o jumătate de oră după ce se înapoiase de la spital, Don se aşeză la birou, lăsându-se pradă gândurilor. În jurul lui sala redacţiei se trezea treptat la viaţă, la fel ca în fiecare zi, asemenea unui uriaş adormit dezmeticindu-se din somn, fără prea mare tragere de inimă: ziariştii vorbeau la telefon, subiectele câştigau sau pierdeau prioritate pe listele de ştiri, se proiectau şi se alcătuiau pagini, macheta paginii întâi ajungând deja pe masa de lucru a editorului.

Îşi trecu mâna peste falcă şi strigă peste umăr, înspre secretariat:

– Blondino, adu-mi numărul individului ăluia, Stirling. Tipul cu azbestul.

Cheryl îl ascultă în tăcere. Câteva minute mai târziu îi aduse numărul, scos din almanahul *Who's Who* al redacţiei.

– Cum se simte?

– Tu cum crezi?

Bătu cu pixul în birou de câteva ori, încă adâncit în gânduri. Apoi, în timp ce Cheryl se înapoia la locul ei, ridică receptorul şi ceru centralistei să apeleze Fitzroy 2286.

Înainte de a vorbi îşi drese glasul de câteva ori, de parcă nu s-ar fi simţit în largul lui la telefon.

– Aş dori să vorbesc cu Jennifer Stirling, dacă se poate.

Simţea ochii lui Cheryl aţintiţi asupra lui.

– Îi puteţi transmite ceva?... Poftim? Nu mai...? Ah, înţeleg.

O scurtă pauză.

– Nu, nu contează. Iertaţi-mă pentru deranj!

Puse receptorul în furcă.

– Ce s-a întâmplat?

Cheryl stătea aplecată deasupra şefului ei. În pantofii noi, cu toc cui, era mai înaltă decât el.

– Don?

– Nimic.

Îşi îndreptă spatele.

– Uită că aş fi zis ceva. Fii drăguţă şi adu-mi un sendviş cu jambon. Şi nu uita de sos, altfel nu-l pot mânca.

Mototoli hârtia cu numărul de telefon şi-o azvârli în coşul de hârtii de la picioarele lui.

Suferinţa era mai mare decât dacă i-ar fi murit cineva drag. Noaptea îl copleşea în valuri neînduplecate şi uimitor de puternice, lăsându-l fără vlagă. De fiecare dată când închidea ochii o revedea, îi revedea pleoapele pe jumătate închise de plăcere, apoi expresia ei de vinovăţie şi de neajutorare în clipa când îl zărise în holul hotelului. Pe chipul ei citise că nu mai era nimic de făcut şi că era conştientă de semnificaţia simplului fapt că-i spusese acest lucru.

Dar avusese dreptate. La început Anthony fusese furios că ea îi dăduse speranţe, fără să-i dezvăluie adevărul despre situaţia în care se afla. Că-şi făcuse iarăşi drum spre inima lui cu atâta cruzime, când practic nu aveau nici o şansă. Cum suna zicala? *Speranţa care ucide.*

Îl sfâşiau sentimente contradictorii. O iertase. Nu era nimic de iertat. Ea i se dăruise pentru că, la fel ca el, n-ar fi putut altfel. Şi pentru că fusese unica parte din el care putea nădăjdui să-i aparţină. „Sper că amintirea asta îţi dă puteri, Jennifer, dar pe mine m-a distrus."

Se lupta cu convingerea că de astă dată nu-i mai rămânea nimic. Se simţea vulnerabil şi epuizat fizic, ca urmare a purtării lui dezastruoase. Mintea i se golise de orice gând inteligent, de luciditatea lui se alesese praful, nu mai simţea decât pulsaţia continuă a pierderii, acelaşi ritm nemilos ca în ziua aceea la Leopoldville.

Ea nu avea să-i aparţină niciodată. Ajunseseră atât de apropiaţi şi ea nu putea în veci să fie a lui. Cum ar fi putut trăi cu gândul acesta?

La ore târzii de noapte căuta mii de soluţii. Îi va cere lui Jennifer să divorţeze. Va face totul s-o ştie fericită şi fără copil, ajungea un simplu efort de voinţă. Va angaja cel mai bun avocat. Îi va dărui alţi copii. Îl va înfrunta pe Laurence – în închipuirile cele mai dezlănţuite, chiar îi sărea la beregată.

Numai că de ani de zile Anthony trăia printre bărbaţi şi, chiar şi acum, o părticică din sufletul lui de bărbat nu putea să nu-şi imagineze ce simte Laurence la gândul că soţia lui iubea un alt bărbat. Că ar urma să-şi încredinţeze copilul aceluiaşi bărbat care-i furase şi soţia. Această viziune îl făcea neputincios pe Anthony, deşi el n-o iubise niciodată pe Clarissa aşa cum o iubea pe Jennifer. Se gândea la fiul lui cel trist şi tăcut, la propriul său sentiment de vinovăţie, care-i îndurera sufletul neîncetat, şi înţelegea că, dacă ar fi făcut aşa ceva altei familii, orice moment de fericire câştigat ar fi fost clădit pe o suferinţă ascunsă. Distrusese o familie: nu voia să se simtă răspunzător că distrusese încă una.

Îşi sunase iubita la New York, anunţând-o că nu se mai întoarce. Ascultase răspunsul ei uimit şi tonul care abia reuşea să-i ascundă lacrimile, străbătut de un foarte vag sentiment de vinovăţie. Nu se putea înapoia acolo. Nu se putea lăsa din nou în voia rutinei stricte a vieţii oraşului New York, unde zilele se măsurau în drumuri la şi de la sediul ONU, fiindcă acum zilele aveau să poarte pecetea tristă a lui Jennifer. Totul urma să poarte pecetea lui Jennifer, parfumul, gustul ei, gândul că ea avea să existe undeva, să trăiască, să respire fără el. Îi făcea cumva mai rău să ştie că şi ea îl dorise la fel de mult cum o dorise el. Nu-şi putea aduna atât furie încât să-şi smulgă gândul de la ea.

Iartă-mă! Trebuia să ştiu!

Avea nevoie să se refugieze într-un loc unde să se poată gândi. Pentru *a supravieţui*, avea nevoie să fie undeva unde nu s-ar fi putut gândi decât la *supravieţuire*.

Don veni să-l ia peste două zile, în după-amiaza în care medicii consimţiseră să-l externeze, înarmându-l cu rezultatele analizelor hepatice şi dându-i avertismente sumbre despre ce avea să păţească dacă va mai îndrăzni să pună gura pe pahar.

– Unde mergem?

Îl privea pe Don aşezându-i valijoara în portbagaj şi se simţea ca un refugiat.

– La mine acasă.

– Poftim?

– Aşa a hotărât Viv.

Încerca să nu se uite în ochii lui Anthony.

– Ea crede că ai nevoie de căldura unui cămin.

„Ba eşti convins că nu pot fi lăsat de capul meu."

– Nu cred că ar...

– Nu încape discuţie, i-o reteză Don, urcându-se la volan. Dar să nu-mi faci reproşuri pentru mâncare. Nevastă-mea cunoaşte peste o sută de modalităţi de a incinera o vacă şi, din câte văd eu, încă mai face experimente.

Întotdeauna era derutant să-ţi vezi colegii în ambianţa de acasă. În decursul anilor, deşi o cunoscuse pe Viv – o roşcată pe atât de veselă pe cât de acru era Don – cu diverse ocazii la birou, Anthony ajunsese cumva să-l considere pe Don un locatar al redacţiei ziarului *Nation*. Veşnic prezent. Biroul plin de teancuri de coli, notiţe scrise în grabă şi hărţi prinse la nimereală pe perete era mediul său natural. Don la el acasă, încălţat cu papuci de catifea, cu picioarele proptite pe o canapea cu perne uriaşe, Don aranjând obiecte prin casă sau aducând căni cu lapte era ceva împotriva firii.

Dar lăsând deoparte astfel de consideraţii, faptul de a se găsi la el acasă îi dădea o senzaţie de linişte. Căsuţa – o imitaţie de stil Tudor, aşezată spate în spate cu altă construcţie identică – era suficient de spaţioasă ca Anthony să nu aibă impresia că se calcă pe picioare cu ceilalţi. Copiii crescuseră şi plecaseră de acasă şi, în afară de câteva fotografii înrămate, nu exista nimic care să-i amintească în permanenţă propriul eşec, ca tată.

Viv îl întâmpină, sărutându-l pe amândoi obrajii, fără să aducă în discuţie locul de unde venea.

– Mă gândeam, băieţi, că poate aţi vrea să jucaţi golf în după-amiaza asta, spuse ea.

Şi chiar jucaseră. Don era un jucător atât de slab încât Anthony îşi dădu seama că era probabil singura activitate pe care cei doi bărbaţi puteau s-o desfăşoare împreună, fără să bea ceva. Don nu pomeni de Jennifer. Dar Anthony vedea limpede că încă era îngrijorat. Vorbea mereu de însănătoşirea lui Anthony, de revenirea lui la normalitate, orice ar fi însemnat aceste lucruri. Nu se servi vin nici la prânz şi nici la cină.

– Deci, ce planuri ai?

Stătea pe una dintre canapele. Undeva în casă o auzeau pe Viv spălând vasele şi cântând în bucătărie împreună cu radioul.

– De mâine înapoi la lucru, răspunse Don, masându-se pe burtă.

La lucru. Pe undeva ar fi vrut să-l întrebe ce înseamnă asta. Dar nu îndrăznea. Îi mai dezamăgise în trecut pe cei de la ziar și se temea că de astă dată i se va confirma că a întrecut definitiv măsura.

– Am discutat cu Spackman.

„Oh, Doamne! Na, că începe!"

– Tony, ea nu știe nimic. Nici unul dintre șefii cei mari nu știe.

Anthony clipi.

– Nu știm decât noi, cei din redacție. Eu, Blondina și câțiva redactori. Când te-am dus la spital, a trebuit să-i sun și să le spun că nu mă mai întorc la birou. Dar o să-și țină gura.

– Nici nu știu ce să spun.

– La naiba, asta-i ceva nou! Oricum...

Don își aprinse o țigară și suflă un fuior lung de fum. Îl fixă pe Anthony cu o privire aproape vinovată.

– Spackman e de acord cu mine că ar trebui să te trimitem din nou pe teren.

Lui Anthony îi trebui o clipă ca să înțeleagă despre ce e vorba.

– În Congo?

– Ești omul cel mai potrivit.

Congo.

– Dar trebuie să știu...

Don își scutură țigara în scrumieră.

– E perfect.

– Dă-mi voie să termin! Trebuie să știu dacă ai să-ți porți de grijă. Nu vreau să stau ca pe ace.

– Fără băutură. Fără nimic necugetat. Trebuie doar... trebuie să-mi fac meseria.

– Așa ziceam și eu.

Dar Don nu-l credea. Anthony își dădu seama după privirea lui piezișă. Urmă o scurtă pauză.

– M-aș simți răspunzător.

– Știu.

Deștept băiat, Don. Dar Anthony nu-i putea da toate asigurările. Cum ar fi putut? El nu știa nici cum va reuși să treacă de următoarea jumătate de oră, cu atât mai puțin cum se va simți în inima Africii.

Don vorbi din nou, înainte ca răspunsul să devină covârşitor de evident.

– Peste un minut începe meciul de fotbal, spuse el, stingându-şi ţigara. Chelsea contra Arsenal. Ce zici, ne uităm?

Se sculă greoi de pe fotoliu şi deschise televizorul din lemn de mahon, aşezat în colţ.

– Să-ţi dau o veste bună. N-ai cum să te mai îmbolnăveşti de friguri. Cine a fost bolnav aşa de grav ca tine se pare că a căpătat imunitate.

Anthony se uita fix la ecranul alb-negru, fără să-l vadă.

„Cum să fac ca toată fiinţa mea să devină imună?"

Se găseau în biroul redactorului de ştiri externe. Paul de Saint, un bărbat înalt, cu un aer aristocratic, cu părul alb pieptănat pe spate ca un poet romantic, studia o hartă întinsă pe masa lui de lucru.

– Miezul evenimentelor e în Stanleyville. Acolo se găsesc cel puţin opt sute de ostatici care nu sunt congolezi, cei mai mulţi la hotelul Victoria şi poate încă vreo mie în zona înconjurătoare. Până în prezent, toate eforturile diplomatice de a-i salva au eşuat. Se dau atâtea lupte între grupurile de rebeli încât situaţia se schimbă de la o oră la alta. Ca atare, e imposibil să ne facem o idee precisă despre ce se întâmplă. E mare confuzie acolo, O'Hare. Până acum vreo şase luni aş fi zis că fiecare alb se află în siguranţă, indiferent ce se întâmplă cu localnicii. Acum însă mă tem că ţinta sunt *les colons*[1]. S-au auzit tot felul de poveşti oribile. Nimic care să poată fi publicat.

Tăcu o clipă.

– Şi nu-i vorba numai de violuri.

– Cum ajung acolo?

– Asta-i prima problemă. Am discutat cu Nicholls şi cel mai bine este prin Rhodesia sau Zambia, cum se numeşte acum jumătatea de nord. Omul nostru de acolo se străduieşte să-ţi găsească un traseu, dar multe drumuri au fost distruse, şi asta va dura zile întregi.

În timp ce Paul de Saint discuta cu Don despre cum se va desfăşura călătoria, Anthony lăsă conversaţia să se abată de la el, constatând cu bucurie nu numai că trecuse o jumătate de oră în care nu se gândise

---

[1] Coloniştii, în limba franceză, în original

la ea, dar şi că-l atrăgea viitoarea misiune. Simţea în stomac emoţia a ceea ce avea să urmeze şi-l fascina pericolul de a traversa un teritoriu ostil. Nu-i era frică. De ce i-ar fi fost? Ce i s-ar fi putut întâmpla mai rău de atât?

Răsfoi dosarele primite de la adjunctul lui de Saint. Situaţia politică: sprijinul comunist acordat rebelilor, care-i înfuriase peste măsură pe americani; execuţia misionarului american Paul Carlson[1]. Citi relatări de la faţa locului despre ce făcuseră rebelii şi strânse din dinţi. Îl duceau cu gândul la anul 1960 şi la tulburările din timpul scurtului mandat al lui Lumumba. Le citi cu oarecare detaşare. Avea impresia că omul care fusese odinioară acolo – cutremurat de ceea ce văzuse – devenise de nerecunoscut.

– Prin urmare, mâine rezervăm bilete pentru Kenya, da? Avem pe cineva la Sabena, care ne va anunţa dacă există zboruri interne către Congo. În caz contrar, ajungi la aeroportul Salisbury, Rhodesia şi de acolo treci graniţa în Congo. Clar?

– Se ştie care anume corespondenţi au reuşit să ajungă acolo?

– Nu răzbat prea multe informaţii. Probabil comunicaţiile pun mari probleme. Dar Oliver semnează azi un articol în *Mail* şi am auzit că *Telegraph* publică mâine ceva spectaculos.

Uşa se deschise brusc. Pe chipul lui Cheryl se citea îngrijorarea.

– Avem ceva important de discutat, Cheryl.

Tonul lui Don era vădit iritat.

– Iertaţi-mă, spuse ea, a venit băiatul tău.

Abia după câteva secunde Anthony îşi dădu seama că fata se uita la el.

– Băiatul meu?

– L-am dus în biroul lui Don.

Anthony se ridică în picioare, chinuindu-se să priceapă ceea ce tocmai auzise.

– Scuză-mă o clipă, i se adresă el lui Don şi porni după Cheryl, traversând sala redacţiei.

---

[1] Misionar american, membru al cultului evanghelic, ucis în Congo de rebeli sub falsa acuzaţie că ar fi fost spion american

Iată că trăia același sentiment care-l încercase în cele câteva ocazii când reușise să-l vadă pe Phillip: un șoc profund, văzând cât se schimbase de la ultima întâlnire, însăși rapiditatea cu care creștea fiul lui fiind un permanent reproș față de absența tatălui.

În șase luni băiatul se înălțase cu câțiva centimetri buni, trecând pragul adolescenței, fără ca trupul să i se împlinească încă. Puțin adus de umeri, aducea cu un semn de întrebare. În clipa când Anthony intră în birou, Phillip ridică privirea: era alb la față și avea ochii roșii.

Anthony rămase pe loc, încercând să-și dea seama de motivul durerii zugrăvite pe chipul palid al fiului său și în străfundul sufletului se întrebă: „Tot eu sunt de vină? Să fi aflat ce mi-am făcut cu mâna mea? Oare în ochii lui sunt chiar așa un ratat?“

– Mama, articulă Phillip.

Clipi înverșunat și-și șterse nasul cu palma.

Anthony făcu un pas spre el. Băiatul deschise brațele și se repezi cu o forță neașteptată la pieptul tatălui său. Anthony se simți strâns cu putere, degetele lui Phillip se încleștaseră de cămașa lui de parcă n-ar mai fi vrut să-i dea drumul niciodată. Își lăsă mâna cu blândețe pe creștetul băiatului, în timp ce trupul firav al acestuia se zgâlțâia de plâns.

Ploaia răpăia atât de tare pe capota mașinii lui Don încât aproape împiedica orice fel de gânduri. Aproape, nu de tot. În cele douăzeci de minute cât durase să se strecoare prin traficul de pe Kensington High Street, cei doi bărbați șezuseră tăcuți, singurul sunet fiind scos de Don, care trăgea cu sete din țigară.

– Accident, zise Don, cu ochii la luminile roșii de poziție care se deplasau în fața lui. Trebuie să fi fost unul de proporții. Ar trebui să sunăm la redacția de știri.

Dar nu schiță gestul de a trage pe dreapta, în dreptul vreunei cabine telefonice.

Cum Anthony nu spunea nimic, Don se aplecă și începu să umble la radio. După un timp renunță, nereușind să prindă decât paraziți. Privi capătul țigării, apoi trase din ea, ca s-o reaprindă.

– De Saint ne dă răgaz până mâine. Dacă depășim acest termen, trebuie să așteptăm alte patru zile până la următorul avion.

Vorbea de parcă ar fi trebuit luată o decizie.

– Ai putea pleca, și noi te vom chema încoace dacă starea ei se agravează.

– E deja în stare gravă.

Cancerul de care suferea Clarissa evolua cu o repeziciune uluitoare.

– Se pare că nu va rezista mai mult de două săptămâni.

– Autobuz nenorocit! Uită-te la el, ocupă tot drumul.

Don coborî geamul și aruncă mucul de ţigară pe caldarâmul ud. Ridică din nou geamul și-și scutură stropii de ploaie de pe mânecă.

– Cum e soţul ei? E ceva de capul lui?

– Nu l-am întâlnit decât o dată.

Nu pot să rămân cu el. Te rog, tati, nu-mi cere să rămân cu el.

Phillip se agăţase de cureaua lui ca de un colac de salvare. Când Anthony îl dusese într-un târziu la casa din Parsons Green, simţise strângerea degetelor băiatului multă vreme după ce-l lăsase acolo.

– Îmi pare foarte rău, îi spusese el lui Edgar.

Vânzătorul de perdele, mai vârstnic decât și-l închipuise, îl privise bănuitor, de parcă vorbele lui ar fi fost menite să-l insulte.

– Nu pot pleca.

Iată că rostise cuvintele. Aproape se simţea ușurat că le rostise. Ca și cum ar fi primit în sfârșit condamnarea la moarte după ani întregi de amânări.

Don oftă. Poate melancolic sau poate ușurat.

– E fiul tău.

– E fiul meu.

Da, bineînţeles că poţi să stai cu mine, îi promisese. *Sigur că poţi. Totul va fi bine*. Dar chiar și când vorbise astfel, nu înţelesese pe deplin la ce renunţa.

Șirul de mașini se pusese din nou în mișcare, la început abia târându-se, apoi la pas.

Abia când ajunseră la Chiswick se auzi din nou vocea lui Don:

– Să știi, O'Hare, că s-ar putea să meargă. Poate e un dar. Numai Domnul știe ce-ai fi putut păţi acolo.

Privi pieziș spre Anthony:

– Şi, cine ştie? Dacă băiatul îşi mai vine în fire... poţi să pleci totuşi pe teren. Poate îl luăm la noi. În grija lui Viv. I-ar plăcea să stea cu noi. Dumnezeu ştie cât duce dorul unor copii care să ne umple casa. Iisuse!

Brusc îi veni o idee.

– Va trebui să-ţi cauţi şi tu o locuinţă, ce dracu'. Gata cu statul prin hoteluri.

Anthony îl lăsă pe Don să bată câmpii, descriindu-i noua şi mirifica lui existenţă, ca într-un articol de ziar: promiţătoare, liniştitoare, o viaţă în care familistul din el trebuia să-l facă să se simtă mai bine, să-i ascundă ce pierduse, să potolească răpăitul tobei care continua să bată în adâncurile cele mai întunecate ale sufletului său.

I se acordaseră două săptămâni concediu de deces, ca să-şi găsească o locuinţă şi să-şi ajute fiul să depăşească momentul morţii mamei lui şi dureroasa ceremonie a înmormântării. Phillip nu mai plânsese de faţă cu tatăl său. Îşi exprimase politicos plăcerea de a locui în casa micuţă din sud-vestul Londrei – aproape de şcoală, de Don şi de Viv, care se dedicase cu entuziasm noului rol de viitoare mătuşă. Acum şedea cu valiza alături, imaginea jalnică a cuiva care parcă aştepta să i se spună ce are de făcut de acum încolo. Edgar nu telefonase să întrebe cum se simţea.

Anthony trăia sentimentul că locuieşte cu un străin. Phillip se arăta dornic să-i facă pe plac, parcă temându-se că va fi dat afară. Anthony nu ştia cum să-i spună cât era de fericit că locuiau împreună, deşi în adâncul sufletului avea senzaţia că înşelase pe cineva, că i se făcuse un dar nemeritat. Se simţea îngrozitor de neputincios să facă faţă durerii copleşitoare a băiatului şi se lupta să ţină piept propriei dureri.

Urmă un curs intensiv de aptitudini practice. Anthony ducea hainele amândurora la spălătorie, se instala alături de Phillip la frizer. Nu ştia să gătească decât ouă fierte, aşa că în fiecare seară mergeau împreună la localul din capătul străzii, unde comandau mese copioase şi îndestulătoare, cu friptură, plăcintă cu rinichi şi legume bine fierte, cu budinci aburinde plutind în cremă blondă de vanilie. Amândoi îşi plimbau fără chef mâncarea pe farfurii şi în fiecare seară Phillip declara „A fost delicios, mulţumesc", de parcă ar fi avut parte de cine ştie ce ospăţ. La întoarcerea acasă, Anthony se oprea în uşa dormitorului lui

Phillip, întrebându-se dacă să intre sau dacă, mărturisindu-şi propria tristeţe, ar fi înrăutăţit şi mai mult lucrurile.

Duminica erau invitaţi acasă la Don, unde Vic le servea friptură cu tot felul de garnituri, apoi strângea masa şi insista ca toţi trei să joace şah sau table. Văzând cum zâmbea băiatul la remarcile ei glumeţe, la insistenţele ei să li se alăture, la felul în care îl includea în această ciudată familie extinsă, toate îl făceau pe Anthony să i se strângă inima.

La urcarea în maşină, văzu că în timp ce Phillip îi făcea cu mâna lui Viv, trimiţându-i sărutări din vârful degetelor prin geamul de la parbriz, o lacrimă i se prelinsese pe obraz. Îşi încleştă degetele pe volan, paralizat de enorma răspundere pe care şi-o asumase. Nu ştia ce să spună. Ce-i putea el oferi lui Phillip când băiatul încă se întreba ceas de ceas de n-ar fi fost mai bine ca maică-sa să fi fost cea rămasă în viaţă.

În seara aceea Anthony se instală în faţa focului, privind primele imagini televizate cu ostaticii eliberaţi la Stanleyville. Siluetele lor neclare coborau dintr-un avion al armatei şi se îngrămădeau, şocate, grupuri-grupuri, pe pista aeroportului. „Trupe belgiene de elită au reuşit să asigure oraşul în numai câteva ore. Este încă prea devreme pentru o statistică reală a victimelor, dar primele rapoarte sugerează că pe durata crizei au murit cel puţin o sută de europeni. Mulţi alţii sunt daţi dispăruţi."

Închise televizorul, privind fascinat ecranul mult timp după ce dispăruse punctul alb. În cele din urmă urcă la etaj şi se opri şovăind în faţa uşii camerei lui Phillip, prin care răzbătea sunetul inconfundabil al unui plâns înăbuşit. Era zece fără un sfert.

Anthony închise o clipă ochii, apoi îi deschise şi împinse uşa de perete. Băiatul tresări şi ascunse ceva sub cuvertură.

Anthony aprinse lumina.

– Fiule...

Tăcere.

– Ce-i cu tine?

– Nimic.

Băiatul îşi reveni şi-şi şterse obrajii de lacrimi.

– Sunt bine.

– Ce-i asta?

Vorbind cu blândeţe, se aşeză pe marginea patului. Trupul lui Phillip era fierbinte şi ud. Probabil că plângea de ore întregi. Anthony se simţi zdrobit de propria sa incompetenţă ca părinte.

– Nimic.

– Hai, lasă-mă să văd!

Trase uşor cuvertura, descoperind o mică fotografie în ramă de argint, înfăţişând-o pe Clarissa cu mâinile pe umerii fiului ei şi zâmbind larg.

Băiatul se cutremură de un fior. Anthony puse palma pe sticla fotografiei, ştergând-o de lacrimi cu degetul mare. „Sper că Edgar te-a făcut să zâmbeşti aşa", îi spuse el în gând.

– E o poză foarte bună. Vrei s-o punem la parter? Poate pe consola şemineului? Undeva unde s-o poţi privi de câte ori vrei?

Simţea ochii lui Phillip studiindu-l. Poate se pregătea pentru vreo remarcă usturătoare, vreo încărcătură de resentimente, dar Anthony privea ţintă femeia din fotografie, cu zâmbetul ei cuceritor. N-o vedea pe ea. O vedea pe Jennifer. O vedea pretutindeni. Întotdeauna avea s-o vadă pretutindeni.

„Vino-ţi în fire, O'Hare!"

Îi înapoie băiatului fotografia.

– Să ştii că... nu-i o ruşine să fii trist. Zău că nu. Ai voie să fii trist când ai pierdut pe cineva drag.

Era teribil de important ca băiatul să înţeleagă bine acest lucru.

Glasul i se frânse. Îl năpădi un val de amărăciune, suind din adâncurile sufletului, şi simţi că-l doare pieptul de efortul de a nu se lăsa copleşit.

– De fapt, şi eu sunt trist, spuse el. Îngrozitor de trist. Pierderea cuiva drag este... e ceva insuportabil. Aşa că te înţeleg.

Îl trase pe Phillip lângă el şi-şi coborî glasul până deveni un murmur:

– Dar mă bucur nespus că eşti aici acum, fiindcă eu cred... cred că noi doi vom putea trece prin asta împreună. Ce zici?

Capul lui Phillip se rezemă de pieptul lui, apoi un braţ subţirel i se strecură în jurul mijlocului. Simţi cum răsuflarea băiatului devine mai regulată şi, continuând să-l ţină strâns în braţe, rămaseră amândoi învăluiţi în întuneric şi tăcere, fiecare pierdut în propriile gânduri.

Nu-şi dăduse seama că ajunsese la jumătatea săptămânii la capătul căreia trebuia să se înapoieze la serviciu. Viv îi spuse fără înconjur că ar putea să-l ia pe Phillip spre sfârşitul săptămânii, deoarece până miercuri urma să meargă la sora ei, aşadar Anthony trebuia să găsească o soluţie pentru primele două zile.

– Poate veni cu noi la birou, spuse Don. O să se facă util dacă o să ne pregătească ceaiul.

Ştiind bine ce părere avea Don despre amestecul vieţii de familie în treburile ziarului, Anthony îi era recunoscător. Abia aşteptase să se întoarcă la lucru, să revină la un simulacru de viaţă normală. Phillip era înduioşător de dornic să-i însoţească.

Anthony se aşeză la noul său birou şi se apucă să răsfoiască ziarele de dimineaţă. La ştiri interne nu existau posturi vacante, aşa că devenise reporter pe probleme internaţionale, titlu onorific, după părerea lui menit să-l asigure că-şi va relua postul în viitor. Sorbi din cafeaua făcută la redacţie, strâmbându-se la gustul rău atât de cunoscut. Phillip mergea de la un birou la altul, întrebând cine dorea ceai. Cămaşa călcată de Anthony în aceeaşi dimineaţă i se lipea apretată de spatele costeliv. Brusc Anthony avu sentimentul – de recunoştinţă – că era acasă. Aici începea noua lui viaţă. Totul avea să fie bine. Şi ei doi vor fi bine. Se încăpăţână să nu se uite spre redacţia de ştiri externe. Deocamdată nu voia să ştie pe cine trimiseseră la Stanleyville în locul lui.

– Poftim!

Don îi aruncă un exemplar din ziarul *The Times*, unde un articol era încercuit cu roşu.

– Încropeşte repede ceva şi pentru noi despre lansarea navei spaţiale americane. La ora asta n-ai de unde lua declaraţii inedite, dar aşa putem scoate un mic articol în pagina opt.

– Câte cuvinte?

– Două sute cincizeci. Mai târziu am să-ţi dau ceva mai de soi, încheie Don pe un ton de scuză.

– E în regulă.

Chiar *era* în regulă. Fiul lui zâmbea, ducând cu grijă aproape exagerată o tavă încărcată. Phillip aruncă o privire spre tatăl său şi Anthony dădu aprobator din cap. Era mândru de băiat, mândru de curajul lui. Într-adevăr, era un dar ceresc să ai pe cineva pe care să-l iubeşti.

Anthony trase maşina de scris mai aproape şi introduse foiţe de indigo între colile de hârtie. Un exemplar pentru redactor, unul pentru corectură, unul pentru el. Aceste gesturi de rutină îl atrăgeau și-i făceau plăcere. Își scrise numele în capătul de sus al paginii, ascultând cu satisfacție plesnetul înfundat al literelor de oțel care loveau hârtia.

Citi și reciti articolul din *The Times*, făcându-și însemnări pe bloc-notes. Dădu o fugă până la subsol, la bibliotecă, de unde luă dosarul referitor la zborurile spațiale, răsfoind cele mai recente extrase din ziare. Își mai făcu niște însemnări. Apoi își puse din nou degetele pe clapele mașinii de scris.

Nimic.

Ca și cum degetele ar fi refuzat să lucreze.

Bătu o propoziție. Nu avea nici un sens. Smulse colile din mașină și le repuse în cilindru.

Mai bătu o propoziție. Era searbădă și neinteligibilă. Bătu încă una. Le va cizela pe urmă. Dar cuvintele refuzau cu încăpățânare să se lase conduse acolo unde voia el. Era, într-adevăr, o propoziție, dar nimic demn de un ziar de circulație națională. Își aminti regula piramidei, care funcționa în jurnalism: cea mai importantă informație trebuie cuprinsă în prima propoziție, detaliile mai puțin semnificative fiind expuse treptat în cuprinsul articolului. Puțini citeau un articol până la capăt.

Dar inspirația nu-i venea și pace.

La douăsprezece fără un sfert Don își făcu apariția lângă el.

– Gata articolul?

Anthony stătea rezemat de spătarul scaunului, cu obrazul în palme. Lângă el, pe podea, se vedea o grămăjoară de foi mototolite.

– O'Hare? Ai terminat?

– Nu pot să-l scriu, Don.

Vorbea cu glas răgușit, nevenindu-i să creadă.

– Cum?

– Nu pot să fac articolul. Nu pot să scriu. Mi-am pierdut deprinderea.

– Nu fi caraghios! Ce vrei să zici? Că ai intrat într-un blocaj? Cine te crezi? Scott Fitzgerald?

Culese de pe jos o foaie mototolită și o puse pe birou, netezind-o cu palma. Apoi luă o alta, o citi o dată, apoi încă o dată.

– Ai trecut prin multe, spuse el într-un târziu. Probabil ai nevoie de un concediu.

Vorbea fără convingere. Anthony abia își încheiase concediul.

– Mă întorc, spuse el. Tu nu sufla o vorbă nimănui. Ușurel. Am să-l pun pe Smith să-l rescrie. Astăzi ia-o încet. O să-ți revii.

Anthony își privi fiul, care ascuțea creioane pentru cei de la rubrica Decese. Pentru prima oară în viață avea o responsabilitate. Pentru prima oară în viață era esențial să câștige bani. Simți mâna lui Don pe umăr, ca o greutate imensă. „Și ce dracu' mă fac dacă nu-mi revin?“

Un irlandez alergând după o fată din San Diego e ca și cum ai încerca să prinzi un val cu mâna goală... imposibil... uneori trebuie să vâslești mai departe și să îți pui întrebări.

SMS de la un bărbat către o femeie

Capitolul 25

Ellie stă trează până la patru dimineaţa. Nu fiindcă n-are somn: pentru prima oară după luni de zile totul îi apare clar. Își petrece prima parte a serii nedezlipită de telefon, cu receptorul proptit între gât și umăr, cu ochii la monitorul calculatorului. Trimite mesaje, apelează la relaţii. Apelează la farmecul personal, flatează, nu acceptă refuzul. Când obţine ce a dorit, se așază la birou, își prinde părul și începe să scrie. Tastează repede, cuvintele i se revarsă din vârfurile degetelor. Măcar o dată știe ce are de spus. Prelucrează fiecare propoziţie până când este mulţumită de rezultat: rearanjează informaţiile până când ajung să aibă impactul cel mai puternic. La un moment dat, recitind, o podidesc lacrimile, iar de câteva ori râde de una singură. Identifică ceva înlăuntrul ei, poate o faţetă pe care o pierduse pentru un timp. Când termină, scoate la imprimantă două exemplare și adoarme buștean.

Încă două ore. S-a trezit și a venit la birou la șapte și jumătate. Vrea să stea de vorbă cu Melissa înainte de sosirea celorlalţi. Își scutură oboseala, bea două cafele espresso foarte tari, se asigură că are părul uscat cu föhnul. E plină de energie, îi fierbe sângele în vine. E deja la masa de lucru când Melissa, cu poșeta scumpă atârnată pe umăr, descuie ușa de la biroul ei. Șefa se așază, și Ellie îi observă reacţia întârziată abia mascată în clipa când își dă seama că nu-i singură.

Ellie își termină cafeaua. Dă fuga la toaletă, să verifice dacă nu i-a rămas ceva între dinţi. Poartă o bluză albă, apretată, cei mai buni pantaloni, pantofi cu toc și arată – cum ar glumi prietenii ei – ca o femeie în toată firea.

– Melissa?

– Ellie?

În tonul ei surprins se ghicește și o undă de reproș.

Ellie n-o ia în seamă.

– Putem vorbi o clipă?

Melissa se uită la ceas.

– Dar repede. În cinci minute trebuie să iau legătura cu biroul nostru din China.

Ellie se așază în fața ei. Acum biroul Melissei e gol, afară de cele câteva dosare necesare ediției de astăzi a ziarului. Și de fotografia fiicei ei.

– În legătură cu editorialul.

– Sper că n-ai să-mi spui că nu-l poți scrie.

– Ba da.

Parcă așteptându-se la această veste, Melissa este pe punctul să izbucnească într-un acces de furie:

– Ei bine, Ellie, nu asta voiam să aud. Ne așteaptă cea mai ocupată săptămână din toată existența ziarului, iar tu ai avut la dispoziție săptămâni întregi să-ți scrii materialul. Nu-ți faci nici un serviciu venind la mine în acest moment să-mi...

– Melissa... te rog. Am aflat cine-i bărbatul.

– Și?

Sprâncenele Melissei se arcuiesc așa cum se pot arcui doar cele pensate profesionist.

– Și lucrează aici. Nu-i putem da numele, fiindcă lucrează la noi.

Femeia de serviciu împinge aspiratorul prin fața ușii biroului Melissei și pentru câteva momente huruitul lui înfundat le acoperă vocile.

– Nu înțeleg, spune Melissa când huruitul se îndepărtează.

– Bărbatul care a scris scrisorile e Anthony O'Hare.

Pe chipul Melissei nu se citește nici o reacție. Ellie își dă seama, rușinată, că șefa redacției Editoriale habar nu are despre cine e vorba.

– Bibliotecarul-șef. Lucrează la subsol. Sau lucra.

– Tipul cărunt?

– Da.

– Oh!

Melissa e atât de uluită încât o clipă uită să mai fie supărată pe Ellie.

– Uau! exclamă ea după câteva momente. Cine ar fi crezut?

– Știu.

Amândouă cugetă la cele aflate, într-o tăcere aproape prietenească, apoi Melissa, poate amintindu-și cine era, își aranjează hârtiile de pe birou.

– Oricât ar fi de fascinant, Ellie, tot nu rezolvă marea noastră problemă. Anume că trebuie să scoatem un număr comemorativ, care urmează să intre la tipar diseară și care are o gaură imensă, de două mii de cuvinte, în locul unde trebuia să fie articolul tău de fond.

– Nu, răspunde Ellie. N-are nici o gaură.

– Nu-mi trebuie chestia aia cu limbajul dragostei. Nu bag cărţi reciclate în ziarul nostru...

– Nu, repetă Ellie. Am scris articolul. Două mii de cuvinte complet originale. Poftim! Anunţă-mă dacă e nevoie de ceva modificări. Este în regulă dacă revin peste vreo oră?

A lăsat-o fără replică. Îi întinde paginile, o urmărește din ochi cum o parcurge rapid pe prima și cum i se aprinde un licăr în privire când dă peste ceva interesant.

– Cum? Da. Bine. Cum vrei. Nu uita să vii la ședinţă.

Ellie iese din birou, abia stăpânindu-se să nu lovească aerul cu pumnul. E un gest simplu, dar lui Ellie îi este aproape imposibil să-și miște braţele energic când abia își ţine echilibrul pe tocurile înalte.

Cu o seară în urmă i-a trimis lui John un e-mail, și el a fost de acord imediat. Nu-i genul de local unde merge de obicei: îi plac restaurantele de calitate, cochete și discrete. La Giorgio, peste drum de redacţia ziarului *Nation*, se servesc ouă, cartofi prăjiţi și jambon de provenienţă necunoscută, la preţul de 2 lire și 99 pence.

La sosirea ei, John e deja așezat la o masă, îmbrăcat într-un sacou Paul Smith și o cămașă fină de culoare deschisă, contrastând ciudat cu muncitorii din construcţii prezenţi în local.

– Îmi cer scuze, spune el, încă înainte ca ea să ia loc. Îmi pare foarte rău. Mi-a luat telefonul. Credeam că l-am pierdut. A găsit câteva e-mailuri pe care nu le-am șters și a dat de numele tău... restul...

– Ar fi fost o reporteră pe cinste.

O privește absent câteva clipe, apoi face semn chelneriței și mai comandă o cafea. E cu gândul în altă parte.

– Da. Da, presupun că da.

Ellie se așază și-l studiază pe bărbatul din fața ei, bărbatul care i-a bântuit visele. Bronzul nu-i ascunde cearcănele viorii de sub ochi. Ellie se întreabă în treacăt ce s-a întâmplat cu o seară în urmă.

– Ellie, cred că n-ar fi rău să nu ne mai vedem. Doar câteva luni.

– Nu.

– Poftim?

– S-a terminat, John.

El nu-i chiar așa surprins cum s-ar fi așteptat ea să fie.

– Vrei... vrei să spui... că dorești să terminăm?

– Păi, să privim lucrurile în față. Nu trăim marea poveste de dragoste, nu?

Oricât s-ar strădui, se simte totuși dezamăgită că el nu protestează.

– Țin la tine, Ellie.

– Nu destul. Nu te interesează ființa mea, viața mea. Viețile noastre. Cred că nu știi nimic despre mine.

– Știu tot ce trebuie să...

– Cum se numea primul meu animal de companie?

– Poftim?

– Alf. Alf era hamsterul meu. Unde am crescut?

– Nu știu de ce mă întrebi toate astea.

– Ce altceva ai vrut vreodată de la mine în afară de sex?

El se uită în jur. Muncitorii de la masa din spate au devenit neobișnuit de tăcuți.

– Cine a fost primul meu iubit? Care-i mâncarea mea preferată?

– Asta-i o prostie!

Își strânge buzele într-o expresie pe care n-a mai văzut-o la el până atunci.

– Nu. Nu te interesează nimic la mine, doar cât de repede îmi scot hainele.

– Așa crezi tu?

– Ți-a păsat vreodată ce simțeam? Prin ce-am trecut?

El își ridică mâinile, exasperat.

– Doamne, Dumnezeule, Ellie, nu poza în victimă. Nu te purta ca și cum aș fi un seducător și un ticălos. Mi-ai pomenit vreodată de sentimentele tale? Mi-ai spus vreodată că nu asta îți doreai? Ai lăsat să se înțeleagă că ești femeia modernă. Sex la cerere. Cariera pe primul loc. Erai...

Caută cuvântul potrivit.

– ... impenetrabilă.

Cuvântul îi provoacă o durere stranie.

– Mă protejam.

– Iar eu ar trebui să aflu asta prin osmoză? Cum ar fi fost să-mi spui adevărul?

Pare șocat de-a binelea.

– Nu voiam decât să fiu cu tine.

– Dar voiai mai mult de atât: o relație.

– Da.

El o studiază de parcă ar vedea-o pentru prima oară.

– Sperai că am să-mi las soția.

– Bineînțeles că da. Într-un târziu. Credeam că dacă am să-ți spun exact ce simt ai să... ai să mă părăsești.

În spatele lor muncitorii și-au reluat conversația. Din privirile lor furișe Ellie își dă seama că vorbesc pe socoteala lor.

El își trece o mână prin părul de culoarea nisipului.

– Ellie, îmi pare rău. Dacă mi-aș fi închipuit că va fi atât de greu pentru tine, nu m-aș fi implicat.

În sfârșit, adevărul. Pe care ea a refuzat să-l vadă un an întreg.

– Atât și nimic mai mult, așa-i?

Se ridică să plece. Lumea s-a prăbușit în jurul ei și, în mod straniu, iat-o că se ridică din ruine. Tot cu fruntea sus. Fără să sângereze.

– Eu și tu, spune ea. Paradoxul este că, deși munca noastră constă din cuvinte, noi niciodată nu ne-am spus nimic.

Stă în ușa localului, cu aerul rece pătrunzându-i până la piele, respirând mirosurile orașului, și-și scoate mobilul din poșetă. Tastează o întrebare și trimite mesajul. Apoi, nemaiașteptând nici un răspuns, traversează strada, fără să mai privească în urmă.

Melissa trece pe lângă ea în hol, cu tocurile lovind ritmic marmura lustruită. Discută cu redactorul-șef, dar se întrerupe când trece pe lângă Ellie. Încuviințează din cap, cu părul fluturându-i pe umeri.

– Mi-a plăcut.

Ellie răsuflă ușurată, eliberându-se de o greutate pe care nici nu-și dăduse seama că o apasă.

– Da. Mi-a plăcut mult. Pe toată prima pagină, să fie gata duminică pentru luni. Adu-mi și alte materiale, te rog.

În clipa următoare e în lift, reluându-și conversația, în timp ce ușile se închid în urma ei.

Biblioteca e pustie. Ellie împinge ușa batantă și vede că au mai rămas în picioare doar câteva rafturi prăfuite. Nici urmă de periodice, de reviste, de almanahuri Hansard ferfeniță de atâta răsfoit. Ascultă pocnetele ușoare ale țevilor de apă caldă din tavan, apoi își pune poșeta pe podea și sare peste tăblia ghișeului.

Prima sală, în care au fost cândva depozitate colecții legate din ziarul *Nation*, acoperind aproape un secol, e acum complet goală, afară de două cutii de carton lăsate într-un colț. Pare imensă, cât o peșteră. Ellie se îndreaptă spre centrul încăperii, trezind ecouri pe dalele de gresie la fiecare pas.

Sala cu extrase din ziare de la A la M a fost și ea golită, au mai rămas doar rafturile. În lumina care intră prin ferestrele amplasate la aproape doi metri de la podea plutesc particule de praf, învârtejindu-se în jurul ei în timp ce merge. Deși acum nu mai există aici nici un ziar, încăperea emană un miros puternic și dulceag de hârtie veche. Ellie parcă aude în jur ecourile unor vechi povești, sute de mii de voci amuțite cu multă vreme în urmă. Vieți care și-au urmat cursul, vieți curmate, vieți mutilate de Soartă. Toate ascunse în dosare ce vor rămâne ascunse vederii încă o sută de ani de acum încolo. Se întreabă câți alți Anthony și Jennifer zac îngropați în aceste pagini, așteptând ca poveștile lor să fie readuse la viață întâmplător sau prin cine știe ce coincidență. Pe un scaun tapițat și rotativ din colț se vede eticheta

„Arhivă digitală", şi Ellie se îndreaptă către el, răsucindu-l întâi într-o parte, apoi în cealaltă.

Dintr-odată se simte ridicol de obosită, ca şi cum fluxul de adrenalină care a susţinut-o în ultimele câteva ore ar fi secat brusc. Se aşază greoi şi, în tăcerea caldă a încăperii, pentru prima oară se simte liniştită. Stă nemişcată. Totul în ea a încremenit. Îşi goleşte prelung plămânii de aer.

Nu-şi dă seama cât a dormit, însă deodată aude uşa pocnind înăbuşit.

Anthony O'Hare ţine în mână poşeta ei.

– E a dumitale?

Ea se saltă în capul oaselor, dezorientată şi puţin ameţită. O clipă nu reuşeşte să-şi dea seama unde se află.

– Doamne! Iertaţi-mă!

Îşi trece palma peste obraz.

– N-ai să găseşti mare lucru aici, spune el, întinzându-i poşeta.

Îi vede părul ciufulit şi ochii pe jumătate închişi de somn.

– Acum toate se află în clădirea cea nouă. Eu m-am întors doar să adun cele necesare pentru ceai. Şi scaunul de acolo.

– Da... e tare comod. Prea confortabil ca să mă ridic de aici. Oh, Doamne, cât e ceasul?

– Unsprezece fără un sfert.

– La unsprezece am şedinţă. Totul e în regulă. La unsprezece am şedinţă.

Vorbeşte ca pentru sine, uitându-se în jur după alte lucruri care-i aparţin, fără a găsi nici unul. Apoi îşi aminteşte de ce-a venit aici. Încearcă să-şi adune gândurile, dar nu ştie cum anume să-i spună acestui om ceea ce trebuie să-i spună. Îl priveşte pe furiş şi, dincolo de părul cărunt şi de ochii melancolici, întrezăreşte o altă persoană. Acum îl vede prin cuvintele lui.

Îşi strânge poşeta la piept.

– Mm... Rory e aici?

Rory va şti. Rory va şti ce să facă.

Zâmbetul lui e ca o scuză mută, o confirmare a ceea ce ştiu amândoi.

– Îmi pare rău, dar azi n-a venit. Trebuie să fie acasă, îşi face bagajele.

– Bagajele?

– Pentru marea călătorie. Doar ştiai că pleacă, nu?

– Speram cumva să nu plece. Nu încă.

Vâră mâna în poşetă şi scrie în grabă câteva cuvinte.

– Aveţi cumva adresa lui...?

– Dacă vrei să vii în ceea ce-a mai rămas din biroul meu, am să ţi-o caut. Nu cred că pleacă înainte de o săptămână, două.

În momentul când el se întoarce cu spatele, Ellie îşi ţine respiraţia:

– Domnule O'Hare, de fapt nu voiam să-l văd numai pe Rory.

– Nu?

Ellie vede cât e de surprins că i s-a adresat pe nume.

Scoate pachetul din poşetă şi i-l întinde.

– Am găsit ceva care vă aparţine. Acum câteva săptămâni. Vi l-aş fi înapoiat mai devreme, dar... abia aseară am aflat că-i al dumneavoastră.

Îl urmăreşte cu privirea în timp ce deschide copiile scrisorilor. Bibliotecarul îşi recunoaşte scrisul şi se schimbă la faţă.

– Unde le-ai găsit? o întreabă.

– Erau aici, spune ea şovăielnic, temându-se de efectul răspunsului asupra lui.

– Aici?

– Uitate. În biblioteca dumneavoastră.

Bibliotecarul se uită în jur, ca şi cum rafturile goale i-ar putea da indicii legate de ce-i spune ea.

– Iertaţi-mă! Ştiu că sunt... ceva intim.

– De unde ai ştiut că sunt ale mele?

– E o poveste lungă.

Inima lui Ellie bate nebuneşte.

– Dar trebuie să ştiţi un lucru: Jennifer Stirling şi-a părăsit soţul chiar a doua zi după întâlnirea din 1964. A venit aici, la redacţie şi i s-a spus că aţi plecat în Africa.

El o ascultă înlemnit. O ascultă cu toată fiinţa. Aproape că vibrează, atât de intens se concentrează la ce-i spune ea.

– A încercat să vă găsească. A încercat să vă spună că era... că era liberă.

E puţin înfricoşată de efectul pe care par să-l aibă vorbele ei asupra lui. El e alb ca varul. Se aşază pe scaun, răsuflând precipitat. Dar ea nu se mai poate opri.

– Toate astea... începe el, cu o expresie tulburată, complet diferită de încântarea lui Jennifer. ... toate astea s-au întâmplat atât de demult.

– Încă nu v-am spus tot, îndrăzneşte Ellie. Vă rog!

El tace şi aşteaptă.

– Acestea sunt doar copii. A trebuit să înapoiez originalele. A trebuit să le dau înapoi.

Îi întinde numărul căsuţei poştale şi degetele îi tremură de emoţie sau de bucurie.

Cu două minute înainte să coboare la bibliotecă primise un SMS:

Nu, nu-i căsătorit. Ce fel de întrebare e asta?

– Nu ştiu care-i viaţa dumneavoastră. Nu ştiu dacă nu cumva fac un gest oribil, amestecându-mă în problemele dumneavoastră personale. Dar aici aveţi adresa, domnule O'Hare, spune ea.

El ia hârtia.

– Adresa la care să scrieţi.

Cineva înțelept mi-a spus odată că scrisul e periculos, fiindcă nu poți ști cu certitudine dacă vorbele tale vor fi citite în același spirit în care au fost scrise. Așadar, am să fiu scurtă și concisă. Îmi pare rău! Îmi pare nespus de rău! Iartă-mă! Trebuie să știu dacă există vreo cale de a te face să-ți schimbi părerea despre mine.

Scrisoare de la o femeie către un bărbat

Capitolul 26

Draga mea Jennifer,

Ești chiar tu? Iartă-mă! Am încercat să scriu aceste rânduri de vreo zece ori și tot nu știu ce să spun.

Anthony O'Hare

Ellie își aranjează hârtiile de pe birou, închide monitorul și poșeta și iese din sala redacției Editoriale, șoptindu-i un cuvânt de rămas-bun lui Rupert. Acesta se concentrează asupra unui interviu cu un autor plicticos la culme, lucru de care s-a văitat toată după-amiaza. Ellie a cerut în mod expres să nu scrie deocamdată recenzii de carte. A predat articolul despre mame-surogat, iar mâine va pleca la Paris pentru un interviu cu o chinezoaică angajată în opere de caritate, căreia i s-a interzis să se întoarcă în țara natală din pricina unor comentarii controversate făcute într-un documentar britanic. Ellie verifică adresa, apoi fuge în stația de autobuz. Prinde un loc, înghesuită între alți călători, cu gândul la informațiile suplimentare adunate pentru articol, pe care deja îl organizează mintal în paragrafe.

Mai târziu urmează să se întâlnească cu Nicky și Corinne la un restaurant pe care nu și-l permite nici una dintre ele. Vine și Douglas. A fost tare drăguț când l-a sunat la telefon cu o zi în urmă. Ce prostie că n-au mai vorbit de atâta vreme. După doar câteva secunde Ellie își dăduse seama că el era la curent cu ce se întâmplase cu John. Corinne și Nicky aveau posibilitatea să lucreze la *Nation* în caz că ar fi renunțat la slujbele lor, îi spusese Ellie. „Și nu te teme, n-am să-ți fac capul calendar cu sentimentele mele, cum se întâmplă în discuţiile între femei", adăugase ea când Douglas acceptase să se întâlnească.

– Har Domnului! exclamase el.

– În schimb, îţi fac cinste cu cina. Ca să mă ierţi.

– Nu facem şi sex?

– Numai dacă-ţi aduci şi iubita. Oricum arată mai bine decât tine.

– Bănuiam că asta ai să spui.

Ellie pusese receptorul în furcă, râzând.

Dragul meu Anthony,

Da, eu sunt. Indiferent ce înseamnă eu, în comparaţie cu fata de odinioară. Presupun că deja ştii că prietena noastră, ziarista, a stat de vorbă cu mine. Încă mi-e greu să înţeleg ce mi-a povestit.

Dar azi-dimineaţă am găsit scrisoarea ta la poştă. Când ţi-am văzut scrisul, patruzeci de ani s-au topit ca prin farmec. Oare e posibil? Timpul scurs de atunci nu mai înseamnă nimic. Nu-mi pot crede ochilor că ţin în mână ceva ce tu ai scris cu două zile în urmă, mi-e greu să înţeleg ce înseamnă toate astea.

Prietena noastră mi-a povestit câte ceva despre tine. Am ascultat uimită şi aproape n-am îndrăznit să sper că aş putea avea ocazia să stăm de vorbă.

Mă rog la Dumnezeu să fii fericit!

Jennifer

Acesta este avantajul unui ziar: îţi pot creşte vertiginos acţiunile ca ziarist, de două ori mai repede decât au scăzut. Două articole bune şi ajungi eroul întregii redacţii, în centrul atenţiei şi al admiraţiei tuturor. Articolul tău va apărea şi pe internet, va fi preluat de alte publicaţii din New York, Australia, Africa de Sud. Le-a plăcut articolul, i-au spus cei de la *Nation*. Exact genul de subiect potrivit pentru cititorii lor. În patruzeci şi opt de ore a primit e-mailuri de la cititori care-şi povesteau propriile vieţi. A fost sunată şi de un agent şi întrebată dacă are suficient material pentru a scrie o carte.

Cât despre Melissa, în ochii ei Ellie are un comportament ireproşabil. E prima persoană la care apelează în şedinţele de redacţie, când e vorba de un subiect bun ce trebuie tratat într-o mie de cuvinte. Numai săptămâna asta articolele ei au ajuns de două ori pe prima pagină. Pentru un editorialist acesta e echivalentul unui câștig fabulos la loterie. Cu cât iese în evidență, cu atât e mai solicitată. Găsește subiecte pretutindeni. Atrage ca un magnet: are relații, i se cere să scrie tot mai multe articole. Ajunge la birou înainte de ora nouă dimineața și lucrează până târziu seara. De astă dată e decisă să nu-și rateze șansa.

Locul ei la uriașul birou oval e alb și strălucitor, are un monitor de 17 inchi, cu rezoluție mare, nereflectorizant, precum și un telefon cu numele ei notat vizibil în dreptul numărului de interior.

Rupert nu se mai oferă să-i facă ceai.

Draga mea Jennifer,

Îmi cer scuze că răspund atât de târziu. Te rog să mă ierți pentru ceea ce-ai putea lua drept rezervă. N-am mai pus creionul pe hârtie de mulți ani, afară de facturi sau de vreo reclamație. Nici nu știu ce să spun. Zeci de ani am trăit doar prin cuvintele altora: le rearanjez, le arhivez, le fac copii și le cataloghez. Le pun la păstrare. Cred că de multă vreme mi-am uitat propriile cuvinte. Cel care scrie aceste rânduri mi se pare mie însumi un străin.

Rândurile tale mi te înfățișează foarte diferită de tânăra pe care am văzut-o la hotelul Regent. Și totuși, din toate punctele de vedere, e limpede că ai rămas aceeași. Mă bucur că-ți merge bine. Mă bucur că am ocazia să-ți spun acest lucru. Aș vrea să-ți propun să ne întâlnim, dar mă tem că mă vei găsi foarte schimbat față de cel pe care ți-l amintești. Nu știu. Iartă-mă!

Anthony

Cu două zile în urmă Ellie s-a auzit strigată pe nume de un glas gâfâit, în timp ce cobora pentru ultima oară scările vechiului sediu. Întorsese capul și-l văzuse în capul scărilor pe Anthony O'Hare. Ținea în mână o foaie de hârtie, pe care era scrisă în grabă o adresă.

Ea urcase iarăși treptele, ca să-l scutească de efort.

– Ellie Haworth, spusese el, cu glasul tremurând de bucurie, nerăbdare și regret. Mă gândeam să nu-i trimiți nici o scrisoare. Înțelegi, cred că-i mai bine să te duci direct la el. Să te duci în persoană.

Dragul și iubitul meu Boot,

Glasul mi s-a trezit brusc la viață! Am senzația că am trăit jumătate de secol fără a fi în stare să vorbesc. N-am făcut altceva decât să minimalizez pierderile, să încerc să salvez ce rămăsese bun din ceea ce fusese distrus și ruinat. Propria-mi pedeapsă prin tăcere pentru ce am făcut. Iar acum... acum? I-am împuiat urechile sărmanei Ellie Haworth, până când a rămas privindu-mă țintă, fără un cuvânt, și parcă-mi închipui ce era în mintea ei: unde-i demnitatea acestei femei? Cum poate vorbi ca o puștoaică de paisprezece ani? Vreau să stăm de vorbă, Anthony. Vreau să vorbim până răgușim și nu mai suntem în stare să scoatem un cuvânt. Trebuie să recuperăm patruzeci de ani de tăcere.

Cum poți să spui că nu știi? Nu se poate să te temi. Cum ai putea să mă dezamăgești? După toate cele întâmplate, cum aș putea simți altceva decât o nesfârșită bucurie pentru simplul fapt că te pot revedea? Părul meu e argintiu acum, nu blond. Ridurile de pe fața mea sunt adânci, timpul nu iartă. Corpul mă doare ici, colo, mă îndop cu vitamine și pastile, iar nepoților mei nu le vine a crede că am fost vreodată altceva decât o băbătie.

Suntem bătrâni, Anthony. Da. Și nu mai avem la dispoziție alți patruzeci de ani. Dacă încă ești tu, dacă ești dispus să mă lași să-ți evoc amintirea fetei pe care ai cunoscut-o odinioară, voi fi fericită să te ajut să faci același lucru.

Jennifer

Jennifer Stirling stă în mijlocul camerei, înfășurată în halat, cu părul ciufulit și turtit într-o parte.

– În ce hal sunt! exclamă ea disperată. Arăt îngrozitor. Absolut îngrozitor. N-am putut dormi azi-noapte și, când în sfârșit am ațipit, undeva după ora cinci, n-am mai auzit deșteptătorul și am pierdut programarea la coafor.

Ellie nu-și poate lua ochii de la ea. N-a văzut-o niciodată așa. Fără machiaj, are un chip de copil și pare vulnerabilă.

– Arăți... arăți bine.

– Aseară am sunat-o pe fiică-mea și i-am povestit câte ceva. Nu chiar tot, înțelegi? I-am spus că urmează să mă întâlnesc cu un bărbat pe care l-am iubit odinioară şi pe care nu l-am mai văzut din tinereţe. A fost chiar aşa o minciună?

– Nu, răspunde Ellie.

– Ştii ce mesaj mi-a trimis azi-dimineaţă? Uite!

Îi întinde lui Ellie o foaie trasă la imprimantă, reproducere a unui articol dintr-un ziar american, despre un cuplu care s-a căsătorit după ce relaţia lor s-a întrerupt vreme de cincizeci de ani.

– Ce să fac cu asta? Ai întâlnit vreodată ceva mai penibil?

Are glasul răguşit de supărare.

– La ce oră vă întâlniţi?

– La prânz. Nici vorbă să fiu gata la timp. Ar trebui să amânăm.

Ellie se ridică în picioare şi pune ibricul pe foc.

– Mergi să te îmbraci. Ai la dispoziţie patruzeci de minute. Te duc eu cu maşina, se oferă ea.

– Mă crezi o caraghioasă, aşa-i?

E pentru prima oară când Ellie o vede pe Jennifer Stirling altfel decât de un calm desăvârşit.

– O babă caraghioasă. Ca o adolescentă la prima întâlnire.

– Nu, răspunde Ellie.

– Câtă vreme au fost numai scrisori, era în regulă, continuă Jennifer, care aproape n-o aude. Puteam fi eu însămi. Puteam fi femeia de care-şi amintea el. Eram atât de calmă şi plină de speranţă. Iar acum... Singura mângâiere în toată povestea asta a fost să ştiu că există undeva un bărbat care m-a iubit şi care a văzut tot ce era mai bun în mine. Chiar şi după ultima noastră întâlnire, care a fost un dezastru, am ştiut că vedea în mine ceva ce-şi dorea mai mult decât orice pe lume. Dacă va fi dezamăgit când va da cu ochii de mine? Ar fi mai rău decât dacă nu ne-am fi cunoscut niciodată. Mult mai rău.

– Arată-mi scrisoarea, spune Ellie.

– Nu pot să merg. Nu crezi că uneori e mai bine să nu acţionezi în nici un fel?

– Scrisoarea, Jennifer.

Jennifer ia scrisoarea de pe bufet, o ţine în mână o clipă, apoi i-o întinde lui Ellie.

Iubita mea Jennifer,

Oare bătrânii plâng? Stau aici citind și recitind scrisoarea ta și nu-mi vine a crede că viața mea a luat o întorsătură atât de neașteptată și de fericită. De regulă, oamenilor nu li se întâmplă astfel de lucruri. Am învățat să fiu recunoscător pentru cele mai banale daruri: fiul meu, copiii lui, o viață bună, dacă e trăită în tihnă. Supraviețuirea. Ah, da, întotdeauna e vorba de supraviețuire.

Iar acum ai apărut tu. Vorbele tale, sentimentele tale m-au făcut să devin lacom. Oare putem pretinde atât de mult? Să îndrăznesc să te văd din nou? Soarta a fost atât de neînduplecată încât o parte din mine crede că nu ne putem întâlni. Fie am să mă îmbolnăvesc, fie o să dea autobuzul peste mine, fie o să mă înghită primul monstru marin din istoria Tamisei (Da, încă mai cred că titlurile din ziare reflectă realitatea).

De două nopți încoace îți aud cuvintele în somn. Îți aud vocea și-mi vine să cânt. Îmi amintesc lucruri pe care le credeam de mult uitate, zâmbesc fără motiv și-mi înspăimânt familia, făcându-i să creadă că am dat în demență senilă.

Tânăra pe care am văzut-o ultima oară era pur și simplu deznădăjduită. Știind ce fel de existență ți-ai făurit, mi-am schimbat și eu perspectiva asupra lumii: trebuie să fie un loc prielnic, din moment ce a avut grijă de tine și de fetița ta. Nu-ți poți imagina ce bucurie mi-a dat gândul acesta. O bucurie empatică. Nu mai pot scrie. Așa că îndrăznesc să te întreb, tremurând de nerăbdare: Postman's Park? Joi la prânz?

Boot al tău

Ochii lui Ellie s-au umplut de lacrimi.

– Știi ce? spune ea. Eu zic că n-ai motive să-ți faci griji.

Anthony O'Hare stă pe o bancă din parcul în care n-a mai pus piciorul de patruzeci de ani. Ține în mână un ziar pe care nu-l va citi și-și dă seama cu uimire că-și amintește în detaliu fiecare placă comemorativă.

MARY ROGERS, STEWARDESĂ PE VAPORUL STELLA, S-A SACRIFICAT OFERINDU-ȘI DE BUNĂ VOIE COLACUL DE SALVARE ȘI S-A ÎNECAT SCUFUNDÂNDU-SE ODATĂ CU VAPORUL CARE S-A DUS LA FUND.

WILLIAM DRAKE ȘI-A PIERDUT VIAȚA RUPÂND AXUL UNEI CALEȘTI DIN HYDE PARK, PENTRU A SALVA O DOAMNĂ AI CĂREI CAI SCĂPASERĂ DE SUB CONTROL.

JOSEPH ANDREWS A SALVAT ȘASE PERSOANE DINTR-UN INCENDIU IZBUCNIT ÎN GRAYS INN ROAD, DAR LA ULTIMA ÎNCERCARE EROICĂ A FOST MISTUIT DE FLĂCĂRI.

E aici de la douăsprezece fără douăzeci. Acum s-a făcut douăsprezece și șapte minute.

Duce ceasul la ureche și-l scutură. În adâncul sufletului n-a crezut că se va întâmpla așa ceva. Cum ar fi fost posibil? Când petreci multă vreme în arhivele unui ziar, vezi că aceleași istorii se repetă la nesfârșit: războaie, foamete, crize financiare, iubiri pierdute, familii destrămate. Moarte. Suferință. Puține povești se încheie fericit. „Tot ce-am avut în viață a fost un dar", își spune Anthony categoric, pe măsură ce trec minutele. Pentru el e o frază dureros de cunoscută.

Ploaia s-a întețit și micul parc e acum pustiu. A mai rămas doar el, sub copertină. Vede în depărtare șoseaua, mașinile care trec prin bâltoace, împroșcând trecătorii neprevăzători.

Douăsprezece și un sfert.

Anthony O'Hare își amintește toate motivele pentru care trebuie să fie recunoscător. Medicul lui se miră că mai trăiește. Anthony bănuiește că de multă vreme e dat drept exemplu, pentru a-i pune în gardă pe pacienții suferinzi de ficat. Sănătatea lui de fier e un soi de reproș la adresa competenței medicului, la adresa științei medicale. O clipă se întreabă dacă ar mai putea călători. Nu vrea să meargă iar în Congo, dar Africa de Sud ar fi o destinație interesantă. Poate în Kenya. Va merge acasă și-și va face planuri. Va avea la ce să se gândească.

Aude scrâşnind frâna unui autobuz, apoi strigătul furios al unui comisionar pe bicicletă. Îi e de ajuns să ştie că ea l-a iubit. Că era fericită. Ar trebui să fie suficient, nu? Fără îndoială, unul din harurile hărăzite bătrâneţii e capacitatea de a aşeza lucrurile în perspectivă. Cândva a iubit o femeie despre care a aflat că-l iubise mai mult decât crezuse el. Poftim. Asta ar trebui să-i fie de ajuns.

Douăsprezece şi douăzeci şi unu de minute.

Dar chiar în clipa în care vrea să se ridice, să împăturească ziarul şi, cu el sub braţ, să pornească spre casă, vede un mic automobil oprit lângă poarta parcului. Aşteaptă ascuns în penumbra copertinei.

Câteva momente nu se întâmplă nimic. Pe urmă se aude portiera şi o umbrelă se deschide cu un fâşâit care se aude până la el. Umbrela e ridicată şi sub ea se văd două picioare şi un fulgarin de culoare închisă. În timp ce el continuă să privească, silueta se apleacă să spună ceva persoanei de la volan, apoi picioarele intră în parc şi pornesc pe aleea îngustă, îndreptându-se direct spre copertină.

Anthony O'Hare aproape nu-şi dă seama când se ridică în picioare, netezindu-şi haina şi părul. Nu-şi poate lua ochii de la acei pantofi, de la mersul inconfundabil, de la ţinuta sigură pe ea, vizibilă chiar şi sub umbrelă. Face un pas înainte, neştiind ce să spună, ce să facă. E cu sufletul la gură. Îi ţiuie timpanele. Picioarele încălţate cu ciorapi negri se opresc în faţa lui. Umbrela se ridică încet. Şi iat-o, neschimbată, uluitor şi neînchipuit de aceeaşi, cu un zâmbet vag în colţul gurii, în clipa când privirile li se întâlnesc. El nu e în stare să scoată o vorbă. Nu poate decât s-o privească ţintă, în timp ce numele ei îi răsună în urechi.

Jennifer.

– Bună, Boot, spune ea.

Ellie stă în maşină şi şterge cu mâneca condensul de pe geamul din dreapta. A parcat într-un loc nepermis şi fără îndoială că-şi va atrage furia zeilor parcării, dar puţin îi pasă. A rămas încremenită.

Se uită cum Jennifer înaintează pe alee, îi vede pasul uşor ezitant, care-i trădează temerile. De două ori insistase să se întoarcă acasă, pe motiv că întârziaseră, că totul era pierdut şi inutil. Ellie se făcuse că n-o aude. Cântase *lalalalalalala* până când Jennifer îi spusese, cu o severitate care nu-i stătea în fire, că era „o puștancă imposibilă și caraghioasă".

O vede pe Jennifer continuându-și drumul sub umbrelă și se teme că se va întoarce și o va lua la fugă. Ellie a înțeles că vârsta nu te ferește de capriciile dragostei. A ascultat vorbele lui Jennifer, trecând vertiginos de la extaz la dezastru și s-a auzit pe ea însăși analizând la nesfârșit cuvintele lui John, încercând cu disperare să se agațe de ceva prea vizibil în neregulă pentru a fi bine. Se auzea pe ea însăși evocând finaluri, emoții, pornind de la cuvinte ale căror sensuri nu le putea decât ghici.

Dar Anthony O'Hare era altfel de om.

Șterge din nou geamul și vede cum Jennifer întâi încetinește pasul, apoi se oprește. El iese din umbră, cumva mai înalt decât i se păruse până atunci: se apleacă puțin la intrare, apoi își îndreaptă spatele și rămâne în fața ei. Stau ochi în ochi, femeia zveltă, îmbrăcată în fulgarin, și bibliotecarul. Chiar și de departe, Ellie își dă seama că nici unul din ei nu se sinchisește de ploaie, de părculețul îngrijit, de privirile curioase ale trecătorilor. Se sorb din priviri și ar putea rămâne acolo încă o mie de ani. Jennifer lasă să-i cadă umbrela, își pleacă ușor capul într-o parte și ridică mâna, atingându-i obrazul cu infinită tandrețe. Ellie îl vede pe Anthony cum ridică și el mâna, apăsând palma lui Jennifer peste obrazul lui.

Ellie Haworth mai privește o clipă, apoi se îndepărtează de geam și lasă aburul să-i acopere priveliștea. Se așază din nou pe scaunul ei, își suflă nasul și pornește motorul. Chiar și cei mai buni ziariști știu când să se retragă dintr-o poveste.

Casa se găsește pe o stradă terasată, cu locuințe în stil victorian. Cadrul ușii și al ferestrelor e zugrăvit în alb, iar transperantele și perdelele desperecheate denotă că este vorba de diverși proprietari.

Oprește motorul, se dă jos din mașină și se duce la ușa din față, uitându-se la numele de sub cele două sonerii. La parter nu e decât numele lui. E puțin surprinsă: nu-și închipuia că el ar fi proprietarul unui apartament. Dar în definitiv, ce știe ea despre viața lui din afara ziarului? Absolut nimic.

Articolul e într-un plic mare, cafeniu, pe care este scris numele lui. Îl strecoară prin deschizătura cutiei poștale, lăsând capacul să clămpăne cu zgomot. Se înapoiază la poartă, se cocoață pe stâlpul de cărămidă care o sprijină și-și acoperă obrazul cu eșarfa. A ajuns să exceleze în așteptare. A descoperit bucuria de a lăsa lumea să se învârtă în jurul ei. Și lumea se învârte în chipurile cele mai neașteptate.

Peste drum, o femeie înaltă face cu mâna unui adolescent. Acesta își trage gluga pe frunte și-și vâră căștile în urechi, fără să se mai uite în urmă. Ceva mai încolo pe stradă doi bărbați se sprijină de capota ridicată a unui automobil de mari dimensiuni. Amândoi discută, prea puțin atenți la motorul de sub capotă.

– Ai scris greșit cuvântul Ruaridh[1].

Ellie privește peste umăr și-l vede rezemat de ușă, cu ziarul în mână.

– Nu-i singurul lucru pe care l-am greșit.

El poartă același tricou cu mâneci lungi, uzat de ani de zile, cu care era îmbrăcat când vorbiseră prima oară. Ea își amintește că-i plăcuse la el că nu era sclavul modei. Știe cât de moale la atingere e acel tricou.

– Bun articol, spune el, ridicând ziarul, „*Dragă John,* cincizeci de ani de ultime scrisori de dragoste". Văd că ai ajuns din nou copilul-minune al editorialelor.

– Deocamdată, răspunde ea. De fapt, e una acolo pe care am scris-o din capul meu. E ceva ce-aș fi spus eu de-aș fi avut ocazia.

El pare să n-o fi auzit.

– Iar Jennifer ți-a dat voie s-o folosești pe prima.

– Sub protecția anonimatului. Da. A fost nemaipomenită. I-am spus toată povestea și a reacționat grozav.

Chipul lui e netulburat, expresia impenetrabilă.

„Ai auzit ce-am spus?" îl întreabă ea în gând.

– Recunosc că mi s-a părut puțin șocată, dar după toate cele întâmplate nu cred că i-a păsat de ce-am făcut.

– Anthony a venit la mine ieri. Este alt om. Nu știu de ce-a venit. Cred că pur și simplu voia să stea de vorbă cu cineva.

Dă din cap ca pentru sine, amintindu-și.

– Avea o cămașă și o cravată nouă. Fusese și la frizer.

Gândul o face pe Ellie să zâmbească fără voia ei.

---

[1] Ortografia originală a numelui Rory. Ruaridh este un prenume scoțian bărbătesc, însemnând „Regele roșu"

În tăcerea care s-a lăsat, Ruaridh se întinde, cu mâinile împreunate deasupra capului.

– Ai făcut un lucru minunat.

– Așa sper și eu, spune ea. Ar fi grozav să știu că povestea cuiva s-a încheiat cu bine.

Prin dreptul lor trece un bătrân cu nasul roșu, plimbându-și câinele, și toți trei murmură un salut. Ellie ridică ochii și vede că Ruaridh privește în jos. Se uită la el, întrebându-se dacă e ultima oară când îl vede. „Iartă-mă“, îi spune ea în gând.

– Te-aș invita înăuntru, spune el, dar tocmai îmi pregătesc bagajele. Am o groază de lucruri de făcut.

Ea ridică o mână, străduindu-se să-și ascundă dezamăgirea. Se dă jos de pe stâlp și stofa pantalonului i se agață de suprafața aspră. Își saltă poșeta pe umăr. Nici nu-și mai simte picioarele.

– Deci... voiai ceva de la mine? Altceva decât, mă înțelegi, să te joci de-a ziarista?

Se face frig. Ea își vâră mâinile în buzunare. El o privește întrebător. Ei îi e teamă să vorbească. Se teme cât se va simți de înfrântă dacă el va spune nu. De asta i-au trebuit zile întregi ca să se decidă să vină. Dar ce are de pierdut? Oricum nu-l va mai vedea niciodată.

Răsuflă adânc.

– Voiam să știu... dacă ai putea să-mi scrii.

– Să-ți scriu?

– Cât timp vei fi plecat. Ruaridh, am făcut o mare greșeală. Nu-ți pot cere nimic, dar îmi lipsești. Îmi lipsești cu adevărat. Aș vrea... aș vrea să cred că nu se termină totul. Că am putea...

Se foiește, își scarpină nasul.

– ... să ne scriem.

– Să ne scriem.

– Chestii... obișnuite. Ce mai faci tu. Cum îți merge. Unde te afli.

Propriile-i cuvinte îi sună neconvingătoare.

El și-a îndesat mâinile în buzunare și privește în jos, spre stradă. Nu răspunde. Tăcerea este nesfârșită, ca și strada.

– E tare frig, spune el într-un târziu.

Ea simte un ghem uriaș în stomac. *Povestea lor s-a încheiat. Nu mai are nimic să-i spună.* El privește peste umăr, cu aerul că-și cere scuze.

– Iese toată căldura din casă.

Ea nici nu poate vorbi. Ridică din umeri, ca și cum i-ar da dreptate, se forțează să schițeze un surâs pe care și-l închipuie mai mult ca o grimasă. Se întoarce să plece, dar îi aude glasul din nou.

– Cred că ai putea intra să-mi faci o cafea. În timp ce-mi triez ciorapii. De fapt, dacă-mi amintesc bine, chiar îmi ești datoare cu o cafea.

Ellie se răsucește spre el. Chipul lui s-a îmblânzit. Pe fața lui citește o umbră de tandrețe.

– Și dacă tot ești aici, uită-te și la viza mea pentru Peru. Vezi dacă am scris-o corect.

Ea îl privește lung cum stă acolo, în ciorapi, cu părul castaniu prea lung ca să stea aranjat.

– Nu trebuie să confunzi Patallacta cu Phuyupatmarca, spune ea.

El ridică ochii exasperat, clătinând încet din cap. Ellie încearcă să-și ascundă zâmbetul radios și apoi îl urmează înăuntru.